민족문학의 현단계
민족문학과 세계문학 2

초판 1쇄 발행 / 1985년 3월 20일
개정판 1쇄 발행 / 2022년 6월 30일

지은이 / 백낙청
펴낸이 / 강일우
책임편집 / 정편집실·박지영
조판 / 박아경
펴낸곳 / (주)창비
등록 / 1986년 8월 5일 제85호
주소 / 10881 경기도 파주시 회동길 184
전화 / 031-955-3333
팩시밀리 / 영업 031-955-3399 편집 031-955-3400
홈페이지 / www.changbi.com
전자우편 / lit@changbi.com

민족문학과
세계문학
2

민족문학의
현단계

민족문학과
세계문학
2

민족문학의 현단계

백낙청
평론집

창비

개정판을 내면서

첫 저서『민족문학과 세계문학』(1978)을 내고 두번째 문학평론집『민족문학과 세계문학 2』를 낸 것이 1985년이다. 그사이『인간해방의 논리를 찾아서』(1979)라는 저서가 하나 더 있었지만 그 책은 문학평론 몇편과 1990년대라면 '사회비평'에 해당하는 글을 따로 묶는 저서에 들어갈 내용이 섞여 있었다.

『민족문학과 세계문학 2』는 절판된 지 한참 되었다. 그사이 찾는 독자들이 없지 않았으나 활판인쇄용 지형이 쓸모가 없어진지라 중쇄가 불가능했다. 이번에 창비사에서 이 제2집과 '민족문학과 세계문학 3'이라는 부제가 달린『민족문학의 새 단계』(1990)를 새로 조판해서 간행해주겠다니 고마울 따름이다.

새로 내는 김에 2집의 제목을 '민족문학의 현단계'로 바꾸었고 원제는 부제로 돌렸다. 표제작은 1975년에 처음 발표되어 의당 첫 평론집에 들어갔어야 하지만 그것을 (김지하 시편들과 함께) 실은『창작과비평』1975년 봄호가 강제회수를 당했던 터라 유신 말기의 살벌한 분위기에서 평론집 수록을 자제했던 것이다. 따라서 1980년대 전반기의 글을 주로 담은 평론집의 표제작으로 안 어울리는 면도 있지만 책제목으로 '민족문학의 현단계'가 적절할 수도 있다고 판단했다.

한가지 이유는, 우리 문학의 고비마다 지금 우리가 어떤 단계에 있는지를 묻는 작업이 문학비평의 중요 과제라는 믿음을 나는 일관되게 견지해왔는데, 제3집 첫머리의 「민중·민족문학의 새 단계」에서 말했듯이 "역사학에서 시대구분의 문제가 어떤 의미로 구체적 역사이해의 관건이 되듯이, 우리가 사는 시대 속에서 다시 몇개의 단계를 가르고 이를 세분화한 '국면'과의 차이를 식별하려는 노력은 현재를 역사로서 이해하여 대처하는 데 필수적인 작업"(『민족문학의 새 단계』 21면)이기 때문이다. 더구나 문학의 경우는 먼 옛날의 문학사를 쓰더라도 아직도 살아 있는 작품들이 1차자료라는 점에서, 비평작업과 문학사 연구가 전혀 별개의 작업일 수 없고 '현단계'의 성격을 묻는 비평적 노력은 역사로서의 현재와 그 현재의 문학을 만들어가는 작업의 일환인 것이다.

다른 한가지 이유는 그러한 작업을 위해 써낸 「민족문학의 현단계」 이래의 평문들이 그 나름으로 시대적 요구에 부응하는 비평의 새로운 작은 갈래를 개발하는 시도였다는 점이다. 곧, 언로가 극도로 막힌 시국에 그나마 문학평론의 형태로 숨통을 틀 수 있었던 정세론·시국론과, 구체적인 작품들에 대한 평가, 그리고 문학 및 시대상황을 이해하는 데 필요한 이론적 성찰이 자연스럽게 어우러진 에세이로서의 비평을 쓰고자 한 것이다. 당시의 글들이 지금 보면 시대적 한계도 있고 나 자신의 개인적 한계도 뚜렷하지만, 적어도 작품론에 앞서 그 방법을 미리 정해주는 (주로 외국의) 이론을 길게 소개하며 시작하는 근년에 부쩍 흔해진 비평과는 다른 성격이었다. 이런 자기평가에 독자들이 어떤 판단을 내릴지는 기다려볼 뿐이다.

새 정권이 들어서는 2022년의 상황은 본서가 태어난 시대와 여러모로 너무나 다르지만 뜻밖의 유사성도 눈에 띈다. 정부가 '공정과 상식'을 외처대는 모습이 80년대 초 정권이 '정의구현'을 부르짖던 것을 연상치 않을 수 없게 만드는가 하면, 유독 그 무렵 많이 나왔던 '화해' 이야기는 '협치'와 '국민통합'에 대한 약속들을 다시 들여다보게 만든다. 전두환정권 초기에 쓴 「민족문학의 새로운 고비를 맞아」(1983) 마지막 토막 '화해에 대하여'에서 나는 화해에 대한 목마름이 "80년대의 개막을 알린 격동과 낭자한 유혈에 이은 당연한 반응"이지만 "그러나 화해가 어디 입으로 외쳐낸다고 저절로 굴러들어오는 물건이란 말인가!"라고 다소 '삐딱한' 태도로 나왔다. 오늘도 분단의 족쇄와 부패 카르텔의 존재를 그대로 둔 채 '국민통합'을 약속하는 것은 여전히 국민을 우롱하는 처사가 아닐 수 없다.

『민족문학과 세계문학 1』이 문학평론집으로는 예외적이랄 만큼 많이 보급된 데 비해 2집에 대한 반응은 현저히 떨어졌다. 광주학살을 겪은 1980년대의 시대적 분위기는 완연히 달라져 젊은이들이 문학평론을 통한 시국담이나 문학 자체에 대한 관심이 크게 떨어진데다, 문단 내에서 나는 상당수 후배 평론가들로부터 '소시민적 민족문학론자'로 낙인찍히고 파상공세에 시달리면서 독자들로부터 외면의 대상이 된 면이 없지 않았다. (그래도 일일이 반론을 하며 잘 버텼다!) 그런 상황에서 500면에 가까운 두툼한 책을 안기면서 '민족문학과 세계문학 2'라는 싱거운 제목을 달았으니 독자들의 관심을 끌기가 더욱이나 힘들었을 것이다. 그리될 거라는 편집부 내의 경고가 없었던 것도 아닌데, 고집대로 밀고 나간 것은 일종의 오만이었다는 비판도 들을 법하다.

어쨌든 이번에 개정판을 준비하면서 스스로 반성되는 바 있었다. 책을 써서 내놓는 것은 자식을 낳아 세상으로 내보내는 일에 비교할 만하다. 자식이든 저서든 그때부터 독자적인 삶을 시작하기 마련이지만, 그렇다고 부모가 자식을 낳아놓기만 하고 전혀 뒷바라지를 않는다면 그 또한 무책임한 일이 아니겠는가. 물론 먹고살기가 너무 바빠서 자식을 돌볼 여지가 없는 부모들이 세상에는 많고, 어떤 의미로 나도 그런 부모의 처지와 완전히 다르지는 않은 날들을 살았다. 하지만 문자 그대로 적빈에 시달리지도 않으면서 내 책은 이미 내 손을 떠났으니 알아서 읽든 말든 하시오 하는 것이 과연 적절한 태도였을까. 더구나 내가 자부했듯이 나의 글들이 '역사로서의 현재'에 대한 의미 있는 개입이었다면 말이다.

　지금 와서 굳이 이런 말을 하는 것은 단지 과거를 반성하는 뜻만이 아니다. 세상에 나온 지 40년 안팎이 된 글들이라도 아직 세상에 쓸모가 남았다면, 뒤늦게나마 독자들의 관심과 애정을 보여주십사는 호소라도 간곡히 보태고 싶기 때문이다.

　개정판을 내면서 오타나 오류를 바로잡고 일부 윤문을 더했지만 거의 초판 그대로라 할 수 있다. 다만 초판 제2부의 「미국의 꿈과 미국문학의 짐」은 『서양의 개벽사상가 D. H. 로런스』(창비 2020) 제9장으로 새로 손질한 내용이 나갔기 때문에 이 책에서는 제외했다. 『세계의 문학』에 실린 초출본(1982)과 본서 초판의 수정본, 그리고 이번 개정판의 재수정본을 비교하는 것이 연구자에게 무의미한 일은 아니겠지만, 초판보다 글자 크기를 키우다보니 면수가 더 늘어나는 사태를 조금이라도 억제해보려는 생각이었다.

　교정은 정편집실의 김정혜 실장이 맡아서 꼼꼼히 챙겨주었고 창비사 문학출판부의 전성이 차장과 박지영 과장을 비롯한 실무진도 노고가 컸다. 두루 감사드린다. 판매 전망이 불투명한 책이 계속 유통될 수 있도록 결정해준 강일우 대표와 창비사에도 특별한 고마움을 표한다.

2022년 5월
백낙청 삼가 씀

　첫 평론집 『민족문학과 세계문학』을 내고서 7년, 제2평론집 『인간해방의 논리를 찾아서』 이후로는 6년 가까이 되었다. 어수선한 모음이 아니고 좀더 본때 있는 한권의 저서가 나올 시기가 충분히 된 셈이다. 그러나 아직도 그 일은 나의 힘에 부치는데다, 또 한편 틈틈이 써낸 글들이라도 여전히 얼마간의 시효를 지닌 상황이겠다는 생각도 겹쳐, 세번째 평론집을 엮기로 했다. 그동안 쓴 것 중 영국소설에 관한 논의들은 달리 활용할 기회를 위해 제쳐두고, 문학비평의 범주에 드는 나머지 글들을 거의 다 모은 것이 이 책이다. 모아놓고 보니 구성도 첫 평론집을 많이 닮았고 내용 또한 본격적인 '민중문학론'을 자칭하기에는 미흡하다고 느껴져, 제목도 그냥 '민족문학과 세계문학 2'로 정했다. 대체로 같은 논지라도 80년대의 작업을 주로 담은 이 둘째 모음이 먼저 책에 비해 얼마만큼의 전진을 보여주는지는 독자들이 판단할 일이다.

　제1부의 첫번 글은 마침 70년대 중반에 씌어졌다가 평론집에 제때 수록되지 못했던 것이므로 70년대와 80년대 민족문학론의 연결 및 대비에 흥미 있는 자료가 되리라 본다. 뒤이어 「80년대 민족문학론의 전망」이라는

짧은 글을 굳이 삽입한 것도 비슷한 의도에서다. 그런데 정작 80년대에 들어와 연간 신작평론집 『한국문학의 현단계』 작업의 일환으로 쓴 두편을 보탰을 때, 기껏 이것뿐인가라는 아쉬움이 절실하다. 하지만 지금으로서는 「1983년의 무크운동」에 붙인 짤막한 '덧글'과 제3부 끝머리의 「민족문학과 민중문학」을 디딤돌 삼아 다음 단계의 좀더 충실한 작업을 기약할 따름이다.

제2부에는 서양문학, 제3세계문학 등에 관한 글들이 그야말로 무체계하게 모였다. 맨 끝의 「한국에 있어서 미국의 의미」는 그나마 미국문학론도 아니며 딱히 문학비평의 범주에 든다고도 하기 어려운데, 「미국의 꿈과 미국문학의 짐」에 연달아 읽음직하다고 생각되었다. 어쨌든 비록 영국소설 자체에 대한 논의는 아껴두었다 치더라도 너무나 잡다하고 빈약한 수확이라 뜨내기 영문학도로서의 자화상을 보는 느낌이다. 민족문화운동의 현장에 붙박이로 있기만 하다면 영문학의 뜨내긴들 어떠랴는 배알만은 끝까지 버릴 뜻이 없지만, 아무튼 여기서도 아쉬움이 남는다.

제3부는 한국문학의 몇몇 현역들에 대한 단편적 고찰들이 주가 되었고 앞뒤로 강연록이 하나씩 실렸다. 1, 2부를 두고 '아쉬움'을 거듭 이야기하지 않았다면 이 대목이야말로 그 말을 꺼낼 자리다. 명색이 문학평론가로서 '실제비평'이라 분류될 이런 글들이 많지 못함은 늘 아프게 느끼는 터다. 그러나 '이론비평'이라 흔히 일컬어지는 글도 나로서는 실제비평과 따로 성립하는 것으로 생각한 일이 없음을 덧붙이고 싶다.

마지막 부분의 세편은 모두 각주가 잔뜩 달린, 꽤나 전문가 티를 낸 글들이다. 그러나 엄밀한 의미의 학술논문도 아니며, 다소 어중된 성격이다. 나로서는 어디까지나 일반독자들이 읽을 평론을 쓰되 서양 문학 또는 비평이론의 전문가들에게도 크게 책잡히지 않게 쓰려고 상당히 고심한 게 사실이다. 리얼리즘론으로서는 미완의 상태에 있는 것을 여기 내놓는 의

도는 이 책을 위해 새로 쓴 마지막 글에 밝혀놓았다.

　이렇게 모은 글이 어느새 500면에 육박한다고 편집실에서도 좀 망설이는 기색이다. 그냥 내달라고 염치없이 부탁하면서 눈앞에 떠오르는 것은, 어차피 정실로라도 내주기는 할 발행자보다도 낯모르는 독자들의 모습이다. 하지만 보채는 아이 밥 한술 더 준다는 말대로, 독자 역시 많은 것을 졸라대는 저자에게 차라리 너그러울 수 있으리라 생각해본다. 그래서 변변치 못한 글의 분량을 더 줄이지도 않았을뿐더러, 각 부마다 앞에 그 수록문의 집필 연대를 기록하고 글 끝에는 발표 지면을 명시하여 독자들이 매편을 그때 그곳에서의 발언으로 이해해달라는 부탁의 뜻을 비치기도 했다. 게다가 많은 독자들이 이미 읽어준 글들을 약간의 손질만 더해 다시 내놓을 때에는 바로 그처럼 각별한 애정을 베풀었던 독자들일수록 새로 엮은 책을 한번 통거리로 읽어주었으면 하는 욕심조차 있는 것이다. 독자의 극진한 애정과 너그러움이란 곧 읽은 뒤의 준열한 비판으로 나타나는 것임에 대해서는 저자로서 미리 어느정도 각오가 되어 있다.

　아무튼 어지러운 세월에도 책을 내게 되는 개인의 기쁨은 크다. 그동안 아껴주고 참아주고 밀어준 수많은 이들의 은공에는 낱낱이 감사할 길이 없다. 다만 창비사의 힘든 사업을 해나가는 여러 벗들, 특히 김윤수 사장과 이시영 주간의 희생이 나에게는 큰 힘이 되었음을 이 자리를 빌려 밝히고 싶다.

　끝으로 이 책의 출간이 효도에 도무지 뜻이 없는 아들을 두신 어머님께 다소의 위로가 되기 바란다.

1985년 3월
지은이 씀

차례

제1부

민족문학의 현단계

　우리의 민족문학은 지금 어느 단계에 와 있는가? 이것은 누구나 한번쯤은 궁금히 여기게 되는 문제다. 더욱이 역사의식을 갖고 문학을 하고자 하는 사람이라면 끊임없는 자기성찰의 일부로 삼아야 할 문제이다.

　그런데 올바른 자기성찰을 위해서는 먼저 '민족문학'이라는 낱말에 따르는 일부의 오해부터 씻을 필요가 있다. 주지하다시피 정부에서는 이른바 '한국적' 민주주의를 표방함과 거의 때를 같이하여 '민족문화의 중흥'을 위해 막대한 국가 예산을 투입하고 있다. 그러나 정부측에서 생각하는 '한국적' 민주주의와 한국의 많은 민주인사들이 생각하는 민주주의가 반드시 일치하지 않는 것처럼 정부가 주도하는 민족문학과 우리의 민족적 양심, 문학적 양심이 요구하는 민족문학이 서로 거리가 있는 것이라면, '민족문학'을 말하기가 한결 조심스러워지지 않을 수 없다. 민족문학이라는 것이 민족적 전통의 어떤 부분만을 편리한 대로 보존, 전시하면서 국민 생활의 현재와 미래에 대한 애매한 낙관론을 고취하는 문학이라면 그것은 제대로 된 문학일 리도 없고 민족구성원 대다수의 이익에 보탬이 된다고도 보기 어렵다. 현실로 있는 비참과 모순을 정확히 인식하지 않은 낙관론은 불행을 가중할 뿐이요 과거의 전통이란 언제나 다수 민중의 실질적 요구에 맞춰서 혹은 보존되고 혹은 변혁되어야 하기 때문이다.

민족문학 개념의 존재가치

민족문학의 이름이 이렇듯 민족적 현실과 동떨어진 허구의 문학, 더 나쁘게는 완연한 어용(御用)의 문학을 위해 동원되고 있음을 볼 때, 아예 이처럼 더럽혀진 이름을 버리고 싶은 충동도 일어난다. 하지만 현실적으로 어떤 이름이 도용당했다고 그 이름 자체를 포기하기가 쉽지 않은 것이, 누가 도용했다는 사실 자체가 그 이름이 쉽사리 버릴 수 없을 만큼 값있는 것이라는 반증이기 때문이다. '민족문학'의 경우도 마찬가지다. 필자는 여하튼 민족문학의 개념을 포기할 수 없다는 주장을 이미 밝힌 바 있거니와(졸고 「민족문학 개념의 정립을 위해」, 『민족문학과 세계문학 1』 참조), 민족문학이라는 이름이 엉뚱하게 전용(轉用)되는 것도 따지고 보면 민족문학의 개념이 폭넓은 호소력을 가질 수밖에 없는 역사적 상황에 우리가 처해 있기 때문이다. 즉 한국민족의 일원이 써낸 문학이면 무엇이나 다 민족문학이고 따라서 굳이 '민족'이란 접두사를 붙여도 그만 안 붙여도 그만인 그런 태평한 세월이 아니라 민족의 존엄성과 생존 자체가 위협받는 절박한 위기에 직면하여, 우리 민족의 문학은 문학으로서 성립하기 위해서라도 이러한 민족적 위기에 대한 인식에 뿌리박지 않을 수 없다는 것이다. 이러한 민족적 위기의식이야말로 민족문학 개념의 현실적 근거이자 그 존재가치를 이루는 것이다.

그런데 민족문학에 대한 이러한 개념규정은 하나의 엄밀한 학문적 정의라기보다 우리 문학의 올바른 자기이해와 역사의식을 위한 하나의 지침으로 보는 것이 좋겠다. 도대체 문학에서 어떤 과학적 엄밀성을 지닌 정의를 내린다는 것이 불가능한데다가, 먼 옛날부터 우리 민족이 생산해낸 문학의 전부를 놓고 어디까지가 민족적 위기의식의 소산이며 어디까지가 그렇지 않은가를 따지는 공연한 번거로움을 자초하고 싶지 않기 때문이다.

하지만 논의가 일단 우리 문학사의 근대에 이르면 민족적 위기의식에 바탕을 둔 민족문학이 곧 우리 민족이 생산하는 문학다운 문학과 실질적으로 합치한다는 주장에 별다른 유보를 달 필요가 없게 된다. 그만큼 조선왕조 말기에 닥친 위기는 국권을 송두리째 빼앗아갈 정도의 전례 없는 위기였고 '종묘사직'의 위기만이 아니라 민족 전체의 운명을 뒤바꾸는 위기였던 것이다. 그러므로 이러한 위기가 절박해진 19세기 말엽부터 어떤 작품의 문학적 우수성은 그 작품에 직간접으로 작용하고 있는 민족적 위기의식, 더 구체적으로 반제국주의 및 반봉건주의 의식의 깊이와 불가분의 관계에 놓인다. 물론 이것이 이광수(李光洙)는 친일을 했으므로 무조건 열등한 작가이고 한용운(韓龍雲)은 지조 있는 독립투사니까 그의 문학은 모두 훌륭하다는 식의 도식으로 떨어져서는 안 된다. 이광수의 업적은 여기서 말하는 민족문학의 관점에서도 아주 무시할 수 없는 것이며, 반면에 그의 민족문학적 한계 역시 그의 훼절 이전에 이미 드러나 있었다. 무엇보다도 그의 개화사상·민족사상이란 식민지 상황에서 일본제국주의에 대한 투철한 저항정신이 결여된 절름발이 근대의식이었고 다분히 공허한 민족주의였으며, 바로 그렇기 때문에 훗날 그의 행적이 만해(萬海)의 그것처럼 고매하지 못했을뿐더러 『무정(無情)』이나 『흙』의 문학적 성과가 이미 『님의 침묵』의 수준에 멀리 못 미치고 있었던 것이다.

따라서 민족적 위기의식을 강조하는 민족문학 개념은 우리 민족의 문학적 유산 가운데서 특수한 일부만을 떼어내어 추켜올리고 나머지는 부당하게 내동댕이치는 억지가 아니라, 적어도 19세기 후반부터 오늘날까지 지속되고 있는 민족적 위기의 상황에서는 우리의 문학유산 전체를 가장 온당하게 평가하고 소화하는 지침이라 할 수 있다. 동시에 그것은 민족현실의 특수성을 내세워 한국문학을 세계문학의 대열에서 이탈시키기는커녕, 오히려 현단계 세계문학의 가장 선진적인 흐름인 제3세계 민족문학의 일익을 맡게끔 해주는 것이기도 하다. 이 점 역시 필자는 미흡한 대로 이미 논한 바 있으므로(「민족문학 개념의 정립을 위해」 및 「현대문학을 보는 시각」, 『민족문학과 세계문학 1』 참조) 여기서는 민족문학 개념의 존재가치를 일단 받아들이면서 그러한 민족문학이 과연 어떤 단계에 와 있는가를 살펴보기로 한다.

민족문학 시대의 몇 단계

반제국주의적·반봉건주의적 민족의식이 곧 문학적 성과의 척도가 될 만큼 심각한 역사적 위기의식이 우리로 하여금 굳이 '민족문학'의 개념을 고집하도록 만든다고 할 때, 한반도 역사상 '민족문학의 시대'는 19세기 후반에 시작되어 오늘날까지 지속되고 있다고 보아야겠다. 그동안 주권을 일본에 뺏겼다 돌려받은 일이 있고 그외에 크고 작은 변화가 많았지만 밖으로 제국주의의 침략과 안으로 봉건세력의 작용으로부터 민족의 생존 자체를 지켜야 할 절박한 필요성만은 조금도 가신 일이 없기 때문이다. 그리고 이 점은 남한에서 민주회복이 이루어진다거나 나아가서 남북이 통일된다 하더라도 쉽사리 변하지 않을 것이다. 통일과 더불어 국내의 충분한 민주화가 이루어지는 것만이 아니고 세계사 전체가 새로운 국면에 접어들 때에야 비로소 약소국가의 민족적 위기가 근본적으로 해소될 것이기 때문이다.

그러나 본질적으로 연속되는 상황이라도 민주회복이 되고 국토통일이 될 때 민족사의 새로운 단계가 시작될 것이 확실하듯이, 19세기 후반 이래로 이어져온 민족문학의 역사도 중대한 고비를 여러번 넘기면서 변화하고 발전해왔음을 본다. 극히 상식적이고 개괄적인 시기구분을 하더라도 동학농민전쟁과 갑오경장이 있은 1894년은 하나의 중요한 분수령을 이룰 것이고, 식민지로 줄달음치던 때와 정작 식민지가 되고 난 다음이 구별될 것이며, 식민지시대의 문학을 말할 때 1919년의 3·1운동이 차지하는 획기적 중요성도 누구나 인정하는 것이다. 마찬가지로 1945년의 해방이 민족문학의 새로운 한 단계를 이룩했음은 더 말할 나위 없다.

한 역사학자는 우리가 살고 있는 한국사의 현단계를 일단 1945년 이후부터 통일이 이루어질 앞으로의 어느 시기까지로 잡고 사학사적(史學史的) 입장에서 '분단시대 사학(分斷時代史學)'이라는 명칭을 사용한 일도 있다(강만길 「실학론의 현재와 전망」,『창작과비평』1974년 겨울호). 실제로 1945년은 일제의 통치가 끝났다는 것만이 아니고 국토가 분단되고 이로 인해 민족분열이 정착되었다는 점에서 남북통일 같은 대사건이 아니고는 동일한 차원에 놓을 수 없는 역사의 큰 매듭을 이루는 것으로 보인다. 그리고 그것은 사학사나 일반 역사에서뿐 아니라 민족문학사의 관점에서도 마찬가지일 것이다.

그러나 30년 전에 시작하여 앞으로 언제 끝날지 짐작하기 힘든 시기를 이 글의 주제인 민족문학의 '현단계'로 설정한다는 것은 너무나 막연한 이야기에 그칠 염려가 있다. 민족문학의 시대를 사는 우리가 그중에서도 '분단시대'를 살고 있다 치더라도 우리는 다시 이 분단시대의 어느 단계, 어느 시점에 와 있는가를 묻지 않을 수 없는 것이다.

사실 1945년 이후의 역사에서도 몇개의 큰 전환점을 알아보기는 어렵지 않다. 1948년 남북한 각기의 단독정부 수립은 문단에서도 좌우대립을 격화시켰고 특히 1950년의 6·25전쟁은 민족사의 그 어느 비극에 못지않은 것이었다. 다만 그것이 국토분단이라는 기본상황을 그대로 남긴 채 끝났다는 점에서 1945년이 열어놓은 시대의 구체적 전개과정의 하나로 파악될 수 있다는 것이다.

여하튼 6·25의 충격은 문학에 있어서도 분단시대 민족문학사의 새로운 한 단계를 마련하기에 충분했다. 그런데 문단에 미친 6·25의 영향은 우선 부정적인 것이 대부분이었다. 그도 그럴 것이 전쟁의 쓰라린 경험을 통한 민족의 새로운 각성이 작품으로 결실하려면 몇해에서 몇십년까지 걸릴 수 있는 반면, 전쟁으로 인한 인명 및 재산의 피해는 막대하고도 직접적인 것이기 때문이다. 더구나 외래 이데올로기가 가동된 동족 간의 전쟁이었던 탓에, 문단에서도 다른 분야에서와 마찬가지로 일부 좌익계 인사들이 거세된 데에 그치지 않고 비판세력 자체가 거의 전면적으로 봉쇄된 더없이 황량한 정신풍토가 형성되었다. 반제국주의·반봉건주의 정신을 생명으로 하는 민족문학은 한편으론 반공문학론에 밀리고 그와 동시에 순수문학론에 쫓겨, '순수'와 '반공'은 서로 어긋나지 않는가를 되물어볼 겨를조차 없었다. 자유당정권 말기 여러 저명 문사들이 보여준 추태는 이러한 풍토에서 가능했던 것이며, 그 이면에는 정말 양식 있고 재능 있는 문인들이 6·25로 인해 제거되지 않았던들 애당초 대접받을 수가 없었을 문인들이 대가가 되고 중진이 되었다는 서글픈 사정이 깔려 있는 것이다.

4·19와 민족문학

이렇게 말하고 보면 바로 1975년 오늘의 사정을 그대로 이야기해버린 느낌도 없지 않다. 또 1950년대와 70년대를 동일한 분단시대로 파악한 이상 분단에 따른 고질적 병폐가 그때나 이제나 지속되고 있다고 보는 것이 당연한 일이기도 하다. 그러나 좀더 자세히 살펴보면 지금의 문학적 상황은 50년대 말기의 그것처럼 황량하지만은 않다. 그때보다 훨씬 조직적이고 지능적인 탄압에도 불구하고 진정한 민족문학의 이념은 널리 주장되고 있으며, 문단의 명예를 손상시키는 일부 원로·중진들은 그 작품의 비중에 있어서나 도의적 권위에 있어서나 한국문학을 대표하지 못한다는 사실이 이미 통념화되어 있다.

무엇이 이런 차이를 가져왔는가? 두말할 것 없이 그것은 50년대와 현재 사이에 4·19라는 일대 쇄신이 있었기 때문이다. 1950년대의 극도로 혼탁한 분위기가 1960년 4월의 혁명으로 한번 크게 씻긴 덕에 오늘날 우리는 그나마의 역사의식과 문학적 양심을 간직할 수 있는 것이다.

4·19의 문학사적 중요성은 이미 누구나 인정하는 바다. 필자도 필자 나름의 견해를 비교적 상세하게 밝힌 일이 있으며(졸고 「시민문학론」, 『민족문학과 세계문학 1』 참조), 그 역사적 의의를 왜곡하거나 축소하려는 움직임에 대해서는 기회 있을 때마다 반대의 뜻을 표명해왔다. 여기서는 같은 이야기를 되풀이하기보다, 단순한 예찬만이 4·19의 위업에 대한 옳은 응답이 아니라는 뜻에서, 4·19에 대한 지나친 평가가 민족문학의 이념을 어떻게 제약할 수 있는가 하는 가능성을 한두가지 검토해보고자 한다. 그것은 곧 민족문학의 현단계를 알아보려는 이 글 본래의 목적과도 이어질 것이다.

4·19가 미완의 혁명, 좌절된 혁명이라는 사실은 아무도 의심치 않는다. 그러나 군중의 시위로 독재정권을 무너뜨렸다는 그 일차적 성과는 우리

역사상 드문 만큼이나 자칫 과대평가되기도 쉽다. 그 한 예는 4·19가 자유민권 사상을 내세운 학생·지식인들의 승리라는 점에서 한국사의 다른 어떤 정치적 변혁보다도 뜻깊다고 보는 생각이다. 그런데 민족문학의 관점에서 보면 학생들과 민권사상이 차지하는 큰 비중은 4·19의 매력이자 그 한계를 말해주기도 한다. 민족적 위기에 부응하는 의식이 반제국주의·반봉건주의 의식이라 할 때 4·19의 민권정신은 이승만(李承晚)의 가부장적 독재를 타도함으로써 무엇보다도 반봉건의식의 획기적 전진을 이룩하였지만, 그것은 국토양단과 동족상잔의 비극에 대한 원천적 책임자인 외세에 대한 효과적인 대응태세와 연결되지 않는 한 개화기의 피상적 근대의식을 답습할 위험을 안고 있는 의식이었다. 실제로 4·19가 '위대한 민권의 승리'였다는 점을 유독 강조하는 논자들 가운데 이광수류의 개화사상을 그대로 따르는 경향이 적지 않다.

4·19가 서구식 자유민주주의 사상의 승리일 뿐 아니라 바로 우리 자신의 민족주의가 이룩한 승리라는 점은 종종 잊히는 사실이다. 그것은 이승만의 독립운동 경력이나 한일국교에 반대하던 항일민족주의자로서의 명성 때문에 실제로 그가 반공의 이름으로 해방 후 일제잔재의 청산작업을 허구화하고 동족 간의 모든 대화를 금기화한 장본인임이 흔히 간과되었기 때문이며, 4·19의 직접적 계기가 서구식 의회제도의 산물인 선거문제를 둘러싸고 주어졌기 때문이다. 그러나 민족문학의 관점에서 보면 4·19 이후 문단의 새로운 움직임들이 입증하듯이 4월혁명은 무엇보다도 우리 문학에 건강한 민족의식·민중의식을 부분적으로나마 되찾아준 사건임이 드러난다. 그리고 이러한 판단은 피상적인 정치현상보다도 그 밑바닥에 깔린 경제적 현실을 추적하는 경우에 쉽사리 뒷받침된다.

동란 이후의 경제성장은 경제규모의 양적 확대 속에서 사회적 불평

등을 더욱 확대시키고 첨예화시켰다. 6·25의 폐허 속에서 지닐 수 있었던 가난한 자 그리고 전쟁피해자로서의 동류의식은 이제 계층간 분해 및 분화의 확대로 사라지고 확대된 불균형은 국민적 통합 내지 일체감마저도 거부하는 상태에 이른 것이다. 4·19는 이와 같은 1950년대의 한국경제의 재생산과정이 귀결한 정치적 변혁이다. 그것은 1950년대의 미국원조에 대한 기생(寄生)을 자기재생산의 기반으로 했던 한국경제가 그 벽에 부딪침으로써 이루어진 정치적 변혁인 것이다. (조용범 「한국경제개발계획의 사적 배경」, 『창작과비평』 1973년 봄호)

즉 1957년을 고비로 미국 원조가 줄어들면서 닥쳐온 불황은 민중의 빈곤을 가중하고 그들의 소외의식을 대결·적대의식으로 바꿈으로써 역사적 변혁을 가져오기에 충분한 객관적 조건을 마련했다는 것이다.

그러나 이를 능동적으로 이끌어 나갈 정치세력은 사실상 존재하지 않고 형식상 대중의 불만을 분출하는 기구로서 대중적 기반을 거의 갖지 않는 보수정당인 민주당만이 존재하였으므로 국민대중은 현실변혁을 3·15의 국회의원선거에서 기대할 수밖에 없었다. 이와 같은 대중의 기대가 이른바 3·15부정선거에 의해 배신되었을 때 부패와 부정 및 빈곤의 해결가능성을 상실한 데서 오는 분노는 고조된다. 여기에 엘리트의식에 젖은 그리고 상대적 의미에서 조직된 학생집단의 저항이 대중불만의 분출구를 주어 이승만정권을 타도한 4·19의 정치적 변혁이 이루어지는 것이다. (같은 글)

이렇게 볼 때 4·19 이후에 나온 갖가지 민족주의적 구호와 마이어협정
〈한국 정부의 경제정책 수립과 집행에서 미국측과의 사전 협의를 거치는 것을 골자로 함〉

폐기 등 민주당정권에 의해 이루어진 일부 민족주의적 실적은 모두 당시 민중생활의 현실에 근거를 둔 4·19의 민족주의적 측면을 반영한 것이다. 또 5·16도 단순히 4·19가 이룩한 민권의 승리, 의회정치의 승리를 중단시킨 사건이라기보다, 4·19로 인해 민주당정권으로서는 감당할 수 없도록 고조된 국민의 자주의식을 부분적으로 충족하면서 전체적으로 더욱 강력히 통어하게 해준 일종의 체제정비였다고 풀이할 수 있다.

　민족문학사에서 4·19가 차지하는 가장 큰 의의는, 남북분단과 이에 따른 민족분열에다가 6·25의 참화와 이를 악용한 정치적 작용까지 곁들여 거의 빈사 상태에 이르렀던 우리 문단의 민족의식을 한번 크게 새로 일깨워주었다는 점이다. 이에 비한다면 서구적 자유주의 사상의 전진이라거나 일부 혁신적 외래사조에의 개방태세가 이루어진 것은 부차적인 성과라 보아도 좋다. 동시에 일단 민족문학이 요구하는 민족의식이라는 척도에 눈을 돌리면 4·19의 한계성도 뚜렷해진다. 즉 민족문학의 입장에서 보면 분단시대의 가장 근원적인 민족문제는 분단의 현실이다. 일제식민지시대의 다른 여러 제약 틈에서도 한국문학은 일단 민족 전원의 운명을 다루고 국토 전역에 전파될 것을 가정할 수 있었는데 8·15 이후로는 그렇지가 못하다. 아니, 한국전쟁 이후로는 그래보려는 엄두조차 내는 것이 어렵게 되었다. 4·19혁명 자체도 발발 당시 이 문제를 정면으로 들고나온 일이 없었고 따라서 정권이 바뀐 뒤에도 다분히 즉흥적인 시도에 그치다가 얼마 안 가 된서리를 맞고 만 것이다. 문학에서도 4·19 직후 최인훈(崔仁勳)의 『광장』(1960)과 이호철(李浩哲)의 「판문점」(1961) 등에서 분단의 문제가 일차적으로 다루어졌으나 그 어느 것도 민족문학의 뚜렷한 성과를 이룰 만한 정면대결은 못 되었다. 분단시대를 사는 우리가 부닥치는 온갖 문제점의 밑바닥에 이 국토분단·민족분열의 현실이 깔려 있다는 의식은 차라리 4·19의 좌절이 확인된 뒤에 일부 시인·작가들의 뼈아픈 자기성찰을 통해 본격화되기 시작한 것 같다. 따라서 단순히 4·19가 5·16으로 귀결되었다는 것만이 아니고 일어날 때부터 분단시대의 엄연한 테두리 안에 머물렀다는 점을 간과하고 그 범민족적 의의를 과장하는 것은, 4·19가 그나마 제거하는 데 크게 기여했던 분단시대의 허위의식에 다시금 젖어드는 결과가 되기 쉬운 것이다.

4·19시대의 연속성

4·19의 민족문학사적 의의에 대한 이러한 평가는 우리가 민족문학의 현단계를 어떻게 볼 것인가를 암시해준다. 즉 4·19가 단순한 자유민권·의회민주주의의 대승리였다고 한다면 1960년 4월에 열린 새 시대는 이듬해 5월 16일로써 완전히 막을 내리고 만다. 그러나 19세기 말엽까지 거슬러 올라가는 '민족문학 시대'의 우리 문학이 '분단시대'의 역경이 극에 달했던 한 시점에서 기사회생의 전기(轉機)를 얻은 것이라고 한다면, 그후의 모든 좌절과 성취는 똑같이 4·19에서 비롯된 이 길고도 험난한 희생과정의 일부로 풀이될 수 있으며 그 작업은 아직도 진행 중이라고 볼 수 있다. 다시 말해서 분단시대의 역경 속에서 4·19혁명의 민족적 각성을 간직하고 심화시켜 이를 새로운 차원에 올려놓기까지의 시련에 찬 세월이 바로 우리가 살고 있는 민족문학의 현단계인 것이다.

이러한 안목에서 1960년 4월을 기점으로 하는 지난 15년간의 세월에서 어떤 연속성을 발견하기는 그리 어렵지 않다. 물론 이 기간 내에도 크고 작은 여러 전환점들이 있고 특히 1961년의 5·16은 완전한 단절처럼 보일 수도 있으나, 5·16 주체세력의 민족주의적 구호나 그후의 경제건설은 4·19의 민족적 각성에 영합한 일면이 없지 않음은 앞에서도 잠깐 비친 바와 같다.(이 점은 주체세력 자신들부터가 한때 극구 강조했던 나머지, 현행 헌법에서도 "4·19의거 및 5·16혁명의 이념을 계승하고"라는 문구만은 엄연히 머리글의 일부를 이루고 있다.) 군사쿠데타가 일어난 1961년 이외에 베트남파병과 한일협정이 결행된 1965년도 4·19정신과는 완전히 이질적인 한 시대의 개막처럼 보일 수 있다. 이를 계기로 5·16으로 강화된 통치권력은 더없이 비대해졌으며 한때 '민족적 민주주의'로써 배제하겠다던 외국의 영향력은 이제 전국민의 소비생활과 정신생활에까지 침투하게된 것이다. 그러나 4·19에서 새 시대를 맞은 우리의 민족문학은 1961년, 1965년 또는 그후의 어떤 위기도 4·19시대의 완전한 끝장을 뜻할 수 없었음을 증언해준다. 문단과 사회 전반에 걸쳐 소시민의식이 팽배해가는 가운데서도 1950년대에는 있을 수 없었던 튼튼한 민족의식·민중의식의 작품과 건강한 문학적 토론이 진행되었으며 1970년대의 중턱에서 그것은 이미 우리 문학의 대세로 성장한 느낌마저 들게 되었다.

돌이켜보건대 이러한 꾸준한 성장의 과정에서 혹시나 하는 기우를 품기 쉬웠던 시기가 없었던 것이 아니다. 그것은 일본 및 베트남과 관련된 숙명적 결단이 이루어진 1965년 당시보다도 그 결단이 3선개헌이라는 국내정치의 소용돌이로 이어진 1969년을 전후해서가 아니었던가 싶다. 공교롭게도 이 무렵에 우리 문단은 유치환(柳致環)·조지훈(趙芝薰) 같은 뼈대 있는 선배 시인들을 잃었고 연이어 김수영(金洙暎)과 신동엽(申東曄)이 작고했다. 특히 김·신 두 시인은 60년대의 가장 영향력 있는 시인이자 참여문학론의 대변자로서 문학논쟁과 관련하여 일부 동료 문인들로부터 한창 불온분자로 몰리다가 아까운 나이에 돌아갔으며, 이른바 동백림 사건·『청맥(靑脈)』 사건 등 다수 지식인들이 연루된 국가보안법 사건들과 『신동아』 필화사건(1969) 등이 잇달으면서 심히 위축된 분위기가 문단을 감싸게 되었던 것이 사실이다.

그러나 이것은 어디까지나 일시적이고 피상적인 위축이었고 그것을 4·19정신의 완전한 유실인 듯이 보는 것은 일부 소시민적 지식인의 허위의식이었음이 오늘의 시점에서는 의심할 수 없이 되었다. 바로 이 시기야 말로 요산(樂山) 김정한(金廷漢)의 문단 복귀(1966)에 이어 「수라도」(修羅道, 1969) 「인간단지」(人間團地, 1970) 등 걸작이 씌어지던 시기이며, 청마(靑馬)가 가고 미당(未堂)의 빛나는 재능이 튼튼한 시민의식으로 성숙되지 못한 대신 김광섭(金珖燮)의 후기작들이 나오고 김현승(金顯承)의 차분한 정진이 계속된 시기였다. 이들 노대가 이외에도 천승세(千勝世)·이문구(李文求)·박태순(朴泰洵)·송영(宋榮)·방영웅(方榮雄)·신상웅(辛相雄)·황석영(黃晳暎) 등 젊은 작가들과 이 무렵 시단에 돌아온 신경림(申庚林)을 위시하여 이성부(李盛夫)·조태일(趙泰一)·김지하(金芝河) 등의 새로운 작업이 활발하게 진행되었으며, 60년대의 막바지에 박경리(朴景利)의 『토지』 연재가 시작된 것도 민족문학의 저력을 과시한 일이었다.

그중에서도 담시(譚詩) 「오적」(五賊, 1970)으로 문단에는 물론 국내외로 큰 충격을 준 김지하의 역할은 특기할 만한 것이다. 60년대 말기가 민족문학에 있어 4·19정신의 혹독한 시련기일지언정 결코 끝맺음이 아님을 무엇보다도 웅변해준 것이 그의 작업이요, 그것은 또 4·19시대의 연속성이 거저 주어지는 것이 아니라 고난과 희생을 통해 쟁취되는 것임을 예시해준 것이다. 「오적」은 곧 국제적 이목이 집중된 법정문제로 번졌고, 또 2년 후 다른 하나의 담시 「비어(蜚語)」로 인한 새로운 필화사건과 다시 2년 뒤 김지하 자신의 긴급조치위반 투옥 사태로 이어짐으로써 그 충격은 계속 커지고 있는 중이다. 아직껏 사직당국의 확정판결이 나지 않은 작품의 법률적 시비를 여기서 가릴 일은 아니나, 「오적」이나 「비어」가 필화 때문에 유명해졌을 뿐 문학적으로는 별로 신통할 게 없다는 일부의 주장은 문학에 대한 어떤 선입견에서 나온 것이 분명하다. 토속어와 시사용어의 종횡무진한 구사로 시어(詩語)의 범위를 넓히고 판소리 형식의 활용을 통해 현대문학과 전통의 간격을 좁히며 시의 사회적 비중을 확대했다는 사실만 갖고도 이 풍자시들의 예술적 성과는 세심한 연구에 값하는 것이다. 더구나 김지하가 결코 입이 건 풍자시인만이 아니고 천부의 서정시인이기도 하다는 사실을 그의 시집 『황토』(1970)가 잘 보여준다.(특히 「비」나 「피리」 「가벼움」 같은 작품들은 그가 투쟁적인 참여시인인 동시에 기막히게 섬세한 감수성과 음악적 재능의 소유자임을 입증한다.) 한국의 한 시인이나 소설가가 국제적인 명성을 얻는 과정에는 작품의 질보다 우연한 요인들이 크게 작용하기 쉬운 것이 사실이다. 또 한국문학에 어떤 한 사람밖에 없는 듯이 생각하는 외국 매스컴의 태도는 응당 배격되어야 한다. 그러나 김지하의 경우 그가 국제적으로 유명할 뿐 아니라 민족문학의 주체적 입장에서도 크게 기대를 걸어볼 만한 시인임은 다행스러운 일이다.

하지만 김지하의 이런 역할이 그 혼자의 용기와 재능만으로 수행된 것이 아님은 더 말할 것도 없다. 앞에 열거한 몇몇 작가들 이외에도 많은 시인·소설가·평론가들이 함께 노력하는 가운데 4·19시대의 연속성이 쟁취되고 수호된 것이다. 그 결과 1971년에 재야인사들의 민주수호운동이 전개되자 문단에서는 이호철·김지하를 필두로 한일협정반대운동 이래 처음으로 문인들의 대대적인 참여가 있었으며, 그것이 작년(1974)의 개헌청원지지 61인 성명, 자유실천문인협의회 101인 선언 등으로 이어질 수 있었다. 한편 비평계는 비평계대로 온갖 공포 분위기에도 불구하고 김병걸(金炳傑)·신경림·구중서(具仲書)·염무웅(廉武雄) 제씨의 노력을 중심으로 60년대의 참여문학론과 리얼리즘 논의를 계속하면서 이를 농민문학론·민족문학론·민중문화론 등으로 확산, 심화시켜왔다.

'4월도 알맹이만 남고……'

그리하여 1970년대의 중턱에 선 우리는 4·19혁명에 의해 시작된 역사적·문학적 과업이 바로 오늘 우리의 과제라는 인식이 뚜렷해지게 되었다. 그뿐 아니라 지난 2, 3년간 그 어느 때보다 혹독했던 시련에도 불구하고 머지않아 이 과제가 일단 완수를 보리라는 확신에 차게 되었다. 따라서 현단계 민족문학의 사명은 이러한 과업의 완수를 위해 스스로를 점검하고, 당면한 시련을 이겨낼 저력과 미래에 대한 비전을 찾아내는 일이다.

그것은 우리가 처한 역사적 상황에 대한 점검작업이자 우리 시대의 문학에 대한 구체적 비평작업을 뜻한다. 그런 의미에서 70년대의 문학을 논하기에 앞서, 우리의 과제가 60년대의 한 시작품을 통해 어떻게 제시되었던가를 살펴보자.

> 껍데기는 가라.
> 사월도 알맹이만 남고
> 껍데기는 가라.

이것은 신동엽의 「껍데기는 가라」의 첫 연인바, 이 한마디야말로 민족문학의 중심부에 자리 잡은 시인만이 가질 수 있는 통찰력과 표현력으로써 우리의 시대적 과제를 제시한 것이다. 이 과제는 또 민족의식의 올바른 전통을 가려내는 작업을 요구하기도 한다.

> 껍데기는 가라.
> 동학년 곰나루의, 그 아우성만 살고
> 껍데기는 가라. (제2연)

그런데 우리가 찾아 간직하려는 '4월의 알맹이'나 '동학년의 아우성'은 그 시절의 어떤 특정 구호, 특정 행위가 아니다. 각성한 민중이 보여준 인간 본연의 부르짖음이요 알몸 그대로의 드러남이다. 따라서 진정한 민족문학과 민족의식의 당면과업도, 4월혁명 때처럼 학생데모가 있겠냐느니 동학혁명에서와 같은 농민봉기가 바람직하냐느니 하는 식의 계산보다도 먼저 인간의 양심을 되찾고 이 벌거벗은 인간 본연의 모습에 신뢰와 축복을 주는 일이다.

　그리하여, 다시
　껍데기는 가라.
　이곳에선, 두 가슴과 그곳까지 내논
　아사달 아사녀가
　중립의 초례청 앞에 서서
　부끄럼 빛내며
　맞절할지니 (제3연)

김수영은 이 대목을 두고 "'두 가슴과 그곳까지 내논/아사달 아사녀가' 울리는 죽음의 음악 소리가 들린다"고 말하며 "참여시에 있어서 사상(事象)이 죽음을 통해서 생명을 획득하는 기술이 여기 있다"고 격찬한 바 있거니와(「참여시의 정리」, 『창작과비평』 1967년 겨울호), 1~2연에서 제시된 과업의 달성이 결코 어떤 피상적인 정치행위로 충족될 수 없고 인간 본성 자체에서 솟아난, 그리고 김수영이 즐겨 쓰던 표현대로 확실한 '죽음의 보증'을 통과한 행동이어야 함을 못박는다. 3연은 또 1~2연의 외침이 '구호'가 아닌 '시'였다는 직관이 확인되는 순간이기도 하다.(여기서 '중립'이란 단어도 한정된 국제정치학적 개념이 아님은 조태일이 지적한 대로이다.「신동엽론」,『창작과비평』1973년 가을호 참조.)

이렇게 첫 연에서 4·19 이후의 과업을 제시하고 2연에서 그 역사적 의의를 재확인하며 3연에서는 모든 시와 역사의 근원인 인간의 벌거벗은 생명 자체에 든든히 기대어 선 시인은, 마지막 연에서 드디어 분단시대 최대의 목표이자 민족의 변함없는 소망을 발원하기에 이른다.

> 껍데기는 가라.
> 한라에서 백두까지
> 향그러운 흙가슴만 남고
> 그, 모오든 쇠붙이는 가라.

흔히 말하는 조국의 자주평화통일은 여기서 한갓 정치적 구호가 아닌 드높은 시의 경지, 보편적 인간옹호의 경지에 다다른다. 사람을 죽이고 누르는 통일, 살벌한 쇠붙이의 지배를 위한 통일이 아니라 알몸의 아름다움에 대한 믿음과 강토의 "향그러운 흙가슴"에 대한 사랑에 근거한 남북통일은, 분단된 한국민족의 염원인 동시에 인간의 가능성에 대한 하나의 새로운 계시가 될 것이기 때문이다. 4·19에서 비롯된 민족문학의 현단계 작업은 바로 이러한 인류적 차원의 비전으로까지 이어져야 하겠다는 의식이 60년대의 우리 문학에서 이미 작품화되었음을 확인할 수 있다.

민주회복운동과 민족문학

그런데 앞서도 말했듯이 4·19혁명 자체는 분단시대 민족의 지상목표인 통일문제와 본격적으로 대결한 것이 못 되었다. 단지 그러한 대결의 전제조건을 마련해 나가다가 그나마 쓰라린 좌절을 맛보았었다. 따라서 4·19에서 비롯된 현단계의 당면과제 역시 분단문제 자체의 해결이라기보다 그 해결의 전제조건 달성을 위한 4·19 이래의 과업을 성취하는 일이다. 70년대 중반 우리의 민족문학적 양심이 '민주회복'을 목전의 과제로 인식하는 근거가 여기 있다. 이 목전의 과제가 달성되었을 때 비로소 우리는 분단현실의 지혜로운 해결의 전제조건인 인권존중의 사회질서 속에서 분단시대 민족문학의 다음 단계 작업에 착수할 수 있을 것이다.

오늘날 민주회복이란 물론 문학인들만의 관심사가 아니다. 사회 저명인사들과 이름 없는 군중들, 신구 기독교와 불교계의 종교인, 보수·혁신의 정치인들, 언론계와 법조계, 학생들과 교수들까지, 그야말로 각계각층의 움직임이 상응하여 그들에게 가해지는 온갖 탄압에도 불구하고 이제 돌이킬 수 없는 하나의 대세로 굳어져가고 있는 실정이다. 문단에서도 민족문학의 이념에 특별한 관심이 없는 이들도 다수가 민주회복운동에 호응하고 있음을 본다.

민주회복운동이 이렇게 광범위한 연합세력을 형성할 수 있는 이유 중하나는 그 목표가 단기적인 성격을 띠고 있다는 사실이다. 이 점은 '민주회복'이란 말 자체를 새겨보아도 분명해진다. 작금의 민주회복운동이 내세운 구체적인 요구사항은 우선 헌법개정을 통해 1972년 10월 17일 이전(내지는 1969년의 3선개헌 이전)의 헌정질서로 돌아가자는 것인데, 이를 민주주의의 '회복'이라 부를 때는 약간의 어폐를 각오한 셈이다. 72년 10월 이전이라고, 아니, 69년 9월 이전이라고 할지라도 우리 사회가 진정한 민주사회가 못 되었음은 누구나 아는 사실이다. 그때도 인권유린·언론탄압·학원탄압의 사례가 하나둘이 아니었다. 굳이 다른 점을 찾는다면 그 당시의 헌법은 제대로 지켜지기만 하면 이러한 사례를 합법화하기가 힘들게 되어 있었다는 것이다. 그러니 우선 그것이나마 되돌려달라는, 엔간히도 다급해져서 나온 소리가 '민주회복'의 외침인 것이다.

그러므로 민주회복을 요구하는 사람으로서 정녕 지각이 모자라는 이가 아닌 이상, 개헌만 하면 모든 문제가 해결된다는 생각은 있을 수가 없다. 이들에게 있어 개헌이란 잔뜩 쌓인 다른 모든 문제들을 해결할 수 있는 기본적인 여건을 마련하자는 것이다. 즉 '민주회복'이란, 최대한의 목표가 아니라 최소한의 지표인 것이다. 이러한 최소한의 단기적 지표를 장기적 목표와 혼동한다면 그것은 문자 그대로 환상주의자가 되는 것이고, 단기적 지표임은 알지만 장기적인 비전이 없이 추구하는 것이라면 그야말로 무책임하게 혼란이나 조성한다는 욕을 먹어도 할 말이 없다. 하지만 민족문학의 전통 속에 굳건히 위치하고 있는 한 이런 환상주의자나 혼란 조성분자가 될 염려도 없고 이른바 사대주의자가 될 리도 없다. 민주회복을 추구하는 민족문학의 현단계는 장구한 세월을 민족적 위기와 대결해온 우리 문학사의 한 국면에 지나지 않으며, 이 단기적 목표가 달성되는 순간 우리에게는 분단시대 자체의 극복이라는 더 큰 사명이 새로운 당면과제로 주어지리라는 인식이 '민족문학'의 개념 속에 함축되어 있기 때문이다.

동시에 이러한 안목으로 민주회복의 과업에 임할 때 우리는 이 운동의 목표가 단기성을 띤다고 해서 그것이 결코 덜 절대적이라거나 그 범민족적인 당위성이 제약되는 일이 없음을 확인할 수 있다. 단기적인 목표이되 장구한 역사의 흐름 속에서 필연적으로 떠오른 목표이며, 바로 그렇기 때문에 먼 앞일에 대해 생각이 다른 사람들도 양심에 어긋남이 없이 이 목표를 위해 뭉칠 수 있는 것이다. 눈앞의 이 일을 위해 뭉치는 것이 양심의 명령이며 우리가 언제나 양심만을 따를 준비가 되어 있는 한, 다음 일은 다음 일이고 그때 가서 과연 누구 생각이 더 나은지에 대해서는 양심의 새로운 가르침이 있을 것임을 느긋한 마음으로 기다릴 수 있기 때문이다.

따라서 민주회복운동은 범국민적 양심운동의 성격을 띠는 것이고 또 그렇게 함으로써만 성공할 수 있다. 그러잖아도 이 운동은 '일부 극소수 인사들'의 움직임이라느니 협의의 '정치운동'과 다를 것이 없다느니 하는 비난을 받기도 하는데, 그러한 비난을 하는 사람들 자신의 너무나 정치적이고 소수 위주인 자세와는 별도로, 이 운동이 빗나갈 가능성은 그것대로 검토되어야 할 것이다. 즉 그것이 민족문학을 밑받침해주는 것과 똑같은 인간적·민족적 양심에 입각한 민중운동으로 발전하지 않는다면 결국 제한된 저명인사층(그렇더라도 '극소수'라고는 하기 어렵겠지만)의 자기선언운동에 그치거나, 협의의 정치세력에게 악용될 우려가 있다. 설혹 개헌이라는 목표 자체는 달성한다 하더라도 그것이 진정한 민주사회 건설과 자주평화통일의 수단이 되지 못하고 또 하나의 반민주적·반민중적 체제정비로 끝나기 쉬운 것이다.

작가적 양심과 정치의식

민족문학은 우리 역사의 현시점에서 가장 문학다운 문학으로서 어떤 당리당략이나 정치이념의 도구가 되는 것을 당연히 거부한다. 그러면서도 민족의 정치적 운명을 좌우할 민주회복운동을 스스로의 당면과제로 삼으며 이 운동이 성공하는 데 없어서는 안 될 길잡이 역할을 한다. 이것은 얼핏 보아 역설적일지는 모른다. 하지만 실제로는 민족문학이 전제하는 양심의 성격상 당연한 일이다. 원래 작가적 양심을 보통의 인간 양심과 본질적으로 다른 것으로 파악한다거나 인간의 양심 자체가 어떤 특정한 훈련을 거쳐서야 주어지는 지식 또는 분별지(分別智)의 일종으로 보는 사고방식은 우리의 민족적 전통에는 생소한 것인바, 이러한 사고방식이 생소할뿐더러 근본적으로 그릇된 것이라는 인식이야말로 민족문학 이념의 핵심을 이루고 있다. 그렇기 때문에 민족의 존엄성과 생존이 위협당하는 마당에서 이 위기를 예술의 이름으로 외면하거나 단순한 지식의 증대에만 관심을 두고 행동하는 일은 민족을 배반하는 행위일 뿐 아니라 바로 문학을 배반하는 행위라고 보는 것이다.

우리가 문학인의 양심을 강조하면서도 흔히 '양심'의 동의어로 쓰이는 '이상주의'라는 말을 굳이 기피하는 이유도 여기 있다.(이상주의의 문제에 관해서는 졸고 「문학적인 것과 인간적인 것」, 『민족문학과 세계문학 1』 참조.) 이상(理想)이란 인간 누구나 타고나는 양심이라기보다 몇몇 특수한 인사들의 소유물이기 쉽다. 민중은 이런 사람들의 이상주의에 의해 혹은 계도되고 혹은 현혹될 수 있으나 민중 모두가 이상주의자가 될 수는 없다. 그리고 민중의 참다운 각성이란 몇몇 지도자의 이상에 따라 움직이는 일이나 스스로가 이상주의자가 될 수 있는 위치에 오르는 데 뜻을 두는 일이기보다, 결코 모두가 이상주의자가 될 수 없는 그들 자신의 현실인식이야말로 가장 꾸밈없는 인간 양심과 가장 선진적인 역사의식의 바탕을 이룬다는 사실을 깨닫는 일이다. 따라서 '이상주의'는 흔히 민중의 몽매성과 현실주의 앞에서 오만해지는 데 반해, 진정한 '양심'은 실제로 몽매한 민중을 계몽하러 나선 순간에도 그들에 대한 겸허한 애정과 연대의식으로써 스스로를 드러내는 것이다.

그런데 이상주의를 기피하는 점에서는 좁은 의미의 '예술가적 양심'도 비슷한 일면을 갖고 있다. 예술가의 경우 이상주의는 자칫하면 작품의 현실성을 제약하거나 왜곡하는 요소가 되기 쉽다. 따라서 양심적인 예술가는 오직 작품 자체가 진실되기를 바랄 뿐 다른 어떤 이상의 개입도 철저히 배격한다. 물론 이러한 '예술가적 양심' 자체가 하나의 위장된 이상주의일 수 있음은 부르주아 시대의 예술에 올수록 흔한 일이나, 작품을 통한 직접적이고도 전인적(全人的)인 현실인식만을 '양심'의 전부로 보는 태도는 각성된 민중의식의 그것과도 그대로 통한다고 하겠다. 민족문학이 요구하는 작가적 양심이 한편으로 민중현실을 정확히 그려내어 민중의식의 전진에 겸허하게 이바지하면서 다른 한편 예술 본연의 기능에도 똑같이 충실할 수 있는 근거 역시 여기 있다. 민족문학에서 한 작품의 반제국주의적·반봉건주의적 민족의식과 민중의식의 수준 — 한마디로 그 정치의식·역사의식의 수준 — 이 작품의 예술적 효과, 즉 좁은 의미의 '작가적 양심'의 수준과 불가분의 관계에 있다고 말할 수 있는 것 역시 양심의 이러한 됨됨이 자체에 힘입은 것이다.

실제로 민족문학에 관심을 두어온 사람들은 범국민적 양심운동으로서의 민주회복운동을 협의의 정치활동으로 몰아치는 발언에 접할 때, 낡은 노래를 또 한번 듣는 지루함과 역겨움 이외에는 별다른 감회가 없다. 민족적 위기에 대한 순수한 문학자적 양심의 표현을 '순수문학'의 영역에서 벗어난 문학의 '정치도구화'라고 윽박지르는 비난을 그동안 귀가 아프도록 들어왔기 때문이다. 그리고 이러한 비난이 양심의 소리에 귀 어둡고 민중의 고뇌에 눈먼 자세일뿐더러 모국어로 된 문학작품의 감동에도 무딘 태도임을 구체적인 사례를 통해 거듭 확인해왔기 때문이다. 이제 그 몇가지 예를 우리 동시대인들의 작품에서 찾아봄으로써 민족문학의 현단계를 좀더 구체적으로 규명해보기로 하자.

『토지』와 「수라도」의 경우

예컨대 70년대 한국문학의 뜻깊은 성과로 이미 많은 평자의 인정을 받은 박경리의 장편 『토지』를 보자. 필자로서는 우선 이 작품의 제1부밖에 제대로 읽지 못했음을 밝혀두지만, 그것만으로도 이미 『토지』가 박경리 자신의 대표작일뿐더러 해방 후 우리 문학에서 거의 유일하게 성공한 대하소설이라는 평가에 동의하지 않을 수 없다. 그리고 이러한 성공이야말로 이 작품에 담긴 강렬한 민족의식, 민중생활에의 폭넓은 공감, 모국어, 특히 민중언어에 대한 작가의 자별한 애정, 이런 것들을 떠나서는 생각할 수 없는 것임을 확인하게 되는 것이다.

읽는 사람에 따라서는 이 소설에서 이야기의 중심이나 감정의 주축을 이루는 것은 민중현실보다도 최참판댁의 기구한 가운(家運), 그리고 몇몇 개인의 애달픈 사랑으로서, 이것은 민족문학의 이념과 별 관계가 없다는 주장을 할는지도 모른다. 물론 『토지』에 그러한 측면이 있는 것은 사실이다. 하지만 『토지』의 그런 측면이 과연 이 작품의 가장 성공적인 측면인지 어떤지는 전혀 별개의 문제인 것이다.

예컨대 최씨네 일가의 유별난 개성과 기이한 운명들이 작품에서 차지하는 비중의 문제를 보자. 전통적인 농촌사회에서 그 터줏대감 격인 양반 지주의 위치가 마을 전체의 현실적인 중심을 이루었다는 점에서, 그리고 최씨 일가의 복잡한 사정이 모든 몰락하는 귀족 집안의 와해과정을 대변하는 일면이 있다는 점에서 그것은 『토지』의 역사소설다운 현실성과 전형성에 이바지하고 있다. 하지만 최참판댁의 운명에 대한 작가의 관심이 이러한 전형의 범위를 벗어나 몇몇 특이한 개인의 이색적인 심리나 그들에게 내려진 얄궂은 운명의 작희(作戲), 그것이 예증하는 인생의 '본질적' 허무함, 이런 너무 개인 취향에 치우치거나 추상적인 비약을 담는 방향으로 나갈 때, 그 결과는 작품이 갖는 공감의 폭을 좁히게 된다. 실제로 최치수의 어머니 윤씨 부인의 비밀, 아내 별당아씨의 불륜의 사랑, 최치수 자신의 기이한 성격과 끔찍한 죽음 등은 그때그때 숨가쁘게 독자를 사로잡지만 대하소설의 체통에 비해서는 이러한 스릴과 서스펜스가 지나치게 강조된 느낌이 없지 않다. 용이와 월선이의 거의 숙명적인 애정관계 역시, 평민생활에 자리 잡고 있는 그만큼 최씨 집안 누구의 이야기보다 감동의 폭이 넓기는 하지만, 『토지』 같은 대작의 큰 뼈대 노릇을 하기에는 민중의식의 핵심에서 너무 멀리 벗어나 있지 않나 싶다.

『토지』가 대하소설로서 일정한 줄거리를 갖고 있지 않다는 말을 흔히 하지만, 어떤 의미에서 이 작품은 극적인 사건이 오히려 너무 많고 그러한 사건들의 진전에는 역시 앞에 말한 최씨댁의 운명과 용이의 애정문제라는 두개의 뚜렷한 줄기가 있는 셈이다. 따라서 일정한 줄거리가 없다는 인상을 주는 것은 이 작품의 어떤 한계와 미덕을 동시에 말해주는 현상이다. 작가가 의도한 줄거리가 작품의 진정한 무게중심이 못 되는 데서 어느정도의 산만성이 생겼다는 이야기가 되는가 하면, 작가의 의도가 다분히 주관에 치우치고 몰락하는 양반계급에 대한 동정에 치우쳤음에도 작품 자체는 그러한 한계를 넘는 객관적 현실성과 민중의식·민족의식에 접근했다는 이야기도 되는 것이다. 이 소설에 등장하는 수많은 노비와 농민들의 생동하는 대화와 방불한 생활상, 곰보 목수 윤보와 같은 탁월한(그러나 좀더 끈질기게 추적되었더라면 하는 아쉬움이 남는) 민중지도자의 상, 무능하고 완고하지만 일면 애정과 존경을 요구하는 김훈장 같은 시골선비의 어떤 전형, 이 모든 것들이 『토지』의 그러한 미덕을 증언하고 있다. 이것이 곧 우리가 말하는 민족의식과 직결된 예술적 성과임은 뚜렷하며, 동시에 작가의 민족의식이 항일의식과 향토 및 모국어에 대한 애정에서 한걸음 더 나아가 좀더 투철한 반봉건의식과 결합되기에 이르렀다면 『토지』의 예술적 성과가 더욱 커졌으리라는 점 역시 수긍이 가는 일이다. 예컨대 이 작품이 더러 산만하게 느껴지는 이유 중의 하나가 여기 나오는 역사적 사실의 해석이나 진술이 교과서적 상식의 차원에 머물기 일쑤라는 점이 지적된 바 있는데, 그러한 대목들이 자주 끼어드는 근본 원인은 어떤 특정 사건에 대한 작가의 식견 문제보다도 작품의 대상인 농민현실·역사현실을 대하는 작가의 태도에 달린 것이라고 볼 수 있다. "근본적인 문제는 어느 편에 서서 누구의 눈으로 농촌을 보느냐 하는 데 있다. 이 점에서 볼 때 『토지』의 농촌 및 농촌파악은 대단히 평면적이라는 비판을 면할 수 없을 것이다"(염무웅 「역사라는 운명극」, 『신동아』 1973년 11월호)라는 지적은 곧 이 소설의 예술적 효과에 관한 것이자 그 민족의식의 수준에 관한 것이다.

이런 면에서 김정한의 「수라도」를 대비해보는 것은 흥미 있는 일일 듯하다. 물론 아직도 얼마나 더 나갈지 모르는 미완의 대하소설과 한편의 중편소설을 두고 그 문학적 비중을 따지기는 어려우며 여기서 『토지』와 「수라도」의 우열을 가리려는 생각은 없다. 다만 후자의 경우, 중편이라는 제한된 규모의 이점과 더불어 반제국주의적인 동시에 반봉건적이기도 한 한층 철저한 민족의식이 어떤 예술적 효과를 거두는가를 살펴보려는 것이다.

「수라도」의 허씨 일가도 『토지』의 최참판댁과 같은 몰락하는 시골 양반들이다. 작가가 이들 양반 지주의 생활양식과 그들 나름의 미덕에 대해 응분의 이해와 공감을 갖고 있다는 점에서도 두 작품은 서로 통한다. 그러나 「수라도」에서는 이들의 몰락과정에 개재할 수 있는 사사로운 사연들 자체에는 별 관심이 없고 오봉 선생이라는 인물을 통해 바로 당대 선비들의 한 전형을 그려낸다. 물론 『토지』의 최치수와 김훈장, 이동진 등이 함께 보여주는 옛 선비들의 다양한 모습에 접할 수는 없으나, 이른바 척사위정파 선비 특유의 미덕과 근본적 한계성을 일거에 집약했다는 점에서는 『토지』의 어느 인물보다도 높은 전형성을 획득하고 있다고 하겠다. 그뿐 아니라 「수라도」에서는 오봉 선생의 약점과 한계가 집념 어린 동정이나 막연한 비판의 대상이 되는 것이 아니고, 구체적이며 설득력 있는 역사적 대안이 제시되어 있다. 그 대안이 바로 오봉의 며느리 가야 부인을 통해 제시된다는 사실은 이 작품의 반봉건·민족의식이 어떤 도식적인 계급의식과 거리가 멀다는 것을 입증해준다. 동시에 그것은 식민지 상황에서는 지난날의 봉건지배계급의 다수가 민중과 결합함으로써만 효과적인 민족운동이 벌어진다는 역사의 논리와도 일치하는 것이다.

가야 부인은 스스로가 양반집 규수요 엄격한 양반집의 충실한 맏며느리지만, 일제하의 고난을 견뎌내는 과정에서 시아버지 오봉 선생의 유생적 한계를 뛰어넘어 주변의 평민들과 호흡을 같이하는 새로운 차원의 지도적 인간상에 도달한다. 그것은 물론 그 여자 자신의 훌륭한 인간적 자질에 힘입은 것이나, 동시에 남존여비의 봉건사회에서 여자는 지배계층에 속할지라도 압제받는 위치에 있었다는 사실에 부응한 것이며, 이 지배질서의 이념이 양반과 민중 공동의 적인 일제침략자들에 의해 무너짐으로써 새로운 범민족적 인간상의 정립이 요망되는 시대적 상황에 부응한 것이었다. 따라서 가야 부인은 오봉 선생에 못지않게 전형적인 인물이며, 시아버지와의 충돌, 미륵당 건립, 상처한 사위 고서방과 몸종 옥이의 결혼 등 가야 부인 인생의 중요한 고비를 이루는 일련의 사건들이 모두 자연스럽고 박진적인 작중현실의 전개를 통해 당대 역사의 본질적 모순을 드러내고 그 극복의 가능성을 제시하는 리얼리즘 예술의 정도(正道)를 보여주고 있다.

본질적 모순의 탐구

『토지』와 「수라도」가 모두 참다운 민족문학의 기념비적 작품이라는 것은, 그것이 각기 다루는 시대와 장소에 관계없이 당대 현실의 본질적 모순을 포착함으로써 바로 현재의 역사의식을 계발해주기도 한다는 사실을 보아도 알 수 있다. 즉 그 스스로가 현단계 민족문학의 중요한 성과이자 현단계 민족문학의 남은 과제를 해결하는 데 직접적인 기여를 한다. 더 구체적으로 말해, 민주회복이라는 현단계 특유의 과제에 대해 언급하지 않는 경우에도 이 움직임을 밑받침해주고 올바로 이끌어주기까지 할 수 있다는 것이다.

『토지』의 경우 전통사회 내부의 지주와 농민 간의 모순은 충분히 제시되었다고 보기 힘드나 식민지시대로 넘어오는 상황에서 이 모순이 격화되고 더욱 악성화되는 과정은 조준구 같은 인물을 중심으로 탁월하게 포착되었으며(염무웅, 앞의 글 참조), 이것이 비단 일제시대나 또는 농촌사회에만 국한되지도 않는 당면 현실의 어떤 본질적 측면을 암시해준다는 것을 상식 있는 독자라면 누구나 알아차릴 수 있다. 「수라도」의 경우 식민지시대의 진상이 훨씬 건강한 민족의식으로써 포착되어 있음은 앞에 말했거니와, 이 작품을 위시하여 「모래톱 이야기」(1966) 「뒷기미 나루」(1969) 「산서동(山西洞) 뒷이야기」(1971), 그리고 더 근자의 「회나뭇골 사람들」(1973)과 「어떤 유서」(『월간중앙』 1975년 2월호) 등 김정한의 농촌소설들은 식민지시대의 본질적 모순이 대부분 해방 후까지 온존해 있으며 일부는 분단시대 특유의 병폐까지 겹쳐 오히려 심화되었음을 증언해준다. 거기다 「인간단지」와 「지옥변」(地獄變, 1970) 등에서는 도시로 무대를 옮겨 그 증언의 폭과 무게를 더하고 있다.

민족문학의 이러한 증언 앞에서, 정부 수립 이후의 상황은 이전과 본질적으로 다르니 이제는 국민의 순응주의적 태도가 가장 바람직한 것이라거나 여하튼 최근 10여년은 단군 이래의 놀라운 진보의 시기였고 민주주의의 기반을 닦는 시기였다는 식의 주장은 먹혀들어갈 여지가 없다. 마찬가지로, 자유당정권 초기에 우리가 민주주의를 체험하였다고 생각하는 안이한 민주회복론도 민족문학의 엄연한 증언에 따라 수정되고 심화되지 않으면 안될 것이다.

이것은 김정한과 박경리의 소설뿐 아니라 모든 값있는 민족문학 작품들이 똑같이 들려주는 교훈이다. 예컨대 그의 연령이나 도시적 감수성과 의식으로 김정한과는 좋은 대조를 이루는 황석영의 경우가 그렇다. 「객지」(客地, 1971)나 「한씨연대기」(韓氏年代記, 1972)는 모두 자유민주주의적 헌법개정만으로는 간단히 극복될 수 없는, 하지만 자유민주주의적 개헌을 위한 범국민적 양심의 각성과 민중의 단결 없이는 극복의 희망조차 품어볼 수 없는 본질적 모순들의 고발이다. 「객지」의 증언이야말로 오늘날 민주회복운동에서 근로자 문제가 거론되는 당위성을 밑받침하는 동시에 이 문제에 대한 지금까지의 다분히 추상적인 거론으로써는 결코 민주사회가 이룩되지 못하리라고 경고해주는 것이 아닌가. 또 「한씨연대기」에서 주인공 한영덕의 수난이야말로 요즘 떠들썩한 '인권'의 문제가 결코 환상주의자나 사대주의자의 상투적 화제가 아님을 웅변해주지 않는가. 동시에 이 작품은 인권유린의 생생한 현장을 보여주는 과정에서, 우리 사회에 있어 인권문제의 근본 원인은 남북분단의 현실에 있고 그 궁극적 해결은 신동엽의 표현대로 "한라에서 백두까지/향그러운 흙가슴만 남"을 때야 얻어질 수 있음을 증언한다. 그러나 이것은 기본권의 탄압이 '북괴 남침 위협' 때문이라는 흔히 들리는 변설과는 전혀 차원이 다른 이야기다. 한영덕이 무고하게 당해서 국가안보에 보탬이 된 것이 무엇이 있단 말인가.

"혹시 또 알간, 데켄 애들은 부모 처자 간에두 서로 속셈을 모르니까니. 오라바니 마음이야 네레 알갔느냐 이거야."

"무슨 소리야. 지금 일정땐 줄 알았단 너 큰코다친다. 난세니까 너 같은 거이 붙어 밥을 먹디. 너이들은 거저 다 똑같은 넌석들야. 위구 아래구 할 거 없이."

한여사의 음성이 높아지자 민상호(정보대원 ─ 인용자)는 당황하며 그 여자의 어깻죽지를 두드렸다.

"야야, 누구레 듣갔다. 창피하게…… 음성 좀 낮추라. 날 통해 위에다 손 좀 쓰문 너이 오라바니쯤은 빠제나갈 수 이서요. 이걸 좀 쓰라우."

상호가 엄지와 검지로 동그라미를 만들어 보였다.

"높은 사람이 이 사건 조사를 강력히 지시했으니, 맨손 개지군 힘들 거이야."

한여사의 얼굴은 차디차게 굳어 있었다.

"무슨 돈이 있다구 너이들 입에다 처넣을까. 난 울 오라반 죽어두 도와요. 끝까장 뿌리를 캐구 말 거니끼니."

상호가 은근히 위협조로 나왔다.

"넷날에 넌두 기랬대서. 너이 형젠 원체가 데켼쪽 사상이 쎘디."

"이런 무식한 거야, 사상 하문 거저 빨갱이밖엔 모르누나."(「한씨연대기」, 황석영 소설집 『객지』 145면)

그런데 지금이 일정 때와 다르다는 한여사의 주장은 한영덕의 인권문제에 관한 한 아무 근거 없는 주장임이 드러난다. 아니, 어찌 이것이 작품 속의 상황이나 6·25전쟁 중에 국한된 사태라 할 것인가. 민상호와 한여사의 이런 대화가 오늘날의 많은 사람들에게 바로 자기 자신이 어디서 많이 들은 듯한 어떤 친숙감마저 풍긴다는 점에서 우리의 양심과 애국심이 '민주회복'의 길을 택하지 않을 수 없음이 더욱 명백해진다.

김정한의 농민문학이 도시생활의 문제를 다룬 작품들로 이어지듯이 황석영의 도시 중심의 문학도 자연과 농촌의 시정(詩情)을 수용할 수 있는 가능성을 향해 열려 있다.「삼포(森浦) 가는 길」(1973)은 떠돌이 노동자와 작부의 이야기를 통해 이러한 가능성이 실증된 탁월한 본보기요,「이웃 사람」(1972)은 그러한 가능성과 멀어진 탓에 작품이 너무 빡빡해진 예일 것이며,「장사(壯士)의 꿈」(1974)은 도시생활의 한계성이 정면으로 시인된 대신 자연을 되찾는 문제가 지나치게 단순화되고 신비화될 위험을 보여주었다고 하겠다. 그리고 이 작가의 장래에 대한 그런저런 온갖 궁금증들을 일단 모두 풀어줄 작품이 작년부터 신문에 연재 중인 역사소설『장길산(張吉山)』이리라 짐작된다.

도시와 농촌

통상적인 의미에서의 '도시문학'과 '농촌문학' 그 어느 하나에도 국한될 수 없는 것이 현단계 민족문학의 특징이기도 하다. 이것은 단순한 작가적 재능의 범위라는 양적인 문제가 아니고 제국주의 시대 후진국 상황의 본질과 직결되는 질적인 문제다. 이미 여러 사람이 지적했듯이 식민지 또는 반(半) 식민지의 농촌은 반드시 도회보다 뒤떨어진 의식의 현장만이 아니고 제국주의에 의해 왜곡된 개발의식으로부터 민족의 주체성과 삶의 건강성을 지키는 마지막 보루가 될 가능성을 떠맡는다. 그런 의미에서 후진국의 농촌은 자기 나라의 도시는 물론 제국주의적 허위의식의 본거지인 이른바 선진국의 도회들보다 더 선진적이 될 가능성을 갖는데, 다만 이러한 가능성이 역사 속에 실현되기 위해서는 도시적 감수성과 의식의 세례를 받을 만큼은 받아야 하는 것이다. 그리하여 농촌의 건강한 민족의식·민중의식이 도시의 진정한 근대정신과 결합했을 때 그 결과는 현실적으로 도시와 농촌 어느 곳에 나타나든 간에 제국주의 시대의 가장 진보적이고 인간적인 의식이 되며, 이러한 의식에 입각한 제3세계의 민족문학이 곧 현단계 세계문학의 최선두에 서게 될 것은 당연한 일이다. 반면에 이러한 높은 차원에 이르지 못할 때 농촌문학이건 도시문학이건 결국 선진국의 영원한 변두리문학, 엄밀한 의미에서 이류문학에 머물고 말 것이다.

그러므로 우리의 경우에도 전근대적인 농민의식에 침잠해 있는 작품이나 도시생활의 소시민의식에 젖어 있는 문학은 개별적 작가의 재능이 아무리 뛰어나다 해도 대성하기 어렵다. 김정한을 비롯한 민족문학의 중요한 작가들의 소재가 도시와 농촌 그 어느 쪽에도 국한되지 않으려는 경향이 있는 것은 그 때문이다. 이것은 물론 시에도 해당되는 이야기로서, 예컨대 주로 농촌현실의 시인으로 알려진 신경림의 경우 도시생활의 체험도 당연히 관심의 대상이 되며 「산(山) 1번지」 같은 시는 시집 『농무』(農舞, 1973)에서 가장 뛰어난 작품 중의 하나다.

해가 지기 전에 산 일번지에는
바람이 찾아온다.
집집마다 지붕으로 덮은 루핑을 날리고
문을 바른 신문지를 찢고
불행한 사람들의 얼굴에
돌모래를 끼어얹는다.
해가 지면 산 일번지에는
청솔가지 타는 연기가 깔린다.
나라의 은혜를 입지 못한 사내들은
서로 속이고 목을 조르고 마침내는
칼을 들고 피를 흘리는데

정거장을 향해 비탈길을 굴러가는
가난이 싫어진 아낙네의 치맛자락에
연기가 붙어 흐늘댄다.
어둠이 내리기 전에 산 일번지에는
통곡이 온다. 모두 함께
죽어버리자고 복어알을 구해 온
어버이는 술이 취해 뉘우치고
애비 없는 애기를 밴 처녀는
산벼랑을 찾아가 몸을 던진다.
그리하여 산 일번지에 밤이 오면
대밋벌을 거쳐 온 강바람은
뒷산에 와 부딪쳐
모든 사람들의 울음이 되어 쏟아진다. (전문)

여기서도 중요한 것은 한 시인의 소재가 도시와 농촌을 아울러 포함하
느냐 어떠냐보다 그 의식의 수준과 공감의 폭이다. 조태일과 이성부도 이
점에서 주목되는 시인들이다. 특히 김지하와 더불어 이들 세 사람은 비슷
한 연배일뿐더러 각기 개성이 다르면서도 모두 동학혁명의 본고장인 남
도(南道) 농민의 정신과 현대적 시예술의 의식을 종합한 시세계를 구축해
나가고 있다.

잃어버린 목소리를
어디 가면 만날 수 있을까,
잃어버린 목소리를
어디 가면 되찾을 수 있을까,

바람들도 만나면 문풍지를 울리고
갈대들도 만나면 몸을 비벼 서걱거리고
돌멩이들도 부딪치면 소리를 지르는데
참말로 이상한 일이다.
우리들은 늘 만나도 소리를 못내니
참말로 이상한 일이다.

산천은 변함이 없고
숨결 또한 끊어지지 안했는데
참말로 이상한 일이다.
입들을 벌리긴 벌리는데
그 폼만 보이고
목소리는 들리지 않는다.

목소리는 아예 목청에 가둬 뒀느냐,
산천에 잦아들었느냐,
내 귀가 멀어서
고막이 울지 못하느냐,

내 오관(五官)을 뒤집고 보아도
폼만 보이고, 껍데기만 보이고,
목소리를 만날 수가 없구나. (조태일 「국토 23」 전문)

이 작품이 발표될 당시(『창작과비평』 1972년 겨울호)보다 오늘날 언론의 숨통이 약간은 열렸다 해서* 이 시의 감동이 조금도 덜하지 않다. 그리고 민족현실의 고통스러운 한 순간이 시인의 독특한 음성으로 녹음되었다는 점에서 아마 언론자유가 완전히 보장된 시기가 와도 여전히 독자들의 심금을 울릴 것이다. 이것은 민주회복을 기다리는 시간의 좌절과 기대를 노래한 이성부의 많은 시편에도 적용되는 말이다. 그의 시는 때때로 날씬한 표현이 체험의 내실을 앞지르는 흠이 없지 않으나, 최근작의 하나인「봄」(1974) 같은 작품은 절실한 경험과 그것을 일반화하는 이성부 특유의 능력이 결합된 좋은 예다.

> 기다리지 않아도 오고
> 기다림마저 잃었을 때에도 너는 온다.
> 어디 뻘밭 구석이거나
> 썩은 물웅덩이 같은 데를 찾아 기웃거리다가
> 한눈 좀 팔고, 싸움도 한판 하고,
> 지쳐 나자빠져 있다가
> 다급한 사연 들고 달려간 바람이
> 흔들어 깨우면
> 눈 비비며 너는 더디게 온다.
> 더디게 더디게 마침내 올 것이 온다.
> 너를 보면 눈부셔
> 일어나 맞이할 수가 없다.
> 입을 열어 외치지만 소리는 굳어
> 나는 아무것도 미리 알릴 수가 없다.

---

* 이 글이 씌어진 것은 1975년 2월로서『동아일보』의 격려광고가 한창일 때였다.

가까스로 두 팔을 벌려 껴안아 보는

너, 먼 데서 이기고 돌아온 사람아 (전문)

이밖에 「어머니」(1973)에서는 바로 민주회복의 고통스러운 한순간으로
보이는 체험을 1인칭서술로 노래하고 있는데 여기서 농촌이 도시에서의
민주화운동의 역사적·정서적 근거지로 파악되어 있음은 뜻깊은 일이다.

서울과 고향 사이

신경림의 시 「산 1번지」의 현장은 곧 이문구와 방영웅 두 작가의 독특
한 작품세계의 현장이기도 하다. 물론 서울 변두리 빈민지대를 작품화한
예는 이 둘 이외에도 여럿 있다. 박용숙(朴容淑)의 「밀감 두개」 같은 작품
은 명목상 서울 변두리라도 상대적으로 안정된 소시민생활을 다루고 있
어 좀 성격이 다르지만, 박태순의 소설집 『정든 땅 언덕 위』(1973)나 조선
작(趙善作)의 『영자의 전성시대』(1974)에 실린 몇편들은 소시민생활 이전
의 변두리 현실을 훌륭히 작품화한 성과이다. 송영 역시 「미화작업」(美化
作業, 1973) 「청혼」(請婚, 1974) 등에서 비슷한 소재를 다루고 있으나 그의
경우 이런 소재가 자기 작품세계의 중심은 아닌 것 같다. 송영은 서정인
(徐廷仁)과 더불어 아마 현역 작가 중 가장 매끄러운 단편 구성의 기교를
터득한 작가라 하겠는데, 그만큼 그에게는 소시민적 엘리트의식에 흐를
위험도 커서 「미화작업」에서 주인공의 집념 같은 것은 크게 독자의 공감
을 사지 못하고 있다. 이 작가 특유의 감수성과 집념이 사회에서 버림받
은 삶에 대한 절실한 고발로 결실하는 것은 변두리 지역보다도 감옥이라
는 특수한 상황을 다룰 때다. 특히 중편 「선생과 황태자」(1970)는 1950년

대 손창섭(孫昌涉)의 걸작 「인간동물원초(抄)」의 세계를 일층 확대, 심화한 빛나는 작품으로서 군형무소 생태의 박진적 묘사인 동시에 한 시대 전체의 상징으로서도 호소력을 갖는다.

변두리 현실을 다룬 여러 작가들 가운데 이문구·방영웅 두 작가가 남다르게 부각되는 한가지 이유는, 둘 다 고향의 토속 냄새를 짙게 간직한 작가로서 변두리의 뿌리 뽑힌 인생을 다룸에 있어 실향의 비애를 한층 생생하게 실감시켜주기 때문이다. 그중 방영웅은 그의 출세작이자 아직껏 그의 대표작인 『분례기』(糞禮記, 1967)가 시골을 배경으로 했고 짙은 토속적 정취를 담고 있었던 탓에 때로는 농촌작가로 꼽히기도 하지만 그의 문학이 농민문학이 아니라는 사실은 처음부터 명백한 것이었다. 그의 문학의 본령은 오히려, 시골 사람의 착한 심성과 끈질긴 생명력을 간직했으나 시골과 서울 어느 한군데서도 정상적인 생활기반을 확보할 만큼 약삭빠르지도 못하고 그렇다고 더 투철한 어떤 의식을 가지지도 못한 뿌리 뽑힌 삶의 현장이다. 따라서 소설집 『살아가는 이야기』(1974)에 실린 대부분의 작품의 무대는 「사무장과 배달원」(1968)에서처럼 서울 변두리거나 「고향생각」(1973)의 경우처럼 서울 변두리까지도 채 못 오고 서울과 고향 사이에 떨어져버린 어떤 중소도시다. 아니면 시골이라도 읍내거나 타관이요, 여하튼 실제로 고향의 땅에 뿌리박고 농사짓는 농민생활의 현장은 보기 어렵다. 이렇게 뿌리 뽑힌 삶, 허공중에 뜬 삶을 다루면서 이 작가 자신이 그가 그리는 시골 사람들의 착한 심성과 평범한 삶에의 신뢰감을 온전히 간직할 때 「방구리댁」(1970) 「말감고 김서방」(1971) 「오막살이」(1973) 등의 담담하고도 인정스러운 이야기를 낳는다. 반면에 그 스스로가 허공중에 떠버릴 위험도 늘 안고 있는 것 같다. 그 결과 자기 혼자만의 엉뚱한 착상에 홀려 실감 없는 이야기를 곧잘 펴내는가 하면, 『살아가는 이야기』에 추려놓은 작품 가운데서도 서울 변두리의 현실을 리얼리즘의 차원에서 제대로 다루었다고 할 만한 작품은 「사무장과 배달원」하나가 있을 정도다.

그에 비해 이문구는 농촌을 다루건 변두리를 다루건 실재하는 생활현실의 인식에 굳건히 의지하고 선 작가다. 아니, 실제로 경작하는 농민과 목도를 메는 노동자로부터 변두리의 온갖 인간상들, 나아가서는 어촌생활의 세밀한 디테일에 이르기까지 당대 생활에 관한 이 작가의 폭넓고 정확한 지식은 그보다 훨씬 나이 많은 작가로서도 따를 이가 드물 것이다. 그렇다고 그가 단순한 '생활정보'의 작가가 아님은 물론이거니와, 언제나 걸쭉한 이야기꾼이면서도 결코 통속소설가일 수도 없음은 우선 그의 지나칠 정도로 완만하고 개성적인 문체에서부터 드러나 있다.

변두리의 밑바닥 인생을 본격적으로 다룬 소설로서 비록 결함이 많은 작품이긴 하나, 그 사실적 묘사의 풍요성으로나 그들 천대받는 인간들에 대한 공감의 폭으로나 또는 이 현실의 이면에 숨겨진 민족분열로 인한 비극의 인식에 있어서나 이문구의 『장한몽(長恨夢)』(1970~72년 『창작과비평』에 연재)을 능가할 장편이 없을 듯하다. 이러한 그의 작업은 『장한몽』이전에 「지혈」(地血, 1967) 「이 풍진 세상을」(1970) 등의 우수한 단편으로 이미 결실했었고 최근에 나온 창작집 『해벽』(海壁, 1974)에서도 계속되고 있다. 그런데 변두리 현실을 탐구하는 작가로서 이문구의 가장 큰 강점은 그가 변두리의 삶 자체를 폭넓은 체험을 통해 이해하고 있을 뿐만 아니라 이러한 현실이 생겨나게 된 근본 원인인 농어민의 이향과 농어촌공동체 와해의 현장을 농민 또는 어민의 입장에서 그려내는 능력을 겸하고 있다는 것이다.

중편 「해벽」(1972)은 그 좋은 예다. 이 소설은 사포곶(沙浦串)이라는 한 어항이 말하자면 '근대화'를 한 이야기다. 주인공 조등만은 자기 고장의 주체적인 발전을 위해 온갖 노력을 기울였으나 미군기지의 설치로부터 변하기 시작한 세태와 인심, 어민이 어민으로 남아 있는 것을 수치스럽고 혐오스럽게 만든 시대적 풍조와 경제현실, 그리고 60년대에 불어닥친 관권주도의 '근대화' 바람은 조등만 개인을 어협 조합장 자리에서 밀어내고 결국에는 파산까지 시키는 데 그치지 않고 사포곶 자체가 폐항이 되고 본바닥의 양식 있는 사람은 하나둘 고향을 뜨지 않을 수 없게 만든다. 이렇게 고향을 등진 사람들의 다수가 바로 서울의 변두리에서 (이문구의 다른 작품의 표현을 빌린다면) 서울특별시민 아닌 서울보통시민이 될 것은 뻔한 일이다. 그러나 더욱 중요한 것은 사포곶에 남아 있는 조등만 자신이 이미 실향민이나 다름없다는 사실이다. 그것은 단순히 사업에 실패했다는 좌절감과도 다르다. 원래 시골이란 농촌이든 어촌이든 도시가 아닌 대신 도시의 전횡이 미치지 않는 그 나름의 무게중심이 있는 것인데, 이제 '근대화' 덕분에 사포곶처럼 외진 어항마저 서울의 변두리 — 그리고 좀 확대해석을 하면 워싱턴이나 뉴욕 또는 토오꾜오의 변두리 — 로 변해버린 것이다.

「해벽」은 이제 완전히 몰락하고 건강마저 잃은 주인공의 회상을 통해 서술되는데, 조등만의 심리나 감정부터가 완전히 실향민의 그것이다. 좋았던 옛 시절의 추억에 사는가 하면, 바로 바닷가에 살면서도 바다에 대한 그리움으로 가득 차 있다. 이 그리움의 농도야말로 어항 및 어민생활의 범백사에 대한 작가의 정밀한 지식과 더불어 이 작품의 실감을 보장해주는 요소이다. 소설은 바다 소리로 시작하여 바다 소리로 끝난다. 그리고 중간에, 조등만이 조합장직을 잃고 바닷가 술집에서 작부와 자다가 깨면서 들은 소리는 이 작품의 세심한 사실묘사와 우울한 현실고발의 밑바닥에 대자연의 신비스러운 힘에 대한 건강한 의식이 살아 있음을 보여준다.

　가슴이 울멍울멍 흔들리기 시작한다. 바다가 다가드는 소리가 들릴 적마다 겪음해본 바 그대로였다. 그는 어려서부터 지구가 거대하다는 걸 산이나 들에서 느껴본 적이 없었다. 하늘을 올려다보고 느낄 순 더욱 없었다. 바다를 보아야만 비로소 지구의 덩치가 엄청나다는 걸 실감하곤 했던 것이다. 그것도 개펄을 보고 느낀 일은 없었다. 배를 타고 나가서 그렇게 느낀 적도 없었다. 그렇다, 바다가 밀려오는 소릴 들으며 처밀고 들어오는 걸 봐야만 다시금 느낄 수 있는 거였다. 밀물이 들오는 모양은 한마디로 '웅대한 것'이라고밖엔 더 할 말도 없었다. 분명 웅장하고도 신비스런 것이었다. 하늘과 산줄기는 아무리 크게 보려도 언제나 '끝 간 데'가 보였지만, 수평선에서 시작된 물밀 또는 밀물은 시작도 끝도 없이 웅장할 따름이었다. 물밀은 밀물로서만 그치지도 않았다. 하늘을 떠밀고, 구름을 쓸며, 바람까지 모아 앞잡이 삼아 몰아오던 것이다. 수많은 물고기와 물새도 밀어왔다. 지축의 포효인 듯, 심연의 노래인 듯, 우렁찬 전진의 소리였다. 갈대는 함성을 지르며 환영했고 게는 구멍 앞에서 바빠하며 조개들은 눈을 떴다. 그 웅장한 소리가 들려오고 있었으니 어찌 잠에만 묻힐 수가 있으랴. (이문구 소설집 『해벽』 194면)

여기서 작가는 처음에 제법 냉정한 분석이나 해나가는 듯한 어조이다가 차츰 고양되는 감정은 마지막 다섯 문장에 가서 완전한 산문시의 높이에 다다른다. 이문구 문체에서 더러 지적되는 결점들도 여기서는 일절 찾아볼 수 없다. 그만큼 바다 소리의 감동은 직접적이고 강렬한 것이다.

이 웅장한 소리, 이 우렁찬 전진의 소리가 추억과 그리움의 대상만이 아니고 구체적인 역사창조의 작업으로 이어질 수 있다면 얼마나 통쾌하고 고마운 일일까. 그런데 「해벽」은 그 서술의 구조 자체가 이러한 가능성을 배제하고 있다. 사포곶의 변천과 조등만의 몰락과정은 냉철한 현장 목격자의 눈으로 그때그때 추적되면 그 울분과 좌절감이 곧 강렬한 현실개조의 투지로 이어질 수도 있는 것인데, 완전히 무력해진 조등만의 관점을 택함으로써 체념과 향수의 가락이 주조를 이룰 수밖에 없게 되었다. 사실 이러한 현상은 「해벽」뿐만 아니라 『장한몽』을 포함한 이문구의 많은 작품에서 발견된다. 그의 소설이 항상 서민적 체취를 물씬 풍기면서도 그의 문장이 때때로 번거로울 정도로 구성이 복잡하고 남모를 단어들이 많으며 복고적인 가락에 흐르기도 하는 것은, 그가 지닌 튼튼한 생명력이 바다의 "우렁찬 전진의 소리"와도 같이 떳떳한 사회의식과 역사적 실천으로 이어지는 길이 제대로 트이지 않았기 때문인 듯하다.

토속의 향배(向背)

서울과 고향 사이에 버려진 삶을 올바로 드러내는 작업은 이렇게 커다란 문학적 가능성과 난관을 아울러 안고 있는 민족문학의 과업이다. 그것이 잘될 때 가까이는 억압적인 체제를 지탱하는 명분인 '조국근대화' 구호의 허구성을 드러내주며, 나아가서는 전국토의 변두리화라는 제국주의 시대 특유의 현실에 대응하는 민족의식·민중의식을 준비해준다. 반면에 국토의 변두리화가 작품 속의 현상만이 아닌 역사의 현실인 만큼, 작가의식 자체가 건강한 터전을 잃고 비촌비도(非村非都)의 허공에 떠버릴 가능성도 다른 어느 경우에보다 절박한 것이다.

이러한 작업에서 토속적 정취가 몸에 배어 있다는 것은 큰 강점이 된다. 근대화의 이름으로 민족문화에 대한 외부로부터의 용훼가 차라리 내면화되어가는 현실에서 토속성이란 저항의 최후의 거점이 될 수 있는 것이다. 언어 면에서도 모국어의 황폐화가 교육기관·언론기관 자체에 의해 조직적으로 진행되는 경우, 표준어는 얌체의 언어가 되고 방송국의 아나운서와 성우들은 일종의 '방송국 사투리'를 전파하게 되며 결국 우리말다운 우리말은 방언을 주축으로 하는 토속어에 한정되는 경향마저 생긴다. 현단계 한국소설의 가장 실감 있는 부분 가운데 큰 몫이 사투리를 쓴 대화라는 사실은 여기서 연유하는 것이며, 그것은 곧 토속성이 지닌 더 큰 역사적 가능성의 일면을 보여주는 것이다.

그러나 농촌문학의 경우를 두고도 이미 말했듯이, 토속성에로의 후퇴가 반제국주의적·반봉건주의적 전진을 위한 전략적 후퇴가 아닐 때 토속성이라는 거점도 허무하게 무너지고 만다. 그것은 외세의 침입을 막기는커녕 이국 정취에 목마른 과잉개발사회의 관광객과 어용 지식인들을 끌어들이는 수단으로 전락하여 외세의 작용을 제도화하고 민족문화를 더욱 황폐화하는 데 이바지하는 것이다. 따라서 토속적 체질의 작가가 자기도 모르는 사이에 이런 과정에 휩쓸리고 나서는 이에 따른 혼란을 수습하기 위해 허황된 이론을 펴거나 근거 없는 선민의식을 내세워 혼란을 더욱 가중하는 일도 우리는 흔히 보게 된다.

우리 문학사에서 두드러진 토속적 체취를 지닌 채 이를 건강한 민족의식·민중의식 쪽으로 키워나간 작가로는 우선 김유정(金裕貞)을 꼽아야 옳을 것 같다. 김정한은 처음부터 딱히 토속성의 작가라고 할 정도는 아니었던 대신 후기에 갈수록 토속성과 진취성의 조화가 무르익었다는 점에서, 초기의 훌륭한 토속적 작품들이 유장한 발전을 거두지 못한 김동리(金東里)와 대조된다. 여기서 다시 이문구와 방영웅의 작품세계로 되돌아올 때, 그들은 대체로 김유정과 초기 김동리 문학의 전통을 계승하여 우리 시대 특유의 사회현상인 변두리 현실로까지 이행시켜온 공적을 높이 사주게 된다. 그러나 앞서 살펴보았듯이 김동리가 빠진 함정에 이들도 각기 다른 식으로지만 빠져들어갈 위험이 없는 것이 아니다. 방영웅이 자기 세계를 버리고 직설적인 '현실고발'을 꾀할 때 『사반의 십자가』식의 '문명비평'이 염려되며, 그의 체취가 다분히 살려진 「성불(成佛)하는 마음」

이나 「무등산」 같은 작품에서도 만해의 불교와는 너무나 거리가 먼 「등신불(等身佛)」식의 불교로 나갈 가능성이 엿보인다. 이문구는 방영웅보다 훨씬 어른스러운 현실감각의 소유자요 작품 면에서 김동리와의 연관성이 훨씬 적은 작가지만, 그의 토속성이 방영웅과는 또다른 방향으로 민중과의 겸허한 연대의식에서 이탈할 가능성을 경계하지 않으면 안 될 것이다.

이런 면에서 토속적 체취를 남달리 건강하게 간직하고 있는 현역 소설가로 천승세를 들 수 있다. 그것은 곧 그가 우리 사회의 본질적 모순을 가장 투철하게 의식하고 있는 작가 가운데 한 사람이라는 말도 된다. 『만선』(滿船, 1964)을 비롯한 그의 희곡들에 대한 언급은 딴 기회로 미루고자 하거니와, 소설가로서 천승세는 신춘문예 당선작 「점례와 소」(1958)에서 이미 김유정을 연상시키는 건강한 토속성을 보여주었는가 하면, 추천 완료작품인 「견족」(犬族, 1959)은 무작정 상경한 소년들의 '변두리 인생'을 50년대에 벌써 여실하게 그려주었으며, 「화당리(花塘里) 숯례」(1961)는 ── 최근의 「보리밭」(1973) 같은 작품은 더욱 그렇지만 ── 김유정과 최서해(崔曙海)의 전통을 동시에 계승하는 길을 암시해주었다. 그밖에 「감루연습」(感淚演習, 1970) 「포대령」(砲大領, 1968) 등 도시인의 체험을 다룬 훌륭한 단편들도 포함된 그의 소설집 『감루연습』(1971)은 현단계의 진정한 민족문학은 도시와 농촌 어느 한군데에만 국한되지 않는다는 우리의 주장을 밑받침해주는 또 하나의 좋은 예다.

그러나 이럴 때의 '도시' 또는 '농촌'이 어디까지나 작가의 의식을 위주로 하는 말이지 단순한 소재의 문제가 아님을 가장 생생하게 입증해주는 것은 다름 아닌 중편 「낙월도」(落月島, 1972)이다. 이 작품의 현장은 전라남도의 한 외딴 섬으로서 도시나 도시인이라고는 소설 속에서 조금도 찾아볼 수 없다. 지도상으로는 그리 멀지 않을 목포는 아예 아득한 딴 세상이며 인근의 '청자도'라는 섬만 해도 대다수 낙월섬 사람들은 평생 못 가

보는 곳이다. 그러니 '토속'이 아닌 다른 무엇이 있기도 힘든 세계인데 작가는 완전히 이 세계의 내부로부터 섬사람들의 생활을 보고 그들과 호흡을 같이하며 그들의 언어를 전달해주고 있는 것이다.

낙월도는 그 멋진 이름과는 달리 생김새나 살림살이가 모두 형편없는 낙도다. 약간의 천수답이 있을 뿐 섬의 명줄은 여덟척밖에 안 되는 중선(中船)에 달려 있는데 때마침 기막힌 흥어철이 잇달아 원래가 가난한 주민들은 곡기라곤 찾아보기 힘들다. 그런데 이들의 궁핍과 비참은 불가항력적인 자연조건 때문만이 결코 아니다. 자연의 조건에 묘하게 편승한 이 섬 특유의 전통·인습·사회구조 등에 말미암은 바가 오히려 더 큰 것이다. 바로 이 점을 집요하게 추적하여 낙월도라는 한 섬의 세계가 하나의 거대한 상징이 될 정도로 밀도 짙게 드러낸 데에 소설 「낙월도」와 흔한 '로컬물'들의 근본적 차이가 있다.

낙월도 주민들의 비참을 분석해보면 우선 그들의 빈곤부터가 만인이 똑같이 굶고 있는 빈곤이 아니다. 섬의 생명선인 중선을 소유한 최부자 등 세명은 여전히 곳간에 곡식이 남고 그것으로 가난한 처녀들을 유린하면서 지낸다. 중선은 고기잡이의 수단이자 외계와 두절된 이 섬의 거의 유일한 외부로의 교통수단이기 때문에 부자들의 횡포는 본토에서의 지주나 선주의 그것보다 훨씬 더한 것이다. 거기다 낙월섬 사람들의 불행은 단순히 경제적으로 착취당하고 있다거나 선주들의 눈치를 보고 살아야 한다거나 심지어 처녀들을 그들에게 빼앗겨야 한다는 데에서도 멎지 않는다. 가장 처참한 꼴은 흔히 처녀들이 첩으로 들어앉아 아이까지 낳고 난 다음에 일어난다. 낙월도의 지배자들은 으레 청자도 등 이웃 섬에서 육지의 퇴물 작부 정도를 새댁으로 데려와 자랑으로 삼는데, 이들이야말로 낙월도 여자들에게는 둘도 없는 폭군들이다. 그중에서도 인간적으로 가장 잔혹한 일은 낙월섬 처녀가 낳은 젖먹이를 뺏고 혹 생모가 몰래 젖이라도 먹이는 날이면 모진 매질을 하는 것이다.

기껏해야 불돼지 털처럼 볼품없이 곱슬거리는 파마머리에다 동백기름을 반지르 얹고는 입술에다는 선지 같은 연지를 더덕더덕 바른 청자도 새댁들이 쌀 몇가마에 팔려 오는 것이었고 이 새댁들이 나루에 떨어지면서부터 섬 아낙들은 장독 깬 강아지들처럼 슬금슬금 눈치나 보며 갖은 구박을 맞아야 했다.

우물에다 명줄을 끊은 옴팍네만 하더라도 청자도 것에게 한줌이나 머리칼을 뽑히고는 실성해버렸고, 수정이는 새댁이 잠든 새 퉁퉁 분 젖줄을 제 새끼 입에다 물렸다가 들켜 숯제 잿물을 사발째 마셨다던가. 상님이도 월순이도 꼭 같은 꼴로 죽고 말았었다. (제2장)

이런 저주스러운 운명을 피해서 낙월섬을 탈출해보고자 하는 남녀들도 많다. 하지만 전주민이 선주들의 종노릇을 하고 있고 사나운 물목으로 차단된 낙도에서 제 배도 없이 도망간다는 것은 총탄이 날고 지뢰가 널린 전선(戰線)을 넘는 것 이상으로 힘들다. 그래도 결사적인 시도를 하는 사람들은 대부분 도중에 죽거나 멀리 못 가 다시 잡혀오며, 뒤에 남은 가족이나 도로 끌려온 본인은 끔찍한 사형(私刑)을 받기 마련이다. 이러한 상황에서 주인공 귀덕이 역시 섬에서 벗어나지도 못하고 사랑하는 종천이의 아내도 못 되고 어머니 장성댁마저 따지고 보면 가난 때문에 잃은 뒤 최부자의 시앗으로 팔려가고 마는 것이다.

낙월도의 현실이 너무나 처절하고 부조리한 까닭에 독자들 가운데는 과연 이런 일이 대한민국에 실재할 수 있을까를 의심하는 경우도 있을 것이다. 그러나 기록문학으로서의 정확성 여부야 어찌 되었건 읽는 도중 작가의 상상력의 세계에 쉽사리 끌려드는 것만은 사실인 것 같다. 그런데 이러한 실감은 단순히 작가의 묘사능력이나 토속어 구사, 또는 이야기 솜씨에서만 나오는 것이 아니다. 이미 지적했듯이 낙월도 현실의 본질적 모순에 대한 작가의 예리한 통찰이 독자 자신의 모순에 대한 감각을 일깨우고 역사의식을 자극하며 한층 고차원의 감명을 향한 시동을 거는 것이다. 그리하여 「낙월도」의 세계가 흔히 '낙도'라는 단어와 더불어 우리가 연상하는 상투적인 빈곤·무지·순박, 이런 따위가 아니고 그 나름의 역사와 계층구조와 '지정학적 조건'을 떠나서는 납득할 수 없는 복잡하고 특수한 세계라는 사실이 이 작품의 보편적 호소력을 줄이기는커녕 오히려 그 전형성과 현실성을 더해줌을 깨닫는다. 낙월도를 고립시키는 '삼출목 물살'이나 '물돼지떼'에서 우리는 삼팔선과 휴전선을 생각하지 않을 수 없으며 이 '예외적인' 상황에서 최부자들에게 거침없이 짓밟히는 귀덕이 등의 슬픔을 바로 우리의 슬픔으로 감지하게 된다. 도시인 작중인물이나 화자(話者)가 그림자도 안 보이는 이 작품을 수준 높은 시민의식의 작품이라 불러 결코 어긋남이 없는 것이다.

「낙월도」의 작가의식을 두고 굳이 '시민의식'이라 일컫는 것은 진정한 민족문학이 요구하는 의식이 '도시'와 '농촌'에 대한 고정관념의 불식을 전제한다는 점을 강조하기 위한 것이지만, 천승세의 근작 「황구(黃狗)의 비명(悲鳴)」(1974)을 보더라도 이 작가가 결코 맹목적인 토속성의 작가가 아님이 다시금 확인된다. 이 단편은 아내의 빚을 받으러 용주골의 양공주인 은주라는 여인을 찾아갔다가 오히려 5만원을 주며 고향에 돌아가라고 설득하고 오는 이야기다. 용주골의 살벌한 풍경과 양공주들의 비속한 대화를 작가는 농어촌의 정경 못지않게 익숙하게 다루고 있으며, 미군 병사들에게 몸을 팔아야 하는 은주에게 쏟는 작가의 애정은 「낙월도」의 귀덕이·강년이·팔례 등에게 보내는 것과 마찬가지로, "마치 문둥이 자식을 둔 어머니의 아픔과 같은 것"(「황구의 비명」)이다. 이러한 아픔은 여기서 향토에 대한 뜨거운 사랑과 민족의 순수성을 침해하는 외세에 대한 강렬한 거부반응으로 나타난다. 그러면서도 이 작품의 이야기는 주인공 '나'의 평범한 소시민적 일상에서 시작하여 그 일상에 대한 의식으로 돌아오면서 끝난다. 즉 소시민의식 자체에 안주하는 것과는 차원이 다른 애정의 행사와 인식의 확대를 뜻하지만, 동시에 소시민적 일상의 영역과 무관한 환상이나 독단과는 거리를 보장해주는 것이다. 작품의 마지막 대목에서 은주가 드디어 양공주 생활을 청산하고 귀향할 것에 동의하자 '나'의 생각은 자신의 아내와 집으로 향하며 차분히 가라앉는다.

> 나는 아내를 생각하고 있었다. 정결한 한 여인의 긴 치맛자락이 끌려가는, 아이들의 함성이 꽉 찬, 배드민턴의 어지러운 포물선들이 메운, 그리고 내 자식들이 왕사탕 가게 앞에서 군침을 삼킬 수 있는 그런 예사스러운 골목 안이라면 판잣집인들 어떻겠는가 하고 ─.
> 나는 그 방 안에서 고향에 있는 은주의 꿈을 꾸며 아내의 시든 젖무덤에다 입을 맞출 것이었다. 서럽지 않은 황구와 황구로 ─.

소시민적 일상의 삶일지라도 진정한 인간적 애정과 동포애의 실천을 통해 소시민의식의 질곡에서 벗어날 수 있을 때는, 모든 삶이 그렇듯이 일단 고마운 것이며 시정(詩情)에 넘칠 수 있는 것이다.

물론 이 작가에게도 문제점은 많다. 우선 「낙월도」도 그랬지만 「황구의 비명」 역시 작가의 목청이 좀 높다는 점이 지적되어야 하겠다. 부분적으로 묘사의 절제가 아쉬운 데도 있고, 재래종 황구가 엄청나게 큰 체구의 수캐에게 짓눌려 비명을 울리는 장면에서 은주의 결단이 이루어지도록 한 것이 지나친 강조가 아니었나 하는 의문도 제기해볼 만하다. 또 고향에 돌아간 은주가 십중팔구 거기 눌러앉기 힘들리라는 현실에의 고려도 좀더 작품 속에 포용되었어야 하지 않을까. 필요한 자기억제나 복잡성이 배제된 향토의식 혹은 민족의식은 국수주의에 흐를 가능성을 항상 내포하고 있으며 한 개인의 영웅적 자기주장으로 끝날 위험이 크다. 천승세의 건강한 토속적 체취와 동포애 역시 부단한 자기수련과 정진을 통해서만 민족문학이 요구하는 각성된 민중의식을 계발하며 또 이 계발된 민중의식에 귀일할 수 있을 것이다. 그리고 이것은 비단 천승세만이 아니고 고향의 흙냄새를 살리려는 다른 많은 시인·작가들에게도 해당할 수 있는 이야기며, 우리의 '토속'이 주체적인 민족발전의 터전이 되느냐 아니면 전세계를 휩쓰는 제국주의의 힘 앞에 무기력해지느냐를 가려줄 중대한 과제가 될 것이다.

'타는 목마름으로……'

이제까지 몇몇 현역 작가·시인 들의 활동을 개관해보았다. 그러나 이것은 어디까지나 민족문학의 현단계를 이해하려는 노력의 일환으로 시도된 단편적 고찰일 뿐 그들의 업적에 대한 본격적 연구가 못 되거니와, 현대 한국문학 전체에 관한 체계적 총평과는 더욱이 거리가 먼 것임은 두말할 필요도 없다. 다만 시인 신동엽이 말한 '4월의 알맹이'만 남기기 위한 노력은 우리 문학인에게도 부단한 자기성찰을 요하는 것이며, 민족문학이 지금 어디까지 와 있나를 묻는 작업 자체가 현단계 민족문학 과업의 중요한 일부를 이루는 것이다.

여하튼 이제까지 살펴본 현역 작가들의 성과만 보더라도, 우리의 민족문학이 자신에게 주어진 엄청난 역사적 사명을 감당하기에 어떨지는 걱정스러울지언정 주체적인 민족문학의 이념을 버리고 이른바 선진국의 문학을 추종하는 운명을 감수해야 할 만큼 빈약하지 않다는 것이 분명하다. 사실 한국의 문학인들에게 가해지고 있는 제약은 너무나 많다. 정치에 억눌리고 가난에 시달리며 그런 틈에서도 조금 싹수가 보일 만하면 곧장 매스컴과 상업문화의 성화에 지쳐 능히 쓸 수 있었을 작품도 쓰지 못하고 마는 수가 하나둘이 아니다. 그러고도 이 글에서 살펴본 만큼의, 아니, 미처 다 살펴보지도 못할 만큼의 민족문학적 성과가 이루어지고 있다면, 문학인으로서나 민족의 일원으로서나 약간의 긍지를 느껴도 좋을 것이다. 동시에 당면의 문제로서 우리 민족은 서양이나 일본의 맹목적 추종자가 안 되고도 한층 인간적인 삶을 요구할 능력이 있으며, 또 이러한 주체적 민족의식에 부합하는 정치적 변혁이 아니고는 끝내 우리 민중에 의해 용납되지 않으리라는 자신마저 갖게 되는 것이다.

따라서 민족문학에 종사하는 사람들이 스스로를 알고 현시대를 알게 되면 될수록 민주주의에 대한 갈증 같은 것이 커짐은 결코 놀라운 일이 아니다. 민주회복이야말로 민족문학 본연의 사명에 밀착된 목표이며 현단계의 가장 시급한 과제임을 다시금 절감하는 것이다. 일찍이 독일의 작가 토마스 만(Thomas Mann)은 히틀러에게 민주주의를 헌납했던 그의 동포들에게 "오늘날 독일의 상황이 개선될 수 있으려면은 독일에 사는 사람이 '자유'라는 말만 들어도 눈물을 흘릴 지경에까지 이르러야 할 것이다"(T. 만 「문화와 정치」, 졸편 『문학과 행동』, 태극출판사 1974, 385면)라고 고언(苦言)한 바 있거니와, 오늘날 우리의 신음과 탄식과 눈물이 개선을 가져오기에 충분한 것인지 어떤지는 물론 확언하기 어렵다. 하지만 '민주주의'라는 이 낡을 대로 낡고 온갖 때가 낄 대로 낀 단어가 한 탁월한 민족시인의 다음과 같은 작품을 유발했음을 볼 때 우리는 적어도 이제 여기까지 와서 절망할 수는 없음을 깨닫는다.

신새벽 뒷골목에
네 이름을 쓴다 민주주의여
내 머리는 너를 잊은 지 오래
내 발길은 너를 잊은 지 너무도 너무도 오래
오직 한가닥 있어
타는 가슴속 목마름의 기억이
네 이름을 남몰래 쓴다 민주주의여

아직 동트지 않은 뒷골목의 어딘가
발자욱소리 호르락소리 문 두드리는 소리
외마디 길고 긴 누군가의 비명소리
신음소리 통곡소리 탄식소리 그 속에 내 가슴팍 속에
깊이깊이 새겨지는 네 이름 위에
네 이름의 외로운 눈부심 위에
살아오는 삶의 아픔
살아오는 저 푸르른 자유의 추억
되살아오는 끌려가던 벗들의 피묻은 얼굴

떨리는 손 떨리는 가슴
떨리는 치떨리는 노여움으로 나무판자에
백묵으로 서툰 솜씨로
쓴다.

숨죽여 흐느끼며
네 이름을 남몰래 쓴다.

타는 목마름으로

타는 목마름으로

민주주의여 만세 (김지하 「타는 목마름으로」 전문)

　물론 민족문학의 한 단계가 시 한편으로 끝나거나 새로 열리는 일은 없다. 설혹 그 시 한편이 가을철의 나뭇잎과도 같아서 단 하나의 낙엽이 져도 가을이 온 들판에 다가옴을 말해준다 할지라도, 역사의 흐름이란 지구의 공전보다도 훨씬 완만할 수 있는 것이다. '민주회복'이 민족 전원의 목마름으로 번지기 시작했다고 해서 결정적인 변혁이 금명간 이루어지리라는 보장은 없다. 그러나 우리 문학사에서 '민족문학의 시대'만도 벌써 1세기 전에 시작하여 앞으로 얼마나 더 지속될지 예상을 불허한다고 보는 우리로서는 그 당면한 현단계가 몇달 또는 몇해쯤 더 길어지거나 짧아진다고 해서 우리에게 주어진 역사의 사명을 달리 어찌해볼 도리가 없는 것이 아닌가.

—『창작과비평』 1975년 봄호

80년대 민족문학론의 전망
1970년대를 보내면서

70년대를 돌아보며 80년대를 전망하는 글을 청탁받고 미적거리다가 그만 1970년대의 끝머리를 뒤흔든 일대 사건을 겪고 말았다. 이제 앞날을 구체적으로 내다보는 일은 며칠 전하고도 크게 다른 작업이 되었고, 새로운 변수가 너무나 많기 때문에 당장은 아무도 섣불리 손댈 생각을 내기 어렵게 되었다. 그러나 한국의 많은 문인들이 여러해 동안 힘들여 전개해온 민족문학의 논의를 잠깐 돌아보며 앞날을 전망하는 일에 어떤 본질적인 변화가 생긴 것은 아니라고 믿는다.

1970년대의 한국문학 자체를 평가하려면 시·소설·희곡 등에서 가장 뛰어난 작품들을 중심으로 이야기를 전개해야 마땅하다. 그러나 편의상 문학에 대한 우리 문인들 자신의 논의에 초점을 맞춘다고 할 때, 이른바 민족문학의 문제가 가장 큰 항목이 되지 않을까 한다. 1970년대를 통해 진행된 민족문학 논의는 오늘의 구체적인 민족현실과 좀더 밀착된 내용을 4·19 이래의 다양한 참여문학론에 부여했다. 동시에 그것은 주체적인 한국문학이 제3세계문학의 일부로서 세계문학의 대열에 떳떳이 참여하고 있다는 자기인식과 더불어, 문학 자체에 대해서 훨씬 당당하면서도 유연한 자세를 가능케 했다. 1980년대에는 이러한 논의가 일단 더욱 충실해지고 풍성해질 것이 기대되며, 그 결과 현재로서는 막연한 짐작밖에 할 수 없는 문학사의 어떤 새 단계가 열리기를 꿈꿀 수도 있다. 분단현실의 극복을 지상과제로 안은 민족문학은 통일이 이룩되고 민족의 화해가 진행되면 당연히 새로운 자기인식을 찾게 될 것이며, 그때는 인류역사의 다음 시대에 부응하는 자기극복의 과업을 설정하게 될 것이다.

그러나 당면과제는 우리가 이해하는 민족문학을 지키고 키우는 일이다. 그리고 이를 위해서 우리의 이해 자체를 새삼 다져둘 필요가 있겠다.

먼저 다짐할 것은 민족문학에서 강조되는 분단의식은 어디까지나 분단 '극복'의 의식이며 따라서 그것은 단순히 '의식'으로 그치는 게 아니라 효과적인 분단극복운동으로 이어지는 의식이라는 사실이다. 다시 말해서 실천과 직결된 의식이요 작품으로 결실되는 의식인 것이다. 이 나라가 갈라져 있고 통일이 되어야 옳다는 말 자체야 삼팔선이 그어진 이래 누구나 해온 것이고, 7·4공동성명 이후로는 통일이 자주적이고 평화적으로 되어야 옳다는 말도 그 말만으로는 딱히 새롭다고 할 것이 없게 되었다. 70년대의 막바지로 오면 '분단시대'라는 단어가 사회 전반에 걸쳐 통용되기에 이르고 문학작품에서도 '분단의식'을 찾는 일이 하나의 유행처럼 된다. 이는 물론 크게 보아 뜻깊은 진전임이 사실이지만, 덮어놓고 분단을 들먹이고 민족분열의 상처를 들춤으로써 오히려 분단체제를 굳혀주는 문학이 빛을 보는 폐단도 없지 않은 것이다.

누구나 통일을 원한다는데도 분단이 유지되는 것은 무엇을 말해주는가? 그만큼 분단을 유지하려는 국내외의 힘이 막강할뿐더러, 분단이 유지되어서는 안 된다는 무수한 발언들과 양립할 만큼이나 그 힘이 음성화되어 있고 우리 모두에게 체질화되어 있다는 뜻으로 받아들이지 않으면 안 된다. '분단체제'라는 말도 이런 차원에서 이해되어야 할 것이다. 이 체제의 극복을 지향하는 문학이 그 사상적 폭이나 예술적 세련에서도 당대 최고의 수준에 이르지 않으면 안 될 이유가 거기 있으며, 분단극복의 작업이 인간의 사회적·개인적 삶에 대한 문학의 탐구를 수반하지 않고서는 완수되기 힘들다고 보는 것도 그 때문이다.

  민족문학론은 분단체제에 대한 이러한 인식에 충실함으로써만 문학 자체의 발전에도 기여하며 분단의 극복에도 기여할 수 있다. 70년대의 민족문학론이 60년대 이래로 다양하게 전개된 참여문학론·시민문학론·농민문학론·리얼리즘 문학론 등에 일종의 구심점을 제공한 것은 바로 그러한 기여를 얼마간 해냈기 때문이라고 믿어진다. 이는 또한 '민족문학론'이라는 것이 나옴으로써 다른 모든 논의가 종식되는 것이 아니라 이들 다양한 입장 사이에 더욱 활발하고 생산적인 토론이 진행됨을 뜻한다. 예컨대 농민문학론이라든가 70년대 말에 와서 관심이 높아진 노동자문학론, 이보다 좀더 포괄적인 반면 좀더 애매한 면도 있는 민중문학론, 또 이들과 구별해야 옳지만 따로 떼어 생각하기도 어려운 리얼리즘 문학론, 이런 온갖 논의들도 민족문학론에서 말하는 체제화되고 체질화된 분단현실을 속속들이 파헤치는 작업에 집중됨으로써 새로운 의미를 지니게 된다. 민족문학론은 또한 민족의 역사를 새로운 눈으로 돌이켜보고 민족문화의 전통을 창조적으로 수용하려는 노력, 그리고 세계의 역사·세계의 문학에 대해 주체적이면서 개방적인 시각을 확보하려는 노력에 있어서도 분단현실의 민족사적·세계사적 의미를 파헤친다는 절박감과 구체성을 안겨준다. 그런가 하면 60년대의 참여문학론에서 다분히 추상적으로 제기되었던 문학인의 현실참여 문제 —— 작품을 통한 참여의 성격이라든가 행동적 참여의 적합성의 문제 등 —— 도 실제로 분단극복을 위한 문학운동의 진행에서 그때그때 제기되는 구체적인 요구와 맞부닥치는 가운데서만 설득력 있는 해답을 찾을 수 있다. 80년대의 민족문학론이 이 모든 면에서 비약적인 성과를 올리기를 기대하는 뜻에서, 여기 예로 든 당면과제 몇가지를 좀더 구체적으로 살펴볼까 한다.

'민족문학'이라는 단어는 관변측의 문인들도 자주 써왔다. 그러나 우리의 민족문학론에서는 '민족'이란 무슨 형이상학적 실체도 아니요 과거의 역사에 의해 이미 고정되어버려 몇몇 사람들이 제멋대로 관리할 수 있는 그런 것도 아니라는 점을 처음부터 강조해왔다. 어디까지나 민족성원 대다수의 삶에 의해 규정되고 그와 더불어 역사 속에서 그 의미가 변전하는 것이 민족이며, 그 점에서 진정한 민족문학은 민중문학의 성격을 띠지 않을 수 없는 것이다. 그렇다고 '민족'과 '민중'이 같은 말이 아니듯이 '민족문학'과 '민중문학'이 동일 개념일 수는 없다. 민족문학론과 민중문학론이 서로 줄 것을 주고 받을 것을 받으며 각기 더 높은 차원으로 발전하는 작업이야말로 80년대 우리 문단의 주요 과제의 하나일 것이다.

돌이켜보면 민중문학론은 70년대 초 문단에서 민족문학론이 본격화되기 전에 이미 제기되었다. 그러나 가령 신경림의 「문학과 민중」(1973)이나 필자 자신의 「문학적인 것과 인간적인 것」(1973)에서는 민중문학을 말하면서도 분단현실에 대한 구체적인 성찰에는 이르지 못했으며, 김병걸·신경림·염무웅 제씨의 농민문학론들(1970~72)과 「민족의 노래 민중의 노래」(1970)를 비롯한 김지하의 일련의 작업에서 이미 민족적인 것과 민중적인 것의 결합을 노리고 있었지만 분단체제의 인식이라는 면에서는 역시 미흡한 것이었다. 다른 나라 민중이 아닌 한국의 민중이 살고 있는 삶은 그들이 8·15와 더불어 남북으로 갈라진 나라의 민중임을 감안하지 않고서는 올바로 이해할 수 없기 때문에, 애초에 민중문학론을 펼치던 이들 자신도 민족문학론의 전개에 자연히 힘을 기울이게 되었다.

그런데 이제 민족문학론이 얼마간 성숙해지면서 다시금 민중문학에 대한 논의를 불러일으키고 있다. 이것은 물론 문단뿐 아니라 역사학·사회과학·신학 등의 분야에서 제기된 '민중' 논의와 연관된 것이며, 문단으로서도 비평계 자체의 어떤 움직임보다 조세희(趙世熙) 소설의 충격이라든가 고은(高銀) 등의 새로운 참여시, 농촌현장에 되돌아간 이문구의 작업, 천승세의 「신궁(神弓)」이나 윤흥길(尹興吉)·송기원(宋基元) 들이 민족분열의 비극을 그린 소설에서 민중의 한과 생명력을 부각시킨 업적 같은 것이 더 큰 비중을 차지해야 옳다. 아니, 무엇보다도 70년대 후반의 몇몇 사건을 통해 현장의 육성이 사회 전반에 울려퍼진 덕이 컸음을 지적해야 할 것이다. 아무튼 전체적인 흐름의 논리는, 민중현실의 구체적인 인식을 위해 분단의 문제에 관심을 쏟게 되었듯이 이제 분단극복의 구체적인 실현을 위해서는 민중의 각성과 성장을 새삼 논의하지 않을 수 없다는 것이다.

이것은 민중이 역사의 주체요 그러므로 당연히 사회의 주인 노릇을 해야 한다는 일반적인 명제에도 부합하는 결론이지만, 단순히 그러한 일반론에 의거한 민중문학론과 그사이 민족문학론의 성장을 반영한 민중문학론 간에는 질적인 차이가 있게 마련이다. 이처럼 한 차원 높은 민중문학론이 80년대의 민족문학론과 더불어 전개되어야 할 것이다. 물론 민족문제의 논의와 민중문제의 논의는 아직은 따로 도는 경우가 많다. 그만큼 우리의 민족의식과 민중의식이 더 많은 상호작용을 통해 성숙해야겠다는 뜻일 것이며, 순탄한 대화를 가로막는 외부적 제약도 많다는 뜻일 것이다. 그러나 민족문제를 진지하게 파고들면 파고들수록, 다수 민중이 분단극복을 우선적인 과제로 인식하지 않고 생활상의 이해관계만을 내세운다할지라도 그 자체가 오히려 소수 지식인들의 고립된 통일주장보다는 더뜻깊은 통일운동의 전진일 수 있다는 결론을 내리게 된다. 앞서도 말했듯이 분단체제의 유지는 누가 주관적으로 통일을 좋다고 하느냐 나쁘다고 하느냐 이전의 차원에서 진행되는 것이니만큼, 분단극복을 실현한다는 관점에서도 어느 작품이 분단현실이나 이산가족의 문제를 소재로 삼았는가, 또는 어느 현장에서 통일논의가 제기되었는가 등이 그 자체로서 가장 중요한 문제는 못 된다. 자신이 분단을 좋다 하건 나쁘다 하건 실제로 이 현실에서 이미 너무 잘살기 때문에 분단체제에 미련을 둘 수밖에 없는 소수가 좀 물러서고, 그 대신 통일에의 순진한 열정을 아직도 간직한 다수가 좀더 배불리 먹고 자기발전의 기회를 얻는 일이야말로 분단을 극복할 민족의 역량을 키우는 더욱 중요한 길일 수 있는 것이다. 그리고 개인의 주관이나 환상보다 사회현실 전체의 객관적인 움직임을 존중하는 것이 리얼리즘이라면, 민족역량의 그러한 신장이야말로 한국의 리얼리즘 문학이 다룰 핵심적 소재라고 할 것이다.

물론 대중의 생활조건·근로조건이 약간 개선되는 것 자체가 통일에 충분한 힘을 가져오는 것은 아니며, 마찬가지로 그러한 개선의 노력만이 민족문학·민중문학에 합당한 주제라는 말은 성립되지 않는다. 중요한 것은 작가가 이 문제를 직접 다루든 다루지 않든, 그것이 다른 여러 문제들과 더불어 분단체제를 지탱해주는 일련의 악순환을 형성하고 있음을 인식하는 일이다. 예컨대 노동자의 생활이 개선되려면 그 개선을 위해 활동할 권리가 보장되어야 하고, 이는 시민생활 전반에 걸친 기본권의 신장이 있어야 하며, 그것은 분단 상황에서 자유의 유보가 불가피하다는 논리를 이겨내야 하고, 그러자면 분단의 이념에서 과도한 혜택을 안 입은 분단극복세력의 실질적인 성장이 있어야 하고, 따라서 소득의 정의로운 분배와 교육기회의 확대가 필요하고, 그것은 국민들 스스로의 힘으로 해내야지 누가 해줄 일이 아니며, 이는 다시 직접적인 생활조건의 개선과 기본적인 자유의 확보를 전제하는 것이다.

분명히 이것은 악순환이다. 그러나 헤엄을 치려면 물에 떠야 하고 물에 뜨자면 헤엄을 칠 줄 알아야 한다는 원리가 정작 물에 뛰어들어 수영을 배우기로 한 사람에게는 '악순환'이 아닌 하나의 '과제'에 불과하듯이, 현실의 악순환도 사실은 우리의 실천적 과제요, '악순환'의 정당한 인식은 우리가 이 실천적 과제에 어디서부터 손을 대든 그것이 전체와 관련된다는 인식에 다름 아닌 것이다. 민족문학론이든 민중문학론이든 이러한 인식을 지님으로써만 경직되거나 편협해지지 않고 자신의 주장을 당당히 펼칠 수 있다. 그리고 80년대의 실천적 과제가 민중문학론·시민문학론·농민문학론·노동자문학론·리얼리즘들과 민족문학론의 생산적인 대화를 계속 요구하리라는 것도 그러한 인식에 근거한 것이다.

70년대의 민족문학론은 현대 한국문학의 본령이 바로 제3세계문학의 현장이라고 규정함으로써 세계문학을 보는 우리의 시각에도 큰 전환을 가져왔다(졸저 『인간해방의 논리를 찾아서』에 실린 「제3세계와 민중문학」의 서론 부분에서 그 경위를 대충 정리한 것을 참조 바람). 이러한 시각에서 제3세계뿐 아니라 제1·제2세계를 포함한 인류 전체의 문학과 역사를 한번 새로이 보고 아울러 우리 자신의 역사와 전통도 새로 정리하는 작업이 80년대에는 본격적으로 이루어져야 할 것이다.

한반도의 분단은 제3세계로서도 다분히 예외적인 경험이지만, 동시에 제3세계 전역에 걸쳐 진행 중인 '탈식민지화' 과정에서 부닥치는 보편적 과제의 일부라는 인식도 회피할 수 없다. 이러한 인식은 제3세계에 대한 이해가 두터워지고 그들과의 연대감이 커질수록 더욱 깊어질 것이다. 그리고 우리 민족 자신의 역사가 어떻게 해서 봉건사회를 주체적으로 청산하지 못하고 식민지의 운명으로 전락했으며 다시 분단과 동족상잔으로 이어졌는가의 경위를 정직하게 밝혀볼수록, 안팎의 이야기가 들어맞음을 알게 될 것이다. 그런 의미에서 송건호(宋建鎬)·강만길(姜萬吉)·최민지(崔民之) 제씨가 일제 점령기간의 역사를 새롭게 파헤친 업적이나 최근 한길사에서 엮어낸 『해방전후사(解放前後史)의 인식』 같은 책은 한반도 문제의 제3세계적 이해를 밑받침해준 것이며, 80년대 민족문학론·제3세계문학론의 발전에도 뜻깊은 길잡이가 될 것이다.

민족문학론에서 제3세계를 강조할 때는 이른바 후진국들의 후진성에 오히려 선진국들이 망각한 세계사적 사명과 진정한 선진성이 잠재해 있다는 주장이 흔히 제시된다. 그런데 '분단의식'이란 말의 경우에도 그러했지만, 후진성의 의식도 어디까지나 후진성 '극복'의 의식이어야 하며 따라서 단순한 의식에 그칠 수 없음은 물론이다. 후진국들 내지는 피압박 민족들이 약육강식의 세계에서 가해자가 안 되고 피해자가 됨으로써 이른바 선진국들의 반인간적 형태를 한층 냉철하게 알게 되고 그 극복의 중책을 떠맡았다고 주장하는 것은 좋으나, 정작 이 책임을 실천하는 입장에서는 자신의 정치적·경제적·문화적 후진성이 느닷없이 '진정한 선진성'으로 둔갑해주리라는 환상 따위는 용납되지 않는다. 후진성 극복을 위한 피나는 노력을 하되 그것도 선진국들이 이미 닦아놓고 손짓하는 편한 길이 아니라 스스로의 길을 뚫고 나가야 제대로 후진성을 극복할 수 있는 것이지, 후진성 자체가 무슨 자랑일 수는 없는 것이다.

그러므로 선진국의 선진이라는 것에 대해서도 좀더 사려 깊은 검토가 요구된다. 물론 첫 과제는 침략자·억압자들이 휘둘러대는 '선진성'이란 그들의 주장과는 본질적으로 다른 것임을 알아차리는 일이지만, 그러한 선진성도 거저 생긴 것은 아닐진대 그 본질이 과연 무엇인지를 냉정하게 따져볼 필요가 있는 것이다. 문학의 경우에도 서구의 최신 걸작이다, 천재다, 실험이다, 유행이다 하는 것들이 대부분 한국과 여타 제3세계 작가들의 창조적 수준에 멀리 못 미치는 것임을 깨닫고 우선 정신을 좀 가라앉히는 것이 중요하지만, 서구정신의 산물로서 진정으로 창조적인 것은 어떤 것이며 그 비창조적·반인간적 요소와의 내적 관련은 또 어떤 것인가에 대한 차분한 성찰이 반드시 뒤따라야 한다. 필자 자신은 로런스(D. H. Lawrence)의 소설『무지개』(*The Rainbow*)를 두고 근대 서구의 '근대성'이 어떤 의미에서 인간다움의 새로운 실현이자 인간성의 망각인 면도 있는가를 규명하려는 조그만 시도를 한 바 있는데(졸고 「소설『무지개』와 근대화의 문제」, 『창작과비평』 1978년 여름호 참조), 아무튼 민족문학 및 제3세계문학에 대한 정당한 인식이 서구문학을 무조건 외면하자는 주장으로 비약하기는커녕 오히려 서양의 고전과 현대문학에 대한 주체적인 연구가 이제부터 본격화되어야 하리라고 믿는다.

우리 자신의 문화전통도 이렇게 개방된 민족문학론의 시점에서 새롭게 정리할 때 분단극복에 직접적인 기여가 될뿐더러 서양에 대한 연구와도 그대로 이어지는 '세계적인' 업적이 나올 것이다. 사실 '민족'이라는 것을 추상적·복고적으로 생각하는 사람들에게는 민족문화전통의 계승이란 일종의 기계적인 작업에 불과하다. 옛날 것을 고증하고 보존하며 국내외에 널리 선전하는 사업과 본질적으로 구별되는 어떤 문제성이 제기되지 않는 것이다. 따라서 이 사업에 정부나 재벌이 돈을 많이 대주면 대줄수록 고마워지고, 예산도 계속 따내고 실적도 최대한 올리려다보면 정직한 보존·전파와도 또다른 포장술과 판매촉진술이 끼어들기 십상이다.

이에 비해 우리가 말하는 민족문학의 입장에서는 우리 민족이 과거에 생산한 문학을 어떤 의미에서 '민족문학'이라 부를 것이냐부터가 심각한 문제가 된다. 식민지시대의 문학이나 왕조 말기 문학의 경우는 분단시대의 문학과 같은 의미에서 '민족적'이기를 요구할 수가 있지만, 민족적 위기가 그처럼 심각해지기 이전의 문학 또는 근대적 민족 개념이 통용될 수 없는 먼 옛날의 문학은 어떻게 되는가? 이것은 물론 문학이나 예술에 한정된 질문도 아니요 필자로서는 기초적인 지식조차 너무나 모자라 정면으로 다루어볼 엄두도 못 내는 분야지만, 어떤 것이 정말 '민족의 전통'이고 어떤 것이 사이비 민족주의자의 독단이나 조작인지를 가려내는 기준 자체도 오늘의 역사를 사는 민족성원 대다수의 실질적인 욕구가 아니어서는 안 된다는 주장은 민족문학론의 기본입장이 되리라 믿는다. 예컨대 어떤 작품이 얼마나 오래되었느냐라든가, 그것이 문자로 기록되었느냐 안 되었느냐라든가, 됐으면 어떤 문자로 되었느냐 등의 기준에 따라 기계적으로 그것이 민족문학의 진정한 자산인지 아닌지가 결정되는 것이 아니라, 그 작품의 경우 그러한 사항들이 — 다른 여러 요인들과 더불어 — 우리 민중의 인간적·민족적 성장에 오늘까지 얼마나 기여해왔고 또 앞으로 할 수 있는가를 새롭게 따져야 하는 것이다. 실제로 이러한 노력은 국문학에 조예가 깊은 일부 평론가·시인들과 뜻있는 국문학도들에 의해 이미 진행되고 있는데, 80년대는 아마 이들의 노력이 본격적으로 열매 맺는 시기가 될 것이다.

끝으로 민족문학론에 있어서 이론과 실천의 통일 문제 한가지만 더 언급해보기로 한다. 우리의 분단극복의식이 방관자의 의식이 아닌 주체적 실천자의 의식이어야 한다는 사실에서 이 문제는 불가피하게 제기되거니와, 동시에 그것은 민족문학을 창조하고 민족통일을 달성하려는 우리의 싸움이 최대의 보편성을 지닌 사상적 과제이기도 함을 다시금 확인해준다.

문학인의 경우 흔히 말하는 이론과 실천의 영역은 상식적으로 이론·작품·행동의 세 부분으로 나누어지는데, 여기서 이미 이론과 실천의 뚜렷한 구별이 불가능함이 드러난다. 예컨대 창작자의 입장에서는 이론적·비평적 발언을 하는 것이 행동적 참여의 큰 몫이 될 수 있는가 하면, 작가든 평론가든 작품을 써내는 것이야말로 문학인으로서 최고의 실천이라고 볼 수도 있다. 철학자들이라면 이런 문제를 갖고 얼마든지 더 세밀한 분석을 해내겠지만, 요는 이론과 실천의 통일이라는 과제가 문학인에게는 생래적으로 친숙한 면이 있으며 분단극복이라는 역사적 실천에 정당한 참여를 하는 가운데 그러한 보편적인 숙제의 해결에도 우리 문인들이 상당한 기여를 할 수 있겠다는 것이다.

필자로서 먼저 강조하고 싶은 점은, 작품 쓰는 것이 최고의 실천일 수 있음을 원칙적으로 인정한다고 하더라도, 민족문학의 담당자들이 작품 이전의 행동적 참여를 결코 회피해서는 안 되리라는 것이다. 이것은 도덕적 당위이기에 앞서 창조적인 문인으로 살아남기 위한 일종의 자구책이다. 식민지 문단의 병폐와 분단시대 관변문학의 해독이 알게 모르게 몸에 젖어든 한국의 문인으로서 처음부터 '최고의 실천'만 하겠다는 것은 자신의 잘못된 체질을 드러내는 꼴밖에 안 된다. 더구나 글 쓰는 생활 자체가 소시민적인 틀 속에 잡혀가는 상황에서 일단 소시민적 안일을 행동으로 거부하지 않고서는, 그리하여 식민지적·분단시대적 체질을 꾸준히 개선해나갈 실마리를 찾지 않고서는, 결코 좋은 작품을 쓸 수가 없다. 실제로 민중문학을 외치고 민족문화운동에 투신했다는 문인들조차도 정작 일이 닥치면 '민중의 권리'가 아닌 '우리 지식인들의 권익'을 주로 생각게 되고 '민족 스스로의 힘'보다 '우방의 협조'에 기대는 경우가 많은 것이 분단체제하의 엄연한 현실이고 보면, 작품을 통한 최고의 실천을 위해서라도 끊임없는 행동적 결단과 자기혁신의 모험이 있어야 하리라 본다.

물론 일률적으로 어떤 종류, 얼마만큼의 행동을 전체 문인들에게 요구하려는 것은 아니다. 사람마다 기질이 다르고 소양이 다르며 걸린 사정이 다를뿐더러 창작에는 또 아무래도 남다른 자유가 있어야 하는 것이다. 그러나 70년대 초 몇몇 문인들의 비교적 외로운 고난에 이어 70년대 중반부터 어느정도 조직된 움직임으로 전개되어온 문단의 자유실천운동은 문학인의 문학적인 자구책으로도 값진 것이었으며 80년대에도 더욱 알차게 진행되어야 하리라고 믿는다. 자유실천운동으로서의 폭을 넓히며 민족문화운동으로서의 자기인식을 심화시킴으로써 참가 문인 개개인의 자기혁신과 문단 전체의 풍토 쇄신에서 결실하는 시·소설·희곡·평론들에서, 이론과 실천을 통일시키는 새로운 사상을 낳을 수도 있을 것이다.

알기 쉽게 '이론과 실천의 통일'이라고 철학계에서 상투화되다시피 한 표현을 썼지만, 이것은 문학인에게서 이론과 작품과 행동이 하나로 되는 문제만이 아니라 그야말로 민중이 주인 노릇 하는 시대에 어떻게 살 것인가의 본질적인 문제이다. 민중 말고 주인이 따로 있을 때에는 알아서 시키는 사람과 모르고 움직이는 사람의 구별도 당연한 것이었지만, 민중 스스로가 자기 운명을 알아서 결정하고 실행하며 더욱 깊이 깨닫는 시대에 오면 사정이 달라지게 마련이다. 예컨대 일부 선구적인 신학자들이 말하는 종교의 '세속화' 문제도 이런 문맥에서 이해할 수 있지 않을까 싶다. 민중 위에 군림하는 어떠한 기존의 권위, 어떠한 기성 종교의 교리나 '신'도 낡아버린 세계에서는 믿음이 곧 앎이요 실천이며 실천이 곧 새로운 앎과 믿음에로의 나아감이 아니고서는 종교가 민중의 아편이고 조직화된 미신이라는 비판을 면할 수 없는 것이다. 또한 현대 인류가 자신이 낳은 기술문명을 어떻게 감당할 것인가의 문제도, '기술'이라는 것을 말하자면 역사적 실천과 분리된 이론들의 축적물로서 인간의 자의에 따라 아무렇게나 써먹을 수 있는 어떤 고립된 실체라고 보는 한에는 해결이 안 된다. 이러한 실체로서의 기술이야말로 현대인을 사로잡은 허상이요 망상이다. 기술도 예술처럼 본래부터 이론과 실천의 확연한 분리가 잘 안 먹히는 그 무엇으로서, 인간 자신 속에 과학자·기술자·사회인의 일치가 달성될 때 비로소 그 참뜻이 드러나는 인간해방의 한 조건인 것이다.

이론과 실천의 통일이라는 제목 아래 꼽을 수 있는 문제들은 얼마든지 더 있지만, 이를 단순히 이론적인 문제로 접근한다면 그야말로 남의 우스개가 될 것이다. 어디까지나 생활하는 민중이 실지로 도달한 이론에서 요구되는 실천을 감당하고 현실적인 실천이 요구하는 이론을 발전시키는 가운데 양자의 더욱 긴밀한 통일을 추구해야 한다. 따라서 우리로서는 다시 분단극복의 작업으로 되돌아오고 민족문학과 민족문학론의 과제로 되돌아오는데, 아무튼 이제까지 한국의 양심적 문인들이 힘을 모아 지켜왔고 민족사에 대한 정직한 탐구에 의해 밑받침되고 있으며 크게는 제3세계의 각성이라는 세계사의 대세에 부합하고 인류 전체의 관심을 모은 온갖 이론적·실천적 모험에 직결된 우리의 민족문학운동이 80년대의 어떤 정세 변화로도 그 발걸음을 멈출 수 없으리라는 것만은 뚜렷한 일이다.

—『실천문학』 제1권, 1980년. 원제 '민족문학론의 새로운 과제'

민족문학의 새로운 고비를 맞아

1. 머리말

1980년대가 70년대에 비해 새로운 것이 무엇인지에 대해서는 사람마다 생각이 다르겠지만, 79년 10월과 80년 5월의 충격적인 사건들을 겪고 난 우리 역사가 어쨌든 단순한 숫자상의 차이를 넘는 새로움을 띠게 된 것만은 분명하다. 이것이 민족문학을 위해 어떤 의미를 갖는지 살펴보는 것은 문학인들에게 반드시 필요한 자기점검일뿐더러 80년대의 '새로움'이 갖는 성격을 규명하는 데도 도움이 되는 일이겠다. 정치적인 변화에 상응하는 변화가 그때그때 문학작품으로 곧 나타나는 것이 아니므로 그것은 결코 수월치 않은 작업이다. 그러나 조금 길게 보면 한 시대의 진실이 그 시대 문학의 흐름 속에서 드러나지 않을 리가 없을 터이다.

1982년을 마감하고 난 이 대목에서 80년대의 새로움을 화려하게 증언해주는 문학적 성과나 흐름이 한눈에 보인다고는 말할 수 없다. 오히려 '침체' '저조' '적막' 따위의 낱말들이 지난 두어해 동안 자주 들려왔다.

더러는 이 세월의 어디가 적막하냐는 항변도 있기는 했지만 바로 그러한 활기찬 음성들이 적막감을 더해주는 경우도 없지 않았다. 그렇다면 80년대는 구시대의 연장에 지나지 않는다는 말인가? 만일 그것이 사실이라면 이는 그냥 '연장'된 것이라기보다 명백히 '후퇴'한 것이라고 볼 수밖에 없다. 바로 이러한 인식이 도리어 80년대의 새로움에 대한 우리의 믿음을 강화해주기도 했다. 우리의 민족문학이 아무리 빈약하달지라도 그처럼 엄청난 역사적 사건들을 겪고서 아무 일도 없었던 듯 입을 씻고 뒷걸음칠 만큼 그 터가 밭지는 않음을 알고 있기 때문이었다. 따라서 눈에 보이는 침체의 양상이나 살갗에 닿는 적막감을 모두 그 자체 하나의 새로운 비약을 예비하는 뜻깊은 고요로 받아들이고자 했던 것이다.

최근에 와서는 확실히 '적막'을 깨뜨리는 반가운 음성이 많아졌고 꿈틀거림이 잦아졌다. 무엇보다도 이는 괴롭고 쓸쓸한 가운데서도 노래하고 이야기하며 꿈틀거리기를 멈추지 않은 당자들의 공로이며, 그 밑바닥에는 비가 오나 눈이 오나 자신에게 주어진, 그러나 결코 자기 것만은 아닌 각자의 목숨을 부지하기 위해 땀 흘리고 일하며 살아온 뭇사람들의 은덕이 있는 것이다. 그러나 다른 한편으로 '적막'이 곧 '새로움'의 증거라는 논법은 더이상 통하지 않게 되었다. "바뀌면 바뀔수록 점점 더 똑같다"는 프랑스의 속담도 있지만, 80년대 초의 적막감이 퇴색하면서 오히려 이 모든 것이 70년대적 상황의 단순한 변주라는 느낌이 들고 또 그것으로 만족할 가능성도 없지 않게 된다. 그러나 70년대식의 재미라도 다시 보았으면 좋겠다고 마음먹는 순간, 그야말로 '구시대의 연장'도 못 되는 참담한 후퇴를 준비하게 마련이다. 이러한 뒷걸음질에 가담할 것인지 아니면 80년대의 진정한 새로움을 찾아내어 우리의 문학 속에, 그리고 역사 속에 이를 실현할 것인지를 가르는 고비에 이제 우리가 와 있다고 믿는다.

2. 분단시대에 대한 의식의 전진

1

필자 자신은 8년 전 「민족문학의 현단계」(『창작과비평』 1975년 봄호; 본서 1부)라는 글을 쓰면서, '민족문학'의 개념이 요구되는 비교적 장구한 세월 중에서 우리가 살고 있는 '분단시대'에 또 몇개의 단계가 있다고 보고 그중 4·19로부터 '민주회복'이 이루어지는 시기까지를 '현단계'로 설정했었다. 당시에도 '민주회복'을 완전한 민주사회의 도래로 이해한 것은 아니며 유신통치의 종말마저 당장에 이루어질 것을 기대하지는 않았다. 그러나 단기적으로는 '민주회복'운동에 전념하고 뒤이어 본격적인 '분단극복'의 노력이 전개되리라는 식의 정연한 '단계'설정부터가 많은 문제점을 지닌 것이었다. 아니, 민족문학론의 본뜻이 우리 민족사의 당면한 지상과제로서의 통일문제에 대한 문학인의 구체적 인식에 이바지하려는 것이라면 필자의 민족문학론 자체에도 본질적인 한계가 있었던 셈이다.

당시의 현단계론에 따르면 80년대가 과연 새로운 '단계'인지 아니면 동일한 단계 속의 새 '국면'일 따름인지를 두고 한참 입씨름을 벌여봄직하다. 그리고 나서 굳이 판정을 내린다면 '국면'이라는 쪽이 차라리 우세하지 않을까 싶은 느낌도 든다. 그러나 70년대 중반을 넘어서면서 필자 자신이나 문단 안팎의 여러 사람들 사이에서 '민주화'의 문제와 '분단극복'의 문제가 본질적으로 동일하다는 인식이 좀더 깊어지고 구체화되었다. 물론 이것은 민주화와 분단극복이 단 하나의 어떤 결정적 사건으로 성취되리라는 말이 아니며, 통일운동과 민주화운동의 동일성을 더 일찍이 역설했던 이들이 없었다는 말은 더욱 아니다. 하지만 어쨌든 우리 사회의 상당수 사람들 가운데 분단문제에 대한 인식이 뿌리를 내리고 문단에서 민족문학론이 본격화된 것은 70년대의 마지막 몇해 사이였다. 이 과정에서 민족문학의 현단계에 대한 물음은 한층 진지해지고 최소한의 민주화나마 선취될 필요의 인식은 더욱 절실해졌지만, 그것은 어디까지나 분단시대 안의 여러 단계들이 분단으로 인해 갖게 마련인 본질적 유사성을 전제한 물음이요 인식이었던 것이다.

이러한 흐름을 1978년의 시점에서 얼마큼 정리해본 것이 『창작과비평』 그해 가을호에 실린 좌담 「내가 생각하는 민족문학」과 겨울호의 '민족문학과 문화운동' 특집이었다.(이는 또한 그 전해 가을호의 「분단시대의 민족문화」 좌담으로 시작된 지속적인 논의의 일부이기도 했다.) 여기서 이미 오늘의 현실을 두고 종전의 '현단계'론에서 설정했던 기준에 따라 새로운 '단계'냐 '국면'이냐를 따지는 일의 무의미함이 어느정도 밝혀졌다고 볼 수 있으며, 분단극복운동으로서 4·19가 갖는 한계 자체도 새로이 인식되었던 셈이다. 한편으로 그것은 통일이 안 되고 있는 상태에서 8·15 때와 같은 돌연한 감격으로 민주사회를 맞이할 수 있으리라는 기대를 버리는 일이었지만, 다른 한편으로는 7·4공동성명처럼 소수 집권자들끼리 비밀리에 성사시킨 과업이 사실은 면면히 이어져온 민주화운동의 부분적 결실이자 그 새로운 비약을 뜻한다는 확신을 배우는 일이기도 했다. 70년대 후반의 이러한 인식의 진전이 1980년을 고비로 냉혹한 역사적 사실의 뒷받침을 얻어 새롭게 성숙되고 확산되었다면 우리가 80년대를 '새 시대'라 일컬어 크게 부족함이 없을 것이다.

2

국토의 분단과 민족의 분열을 정면으로 다룬 작품은 1970년대에 들어서면서도 결코 많았다고 할 수 없다. 더욱이 50년대와 60년대에는 박봉우(朴鳳宇)와 신동엽 그리고 만년의 김광섭 등 시인들의 몇몇 선구적인 업적을 뺀다면 분단의 비극을 정말 민족 전체의 비극으로 실감시켜주는 예를 찾아보기 힘들었다. 현실적인 제약을 훨씬 많이 받는다면 받는 소설 분야에서는 4·19 직후에 나온 최인훈의 『광장』과 이호철의 「판문점」을 꼽을 정도이며, 60년대 말에 와서 방영웅의 『달』(1969)이 6·25의 동족상잔을 우리 일상적 삶 속에서 음양의 조화가 상실된 현상과 관련시키는 작가의 독특한 발상을 빌려 상당한 성공을 거두었다.* 그에 비해 70년대 초에 나온 이문구의 『장한몽』은 비록 작중인물들의 단편적인 회상을 통해서지만 6·25 전후의 비극적 장면들을 좀더 사실성(寫實性)이 짙고 풍성한 디테일로 떠올린 바 있다. 또한 박완서(朴婉緒)의 출세작 『나목』(裸木, 1970)은 우리 문학에서 유례가 드문 청순한 애정소설이면서 6·25의 참화의 한 단면을 생생하게 보여주었다. 그러나 필자가 알기로는 7·4공동성명이 나오기 전에 정통적 사실주의 기법으로 분단의 비극을 정면으로 다루어 높은 예술적 성과를 이룩한 것은 황석영의 중편 「한씨연대기」(1972)가 유일한 것이었다.

같은 72년이지만 7·4 이후에는 직간접으로 이 주제를 다룬 소설이 훨씬 많아졌다. 그해의 중요한 수확으로는 신상웅의 장편 『심야(深夜)의 정담(鼎談)』을 비롯하여 이정환(李貞桓)의 단편 「부르는 소리」, 크게 보아 같은 성질의 주제를 다룬 김원일(金源一)의 「어둠의 혼」, 그리고 『달』에서처럼 전설적인 분위기가 우세하지만 느닷없이 그어진 삼팔선의 아픔을 실감시켜준 박태순의 「홍역」 등을 꼽을 수 있겠다.

72년 여름의 발랄하던 분위기 자체는 불과 몇달 만에 일변해버렸던 것

---

* 송기숙(宋基淑)의 「어떤 완충지대」(1968) 「백의민족·1968년」(1969) 같은 분단 주제의 훌륭한 단편들이 60년대에 이미 씌어진 사실을 최근 그의 소설집 『개는 왜 짖는가』(한진출판사 1984)가 나온 뒤에야 알았다. 비평가로서의 직무 태만이 부끄러울 따름이다. 단편 「휴전선 소식」(1971)도 7·4공동성명 이전의 작품인데 이들 모두 그의 첫 창작집 『백의민족』(형설출판사 1972)에 수록되었다.

이 우리의 기억에 새롭다. 그러나 남북공동성명의 충격에 따른 국민들의 민족적 각성에 힘입어 작가들은 분단 내지 민족분열의 주제를 심도 있게 다룬 문제작을, 비록 흡족하달 수는 없을 정도지만 꾸준히, 그리고 점점 더 다양하게 써내었다. 70년대 전반기의 수확으로 이호철의 「이단자(異端者)·5」(1974), 윤흥길의 「장마」(1973)와 「양」(1974), 이문구의 『관촌수필(冠村隨筆)』 연작(1972~76) 등을 들 수 있는 데 비해, 후반으로 오면 이 저자들 자신의 계속된 활약 외에도 그 주제에 손을 대는 작가들이 급속히 늘어가는 가운데 한승원(韓勝源)의 「석유등잔불」(1976) 「안개바다」(1978) 「꽃과 어둠」(1979) 등 3편의 연작이라든가 이정환의 『샛강』(1976), 송기원의 「월행」(月行, 1977), 김춘복(金春福)의 『계절풍』(1979), 유재용(柳在用)의 「고목」(1979), 그리고 「순이 삼촌」(1978)을 필두로 한 현기영(玄基榮)의 제주도 소재의 단편들 같은 역작이 나오는 등, 소설 분야에서만도 분단시대에 대한 인식의 전진과 확산이 뚜렷이 눈에 뜨인다.

물론 이런 식으로 작품 이름을 나열하는 것은 큰 의미가 없다. 그중 몇몇에 관해서는 뒤에 좀더 이야기하겠지만, 중요한 것은 이들이 '분단 주제의 문학'이라는 무슨 특별한 장르를 이루며 따로 성립했던 것이 아니고 어디까지나 분단시대의 삶 전역에 걸쳐 우리의 문학적 탐구가 확대되고 심화되는 과정의 일부를 이루고 있었다는 사실이다. 따라서 그것은 한편으로 분단 바깥에서 통일운동과 민주화운동이 점점 일체화되어가던 과정과도 맥이 닿으며, 다른 한편 작가가 분단을 직접적인 소재로 삼지 않으면서도 분단시대의 왜곡된 삶을 올바로 인식시켜준다든가 그 역사적 뿌리를 일제시대 또는 그 이전으로까지 추적하여 밝혀주는 작업과 이어지는 것이다. 「한씨연대기」의 작가가 곧 「객지」의 작가이자 『장길산』의 저자이며 탈춤과 마당극 운동의 동참자로 되기도 했다는 것은 이를 잘 말해준다. 70년대를 통해 김지하가 보여준 문단 안팎에서의 활약은 더욱 유명한 예지만 결코 고립된 현상은 아니었던 것이다.

시집 『새벽길』(1978)에 이르러 열화 같은 통일지향의 시인으로 부각된 고은의 경우도 70년대 후반의 어떤 대세를 실감케 한다. 그는 70년대 중엽부터 민주화운동의 일선에 뛰어들면서 시집 『입산』(入山, 1977)에서 이미 한반도 전체, 한민족 전체를 생각하고자 했고, "우리가 나뉘어진 땅을 합하는 (…) 한반도의 큰일 가운데 큰일"(「한강에 나가서」)을 노래했다. 이제 『새벽길』에서는 남북통일 없는 민주주의는 무의미함을 거의 직절적으로 ── 그러나 사실은 거침없이 지껄인 듯한 말투에 이따금씩 의표를 찌르는 심상을 교묘히 용해시키면서 ── 주장하기에 이른다.

바람더러 너나들이로 하루 내내 걸었습니다
등짐도 정들으니 내 등때기 한몸이어요
원통거리 막국수 술 석잔 먹고
해는 깜박깜박 이 물 저 물에 저물었습니다
나그네새 북으로 가니
내년에 다시 오겠지 하고 바래주어요
아니됩니다
아니됩니다
내 아무리 이대로 복될지라도
몽구리 중놈으로 복될지라도
그걸로는 아니됩니다
외진 데 들꽃 바라보며 물 보며
하루 내내 강원도 산길 걸으며 맘먹었어요
남북통일 안 되면 아무것도 뜻없습니다
그리운 그리운 우리 민주주의도 뜻없습니다

어느 뜻도 뜻이라면 통일이어요

저문 산골 황소 앞세워 구시렁구시렁 돌아가는 이

오늘밤 횟대 밑 깊은 잠 꿈에서나마

우리네 온전한 나라 그 나라에 살기 바랍니다

아닙니다 우리네 살다가 갈 곳 두 동강 뚝딱 아니어요

이대로 먹고 자는 두 동강 아니어요

남북통일 되는 날 내일입니다

천만번 곱한 내일입니다

내일을랑 청봉 올라 하늘이 되어

내 목 잘라 금강산께 저기저기 바라보렵니다 (「산길」 전문)

이 시의 마지막 행이나 「화살」 또는 「그 앞을 지나면서」 같은 작품에서
는 전투적 정열이 지나쳐 자기희생에의 어떤 집착을 보여준다고 느끼는
독자들도 있을 것이다. 그러나 이들 시 자체도 결코 흔히 말하는 목청만
높은 시가 아니라 오히려 음성의 높낮이를 그때그때 조절하는 기술이 돋
보이거니와, 「어린 잠」 같은 작품을 보면 그의 전투성과 통일에의 신념이
곧 가장 여리고 고운 것에의 사랑과 믿음에서 자연스럽게 우러나오고 있
음을 본다.

가만

가만

귀기울여 보세요

어느 놈의 천하장사도 못 당할 힘으로

우리 어린것들 잠자는 숨소리에

큰 벼랑 무너지는 꽝소리 들려요

아가

아가

네가 옳아요

어린것들 깨어나면

임진강 스무나루 이쪽저쪽 오가는 배에

고려 뱃노래 물도 울려 온몸에 들려요 (「어린 잠」전문)

　이런 넉넉함이 「지도놀이」에서는 동시(童詩)로서도 손색이 없는 평이
하고 친근한 표현을 얻는다. 이 작품이나 동시작가 신현득(申鉉得)의 「통
일이 되던 날의 교실」 같은 작품은 분단시대의 어린 세대를 위한 교육적
가치도 적지 않은 것인데, 이 두편을 비교해보면 역시 「지도놀이」쪽이 어
른 독자들의 눈총을 배겨낼 만한 현실인식을 은연중에 더 갖추고 있다.

　여기서 시집 『새벽길』에 대한 본격적인 검토를 하려는 것은 물론 아니
다. 단지 70년대 후반의 형세를 알려주는 하나의 조짐으로서, 그중에서도
예술적인 성과가 뚜렷하면서 민주화운동과의 실천적 연결이 두드러진 본
보기의 하나로 몇편의 시를 거론해본 것이다. 비슷한 관점에서 조태일의
『국토』(1975)나 양성우(梁性佑)의 『겨울공화국』(1977)도 통일에의 강한 염
원을 담은 시집으로 많은 주목을 끌어왔으며, 비교적 덜 알려진 예지만
이종욱(李宗郁)의 「비원」(1975)이나 황명걸(黃明杰)의 「불행한 미루나무」
(1976), 문익환(文益煥)의 「꿈을 비는 마음」(1977), 정희성(鄭喜成)의 「휴전
선에서」(1978)와 「그 짐승의 마지막 눈초리가」(1978), 이성부의 「백사」(白
蛇, 1979) 등도 모두 만만찮은 분단극복의 의지를 형상화한 것이다. 그러
나 이런 작품들 역시 저자들 자신이나 다른 여러 시인들이 딱히 분단 상

황을 소재로 삼지 않고서도 분단시대의 진실을 밝히는 데 기여하는 작업의 자연스러운 일부를 이루고 있었다.

3

70년대 후반의 문단에서 분단시대에 대한 인식이 진전된 양상에 관한 앞의 서술은 극히 소략하고 다분히 주관적인 것이다. 이것이 체계적인 개관이나 목록의 작성과 거리가 먼 것은 필자의 독서량이 워낙 한정된 탓도 있지만, 그런 식으로 하는 개관이 소재 위주의 분류에 흘러 80년대 민족문학의 과제를 올바로 알려는 우리의 의도를 흐려놓을 염려도 있기 때문이다. 그러므로 어디까지나 필자가 산발적으로 읽은 글들의 실감을 토대로 80년대를 위한 문제의 제기에 치중하고자 하는데, 그런 의미에서 월남한 실향민들의 이야기를 다룬 이호철의 장편『그 겨울의 긴 계곡』(1978) 작가 후기의 다음과 같은 발언은 퍽 인상적이었다.

되돌아보면 월남 후 지나온 30년의 내 삶이 줄곧 그러했던 것 같다. 나는 항상 이건 임시다, 이건 허깨비요, 가건물이다. 언젠가는 사그리 때려치우고 비로소 제대로 내 삶을 설계해볼 날이 온다. 남북이 늘 이렇게 갈라져서만 살 수는 없지 않는가, 언젠가는 5천만의 비원(悲願)이 하늘 끝에 닿아 통일(統一)이 이루어져서 고향 돌아갈 날이 있을 것이다. 그때 비로소 백년대계의 탄탄하고 온전한 내 삶을 되찾을 수 있을 것이다. 언젠가는 반드시 닥칠 그날에 늘 대비하고 대처해야 한다. 의식하건 의식하지 않았건 간에 나는 일관하게 이렇게 살아왔다. 그때그때에 따라 음영은 조금씩 달랐을망정, 나의 삶에 대처해온 근본방식은 이 시점(視點)에서 그다지 멀리 떠나지는 않았었다고 자부한다.

일찍부터 분단의 주제를 끈덕지게 추구해온 저자지만 이렇듯 분명한 발언을 하게 된 데에는 앞서 말한 시대적 분위기의 영향도 없지 않았을 것이다. 실향민인 그로서 당연한 발언이랄지 모르나 사실은 '이산가족의 설움'이 반드시 분단극복의 의지로 연결되는 것은 아니다. 삼팔선이 그어지고 휴전선이 확정되던 초기에도 통일문제를 이산가족의 재결합이라는 정서적 차원에서만 볼 수는 없었겠지만, 분단 이래 30년도 넘어버린 오늘에는 실향민들 자신의 대다수가 싫든 좋든 남녘땅에서의 삶에 적응해오면서 그동안 힘겹게 성취한 상대적 안정을 지키고 싶어하고 그리하여 분단체제 자체에 오히려 남달리 집착하는 경우도 적지 않은 것이다. 실제로 분단체제의 가장 완강한 옹호자가 바로 실향민들 가운데서 나오는 일도 우리는 흔히 보아왔다. 그런 점에서 이호철의 앞의 발언이나 60년대 말 이래 그가 걸어온 험난한 역정은 그만큼 더 값진 것이며, 인용한 대목에 뒤따르는 다음 단락도 특별한 공감을 불러일으킨다.

거의 일관하게 이런 생각으로 살아온 지나간 삼십년을 새삼 돌아보면 일말의 허망감을 금할 수 없다. 그러나 그렇다고 그렇게 살아온 지난 세월이 후회되느냐 하면 천만에, 그렇지는 않다. 그렇긴커녕 나의 그런 생각은 변함이 없는 정도가 아니라 도리어 날이 갈수록 확신으로 더 굳어져 있다.

그러나 바로 다음 대목,

일제치하(日帝治下)에서 해방이 되던 때를 생각해 보라. 그렇게 쉽사리 해방이 오리라고 과연 몇몇이나 예상했었을까.

라는 이 후기의 마지막 말에 이르러 필자는 고개를 젓지 않을 수 없었다. 통일은 8·15해방처럼 그렇게는 올 수도 없고 와서도 안 되는 게 아닌가. 돌이켜보건대 대다수 국민에게는 8·15가 "그렇게 쉽사리" 왔기 때문에 그것은 진짜 해방이 못 되고 만 것이 아닌가. 나라는 두동강이 나고 독립투사 중 많은 이들이 잠시 숨돌렸다 싶자 곧바로 다시 쫓기는 몸이 되었으며 몇해 안 가 반도의 역사상 유례없는 살상극이 이 땅에서 벌어졌던 것이다.

물론 작가의 말은 도둑처럼 찾아올 그날에 "늘 대비하고 대처해야 한다"는 뜻이다. 그러나 분단시대의 삶을 올바로 사는 일은 그 허구성을 늘 강조하며 사는 것만으로도 부족하리만큼 위태롭고 까다로운 일이 아닌가 한다. 분명히 그것은 거부되어야 할 허깨비 삶이면서 동시에 민족구성원 대다수에게 생애의 절반 또는 심지어 전부를 이루는 실체에 다름 아니다. 아니, 식민지시대든 분단시대든 삶이란 결국 주어진 순간순간마다 살아야 하는 지금 이것 말고는 없지 않은가. 그렇다면 이 시대의 허깨비 삶을 거부하면서 사는 일 자체를 주어진 삶에 자신의 온몸을 내맡기며 사는 일로 만드는 것만이 분단시대를 바로 살아가는 묘방을 이룬다. 이것은 지극한 정성과 드문 슬기를 동시에 요하는 일인데, 저자의 훌륭한 뜻에도 불구하고 『그 겨울의 긴 계곡』이 독자의 흔연한 공감을 얻는 작품으로 형상화되지 못하는 것은 그러한 정성과 슬기가 모자라기 때문일 게다. 작가가 작중의 현실에 혼신의 애정을 쏟지 않고 일정한 거리에서 작중인물들을 방관하며 희화화하고 있다는 느낌을 독자는 떨쳐버릴 수 없는 것이다.

중편 「월남한 사람들」(1977, 원제 '망향야화望鄕夜話')에도 비슷한 불만이 따르지만 여기에는 좀더 의미심장한 일면도 있다. 이 소설에는 앞서 인용했던 작가 자신의 발언을 거의 그대로 닮은 대목이 두군데나 나오는데, 그중 주인공 송인하의 심경을 묘사한 부분(소설집 『월남한 사람들』 31~32면)은 실제로 불건강한 그 여자의 삶에 대한 작가의 분석으로서 제시되었고 또 하나는 인하의 언니가 스스로 기록한 일층 냉철한 자기비판의 발언이다.

그건 아무튼, 그렇게 너와 나만 단둘이 월남해 와서 그후 줄곧 나는 매일매일 임시로 자처하며 살았어. 이건 임시다, 이건 임시다, 이제 언제고 통일이 되면 그날로 돌아가야 할 몸이다, 하고 말야. 그렇게 허구한날 임시를 자처하다 보니, 뿌리를 깊이 내리면서 살아질 리가 없었지 뭐니. 그러면서도 정작 나는 이 남쪽의 껌 맛과 초콜릿 맛은 물론, 양주 맛, 담배 맛, 그밖에도 이 자유세계라고 일컬어지는 곳의 가지가지 단 맛이라는 맛에 흠뻑 빨려들고 있었다. 입끝으로는 임시다 임시다 하면서도 말야.

이렇게 작가 자신의 발언에 대한 비판의 몫도 해낼 요소를 지닌 것이 이 작품의 매력이며, 실제로 언니의 '유서'는 이 소설에서 가장 인상에 남는 부분이기도 하다. 그리고 「월남한 사람들」의 그러한 매력은 실향민을 다룬 이 작가의 다음 소설들인 「어떤 부자(父子) 이야기」(1979, 원제 '송부자宋父子 이야기')와 「새해 즐거운 이야기」(1980) 등에서 작품의 규모가 줄어드는 대신 좀더 짭짤한 재미를 안겨주게 되는 것과 무관하지 않을 듯하다.

4

그런데 분단시대의 허깨비 삶을 부정하면서 동시에 온몸을 내맡겨 이 시대의 삶을 긍정하라는 요구는 이호철 아닌 그 누구에게도 무리한 주문이랄 수 있다. 사실 그것은 오온(五蘊)이 모두 텅 빈 것임을 비춰보았으되 공(空)이 또한 색(色)과 다르지 않음을 터득한 '바라밀다'의 경지를 요구하는 것과 같다. 해탈한 사람에게는 자연스럽게 되는 일이요 깨닫지 못한

중생이 재주나 기운으로 해내려 들면 끝내 서툰 흉내밖에 못 낼 일인 것이다. 그러나 작가 개개인은 미계(迷界)의 범부(凡夫)에 지나지 않을지라도 진정한 창작의 순간에는 구극(究極)의 종교적 경지에 다름없는 깨달음을 작품 속에 실현할 수 있게 해주는 것이 예술이 지닌 일종의 신통력이 아닐까? 그렇지 않다면 예술에서 진리의 드러남이 가능하다는 말도 수상쩍은 이야기며, 스스로가 성현이 못 된 사람들의 글에서 분단시대를 옳게 사는 지혜를 찾는 것도 부질없는 짓이다. 반대로 예술이라는 것이 적어도 예술에 헌신한 사람들에게는 그런 묘한 힘을 지녔다고 한다면, 소설이나 시 또는 희곡 한편이 작품으로서 잘됐느니 못됐느니를 따지는 문학비평의 작업도 분단시대를 온몸으로 거부하면서 이 시대의 삶을 혼신의 애정으로 살아가기도 하는 지혜를 배우는 데 필요한 작업이 된다.

그런 의미에서 실향민을 주제로 삼은 한편의 시가 시로서 뭉클한 감동을 준다는 것과 우리가 찾고 있는 부정과 긍정의 절묘한 일치를 다소간에 실현하고 있다는 것은 따로 떼어 생각할 수 없는 문제라고 본다. 좀 긴 인용이 되겠지만 '어느 실향민의 유서'라는 부제가 달린 이동순(李東洵)의 「내 눈을 당신에게」(1979) 전문을 여기 옮겨보기로 한다.

내 눈을 당신께 바칠 수 있음을 기뻐합니다
이 온전한 기쁨을 누릴 수 있도록 도와주신 하느님
그리고 내 이웃들에게 삼가 감사드리옵니다
이 몸을 어버이로부터 물려받은 지 오늘토록
오직 하나 참된 보람을 위해 살아와서
이제 저 하늘의 부름을 받고 떠나옵니다
내 병은 불치의 암, 모두가 슬픈 눈물을 흘리지만
오히려 나는 기쁨의 때가 온 줄 미리 알므로

거짓인 양 침착하게 더욱 당당하게

내 눈을 당신께 바칠 수 있음을 기뻐합니다

이제 내가 죽은 후에도 살아 있을 나의 눈은

오래 어둠을 헤매온 당신의 몸속에서

누구보다도 가장 떳떳한 밝음이 될 것입니다

일백번 죽어도 죽지 않는 긴 삶이 될 것입니다

언젠가 당신도 이 세상을 떠나게 될 때

아끼던 눈뿐만 아니라 소중한 그 무엇을

없어서 고통받는 이에게 나누어 드리십시오

몸을 주고받는 사랑이란 바로 이런 것입니다

물에 빠진 자식을 구하려고 깊은 소로 뛰어든

일가족 죽음의 뜻을 이제사 조금 알겠습니다

끊어도 끊어지지 않는 사랑의 단단한 끈이

우리 겨레의 가슴속으로 이어지기를 바랍니다

지금 내 마음 무어라 말할 수 없이 행복합니다

죽기 전에 소원이 있다면 꼭 한가지

대대로 이어진 나와 당신의 작은 눈이나마

영영 꺼지지 않는 이 나라의 불씨가 되어

북녘 고향 찾아가는 벅찬 행렬을

두 눈이 뭉개지도록 보고 또 보았으면 하는 것입니다

이 시는 너무도 쉽게 읽히며 작품 속에 설정된 상황도 명백하다. 죽으면서 자기 눈을 맹인에게 헌납하기로 한 화자는 월남민이요 크리스천이라 짐작되며, 특별히 분단시대의 극복을 부르짖는 의식분자는 아니다. 시 자체가 분단시대 현실의 전체 구조를 통찰케 하는 위대한 분단극복의 문학이랄 작품도 아니다. 그러나 소박한 언어로 소박한 화자의 의식을 구현해나간 저자의 솜씨는 결코 평범치가 않다. 우선 화자의 신앙고백만 보더라도, 기독교의 가르침이 그로 하여금 기꺼이 자기 눈을 이웃에게 줄 수 있게 만들었지만 이 결단에서 연유하는 그의 깨달음은 우리가 흔히 말하는 기독교 교리와는 상당한 거리가 있다. 좋은 일 해서 천당 간다는 생각은 조금도 없고 하느님의 계명이므로 순종한다는 것도 아니다. 구체적인 이 땅 이 겨레의 삶 속에 몸에서 몸으로 이어지는 영생을 비로소 실감하게 된 것이고 사람이 자기 목숨을 내던질 수도 있는 사랑의 뜻을 터득한 것이다. 이 깨달음에서 자연스럽게 우러나오는 것이 통일과 귀향에의 간절한 염원이다. 이것이 단순한 실향민의 고향 그리움만이 아니라는 가장 눈에 띄는 단서는

> 대대로 이어진 나와 당신의 작은 눈이나마
> 영영 꺼지지 않는 이 나라의 불씨가 되어

라는 두줄, 특히 그 "불씨"라는 낱말이다. 소박한 듯하면서도 진실로 희귀한 깨달음과 사랑을 담은 이들의 눈은 이미 보기만 하는 감각기관이 아니라 점화력을 지닌 행동에의 동참자인 것이다. "두 눈이 뭉개지도록 보고 또 보았으면 하는 것입니다"라는 마지막 행이 감상주의적 과장이 아닐 수 있는 것은 그때의 "벅찬 행렬"은 결코 뜻밖의 행사가 아니라 이 나라의 수많은 '불씨'들이 스스로 이룩한 위업일 것이기 때문이다. 이 시에서 우리는 통일에의 비원을 생생히 간직하고 자기 개인의 생에 대한 집착을 침착당당하게 끊어버리면서 동시에 자신에게 주어진 둘도 없는 목숨을 최대한으로 아끼고 살피는 한가지 비법을 찾아보게 된다.

이동순 자신은 실향민이 아니지만 시예술이 지니는 예의 '신통력'에 스

스로를 내맡기는 순간에 「내 눈을 당신에게」라든가 시집 『개밥풀』(1980)에 함께 실린 「일자일루(一字一淚)」 같은 성과가 가능했을 것이다. 이것은 물론 이 시대의 삶에 온몸을 내맡기려는 노력과 다른 것이 아니며, 「서흥 김씨 내간(瑞興金氏內簡)」「앵두밥」 등에서 6·25 난리통에 이 땅의 무고한 백성들이 겪은 기막힌 고생을 재현하고 「개밥풀」에서 이날 이때까지 크게 나아진 것 없는 민중의 삶과의 건강한 연대의식을 표현하는 그의 작업에 자연스럽게 이어져 있다.

시집 『벼는 벼끼리 피는 피끼리』(1981)에 나오는 하종오(河鍾五)의 「풍매화」(1979)나 「앞산 뒷산」(1980) 「평야는 평야 산맥은 산맥」(1981) 같은 작품에서는 분단극복의 의지가 이 땅의 민중생활에 뿌리내릴 필요성이 좀더 전투적이며 서민들의 일상언어에 가까운 말투로 표현된다. 그중 「앞산 뒷산」 한편을, 낯선 독자들을 위해 역시 전문 인용해본다.

밤마다 우리가 첩첩 봉봉에 온몸 기대고
땅 밑으로 뜨거운 힘 주고받은 줄
좋은 세상에 잠든 것들은 모를 거라.
밤마다 우리가 나무 뿌리에 힘줄 맡기고
남몰래 허공으로 기막힌 한숨을 쉰 줄
아직도 사는 일로 싸우는 것들은 모를 거라.
모진 핏줄은 유장한 산맥에게 주어버리고
도도하고 그윽한 눈물 머금은 우리는
분단된 봄에도 울음으로 남아서
참꽃 분꽃 흐드러지게 피워댔다.
그러나 누군가를 위해 운 사람들은 말하거라
한라와 백두를 한 산천으로 엉쿠는 일은

한두 가지 꽃들만의 일이 아니다.

잎 우거지도록 잠잠하고 씨앗 맺도록 잠잠해서

여기저기 흩어졌던 바람이 분다.

이제 남북으로 이어놓을 지진을 기다려

우리는 아침을 위해 메아리 되울리겠지만

내일에는 용암으로 펄펄 끓을지 모를

깊고 깊은 물로서 숲을 키운 뜻을

높은 자리 잡아 사는 것들은 모를 거라.

이 시와 더불어, 70년대 문학에서 분단시대에 대한 인식의 진전을 점검해온 우리의 논의가 1980년의 문턱을 넘어서고 말았다. 80년대 문학의 과제를 좀더 구체적으로 생각해보기에 앞서, 이동순이나 하종오 또는 그보다도 더욱 아래 연배의 문인들로 오게 되면 이쪽저쪽 하는 싸움에 다소나마 끼어들었던 세대들과는 지난날 역사에 대한 객관적인 책임관계가 전혀 다른 — 그러나 수적으로 이 땅 주민의 절대다수를 이미 넘어섰고 앞으로 몇십년 사이에 백퍼센트 전원이 되어버릴 — 새로운 문학 인구가 두각을 나타내기 시작함을 실감시켜주는 예 하나만을 들기로 한다.

'이 땅에 태어나서'라는 제목의 '5월시 동인지' 제1집(1981)에 실린 어느 1956년생 시인의 「6·25와 참외씨」라는 시는 앞서 옮겼던 두편보다도 더 길어서 전문 인용은 피하기로 한다. 작품으로서 약간 안이한 구석도 없지 않으며 어딘지 김수영의 가락이 자기 것이 덜 된 채로 울리고 있다는 느낌도 든다.(이에 비해 동인지 제3집에 실린 같은 시인의 「휴전선」은 여러모로 훨씬 성숙한 작품이다.) 물론 그 안이하다는 인상의 일부는 계산된 경박감으로서 새로운 세대 나름의 자신감을 표현하는 하나의 기법이다.

알다시피 태어난 지 스물다섯하고 일개월째

순수 국산 토종인 나에겐

전쟁이 없다.

이렇게 시작되는 이 시는 뒤이어 기성세대의 상투화된 구호와 작태들을
한바탕 늘어놓은 뒤, 계속 '경박하게' 지껄여댄다.

오늘도 참외는 노랗게 익어 내 혀를 달콤하게 녹여줄 뿐

태극기 밑에서 1,000cc 생맥주만 시원한

오줌 줄기를 만들고 있을 뿐

왠지 여느 날의 공휴일과 같이 허망한 시간이 비어 있을 뿐

TV여 라디오여 사이렌이여 국립묘지의 혼령들이여

그대들과 합작한 사기꾼 모리배여 6·25의 쓰리꾼이여

오늘 내 귓가의 모든 소리여

나에게 강요하지 말라

죽음이란 그렇게 간단히 상표가 되는 것이 아니다.

따는 놈도 잃는 놈도 다 망하고 마는 노름판

그 노름판의 따라지 망통으로 날 유혹하지 말라.

(이영진李榮鎭 「6·25와 참외씨」 16~26행)

그렇다고 선배 세대의 입장에서 그를 무책임하고 무분별한 녀석이라 욕
하기도 힘든 것이, 그는 분단시대의 어른들이 그에게 부과한 온갖 임무를
어릴 적부터 꽃다운 청춘기에 이르기까지 충실히 이행해온 것이다.

난 의무교육 시절부터 깡통 필통의 연필심에 침을 발라가며
……전방에 계신 국군장병 아저씨께……
숱하게 숱하게 위문편지 방학 숙제를 하다가
끊임없이 날아드는 위문편지를 받아보기도 한
모범사병 출신인 나에게
30년에 가깝도록 그 죽음과 그 전쟁을 배워보려고 노력한 나에게
더이상 강요하지 말라
내 뼈를 빌고 살을 빌고 칠성님전 혼을 빌은
삼신할매 토방 마루여
살구꽃 환히 밟던 동네 어귀, 어릴 적 아기자기 고운 꿈이여
어린 당숙과 삼촌을 때려잡은 한 서린 땅이라면
그대들의 심장에서 일어난 예리한 竹槍이었다면
나에게 그대 슬픔과 분노를 강요하지 말라
나는 죽은 내 애비가 슬프지 않다
나는 죽은 내 피의 할애비가 억울할 뿐
오직 한 가닥 깊은 슬픔이 있다면
이 슬픔도 기쁨도 없이 잘도 목구멍을 넘어가는
참외씨가 있을 뿐
그 참혹함이 있을 뿐
슬픔 없이 자라난 슬픈 심장이 여기 있을 뿐이다. (27~끝행)

"슬픔 없이 자라난 슬픈 심장"이 시인에게든 다른 누구에게든 자랑거리일 리는 없다. 그러나 이 현실을 슬프게, 하지만 또 시원시원하게 받아들임으로써만 분단 안 된 살림살이의 기쁨도 알고 슬픔도 아는 튼튼한 심장이 태어날 수 있을 것이다.

3. 분단극복의 문학과 리얼리즘의 과제

1

앞에서 분단의 문제를 직접 다룬 70년대의 업적들을 일별했거니와 이들 작품이 '분단 주제의 문학'이라는 독립된 분야를 이루는 것이 아님은 거듭 강조한 대로이다. 더구나 이들이 분단극복·통일지향 문학의 전부가 아님은 더 말할 것도 없다. 분단시대의 삶을 정직하고 깊이 있게 다룬 작품이라면 그것이 국토의 분단이나 동족 간의 사상적 대립 문제를 표면화하지 않았더라도 분단체제에 대한 도전이 안 될 수가 없는 것이다. 오히려 관념적으로 통일을 부르짖고 분단을 개탄하는 시나 소설보다 훨씬 착실한 분단극복의 의지를 작가 개인이 알든 모르든 담고 있게 마련이다.

이것은 물론 작품이 아닌 현실사회에도 그대로 해당되는 상식이다. 분단시대가 오래도록 지속되면서 우리는 아무 성의 없이 통일을 주장하는 사람, 열의만 있지 아무 경륜도 없이 결국 일종의 타성으로 통일을 말하고 있는 사람들을 너무나 많이 보아왔다. 이들보다는 각자가 놓인 현장에서 인간다움을 찾아 성실하게 일하고 싸우며 그러한 구체적 작업을 통해 우리가 사는 세월 자체의 됨됨이에 대한 책임의식으로까지 자기 자신을 키워나가는 수많은 이름 없는 일꾼들이야말로 통일운동의 참된 주인공인 것이다.

이처럼 문학의 안팎에서 두루 통하는 당연한 상식을 문학 내의 여러 문제들과 관련해서 좀더 이론적으로 정리하려는 노력의 하나가 바로 '리얼리즘'을 둘러싼 논의이다. 그러므로 70년대 말엽부터 활발해진 한국 평단의 리얼리즘 논의가 분단시대에 대한 인식의 전진과 더불어 민족문학론과 합류하게 되었듯이, 70년대 말에 민족문학론이 일정한 성숙에 다다르자 리얼리즘에의 관심 또한 새로워지고 좀더 깊이 있게 전개되었던 것이다. 리얼리즘론이 줄곧 논란의 대상으로 남는 것도 그 때문이다. 그것은 어디까지나 민족문학에 뜻을 둔 문인과 독자들의 실천적 관심과 직결된 것이요, 서양의 문학사에서 '사실주의' 또는 '자연주의'로 일컬어진 사조나 작품들을 '객관적'으로 정리하여 문학용어사전 같은 데에 모셔넣고 잊어버릴 수가 없는 문제인 것이다.

따라서 필자는 「리얼리즘에 관하여」(김윤수 외 편 『한국문학의 현단계 1』, 창작과비평사 1982; 〈본서 4부〉)라는 글에서 "현대의 진정한 문학적 고전을 창조하는 문학이념"으로서의 리얼리즘을 생각해보았다. 물론 이런 표현 자체는 극히 모호하여 귀에 걸면 귀걸이, 코에 걸면 코걸이가 될 수 있는 것이다. 문제는 누구에게나 바람직할 그러한 문학이념이 협의의 사실주의나 자연주의와 다르다고 주장하면서도 어째서 '리얼리즘'이라는 이름으로 표현할 필요성이 남느냐는 것인데, 지난번의 졸고에서 이에 대한 몇마디 언급이 이론상의 기본적 문제점을 남겨두고 있음은 자인했었고(『한국문학의 현단계 1』, 330~33면; 〈본서 399~403면〉 참조) 이번 글에서도 그냥 숙제인 채 남겨두고자 한다. 다만 여기서 강조할 것은 리얼리즘이란 개념이 기법이나 소재의 문제이기 전에 문학정신의 문제지만, 동시에 문학정신을 어디까지나 구체적인 기법과의 관련에서 ─좀더 정확히 말해 '내용'의 다른 일면으로서의 '기법'과의 관련에서─ 거론하려는 것이기도 하다는 점이다. 그리고 이는 기법의 문제가 어떤 식으로든 작품 바깥의 현실세계와도 유기적 연관을 맺고 있다는 이야기도 된다. '어떤 식으로든'이라고 말하는 것은 그것이 딱히 '반영'이라는 표현에 걸맞은 대응관계가 아닐 수 있음을 뜻하는 것이고 그 이상의 세밀한 이론적 검토는 다른 기회로 미룬다. 그러나 리얼리즘론의 실천적 관심에 처음부터 냉담하거나 그간의 이론적 성과에 생소한 여러 논자들이, 문학작품은 그것 이외의 어떤 것을 가리키는 '지시적'(referential)인 기호체계가 아니라 그 자체로서 존재하는 '자기지시적'(auto-referential)인 체계이기 때문에 어떠한 현실적인 의미보다도 복잡한 하나의 '다의적'(polysemous)인 기호체계를 이룬다는 최신의 속설에 안주하려는 경향은 지적하고 넘어갈 일이다. 작품의 외부현실을 단순소박하게 '지시'하지 않으면서도 직간접으로 현실의 문제를 떠올림으로써 어떻게 그것이 오히려 더 '다의적'인 체계로 성립하는가의 정밀한 규명이 리얼리즘론의 다음 과제가 될 것이다.

어쨌든 통일문제를 직접 거론 않더라도 분단시대의 삶을 여실하게 그려낸 작품이 진정한 민족문학이요 분단극복의 문학이라는 상식은 구체적인 작품을 읽노라면 누구나 실감할 수 있는 일이지만, 리얼리즘론에서 좀더 확실한 이론적 근거를 찾게 된다. 예컨대 천승세의 중편 「낙월도」가 휴전선 같은 것은 있는지도 모를 만큼 동떨어지고 후미진 어느 섬 주민들의 삶을 고도의 예술성으로 형상화함으로써 분단 상황 자체에 대한 독자의 인식을 새로이 해준다는 점을 필자 나름으로 살펴본 일이 있다(「민족문학의 현단계」 참조). 시에서 신경림의 『농무』가 70년대의 리얼리즘 문학 및 그 논의에 미친 큰 영향에 대해서도 필자는 몇차례 언급했었는데, 오늘날까지도 리얼리스트다운 관심을 지닌 젊은 시인들의 작품에서 『농무』의 가락을 엿듣게 되는 경험은 결코 드물지가 않다. 앞서 인용했던 이동순이나 하종오 같은 시인들의 탁월성을 달리 표현하는 한가지 방법은, 그들이 신경림의 영향을 충분히 받고서도 그와는 뚜렷이 구별되는 독자적인 가락을 이룩했음을 지적하는 일일 게다. 그들에 앞서 이시영(李時英)의 『만월(滿月)』이나 정희성의 『저문 강에 삽을 씻고』 역시 『농무』의 충격을 흡수하면서 각자의 독특한 육성을 찾아나간 흔치 않은 보기였는데, 정희성의 경우는 표제의 시 자체가 삽자루에 생애를 맡긴 노동자의 육성보다 선비의 목소리에 가깝다는 점에서 아직껏 시인 스스로 설정한 과제를 충분히 달성하지 못한 상태라 보겠고, 이시영은 근년의 활동이 부진한 편이어서 그를 아끼는 독자들에게 안타까움을 주고 있다.

한국 시단에서 리얼리즘을 향한 노력이 활발하게 진행되고 있는 배후에는 신경림의 영향 말고도 60년대 이래로 큰 물줄기 노릇을 해주는 김수영과 신동엽, 그리고 70년대에 비롯되는 김지하의 영향이 지금도 중요하게 작용하고 있고 앞으로도 그럴 것이다. 그중 김수영의 영향이 신동엽·신경림·김지하 들의 그것과 전혀 무연하게 작용하는 경우도 많아서 이런 현상을 신동엽의 열렬한 예찬자였던 김수영이 과연 어떻게 받아들였을지를 문득 생각해보게도 되지만 — 하기는 신동엽에게서만 배우고 김수영을 제대로 안 읽은 젊은 시인들도 많다 — 이종욱이나 김정환(金正煥) 같은 경우는 김수영의 영향이 특히 두드러지면서 70년대 이래 리얼리즘 문학의 진전에도 착실히 공헌하고 있는 좋은 본보기들이다. 김수영 자신이 그랬듯이 이들은 현대 서구시의 학습을 거치면서 우리 현실을 주체적으로 보는 힘을 잃지 않고 오히려 단련시킨 많지 않은 예에 속하는데, 그러한 단련이 김정환 자신의 표현을 빌려 "유격적(遊擊的) 감수성"의 개발에 주로 이바지했다고 생각된다. 사실「리얼리즘 시에 대한 몇가지 생각」(반시反詩 동인작품집『반시의 시인들』, 1982)이라는 김정환의 글에서 이 '유격적 감수성'이 무엇인지 뚜렷이 밝혀진 것 같지는 않다. 그러나 '분단 주제의 문학'과 관련하여 필자의 머리에 금세 떠오른 것은 그의 시집『지울 수 없는 노래』(1982)에 실린「철길」이라는 시였다. 이것은 철로라는 누구나 익히 보아온 범연한 사물을 두고 그야말로 기습적인 연상을 숨가쁘게 촉발시켜 드디어는 분단의 문제를 생각게 하고 분단시대를 제대로 살지 못한 모든 사람의 가슴에 "여러 갈래의 채찍 자욱"이 되어버리는, 김수영을 떠올리게 하지만 어디까지나 이 시인 특유의 유격술을 과시하는 작품이다.

그러나 여기서 리얼리즘 시의 전개양상을 개관한다거나 그 영향관계를 추적하려는 것은 아니다. 소설뿐 아니라 시에서도 진정한 리얼리즘의 진전 —— 사실성(寫實性) 자체를 항상 고수하는 것은 아닐지라도 생생한 사실적 디테일을 결코 가벼이 보지 않는 현실에의 깊은 관심의 표현 —— 이 관념적인 '통일시'보다 분단의 극복에 충실히 복무한다는 논리를 좀더 구체적으로 전개해본 것뿐이다. 같은 취지에서 흔히 김수영의 시세계와 거리가 먼 것으로 생각되는 『산불·산불』(1980)과 『이 가슴 북이 되어』(1982)의 시인 이운룡(李雲龍)의 작품 하나를 살펴보는 것도 흥미 있는 일이다. 그의 최근 시집에 수록된 「턱걸이」라는 시는 얼핏 보아 토속성 짙은 그의 세계에서 다소 예외적이랄 수도 있지만, 사실은 우리 시대의 모든 훌륭한 시적 성취는 토착적인 우리 것에의 건강한 애착과 누구 것인지 모르도록 어지럽게 펼쳐지고 있는 오늘의 현실에 대한 냉철한 눈길이 일체가 됨으로써만 가능한 것임을 보여주는 그의 시세계의 일부일 따름이다.

> 대학입시 수험생인 긴 팔이 철봉에 매달린다.
> 나는 의자에 앉아 너희들을 시험한다.
> 재수 삼수의 또는 삼십에 가까운 패자들,
> 어쩌면 이렇게 한결같이 얌전함을 보이느냐!
> 예년의 사자들은 으르렁거리며 펄펄 날았다.
> 나는 되레 맞설 험상궂은 얼굴로 무장했었다.
> 그런데 어찌 이리 어리숙한 속죄양이 되었느냐?
> 어떤 능력이 이토록 순하게 길들였느냐?
> 상지 근육의 동적 지구력이 형편없는 놈들,
> 할 일 없어 골방의 어둠과 밤낮없이 친하고
> 내일의 빛과 오늘의 비를 감잡을 수 없어
> 우왕좌왕 쫓기고 몰리다 코피 난 놈들.

턱이 철봉 위에 올라올 때까지
팔굽혀펴기의 속도는 완전 자유다.
내 몸도 철봉에 매달린다, 너희들과 함께
얼굴은 지금 찌그러진 개밥 양재기로구나!
생각 말고 죽자, 눈 딱 감고
악물어 어금니 뿌리 망가지도록 버둥거리며
우리 시대의 천 근 무게로 매달린 속죄양이여!
포기하지 마라, 매달려 있는 동안은 자유니까. (「턱걸이」 전문)

이것은 전국적인 사회문제이자 시인이 날카롭게 상기시켜주듯이 민족의
생명력의 성쇠와 관련된 문제로까지 번져 있는 대학입시 경쟁의 한 정경
이다. 애정과 분노, 풍자와 해학이 뒤섞인 이 빛나는 소묘는 결국 '시대의
무게'까지 생각게 만들고 마지막 행에 가서는 가련한 수험생들에게의 애
끓는 격려는 격려대로 보내주면서 '매달려 있는 동안만의 자유'라는 기막
힌 상념을 발동시킨다. 이러한 시적 기술은 사실 「영산강 뱀장어」나 「고
들빼기」 같은 이운룡의 좀더 토속적인 작품에서도 그대로 작용하고 있다.

2

그러나 리얼리즘이라고 하면 역시 '총체성'의 문제가 제기되기 마련이
다. 한편의 제대로 된 서정시가 지루한 사실주의 장편보다 당대 현실의
전체상을 실감시켜주는 면에서도 월등한 예는 허다하지만, 리얼리즘 문
학이 지향하는 총체성의 달성은 아무래도 몇편의 짧은 시로써는 어렵다.
진정한 리얼리즘이 '삶의 단면'들에 대한 완벽한 자연주의적 묘사로 만족
할 수 없는 법이기에 이 문제는 더욱 심각한 것이다.
이것은 시에 있어서 서사성과 희곡성을 회복하는 문제와도 직결된다.

서양문학의 경우에도 '에포스'의 이름에 값하는 서사시가 거의 자취를 감추고 르네상스 이후로는 시극다운 시극도 점점 드물어지면서 총체성의 추구라는 과업은 장편소설과 장막 산문극의 영역에 맡겨져버린 인상이 짙다. 그러나 서구에서도 그렇겠지만 특히 제3세계에서는 운문예술이 이러한 과업을 애초부터 포기해야 할 이유는 없으며, 실제로 서사성과 희곡성을 되찾기 위한 한국 시인들의 노력이 활발히 진행되고 있다. 서사시 부문에서는 60년대 후반 신동엽의 「금강(錦江)」이 우리 시대의 선구적 역할을 맡았고, 70년대 초 김지하의 「오적」과 「비어」에 이르러서는 1920년대의 「국경의 밤」 이래 한국 서사시의 숙제로 남아 있던 양식상의 문제가 판소리 형식의 활용을 통해 비로소 하나의 출중한 해답을 얻었다. 『농무』의 시인 자신도 「새재」와 「남한강」 등 장시 연작(3부작 계획으로 제1부는 시집 『새재』에, 2부는 13인 신작시집 『우리들의 그리움은』에 수록되었고 제3부는 아직 안 나왔음)을 통해 일대 비약을 시도하고 있으며, 이 과정에서 그는 관련된 역사적 사실의 고증뿐 아니라 민요·전래동요·민담 등의 채집까지 겸한 다양한 노력을 벌이면서 짧은 시 자체에도 새로운 가락을 도입하고 있다. 그밖에 고은의 「갯비나리」(『새벽길』), 이성부의 「전야(前夜)」(『전야』), 이동순의 「검정버선」(『개밥풀』) 등 염무웅이 「서사시(敍事詩)의 가능성과 문제점」(『한국문학의 현단계 1』)에서 자상한 검토를 했던 작품들에 뒤이어, 80년대 들어와서도 이동순의 「물의 노래」(『실천문학』 제2권, 1981)와 김창완(金昌完)의 「하늘나라의 넝쿨장미」(『실천문학』 제3권, 1982) 같은 야심작이 잇달아 나오고 있다.

한편 고정희(高靜熙)의 「환인제(還人祭)」(『실락원 기행』)와 「사람 돌아오는 난장판」(『목요시』 제4집, 1982)은 '마당굿 시'라는 약간 색다른 시도로서, 시에서의 서사성과 더불어 희곡성을 회복하려는 뜻깊은 실험이라 생각된다.(이 시인은 21인 신작시집 『꺼지지 않는 횃불로』(1982)에 「박홍숙전(朴

興塾傳)」이라는 훌륭한 이야기시를 발표하기도 했는데, 그 1, 2부가 주인 공의 1인칭서술로 되어 있다는 점에서 여기서도 희곡적인 성격이 두드러 진다고 하겠다.) 염무웅도 지적했듯이 「소리내력」이나 「갯비나리」는 탁 월한 공연효과를 지녔고 그런 의미에서 일정한 희곡성을 이미 확보했던 것인데, 탈춤이나 마당극에서 노래 가사와 율동적 산문이 차지하는 몫이 새로운 운문예술의 업적으로 채워질 수 있다면 이는 한국의 문학과 연예 를 통틀어 전에 없던 빛나는 성과가 될 것이다. 지하의 「진오귀(鎭惡鬼)」 나 「금관(金冠)의 예수」와도 이어지는 고정희의 실험은 그러한 드높은 성 취를 향한 하나의 출발에 불과하지만, 예컨대 「사람 돌아오는 난장판」 둘 째 마당의 다음과 같은 무당의 사설은 공연 대사로서도 효과적일뿐더러 전통적인 굿거리장단과 현대적 감각을 아울러 갖춘 한편의 시로서도 숨 가쁘게 읽힌다.

어따 오매! 피 냄새야

어—따 오매! 원한 냄새야

어디 이게 사람 사는 도성이랑가—

어디 이게 구신 사는 구천이랑가—

감초 냄새 향기롭던 약탕관엔

잘(億) 즈문(千) 독사떼 구물거리고

양지바른 선영 묏등엔

까마귀떼 살 썩는 냄새에 고개 처박고

해 잘 드는 동창에 등창고름 냄새

해 잘 지는 서창에 내장 곪는 냄새

해 안 뜨는 북창에 양심 썩는 냄새

해 잘 가는 남창에 오장육부 타는 냄새

식솔 둘러앉은 무쇠솥엔

시장기 절반 섞어 복어알 부글부글

고개 숙인 나락밭엔 늑대들 우글우글

공중에 날던 새도 울음을 그치고

처마 밑에 짖던 개도 네다리 뻗었구나

멍멍아 바둑아 쫑아 세퍼트야

니놈들 세상 만나 하품만 일삼고

하릴없는 코뿔소들 치받을 곳 찾는구나

어—따, 오매 악취야

어—따, 오매 독취야

수채구는 막히고 강물은 끊기니

하늘과 땅 사이에 피 냄새 충천하니

창궁의 제신인들 이 어찌 견딜쏘냐

그런데 리얼리즘이라는 문제로 되돌아와 보면 시인들의 이러한 다양한 노력에 대해서도 한두가지 짚고 넘어갈 문제가 떠오른다. 하나는, 매우 상식적인 이야기지만, 우리가 흔히 '장시'라고 할 때는 짧은 서정시보다 웬만큼 긴 분량이면 모두 그렇게 부르고 시인 자신이 처음부터 리얼리즘 문학이 요구하는 총체성의 달성을 겨냥했는지의 여부를 묻지 않는 수가 많다는 것이다. 소설로 치면 그러한 총체성이 당연히 기대되는 장편소설이라기보다 단편적인 주제를 어느정도 충분하게 다루어낸 중편소설에 해당하는 작품도 '장시'로 일컬어지는데, 리얼리즘의 성취 여부를 가릴 때는 마땅히 그 둘을 구별해야 할 것이다.(중편시 또는 단시의 연작으로 장편적 효과를 거두는 일은 물론 얼마든지 가능하다.)

다른 하나는 리얼리즘 문학에서 사실성 내지 사실주의적 기율이 차지하는 몫의 문제다. 진정한 리얼리즘과 '자연주의' 또는 협의의 '사실주의'를 구별하는 것은 문학이념의 차원에서는 중요한 일이나, 그렇다고 자연주의자로 알려진 소설가나 극작가의 실제 작품들의 공헌을 가볍게 보아넘긴다면 '리얼리즘'이라는 낱말 자체가 공허해지기 쉽다. 이에 대해서는 졸고「리얼리즘에 관하여」에서 주로 자연주의 희곡과 연관지어 거론한 바 있지만(『한국문학의 현단계 1』333~42면;〈본서 403~14면 참조〉), 19세기의 소설문학 자체에서도 졸라(Émile Zola)가 발자끄(H. de Balzac)의 예찬자일 뿐더러 똘스또이(Lev N. Tolstoy)가 모빠상(Guy de Maupassant)의 애독자이기도 할 만큼 자연주의와 '진정한 리얼리즘' 사이에는 핏줄기가 닿아 있는 것이다. 더구나 사실주의 소설의 규격 자체가 정도의 차이가 있지만 결국은 하나의 외래양식인 제3세계에서는 발자끄·똘스또이·졸라·모빠상 들이 공유하는 사실주의적 기율의 수용 문제가 곧 서구의 과학정신과의 만남이라는 보다 일반적인 문제의 한몫을 이룬다. 여기서 자연주의와 리얼리즘을 혼동하는 것이 서양의 과학에 눌려 서양인의 과학주의에도 승복하는 꼴이 되는 반면, 반자연주의의 유혹에 끌려 과학시대의 영원한 낙오자로 머물 위험도 적지 않은 것이다. 시에서 서사성을 회복하려는 노력들의 경우에도「국경의 밤」이래 많은 서사시들이 사실주의 소설을 능가하는 서사성을 획득했다기보다, 산문으로도 얼마든지 씌어졌을 이야기에 서정성을 가미하는 데 그치고 심지어는 이 '서정성'을 빌미로 이야기의 구성이나 전개에서 산문소설의 냉엄한 서사적 논리를 희생하는 일이 많았다. 지하의 '담시'처럼 처음부터 '서정'과 '서사'에 대한 서구문학식 구별이 무시된 전통양식을 원용한 경우는 이 문제가 작품 내적 파탄이나 괴리를 낳지 않을 수가 있는데 ─ 이처럼 새로운 차원의 서사성을 향한 더욱 대담한 실험을 그는 1982년에 '대설(大設)'이라는 이름으로 출범시켰다 ─ 이런 경우에도 작품 전체의 과학정신과의 친화성 여부를 따로 묻는 일은 여전히 우리에게 주어진 과제로 남아 있다.

어쨌든 70년대의 중요한 문학적 성과로 꼽히는 것 중에서도 「객지」와 「한씨연대기」, 『휘청거리는 오후』, 『관촌수필』과 「우리 동네」 연작, 송기숙의 「재수 없는 금의환향(錦衣還鄉)」이나 「칠일야화(七日夜話)」, 백우암(白雨岩)의 「갯바람」 등은 모두가 좋은 의미로 자연주의적인 ― 다시 말해 작중의 사건전개나 배경설정에 초자연적이고 비합리적인 설명이 필요 없을뿐더러 당대 현실의 세밀한 묘사가 풍부하게 담긴 ― 소설들이다. 「장마」나 「신궁」도 자연주의적 기율을 일단 존중하면서 토속성 짙은 소재의 시적 가능성을 십분 활용하여 자연주의 문학에서 맛보기 힘든 시적 정취를 달성한 것이다. 개중에는 너무 자연주의적 한계에 얽매여 좀더 흡족한 성과에 이르지 못했다는 비판을 받음직한 작품들도 있겠으나, 더 많은 경우에 자연주의의 기율을 희생하는 것이 곧 작품 자체의 내적 논리를 훼손하는 결과를 가져온다. 예컨대 70년대 말에서 80년대 초에 걸친 뜻깊은 수확인 이문구의 『우리 동네』(1981)를 두고도 작가가 혼신의 애정으로 공감하는 한두 전형적 인물을 창조하기보다 농촌현상의 자연주의적 실사(實査)에 치우쳤다는 아쉬움을 말할 수 있는데, 이는 저자가 거의 어느 인물에게나 그 자신의 지문(地文)에 필적하는 입심을 부여하고 있다는, 자연주의적 기율 자체의 느슨함으로도 설명되는 아쉬움이다. 이에 반해 조세희의 『난장이가 쏘아올린 작은 공』은 정통적 사실주의 소설의 규격을 처음부터 파괴함으로써 일정한 리얼리즘의 성과에 이르고 있지만, 여기서도 이러한 반자연주의적 미덕은 동시에 이 연작소설이 갖는 중대한 결함들 ― 가령 노동현실을 다루었는데도 살아 있는 노동자의 육성이 작중의 대화에서조차 안 들린다든가 하는 점 ― 과 직결된다. 그런가 하면 이청준(李淸俊)의 많은 작품들이나 윤흥길의 일부 작품에서 사실주의적 논리가 무시되었을 때는 『난장이…』에서만 한 댓가도 못 찾고 있으며, 박경리의 『토지』의 경우에도 제2부에서 무대가 항일독립운동의 현장인 간도로 이동함에도 불구하고 제1부에 비해 민족문학으로서의 성과가 떨어진다고 느껴지는 것은 사건전개와 배경묘사에 있어 자연주의적 박진감이 줄어든 것과 무관하지 않다고 생각된다. 80년대에 이룩된 역사소설의 성과 가운데서 김주영(金周榮)의 『객주(客主)』에 대해서도 좀더 자연주의적 논리에 충실한 줄거리의 전개를 주문해볼 수 있다. 송기숙의 『암태도(岩泰島)』에 관해서만은 역사적 사실에 지나치게 충실하여 허구적인 요소가 부족하기 때문에 소설로서의 재미가 덜해졌다는 비판이 어느정도 적중하지만, 형상화 과정에서의 자연주의적 기율과 역사소설에서의 실록적 요소를 동일시할 필요는 없을 것이다.

　이상의 단편적인 고찰이 새삼스럽게 자연주의를 옹호하며 한국소설이 그 기법을 고수해야 한다고 주장하는 것이 아님은 물론이다. 다만 한국적 리얼리즘의 성취를 위해서는 자연주의 소설이 그것 나름으로 성취해놓은 미덕을 쉽사리 무시할 수 없음을 강조하려는 것이며, 이것이 단순히 소설 기법상의 문제만이 아니라 자연주의 문학의 과학주의가 불완전하게나마 내포하고 있는 인간해방의 정신을 우리가 주체적으로 수용하는 길을 좀더 착실하게 모색하는 작업의 일환이라는 것이다.

3

　진정한 리얼리즘과 자연주의 사이의 이처럼 복잡미묘한 관계는 분단극복을 지향하는 리얼리즘 문학에 대해 많은 것을 생각게 해준다. 가령 자연주의가 곧 리얼리즘 그 자체라고 한다면 분단극복의 의지는 거의가 리얼리즘 아닌 다른 길로밖에 형상화되기 힘들 것이다. 분단극복운동이 광범위한 대중운동으로 표출되지 않은 현실에서 그런 것을 자연주의적으로 그려낸다는 것은 불가능한 일이며, 분단극복의 장애요인들을 있는 그대로 묘사하는 작업도 온갖 금기에 정면으로 저촉되기 십상이다. 그러나 물론 자연주의와 리얼리즘은 다르다. 동족상잔의 비극이나 외세에 의한 분단 상황의 조작 또는 조종을 사실주의적으로 재현하지 않고도 그러한 역사가 핵심적 진실로 된 현실을 생생하게 느껴지도록 만드는 온갖 예술가적 창의가 용납되는 것이 리얼리즘인 것이다. 더구나 분단시대의 장기화로 인해 그 핵심적 진실이 얼핏 보아 분단과 무관해 보이는 삶의 구석구석까지 지배하게 되었다는 사실 때문에 작가는 금기 구역을 피해가면서도 분단시대의 진실을 이야기할 여지가 커지기도 했다는 야릇한 혜택까지 입고 있는 셈이다.

그러나 이것이 민족을 위해서는 차라리 없었으면 좋았을 혜택이듯이 그것을 제대로 활용하는 일 또한 여간 힘든 것이 아니다. 분단극복의 의지와 예술적 창의성이 어지간하지 않고서는 현실의 핵심을 잡는다는 미명 아래 관념의 놀이로 도피하는 결과가 되기 쉽다. 반면에 그러한 의지와 창의성이 정말로 주어진 경우에는 상당한 정도의 자연주의적 묘사를 감행하려는 욕구가 반드시 따르게 마련인 것이다. 무엇보다도 이는 분단으로 인한 우리 민족의 크고 작은 온갖 고난이 사실의 차원에서도 너무나 밝혀져 있지 않다는, 그것이 다소라도 밝혀지기 전에는 주체적인 통일이 불가능하다는 우리 현대사의 객관적 특성에서 말미암은 현상이다. 당시의 언론에도, 오늘의 역사책에도, 또는 이제까지의 문학작품에도 제대로 기록된 바 없는 뼈아픈 사연들을 사실 그대로 드러내 보이려는 간절한 뜻을 안 가진 작가가 상징이나 우화의 재능이 아무리 뛰어난들 분단시대의 진실을 제대로 포착할 수는 없게끔 되어 있다.

동시에 이런 상황이니만큼 일단 사실주의적 묘사에 임하는 작가의 책임 또한 남달리 무겁다. 금기가 많고 역사가의 통설이 없는 영역일수록 그는 자연주의적 충실성에서 벗어나는 디테일 하나하나에서 자신이 분단시대의 허위의식을 거들어주고 역사적 진실의 규명이라는 통일운동의 기본명제를 훼손하는 것이 아닌가 머뭇거리게 된다. 그러나 더욱 어려운 것은 자연주의적 충실성만으로는 역시 민족사적 진실의 규명이 이루어지지 않는다는 점이다. 남북의 갈라짐으로 해서, 특히 6·25라는 동족 간의 전쟁으로 해서 실로 무수한 사람들이 기막힌 고통을 당했고 사무친 원한을 품게 되었다. 그 고통, 그 원한을 자신이 보고 겪은 범위 안에서 정직하게 이야기만 하더라도 그 나름으로 값진 기록이 안 되는 것은 아니다. 그러나 '민족문학' 또는 '참된 리얼리즘 문학'의 이름에 값하는 작품이 되려면 특정인들의 아픔을 민족의 아픔으로 실감할 수 있어야 하며 이는 또한 민족사의 흐름에 대한 통찰에서 실감되는 아픔이라야 할 것이다.

어쨌든 갖가지 현실적 제약에도 불구하고 그간의 우리 문학에는 분단과 관련된 소재에의 자연주의적 접근을 마다 않으면서 민족문학으로서의 품격을 갖춘 작품들이 줄곧 나오고 있었음을 이미 지적했었다. 여기서는 이들의 성과를 좀더 정확히 평가하고 앞으로의 더 큰 성취에 이바지하는 뜻에서 '자연주의적 접근'에 따르는 기법상의 문제를 중심으로 고찰해볼 생각이다. 물론 극히 한정된 자료에 근거한 것임을 다시 한번 밝히면서, 분단 소재의 문학에서 구체적으로 제시되는 리얼리즘의 속성에 특별한 관심을 두고자 한다.

사실적으로 묘사하기 힘든 소재에 작가가 자연주의적 충실성을 간직하며 접근하고자 할 때 애용하는 기법의 하나는 미성년자의 순진한 관점을 빌리는 것이다. 비단 사상적인 대립의 문제뿐 아니라 종교라든가 성윤리라든가 기타 상당수 독자들의 고정관념이나 사회적 금기에 저촉되는 소재를 다룰 경우, 처음부터 저자의 주관적 논평이 배제되고 누구나 그 순수성을 인정함직한 인물의 의식에 찍힌 사실만을 전달하는 형식을 취하는 것이 편리할뿐더러 효과적이기도 한 것이다. 앞서 거론했던 작품들 가운데 「장마」와 「양」, 「석유등잔불」 연작, 「어둠의 혼」, 장편 『계절풍』 등이 모두 어린아이의 관점에 의존하고 있으며, 김성동(金聖東)의 단편 「잔월」(殘月, 1980)도 이 수법을 효과적으로 살린 예라 하겠다. 이들 작품은 모두 처음부터 끝까지 어른의 언동조차도 어린이의 눈에 비친 범위 안에서만 기록한다는 형식상의 특징을 지니고 있다.

그런데 유의할 점은, 어른의 시각을 배제한다는 것은 어디까지나 하나의 기법이요 작품 자체는 읽는 이도 어른이며 지은이도 어른이라는 사실이다. 따라서 기법이 어떤 것이든 어른이 어른에게 하는 이야기로서의 책임이 따르게 마련이다. 그렇지 않다면 작가는 순진한 관점을 기법으로 채택한답시고 미숙한 작가의식에 안주하는 꼴밖에 안 된다. 앞에 열거한 작품들이 모두 민족문학의 상당한 성과라고 생각되는 것은 어린이의 관점으로 이야기를 전개한 작품들이면서 민족의 비극을 어른으로서 의식하고 이해하려는 작가의 뜻이 전달되기 때문이다.

순진한 관점을 빌려 성숙한 의식을 전달하는 기법도 그 구체적인 양상은 가지가지고 성과도 제가끔이다. 예컨대 어린이의 관점을 택할뿐더러 어린이 자신의 말투를 그대로 쓴 1인칭서술을 탁월하게 조작함으로써 세계문학의 걸작을 낳은 유명한 예로는 마크 트웨인(Mark Twain)의 『허클베리 핀의 모험』(*The Adventures of Huckleberry Finn*)이 있는데, 분단을 주제로 한 우리 문학에서 이런 방향의 시도는 아직 없는 것 같다. 오히려 관점만 어린이의 것을 빌리면서 표현에 있어서는 성인의 어휘를 자유롭게 구사하고 서술구조도 작가 자신의 입장에서 복잡하게 편성한 윤흥길의 중편 「장마」가 그중 훌륭한 예술적 성과를 이루었다고 생각된다. 작중의 '나'에게는 작은아버지가 되는 좌익 아들을 둔 할머니와 하나뿐인 아들('나'의 외삼촌)이 국군으로 나가 전사하는 외할머니가 한 울안에 살면서 벌어지는 갈등과 연거푸 들이닥치는 불행의 이야기가 숨막히는 긴장감을 불러일으키면서 민족 전체의 비극으로 읽히는 데 성공하는 것은 작가의 그러한 과감한 기법에 힘입은 것이다. 이에 비해 마크 트웨인처럼 어린이의 관점에 투철하면서 절묘한 반어법으로 작가의 성숙한 의식을 전달하는 것도 아니며 「장마」에서처럼 작가가 차라리 어린이답지 않은 문체와 서술방식을 통해 독자의 반응을 책임지고 이끌지도 않는 경우, '순진한 눈'의 기법은 그야말로 자연주의적 파편성의 한계를 못 벗어나고 말기 쉽다. 이때에도 물론 그 '파편'이 얼마만큼 치열한 작가의식으로 선택되고 형상화된 파편인가에 따라 작품으로서의 값어치는 얼마든지 달라지게 마련이다. 분단시대의 극복을 위해 묻혀버려서는 안 될 '삶의 단면'을 제시하는 것과 개인으로서는 사무친 원한일지라도 그런 식으로 제시만 해서는 허위의식의 지배를 굳혀줄 뿐인 것의 차이가 있을 터이며, 한승원의 연작에서처럼 좌우 양쪽에 두루 퍼졌던 참화의 현장을 비교적 공정하게 알려주는 가운데서도 ──「꽃과 어둠」의 끝대목 작은누님 이야기의 처리에서 특히 눈에 띄듯이 ── 작가의 어떤 탐미적 취향이 개입하여 사실주의적 작품으로서의 가치에 손상을 입히기도 한다. 더구나 그의 근작 「극락산」(염무웅 편 『81년 문제작품 20선집』 수록)에 오면 작가의 이러한 취향이 어린이의 관점을 완전히 지배하다시피 하여 민족적 공감과는 거리가 먼 결과를 초래하는데, 이에 반해 처음부터 어른의 시선으로 분단의 상처를 더듬는 「구름의 벽」(염무웅 편 『80년 문제작품 20선집』)에서는 이 작가의 한층 건강한 면모를 볼 수 있다.

「장마」에서도 작가의 개인적 취향이 완벽하게 배제되어 있는 것은 아니다. 성인의 용어를 거침없이 구사하는 것이 이 작품의 장점임은 이미 말했지만, 가령 삼촌과 외삼촌의 성격을 대조해보는 어린이의 생각을 전하면서 "삼촌의 부역 행위가 술김에 최주사네 담을 넘는 거와 한가지 경우로 어떤 외부적 자극이 타고난 맹목성을 부채질하여 자기도 모르게 휩쓸려 들어간 시간의 소용돌이 속에서 마냥 흥청거려본 것이라면" 하는 식의 표현에서는 소년의 순진한 관점 자체가 흔들림을 느낀다. 그러나 이러한 흔들림은 몇군데의 극히 일시적인 현상으로 그치고 마는데, 그것은 물론 작가의 기술적 세련의 결과이기도 하지만 기본적으로는 어린 주인공의 순진한 의식과 작중의 비극을 가장 아프게 체험하는 두 할머니의 '전근대적'인 세계 사이에 의미심장한 연속성이 존재하기 때문이다. 이것은 주인공과 할머니 사이에 형성되는 범칙자로서의 동류의식이라든가 작품 결말에 나타난 구렁이의 의미에 대한 두 사돈 간의 즉각적인 일치에 한정되는 것이 아니라, 좌우로 갈라져 싸우는 혼란의 와중에서도 식구들 모두가 본능적으로 간직하는 어떤 윤리의식, 같은 겨레로 오래오래 함께 살아온 사람들 특유의 어떤 인간다움으로 이어진다. 이러한 윤리의식의 존재는 아들의 전사 통보를 받은 외할머니가 이성을 잃고 그 세계의 불문율을 깨뜨리는 순간에 가장 확실하게 드러난다.

외할머니의 말 한마디가 집안에 던진 파문은 의외로 심각했다. 외할머니의 입에서 '빨갱이'란 말이 엉겁결에 튀어나왔을 때 식구들은 도무지 믿을 수 없다는 듯이 넋을 잃은 표정들이었다. 너무도 놀란 나머지 숨소리조차 제대로 못 내면서 오직 느릿느릿 변화하는 외할머니의 동작만을 시종일관 주목할 따름이었다. 여태까지 삼촌 때문에 동네에서 손가락질을 받고 치안대와 경찰로부터 시달림을 당해오면서 가족들 간에 절대로 써서는 안 될 말로 묵계가 되어 있었다. 그리고 이 금기는 연주창에 새우젓을 가리듯이 아주 철저하게 지켜져왔다. 그런데 이토록 무서운 말을 함부로 입 밖에 쏟다니. 외할머니의 과오는 어떤 변명으로도 씻을 수 없는 것이었고 그래서 가족들의 놀라움은 이루 형언할 수 없는 것이었다. 그러나 누구보다도 놀란 사람은 다름 아닌 발성 당자였다. 외할머니는 구태여 변명을 늘어놓진 않았다. 변명해봤자 소용도 없는 일이긴 하지만 그보다는 오히려 할머니가 무슨 못 들을 소리를 해도 꾹 참고 견디는 것으로 자신의 실수를 솔직히 인정하고 있었다.

작중의 이러한 공동체의식은 저자와 독자가 공유하는 민족의식과도 상통하는 것이기 때문에 작가는 어린이의 관점을 빌리면서도 성인의 표현을 마음놓고 구사하기가 훨씬 수월해지는 것이며, 끝에 가서 집안의 두 사돈 간에 이루어지는 화해 및 할머니와 손자 사이의 화해가 작품의 문맥에서 자연스럽게 느껴지면서 동시에 일정한 상징적 의미를 띠도록 만드는 데 성공하는 것이다. 이것이 얼마나 「장마」 특유의 세계에 밀착된 성과인지는 「장마」의 속편이라고도 볼 수 있는 「무지개는 언제 뜨는가」(1978)를 통해서도 확인된다. 이 단편 역시 좌우익의 싸움에 따른 아픈 기억을 점검하면서 민족의 화해를 내다본 감동적인 작품이다. 기법 면에서는 '나'의 어린 시절 기억과 어른이 된 지금의 행동이 뒤섞이며 진행되는 서술인데, 「장마」에서 비쳤던 화해의 가능성이 오늘의 사회현실에서 '동근'이라는 ── 부역자로 몰려 죽은 차서방의 한점 남은 혈육으로 좌익 유격대에게 일가족을 잃고 실성해버린 당숙모의 손으로 길러져 끝내는 사법고시에 합격하고 김씨 문중에서도 받아들여지는 ── 인물을 통해 구체화됨을 보여준다. 그러나 「장마」의 한정된 세계에서 전적으로 공감되던 것이 회사원과 사법연수원생이 등장하는 현실에서 여전한 호소력을 갖지는 못한다. "스스로 좌익과 우익의 합작이라고 떳떳이 밝히는" 동근의 생애가 분단체제 아래서도 가능한 눈물겨운 미담일 수는 있으나 민족의 상처가 치유될 길을 함축한 전형성에는 이르지 못한다. 동시에 자연주의적 핍진성이라는 면에서도 이 작품에 기록된 수난상이 「장마」나 「양」의 수준에서 다소 후퇴하지 않았는가 하는 느낌이 든다.

4

그러나 서술의 관점을 순진한 인물에만 국한하지 않는 기법은 작가의 성숙한 의식이 정확히 어떤 성격인지를 쉽사리 드러나도록 만든다는 의미에서 작가가 좀더 명백하게 책임을 지고 나오는 기법이라 할 수 있다. 물론 작품의 구체적인 성과는 어떤 기법을 썼느냐는 사실로써 기계적으로 정해질 수 없고 어디까지나 그 내용과의 관계에서 기법의 성패를 가려야 할 일이다. 그러나 어쨌든 분단 소재의 사실주의적 처리에 있어서는 좀더 까다롭다면 까다로운 기법에 손을 댄 작가들도 70년대 후반으로 오면서 부쩍 늘어났다.「무지개는 언제 뜨는가」외에도『관촌수필』중의「공산토월(空山吐月)」이나「관산추정(關山芻丁)」, 현기영의「순이 삼촌」과「해룡(海龍) 이야기」등은 모두 이미 성인이 된 1인칭 화자의 입장에서 아이적의 기억을 되살리는 수법을 성공적으로 활용한 70년대의 역작들이며, 이호철의「어느 부자 이야기」에서는 기억 자체가 아주 어린 시절의 것은 아니지만 기본적인 접근법은 비슷하다. 김원일의 장편『노을』(1978)도 과거와 현재를 자유롭게 내왕하는 1인칭서술을 활용하기는 마찬가지인데, 필자가 보기에는 회고된 사건의 사실주의적 실감에도 무리가 많을뿐더러 주인공이 자신의 불행했던 과거와의 화해에 도달하는 이야기가 자칫 분단의 극복보다는 분단체제와의 화해로 기울어질 위험마저 다분히 있어 이 작품에 집중된 높은 평가에 동조하기 어렵다. 그에 비해 유재용의「고목」에서 1인칭 화자가 강하고 위압적인 인간이었던 아버지의 죽음을 앞두고 그를 이북에 두고 온 '고향의 일부'로 인식하고 받아들이게 되는 이야기는 훨씬 소박한 만큼 독자를 오도할 소지도 적다. 그의 소설집『누님의 초상』(1981)에는 남북분단으로 흩어지거나 몰락한 가족을 그린 일련의 작품들이 수록되어 있다. 한마디로 이 소설들이 주는 인상은 담담하고 성실한 기록이기는 하지만 한 개인이나 집안이 아닌 민족의 아픔을 대변하기에는 너무나 사소설적 성격이 짙다는 것이다. 실제로 낱낱의 작품에 사소설의 요소가 얼마만큼씩 들어 있는지는 필자로서 확언할 길이 없다. (그러나 가령 「고목」의 아버지와 「기억 속의 집」 그리고 「누님의 초상」의 아버지가 각기 다른 인물인데 이들 작품을 일괄해서 하나의 가계소설로 본다거나 엄밀한 의미의 연작으로 취급하는 것은 혼란을 조장하는 결과가 된다.) 다만 짐작건대 「고목」 쪽이 창작된 요소가 비교적 많은 편이며 그래서 작품으로서의 긴장도 더한 것이 아닌가 싶고, 사소설이 아님이 분명한 「짐꾼 이야기」가 특히 재미있게 읽히기도 한다. 그러나 짐꾼으로 삼팔선을 넘나들며 갖가지 색다른 경험을 했던 주인공의 회고담도 단순한 '이야깃감'에서 확연히 벗어나 민족적 비극의 형상화에 도달하지는 못하고 있다.

　서술을 1인칭 대신에 3인칭으로 하는 경우도 결국은 그렇게 서술되는 내용과의 연관에서 검토될 문제지 어느 서술기법이 그 자체로서 우월하다는 말은 성립하지 않는다. 하지만 분단문제를 사실주의적으로 다룬다고 할 때 3인칭으로, 그것도 어떤 특정 인물의 관점에 한정되지 않고 서술하는 방식은 작가에게 훨씬 무거운 짐을 지워주기 쉬운 것이 사실이다. 미리 설정된 하나의 시각에 얽매이지 않는다는 이점이 있다면 있지만, 그 대신에 가능한 무수히 많은 시각 가운데서 최선의 것을 선택하는 문제가 번번이 제기되게 마련이며, 작가는 작품의 전체적 효과에의 적합성에 대한 자신의 예술가적 감각 이외에 어떤 공식에도 기댈 데가 없는 것이다. 그래서 그런지 도대체 3인칭의 서술로 남북분단 또는 좌우대립의 소재를 정면으로 다룬 작품이 적고 성공한 예는 더욱 드물다. 관점을 여주인공 '귀리집'의 그것에 한정한 현기영의 「도령마루의 까마귀」와 서술시각을 인물들 바깥에 두되 마치 아무 감정 없는 영사기로 그들의 동작만을 잠시 촬영하고 만 것처럼 함축과 압축의 묘를 한껏 살린 송기원의 단편

「월행」이 70년대 후반의 탁월한 성과로 꼽힐 정도다. 더구나 상당한 분량의 이야기를 다양한 관점을 활용하면서 객관화해나간 예를 들자면 아직도 70년대 초의 「한씨연대기」로 돌아가야 하는 실정이다. 이런 소설양식은 19세기 서구소설의 대가들이 애용했던 것이라 지금은 이미 낡아버린 것이라고 생각하는 경향도 없지 않지만, 분단의 비극처럼 민족문학의 현시점에서 절실하고 그러면서도 다루기 겁나는 소재에 정면으로 도전하는 방법으로 구체화되었을 때 그 신선한 충격은 어떠한 실험적 기법의 효과에 못지않다. 예컨대 흔히들 말하는 이산가족의 눈물 어린 기억으로 치더라도, 며칠만 피했다 오면 된다면서 굳이 따라오려는 처자를 대동강변에서 떼어놓고 한씨 혼자서 떠나던 장면의 담담한 묘사는 그 어느 1인칭 회고나 호소보다 독자의 눈시울을 뜨겁게 하는 것이다.

그러나 어떤 이유에서건 「한씨연대기」와 같은 서술기법을 써서 그에 필적할 성과를 올린 소설은 아직껏 나오지 않고 있다. 80년대에 들어와서도 전반적인 동향은 여전히 1인칭서술을 선호하는 듯하다. 여기에는 워낙 다루기 힘든 소재를 조금이라도 쉽게 처리해보려는 작가들의 안이한 생각도 다분히 작용하고 있겠지만, 앞서 말했듯이 특정 기법을 따로 놓고 좋으니 나쁘니를 재단하는 것은 원칙적으로 부당한 일이다. 1인칭서술이 '나'라는 한 개인의 체험과 의식에 한정된다고는 하지만 이렇게 주어진 한계를 적절히 역이용할 줄 아는 예술가에게 그것은 거의 무한한 표현가능성을 지닌다. 특히 작가가 지난날의 비극적 경험을 기억 속에 되살리는 데 그치지 않고 이 되살림의 경험 자체를 분단시대를 사는 우리의 의식을 점검하고 변모시키는 작업의 일부로 삼을 때 이 양식은 더없이 예리한 도구가 될 수도 있다. 1981년에 나온 두 단편 박완서의 「엄마의 말뚝·2」(『문학사상』 8월호)와 현기영의 「길」(『실천문학』 제2권)은 각기 다른 방식으로 그러한 가능성을 실증해준다.

「길」은 「순이 삼촌」 「도령마루의 까마귀」 및 「해룡 이야기」(세편 모두 소설집 『순이 삼촌』에 수록)의 연장선상에 있는 작품으로서 이에 대해서는 이미 최원식(崔元植)의 짤막하지만 적절한 논평이 있었다(최원식 평론집 『민족문학의 논리』, 창작과비평사 1982, 219~22면 참조). 여기서는 더욱 간략하게 주로 「순이 삼촌」과 대비시켜 몇마디 덧붙이고자 한다. 이 작품의 화자는 4·3사건의 여파로 무고하게 목숨을 잃은 농민의 아들로서 지금은 제주도 어느 고등학교의 교사가 되어 있다. 그는 자기가 특히 관심을 갖고 돌보아오던 학생 휘진이의 부친 박춘보씨가 옛날에 자기 아버지를 끌고 간 토벌대원임을 알게 되면서 미묘한 갈등에 빠진다. 그러나 끝내는 박노인 역시 '미친 시대'의 희생자임을 이해하게 되고, 마음속으로 용서하게 된다. 다시 말해 이것은 「순이 삼촌」의 치열한 고발정신으로부터 상당한 후퇴를 뜻한다는 인상을 줄 수도 있는 이야기다.

「순이 삼촌」의 고발정신은 값진 것이었고 그 성과는 지금 읽어도 충격적이다. 그러나 이 제1탄을 「길」과 비교해보면 작품으로서 미숙한 점도 눈에 띈다. 「순이 삼촌」 역시 비극적 사건의 단순한 고발을 겨냥한 것만이 아니라 묻혔던 과거를 재구성해나가는 작업이 '나'에 의한 고향의 재발견 과정과 중첩되는 구조를 지녔는데, 이 두 측면의 통합이 다소 불완전한 느낌이다. 따라서 현재 이야기는 과거에 대한 고발을 위한 하나의 '틀'에 머무는 듯한 인상을 줄 때가 더러 있으며, 그러다보니 현시점에서 화자가 덧붙이는 고발적인 논평들이 저자 자신의 해설자로서의 개입이라는 비판을 받을 수도 있다. 사실 '삶의 한 단면'에 대한 엄정중립의 보고서를 표방하는 자연주의 문학에서야말로 작가의 해설자적 개입이 가장 흔한 기법상의 함정을 이루는데, 그것은 파편화된 보고만으로는 진실이 다 말해지지 않았음을 작가 스스로 느끼기 마련인 반면, 그 부족함을 채워줄 기법상의 다양성이 배제되어 있기 때문이다. 그러한 자연주의적 고발문학 특유의 함정을 「순이 삼촌」의 작가도 전적으로 피하지 못하고 있다. 그러나 「해룡 이야기」를 거쳐 「길」에 이르면서 작가의 솜씨는 한결 능숙해진다. 「길」은 화자가 마침내 박춘보씨네 집을 찾아가기로 결심하고 시외버스에 타는 시점에서 시작하여 휘진에 대한 최근의 기억, 이어서 자신의 중학 시절의 기억, 박춘보씨를 학부형으로 처음 만난 이래의 일들, 이런 식으로 '나'의 연상작용을 따라 시간 속을 자유롭게 이동하던 끝에 아버지가 억울하게 죽던 사연이 조금씩 밝혀진다. 그러나 이것 역시 지난날의 다른 기억들, 최근에 박노인과 만났던 일, 지금의 자기 심경 등등이 자연스럽게 교차하면서 드디어 그날의 소상한 경위까지 알려지고, 곧이어 자신이 지금 박춘보씨의 죄과를 추궁하지 않을 생각임을 스스로 다짐하게 된다. 이처럼 과거 사실의 재생과 현재의 의식의 점검은 서로 분리할 수 없는 하나의 과정을 이루고 있으며, '고발'과 '화해' 역시 어느새 그 이율배반성을 상실하고 만다. 즉 고발을 포기하고 화해를 추구한다기보다 이제 거의 폐인이 되어버린 한 노인과 마음속에서 화해하게 되는 과정이 바로 박춘보씨와 자기 아버지와 그밖의 무수한 사람들을 희생시킨 광기의 시대에 대한 고발을 이행하는 과정과 중첩되어 있는 것이다. 게다가 정작 두 사람의 만남은 이루어지지 않은 채 끝난다. 그가 어느 골목길을 겨우 찾아 들어갔을 때, "그 골목 끝에 박씨 상가(喪家)가 있었다"는 것이 소설의 끝맺음이다. 이 재치 있는 처리가 「길」에서 고발과 화해의 정신이 이룩한 아슬아슬한 결합이 깨져버릴 — 그리하여 어쩌면 일방적인 화해로 치달아버릴 — 위험을 제때에 막아주고 있다.

　제주도의 4·3사건을 다룬 현기영의 일련의 작업을 주목해온 독자에게 특별히 반가움을 안겨준 최근의 다른 작품으로서 현길언(玄吉彦)의 「우리들의 조부님」(『문예중앙』 1982년 가을호)이 있다. 이 단편 역시 1인칭서술의 기법으로 4·3사건의 기억을 되살리고 있는데, 이야기는 빙의(憑依), 즉 죽은 이의 영혼이 산 사람에게 옮겨붙는다는 현상을 중심으로 전개된다. 30년 전에 억울하게 처형된 아버지의 넋이 여든다섯의 나이에 이르기까지 정정하다가 갑자기 앓아누운 할아버지에게 씌어 아무도 되새기고 싶어하지 않는 그날의 진상을 들추고 나오는 것이다. 독자는 빙의라는 현상의 신기함에 우선 사로잡히지만 끝내는 이를 통해 재발굴된 역사의 원통함에 젖어들고 만다. 그런데 이제까지 논의해오던 리얼리즘의 성격과 관련지어 말한다면, 이 단편은 빙의현상에 대한 자연주의적 연구라기보다 빙의를 통해 드러난 진실과 이에 대한 사람들의 반응을 우리 시대 삶의 어떤 일반적 특징과 연관시켜 살피려는 시도라 하겠는데, 후자로서 완전히 성공하기에는 빙의된 할아버지의 거동에 대한 보고가 너무 큰 비중을 차지하는 것 같다. 그것이 자연주의적 기준에서 반드시 불가능한 거동인지 어떤지는 몰라도, 그 자연주의적 실감 여부에 너무 많은 관심이 쏠린다는 사실 자체가 작품의 초점을 흐리게 된다. 이야기의 좀더 많은 부분이 '나'에 의한 별도의 관찰이거나 기억, 주위 사람들 말의 종합 같은 것들로 구성되었더라면 한층 효과적이 아니었을까 싶다. 그리고 이것이 기계적인 조립이 아닌 하나의 형상화 과정으로 되려면 '나' 및 '나'의 이웃들의 현재의 삶과 의식에 대한 좀더 집요한 탐구의 노력이 있어야 할 것이다.

박완서의 최신 소설집 『엄마의 말뚝』(1982)에는 같은 제목의 단편 둘이 연작으로 실려 있다. 「엄마의 말뚝·1」은 여주인공 '나'가 개성 근처의 고향에서 홀어머니를 따라 서울로 와서 고생스러운 생활을 하던 어린 시절을 차분하게 회상한 이야기다. 어머니가 그처럼 끔찍하게 위했고 그 자신 극진한 효자였던 오빠의 모습도 그 회상기의 중요한 일부를 이룬다. 그러나 이 회고적인 차분함은 마치 폭풍 전야의 고요와도 같은 것이었음을 그 속편을 읽는 독자는 깨닫게 된다. 그처럼 큰 기대를 짊어졌고 또 실제로 믿음직스러웠던 오빠에게 6·25의 소용돌이는 너무나 끔찍한 운명을 준비하고 있었고 이를 지켜본 어머니와 '나'의 영혼은 돌이킬 수 없는 상처를 입게 되었던 것이다.

그러나 이 소설 역시 지난날의 원한과 고통을 단순히 기록하고만 있지는 않다. 능숙한 1인칭서술로 현재와 과거의 시점을 자유롭게 왕래하며 이야기를 펼쳐나가다가 「엄마의 말뚝·2」의 결말에 가까워서야 오빠의 그 충격적인 죽음의 진상이 공개된다. 하지만 결말 자체는 현재의 이야기로 돌아와서 맺어진다. 「엄마의 말뚝·1」이 옛적에 살던 현저동 일대의 완전히 변한 요즘 모습을 본 감회로 끝난 뒤, 속편은 바로 그렇게 바뀐 오늘날의 중산층 생활에 어느정도 자리 잡은 '나'의 일상에서 출발한다. 그러나 그녀의 일상적 질서는 이따금씩의 '예감'이 암시하듯이 결코 완벽한 것이 못 되는데, 친정어머니의 부상과 입원, 그리고 그녀가 마취에서 깨어날 때의 느닷없는 '난동'을 겪으면서 이 질서가 완벽하지 못한 정도가 아니라 지극히 허망한 것임이 드러난다. 그전에 이미 폐인이 되어 있던 오빠가 총상으로 죽던 "그 며칠 동안의 낭자한 유혈과 하늘에 맺힌 원한"은 결코 잊힌 일이 없고 다만 덮어둘 수 있었을 뿐인 것이다. 이 기억의 되살아남을 경험하고 다시 현재의 시점에 돌아왔을 때 주인공도 독자도 이미 자신의 의식에 큰 변화가 일어났음을 느낀다. 정신을 차린 어머니는 '나'에게 당신이 죽으면 옛날에 오빠의 시신을 처리했던 것처럼 해달라고 부탁한다. 그때 어머니는 굳이 화장을 고집했고 그 '한줌의 가루'를 들고 강화도까지 갔었다.

강화도에서 내린 어머니는 사람들에게 묻고 물어서 멀리 개풍군 땅이 보이는 바닷가에 섰다. 그리고 지척으로 보이되 갈 수 없는 땅을 향해 그 한줌의 먼지를 훨훨 날렸다. 개풍군 땅은 우리 가족의 선영이 있는 땅이었지만 선영에 못 묻히는 한(恨)을 그런 방법으로 풀고 있다곤 생각되지 않았다. 어머니의 모습엔 운명에 순종하고 한을 지긋이 품고 삭이는 약하고 다소곳한 여자 티는 조금도 없었다. 방금 출전하는 용사처럼 씩씩하고 도전적이었다.

어머니는 한줌의 먼지와 바람으로써 너무도 엄청난 것과의 싸움을 시도하고 있었다. 어머니에게 그 한줌의 먼지와 바람은 결코 미약한 게 아니었다. 그야말로 어머니를 짓밟고 모든 것을 빼앗아간, 어머니가 도저히 이해할 수 없는 분단(分斷)이란 괴물을 홀로 거역할 수 있는 유일한 수단이었다.

어머니의 부탁은 바로 이것을 딸이 되풀이해달라는 것이다.

아아, 나는 그 짓을 또 한번 할 수밖에 없을 것 같다.
어머니는 아직도 투병 중이시다.

소설은 이렇게 끝난다. 그리고 이 소설이 보여주는 작가의 모습 역시 "한을 지긋이 품고 삭이는 약하고 다소곳한 여자 티"는 없다. 하지만 정말 놀라운 것은 이 작품에서 오빠는 인민군 군관의 잔인한 총격으로 죽는 것으로 되어 있는데도 「엄마의 말뚝」은 숱한 반공소설들과는 달리 '분단이라는 괴물'을 진심으로 거역하는 민족적 공감에 도달하고 있다는 점이다. 이것은 일찍이 「더위 먹은 버스」(소설집 『배반의 여름』에 수록)에서도 실증된 이 작가의 양식에 비추어 당연하다고 할지도 모르나, 장편 『목마른 계절』(1978)에서처럼 6·25 때의 수난이 평면적으로 기술되는 경우 작품 자체가 주는 효과는 좀더 상투적인 분단문학의 그것과 상통하는 바도 없지 않다. 「엄마의 말뚝·2」는 과거의 회상을 현재에의 준열한 검증과 일체화하는 그 기법의 탁월함을 통해서 비로소 진정한 분단극복의 의지를 담게 되는 것이다. 이 작품과 현기영의「길」에서 가해자가 각기 다른 진영에 속해 있다는 사실은 이것이 단순한 소재의 문제가 아님을 명백히 해준다.

소설집『엄마의 말뚝』에 실린 또 하나의 걸작「그 가을의 사흘 동안」도 따지고 보면 6·25의 상처를 파헤친 작품인데, 주인공이 외인 병사에게 강간을 당한 그때의 경험은 잠깐씩 암시만 되고 산부인과 의사로서 그후의 이야기가 대부분의 지면을 차지하기 때문에 '분단이라는 괴물'과 일견 무관한 소재라는 인상을 줄 수도 있다. 그러나 여러모로「엄마의 말뚝」보다도 한층 교묘하고 독창적인 1인칭서술의 기법에 힘입어 독자는 분단시대의 본질을 다시금 생각게 되고 그 황폐한 삶 속에서도 끝내 외면 못 할 생명의 고귀함과 인간 본성의 끈질김을 깨닫게 된다. 분단의 주제가 특정소재에 국한될 수 없다는 또다른 예증이기도 하다. 그런 의미에서 역시 1인칭서술의 묘미를 살린 김만옥(金萬玉)의「씨」(『81년 문제작품 20선집』) 같은 단편도 논의에 값하는 것이나 여기서는 생략하기로 한다.

4. 화해에 대하여

화해의 참뜻을 진지하게 새로 살피게 된 것도 80년대를 특징짓는 새로움의 일부가 아닐까 한다. 한 핏줄의 겨레끼리의 화해, 원수처럼 되어버린 이웃끼리의 화해에 대한 타는 목마름을 오늘날 우리는 맛보고 있다. 이는 80년대의 개막을 알린 격동과 낭자한 유혈에 이은 당연한 반응이며 우리가 분단의 벽을 허물지 못하는 한 이 땅에 인간다운 삶을 이룩하려는 노력의 앞날이 결코 순탄할 수 없으리라는 깨달음의 결과이기도 하다. 그러나 화해가 어디 입으로 외쳐댄다고 저절로 굴러들어오는 물건이란 말인가!

소망이 간절할수록 우리는 근원의 진리로 돌아갈 필요가 있다. 오직 진리만이 자유케 한다는 것은 예나 이제나 변함없는 진실이며, 진실의 바탕 위에서만 참된 화해와 화합이 가능하다는 것 또한 진리이다. 그러나 '진리'는 무엇이며 '진실'은 또 무엇인가? 여기서는 어려운 철학적 논의를 벌일 것 없이, 그것이 무엇이든 우리가 살고 있는 구체적인 삶에 대한 사실들을 외면하고 성립하는 것이 아니라고 말할 수 있을 것이다. 그런데 다름 아닌 우리의 분단시대가 어떻게 마련되고 어떻게 유지되었으며 그 극복이나 고착을 향한 노력이 어떻게 진행되었는가의 기본적인 사실마저도 너무나 많이 외면되어왔다. 자연주의 문학의 고발정신과 그 과학주의가 갖는 일정한 현재적 가치도 이런 현실에 힘입는 바 크다는 점을 앞에서 살펴본 바 있다.

그러나 거듭 말하듯이 자연주의와 리얼리즘은 다르며 사실인식이 자동적으로 참된 화해의 바탕을 마련하는 것은 아니다. 리얼리즘론에서는 이를 자연주의의 파편성에 대조되는 진정한 리얼리즘의 총체성이라는 말로 곧잘 표현하기도 하지만, 이것도 단지 부분의 인식과 전체의 인식을 양적으로 대비시키는 이야기라면 빈말에 불과하다. 지식의 차원에서 '전체'를 안다는 것부터가 불가능한 일이거니와, 리얼리즘 문학에서 요구되는 '인식'이란 바른 지식과 바른 행동이 하나를 이루는 실천적 깨달음의 경지인 것이다. 그런데 바로 이런 깨달음의 경지가 현실세계에 대한 과학적인 사실인식을 떠나서도 성립하지 않는다는 점이 굳이 '리얼리즘'을 말하는 연유이다.

'화해'란 이러한 '깨달음'의 다른 이름이 아닐까 싶다. 이것은 성불을 해야만 문학에서 리얼리스트가 되고 현실 속의 화해자가 될 수 있다는 이행 불능의 짐을 사람들에게 지우는 말로 들릴지도 모른다. 그러나 한편으로 생각건대, 부처 되기가 석학이나 운동선수 되기보다 쉬운 일이 아니라면 우리가 예수나 석가모니를 인간 누구나의 스승으로 받들 까닭이 없을 듯하다. 분단시대를 사는 한국인의 경우 분단의 진실을 알고 분단에 거역하는 일을 각자가 놓인 자리에서 온몸을 다해 이행할 때 자신에게 주어진 삶과 화해하며 이웃들과 화해하는 경지에 저절로 들어서 있다고 보아도 무방할 것이다. 그러므로 우리는 분단극복의지의 표현이 곧 삶과의 종교적 화해를 뜻하게 되는 몇편의 시에서 분단시대에 대한 인식의 진전과 리얼리즘으로의 전진을 동시에 보았고, 민족분열의 상처를 새로이 더듬으면서 분단시대 삶의 의미를 묻는 소설들을 같은 차원에서 평가하기도 했다. 아울러 예술적으로 구체화된 진실의 바탕이 없이 성급하게 화해를 추구하는 문학이 작품으로서도 쉽사리 파탄에 이르며 무심한 독자들을 '분단체제와의 화해'로 오도할 염려도 없지 않음을 지적했다.

그런 의미에서 80년대의 문학에서 벌어지고 있는 가장 뜻깊은 화해의 작업 가운데 하나는 시집 『벼는 벼끼리 피는 피끼리』 이후로 하종오가 줄기차게 발표하고 있는 5월의 노래들이라 본다. 그 일환으로 볼 수 있는 「호남평야와 김해평야의 덕담(德談)」(『반시의 시인들』)이라는 작품을 읽노라면 언제부터 우리는 남북의 산하가 서로 합칠 일뿐 아니라 호남평야와 김해평야가 덕담을 나눌 일까지 걱정하지 않으면 안 되게 되었는지 추연한 생각도 들지만,

우리들 아무렇게나 펼쳐져 있는 것 같애도
함부로 흔들리지 않는 지평선인기라

라는 밑바닥의 자신감에서 새 출발을 위한 힘을 얻기도 한다. 또한 「유복자」(『꺼지지 않는 횃불로』)라든가 「유복녀에게」(『반시의 시인들』) 같은 작품에

서는 원통하게 죽은 이의 육성을 빌려 그 사연을 일러주며 다음 세대에의 당부를 하고 있는데, 이것도 단순히 고발의 한 방편만은 아니다. 이동순의 「서홍 김씨 내간」이나 「달개비꽃」이 그렇듯이, 유명을 달리해도 끊기지 않는 생명의 질긴 끈을 표현한 것이며 죽음과 화해하는 하나의 탁월한 방식으로까지 되는 것이다.

하종오의 이러한 작업이 80년대 초 우리 시단의 새로움의 일부를 맡은 데 불과함은 더 말할 필요도 없다. 무엇보다도 '시단'의 개념 자체가 70년대하고도 또 달라져, 이제는 등용 절차에 마음을 씀이 없이 동인지나 합동시집 또는 이른바 '무크'를 통해 작품활동을 하는 일을 얼마든지 볼 수 있게 되었다. 그중에서도 지금까지 3집을 내놓은 '5월시' 동인들의 활약은 그 출범의 계기도 남다르려니와 그보다도 실제로 발표된 작품들이 거의 예외 없이 높은 수준이라는 점, 게다가 모든 것이 서울로만 몰리는 세월에 (이성부의 어느 시에서 빌린 표현으로) "광주(光州)에 가서/서울 닮지 않은 광주를 만나고 싶은 자"를 실망시키지 않을 지방 동인지로서의 특성을 지녔다는 점에서 80년대 한국시의 저변 확대를 실증해준다. 그리고 좀 특이한 예이기는 하지만, 생전에 동인지 활동조차 없이 수십편의 빼어난 시들을 남기고 요절한 박병태(朴柄泰)의 유고집 『벗이여, 흙바람 부는 이곳에』(1982)를 읽으면, 가령 한두 계간지의 존폐로 대세가 영향받기에는 민족문학의 뿌리가 너무도 깊이 내려 있음을 더욱 실감하게 된다.

시에서 '시단'의 개념이 달라진 것만이 아니고 시·소설·희곡 등의 갈래에 대한 종전의 생각 자체도 급속히 달라지고 있는 것으로 보인다. '대설'이라는 낱말은 저자가 얼마간 우스개를 섞어 사용한 것이지만 재래의 규격에 얽매여 왜소해진 창작의지를 일신해보려는 웅대한 의도가 있는 것만은 명백하다. 이러한 그의 작업은 누가 무어라 하든 착실하게 실천에 옮겨져야 할 것이다. 부쩍 늘어난 장시의 시도들도 단순히 짧은 시의 한계를 다소 벗어나는 데 그치지 않고 아직까지 서사문학의 대종을 이루는 산문 장편소설을 능가하는 서사성, 현대 희곡문학의 전범처럼 여겨지는 산문 장막극을 능가하는 희곡성을 개척함으로써만 당시 특유의 미덕을 일부 희생하는 보람을 찾을 것이다. 그렇다고 산문문학의 기능이 반드시 덜해진다는 것은 아니다. 앞서 살펴본 몇몇 알찬 중·단편들이 이룩한 긴장과 감동은 바로 그 형식, 그 기법을 떠나서는 생각하기 힘든 것이다. 다만 분단의 비극을 장편소설의 다양성과 포괄성을 갖고 다루는 데서도 비슷한 성공이 거둬져야 하지 않겠느냐는 것이고, 그러자면 시인들이 자랑하는 서정성과 재치뿐 아니라 민요와 전설 및 민중연희의 잠재력까지 포용하는 새로운 소설형식이 개발되어야 하지 않겠느냐는 것이다. 필자는 이런 소망을 「한씨연대기」에서와 같이 혼신의 힘을 다한 분단현실의 검증작업이, 『장길산』이 그 기복이 많은 중에도 보여주는 다양한 가능성과 결합되었으면 하는 멋대로의 방식으로 설정해볼 때도 있다. 또한 필자로서 아직 너무 생소한 분야이기는 하지만 든든한 민중의식으로 무장한 마당극·마당굿들이 문학으로서 뛰어난 대본 내지 연희본을 창조했으면 하는 바람으로 표현을 바꿔보기도 한다.

1980년대의 가장 새롭고 빛나는 성과가 실제로 어느 방향에서 출현할지를 예언할 생각은 필자에게 없고 그럴 능력도 물론 없다. 그러나 어쨌든 그것이 우리의 민족문학이 그동안 이룩해온 분단시대에 대한 인식을 더욱 전진시키고 분단에 거역함으로써 이 시대의 삶에 뿌리를 박는 진정한 화해의 기술을 한층 높은 수준으로 끌어올림으로써만 가능하리라는 것은 분명하다. 80년대 초 한동안의 느닷없다 싶던 고요가 참된 화합의 성과가 아니었음은 이제부터 화합을 찾자는 각계의 목소리들이 반증해주고 있다. 이것마저도 한갓 70년대의 변주로 끝날 위험이 없는 것은 아니나, '침체'와 '적막'의 시기로 일컬어지던 몇해 사이에 그만큼 달라지고 그만큼을 이루어놓은 우리의 문학만 보더라도 역사는 새로운 발걸음을 내딛고 있음이 확실하다고 생각된다.

—『한국문학의 현단계 2』, 창작과비평사 1983

1983년의 무크운동

　나라말을 아끼자면서 '무크'라는 국적 불명의 낱말을 표제에 내세우려니 다소 언짢은 기분이다. '매거진'(잡지)과 '북'(책)이라는 두개의 영어 단어를 일본 사람들이 그렇게 합성을 했다는데, '부정기간행물'이라고 옮겨도 정기간행물이 아니라는 소극적인 뜻밖에 담기지 않는다. '잡지형 단행본'이라는 번역이 좀더 정확하기는 하겠지만 별로 통용되지는 않는 모양이다. 어쨌든 '무크'의 적절한 번역어가 자리 잡기도 전에 '무크운동'이라고 부를 만한 흐름이 형성되고 만 것이 우리의 실정이다. 어찌 생각하면 이 어색한 이름은 수많은 변칙적 양상을 낳으면서 걷잡을 수 없는 그 나름의 대세를 이룩해가고 있는 시대의 일면을 말해주기도 하는 것 같다.

　무크운동이 1980년대의 새로운 상황에 대한 문화적 대응으로 전개되어온 것은 사실이고 일부에서는 80년 7월 두 문학 계간지의 폐간을 직접적인 계기로 꼽기도 한다. 그러나 운동의 선두 주자라고 할 『실천문학』이 계획된 것은 10·26 훨씬 전이었고 계엄 선포가 없었더라면 79년 안에 첫호가 나왔을 것이다. 당초 그것은 자유실천문인협의회의 기관지로 출발했다. 다시 말해, 기존 매체에 대한 당국의 통제가 엄격하며 새로운 정기간행물의 창간이 허용되지 않는 상황에서, 70년대를 통해 성숙해온 문학운동의 역량이 계간 『창작과비평』 등 몇몇 주어진 지면으로 만족하지 못하여 새로운 출구를 찾게 된 것이 애초 무크지의 발상이었다. 그러므로 80년대에 들어와 무크 바람이 크게 일었다는 것은 하나의 현상으로서 분명히 새로우면서도, 원래의 발상을 낳은 70년대 말적 여건이 80년 5월 이후로 확대재생산되었음을 암시하기도 한다. 그나마 있던 잡지가 없어진 것은 이러한 큰 사태 진전의 일환으로 보아야 할 것이다.

1983년의 새 양상

그러나 80년 5월의 또 한차례 정변이 있고부터 무크 바람이 제대로 일기까지는 얼마간의 시간이 필요했다. 실제로 이듬해 봄의 계엄 해제 이전에 나온 것은 기존의 동인지 몇을 빼면 합동시집의 형태를 띤 13인 신작시집 『우리들의 그리움은』(창작과비평사 1981.1) 정도가 고작이었던 것 같다.(『실천문학』 제1권은 계엄 확대 전인 80년 3월에 나왔다.) 물론 계엄이 풀리기 전에도 이미 준비의 꿈틀거림이 있었기에 1981년 안에 『실천문학』 제2권 『이 땅에 살기 위하여』(실천문학사)가 나오고 『시운동』 『5월시』 『시와 경제』 등 새로운 시동인지들이 출범했으며, 기독교사회문제연구원에서 엮어내는 『역사와 기독교』 무크(다른 무크들에 비해서 잡지적 성격이 덜하기는 하지만)도 그 첫권 『민족주의와 기독교』(민중사 1981.9)의 간행을 보았다.

1982년에 들어서면 점차 '바람'의 조짐이 보인다. 시단의 동인운동이 한층 활발해진 가운데 여러 장르를 망라하는 문학 무크 『우리 세대의 문학』이 창간되고(1집 『새로운 만남을 위하여』, 문학과지성사), 『실천문학』은 제3권 『말이여 솟아오르는 내일이여』를 내놓았으며, 미술 무크 『시각과 언어』 (1집 『산업사회와 미술』, 열화당) 그리고 종합 무크 『마산문화』(제1권 『겨울 언덕에 서서』, 맷돌)가 창간된 것도 이 해의 일이다. 한편 『역사와 기독교』는 2집 『문화와 통치』, 3집 『민중과 경제』, 4집 『국가권력과 기독교』를 잇달아 내놓았고, 창비사의 21인 신작시집 『꺼지지 않는 횃불로』와 신작평론집 『한국문학의 현단계 1』 역시 무크 바람을 일으키는 데 한몫 거들었다고 생각된다.

그리하여 1983년에는 '무크시대' 또는 '무크운동'이라는 표현이 일반화될 정도로 수많은 잡지형 단행본들이 출간되고 또 화제에 올랐다. 물량으로 치자면 아직도 기존의 잡지들과 견줄 바가 못 되지만, 그 기세나 실제 문화적 공헌에 있어서 오히려 기성 매체를 압도하는 느낌이라 '무크시대'라는 이름도 전혀 과장만은 아니다. 더구나 대다수의 무크 편집자들이 시대적 상황에의 대응양식으로서 잡지형 단행본 발간에 대한 자기인식을 지녔다는 점에서 '무크운동'이라는 표현도 그럴듯하다고 하겠다.

이러한 운동은 1984년에 들어와서도 지속되고 있다. 기왕의 무크들이 속간호를 이미 냈거나 낼 예정이고 창간을 준비 중인 새 잡지형 단행본들도 여럿 있는 모양이다. 그러나 '무크시대'라 일컬음직한 시기가 무한정 지속되리라고는 보기 어렵다. 아니, 무한정 지속되어도 곤란한 일이다. 그것은 어디까지나 자칫 암흑기로 떨어질 뻔했던 하나의 고비를 넘기는 데서 그 역사적 의의를 찾아야지, 무크와 같은 일종의 변칙적 출판활동이 이 땅의 문화운동을 계속 주도할 수는 없는 것이다. 물론 더욱 많은, 더욱 훌륭한 잡지형 단행본들이 나와야겠지만, 조만간 기존 잡지들의 각성과 새로운 정기간행물들의 등장으로 무크지의 상대적 중요성이 감소되지 않는다면 결국 80년대 초의 무크운동은 실패한 운동이 될 것이다. 다행히 요즘 들어 일부 월간지에 분발의 기색이 없지 않으며, 문학 내지 문화 분야의 새로운 계간지도 두어개 곧 첫선을 보이리라고 한다. 한편 출판계 자체에서는 '잡지형'의 신선미가 점차 덜해지면서 단행본 본연의 장기적이고 심도 있는 기획이 새로이 강조되리라 본다. 여기에 한마디 덧붙인다면, 정부당국이 최근 목청 높여 주장하는 '자율'과 '화합'의 노선이 제값을 인정받으려면 80년 7월에 폐간된 잡지들에도 당연히 복간의 기회가 주어져야 할 것이다.

어쨌든 1983년은 무크의 해였다고 해도 과언이 아니다. 무크운동 자체가 1983년에 국한되지 않음은 이미 말했지만, 여기서는 편의상 83년 한해 동안에 나온 잡지형 단행본들을 대상으로, 그것도 이들을 통해 제기된 몇 가지 쟁점들을 중심으로 살펴볼까 한다. 83년의 무크지 총평을 해낼 만큼 골고루 읽지도 못했거니와 글의 의도부터가 그런 것이 아님을 미리 밝힐 필요가 있겠다.

문학에서의 시대론과 세대론

1980년대 중반에 접어든 이제 '새 시대'라는 말도 다분히 헌 이야기가 된 느낌이다. 10년 단위가 바뀌고 헌법이 수정되면서 지도층에 부분적인 교체가 있음으로써 자동적으로 시대가 새로워지는 것이 아님은 분명하다. 그렇다고 80년대에 결정적인 새로움이 없다고도 말하기 힘든 시대적 상황의 모호성에 대해, 필자는 민족문학의 단계설정 문제와 관련하여 「민족문학의 새로운 고비를 맞아」(백낙청·염무웅 편 『한국문학의 현단계 2』, 창작과비평사 1983; 〈본서 1부〉)라는 글에서 살펴본 바 있다.

어쨌든 80년대의 새로움이 과연 무엇이며 무엇이어야 하느냐의 논의는 문학에서건 정치에서건 진지하고 활발하게 벌어져야 할 것이다. 무크운동은 그 자체가 80년대의 새로운 현상일뿐더러 상당수는 새로 문필활동을 시작한 젊은 세대에 의해 주도된 것이기 때문에, 누구보다도 이러한 논의를 활성화하는 데 기여하였다. 80년대가 새롭지 않다면 이제부터라도 새롭게 만들어야 할 책임을 걸머진 것이 그들이기도 하다. 그러나 문학에서 새로운 시대란 상황의 변화뿐 아니라 이에 창조적으로 대응하는 새로운 작품과 문학이 나옴으로써만 성립된다. 그렇기 때문에 매체의 변동이라거나 인원의 교체 같은 현상을 연대의 바뀜과 결부시켜 과대평가할 가능성을 경계해야 마땅하며, 실제로 젊은 세대 안에서 ('시의 시대' '무크의 시대'라는 표현과 관련하여) 다음과 같은 자성의 소리가 나오기도 했다.

그렇다면 80년대 — 지금 이곳은 어떠한가? 70년대와는 다른 새로운 면모가 있는 것으로, 그러나 그 새로운 면모가 아직은 불투명하다는 식으로 80년대를 보는 관점이 암묵리에 통용되고 있는 듯하다.

그러나 필자가 보기에는, 70년대와 80년대 사이에 질적 차이가 있는 것 같지는 않다. 외형상으로는 급격한 단층에 의해 나뉘어지지만, 실제에 있어서 이 두 시대는 본질적으로 동일한 것으로 보인다. 약간의 수렴행위가 있었지만, 그 수렴행위로 인해 오히려 '같은 문제가 더욱 심화·악화되고 있을 따름'인 것이다. (성민엽 「80년대는 시의 시대인가?」, 『마당』 1983년 11월호)

물론 이 말은 시대에 대한 문학적 대응방식에조차 아무런 새로움이 없다는 주장이 아니다. 80년대 문학의 새로움을 좀더 내실 있게 규정하려는 젊은 세대 자체 내의 노력의 한 보기로 여기서 주목해본 것이다.

시대의 성격, 이 시대 문학의 성격을 규정하기가 쉽지 않음으로 해서 우선 자신들의 '세대'에 초점을 두려는 경향도 생긴다. "성급한 결론보다는 다양한 문학적 탐색들에 대한 성실한 추적을" 중시하고 따라서 "우리 '시대'의 문학을 엮어가기에 앞서 우리 '세대'의 문학이라는 작고 구체적인 영역으로부터 출발"하겠다는 『우리 세대의 문학』 동인들의 경우가 좋은 보기이다(2집 머리글). 이러한 신중함 및 개방성에의 의지는 높이 사주어야 마땅하다. 그리고 '시대'를 내세우건 '세대'를 내세우건 비슷한 시기에 문학활동을 시작하는 문인들 간의 연대의식은 문학적인 작업에 값진 자극이 되기도 한다. 그러나 진정한 의미의 문학세대 역시 창조의 작업 자체에 의해서만 성립되는 법이다. 구태여 이런 상투어를 되풀이하는 것은, 필자의 별로 길지 않은 문단생활에서도 거의 주기적으로 들락거리는 세대론을 몇번 겪었기 때문이다.

필자가 평론을 발표하기 시작하던 1960년대 중반에는 '60년대 문학' 또는 '제3세대의 문학'이라는 것이 한참 들먹여졌고 이에 대해 '50년대 문학' 내지 '전후문학'의 옹호자들로부터 약간의 반격이 있기도 했다. 필자는 「시민문학론」(1969)을 쓰면서도 이러한 논쟁의 무의미함을 지적했었지만(『민족문학과 세계문학 1』 77~78면), 지금 돌이켜보면 당시 김승옥(金承鈺)의 소설이 화려하게 대표했던 '60년대 문학'이라는 것은 60년대의 중반 고비, 그러니까 4·19와 6·3운동의 좌절 후 새로운 역사적 전망이 문단 안에 자리 잡기 전에 일부 신진 평론가들의 세대적 동류의식과 결부되어 과대평가된 현상이었음이 분명해진다. 때마침 한창 진행 중이던 김수영과 신동엽의 치열한 작업은 이 논의에서 도외시되었으며 갓 등단한 작가들 가운데서도 정작 중요한 이문구나 방영웅의 업적은 인정받지 못했다. 그러다 세월은 흘러 1970년대가 다가오더니, 이번에는 '70년대 문학'이라는 호칭이 등장하고 특히 '70년대 작가'라는 일군의 소설가들이 대중매체의 눈부신 각광을 받았다. 그런데 이들 역시, 황석영을 뺀다면, 지금 우리가 '70년대 문학'을 말할 때 주로 거론하는 작가들이 아니었다. 매스컴의 생리야 또 그렇다 치더라도 문인들 자신이, 그것도 무슨 주기적 행사처럼 번번이 그 놀음에 영합한다면 부끄러운 일이 아닌가. 80년대의 문학이 당연히 70년대의 문학과 다른 차원의 성취에 이르러야 하고 또 그럴 수 있다고 믿으면서도 '80년대 문학' 또는 새로운 문학세대에 관한 유행적 논의를 경계하게 되고, 동시에 이런 논의가 우리 문인들과는 상관없는 매스컴의 작태일 따름이라고 치부해버릴 수 없는 이유가 여기 있다.

필자 자신으로 말하건대, 60년대 중엽부터 평론활동을 했음에도 요즘 곧잘 '70년대 평론가'의 한 사람으로 꼽히는 데 대해 그래도 60년대보다 70년대에 나은 글을 썼다고 인정받는 고마움을 느끼고 있다. 그러나 개인적인 욕심으로는 80년대에 좀더 글다운 글을 써서 1990년 이후에 등장하는 문인들로부터 '80년대 평론가'로 꼽혀봐야겠다는 생각이며, 언젠가 '90년대 평론가'로 지목받을 야심도 사실은 아주 없지 않은 터이다. 하지만 무엇보다도 절실한 바람은, 당장은 10년 단위 혹은 5년 단위로 뚝뚝 잘리는 듯해도 약간의 시간만 흐르고 나면 오히려 하나의 문학세대로 기록되기 쉬운 우리 시대의 문인들이 그날그날을 진정으로 보람 있는 창조의 작업에 온힘을 쏟는 점에서 일치했으면 하는 것이다.

70년대의 문학적 상황에 대한 인식

70년대의 문학에 관한 작금의 논의에서 나 자신이 언급하기가 다소 거북스러운 대목을 여기서 한번 짚어보려는 것도 이러한 동료의식에서다. 80년대의 문학 또는 문학적 상황에 관한 논의는 불가피하게 70년대와의 대비를 시도하게 되는데, 이 과정에서 이른바 '양대 계간지'에 대한 언급은 지금쯤 꽤 귀에 익은 이야기가 되었다. 심지어 1970년대가 곧 『창작과비평』 『문학과지성』 두 계간지의 시대였다는 발언도 없지 않으며, 이와 직접 또는 간접으로 관련해서 '70년대식 이분법'이라는 표현도 들린다. 70년대 말에 간행되던 네개의 문학 계간지 중 80년대 들어와 폐간당한 그 둘이 가장 개성이 뚜렷하고 연조도 오래되었다는 점에서 70년대의 문학을 논하면서 이들의 역할에 주목하는 것은 당연한 일이고, 그 역할이 약간 과대평가되는 수가 있더라도 계간지 사업에 깊이 간여했던 나로서는 고마워해야 옳을 것이다. 그러나 전(前)시대의 상황을 평가하는 일은 어느 특정 개인이나 집단의 기분과는 다른 차원의 문제다. 그것은 오늘과 내일의 작업이 어제의 역사를 얼마나 정확히 인식하여 정당하게 극복하는가의 성패가 걸린 문제인 것이다. 그러므로 무크운동과 더불어 특히 활발해진 70년대의 문학적 상황에 대한 논의를 두고 필자 나름으로 솔직한 비판과 논평을 가하는 것도 바람직하리라 생각된다.

먼저, 70년대를 '계간지의 시대'로, 더구나 '양대 계간지의 시대'로 규정하는 데에는 지나치게 문단 위주의 사고방식이 작용하는 듯하여 석연치가 않다. 물론 문인들이니까 70년대의 역사를 일단 문학의 측면에서 바라본 것이라면 수긍이 갈 수도 있다. 그러나 일부 계간지가 기왕의 문예월간지들과는 달리 사회의 여타 분야에까지 그 영향력을 확대한 점을 중시하는 입장이라면 70년대 초반의 『창조』나 『다리』, 후반의 『대화』 같은 월간지들의 문학에 대한 공헌도 경시해서는 안 될 것이다. 사실 '양대 계간지' 또는 '계간지 시대'라는 표현이 유행하는 이면에는 일종의 변형된 문학주의와 더불어, 80년대를 '무크시대'로 만들고자 하는 무크운동 당사자들의 의지가 은연중에 작용하고 있는지도 모른다. 이것 역시 당연한 자기정립 노력의 일환으로서 존중되어 마땅하다. 하지만 여기서도 80년대

'소집단운동'의 선구자로서 70년대의 계간지들을 거론할 때 약간의 단서가 붙어야 하리라 본다. 80년대 초의 막막한 상황에서 우리의 문학 및 문화운동이 좌절하지 않고 오늘과 같은 활발한 소집단운동으로 대응할 수 있게 된 데에는 폐간된 계간지들의 기여가 적지 않았다고 나 스스로도 믿고 또 은근히 긍지를 느끼고 있다. 그러나 필자가 직접 간여했던『창작과비평』에 관한 한, 적어도 70년대 중반 이후로는 요즘 말하는 기준에서의 '소집단운동'이 아니었음을 밝혀두고 싶다. 일년에 네번 나올 때마다 수만의 독자가 읽어주었고 그 편집진과 주요 필자들에게는 수시로 국가기관의 직접적인 보살핌이 따르기도 했던 계간지 사업을 결코 그렇게 부를 수는 없는 것이다. 이는 무슨 지난날의 형세 자랑을 하려는 게 아니라, 오늘의 소집단운동이 그 원심적 저변 확대는 그것대로 수행하면서 좀더 큰 규모와 구심력을 갖춘 운동형태를 동시에 겨냥할 것을 바라는 말이다.

둘째로, '소집단운동'이든 아니든 저들 두 계간지가 극단적·배타적으로 대립하여 화해롭게 만나지 못했다는 비판에 대해서도 한마디 하고 싶다. '70년대식 이분법' 내지 '전시대의 경직된 문학관'을 극복하여 새로이 '변증법적 종합'을 이루겠다는 포부는 무크운동에서 흔히 피력되는 터인데, 무릇 변증법적 종합이라는 것이 제값을 하려면 극복 이전의 대립항들이 자의적으로 설정되어서도 안 되려니와 무난한 절충을 거부하고 참다운 딛고 일어섬을 쟁취할 인식의 치열함이 있어야 한다. 사실 문학에서의 '만남'이란 바로 이러한 인식과 극복의 과정으로서만 의미 있는 것이다. 그렇지 않고 단지 편집진 간의 인간적 친교라거나 필진의 교류 같은 것으로 말한다면, 실제로『문지』와『창비』사이에 '극한적 대립' 운운할 만큼 그런 만남이 없었던 적도 없거니와, 그것이 많았느냐 적었느냐를 이제 와서 굳이 문제 삼을 일도 못 된다. 반면에 진정한 의미에서의 만남, 곧 문학적 성과를 통한 논리와 논리의 치열한 다툼에 있어서 가령『창비』가『문지』와의 어우러짐을 충분히 수행하지 못했다는 비판이라면, 적어도 나 개인으로서는 과연 그랬노라고 인정할 수밖에 없다. 다만 개인이 아닌『창비』전체를 위해 한마디 변명을 하자면, 사실 그때 우리는 만나야 할 사람, 만나고 싶은 사람이 너무나 많았다는 것이다. 이런저런 만남에 숨가쁘다 보니『문지』와의 만남이 소홀해지기도 했고, 그러한 '문단 외적'인 다양한 만남의 추구 자체가 '폐쇄성'과 '경직성'으로 불리는 일도 있었다. 그러나 이런 의미의 경직성에 관한 한 필자는 아직껏 개전의 정이 없으며, 80년대의 논의들이 70년대의 움직임을 간단히 양극화해버림으로써 손쉬운 '종합'과 '개방성'에 도달하기보다『창비』의 소문난 경직성을 좀더 개방적으로 검토해주기를 바라는 마음이다.

'시민적 전망'의 문제

셋째로,『문지』와『창비』사이에 문학관이나 시국관의 차이가 실제로 존재했던 한에서, 그 대립의 성격에 대한 필자 나름의 이해를 천명할 의무를 느낀다. 이에 대해 아직도 제법 흔한 해석 가운데 하나는 그것이 '순수'와 '참여'의 대립이었다는 것이다. 이는 두 잡지의 편집자들 자신이 한번도 수긍해본 적이 없는 분류법이며,『창비』로 말하자면 그 창간호(1966) 권두논문에서 바로 순수·참여 논쟁의 지양을 내세웠었다. 물론 두 잡지의 성격을 60년대 또는 그 이전의 문학사적 흐름과 연관시켜 이해하고자 할 때 그러한 개념들이 전혀 무용한 것은 아닐 것이다. 그러나 70년대의 중요한 문학적 논의가 곧 '참여' 대 '순수', 심지어는 '문지=순수' 대 '창비=참여'였다는 주장은 사실과 다를뿐더러 80년대의 문학 논의를 70년대 수준보다 오히려 후퇴시켜놓기 쉽다.

이러한 위험을 경계하는 발언은 이미 신진 평론가들에게서도 나온 바 있으므로 먼저 그쪽에 귀를 기울여보는 것이 좋을 듯하다.

대립을 해소해야 한다는 명분 아래, 참여론·순수론(창비·문지)의 대립이 70년대 우리 문학의 가장 본질적인 국면이고 또 기정사실인 듯이 문제를 제기하는 발상은 중요한 착오다. 이것은, 우리 문학이 당면하고 있는 현실의 심각함으로부터 관심을 오도하여 본질적인 문제를 외면하게하는 '잘못된 문제제기'이며, 이미 분단문제, 제3세계의 문제로까지 확대된 우리 문학인들의 인식수준을 60년대적 참여·순수의 차원으로 끌어내리는 짓이다. 나아가 70년대에 우리 문학이 어렵게 쌓아놓은 성과를 무화시키고 80년대의 문학 논의를 무방향적 문학주의의 암굴로 다시 끌고 들어갈 소지까지 있는 문제제기이다. (김사인 「80년대 문학의 과제」, 『세계의 문학』1983년 여름호)

그뿐 아니라 70년대의 순수·참여 대립을 애초에 거론했던 한 평론가 자신도 그러한 설정의 문제점을 시인하고 '현실에의 몸담음' 대 '현실에의 반성적 질문'이라는 대안을 제시했다(정다비 「소집단운동의 양상과 의미」, 『우리세대의 문학』 2집). 다른 한편 『언어의 세계』에서는 『문지』와 『창비』의 "분석 전망주의/역사실천주의의 대립을 변증법적으로 극복한 종합 통일의 문학세계"(장석주 「우리 문학의 새로운 열림을 위하여―『언어의 세계』 제1집을 내면서」)를 목표로 설정했다. 그런가 하면 또다른 젊은 평론가는 이런 대안들 역시 '참여·순수' 대립론에서 크게 진전한 것이 못 됨을 지적하면서 특히 『언어의 세계』의 태도를 이렇게 비판한다.

그러나 '문지/창비'의 대립의 진정한 의미는 '시민적 전망/민중적 전망'의 대립이라고 필자는 생각한다. 그런 까닭에 필자는 그 대립이 허구적인 것으로 보이지 않으며 『언어의 세계』의 태도는 『우리 세대의 문학』보다 더욱더 절충주의적이라고 생각된다. (성민엽「'문학무크'지 풍향은 어디?」, 『정경문화』 1984년 2월호)

김사인(金思寅)의 지적대로 두 계간지의 대립이 결코 70년대의 핵심적인 쟁점은 아니지만, 그것이 전혀 허구적인 것만도 아니었던 이상 그 대립을 좀더 엄밀하게 파악하여 진정한 극복에 도달하려는 성민엽(成民燁)의 노력은 값진 것이라 생각된다. 필자 역시 그러한 노력을 한몫 거드는 뜻에서 성민엽의 대안적 해석에 대해 다시 한번 이의를 제기해볼까 한다. 먼저, 『창비』에 주어진 '민중적 전망'이라는 표현은 일정한 '민중지향성'을 뜻하는 데 그치지 않는다면 과찬이라 하지 않을 수 없다. 오히려 특정한 의미에서의 '시민적 전망'이야말로 『창비』가 애초에 내세웠던 것이고 어떤 의미에서는 끝까지 견지했던 것이다. 실제로 졸고「시민문학론」은 그에 앞서 이른바 '60년대 문학'의 특징으로 과시되던 '소시민의식'에 대한 부정으로서 '시민의식'을 제창했고 이때의 '시민'은 '부르주아'(bourgeois)의 역어가 아니라 정치의식·주권의식을 가진 사회인, 곧 영어의 *citizen*이나 불어의 *citoyen*에 더 가까운 개념임을 분명히 했다. 사족 같지만, *bourgeois*와 *citoyen*이라는 오늘날 확연히 구별될 수밖에 없는 두 개념을 하나의 낱말로 표현하는 언어로는 필자가 아는 한 서양에서 독일어 *Bürger*, 동양에서 일본어 '市民'이 있는데, 이는 근대 이전의 상당한 정도의 중산계급을 발달시키고도 이들이 제대로 시민혁명의 주역으로 활약한 일은 없는 두 나라 특유의 역사적 경험과 관련된다고 본다. 반면에 혁명을 겪은 영·미·프·러 등의 국어에서는 두 개념이 별도의 낱말로 일컬어짐을 볼 수 있으며, 우리나라처럼 시민혁명이 없었으나 중세의 도시문화

또한 특별히 번창하지 못했던 사회에서도 '시민'이라는 낱말은 주로 '일반 국민' '현대의 도시인' 등의 의미로 쓰이고, (일본어의 직역에서 오는 영향이 아니라면) 이 단어로써 '중산계급의 성원'까지 지칭해야 할 이유가 없는 것이다.*

어쨌든 우리 시대의 '시민적 전망'이란 서구 또는 한국 그 어느 쪽의 현상을 기준으로 하더라도 '부르주아적 전망'일 수 없으며, 진정한 주권의식·시민의식은 우리에게 안겨진 민족문제와 대면함으로써, 그리고 이 실천을 떠맡을 광범위한 민중세력의 각성을 통해서 비로소 구체화된다. 70년대에 들어와 『창비』가 '시민'보다 '민족' '민중' 등 한층 절실한 낱말들을 찾아나간 것은 이러한 구체화의 과정이었을 뿐, 아직껏 우리에게는 시민혁명·민족혁명이 당면과제라는 기본인식(졸고 「한국문학과 시민의식」, 『민족문학과 세계문학 1』 참조)에는 변함이 없었다. 물론 그 구체화의 방식이 반드시 옳았는지는 장담하지 못한다. 또 대체적인 방향이 옳았다고 해도 계

---

* 성민엽은 「민중문학의 논리」라는 글에서 "*bourgeois*와 *citoyen*이 결코 다른 것이 아니라"고 하면서 "*citoyen*으로서의 시민 개념만을 따로 분리해내는 일은 하나의 이념형을 만들어내는 일에 다름 아니며, 그것은 필경 시민적 이데올로기의 수렴으로 귀착되게 된다"는 반론을 제기했다(『예술과 비평』 1984년 가을호 53면). 그러나 필자는 *bourgeois*와 *citoyen*이 역사의 어느 대목에서 동일한 존재였음을 인정하면서 그중 *citoyen*다운 면모를 (성민엽의 표현을 따른다면) 하나의 '이념형'으로 정립하고자 했던 만큼, 이런 사실을 한번 더 지적하는 것이 무슨 반론이 될 수 없다고 본다. 요는 프랑스혁명기의 *citoyen*과 가령 미국 국민(citizen)의 주권자다운 면모, 러시아혁명기의 *graždanin*, 나아가서는 아리스토텔레스의 *zoon politikon*(정치적 동물 내지 *polis*적 동물)까지도 공통된 특성을 *bourgeois*의 여러 면모 가운데서 따로 떼어 부각시키는 일이 서구 부르주아지의 역사를 알고 우리 자신의 역사적 과제를 밝히는 데 과연 도움이 되며 한국어에서 '시민'이라는 낱말의 실제 용법에 어긋나지 않느냐를 따져야 옳다. 이제 와서 「시민문학론」의 모자람을 얼버무릴 생각은 없지만, *citoyen*정신의 올바른 인식을 강조하고 우리가 '선진' 운운하면서도 부르주아혁명의 기본과제조차 달성 못 한 바 많음을 이따금 상기시키는 일은 필요하다고 믿는다.

간지로서의 한계 때문에, 그리고 편집자들 자신의 의식과 역량의 엄연한 한계 때문에 '민중적'이라기보다는 '민중지향적'인 선을 못 넘었던 것이 분명하다. 그러나 이만큼의 민중지향성조차도 배제하는 '시민적 전망'이라는 것이 있다면 그것은 도대체 어떤 구체성을 띨 수 있는가? '자유' '해방' '상상력' '감수성' 들이 순전한 언어의 유희, 관념의 유희가 아닌 한에서 그 실질적 내용은 제국주의 시대 지배층 문화에의 하염없는 선망의 표현으로 되고 한국의 주어진 현실에서는 '시민적 전망'이라기보다 오히려 '소시민의식'이라는 낯익은 딱지가 붙을 위험은 없는 것인가?

『문지』의 발행인이기도 한 평론가 김병익(金炳翼)은 일찍이 계간지에 관해 쓴 어느 글(「계간지가 이 땅에 뿌린 씨앗」, 『뿌리깊은 나무』 1977년 12월호)에서 두 잡지 중 『문지』는 '자유', 『창비』는 '평등'을 더 중요시한다는 차이가 있다고 하면서 두 계간지의 상호보완적 관계를 강조하고, 이에 곁들여 『창비』의 업적에 대한 너그러운 찬사를 아끼지 않았다. 그런데 이런 원만·관대한 제안에조차 흔연히 동의하지 못하는 것이 예의 창비적 경직성이다. 70년대 문단의 자유실천운동에서 나름대로 땀 흘리고 상흔도 남겼다고 자부하는 『창비』로서 여느 잡지보다 자유에의 집념이 덜했다는 판정에 승복하기도 힘들거니와, 우리의 평등사상은 자유**보다** 평등을 중시하는 사상이 아니라 오히려 **자유를 위한** 평등사상이었고, 자유와 평등을 결코 떼어 생각할 수 없다는 것이 우리의 완강한 입장이었다. 그러나 이런 입장을 좀더 설득력 있게 전개하는 작업은 미흡했던 게 사실이고, 이제 80년대의 숙제로 넘어온 셈이다. 이와 더불어 '시민의식' '시민문학' 등의 문제도 새로 한번 깊이 있게 연구할 때가 되지 않았나 싶다.

민중지향적 문화운동의 확산

아무튼 70년대의 문학에 관한 이와 같은 인식을 갖고 80년대의 무크운 동을 둘러볼 때 가장 눈에 띄고 또 흐뭇하게 느껴지는 것은 민중지향적 지식인운동·문화운동이 엄청나게 확산되었다는 사실이다. 외부적 조건 은 여러 면에서 70년대보다 훨씬 악화되었는데도 최소한 무크운동 자체 로서는 민중지향성이 하나의 완연한 대세를 이루고 있다. 물량에서는 활 발한 단행본 출판을 합치더라도 기존의 정기간행물 및 신문·방송과 대중 가요, 스포츠 들의 위세에 비해 미미하기 짝이 없지만, 그처럼 단시일 내 에 이만큼의 민중지향적 문화인집단이 형성되고 두각을 드러낸 것은 심 상치 않은 일이다. 그와 더불어 민중들 자신의 음성도, 아직 월간 『대화』 지의 한창때만큼 집중적이지는 못하지만, 도처에서 매체의 벽을 뚫게 되 었다.

이제 이러한 운동 확산의 몇가지 측면을 좀더 자세히 검토하기 전에, 필자가 일부만이라도 읽은 1983년 발행의 무크지들을 한번 열거해보기 로 한다. 먼저 83년 이전에 창간되었던 것으로 『실천문학』 제4권 『삶과 노 동과 문학』(실천문학사), 『우리 세대의 문학』 2집 『우리가 있어야 할 자리 를 찾아』와 3집 『살아야 할 시간들』(문학과지성사), 『마산문화』 제2권 『다 시 수풀을 헤치며』(청운), 그리고 거의 새로운 창간이나 다름없지만 실제 로는 '창(窓)과 벽(壁)' 동인들의 5집에 해당하는 『삶의 문학』 제5집(인간 사랑) 등이 있다. 새로 출범한 무크지는 더욱 많아서, 『시인』 1집 『움직이 는 시』(시인사)를 위시하여, 『공동체문화』 제1집 『더불어 사는 삶의 터전』 (공동체), 『민족과 문학』 1집 『희망이여 우리들의 희망이여』(세종출판사), 『일 과 놀이』 1집 『내 땅을 딛고 서서』(일과 놀이), 그리고 『언어의 세계』(청하)는 1집 『우리 문학의 새로운 열림을 위하여』 및 2집 『해방의 말들을 위하여』

를,『지평』(부산문예사) 역시『지평: Vision 1』과『문학과 삶의 지평을 위하여: 지평 2』를 잇달아 내놓았다. 연말 가까이 가서『문학의 시대』(풀빛) 1집과 아동문학 무크『살아 있는 아동문학』(인간사) 1집이 또 선을 보였으며, 그밖에『실천불교』1집『갑시다 중생 속으로』(시인사),『한국사회연구』1집(한길사),『민중 1』(청사),『르뽀시대』1집『현장의 목소리』(실천문학사), 그리고 기독교민중교육연구소가 비매품으로 펴내는 특이한 글모음『모퉁이돌』제1집 등도 모두 1983년에 창간된 잡지형 단행본들이다. 또한 시동인지들 가운데서도『반시(反詩)』8집『반시주의』(육문사)나『시와 경제』2집『일하는 사람들의 미래』(육문사)는 이미 잡지의 성격이 짙어졌으며, 76년에 3집으로 끝났던『실험실』역시『실험실 4: 민의(民意)』(나남)와『민의 2: 시와 현실』(일월서각)로 발전했음을 본다. 이에 덧붙여『역사와 기독교』의 5집『노동자운동과 산업민주주의』, 6집『교육과 사회』, 7집『언론과 사회』가 간행됐고, 창비사의 신작평론집『한국문학의 현단계 2』도 무크운동의 일익에 둘 수 있겠다. 그리고 지식인운동·문화운동이라고 할 때는 이밖에 일반 단행본이나 정기간행물을 통한 문필활동과 각종 공연활동·집단행사들도 고려되는 것임은 더 말할 나위 없다.(월간『마당』1984년 1월호는 '소집단 문화운동의 향방'이라는 특집으로 좌담「민족형식의 창출을 위하여」와 함께 문학만이 아닌 여러 분야에 걸쳐 '소집단 문화운동 선언문'들을 자료로 싣고 있어 많은 참고가 된다.)

　무크운동을 위주로 본다면 확실히 민중지향적 성격이 우세하다. 물론 그것이 실제로 얼마만큼 **민중적**인 것으로 결실할지는 두고 볼 일이고, 문학 무크지·동인지만 가지고 따진다면 민중지향성의 우세마저 때로는 의심스러우리만큼 혼미한 양상이 벌어지고 있어 다음과 같은 비판의 소리가 나오기도 한다.

이런 양상을 분화니 다양성의 개화로 보기도 하지만 역사적·사회적
현실에 대한 바른 인식의 결여 또는 불철저를 토대로 하는 분화나 다양
성은 잠재적 기회주의의 표면화 이상이기 어려운 것이다. 사실 그것은
'변화된' 조건 속에서 '변화하지 않은' 시대적 본질에 우리 시 또는 문
학이 어떻게 대응해 나갈 것인지 그 방향의 모색이었다기보다는 변화
된 조건을 빙자, 본질 자체에의 접근은 외면하고 자기현시에 몰두한 것
이었던 감이 없지 않다. (채광석 「설 자리, 갈 길」, 『반시주의』 52~53면)

　더구나 이런 양상이 제도언론의 공공연한 기회주의에 의해 굴절될 때 무
크운동 내부에서는 핀잔먹기에 바쁜 일부의 움직임이 곧 80년대 문학의
새로운 대세인 양 추켜세워지기도 한다. 그러나 대세가 다른 쪽에 있음을
웅변해주는 현상의 하나는, 민중지향성에 대체로 비판적인 무크들도 민
중지향적인 작가들 또는 동인집단들과의 '길트기'를 자신의 중요한 사업
으로 내걸고 있다는 사실이다. 이런 '길트기'가 곧 변증법적 종합일 수는
없는 것이지만(실제로 70년대 말에 『문지』와 『창비』의 주역들을 포함한
다양한 필진을 한자리에 모으는 작업은 계간 『세계의 문학』이 착실하게
수행했고 지금도 하고 있다), 가령 『우리 세대의 문학』의 지면에서 돋보이
는 부분은 바로 '길트기'의 성과에 해당하는 게 아닌가 한다. 1집에서 김
정환의 시라든가, 2집에서 다양한 성향의 문인 열두명을 대상으로 설문한
기획 '우리에게 문학이란 무엇인가'가 좋은 예이다. 비슷한 이야기를 『언
어의 세계』를 두고도 할 수 있겠는데, 평론가만 하더라도 이들 무크와 『한
국문학의 현단계』 등에 걸쳐 폭넓게 활약하고 있는 성민엽의 글 정도가
신인다운 날카로움을 제대로 보여주었다고 생각된다.(『우리 세대의 문
학』은 4집부터 동인 구성이 일부 바뀐다고 하니 결과를 지켜볼 일이다.)
　'민중지향성'에 대한 비판적인 기획들도 성실한 문학적·지적 신념에

근거한 것일 때는 우리 문학과 문화운동을 위해 보탬을 줄 수 있는 게 사실이다. 그것은 좋은 의미의 다양성에 필요한 것일뿐더러 나라말을 사용하고 인간을 상대한다는 문학예술의 속성으로 인해 민중의 삶을 은연중에 살찌우는 결과가 되는 수도 있다. 더구나 지식인운동의 민중지향성이 곧 민중성 자체는 아니고 따라서 갖가지 어설픔과 설익음을 필연적으로 안고 있는 한, 냉랭한 비판도 계속 가해질 필요가 있다. 그러나 비판의 설득력과 편달력으로 말한다면 '민중지향'의 대의에 기꺼이 동참하면서 뜨거운 동지애를 바탕으로 가해주는 채찍질이 가장 효과적일 것이다. 생경한 민중주의·구호주의에 대한 방관자적인 비판을 필자는 일단 고맙게 받아들이면서도, 그들이 민중론자의 결함을 지적하는 데 만족하지 말고 일단 민중의 실상에 좀더 관심을 기울여본다면 피차에 더 복된 결과가 나지 않을까 하는 아쉬움을 느낀다. 달을 가리키는 손가락이 굽었느니 휘었느니에 너무 괘념하지 말고 달을 한번 쳐다보는 것이 어떨까 하는 것이다.

지방문화운동의 논리

민중지향적 문화운동의 저변 확대를 실감시켜주는 현상이 서울 이외의 각 지방에서도 드러나고 있다. 지방의 움직이라고 모두 민중지향적인 것은 아니지만, 새로 나온 무크들을 보나 원래 있던 동인지들의 활약을 보나, 더욱이 날로 퍼져나가는 공연집단·작업집단의 존재를 곁들이고 보면, 더 큰 흐름이 어느 쪽에 있는지는 서울에서보다 한결 뚜렷하다. 구태의연한 '문협 지부식' 간행물들이 70년대에도 별 주목을 못 받았지만 80년대에 와서 더욱 존재가 희미해진 반면, 광주의 『일과 놀이』나 『민족과 문학』, 대전의 『삶의 문학』, 마산의 『마산문화』 등은 이른바 '중앙'의 어느 무크에 못지않은 활기에 차 있으며, 일종의 대형 동인지라 할 전주의『표현』도 꾸준한 발전을 보여준다. 그중『일과 놀이』는 기층노동자와 노동의 직접생산자에게 큰 지면을 내맡기면서 짐작건대 그들에게 많이 읽히려는 뜻에서 '무크'보다 '문고'로 내고 있는데, 그 내용은 잡지의 성격에 가까우며 무크 중에서도 매우 참신하고 촉망되는 무크이다. 그러나 광주의 경우는 딱히 어느 간행물 하나를 지목하기보다『5월시』같은 새 동인지 말고도『원탁시』『목요시』들이 여전히 생기를 잃지 않고 있는데다 문병란(文炳蘭)·송기숙·황석영 같은 중견 문인들이 왕성한 활약을 계속하는 등, 80년대 벽두 민족사적 대사건의 현장다운 열기가 실감된다.

문학 중심의 지방 무크지로서 비교적 알찬 성과를 거둔 예로『삶의 문학』을 꼽을 수 있겠다. 소설 부문에서는 아직 기대에 미흡하지만 시와 평론에서는 주목할 만한 작품이 여럿 있으며 '삶의 현장과 문학'이라는 특집에 현장의 목소리를 직접 담고자 한 노력도 높이 사주어야 할 것이다. 또한 80년대의 작업이 70년대적 성과의 전통 위에 올곧게 선 진정한 극복이어야 하며 "앞세대들이 제기하고 해결해왔던 노력의 첨단에 설 수 있을 때 우리는 비로소 우리 세대의 새로운 지평을 열 수 있을 것이다"(『제5호를 내면서』)라는 편집자의 자세도 젊은 패기와 하등 어긋날 게 없다고 믿는다.

『삶의 문학』이 대전에 사는 문인들을 중심으로 차분한 자기탐구와 현장에의 접근을 시도하는 데 비해, 지방 무크로서의 좀더 뚜렷한 자기인식을 갖고 그 지방적 성격을 부각시킨 것이『마산문화』다. 지방적 성격에 관해서는 '중앙'에 대한 일방적인 규탄에서 어떤 명분을 찾는 빗나간 지방주의도 있겠으나, 이에 대해서는 채광석(『민중·민족문학의 확대심화로서의 지방문학운동』,『이대학보』1983.11.28), 성민엽(『'문학무크'지 풍향은 어디?』) 들이 이미 적절한 비판을 했으므로 여기서 새로 거론할 필요를 느끼지 않는다. 그런데 바로 이 점에서『마산문화』는 오히려 '반지방주의적' 자세를 보여준다. 제1권 머리글에서 "마산시민의 독자적, '지방자치적' 문화의 형성"을 주장하면서도 곧 이렇게 덧붙인다.

그러나 분명히 하거니와, 우리는 어떤 지방주의, 자연주의를 제창하고자 하는 것은 아니다. 오히려 하나의 자기 자신의 생활감정과 판단력에 일치하는 자기 자신의 문화, 자주적 정신, 긍지있는 생활을 서울에 사는 사람이나 모두 똑같이 가지고 누려야 한다는 반·지방적특권주의요 합리주의다. 우리의 이러한 주장은 서울과 그외 어떤 지방을 막론하고 모든 지방이 똑같은 귀중한 생활의 터전이며, 그 진지한 삶과 함께 감성과 이성활동의 표현인 문화의 똑같은 토양이라는 누구나 인정할수밖에 없는 사실에 근거하고 있다.

이러한 기본입장은 제2권의 머리글에서 다시 부연 설명된다.

우리가 주창하며, 또 스스로 그 형성의 작업에 일익을 담당하고자 하는 마산의 독자적이고 지방자치적인 새 문화는 어디까지나 마산시민 대중의 문화를 의미하며 여하한 종류의 문화적 특권층의 문화도 뜻하지 않습니다. 그러므로 시민대중의 정신적 양식의 창고에 한 알의 곡식도 보태지 못하면서 문인·예술가연하고 있는 사람들의 자기도취적인 행동과 태도들은 우리가 맨 먼저, 가장 단호하게 배격하고자 하는 바입니다. 뿐만 아니라 과거 서울을 중심으로 있어왔던 어떤 종류의 지식인 중심의 문화운동도 우리의 모범이 될 수 없습니다. 그것은 우리의 작업이 그것을 답습하려는 것이 아니라 거기서부터 한걸음 더 나아가고자 하는 것이기 때문입니다.

생각건대 이러한 논리야말로 서울을 근거지로 삼는 제3세계적 문화운동에도 적용되는 것이 아닐까 한다. 서울이 한국의 수도이자 한민족의 자주적 중심도시로서 제구실을 못 할 때 마산이나 기타 지방도시의 자치적 문화 건설은 서울에서 이행할 수 없는 민족사적 의의마저 띠게 되는 것이며, 동시에 서울 또한 외세의 진입로만이 아니고 한국인들이 살며 싸움하는 "귀중한 생활의 터전"인 이상 "문화의 똑같은 토양"이요 마산·광주·대전 들과의 연대세력이 자라는 곳이다. 마찬가지로 서울에서 민족적 자주의식을 갖고 본 제1 또는 제2세계는 선진국으로서의 인류적 사명에 역행하는 침략과 수탈의 본거지이면서 그 또한 삶과 싸움의 터전이요 소중한 연대의 가능성으로 열린 고장이다. 그리고 이와 같은 논리는 기실 마산을 보는 마산 주변의 소도시와 농어촌에도 적용된다 할 것이다.

『마산문화』의 작업에서 특히 뜻깊은 것은 머리글의 이러한 논리가 무크의 실제 내용을 통해 비교적 충실하게 구현되고 있다는 점이다. 1권에서는 '마산문화의 현황'이라는 특집을 통해——그 내용은 「마산의 동신제(洞神祭)와 지신밟기」「마산연극의 흐름」「마산의 청년문학 동인활동」그리고 '문화탐방' 기사 등, 수준이 고른 글들은 아니나 대개 일독할 만한 것들이다——새로운 문화운동을 시작하는 마당에서의 현장점검을 꾀한 뒤, 2권에서는 '한국근대사 속 마산'이라는 특집으로 그 문화운동의 터전이 어떤 곳인지를 역사적으로 규명하며 자랑스러운 항쟁의 전통을 찾아낸다. 「제국주의의 침략과 마산 민중의 저항」(서익진)「일제하 마산의 항일민족운동」(박명윤)「3·15 마산의거의 배경과 경과」(유종영) 들을 읽는 독자는 과연 마산에서 이만한 '지방자치적' 무크가 나온 것도 우연이 아니겠다는 실감을 가지면서, 동시에 출신지나 거주지에 상관없이 우리 근현대사의 중요한 일면을 되새기며 긍지가 더해짐을 느낄 것이다. 이 특집과 함께 실린 「농업생산활동의 문제들을 생각한다」(천규석)「형평운동의 형성과 전개」(김남규) 「한국경제의 전개과정 속의 마산수출자유지역」(재경마산학우회) 등의 기사도 마산을 거점으로 서부경남 일대의 문제로 관심을 넓혀나가는 자세를 보여준다. 문학 분야에서도 고 정진업(鄭鎭業) 시인에 대한 평가와 작품선은 지방 무크다운 기획이면서 '중앙'의 평론가·문학사가를 위해서도 값진 일깨움이었다. 다른 작품들에 관해 길게 언급할 지면이 없으나 「수출자유지역의 하루」(최순임, 1권) 「낮게 날으는 작은 새」(최명학, 2권) 등 두편의 창작도, 작품으로서는 아무래도 습작의 단계라 해야 옳겠지만 공단 현장의 목소리를 소설로 나타내려는 시도로서 참신감이 느껴진다.

전문성에 대한 비판

운동의 확산을 실감케 하는 또 한가지 현상은 기성 권위에 대한 (어느 세대에나 있을 법한) 도전에 그치지 않고 '문학주의'에 대한 공격으로, 이는 다시 일체의 '전문성'에 대한 비판으로 발전하고 있다는 점이다. 물론 이것도 80년대에 최초로 제기된 쟁점은 아니며 필자로서 전적으로 공감하는 것도 아니다. 그러나 역량 있는 신인들이 신춘문예나 문예지 추천 또는 계간지에 의한 발탁 등의 이른바 등용 절차에 크게 신경을 안 쓰는 대범함이 그것만으로 끝나지 않고 '문학'이라는 것을 고립시키고 신비화하려는 문학주의의 이념성을 폭로하는 데까지 나가는 것은 민중지향적 문화운동의 선결요건 중의 하나이다. 이러한 입장은 실천적으로 문학과 다른 분야의 자유로운 교류 및 혼용을 가져와, 문학 무크지라 해도『창비』나『문지』(그리고『세계의 문학』)처럼 역사·사회과학·사회비평 들을 함께 다루는 것은 당연한 일이 되었고,『창비』가 마지막 무렵에 가서야 수용하기 시작했던 놀이판·춤판·노래판·그림판의 새로운 움직임들이 무크운동의 중요한 일부로 자리 잡았다. 판놀이 「아리랑 고개」 대본과 관계 논문(『실천문학』 제2권), 탐라민속연구회 '수눌음'이 공연한 「줌녀풀이」 대본과 연출노트(『공동체문화』 제1집), 『실천문학』 제4권의 신구 노동요들은 그 좋은 예이며, 이와 관련하여 극단 '연우무대'의 활동은 물론 '현실과 발언' '두렁' 등 미술동인집단의 활약도 주목된다.

그런데 문학주의에 대한 비판에서는 도대체 문학이라는 것에 특이한 창조성을 조금이라도 인정할 것인가라는 까다로운 이론적 문제가 생긴다. 필자 자신은 문학의 부당한 신비화에 반대하고 문학작품의 생산·수용 모두가 일종의 정치적 실천임에 동의하면서도 이러한 실천을 창조적인 것으로 만드는 근거가 '작품 자체'에도 있다는 소신을 표명하는 선에서 좀더 체계적인 고찰은 미뤄둔 처지인데(졸고 「모더니즘에 관하여」, 〈졸편 『리얼리즘과 모더니즘』, 창작과비평사 1983: 본서 4부〉), 여기서는 문학주의의 문제보다 전문성 일반에 대한 비판을 간략히 살펴보고자 한다. 앞서 말했듯이 문학주의에의 비판이 거기서 멈추지 않고 일체의 전문성이 인간해방을 가로막는다는 문제의식으로까지 나가는 것은 80년대의 문화운동이 그만큼 사태의 핵심에 다가섰다는 뜻으로 해석된다. 왜냐하면 문학주의니 예술지상주의니 하는 것도 사실은 오늘날 인류 전체의 문제로 지목되는 기술지배체제의 일면들이며, 기술지배체제는 전문화와 관료적 위계질서를 전제하는 것이기 때문이다.

따라서 『일과 놀이』처럼 근로현장에 가까이 자리 잡은 집단의 선언문에는 문화운동에 있어서의 일체의 전문화에 대한 강력한 반발이 자연스럽게 나온다.

민중문화운동의 근본적인 장은 어디에 따로 있는 것이 아니라, 바로 일하는 사람들의 생존의 터전 그곳이다. 그 안에서는 시네, 소설입네, 연극입네, 무슨 마당극·대동놀음·판소리·농악·탈춤·회화·조각 하는 따위의 예술의 종별 개념도 와해되고, 전문성은 더더욱 타파되며, 매체의 구분도 때와 장소에 따라 다른 전달방식을 찾게 될 것이다.

이어서 "지구의 종말에 대한 우려라든가 서구의 반핵운동 따위도 우리의 처지에 비한다면 관념적으로까지 보이는 것이다. 우리에게는 사느냐 죽느냐 하는 코앞의 현실인 것이다"(『내 땅을 딛고 서서』 13면) 같은 대목을 보면 코앞에 있으면서도 좀처럼 눈에 안 띄는 생존권에의 위협이 소홀히 될 가능성이 염려되기도 하는데, 사실은 문화운동에서도 전문성의 문제는 현장의 실감만 가지고서 쉽게 배척해버릴 수 없는 현장적 기능을 아울러 갖는 것일 게다. 『공동체문화』 제1집의 권두좌담에서는 이것이 분업에 따른 인간소외의 문제로 제기되기도 하였다.

> 김상태 생계를 위한 분업이 경제발전을 위해서는 필요했겠지만 생활환경 속에서의 분업적인 의식이 예술지상주의를 낳았지요. 분업적인 행동양식은 타파되어야 합니다. 생계의 분업은 인정하되 의식과 행동에는 대동성을 가지는 협동자적인 역할로서의 대동협동제(大同協同制)를 지향해야 한다고 봅니다.
> 정윤형 어떻게 보면 공동체문화의 당면한 고민도 분업화문제와 관련됩니다. 문화가 민중적 바탕을 가지려면 공동작업에 근거해야 하는데 분업화되고 전문직업화하면 반드시 민중적인 성격으로부터 이탈되고 그것을 거부하자니 자체의 존립기반이 흔들리게 됩니다. (35~36면)

여기서 문제의 핵심은 꽤 선명하게 드러나는 것 같다. 의식과 행동에서

"대동성을 가지는 협동자적인 역할로서의 대동협동제"를 지향할 필요성은 분명한데 그것이 생계의 분업을 인정하고도 과연 가능한지, 불가능하다면 자체의 존립기반을 어떻게 확보할지가 초미의 쟁점이 되는 것이다. 필자가 생각건대 분업과 전문성이 전혀 없는 사회는 상상하기 힘들지만, 지금 우리가 아는 것과 같은 분업이나 전문성은 없어졌다고 해도 좋을 만큼 사람도 달라지고 일도 달라진 세상을 만들려는 기나긴 싸움에 우리 모두가 얽혀 있다고 본다. 그리고 이러한 세상에 대한 꿈이 결코 생경한 외래사상이 아니라 '해탈한 기술인'으로서의 도인·보살이라는 동양 전래의 인간상에 합치한다는 점을 지적하기도 했었다(졸고 「학문의 과학성과 민족주의적 실천」, 송건호·강만길 편 『한국민족주의론 2』, 창작과비평사 1983, 452~53면; 《민족문학의 새 단계』 393~95면)). 이것이 인간이 일하고 사는 방식 전체가 걸린 장구한 과업이라고 해서 지금 이곳에서 가능한 만큼의 '대동협동제'를 이룩하려는 끊임없는 노력을 생략한다면 이는 장구한 과업을 아예 영구히 뒤로 미루는 가장 확실한 방도가 될뿐더러 일시적으로 달성된 경제제도의 변혁조차도 억압적인 성격으로 되돌아가게 만드는 길이 될 것이다.

하지만 오늘의 현실에서 전문성 자체를 거부하는 데에는 실질적으로 전문가주의와 보완적 관계에 있는 아마추어리즘〔素人主義〕의 위험이 따른다. 필자 자신도 10여년 전에 쓴 「문학적인 것과 인간적인 것」이라는 글에서, '양심과 양지(良知)의 문제'라는 다소 관념적인 차원에서지만 전문성의 병폐를 다음과 같이 비판한 일이 있다.

뻔한 진실도 전문적 가공(加工)을 거쳐야 통용되고 어떠한 말 안 되는 소리도 전문적인 견해로 분장되면 일단 말이 되었다고 대접받는 세상은 전문가들 자신에게는 확실히 편리한 세상이다. 이들 전문가들의 양성·등록·임면 과정을 정치적으로 경제적으로 장악하고 있는 사람들에게는 더더구나 편리한 세상이다. 그러나 평범한 한 인간의 입장에서 본다면 그것은 편·불편의 문제를 떠나 인간이 인간으로 생각하고 판단하고 행동할 수 있는 근원을 앗아가는 세상임이 틀림없다. (『민족문학과 세계문학 1』107면)

동시에 아마추어리즘의 위험도 경계하고자 했다.

> 양심의 문제를 전문적·기술적인 문제로 돌리지 않는다는 것과 모든 전문지식을 거부한다는 것은 물론 전혀 다른 이야기다. 전문화 자체를 거부하는 소인주의(素人主義)야말로 삶의 중요한 결단들은 전문가들에게 일임해놓고 자신은 그 틈바구니에서 개인적인 취향이나 살리겠다는 무책임한 태도로서, 전문가 근성 못지않게 현대의 기술지배체제에 부합하며 따라서 실지로 그러한 체제 속에서 번창하고 있는 태도다. 전문가들의 횡포로부터 양심과 양지를 지키기 위해서라도 전문적인 검토를 해야 하는 만큼은 해야 하는 것이다. (108~09면)

자신의 변변찮은 글을 이렇듯 장황하게 인용한 것은, 첫째는 전문성의 문제가 (동서의 많은 사상가들이 오랫동안 씨름해온 것은 물론) 70년대의 문학에서도 그 나름의 실천적 요구에 따라 제기되었던 것임을 상기시키려는 뜻이요, 둘째로는 거기서 말했던 소인주의의 위험이 지금도 전혀 없지는 않다고 생각되기 때문이다. 물론 80년대 문화운동에서 전문성의 타파를 부르짖는 사람들이 필자가 지목했던 소인주의를 표방한다는 이야기는 아니다. 단지 본의 아니게 그와 비슷한 결과를 낳음으로써 기성 문화에 대한 응전력을 실질적으로 약화시킬 위험에 대해 함께 생각해보자는 것이다. 예컨대 전문성에 대한 이념적 반발 때문에 자신이 지닌 전문적 기량마저 제대로 발휘하지 못할 가능성을 미술의 경우를 두고 노래운동가 쪽에서 다음과 같이 지적한 발언이 있다.

김창남 (…) 기존의 미술교육을 통해 일정한 기능을 습득해 가지고 있는 동인집단의 그림하고 그렇지 않은, 그야말로 가장 솔직한 자기표현을 할 수 있는 집단의 그림하고의 비교에서 제가 보기에는 '두렁'의 전문인들의 그림은 적어도 보통 사람들에 있어서 상당한 거부감을 주었고, 쉽거나 재미있거나 오래 남을 수 있는 면에서 취약점을 드러내고 있었다고 봅니다. (…) 너무 작업을 쉽게 하는 것이 아닌가, 오히려 기능 그 자체를 범속화시키려고만 하는 것이 과연 바람직하겠는가 하는 의문을 표명하는 것을 들을 수 있었습니다.

김봉준 범속화시킨다는 의미가 무엇이죠?

김창남 아까도 계속 주장하셨지만, 미술이 어느 특정한 기능을 가진 사람들에 의해서만 가능한 것이 아니라는 주장은 물론 굉장히 타당합니다. 문제는 그 특정한 기능이란 것이 그래도 남보다 좀더 그림에 대한 능력이 있다는 의미일 텐데 그 기능을 무조건 버리고, 그래서 보다 쉽고 재미있게 그리는 방법이라는 것이 그런 기능 자체를 단순화시켜버리는 것이 아니겠느냐 하는 점에서 의문이 제기될 수 있다는 말입니다.

광주 사람들 같은 경우에는 기본적으로 그 기능이 없는 가운데에서 가급적이면 잘 그리려고 노력하면서 만들었을 테고, 반면에 '두렁' 동인 전문인들의 그림은 고도의 기능을 가진 상태에서 가급적 그 기능을 발휘하지 않고 쉽게 하자는 목적의식이 계속해서 작용했을 거란 얘기죠. (「민족형식의 창출을 위하여」, 『마당』 1984년 1월호 289면)

이것은 '두렁' 및 '일과 놀이' 두 집단의 달력그림을 두고 오간 말인데 필자 자신은 그 둘을 비교하지도 못했고, 했더라도 앞의 발언이 그림 자체에 적확한지 자신 있게 판별할 입장이 못 되며, '두렁'의 다양하고 의욕적인 작업 자체는 본격적으로 논의될 필요가 있다고 본다. 다만 김창남(金昌南)이 여기서 지적하는 것과 같은 그런 일반적 성격의 범속화가 일어날 가능성은 우리가 기존의 전문가 세상을 넘어서려는 노력의 곳곳에서 경계해야 마땅하리라는 것이다.

공동체에 관한 논의

앞서 분업과 전문성의 문제는 '공동체문화'에 관한 토론에서 제기된 것이었는데, 이런 핵심적인 문제가 정면으로 거론되기에 이른 사실 자체가 70년대 대학가의 마당극 및 탈춤 운동에서 부각되기 시작한 공동체문화운동의 일정한 성숙을 반영하는 셈이다. 사실 '공동체' 개념이야말로 70년대 평단의 중요한 논의에 맥을 대고 있으면서도 80년대에 와서 새로이 관심을 집중시킨 몇 안 되는 낱말 가운데 하나일 것이다. 그리하여 구중서 같은 평론가는 최근의 동인지와 무크들을 '공동체의식의 문학'과 '개인의식의 문학' 두 계열로 구분하기도 했고(「활기 속의 반성」, 『마당』 1984년 2월호) 김종철(金鍾澈) 역시 전자를 옹호하는 뜻에서 「공동체적 사랑과 개인주의자의 공상」(『반시주의』)이라는 글을 썼다. 구중서는 '개인의식' 계열의 일부 무크들에 의한 '길트기' 작업의 효과를 감안하면 "결국 '공동체의식'의 문학과 문화가 이 시대 사회에서 주류를 형성해가고 있음을 보게 된다"라고 하면서 필자가 이 글에서 주목한 현상을 앞질러 지적했는데, 우세한 형세일수록 더욱 자신을 반성하도록 하자는 그의 제언에는 경청할 대목이 많다. 나 자신도 이러한 자기반성에 일조하는 뜻에서 '공동체'

의 문제를 잠시 짚어보려고 한다.

'개인의식' 또는 '개인주의'보다 '공동체의식'을 앞세울 이유는 많다. 인간은 원래 함께 살도록 되어 있다는 원칙론에서부터 특히 우리 시대 우리 민족의 성원은 민족적 삶이 와해될 수도 있는 위기에 처했다는 의식, 또는 개인주의자가 내세우는 '개인의식'이라는 것 자체가 특정한 사회의 역사 속에서 소수계층에 이미 귀속되어 있고 의식화된 싸움 없이도 기존 제도에 의해 자신들의 집단적 이익이 확보되는 사람들의 것이라는 인식 등 여러가지가 있겠다. 그러나 제호에서부터 '공동체'의 깃발을 뚜렷하게 들고나온 『공동체문화』를 보더라도 공동체가 무엇인지 분명히 밝혀져 있지 않다. 제1집의 '공동체선언'은 '분단극복의 문화운동'이라는 그 제목처럼 "민족공동체로서의 유기적 통일성의 확인작업"을 강조하고 "전통사회의 공동체적 삶을 받쳐주던 노동의 협동의식 그리고 생존을 위한 민중적 투쟁의 끈질긴 집적에 나타난 진보적·미래지향적 문화혈통을 우리의 당면한 현재 속에 전혀 '통일지향 민족주의'적으로 접맥시키는, 진정한 민중성의 방향설정 작업"을 역설하지만, 공동체의 개념은 모호한 상태이다. 책 전체로 보아도 예컨대 『실천문학』과 확연하게 구별되는 체재나 내용은 아니다. 단지 권두좌담 「공동체의 역사·경제학적 전망과 문화운동의 시각」에서 '공동체'에 관한 집중적인 토론을 벌이고 있는데, 여기서도 분명한 결론이 났다고 보기는 어렵다. 그러나 여러가지 쟁점과 문제점의 부각만으로도 토론은 충분히 값진 것이며, 앞으로 좀더 진전된 논의가 나올 터전이 어느정도 마련되었다는 점에서 큰 의의를 찾을 수 있다고 본다. 여기 필자의 독후감 몇가지를 적어본다.

첫째, 공동체 개념이 결코 단순치 않고 그 사용에 경계를 요한다는 점이 뚜렷해진 것을 성과로 꼽음직하다. 1부 토론의 사회자 김순진(金舜鎭) 자신이 복고주의적인 공동체론을 경계하는 말로 출발하지만, 곧이어 '공동체'개념 자체의 문제점들이 특히 국사학자 정창렬(鄭昌烈), 경제학자 정윤형(鄭允炯) 등에 의해 지적된다. 서구에서는 그것이 아무래도 자본주의 이전의 사회관계에 대한 복고적인 지향을 내포한다는 점, 그러나 식민지 지역에서는 전근대적인 공동체적 관계가 오히려 반식민지 투쟁에 기여할 수 있다는 점, 동시에 식민지나 피침략국이라고 해서 반드시 그런 것은 아니고 식민당국이 오히려 특정한 공동체관계를 온존시키면서 이용하기도 한다는 점 들이 분명해진 셈이다. 그러므로 이 애매한 단어를 군이 쓸 적에는 우리도 식민지 또는 피침략국과 유사한 상황이라서 전근대적인 공동체관계의 어떤 부분이 오히려 진보적으로 작용할 소지가 있다는 인식과, 이러한 진보적 작용이 저절로 주어지는 것이 아닌 만큼 상대방에 의한 악용에 맞서 싸울 각오가 따라야 한다. 적어도 좌담 2부 사회자 채희완(蔡熙完)이 결론 삼아 하는 다짐, 즉 "공동체문화는 내적으로 민주화를 위한 민중운동의 성격을, 밖으로는 민족주의적 반식민주의운동의 성격을 갖추어 분단시대를 극복하는 최선의 길을 함께 다져나가야 한다는 것입니다. 이것이 민족공동체, 나아가 세계공동체로 가는 지름길이 될 것임을 확신합니다"라는 발언은 그런 인식과 각오를 담은 것으로 해석된다.

그러나 "공동체가 좋다 아니다 식의 논란은 사실상 무의미한 것일 수도 있으며 그 공동체가 현대사회의 구조 속에서 어떤 역할을 하느냐가 중요한 논점이 되어야"(정윤형, 12면) 한다는 애초의 지적을 존중한다면 바람직한 민족현실 내지 세계현실을 어째서 꼭 '공동체'라는 용어로 부를 필요가 있는지, 그러한 현실이 얼마만큼 과거에 실재했던 공동체를 닮고 얼마만큼은 "공동체적 관계가 아닌 다른 사회관계에 의존"(정창렬, 30~31면) 하는 것일지 등을 좀더 밝혀내야 할 것이다. 물론 한번의 좌담에서 이 모든 것을 기대하는 것은 무리다. 필자가 생각건대 '세계공동체'의 이상은 앞서 지적한 자기기만적인 개인의식을 거부하는 데서나 민족의식이 민족지상주의로 전락하지 않도록 다짐하는 데서 일단의 명분을 찾을 수 있을 듯하다. 마찬가지로 '민족공동체' 역시 분단체제 아래서 민족의 이질성이 심화되고 있는 현실에 대한 강력한 반발의 의지를 담을 수 있으며, 한 걸음 더 나아가 일견 가장 객관적인 듯한 계급관계의 분석이 오히려 범세계적 규모의 계급분화 과정에서 종족 또는 문화 공동체적인 '주관적' 요소가 갖는 객관적 기능을 곧잘 놓치기도 하는 경향을 바로잡아주기도 한다. 반면에 '민족공동체'의 지나친 강조는 특히 그 '유기적 통일성'이라는 것이 특정 국면에서의 전술적 표현 이상으로 될 때, 근대적 민족의 형성이 원래 지역공동체 등 많은 전근대적 공동체관계의 분해를 전제하는 것이며 우리의 민족통일 역시 연합과 단결 못지않게 분화·갈등의 과정을 거쳐서야 가능할 것임을 무시하는 결과를 낳고, 또한 '세계공동체'를 위해서는 '민족공동체' 자체가 일정한 분해 내지 변모를 거쳐야 함을 잊어버릴 위험이 있다. 아니, 우리의 분단극복운동이야말로 진정한 민족공동체를 처음으로 달성하는 작업과 세계공동체를 향해 민족공동체의 일정한 자기분해를 수행하는 작업이 중첩된 세계사적인 과제라는 사실이 '민족공동체' '세계공동체'의 손쉬운 병치로 인해 얼버무려질 수 있는 것이다. 사회학자들이 곧잘 들춰내는 퇴니스(F. Tönnies)의 '사회'(Gesellschaft) 대 '공동체'(Gemeinschaft)의 구분, 즉 구성원의 이해타산을 기반으로 이룩되는 이익사회와 성원들 간의 경제 외적 유대의식이 더 강한 공동사회의 구분도, 모든 사람의 이익추구를 일단 역사발전의 기본동인으로 받아들이면서 동시에 개인주의적 타산이 아닌 사회적 원리로 사람들이 뭉쳐지는 미래사회에 대한 비전을 오히려 흐려놓을 위험이 많다. 실제로 여하한 '이익사회'라도 각자의 이해타산만으로 유지되기는 불가능하며 아무리 긴밀한 '공동사회'일지라도 그 성원들의 경제적 이익과 무관한 유대의식을 오래 간직하지는 못한다. 따라서 '공동체'라는 것을 현대의 실재하는 사회와 전혀 별개의 것으로 생각하다보면, 복고주의의 위험에서 설혹 벗어난다 해도 무정부주의의 또다른 함정이 숨어 있게 마련이다.『공동체문화』의 좌담을 보면 '공동체' 개념의 이런저런 위험들이 비교적 상세히 거론된 데 비해 이를 딛고 넘을 적극적인 논리가 부족한 느낌이다. 필자 자신은 "여기서 공동체문화의 개념 자체를 포기할 것이 아니라"(신경림, 13면) '민족문화' '민족문학'이나 마찬가지로 우리 것으로 확보해야 한다는 생각이므로 더욱 그 점을 아쉽게 느끼는 것이다.

물론 이것은 단순한 '논리'의 차원에서가 아니라 '공동체문화'의 깃발을 내건 운동이 생활현장의 다른 운동들과 결합해나가는 실천의 마당에서 해결될 문제다. 원만·유효한 결합이 이루어졌을 때 그 성원들의 많은 깃발 가운데 어느 것이 가장 우뚝하게 휘날릴지를 미리부터 정해놓자는 고집은 분파주의에 다름 아니다. 어쨌든 공동체문화운동이 이러한 결합을 이루어나가기 위해 "공동체적 가치가 국민의 다수를 차지하는 근로자에게 적용"(정윤형, 13면)되어야 한다든가, 공동체의 조직원리는 "그 구성원들이 직접 참여하는 민주주의, 참여민주주의여야 한다"(정창렬, 24면)는 지적, 그리고 민속놀이의 두 주체라 할 '두레패'와 '사당패' 중 생활집단인 전자를 "보다 원칙적이고 민중적인 줄기로 파악"(채희완, 40면)하여 현장운동에 적용할 가능성 등 여러가지 좋은 제언들이 발견된다. 개중에는 농촌에 있어서 협동조합의 민주화 문제처럼 최근에 시사문제로까지 발전한 안건이 제기되기도 하는데, 이왕이면 지방자치에 대한 요구도 제도권 내 야당의 대여협상 재료 정도로 방치할 것이 아니라 현장운동의 긴박한 과제로 제시될 필요가 있지 않을까 한다.

끝으로 다짐할 점은 우리가 토론하는 것이 실천운동의 문제들인 만큼 아무래도 실천에 임하는 자세가 중요하다는 것이다. 사회과학자가 보기에 우리의 "문화운동이 아직도 관념화되어 있지 않은가"(정윤형, 41면)라는 지적이 십분 수긍할 만하지만, 다른 한편 문화운동을 하든 학문연구를 하든 관건을 이루는 것은 이에 "종사하는 사람들이 현장을 보는 시각과 마음가짐"(김상태, 33면)이다. 가령 굿의 비합리성·비과학성에 대한 비판적 발언들을 읽으면, 이른바 고등종교의 이름으로 벌어지는 온갖 미신적 형태에 대한 언급이 없이 굿의 미신성만 지적하는 것이 형평에 어긋나기도 하려니와, 가장 과학적인 노선에 따른 현장운동이 얼마나 가능한지가 분명히 제시되지 않은 상황에서 현장의 일꾼들에게 패배의식부터 안겨줄 위험이 없지 않은 듯하다. '객관적 인식'은 무엇인가 해보겠다는 열의를 바탕으로 형성되면서 그 열의를 지혜롭게 이끌고 더욱 북돋는 그런 인식이어야 할 것이다. 이는 물론 평론가이며 책상물림인 필자의 자기반성을 겸해서 하는 말이다.

실천과 실천론

실천의 문제가 전에 없이 강조되기에 이른 것이 80년대 무크운동의 특징이기도 하다. 그러나 여기서도 70년대와의 연속성이 무시되어서는 안되리라고 본다. 실천 중시의 논의야 더 먼 옛날부터 무수히 많았지만 오늘의 운동과 직접 맥이 닿는 민주화운동에서 '실천'이 하나의 명백한 구호로까지 된 것이 70년대였던 것이다. 그 효시는 아마 1974년 10월 24일 동아일보사 기자들에 의한 (그전 몇차례의 '언론자유수호선언'에서 진일보한) '자유언론실천선언'일 터이며, 뒤이어 문인들도 '자유실천문인협의회'를 결성했다(1974.11.18). 잡지형 단행본『실천문학』이 바로 이 협의회의 기관지로 70년대 말에 만들어졌음은 이미 지적한 일이다.

그런데 문학적 실천에 얼마간의 방향 제시가 되었던 민족문학론·민중문학론 등 구체적인 문학 논의들 이외에 문학에서 실천의 근원적 중요성을 이론적으로 규명하는 작업으로 말한다면 70년대의 성과는 아무래도 미흡하기 짝이 없는 것이었다. 그러므로 필자 자신도 『실천문학』 첫호에 기고한 글(「80년대 민족문학론의 전망」, 〈본서 1부〉)에서 80년대에 좀더 본격화되어야 할 논의의 하나로서 '이론과 실천의 통일 문제'를 꼽았었다. 이것은 철학계 일부에서는 이미 상투화된 주제지만 전통적인 의미의 철학에서는 오히려 풀기 힘든 문제라 생각되고, 그런 뜻에서 필자 나름으로도 그 이론적 규명에 보태려는 시도를 해보았다(「학문의 과학성과 민족적 실천」 참조). 그러나 80년대에 들어와 '실천'에의 외침 소리가 드높은 데 비해, 그것이 어째서 단순한 도덕적 당위만이 아니고 문학, 그리고 진리 자체의 본디 됨됨이에서 그럴 수밖에 없는 것인가의 해명이 제대로 된 것 같지는 않다. 특히 『실천문학』 제3권 후기에서 '실천으로서의 문학'을 강조한 데 대해, 그것이 "이론-실천의 변증법적 관계를 부인하고 실체-실천의 관계를 변증법적인 것으로 상정하고 있는 것"(성민엽 「'문학무크'지 풍향은 어디?」)이 아니냐는 비판과 더불어 '실천' 자체가 구호로 떨어질 위험에 대한 경고(구중서 「활기 속의 반성」)도 있었다.

제4권의 '삶과 노동과 문학' 특집을 포함한 풍부한 내용으로 무크시대 선두 주자의 면모를 지켜내고 있는 『실천문학』측의 편집자적 실천과는 별도로 그 실천론을 본다면 사실 그러한 비판의 여지가 없지 않다. 그리고 이는 오늘날 민중지향적 문화운동의 상당 부분에도 맞는 이야기일 것이다. 도대체 '실천'이라는 말이 맹목적인 행동과는 다른 행동을 지칭하는 한에서 그것은 이미 어떤 '이론'과의 다소나마 의식적인 관련을 전제하는 개념이다. 동시에 '이론'이라는 것도 현실활동하고 무관한 공리공론과는 처음부터 다른 것이라는 데에 '이론과 실천의 통일'의 이론적 근거가 발견된다. 그렇기 때문에 이론 속에 본디 담긴 실천적 가능성을 행동화하는 일과 실천에 내포된 이론적 인식을 한층 의식화하는 일이 서로 '변증법적으로' 주고받으면서 하나의 큰 작업으로 모일 수 있는 것이다. 따라서 실천론은 실천론대로 이론적인 엄밀성을 지닌 채 좀더 본격적으로 전개되어야 옳으며, 다만 그것이 운동의 다른 국면과 분리되었다는 나쁜 의미의 '전문성'을 띤 이론활동이 안 되도록 만드는 학문관과 자세가 필요할 뿐이다. 여기 한마디 덧붙인다면, 이론을 경시하는 실천주의와 실천을 배제한 공리공론을 아울러 극복했음을 내세우는 '이론적 실천'이라는 것 역시 그것이 과연 주어진 상황에서 가장 적절한 실천이며 이론으로서의 엄정성을 획득했는가를 존존히 따질 문제라는 것이다. 이론 자체가 곧 실천의 한 형태라는 말은 당연한 상식이기도 하지만, 이론가의 편안한 위치를 간직한 채로 실천가의 대열에 선 기분을 맛보려는 사람들에게 특히 유혹적인 말이기도 하다. 필자가 짐작건대 한국의 일부 문인이나 학자들뿐 아니라 서구 학계의 유수한 맑스주의자로 꼽히며 '이론적 실천'의 제창자인 알뛰세르(L. Althusser) 자신이 그러한 유혹에서 못 벗어난 것이 아닌가 싶은데, 그 문제는 언제 다른 기회에, 가급적이면 필자보다 전문적으로 이 방면을 공부했다고 자타가 공인하는 연구자들에 의해 규명되기 바란다.

새로운 민중문학론의 가능성

'민중지향성'이라는 것이 지식인의 자기현시·자기만족에 그치지 않고 성실한 자기극복의 노력이 되려면, 운동 자체가 궁극적으로는 민중 자신의 운동으로 발전·지양될 것을 목표로 삼아야 한다. 물론 지금 이곳에서 지식인들이 누리는 혜택과 지식인 특유의 덕목을 최대한으로 동원하는 일에는 주저함이 없어야 할 것이며 반드시 노동자·농민·빈민과 직접 관계되지 않는 성실한 지적·문학적 작업이 얼마든지 가능하겠으나, 그렇다고 민중생활의 현장에 직접적인 관심이 점점 깊어가고 민중 자신의 참여를 넓히려는 노력이 점차 드높아가지 않는다면 이는 '민중지향적' 운동의 허구성을 입증할 뿐이다. 80년대의 무크운동에서 적어도 민중의 현실을 민중 편에서 다루고자 노력한 문학작품 및 르뽀, 논문 들에 특별한 관심이 기울여지고 기층근로자나 농촌의 직접생산자가 쓴 글이 여기저기 보이게 된 것은 그러므로 당연한 추세이다. 80년대가 진행되면서 이러한 움직임이 더욱 활발해질 것을 내다봐도 좋을 것이다.

동시에 이러한 성과를 수렴하며 일층 촉진하는 비평적 논의가 70년대에는 없던 새로운 가능성과 더불어 절박한 현재성을 띠게 된다. 이 점에서도 『실천문학』 제4권의 '삶과 노동과 문학' 특집은 새로운 민중문학론의 전개에 좋은 자극제가 된다. 여기에는 값진 '자료'들 외에 박현채(朴玄埰)의 「문학과 경제」, 황석영의 「일과 삶의 조건」, 이태호(李泰昊)의 「1970년대 노동운동의 궤적」, 이재현(李在賢)의 「문학의 노동화와 노동의 문학화」, 백원담(白元淡)의 「중국 현대 노농문학의 이론구조」, 그리고 유해정의 노동요 해설 「노동문화의 꽃」 등이 들어 있다. 그중 문학평론에 해당하는 이재현의 글은 70년대 이래의 많은 자료들을 두루 살피면서 여러가지 문제들을 과감하게 제기하고 있으나, 기성 작가들이 쓴 글과 노동자들이 쓴 글을 '문학의 노동화'와 '노동의 문학화' 내지는 '문학의 힘'과 '힘의 문학'으로 분류하는 기본발상부터가 너무 자의적이라 생각된다. 이는 문학이 그 나름으로 지닌 힘의 정확한 규명에도 도움이 안 될뿐더러, 자칫하면 노동자들의 작품에 평론가로서의 진지한 비평적 관심을 지불하는 대신 노동자라고 무조건 한몫 접어주는 지식인적 행태로 이어질 수도 있다.

80년대의 민중문학론이 그 과학성이나 시야의 넓이에 있어서도 종전과 다른 차원으로 발전해야겠다는 관점에서 특히 주목되는 글은 문학보다 경제 이야기가 대부분인 「문학과 경제」, 그리고 소개적인 성격이지만 시야의 확대에 큰 보탬을 주는 「중국 현대 노농문학의 이론구조」이다. 남은 지면에서는 「문학과 경제」의 내용을 소개하고 몇마디 논평을 덧붙일까 한다.

'민중문학에 대한 사회과학적 인식'이라는 부제가 달린 이 글의 기본적 문제의식은 그 서두에 잘 드러나 있다.

역사 속에서 민중의 역할과 비중이 커짐에 따라 문학의 지평에서도 민중은 이제 중요한 주체 그리고 대상으로 대두하기에 이른다. 민중문학 그리고 참여문학과 같은 실천적 요구를 지닌 문학의 생성은 바로 그와 같은 변화의 소산이라고 말할 수 있다. 곧 문학에서 민중에 대한 관심은 그것이 지난날과 같은 문학 하는 개인의 주관적인 자기발산이 아니라, 한 사회에서 다수의 구성으로 되고 일정한 자기성향을 지니는 객관적 실체로 되는 민중의 소망을 실현하기 위한 노력의 일환으로서 문학활동을 제기케 한 것이다. 그리고 이와 같은 민중문학의 대두는 민중의 실체에 대한 인식의 필요에서 시작하여 민중의 소망을 실현하기 위한 노력에서 문학과 다른 과학과의 관련을 강조하는 것으로 된다. 문학과 경제에 대한 논의가 나타나는 것은 바로 문학의 민중문학으로의 전화(轉化)에서 오는 요구의 반영이다.

그리고 이러한 문제의식에 입각하여 저자는 민중문학의 사명이 "(1) 역사적 진실을 (2) 생활하는 민중의 쪽에 서서 민중을 대상으로 하여 (3) 주어진 사회적 상황에서 발현되는 삶의 고뇌와 인간적 요구를 (4) 감성적인 일상적 표현에서 추구하고 (5) 역사에서 민중의 사회적 실천에의 요구에 답하는 것이어야 한다"(99면)고 규정하고 있다. 이들 각 항목에 대한 논의는 우선 좀더 본격적으로 전개되었더라면 하는 아쉬움을 남기고, 간략히 언급된 중에서도 약간의 문제점이 발견되어 가령 다섯번째의 사명이 문학의 본뜻에서 저절로 우러나온 당위라기보다 밖으로부터 주문된 것이라는 비판이 가능할 것 같다. 그러나 저자의 당위론을 일단 받아들이면, 현시점의 우리 사회의 민중구성과 한국사회에서 민중소외의 논리와 실상에 대한 2, 3장의 자세한 논의는 모든 문학인이 찬반 간에 동참해야 할 작업으로 된다. 이러한 작업의 수행은 독자 개개인에게 맡기기로 하고, 여기서는 「문학과 경제」에서 문학에 대해 언급한 대목들이 문학이론으로서 갖는 의의와 문제점에 눈을 돌리고자 한다.

필자가 보기에 가장 의심스러운 대목은 민중문학의 과제로서의 '역사적 진실'을 어떤 '법칙'의 차원에서 파악하는 태도이다(100면 참조). 문학의 '구체성'을 내세워 역사현실·사회현실의 과학적 인식을 외면하는 태도가 민중문학에서 용납될 수 없음은 물론이지만, 역사적 진실의 '문학적 표현'뿐 아니라 '역사적 진실'이라는 것 자체가 (일정한 '법칙화' 내지 일반화를 허용하면서도) 결코 '법칙'의 차원에서 볼 문제가 아니라고 생각된다. 문학의 작업이 과학에 의해 제시된 '역사적 진실'의 활용 또는 표현이 아니라 역사적 진실 자체의 드러냄일 수 있는 근거가 여기서 주어지는 것이다. 그리고 이것은 문학이론에 한정된 문제라기보다, 예컨대 경제학에서도 계량적인 현상분석과 '법칙'의 추출에 몰두하는 입장에 대한 비판이 도덕적 당위론의 한계를 넘어 경제학을 포함한 모든 과학의 어떤 본원적인 일면에 근거할 수 있는 가능성과 관련된 문제가 아닐까 싶다.

역사적 진실에 대한 그러한 전제 때문에 "문학의 본래적 영역이 감성적인 일상성에 있다"(102면)는 주장에도 재론의 여지가 남는다. 물론 저자 스스로도 이것이 "논리적인 것이나 지성적인 것을 부정하는 것은 아니다"라고 덧붙임으로써 불필요한 오해를 예방하고 있으나, 오늘의 진정한 리얼리즘 문학은 지성 및 감성을 동원하여 현실을 반영·묘사한다기보다 지성과 감성, 현실인식과 현실변혁 등의 이원적 구분을 딛고 넘어서는 변증법적 활동에 그 요체가 있다고 보는 입장에서는 이러한 핵심적인 민중문학적 과제가 제대로 인정받지 못했다는 불만을 갖게 된다. 결론 부분에서 저자가 "경제와 문학의 상호보완적 관계"로서 양자의 "대립에 의한 통일"을 이야기할 때도 그렇다. 여기서도 저자는 "경제적인 인식은 문학 하는 사람들의 두뇌 속에서 구체적인 보다 정확한 민중인식의 수단으로 될 뿐 문학의 방법을 규정하는 것으로 될 수는 없다. 곧 민중 그리고 민중소외의 논리와 실상에 대한 경제학적 접근은 문학적으로 재구성되어야 하고 재구성될 때만이 역사적으로 주어진 자기 사명에 보다 투철한 것으로 된다"(135면)는 적절한 경고를 잊지 않는다. 그러나 문학이 처음부터 논리적 인식과 감성적 반응의 통일을 이룩해나가는 작업이라는 점은 아무래도 소홀해진 느낌이다. 민중문학이 민중의 사회적 실천에의 요구에 답해야 한다는 주장이 문학 바깥으로부터 주어진 당위론이거나 '민중문학'이라는 특수한 개념규정의 동어반복이 아니냐는 반론의 여지가 생기며, 동시에 "이와 같은 민중문학의 사명은 바로 리얼리즘 문학에서 충족될 수 있다"(135면)는 명제의 타당성 여부도 분명치가 않은 상태로 남는 것이다.

경제학자의 문학에 대한 관심과 문학인을 위해 필수적인 민중 논의를 고맙게 받아들이는 데 멈추지 않고 문학론의 세목까지 따져들어보는 것은, 박현채의 이 글이 문학이론 자체에도 뜻있는 공헌을 하고 있다고 믿기 때문이다.(아울러 경제학의 인간화를 위해 문학이 좀더 자연스럽게 기여할 가능성을 열어주기를 바라는 마음도 없지 않다.) 예컨대 문학이 "생활〔노동〕하는 민중의 쪽에 서서 민중을 대상으로 한다는 것은 역사의 진보를 믿는 쪽에 선다는 것을 동시에 의미하고 있다"(101면)는 지적은 민중문학론에 대해 냉소적인 온갖 복잡다기한 문학이론들의 공통된 결함을 쉽사리 알게 해주며, '감상적인 일상성'을 규정한 대목에서도 '일상성'의 강조가 "민중문학이 특수한 비정상적인 것의 추구가 아니라 생활, 그것도 남과 같이 한 사회의 재생산기구 속에서 정상적으로 생활하는 인간의 생활에서 표출되는 것을 추구해야 한다"(102면)는 뜻이라는 풀이는 소수층 위주의 난해문학에 대한 비판일 뿐 아니라 민중문학 자체에서도 일부 도시빈민층의 이색적인 직종이나 생활양식보다 어디까지나 다수 근로대중의 삶이 주된 관심사여야 한다는 점을 부각시킨다. 또한 참여문학론에서 사회의식·역사의식을 강조하는 것이 흔히 단순한 도덕적 요구로 생각되기 쉬운 데 반해, "주어진 사회적 상황에서 발현되는 삶의 고뇌와 인간적 요구를 민중문학이 추구한다는 것은 사회적 상황에 대한 인식을 강조하지 않을 수 없게 한다. 사회적 상황은 역사적으로는 기본적으로 경제적 사회구성체에 따라 달라지고, 단기적으로는 한 사회의 경제적 현실에 따라 규정되는 사회적 현실에 따라 달라진다"(101면)는 논리적 정리가 이루어지는 것이다.

끝으로 「문학과 경제」에 대한 직접적인 논평의 범위를 넘어 한마디 부언하자면, 민중의 실체 및 민중소외의 논리와 실상에 대한 논의는 사회구성의 비민중 부분에 대해서도 민중적 시각에서의 철저한 분석이 따름으로써만 민중소외의 극복이라는 그 본래의 뜻을 제대로 이룰 수 있으리라 생각된다. 이는 특히 '민중문학'을 표방하는 지식인들이 흔히 민중생활의 참상을 그리는 것으로 자족하는 현상과 관련하여 제언하고 싶은 점이다. 이러한 문학도 물론 그 나름의 가치가 있고 중산층의 양심을 일깨우는 충격효과도 크지만, 대다수 민중들에게는 곧잘 외면당하는 실정이다.

그런데 이것이 단지 민중의 의식화가 덜 되어서라고 보는 것은 지식인 쪽의 독단이다. 자신들이 못산다는 사실에 대해서는 별도로 의식화될 필요가 없는 것이 민중의 처지이기에, 그들이 듣고 싶은 것은 이 참상을 넘어서는 처방이며 그들이 보고 싶은 것은 이미 너무나 잘 아는 그들 자신의 못사는 꼴보다 그들을 이 지경으로 만드는 자들의 얼굴인 것이다. 남미의 민중영화운동 그룹인 '우까마우(Ukamau) 집단'에서는 "민중이 알고 싶어하는 것은 원인이지 결과가 아니다"라는 명제로 이 점을 표현했는데, 우리의 민중문학이 민중을 대상으로 삼으면서 소외의 극복을 지향하는 민중 자신의 의지를 담는다고 할 때 반민중적 세력의 정체 또한 생동하는 모습으로 그려져야 할 것이다. 이것이 민중이 읽어 도움이 되는 문학으로서 걸어야 할 큰길임은 물론, 도대체 민중에게 읽히는 문학으로서의 첫 발걸음이 될 것이다.

뒷말

이제까지 1983년의 무크운동을 몇가지 비평적 쟁점을 중심으로 살펴보았다. 83년 간행의 무크 중에서도 많은 것이 도외시되거나 소홀히 다루어졌음은 물론, 비교적 길게 언급한 경우에도 시·소설·희곡 등 작품들에 대한 구체적 비평은 거의 하지 못했다. 특히 많은 사람들이 말하는 80년대 초 시단의 활기에는 무크운동의 공헌이 지대하였고 『시인』 1집 같은 무크는 짜임새 있는 편집으로 시전문지의 한 표본을 보여주었는데도 그런 이야기는 생략되었다. 글의 초점을 처음부터 작품의 평가보다 이론적 논의에 두었기 때문이다.

중요한 쟁점 가운데서도 거론하지 못한 것은 많다. 그중에서도 특히 다루었으면 했던 것은『실천문학』제3권의 김지하 수상연설「창조적 통일을 위하여」가 제창한 민족적이면서 제3세계적인 새로운 사상의 가능성, 그리고 역시 지하의 연설과 무관하지 않지만 필자 스스로도「민족문학의 새로운 고비를 맞아」에서 잠시 언급했으며 많은 사람들이 각각의 관심을 표명한 '화해'의 문제 들이었다. 그러나 할당된 지면도 넘기고 마감날도 많이 넘긴데다가, 전자의 경우는 그것이 꼭 1983년의 무크지에 나온 게 아니어서라기보다, 아무래도『대설(大説) 남(南)』중에서 이제까지 씌어진 책들이라도 간행·배포되기를 일단 기다려서 좀더 본격적인 논의를 하는 것이 옳겠다는 생각이었다. 화해의 문제 역시, 이제 와서 재론한다면 훨씬 제대로 된 논의가 이루어져야 마땅하다. 하기야 요즘 우리 사회나 문단의 실정으로는 "진실의 바탕 위에서만 참된 화해와 화합이 가능하다"(『한국문학의 현단계 2』45면; 〈본서 127면〉)는 뻔한 소리를 몇번쯤 되풀이해도 무방하리라는 느낌이 안 드는 건 아니고, 송기원의 단편「다시 월문리에서」(『실천문학』제4권) 하나만 갖고도 어지러운 세상에서 진정한 화해가 얼마나 힘든 것이며 그것이 이루어질 때는 행동에의 의지와 어떻게 필연적으로 일치하게 마련인지를 한참 이야기할 수 있을 듯하다. 하지만 아무래도 여기서 멎는 것이 상책이겠다.

—『한국문학의 현단계 3』, 창작과비평사 1984

덧글(1985)

1984년에도 수많은 무크가 줄지어 나왔다. 새로 창간된 것, 속간호를 낸 것들을 합치면 그 수효는 아마 83년의 실적을 앞지르리라 짐작된다. 그런 의미에서 무크 바람은 84년에도 계속되었고 이 덧글을 쓰는 85년 1월의 시점에서도 멈출 기세가 아니다.

하지만 '무크운동'이라는 차원으로 보면 그 중심적 성격은 84년 한해 동안에 이미 훨씬 덜해지지 않았는가 한다. 여기에는 무크들 자체의 중복된 기획이나 현실적 제약으로 부닥친 어려움도 있지만, 더 근본적으로는 무크운동이 하루빨리 문화운동의 중심 역할을 벗는 것이 오히려 성공하는 길이라는 그 자체의 역설적 논리가 관철되고 있는 것이라 본다. 곧 무크운동의 공헌을 통해 잡지형 단행본들은 그 기능을 좀더 유능하게 떠맡은 여러 종류의 새로운 매체들과 힘겨운 경쟁을 하게 된 것이다. 한가지 예로, 『민중문화』(민중문화운동협의회) 『민주노동』(노동자복지협의회) 『민주화의 길』(민주화운동청년연합) 『민중의 소리』(민중·민주운동협의회) 등 이른바 운동권의 여러 간행물들과, 성격은 좀 다르지만 『공해연구』(한국공해문제연구소) 『민요연구회보』(민요연구회) 같은 월간 회보들은 적어도 기동성과 부분적으로 전투성이라는 면에서도 무크들을 쉽사리 앞지르게 되었다. 다른 한편 1984년에는 『오늘의 책』『외국문학』『예술과 비평』 등의 계간지들이 새로 나왔고, 기존의 종합 월간지들도 비록 상업주의와 센세이셔널리즘에 주로 움직였다 하더라도 무크지가 개발한 필진과 소재를 상당량 수용하기에 이르렀다. 여기에 『실천문학』의 정기간행물화가 실현된다면 이는 종전 무크운동의 한계를 깨는 뜻깊은 돌파구가 될 것이다.

어떤 경우에든 더 훌륭한 잡지형 단행본들이 더 많이 나와야 한다는 당위는 그대로 남는다. 그 민중적 내지 민중지향적 성격은 더욱 강화되어야 할 것이며, 무크운동 자체의 내실을 위해 각 무크지의 개성이 좀더 부각되면서 상호연계가 이루어지는 창조적 협동이 필요하리라 본다. 민중지향성이라는 면에서는 그전에도 이미 감지되던 대세를 1984년의 흐름이 더욱 굳혀놓았음이 분명하다. 물론 이것은 민중역량의 전반적 성장이라는 바람직한 현상의 일환인 동시에, 민중지향성이 약한 문화인일수록 기성의 대량매체에 쉽사리 동원되어 무크운동의 현장에 연연할 필요가 없다는 세태와도 무관한 일은 아니다. 어쨌든 『현장』(돌베개) 『노동』(지양사) 『현실과 전망』(풀빛) 등 현장지향적 성격이 두드러진 새 부정기간행물의 출범이나 『실천문학』 제5권, 『공동체문화』 제2집 등 기존 무크지들의 속간, 그리고 지방 무크운동의 확산과 『삶의 문학』 6집에서 보는 바와 같은 견실한 성장, 이런 것 말고도 운동의 대세를 말해주는 증거는 곳곳에서 눈에 뜨인다. 남은 문제는 무크지 상호간의, 그리고 다른 매체 및 운동 분야들과의 그야말로 창조적인 협동을 어떻게 실현해나가는가다. 이는 물론 무크운동에 한정된 일만은 아니며 우리의 통일운동·민주화운동 전반에 걸쳐 그 역량을 시험하는 중대한 문제의 한 국면일 터이다.

80년대도 하반으로 접어든 이제 무크 바람을 포용한 우리 민족문화운동의 열기는 80년대 초의 적막과는 좋은 대조를 이룬다. 당시의 일시적 침체로써 80년대 전체를 특징지으려던 태도도 부질없는 패배주의였음이 분명해졌거니와 그것이 적막이 아니라고 강변하던 음성들도 어지간히 쑥스럽게 되어버렸다. 아니, 우리 현대사에서 10년대의 바뀜이 곧잘 큰 사건을 동반하곤 했다는 사실에만 집착하여 70년대 초와 80년대 초를 너무 평면적으로 비교하는 태도 자체를 반성할 필요가 있겠다. 1970년에 문단 안팎으로 큰 사건이 많았고 1980년 또한 그러했지만, 그 내용을 살펴보면 비슷하기보다 대조적인 면이 많다. 1970년은 한일협정과 베트남파병으로 장기집권의 토대를 마련한 공화당정권이 60년대 말에 일련의 폭압조치로 정국을 잔뜩 위축시켰다가 선거라는 절차를 앞두고 억누르기를 어쩔 수 없이 잠깐 늦추면서 민중의 폭발하는 불만을 주체 못 해 허둥대던 시기였다. 여기서 72년의 남북공동성명이 불가피해졌고, 그해 10월 유신 선포를 통해 제3공화국의 붕괴로 이어졌던 것이다. 그러므로 — 역사상의 다른 시기들을 비교하는 일은 항상 무리를 동반하지만 — 1980년대 초 상황의 닮은꼴을 굳이 70년대에서 찾는다면 1973년 무렵이 오히려 제격이며, 1970년이나 71년에 견줌직한 80년대의 시기는 오히려 80년대 중반의 현시점이라 할 것이다.

물론 이것이 7·4공동성명과 같은 남북 간의 극적 타개가 머지않아 반드시 있다거나 선거 뒤에 10월유신과 같은 변란이 또 온다는 소박한 아날로지를 성립시키지는 않는다. 그러나 양쪽의 가능성 모두가 우리 사회에서는 항상 염두에 놓고 살아야 할 일들이고, 80년대 중반은 또 70년대 종반과 엇비슷한 면도 없지 않다는 점에 비추어 그에 걸맞은 우리 나름의 채비 역시 필요할 것이다. 그러나 무엇보다 중요한 깨우침은, 우리에게 남겨진 80년대의 다섯해는 우리가 방금 살아낸 다섯해가 그러했듯이 70년대나 60년대 또는 그 어느 시대의 5년간과도 같을 수 없는 새로운 역사이며 우리 각자가 단 한번밖에 살지 않을 고유의 5년간이라는 평범한 진실을 확인하는 일이 아닐까 한다.

제2부

문학의 사회적 의미와 사회학적 연구[*]

1

　문학의 사회적 의미를 강조해온 사람의 하나로서, 한국사회학회가 문예사회학에 대한 공식적인 관심을 표명하고 일부 연구자들이 이에 대한 학술발표를 하게까지 된 것을 우선 반가운 일이라 하지 않을 수 없다. 그런데 필자 자신은 문학의 사회성을 거듭 이야기하는 가운데서도 정작 '문학사회학'이라는 명칭을 내세운 어떤 특별한 연구나 언급을 하지 않았었다. 필자가 사회학자가 아닌 것이 첫째 이유지만, '문학사회학'이라는 학문의 관심이 문단 일부에서 옹호하고자 했던 사회의식과 반드시 일치하

---

[*] 1979년 5월 26일 한국사회학회 춘계대회에서는 학회 역사상 처음으로 '문예사회학'을 주제로 한 분과토의가 있었다. 이 자리에서 강현두(康賢斗)·류재천(劉載天)·강신균(姜信杓) 세 교수의 주제발표가 있었고 필자를 포함한 몇 사람이 토론 참가자로 초빙되었다. 그때 필자가 했던 이야기에 약간 살을 붙여 『세계의 문학』 1979년 가을호에 발표했는데, 이를 다시 보완하고 손질한 것이 이 글이다.

느냐에 대한 확신이 없었던 때문이기도 하다.

4·19 이후로 문단에서 문학의 사회적 의미가 강조되어오는 가운데서, 세부적인 주장은 사람마다 다른 것이었지만 그 요지는 크게 두가지로 간추릴 수 있지 않을까 한다. 첫째, 문학을 한다고 해서 문학만 따로 떼어 생각하고 그중에서도 그렇게 따로 떼어 생각하기에 편리한 문학만을 볼 것이 아니라 우리의 삶 전체, 현실 전체를 보고 생각하자는 입장이다. 말하자면 전체적인 파악을 위해 '사회성'을 강조한 것이다. 둘째로, 그것은 단순히 알고 생각하는 데에 머물지 않는 실천적인 관심의 표현이었다. 어차피 사회적일 수밖에 없는 삶에 충실하게 행동하고 생활하자는 것이며, 이는 곧 생활하는 다수 민중의 기본적인 욕구의 실현에 충실하자는 것, 그리고 이런 기준에서 요구되는 문학을 하고 예술을 하고 학문을 하자는 것이었다.

일단 이런 기준에 서서 보면 문학도 필요한 문학이 있고 불필요한 문학이 있듯이 학문도 필요한 학문이 있고 불필요한 학문이 있게 마련이다. 그리고 민중의 욕구 실현을 위해서는 필요한 학문을 하는 일 못지않게 불필요한 학문을 안 하는 일이 중요해지는 것이다. 이것은 과학을 비과학적인 도식주의나 공리주의로 전락시키는 행위가 아니다. 쉬운 예를 든다면, 우리가 물리학을 하든 화학을 하든 또는 사회학을 하든 과학적으로 해야 함은 물론이지만, 한 사람이 가령 물리학과·화학과·사회학과 중 어느 과로 진학할지는 대부분의 경우 과학과 아무 상관없는 기준에서 결정된다. 즉 개인의 주관적 취향이라든가 부모의 공리적 타산이라든가 아니면 그만도 못한 우연에 의해 결정되기가 십상이다. 그런데 전공의 선택 하나라도 이렇게 주관적·우연적 요인에 맡길 일이 아니라 생활하는 민중의 객관적인 요구를 기준으로 각자 최선의 진로를 선택하도록 하자고 말한다면, 그것은 과학의 부정이기는커녕 생활 자체의 좀더 과학적인 운영을 위한 진전이 될 것이 분명하다. 바로 이와 같은 근거에 의해 우리는, 뚜렷한 실천적 관심에서 문학의 사회적 의미를 강조해온 사람들의 입장이 그러한 관심 없이 '문예과학' 또는 다른 어떤 인접 과학의 이론을 동원해온 입장보다 훨씬 과학적이라고 믿는 것이다.

2

그렇다면 '문예사회학' 또는 '문학사회학'의 경우도 그것이 훈련된 사회학자들에 의해 추구된다고 해서 곧 진정으로 과학다운 과학, 민중의 기본적 욕구의 실현에 필요한 학문이 된다는 보장이 없을 것이다. 오히려 불필요한 지식과 이론들의 범람에 시달려온 문단의 현장에서 볼 때는 일종의 피해의식을 미리부터 느낄 수도 있다. 사회학이 문학을 연구대상으로 삼음으로써 문학의 사회성을 공인해주는 것은 좋으나, '순수문학'을 한다는 사람들이 삶에 대한 전체적인 파악을 외면하고 문학인의 실천적 관심을 거부하는 것과 똑같은 태도로 '순수하게' 사회학자가 '문학의 사회성'을 연구하기로 한다면 이야말로 병 주고 약 주는 꼴과 다를 것이 없지 않은가. 아니, 문학 논의만으로써는 더이상 민중의 정당한 요구를 봉쇄하기 어렵게 되니까 이제는 사회과학까지 동원해서 쟁점을 흐려놓는 꼴이 아닌가라는 의혹마저 품어볼 수 있는 것이다.

그러나 한국사회학회가 문예사회학을 거론하게 된 것은 일단 환영하고 볼 일이라 믿는다. 문학의 사회적 의미를 인식한다는 원칙의 차원에서도 그렇고, 또 여하튼 한국인의 실생활에 대해 학계가 좀더 직접적인 관심을 갖게 되는 하나의 계기라는 점에서도 그렇다. 그리고 이러한 관심이 구체화되는 과정에서 일부 문인들이 강조해온 전체적인 파악과 민중적 실천에 가까워지는 방향으로의 진전이 있기를 희구해보는 것이다.

그러한 진전이 있자면 한국의 사회학과로서는 상당한 수고를 들여야 하리라고 본다. 종전에 취급하던 온갖 분야에 단순히 문학 또는 예술을 하나 덧붙이는 정도의 손쉬운 작업은 아니라는 것이다. 기존 사회학계의 영토나 확장하고 문인들이 해놓은 일까지 사회학 논문 생산의 원자재로 포용하는 데 그친다면 사회학자의 입장에서는 어떨지 몰라도 문인으로서는 그다지 고마울 게 없고, 민중의 입장에서도 별로 덕 볼 것이 없지 않을까 생각된다. 한국의 사회학자가 한국문학의 사회학을 연구한다는 것은 곧 한국의 민중생활에 대한 한국문학의 정당한 증언과 참여에 연대하는 행위가 되어야 하며, 그 과정에서 사회학의 새로운 발견이 이루어짐은 물론 문학작품 자체의 이해에도 문학사회학만이 해내는 남다른 기여가 있어야 할 것이다.

예컨대 신문소설의 사회학적 분석이라는 비교적 단순한 과제를 생각해보자. 문학사회학을 흔히 작가의 사회학, 독자의 사회학, 작품의 사회학으로 나누기도 하는데, 그중에서도 다른 여러 직업과 사회활동에 대한 실증적 연구와 차원을 좀 달리하게 되는 것은 역시 '작품의 사회학'이요, 이러한 차원을 존중하면서 작가와 독자에 대한 연구를 포괄할 때 온전한 문학사회학이 된다고 말할 수 있겠다. 그런데 신문소설의 경우는 한 연구자가 이미 지적했듯이 대다수 작품들의 '대중적 사실주의'로 인하여 작품이해의 문제가 특별한 어려움을 제기하지 않고 손쉽게 실증적 분석의 재료로 쓰일 수 있다(당일 류재천의 발표 참조). 하지만 여기서도 작품의 사회학에 기초하지 않은 실증적 분석은 무의미한 결론을 내놓을 위험이 크다. 대다수 신문소설의 '대중적 사실주의'라는 것도 어디까지나 문학적 형식의 하나이며 문학사에서 보면 자연주의 문학의 타락한 한 형태이다. 따라서 문학사회학자는 발자끄의 사실주의가 졸라의 자연주의로 오면서 이미 어떤 상실이 있었고 그것이 다시 현대 대중소설의 이빨 빠진 자연주의로 변하면서 어떤 사회적 의미가 처음부터 배제되게 되었는가에 대한 인식이 당연히 있어야 할 것이다. 그뿐 아니라, 특히 오늘의 한국 사회학자로서는 '대중적 사실주의'가 능히 표출할 수 있는 내용 중에서도 어떤 것이, 왜 표출되지 못했는가에 대한 분석이 반드시 따라야 한다. 예컨대 오늘날 청소년의 행태와 가치관을 신문소설을 통해 검증한다고 할 때, 현대 한국의 많은 청소년·대학생들의 행태 중 어떤 것들은 신문소설의 '대중적 사실주의' 형식으로써 얼마든지 표출시킬 수 있고 대중독자들의 관심도 끌 수 있는 것인데도 다른 외부적 요인들에 의해 거의 표출될 수 없게끔 예정되어 있다는 사실에 유의해야 옳다. 그러지 않고 '대중적 사실주의' 작품에 표출된 행태가 이러이러하니 현실이 크게 다르지야 않으리라고 말한다면 무책임한 언론과 일부 작가들에게 학문의 권위를 빌려주는 것밖에 안 되며, '현실'은 모르겠고 다만 표출된 결과가 이러이러하다는 것뿐이라고 발뺌한다면 그것은 책임 있는 학자의 성실성이라기보다는 일개 소시민의 경위 바름에 지나지 않는 것이다. 가장 손쉬운 듯한 신문소설의 분석에도 한국의 사회학자가 자신의 전부를 지불하지 않고서 민중이 바라는 학자가 되기는 이미 어려워져 있다.

3

한국의 문학사회학자가 엄청난 수고를 하지 않을 수 없으리라고 말하는 데는 또다른 이유도 있다. 문학사회학의 연조가 우리보다 훨씬 깊은 서구 학계에서도 정작 문학사회학을 표방하고 나온 학자들로부터는 배울 것이 극히 제한되어 있다고 느껴지는 것이다. 스스로 문예사회학자로 설정하지 않은 평론가·철학자·역사가·사회사상가들에게서 오히려 정말 귀중한 문학사회학적 통찰과 분석을 얻는 반면, 이를 하나의 별개 학문으로서 정립하려는 이제까지의 시도는 아직껏 큰 성공을 못 거둔 것 같다. 이것이 필자 자신이 문학사회학 자체에 비교적 냉담했던 또 하나의 이유이기도 하다.

예컨대 소설사회학 분야에서 ― 그리하여 문예사회학 전반에 걸쳐 ― 획기적인 업적이라 평가되는 뤼시앵 골드만(Lucien Goldmann)의 경우가 그렇다. 필자는 프랑스의 '신비평'에는 문외한이나 다를 바 없고 골드만에 관해서도 그의 단행본 저서로는 읽은 것이 『소설사회학을 위하여』 (*Pour une sociologie du roman*, 1964) 한권뿐이다. 따라서 여기서는 골드만의 업적에 대한 평가를 제대로 한다기보다 한국의 문예사회학자 ― 및 문학의 사회적 의미에 대한 과학적 인식을 추구하는 문학도들 ― 의 좀더 본격적인 연구에 참고가 될 정도의 한두마디 소견을 밝히고자 한다.

골드만의 문예사회학은 종래의 허다한 실증주의적 연구와는 달리 작가나 작품 주변의 사실보다 작품 자체의 구조에 초점을 두는 '작품의 사회학'이 주가 되며, 그러면서도 다른 구조주의 비평과는 달리 그러한 작품구조의 역사적 생성과정을 중시하는 것을 특징으로 삼고 있다. 그러면 이러한 '구조발생론적'(내지는 발생론적 구조주의) 소설분석과 예컨대 맑스주의자들에 의한 작품구조의 사회학적 분석은 또 어떤 차이가 있는가? 이에 대해 골드만 자신은, 종전의 분석들이 한 작품 속에 직간접으로 반영된 어느 사회집단의 의식을 추적함으로써 작품과 사회의 단순한 '유추관계' 내지 '비례관계'(analogie)를 제시하는 것으로 그쳤는 데 반해, 자신의 소설사회학은 작품의 기본적인 구조와 그 작품을 낳은 사회의 구조 사이의 엄밀한 '상동관계'(相同關係, homologie)를 정립한다는 점을 내세운다. 이런 차이에서 오는 결정적인 장점의 하나는, 자본주의 사회의 발달과정에서 어느 집단의 '의식'이라고 분명히 일컬을 것이 존재하지 않게 된 현대에서도 작품의 구조에 대한 사회학적 설명이 가능해진다는 것이다.

그러나 문학연구에서 '상동관계'란 수학이나 자연과학에서와 같이 엄밀하게 적용될 수가 없고 그 자체가 일종의 비유 내지는 '아날로지'로 쓰일 수밖에 없지 않은가 한다. 예컨대 골드만은 "타락한 사회에서 타락한 방법으로 진정한 가치를 추구하는 이야기"라고 소설형식을 규정하면서 이러한 형식의 출현을 자본주의 사회의 성립과 이렇게 연결시킨다.

> 소설이라는 형식은 결국 시장을 위한 생산으로부터 발생된 개인주의 사회에서의 일상적인 삶이 문학적인 차원으로 옮겨진 것으로 보인다. (…) 소설이라는 문학형태와 시장사회에서 일반적으로 인간과 상품의 일상적 관계, 더 나아가서 인간과 다른 인간의 관계 사이에는 **빈틈없는 상동관계가** 존재한다.[1]

뒤이어 골드만은 시장경제의 확립으로 말미암아 원래 물건의 '사용가치'를 위주로 하던 자연스럽고 건강한 관계 대신에 물건의 '교환가치'가 지배하는 새로운 관계가 성립되었음을 설명하고 있다. 맑스의 분석을 원용한 이러한 해석이 자본주의 사회의 성격에 대한 일면의 진실을 담은 것이 틀림없고, 소설형식에 대한 정의 역시 근대소설의 어떤 중대한 측면을 꼬집은 것이 사실이다. 그러나 '빈틈없는 상동관계'와는 너무나 거리가 멀다. '사용가치'를 강조하는 것 자체도 골드만처럼 해서는 전근대적 인간관계의 '자연스럽고 건강함'에 향수를 느껴서 자본주의의 '비인간성'

---

1 골드만 「소설사회학을 위한 서론」(『소설사회학을 위하여』 제1장), 유종호 편 『문학예술과 사회상황』, 민음사 1979, 204~05면. 인용문의 번역은 영문판 *Towards a Sociology of the Novel* (Tavistock Publications)을 참조해서 필자가 약간 손질했음. 강조는 원저자.

을 막연히 개탄하는 태도와 크게 다를 바 없다. 골드만의 방법이야말로 속류 맑스주의 비평에 못지않게 막연한 아날로지에 의존하는 것으로서, 자본주의 사회에 대한 다분히 도식화된 이해와 주어진 작품들에 대한 역시 도식화된 이해를 두고 둘 사이의 유추관계를 지적하면서 이것이 막연한 유추가 아니라 그 이상의 과학성을 띤 관계임을 힘주어 고집하고 있는 꼴이다.

결국 다른 유추적인 방법과 구별되는 점은 예의 집단의식이라든가 실천적 의지가 배제된 시대와 그 시대의 작품들에 대해서도 종전의 작품에 대해서와 다름없는 사회학적 설명을 가능케 해준다는 것뿐이다. 현대사회의 물신숭배와 사물화(事物化)가 깊어짐에 따라 소설형식도 카프카(F. Kafka)와 까뮈(A. Camus)를 거쳐 최근의 '누보로망'에 오면서 작품 속에서 인간의 모습이 거의 사라지게 된 "상동관계를 이룩하는 역사"(같은 책 206면)를 발견함으로써, 물신숭배의 확대로 역사변혁의 의지를 대변하는 집단이 없어졌다는 사실에 구애받지 않는다는 것이다. 그러나 이것이야말로 장점이기는커녕 골드만의 '구조발생론적' 방법이 다른 구조주의 비평들과 공유하는 치명적인 문제점이 아닐까 싶다.[2] 사회가 그처럼 비인간화되었다는데도 골드만은 새 역사를 창조하려는 집단의식이 없다는 사실을 하나의 사회적 결함이자 문학적 결함으로 인식하는 대신, 새로운 '구조'의 정확한 '상동관계'로 설명 아닌 설명을 해주는 데에 비평과 학문의 역할을 한정하고 있는 것이다.

---

2 롤랑 바르뜨(Roland Barthes) 등의 구조주의 비평에 대한 필자 나름의 비판은 졸저 『민족문학과 세계문학 1』에 실린 「역사적 인간과 시적 인간」 참조.

4

골드만의 소설사회학이 루카치(G. Lukács)의 『소설의 이론』(*Die Theorie des Romans*, 1920)과 르네 지라르(René Girard)의 『낭만적 허위와 소설적 진실』(*Mensonge romantique et vérité romanesque*, 1961) 두 책에서 큰 영향을 입었음은 그 자신이 처음부터 명백히 하고 있는 사실이다. 여기서 논의를 루카치와 지라르에게까지 본격적으로 확대할 여유도 능력도 없지만, 이들에게 공통된 특징으로 지적할 수 있는 것은 소설이 '타락한 세계', 곧 '진정한 가치'가 구현되어 있지 않은 세계를 다루는 문학이며, 이런 세계에서 작가가 추구하는 진정한 가치는 기존 세계와 갈등하는 '문제아적 주인공'(루카치)을 아이러니컬하게 제시한다거나 하는 등의 '간접화된'(지라르) 방법으로만 형상화된다는 주장이다.

소설작품 전체에 구현된 작가의 뜻이 어느 특정 인물이나 특정한 대목에서의 작가 자신의 발언과도 다른 차원의 것임은 문학이해의 대원칙에 해당하는 진실이며, 자본주의의 진전과 더불어 작가의 그러한 작업이 한결 복잡해졌다는 것 역시 중요한 통찰임에 틀림없다. 반면에 타락한 세계를 극복하려는 노력은 작중의 문제아적 인물이라든가 소설가 자신 등 개인의 차원에서만 (부분적으로나마) 가능한 것처럼 애초부터 생각하는 것은 역사에 대한 그 무렵 루카치의 입장이 어떤 것이었는가를 암시해준다. 더욱이 『돈 끼호떼』나 『적(赤)과 흑(黑)』 끝머리에서의 주인공의 회심(回心)을 타락한 세계에서 벗어나 진정한 가치에 이르는 '수직적 초월'로 해석하는 지라르의 관념적이고 신비주의적인 입장은 골드만도 비판하고 있는 터이다(앞의 책 201~02면 참조). 그러나 골드만 자신도 초기 루카치의 주관주의적 측면을 더욱 발전시켜놓았기는 마찬가지인 셈이다.

알다시피 루카치 자신은 『소설의 이론』 단행본 초판이 나온 지 42년 뒤,

글이 씌어지고부터는 47년 뒤에 처음으로 책의 재판 간행을 허락하면서 초기의 입장에 대한 자기비판을 담은 머리말을 새로 실은 바 있다. 여기서 그는 『소설의 이론』을 한마디로 19세기 말 20세기 초 독일의 이른바 정신과학(Geisteswissenschaft) 계통의 전형적인 산물로 규정하면서, 딜타이(W. Dilthey, 1833~1911) 등의 정신과학이 실증주의의 극복을 내세웠지만 사실상 실증주의와 얼마나 흡사한 것이었고 루카치 개인으로서는 막연한 공상주의에 얼마나 의존하고 있었던가를 반성하고 있다. 다른 한편 그는 정신과학 계열의 대다수 사람들과는 달리 자신은 이미 칸트의 영향을 벗어나 헤겔적인 해결책을 찾고 있었으며 더구나 그 기본방향은 보수적이 아니고 전진적인 것으로서 『소설의 이론』 자체가 단순히 새로운 문학 형식의 모색이 아니라 하나의 '새로운 세계'에 대한 강렬한 기대도 담고 있었음에 긍지를 표시하기도 한다. 그리하여 『소설의 이론』이 지닌 과도기적 성격을 그는 '진보적인 윤리'와 '보수적 인식론·존재론'의 결합으로 특징지으면서, 후일에 더욱 많아진 그러한 불완전한 종합의 본보기로서는 독일 최초의 책이었다고 덧붙이고 있다.

후기 루카치의 이러한 자기비판이 초기의 입장보다 반드시 더 정당하다고 미리부터 못박을 일은 아니다. 그러나 1962년의 머리말이 씌어지기까지 반세기 가까운 동안 평론가 및 사상가로서 루카치가 쌓은 업적의 권위도 쉽사리 무시할 수는 없는 터인데, 그럼에도 골드만을 포함한 현대 서구의 여러 문예이론가들이 유독 『소설의 이론』에 집착하는 것은 이들이야말로 독일적 '정신과학' 전통의 충실한 계승자이기 때문이 아닌가 의심해보게 된다. 딜타이 같은 철학자가 종전의 자연과학적·실증주의적 방법이 인식작용에서 '의지'의 요소를 무시함으로써 인간의 의식적·의지적 활동을 주요 대상으로 삼는 역사학이나 기타 인문·사회과학 분야에 그대로 통용되기 어려움을 올바로 지적했지만, 그의 정신과학적 대안이 실증주의를 뿌리부터 넘어서지도 못하고 오히려 실증주의 이전의 주관주의를 은연중에 되살리기에 이르렀던 것은, 결국 '인간 의지'의 중요성을 이론으로만 강조하고 기껏해야 개인의 차원에서 실천과 결부시켰지 대다수 민중에게 타당성을 지니는 역사적 실천을 통해 인간의 인식과 행동이 일시에 새로운 차원의 과학성을 획득하는 길을 찾지 못했기 때문이다. 헤겔의 변증법에 등을 돌린 철학자들에게는 그러한 길을 사유할 지평이 닫혀 있었기도 하려니와, 당시 지식인들의 성향은 그런 길을 찾으려는 정치적 의지도 결하고 있었던 것이다. 『소설의 이론』에 해당됐고 오늘날 싸르트르(J. P. Sartre)에 적중한다고 루카치가 말하는 '진보적 윤리와 보수적 인식론의 결합'이라는 표현조차 들어맞지 않는다는 점에서도 구조주의자를 포함한 20세기 서구의 수많은 인문·사회과학자들은 '정신과학'의 추종자에 다름 아니라 일컬음직하다. 온갖 새로움의 주장에도 불구하고 실제로 골드만과 (예컨대) 롤랑 바르뜨 모두가 크게 보면 카이저 시대 무기력한 시민계급의 주관주의와 실증주의를 가지런히 답습하고 있는 것이다.

그렇지 않다면 서구 사회의 민중이 진정한 역사창조를 위한 집단의식을 상실하고 물신숭배 사회에 완전히 동화되었다고 단정하기 전에 그러한 '실증적 사실'이 제국주의와 인종주의의 만연에 따른 잠정적 현상인지 아닌지에 대한 역사적인 고찰이 마땅히 있어야 할 것이며, 설혹 일시적이랄 수만은 없는 현상으로 판단되는 경우라도 역사변혁을 위한 새로운 의식과 실천이 서구 바깥의 세계, 예컨대 제3세계의 민중 속에서 움트고 있지는 않은지, 그리고 그러한 가능성 앞에서 서구의 지식인으로서 해내야 할 인식과 실천의 자기혁신은 어떤 것일지에 대한 진지한 탐구가 따랐어야 할 것이다. 그런데 골드만의 '구조적' 분석은 사실상 서구 역사의 표면화된 현상에 대한 도식에 머물면서 "그뿐 아니라 문화적 창조는, 비록 사물화된 사회에 의해 점점 더 위협을 받으면서도, 줄곧 번창해왔다. 현대시와 현대회화도 아마 그렇겠지만, 소설문학은 비록 특정한 사회집단의 의식 — 심지어 그 잠재적 의식 — 과도 결부시킬 수 없지만 문화창조의 진정한 형태들인 것이다"(앞의 책 209면)라고 현대예술을 변호하고 있다. 그리하여 앙드레 말로(André Malraux)의 수많은 작품들은 물론이요 로브그리예(A. Robbe-Grillet)의 '신소설'들도 각기 그 시대의 심화되어가는 '사물화' 내지 비인간화를 자기 나름으로 반영했다는 것만으로써 위대한 문학으로 인정받는다. 결국 역사 속에서 비인간화의 진전은 아무도 돌이킬 수 없는 일이고 그런 가운데서도 '위대한' 문학은 계속 나오고 있다는 것이니, 현실질서에 안주하는 문학평론가와 문학사회학자에게는 거의 불편이 없는 세계라 해도 과언이 아닌 셈이다.

5

골드만과 기타 서구 문학사회학자들에게서 배울 점이 없다는 뜻이 아니라 우리의 연구를 위한 지침을 얻어오기에는 먼저 그쪽 형편부터가 너무나 미비함을 강조하려는 뜻에서 골드만의 소설사회학에 대한 필자 나름의 비판을 대충 제시해보았다. 결국 생활하는 민중의 욕구 실현에 충실하고자 하는 실천적 관심이 결여된 만큼의 허위의식과 불필요한 이론 전개가 골드만에게서든 누구에게서든 드러나게 마련이 아닌가 한다.

정당한 실천적 관심을 갖는 것이 진정한 과학성에 차라리 가까워지는 길임을 앞서도 지적했다. 사실 사회학계뿐 아니라 사회과학의 다른 분야에서도 많은 사람들이 실천적 관심을 배제하면 할수록 엄밀한 과학성에 접근한다고 생각하는 경향이 많다. 이에 대해 일부에서는 어차피 사회과학에서 자연과학 같은 엄밀성을 기대할 수 없으니까 — 또는 자연과학 자체도 옛날에 생각하던 것처럼 엄밀한 것만은 아니니까 — 솔직하게 주관적 가치관을 투입하는 게 낫다는 반론도 들린다. 그러나 이런 식의 '솔직한 주관주의'에 필자로서는 공감하기 어렵다. 인간이 해내는 과학적 탐구, 특히 사회과학적 탐구의 정확성에 한계가 있는 것은 당연한 일이지만, 민중적 실천이야말로 사회과학의 과학성을 높이는 바른 길이라는 애초의 주장을 고집하고 싶은 것이다.

실제로 과학적인 탐구에서 주체적 실천을 배제하는 입장은 자연과학에 대해서조차도 큰 착각을 저지르고 있다. 과학의 발전이 '실험'을 떠나서 생각할 수 없음은 누구나 아는 일이다. 그런데 실험이란 책상머리에 앉아서 눈에 띄는 아무 사실이나 기록하는 것이 아니고 실험자가 일정한 가설에 입각해서 능동적으로 준비한 일련의 현상들을 검증하는 작업이다. 그 결과의 인식에서 개인의 주관을 배제한다는 것이지 실험 자체는 철저한 계획과 때로는 엄청난 비용을 요구하는 주체적인 실천인 것이다. 그렇다면 사회과학의 연구는 사회적인 실험 없이는 불가능하고 그것도 사회 전체의 운명을 건 실험을 통해서만 과학으로서의 제값을 드러낼 수 있을 것이 아닌가. 그런데 짐승도 아닌 인간을 상대로 하고 더구나 한 사회 전원을 상대로 하는 실험이라면 그 구성원 절대다수의 기본적인 욕구를 실현하는 방향으로의 실험 말고 그 어떤 것이 가능할 것이며 또 정당화될 수 있을 것인가. 바로 그렇기 때문에 사회과학이 제대로 발달하는 유일한 길은 민중의 기본적인 욕구 실현을 존중하는 길이라는 것이다.

말을 바꾸면 민중에게 불필요한 학문은 곧 스스로의 과학성을 제한하고 궁극적으로는 과학성을 부정하는 학문이라는 이야기가 된다. 그리고 민중생활의 역사적 진전이 가로막힌 시대에 온갖 사이비 학문, 사이비 과학이 범람하는 것도 당연한 일이다. 그러므로 우리가 한국의 문학사회학자에게 '문학사회학' 또는 '사회학' 일반에 대한 이 시대의 고정관념에 안주하기보다는 차라리 문학사회학에 다소 무지한 일부 문인들의 실천적 관심에 연대해달라고 부탁하는 것도, 사회학자들의 덕을 보려면 좀 제대로 보고 싶다는 우리 자신의 소박한 바람에서만이 아니고 그것이 곧 진정한 학문의 길이요 과학의 길이라는 믿음에 근거하고 있는 것이다.

—『문학과 정치』, 민음사 1980

영문학 연구에서의 주체성 문제

새 학기에 복직이 되면 6년 만에 다시 영문학 교수가 되는 셈이다. 단순히 영문학과를 나왔다는 것과는 달리, 대학에서 영문학을 강의한다고 하면 일단은 '영문학자'로 대접을 받는다. 그런데 이 나라에서 영국이나 미국의 문학을 연구하는 것이 하나의 '학문'으로 정립되어 있는지는 나로서 아직 풀지 못한 숙제의 하나이다.

이렇게 말하면 오해하는 분들도 많을 것이다. 남들이 열심히 공부하는 동안 한눈을 팔아온 것을 합리화하기 위해 한국의 영문학계 전부를 때려잡는 횡포로 보일 수도 있다. 나 자신이 영문학자로서 떳떳지 못하고 해서 다른 사람들까지 물고 들어갈 일은 아닌 것이다. 그러나 영문학을 두고 내가 여기서 제기하는 의문은 우리나라 기성 학계의 다른 분야, 기존 대학의 다른 학과에도 다소간에 해당되는 것이며, 그것은 인간 활동 모두가 그렇듯이 학문도 주체적 실천의 한 형태일 때 비로소 뜻있게 설수 있지 않겠느냐는 생각에 근거한 것이다.

그동안 대학과 대학의 영문학과라는 틀에서 떠나 살아오면서 학문에 대해 내 나름대로 얻어낸 결론이 있다면, 그것은 학문이란 원래가 하나요, '자연과학'과 '인문·사회과학', 영문학과 국문학 들의 구분은 일종의 방편에 불과하다는 것이다. 그리고 그 방편인즉 실천적인 필요에서 나온 방편이라는 것이다. 흔히 학문의 단일성을 '진리 탐구'라는 막연한 구호로 표현하기도 하고 '과학적 지식의 축적'이라는 좀더 한정된 의미로 해석하기도 한다. 그러나 내 생각에는 지식 자체는 진리의 다른 차원에 있고, 이 둘이 하나로 만나도록 만드는 것이 '학자'라는 인간이다. 즉 지식은 축적하는 것이요 진리는 깨치고 실천하는 것인바, 자신의 지식축적 행위가 곧 진리의 구현이 되도록 만드는 인간이 학자인 것이다. 그런 의미에서 모든 학문은 하나일뿐더러 '하나의 과학'이어야 한다.

바로 그렇기 때문에 이 하나의 과학은 역사 속에서 끊임없이 분화되고 또 재통합되는 과정을 겪게 마련이다. 인간의 실천이란 상황에 따라 제한받고 변화하는 까닭이다. 원래 철학의 한 분과이던 물리학이 17세기 서구에서 독립된 '자연과학'으로 대두한 것이 인류의 새로운 실천적 조건에 대응한 변화이듯이, 그전까지는 중국의 문학만 연구하던 한반도의 지식인들이 영국이나 프랑스, 러시아 등의 문학 연구를 학문의 일부로 인정하게 된 것도 우리의 입장에서는 우리 역사의 변화에 따른 학문의 새로운 분화현상이다. 동시에 이렇게 분화됨으로써 종전의 문학연구에서 흔히 배제되던 문학작품의 사회적·역사적 배경에 대한 관심이라든가 사대부들이 천시하던 소설류에 대한 새로운 인식이 이루어졌다면, 이것은 학문대상의 새로운 통합현상, 다시 말해서 이것 역시 실천적 조건의 변동에 따른 문학 내적 경계선의 변화인 셈이다. 그리고 이 '실천적 조건'이란 것을 한 차원 낮춰서 실제 지식축적 작업에서의 편의라는 뜻으로 이해하면, 예컨대 영문학과 불문학은 비슷한 역사적 필요에 대응하는 분야들이고 그 어느 한쪽만 알아서는 우리 역사의 대국적 요청에 제대로 부응할 수 없음에도 불구하고 각기 다른 전공 분야로 갈라지지 않을 수 없는 현실도 이해하게 된다. 영국의 미술과 프랑스의 미술을 함께 연구하는 경우와는 대조적으로, 문학의 경우에는 영국과 프랑스의 서로 다른 언어를 습득해야 하는 현실적인 어려움이 가로놓이기 때문이다.

어쨌든 한국에서의 영문학 연구는 우리 역사의 특정한 시점에서 그 특유의 상황에 따라 학문의 한 분야로 등장한 것이다. 물론 그 이전에 외국에서 영문학이 이미 버젓이 학문 행세를 하고 있었지만, 본고장인 영국에서도 역사의 과정에서 일정한 시기에 생겨난 것이지 태초부터 있었던 것은 아니다. 영국 사람들도 영국의 문학보다 고대 희랍이나 로마의 문학을 읽어야 학자로 인정받던 시기가 꽤 오래 지속됐었고, 영국 땅에 학문다운 학문이 도무지 없었던 시기는 더욱 길었던 것이며, 영문학이든 고대문학이든 문학의 연구가 도대체 학문일 수 있느냐는 논의는 근대에 와서 오히려 새삼스럽게 제기되고 있다. 그러므로 영국이나 미국 또는 다른 어떤 나라에 비해 한국에서 영문학 연구가 일천하다거나 양적으로 빈약하다는 사실만으로 그것이 '주체적 실천으로서의 과학'의 충실한 일부가 되기를 포기할 이유는 못 된다. 한국문학이나 한국사의 연구, 그것은 사회과학 또는 자연과학의 어떤 분야에 못지않게 민족과 인류를 위해 진정으로 뜻있는 실천의 일부가 되고 이 시대가 요구하는 학자적 실천의 일환이 되기를 지향해야 할 것이다.

원칙적으로 그렇다고 인정이 되더라도, 막상 영문학 연구에 부닥치고 보면 그 어려움은 한두가지가 아니다. 우선 — 편의상의 구분이지만 그대로 원용해서 — '자연과학'도 아니고 '사회과학'도 못 되는 '인문과학'의 일부로서 그 과학성 자체가 도무지 분명치가 않다. 말을 바꾸면 소위 선진국이라는 데서도 그 학문적 방법론에 관해 제대로 합의가 되어 있지 않다는 것이다. 물리학이나 화학의 경우는 아무리 '주체성' 운운하더라도 일단은 이미 정립된 수리적이고 실험적인 방법에 따라 배울 것을 배우는 것만이 주관주의와 구별되는 진정한 주체성 모색의 출발점이다. 하기는 자연과학에서도 그 출발이 간명하다뿐이지 주체성의 확립 자체가 어렵기는 매한가지인 것 같고, 사회과학에서는 출발점에서부터 벌써 의논이 분분한 것으로 안다. 그러나 사회과학보다 더욱 혼돈스러운 상태에 있는 것이 '인문과학'이다. 다만 방법론에 관한 견해 차이가 덜 시끄러운 것처럼 느껴지기도 하는 것은, 인문과학이 자연과학·사회과학과 더불어 하나의 학문을 이룬다는 생각 자체를 대다수 인문과학자들이 안 하고 있기 때문에 논쟁할 생각조차 않는 경우가 많아서일 뿐이다.

영문학의 또 하나 어려운 점은 한국인으로서 주체적인 학자는커녕 웬만한 학도 노릇을 하기 위해서도 너무나 많은 기초적인 작업이 소요된다는 것이다. 학문치고 힘 안 드는 분야가 있을까마는, 외국문학의 경우는 우선 그 나라의 말부터 배우고, 다음에 그 나라 사람들이 쓴 작품들을 읽고, 또 현실적으로는 그 나라 학자와 비평가들이 자기네 작품을 어떻게 읽었는지를 어느정도는 알아야 연구자로서의 기본조건을 갖추는 셈이다. 그렇지 않고서 '주체성'을 내세워보았자, 제대로 수학도 안 배우고 실험도 안 해본 자연과학도가 주체적인 과학을 하겠다는 것만큼이나 우스꽝스러운 꼴이 된다. 다만 자연과학의 경우와 한가지 다른 것은, 앞서 말한 대로 기본적인 방법론에 대한 합의가 없기 때문에 수고한 만큼의 성과를 못 올릴 확률이 훨씬 크다는 사실이다. 그러므로 이러한 모험과 노력 끝에 겨우겨우 연구자로서의 기초를 갖출 만큼 되면, '주체성' 어쩌고 하는 말들이 모두 우습거나 성가시게 들리기 십상이요, 설혹 그렇지 않더라도 주체적인 학자로 성장할 기력을 이미 탕진해버린 경우도 많다. 물론 이것 역시 영문학자만의 어려움은 아니고 불문학자나 독문학자, 또 서양사학자라든가 사회과학에서도 서양 쪽을 전공하는 연구자의 공통된 고민이다. 아니, 이 점에서는 적어도 불문학자나 독문학자, 노문학자 들에 비한다면 영문학자의 경우가 나은 셈이다. 일찍부터 영어교육을 받고 영어문화권과의 일상적인 접촉도 훨씬 많은 것이 우리의 실정이기 때문이다.

반면에 같은 서양문학이라도 영국의 문학을 연구하는 것이 주체적 학문의 자세에 더욱 불리한 면이 있지 않은가 하는 생각도 해본다. 영국문학의 특수성에 대해서는 10여년 전 「시민문학론」이라는 글을 쓰면서 영국역사의 특수성과 관련시켜 잠깐 언급했던 적도 있지만(『민족문학과 세계문학 1』 39~42면 참조), 영문학의 성격을 우리 자신의 입장에서 좀더 철저히 따져보는 일은 매우 중요하다고 믿는다.

본격적으로 그것을 규명하는 일은 여기서 사양할 수밖에 없지만, 우선 하나의 소박한 경험적 사실을 두고 생각해볼 수는 있겠다. 즉 영문학의 고전으로 제시되는 대다수 작품들은 우리 현실에서 주체적인 문학활동·문학연구의 필요성을 절실히 느끼는 많은 사람들에게 상당한 거리감을 준다는 것이다. 가령 오늘의 한국문학에서 흔히 논의되는 '민족문학'의 개념과 연관시켜 보더라도, 그런 뜻에서의 민족의식을 영문학에서 찾아보기란 거의 불가능한 일이 아닐까 한다. 물론 근대적인 민족으로서의 자의식을 갖기로는 아마 영국인들이 처음이었을 것이고, 16세기 말에 씌어진 셰익스피어의 사극들은 그 위대한 문학적 표현이었던 셈이다. 그러나 영국은 최초의 성공적인 민족국가였고 뒤이어 최초의 시민혁명을 이룩한 나라이자 최초의 제국주의 국가였다는 바로 그 이유 때문에, 자본주의의 확산과정에서 후진 지역에 속하는 운명을 한번도 맛보지 못했고 따라서 후진국 특유의 민족의식을 창출하지 못했다. 그 점에서 영문학은 독일문학이나 러시아문학, 동구 또는 스페인 등의 문학이 우리에게 줄 수 있는 친근감과 교훈을 주지 못한다. 다만 아일랜드의 문학이 영국에 대항하는 민족의식을 표출함으로써 우리의 민족문학 개념에 접근하고 있는데, 한국의 많은 영문학도들이 예이츠(W. B. Yeats)나 씽(J. M. Synge) 같은 작가들에게 남다른 공감을 느껴온 것도 무리가 아닌 것이다.

영국의 문학은 그렇다고 자본주의 사회의 이념이나 그 모순에 대한 인식을 가장 명료하고 보편타당한 형태로 제시하고 있는 문학도 못 된다. 그 이유로 흔히 영국적 지성의 실용주의적이고 비이론적인 성격이 들먹여지지만, 이것은 무슨 '민족성'의 문제라기보다 영국 자본주의 자체의 역사적 성격에서 비롯하는 문제라고 보아야 할 것이다. 최초의 시민혁명이 일어나고 역사상 처음으로 본격적인 자본주의 경제가 발전한 곳이 영국이지만, 이는 곧 영국의 근대사회는 적절한 이념적 모델의 도움이 없이 — 근대사회가 어떤 것인지를 알려주는 아무런 역사적 선례가 없는 상태에서 — 이룩되었고 사실상 불완전하게밖에 이룩되지 못했다는 사실로 이어진다. 17세기 영국혁명을 이끈 이념은 세속적인 합리주의가 아니라 청교도주의라는 영국 특유의 종교이념이었고, 그 혁명의 성과는 1688년의 '명예혁명'에서 구체제와의 타협을 통해서만 보전되었던 것이다.

영국의 선구적 경험에서 좀더 보편성을 띤 시민혁명의 이념을 도출하고 좀더 철저한 근대사회를 이룩한 것은 누구나 알다시피 프랑스였고, 위로부터의 혁명을 겪은 19세기의 독일 같은 나라도 여러 면에서 영국보다 근대화된 산업구조와 관료제도, 문화생활을 갖추게 되었다. 영국 자체도 일찍이 아일랜드를 식민지로 만들고 뒤이어 인도와 세계의 구석구석에까지 이르렀던 엄청나게 성공적인 제국 경영이 아니었더라면, 좀더 완벽한 근대화를 위한 또 하나의 혁명을 겪지 않을 수 없었을 것이다. 그러나 어쨌건 현실에서는 1688년에 이룩된 체제가 부분적인 수정만 거친 채오늘까지도 유지되고 있고, 따라서 문학에서도 자본주의 시대의 에픽〔大

敍事詩)을 읽으려면 발자끄를 찾아야지 필딩(Henry Fielding)이나 디킨즈(Charles Dickens)로써는 미흡한 것이다. 또 그러한 서사시적 차원에 미달하는 경우일지라도, 플로베르(G. Flaubert)나 졸라 같은 프랑스 작가가 서구 전반의 정신사와 사회사의 어느 단계를 집약하고 있는 것처럼 '편리한 텍스트'를 우리에게 제공해주는 동시대의 영국인들을 찾아보기가 힘들다. 디킨즈나 조지 엘리엇(George Eliot)이 그들보다 위대한 소설가라는 주장은 얼마든지 가능하지만, 어딘가 더 촌스러운 작가라는 인상 또한 숨길 수 없는 것이다.

영국문학이 자본주의에 대한 첨예한 인식도 없고 후진 민족 특유의 민족의식도 못 가졌다는 사실은 우리가 요즘 자주 거론하는 '민중'의 모습이 거의 보이지 않는다는 사실과도 통한다. 몇몇 낭만주의 시인들의 작품에서 잠깐 얼굴을 내비쳤던 영국의 민중은 19세기의 그 풍성한 소설문학에서도 대가들의 작품에서는 단역이나 배경 이상의 역할을 맡은 일이 거의 없다. 각계각층의 수많은 독자들과 함께 울고 웃었다는 점에서 이 시대 전유럽을 통해 대가급으로서는 가장 민중적인 작가였던 디킨즈의 소설에도 소시민층이나 소위 룸펜프롤레타리아트가 아닌 농민과 노동자들은 별로 등장하지 않으며, 노사문제를 다룬 그의 유일한 작품 『어려운 시절』(Hard Times)에서는 그들 '우매한 군중'에 대한 작가의 편견이 그의 현실감각에 손상을 입히고 있다. 일급의 재능으로써 노동계급의 생활을 그 내부로부터 그려낸 장편소설로는 20세기 초에 나온 로런스의 초기 작품 『아들과 연인』(Sons and Lovers)이 거의 유일한 보기가 아닐까 한다. '농민문학'이라 이름지을 만한 것이 적기로도 근대 영국의 문학은 세계문학에서 특기할 만하다.(이 점에서도 아일랜드의 문학은 물론 다르다.) 19세기의 소설문학에서는 하디(Thomas Hardy)의 작품들, 특히 『테스』(Tess of the d'Urbervilles)를 꼽을 수 있을 정도인데, 이것도 벌써 영국사의 중심에서

물러선 지 오래인 자유농민층(yeomanry)의 마지막 와해과정을 비관주의적 세계관의 테두리에 다분히 얽매인 채 제시한 것이요, 오늘날 제3세계 농민들의 참상이나 그들의 저항적 의지와는 너무나 거리가 멀다. 중소지주가 주도한 시민혁명의 본고장이자 세계적 제국의 본거지인 영국에서 도대체 그러한 농민현실을 경험할 길이 없었던 것이다.

영국문학의 이러한 특성들은 영국역사의 선진성 ─ 영국사회가 정치·경제·문화의 각 분야에서 남보다 앞질러 이룩한 성과 ─ 의 결과로 생겨난 것임에 틀림없다. 그러나 한국이나 제3세계 독자들의 실감으로부터 멀다는 특성 자체가 선진적이고 본받을 만한 것은 아니다. 오히려 과거의 선진적인 업적과 그것을 활용한 역사상 유례없는 식민지 경영의 열매를 즐겨오는 동안, 어느덧 범세계적이고 민중적인 체험으로부터 멀어졌다는 뜻으로 이해하는 것이 정확할 것이다.

1688년 이래 지속되어 본질적으로는 영국 노동당에 의해서도 계승된 영국 특유의 체제와 이념 ─ 대외적으로 지배주의와 대내적으로 보수적 자유주의 내지 관용적 진보주의를 견지하면서 영국의 역사를 하나의 빛나는 '성공담'으로 엮어온 그 체제와 이념 ─ 은 이제 세계사의 새로운 흐름에 적응하기 힘든 타성으로 굳어버렸다는 느낌을 줄 때가 많다. 식민지를 잃고 초강대국의 지위를 잃은 영국경제의 만성적인 위기는, 철저한 자본주의적 체질 개선을 겪은 바도 없고 그렇다고 사회주의와도 거리가 먼 영국적 '복지사회'의 파탄을 예고하고 있는 듯하다. 오랫동안 영국인들이 남의 일로만 알았던 인종분규나 테러리즘 사태가 이제 영국 심장부의 절박한 사회문제로 되었고, 드디어는 북부 아일랜드뿐만 아니라 스코틀랜드와 웨일즈의 민족주의가 부활하면서 영국의 국가체제 자체를 위협하는 대목에 이르렀다. 이러한 영국의 고민이 크게는 제국주의 덕분으로 제때에 자기변혁을 단행하지 않고 넘어갔던 모든 사회의 운명을 점쳐주는 또 하나의 '선구적' 경험이 될지 어떨지는 두고 보아야겠지만, 이러한 현실을 올바로 인식하지 못하는 영국의 작가나 지식인의 창조적 역량은 대수롭지 못한 것일 수밖에 없다. 실제로 오늘날 영국의 문학연구를 비롯한 문화활동의 큰 부분은 이처럼 수명이 다하다시피 된 영국적 체제와 이념을 지탱하기 위해, 한때 찬란했던 영국문화의 후광을 동원하는 일을 맡고 있는 것이 아닌가 싶다. 한국의 영문학자가 영국의 작품들이 우리의 민족문학론에서 강조되는 민족적·민중적 체험과 거리가 멀다는 사실을 마치 우리 자신의 잘못만인 것처럼 — 영국은 워낙 선진적이고 문명한 나라니까 그들의 문학이 우리 같은 낙후한 족속에게 실감이 적을 것은 당연하다는 투로 — 생각한다면, 그것이야말로 영국문화의 때 지난 후광에 굴복하는 것이며 식민주의와 제국주의를 토대로 하여 꽃피었던 낡은 체제와 이념을 연장시키는 데 보태주는 꼴이 될 것이다.

비슷한 위험은 불문학자에게도 있고 독문학자에게도 있으며, 상당히 다른 역사적 성격을 갖는 러시아문학의 연구에도 그 나름의 모험이 따른다. 그러나 그 어느 것도 영국의 문학에 심취하고 영국문학의 연구에 전념하는 것만큼 주체적인 학문의 자세에 위험한 사업은 아니리라는 염려는 충분히 근거가 있는 것이라 믿는다.

그런데 우리가 보통 '영문학'이니 '영문학자'로 말하는 대상에는 미국문학과 미국문학자도 포함되어 있다. 아니, 우리나라의 경우 미국과의 특수한 관계로 인해 미국문학 연구자의 비중이 무척 큰 편이며, 미국과 영국의 국력을 견주어보더라도 앞으로 미국문학 및 미국학 연구가 더 중요해지면 중요해졌지 덜해질 것 같지는 않다. 그렇다면 영국이라는 조그만 섬나라의 역사를 근거로 이제까지 개진해온 생각이나 염려는 영문학계의 일부분에만 해당되는 것이 아닌가라고 되물을 수도 있겠다.

예컨대 앞서 프랑스의 시민혁명이 영국의 선례를 눈앞에 두고 일어났기 때문에 전근대적 잔재를 좀더 철저히 청산했고 좀더 보편성을 지닌 이념을 낳았다고 말했지만, 그런 의미에서 미국의 독립전쟁이야말로 영국혁명의 교훈을 프랑스보다 먼저 체득한 최초의 본격적 시민혁명이 아니었던가? 실제로 1776년의 미국독립선언문은 오늘날 제3세계의 민중에게도 생생한 현재성을 지니는 문헌임이 사실이다. 그러나 정작 이런 혁명을 겪고 피어난 문학은 자본주의 건설에 따르는 사회적 갈등이라든가 압박받는 민중의 생활을 구체적으로 다룬 고전을 남기지 않았다. 에머슨(R. W. Emerson)이나 포(E. A. Poe), 호손(Nathaniel Hawthorne), 멜빌(Herman Melville) 들은 모두 시민계급의 서사시라든가 식민지 대중의 수난극과는 거리가 먼 작가들이다. 봉건제도가 자리 잡은 적이 없는 미국에서 봉건사회에 대한 시민계급의 투쟁이란 부차적인 문제였고, 남의 대륙을 '발견'해서 원주민들을 정복하는 입장에 있던 정착민들의 모국에 대한 반항은 우리가 이해하는 '민족해방전쟁'과도 다른 것이었다. 18세기의 독립전쟁과 19세기의 남북전쟁이 모두 시민혁명적 요소를 지니고 있지만, 프랑스혁명과 같은 시민혁명의 차원보다는 신대륙을 정복하여 뿌리 뽑힌 자들끼리의 새로운 사회를 건설하는 미국 특유의 운명을 거침없이 전개할 수 있게 되는 계기라는 측면이 더 본질적인 것이었음을 미국문학 최초의 고전들이 증언해주고 있는 것 같다.

　미국은 영국보다 엄청나게 큰 나라이고 지금은 훨씬 강한 나라이며 애초부터 더욱 철저한 근대사회였다. 그러나 그 문화의 특이함이나 그 문학을 통해 표현된 희망과 고뇌의 독특함으로 말할 것 같으면 ─ 그리하여 그것을 보편적인 것으로 잘못 알아볼 때 우리 자신의 판단을 흐려놓을 위험으로 말할라치면 ─ 영국의 경우보다 더하면 더했지 조금도 덜하지 않은 것이 미국의 문화요 문학이 아닐까 한다. 게다가 스스로 섬나라 국민의 특이함을 자랑 삼기도 하는 영국인들과는 달리, 철두철미 보편성과 합리성을 내세우는 것이 미국문명의 또 한가지 특징이라 할 수 있다. 미국의 계몽주의는 유럽에서처럼 낡은 전통과의 일상적인 싸움에 시달리며 궤도 수정을 할 기회가 없었고, 20세기 이전에는 미국이 패전의 쓰라림을 맛본 일도 없기 때문이다.

미국에 대한 이와 같은 주장들은 그 역사와 문학에 대한 구체적인 검증이 없이는 한 개인의 주관적인 인상을 넘어서지 못한다. 또 영문학자로서의 어려움을 생각해보려는 이 자리에서는 주관적인 느낌 이상을 제시할 생각도 없다. 다만 앞서 영국문학을 두고 지적했던 여러 문제점들이 미국문학을 전공하는 경우에는 해당 안 되는 것으로 받아들이는 사람이 있다면, 나는 그렇게 보지 않는다고 말하려는 것뿐이다. 영국문화의 특수성이 일부는 그 선진적이고 창조적인 업적 자체에서 나왔고 뒤이어 국내외의 온갖 '유리한' 조건들에 의해 실제 이상의 선진성과 창조성이 인정되었듯이, 미국의 경우 역시 그 선구자다운 업적과 기타 여러 '행운'들이 겹쳐 실제보다 더 높은 차원의 보편성을 인정받고 있다는 것이다. 영문학의 경우 아일랜드문학이나 스코틀랜드문학이 더러 그런 것처럼 미국문학에서는 흑인문학과 인디언문학의 일부가 이 허구적 보편성의 다른 측면을 증언해준다. 주체적인 문학연구를 위해서 우리는 이런 '예외적'인 작품들에 좀더 관심을 기울여야겠지만, 영미문학자로서 가장 중요한 문제는 역시 잉글랜드인과 미국 백인들 자신의 최고 수준의 작품을 어떻게 주체적으로 읽어내느냐는 것일 게다. 그 선진성과 창조성은 그것대로 인정하면서 동시에 그들 자신의 역사적 한계 때문에 어쩔 수 없이 스며든 허위의식을 우리의 새로운 관점에서 가려낼 수 있어야 할 것이다.

1970년대의 한국 문단에서 진행된 '민족문학'의 논의는 우리 자신의 문학을 최고 수준의 제3세계문학과의 연대관계에서 보고 거기서 세계문학으로서의 선진성을 찾을 뿐 아니라 서양문학의 고전 자체를 '제3세계적' 시각에서 재해석해야 한다는 인식에까지 다다랐다. 이것이 민족문학의 당면한 요구일뿐더러 세계사의 새로운 흐름에 맞는 요구라면, 학문다운 학문으로서의 영문학을 성립시키는 실천적 조건이 바로 여기서 찾아질 것이다. 모든 학자는 각기 자기에게 주어진 상황에서 자신의 최선에 해당하는 형태로 본질적으로 동일한 학자적 실천을 하는 것이라고 할 때, 한국의 영문학자는 오늘의 한국이라는 상황에서 학자라면 누구나 해야 할 말과 일을 영문학의 연구를 통해 가장 잘 말하고 일하는 사람인 셈이다. 나 개인으로서는 그러한 영문학자가 못 된 채 다분히 교수직의 타성에 끌려다니던 상태에서 새로운 전환의 계기를 얻었던 일을 늘 고맙게 여기고 있다.

앞으로 나 자신이나 우리나라의 영문학 연구가 얼마만큼 학문답게 진행될 수 있을지는 아직 미지수라 할 수밖에 없다. 다만 그렇게 되는 데 따르는 어려움을 틈틈이 생각해오면서 느꼈던 점은 어쨌든 영문학 연구도 우리에게 필요한 실천적 작업의 하나라는 것이다. 영국과 미국 문학의 특수성이 그 세계사적 선진성과 일치하는 면이 분명히 있었고, 그것이 허구적 보편성을 나타냈던 경우에도 그 사실 자체가 몇몇 개인의 착각이 아니라 여러 세기를 휩쓸어온 허위의식이며 우리에게도 직접적인 영향을 미쳐온 허위의식인 까닭이다. 위대한 문학의 연구를 통해 그 진정한 창조력이 무엇이며 어떻게 태어나는가를 알기 위해서, 근대화의 참뜻은 무엇이며 인류의 실제 역사에서 그것이 언제 어디서 얼마만큼 구현되었고 앞으로 구현될 수 있을지를 알기 위해서, 또는 자본주의·민족주의·제국주의들은 서로 어떤 관계에 있으며 이들에 대한 우리의 태세가 어떠해야 할지를 결정하기 위해서라도, 영문학의 올바른 연구는 생략할 수 없는 과제임이 분명하다. 따라서 영문학계에서도 훌륭한 학자들이 많이 나와야 우리의 역사창조 작업이 좀더 주체적으로 추진될 수 있을 것이다.

— 『다시 하는 강의』, 새밭 1980

제3세계의 문학을 보는 눈

1

　제3세계에 대한 우리 사회의 관심은 70년대 후반부터 급속히 높아져왔다. 필자가 「제3세계와 민중문학」이란 글을 쓰던 3년 전과 비교하더라도 지금은 훨씬 많은 외국의 자료가 소개되었고 국내의 논의도 상당히 불어났다. 그러나 우리 자신이 제3세계의 일원임을 전제하고 본다면 그동안의 진전도 결코 만족스러울 만한 것은 못 된다. 기초적인 자료의 결핍도 여전히 심각할뿐더러, 학계나 대중매체의 주된 흐름은 설혹 제3세계를 다루더라도 남의 일처럼 다루는 경향이 많고 심지어는 공연스레 흰눈으로 보려는 경향도 없지 않다. 나라 밖의 이른바 선진국들이 벌써부터 제3세계의 관심으로 들끓고 있으니까 우리도 한몫 거들 생각은 뒤늦게나마 하게 되었지만 도무지 자기 문제로 실감은 못 하고 있다는 인상이다. 제3세계를 논하는 태도에서도 제1 또는 제2세계의 동향을 충실히 답습하고 있는 것인지도 모른다.

물론 이것이 딱히 놀랄 현상은 아니다. 제3세계적 자기인식의 결핍이야 말로 제3세계다운 후진성을 드러내는 중요한 징표이자 그 원인의 하나이기도 하다. 그러므로 문학 분야에서도 제3세계의 작품들이 많이 소개되고 논의된다는 것만으로써 자동적으로 우리 자신의 더 나은 삶, 더 훌륭한 문학의 건설에 도움이 된다고 장담할 수 없다. 또 하나의 호사 취미에 흐르거나 잡다한 지식의 홍수 속에서 더욱 심각한 의식의 마비를 겪지 않으려면, 인류의 역사에서 제3세계가 차지하는 위치와 우리 자신이 선 자리에 대한 올바른 인식이 전제되어야 할 것이다.

문학에서도 이러한 인식을 위한 노력은 아직껏 우리 사회의 중심부에까지 와 있지 못하다. 80년대 초의 격변에 따른 잠정적인 여건 탓이기도 하겠지만, 일간지의 문화면이나 월간 문예지들에 의해 제3세계의 문학이 본격적으로 논의된 예는 없었던 것으로 안다. 졸고「제3세계와 민중문학」이 포함됐던『창작과비평』1979년 가을호〈이후『인간해방의 논리를 찾아서』에 수록〉의 '제3세계의 문학과 현실' 특집 이후로, 이 방면의 논의는 주로 군소 출판사와 동인지 또는 대학 신문들에 의존해왔다. 필자가 아는 한, 최근의 성과로 그나마 어느정도의 규모에 달했던 것은 서울대『대학신문』이 작년 9월부터 금년 3월 사이 8회에 걸쳐 '제3세계 문학의 현재와 가능성'이라는 제목 아래 간헐적으로 연재했던 기획이 아닌가 한다. 지금 쓰는 이 글도 그 기획의 일부로 내놓았던 것을 뼈대 삼아 살을 붙인 것임을 밝힌다.

2

돌이켜보건대 70년대 한국문학에서 제3세계에 대한 관심은 이른바 민족문학론의 전개와 더불어 본격화되었다. 구미 선진공업국 문학에의 정신적 종속관계를 청산하면서도 어디까지나 인류사회 전체를 향해 개방된 문학의 자세를 정립하려는 것이 민족문학론이 뜻하던 바였던 만큼 제3세계와의 새로운 연대의식을 모색하게 된 것은 당연한 귀결이었다. 그리고 이것이 단순한 전술적 모색이 아니고 세계사와 세계문학 전체에 대한 인식의 진전을 보여준다는 것이 민족문학론의 입장이었다.

사실이 과연 그런 것인지는 물론 어느 누구의 일방적인 선언으로 결정될 문제가 아니다. 끝내는 제3세계적 인식에 합치되는 훌륭한 작품들이 많이 나옴으로써만 입증될 하나의 숙제로 보아야 옳을 것이다. 다만 여기서는 그러한 최종적 해답에 다소의 보탬이 될 수 있도록, 그리고 좀더 직접적으로는 이 글의 주제인 '제3세계문학을 보는 눈'에 이바지하려는 뜻에서 우선 하나의 이론적 검증을 시도해볼까 한다. 곧 70년대에 민족문학론의 전개가 제3세계에의 관심을 낳았듯이 제3세계론의 본격적인 전개는 당연히 민족문학론으로 회귀하기도 하지 않는가를 살펴보자는 것이다.

먼저 우리는 제3세계론도 민족문학론이나 마찬가지로 철저히 역사적인 입장에 설 것을 강조할 필요가 있다. 인류 전체의 역사와 동떨어진 어떤 초역사적 실체로서의 '민족'을 내세우는 일은 우리의 민족문학론이 특히 경계하는 복고주의·국수주의로 빠지는 길이다. 마찬가지로 세계의 나머지로부터 특정 지역을 고립시켜 어떤 '제3의 세계'를 실체화하는 것은 '제3세계주의'라고도 부름직한 새로운 허위의식을 낳을 위험이 크다. 「제3세계와 민중문학」에서 필자 자신이 했던 말을 되풀이한다면, '제3세계'라는 용어는 "세계를 셋으로 갈라놓는 말이라기보다 오히려 하나로 묶어서 보는 데 그 참뜻이 있는 것이며, 하나로 묶어서 보되 제1세계 또는 제2세계의 강자와 부자의 입장에서 보지 말고 민중의 입장에서 보자는 것이다."(『인간해방의 논리를 찾아서』 580~81면)

그런데 민중의 입장에서 세계를 하나로 본다는 것은 무슨 말이며 그것은 과연 가능한 이야기인가? '하나의 세계' 운운하는 이야기는 예전부터 많았고 그때마다 으레 인류 전체의 대의를 들먹이곤 했다. 이런 추상적인 이야기들과 우리의 제3세계론은 어떻게 다른 것인가?

전세계의 민중이 결코 일치된 삶을 살고 있지 않은 현실에서 '민중의 입장에서 보는 하나의 세계'라는 것도 일정한 관념성을 띨 것은 뻔한 일이다. 그러나 과거의 관념에 비하면 훨씬 진실에 가까울 수 있는 객관적 근거를 지닌 것이 오늘의 제3세계론이다. 첫째, 제3세계의 현실은 근본적으로 자본주의 세계경제의 성립과 그 전지구적 확산의 결과로 생긴 것이니만큼 막연히 '하나의 세계' 또는 '인류 형제'를 말하던 때와는 사정이 다르다. '제3세계'는 크게 보아 지구상의 후진 지역 전체를 가리키지만 근대적인 세계경제가 전혀 침투하지 못할 만큼 궁벽하고 낙후된 지역에는 오히려 어울리지 않는 개념인 것이다.

동시에, 자본주의 세계경제는 계층 간 및 국가 간의 실질적 불평등을 그 발전의 동력으로 삼고 있는 만큼, 이 세계경제의 확산으로 '하나의 세계'가 저절로 이루어질 것이라는 선진국들의 주장은 허위의식일 수밖에 없다. 제3세계의 다수 민중들은 이를 체험을 통해 알게 되었다는 점에서 동시대의 지배자들의 의식보다 한걸음 진실에 접근한 세계인식을 갖게 마련이다.

세번째로, 이러한 다수 대중의 욕구 실현을 자부하는 사회주의 진영 나라들과 관련된 경험이 있다. 이들 개개의 나라들이 안고 있는 구체적인 문제들을 떠나서, 제3세계의 민중이 일상생활에서 얻은 실감은 세계경제는 여전히 자본주의적 원칙의 지배 아래 있다는 것이다. 이른바 사회주의 국가의 성립이라는 것도 아직까지는 이러한 세계경제 질서의 테두리 안에서 해당국의 사회주의운동이 정치권력을 장악한 것이라고 설정하는 쪽이 제3세계 민중생활의 실감에 오히려 가까운 것이다. 이러한 실감이 오늘날의 세계적인 현실을 정확히 반영한 것인 한에서, 제3세계론은 '동'과 '서'의 양분법에 따르는 추상성을 넘어서고 있는 셈이다.

이처럼 하나의 세계경제를 이미 어느정도 갖게 된 시대의 민중적 체험을 가장 생생하게 담고 있는 마당이 곧 아시아·아프리카·라틴아메리카의 저개발 지역임은 더 말할 것도 없다. 제3세계적 자기인식이란 바로 그러한 마당에 스스로 서 있다는 깨달음이며, 그렇기 때문에 그것은 자신의 인간적 권리를 찾겠다는 부르짖음만이 아니고 바로 자본주의 세계경제의 본질에 대해 세계사의 현단계에서 획득할 수 있는 가장 과학적인 인식을 겸하고 있는 것이다.

이런 과학적 인식의 일부를 이루는 것이 민족주의에 대한 새로운 이해이다. 곧, 세계경제가 자본주의적 경쟁의 원칙에 지배되는 한, 그리고 이 경쟁이 개인 간의 경쟁뿐 아니라 민족국가를 주요 무기로 삼는 대규모 집단 간의 경쟁인 한, 민족주의는 단지 불가피한 현상일 뿐 아니라 현단계 세계사 발전의 없어서는 안 될 동력이기도 하다는 사실이 드러난다. 따라서 민중의 입장에 충실한 '하나의 세계'는 기성 강대국·부국들의 이념에 따른 획일화를 거부하고 수많은 약소민족들의 자결권과 자주성을 일단 존중하는 바탕 위에서 이룩되어야 한다는 제3세계 민족주의의 주장이 민족주의적 감정을 떠나서도 설득력을 갖게 되는 것이다.

민족문학론의 일견 모순에 찬 입장도 여기서 나온다. 70년대에 전개된 우리의 민족문학론은 한편으로 주체적인 민족의식과 민족의 문화적 전통을 중시하면서도 민족을 신비화하고 전통문화를 절대시하려는 일체의 움직임을 경계해왔다. 또한, 스스로가 하나의 이념임이 분명하면서도 생활하는 민중의 기본욕구의 충족을 떠난 일체의 관념을 배격해왔다. '순수문학'이라는 이데올로기는 물론이요 '참여문학'이나 '민중문학'을 내세웠을지라도 그것이 다수 민중의 생활상의 욕구와 거리를 둔 이상주의의 성격을 띠는 동안에는 또 하나의 허위의식으로 머물기 마련이라고 주장해온 것이다.

물론 민족문학론의 이러한 입장은 결코 모순이 아니다. 민족주의와 국제주의의 결합은 바로 오늘날 제3세계론의 핵심을 이루는 것이며, 작품 속의 현실로 구체화되지 않은 일체의 관념을 배제함으로써 작품의 진실성과 통일성이 확보된다는 것은 비평의 기초원리에 속한다. 단지 우리의 민족문학론은 이처럼 구체화된 작중현실이 오늘날 우리 민족구성원 다수가 체험하고 여타 제3세계의 민중들과 공유하는 삶의 진실을 드러내는 — 그렇다고 서구 사실주의의 기법이나 세계관을 결코 그대로 따르지는 않는 — 문학이 되고 예술이 될 것을 요구하고 있을 따름이다. 이런 의미에서 민족문학론은 '내용'의 문제를 매우 중요시하지만, 형식 위주의 관념론이든 소재 위주의 관념론이든 일체의 관념주의·이상주의를 배격하는 것을 그 제3세계적 자기인식의 일부로 삼고 있다는 점에서, 예술형식의 문제에 있어서도 가장 유연하고 선진적인 태도를 지녔다고 자부하는 것이 전혀 엉뚱하달 수는 없을 것이다.

3

제3세계론의 전개가 자연스럽게 민족문학으로 되돌아온다고 할 때, '제3세계문학'이라는 포괄적인 용어를 쓰는 것이 곧 아시아·아프리카·라틴아메리카 여러 나라의 다양하기 그지없는 문학을 획일적으로 파악하는 결과가 된다는 생각은 오해임이 드러난다. 물론 획일화의 유혹은 모든 이론적 작업에 늘 따르게 마련이지만, 민중의 입장에서 하나의 세계를 바라보는 제3세계론은 무엇보다도 각 민족문화의 존엄성과 주체적 발전능력을 인정하고 출발하는 것이다. 그런 뜻에서 제3세계문학론이야말로 문학이 당연히 요구하는 다원성을 충분히 포용하고 있는 셈이다.

그런데 '다원주의'라고 하는 것도 따져보면 여러가지다. 하나의 세계경제가 비록 불공정한 형태로나마 이미 성립된 시대인데도 여전히 지역주의 또는 복고적 민주주의를 고집하는 것이라면 그러한 '다원주의'를 우리는 인정할 수 없으며, 각양각색으로 서로 다른 상황에서도 민중과 민중 사이의 국제적 유대를 한껏 다져나가려는 제3세계의 노력 자체를 '획일주의'로 비웃는 태도 역시 우리에게는 불필요한 다원론인 것이다. 특히 우리가 눈여겨보아야 할 사실은 '다원주의를 표방하는 획일주의'야말로 오늘날 제1세계의 특징적인 이데올로기라는 점이다. 예술의 분야에서 그것은 특정 작품이 당대의 역사에 대해 과연 얼마만큼 인간다운 관심을 전달하는가의 문제를 배제 또는 왜곡함으로써 온갖 종류의 불성실한 예술을 '다양하게' 포용하며, 낡은 삶의 부분적으로 새로운 표현을 예술의 새로움 그 자체로 부추김으로써 기성 문화의 무궁무진한 '창조성'과 '다양성'을 과시하기도 한다. 이것이야말로 제3세계의 민족문학자·민족예술가들이 비판하는 서구 모더니즘의 사이비 다원주의이다. 그리고 이러한 사이비 다원주의의 역사적 성격을 우리는 지나간 식민주의 시대의 신고전주의적 획일주의와 구별되는 신식민주의 시대 특유의 획일주의적 미의식이요 문학이념이라 불러도 좋을 것이다.

그러므로 우리는 아시아·아프리카·라틴아메리카의 다양하고 풍성한 문학작품들을 널리 섭렵해나가는 작업과 더불어 민족문학론의 튼튼한 시각에서 이들 작품을 서로 연관짓고 뭉뚱그려 보려는 노력을 끊임없이 계속할 필요가 있다. 제 나라의 옛날 작품들이나 서양의 고전도 지금 우리가 사는 삶의 절실한 필요에 따라서 읽는 것이 당연한 일이지만, 오늘의 제3세계문학처럼 아직 어떤 체계도 기준도 없이 온갖 꽃들이 섞여 피어 있는 마당에는 주체적인 시각이 없이라면 차라리 발을 안 들여놓는 것이 나을 수도 있는 것이다. 이제 그러한 전제 위에 제3세계문학의 좀더 구체적인 측면에 대해 몇가지 토막진 생각을 밝혀보기로 한다.

글의 첫머리에 자료 문제를 거론했지만, 아직도 한국의 일반독자들에게는 제3세계의 문학을 깊이 있게 검토할 전제조건이 주어지지 못했다고 해도 과언이 아니다. 번역된 작품들의 절대수가 얼마 되지 않는데다 만족스런 번역은——제3세계문학의 분야만이 그런 것은 결코 아니나——더욱 드문 형편이다. 게다가 번역자나 연구자라 하더라도 제3세계와 직접 교류한다기보다 주로 선진국 문화시장의 중개에 의존하고 있다. 실제로 제3세계의 문학을 소개하는 작업이 이제까지는 전문가라기보다는 영문학이나 불문학 전공자들 아니면 외국어에 조예가 있는 문인들에 많이 의존해왔으며 번역 자체도 영어나 일어를 통한 중역이 큰 비중을 차지하고 있다.

이러한 사정도 곁들여, 제3세계문학에 대한 우리의 관심은 필자 자신이 「제3세계와 민중문학」에서도 일단의 자기반성을 했었고 근자에 최원식이 「민족문학론의 반성과 전망」이라는 글에서도 꼬집었듯이(송건호·강만길 편 『한국민족주의론 1』, 창작과비평사 1982, 359면 참조), 정작 아시아문학, 그 중에서도 우리와 가장 가까운 동아시아의 문학을 제쳐두고 먼곳의 작품들을 주로 다루어왔다. 다시 말해 스페인어와 포르투갈어를 모국어로 하는 라틴아메리카의 문학, 미국의 흑인문학, 아프리카 및 서인도제도에서 영어와 불어로 씌어진 문학이 가장 많이 논의되었고, 다음으로 문자 그대로 서양과 동양의 중간에 위치한 중동의 문학이 소개되기에 이르렀다. 그 중 라틴아메리카의 문학은 제3세계문학의 극히 중요한 일부임은 분명하지만 우리의 입장에서 보면 엄연히 '서양의 문학'인 것도 사실이다.(미국의 흑인문학도 물론 마찬가지다.) 바로 그렇기 때문에 라틴아메리카문학이 서구문학의 유산을 가장 생산적으로 활용할 수 있었고 또 전통적인 서양문학 연구자들의 관심을 제3세계로 확산시키는 데 요긴한 역할을 하고 있기는 하다. 그러나 서구와는 언어도 다르고 종교도 다르며 전승된 토착문화의 자산은 라틴아메리카보다 훨씬 풍성한 아시아와 아프리카 민중의 입장에서는, 오늘날 구미 독자들이나 한국의 서양문학자들의 입맛에 가장 맞는 작품이 반드시 가장 바람직한 문학이 아닐 수도 있음을 유의해야 할 것이다.

같은 의미에서 아프리카문학의 경우에도 우리는 훌륭한 영어·불어·포르투갈어 사용 작가들의 문학을 계속 연구하기는 하되, 아프리카의 민족언어로 직접 창작된 작품을 알고 이에 따른 온갖 문제들을 되새겨볼 길을 찾아야 할 것 같다. 남아프리카의 망명시인 쿠네네(Mazisi Kunene)의 장편서사시 『샤카 대제』(*Emperor Shaka the Great*, 1979)는 줄루어로 먼저 창작한 것을 지은이 스스로가 영어로 옮겨 영국에서 처음 출판했다고 하며, 케냐의 응구기 와 티옹오(Ngugi wa Thiong'o)는 『피의 꽃잎』(*Petals of Blood*, 1977) 등 영어 작품으로 명성을 굳힌 뒤 새로이 자기 민족어로 창작을 시작하여 적어도 동포 독자들로부터는 전에 없던 반향을 얻고 있다고 한다. 이런 작품 역시 우리로서는 영역을 기다려 다시 우리말로 옮기는 것이 지름길이겠으나, 어쨌든 제3세계 민족문학이 민족구성원 다수의 직간접의 참여를 전제하는 것일진대, 서구어로 씌어진 아프리카문학이란 엄연한 한계를 지닌 것임이 점점 뚜렷해지기 마련이다. 예컨대 주로 서구 독자들 간에 크게 화제가 되었던 '네그리뛰드'(négritude)의 문제 같은 것은 대다수 아프리카인들에게 이미 지나간 일로 되어버린 느낌이다.

아랍문학, 특히 팔레스티나문학은 근년에 이르러 뒤늦게나마 꽤 활발히 소개되었다. 여기서도 정작 아랍문학자나 중동연구자들보다 민족문학론에 관심이 깊은 문인들의 역할이 두드러졌다. 일역본을 주로 활용해온 이호철·민영(閔暎)·임헌영(任軒永)과 영어에 의존해온 박태순·김종철

등에 의해 몇년 사이에 상당히 많은 작품들이 번역되었는데, 필자 자신은 특히 카나파니(Ghassan Kanafani)의 소설집 『태양 속의 사람들』(창작과비평사 1982; 〈개정판『불볕 속의 사람들』, 1996〉)을 읽고 깊은 감동을 받았다. 그런데 중동문학의 경우에도 서구 쪽에 비교적 쉽게 알려지는 아랍문학뿐 아니라 터키, 이란 등의 민족문학에도 눈을 돌릴 때가 왔다고 믿는다.

이 글에서도 필자는 중국과 일본, 그리고 동남아 및 남아시아 여러 나라의 문학에 대해서는 별다른 논의를 못 하고 마는 셈이다. 인도와 파키스탄, 방글라데시 등의 경우에는 영어로 씌어진 문학만도 상당한 규모이고 또 힌디어·우르두어·벵골어 등의 문학도 영어를 거쳐 소개되기 십상이니까 영문학을 공부한 사람들의 공헌을 계속 기대할 만도 하다. 그러나 이제까지의 제3세계문학 논의에서 동아시아의 문학이 별로 언급되지 못한 책임의 한몫은 국문학 및 동양문학을 전공하는 연구자들에게 주어져야 할 것 같다. 말끝마다 제3세계를 들먹이면서 연구할 필요는 없지만, 제3세계적인 자기인식을 바닥에 깔고 수행되는 국문학 연구, 중국문학 및 일본문학의 연구가 좀더 많았더라면 우리의 제3세계문학론이 여태껏 서양문학의 언저리만을 헤매고 있지는 않을 것이다.

똑같은 의미에서 필자는 서양문학의 변방이 아닌 그 중심부 자체도 제3세계적인 시각에서 새로이 연구되어야 함을 강조하고 싶다. 이런 이야기는 필자 자신이 이미 여러군데서 했었고, 그 당위성을 역설해온 서구문학 전공자치고는 실제 이루어놓은 것이 너무나 보잘것없음을 스스로 부끄럽게 생각하는 터이다. 그러나 애초에 말했듯이 우리의 제3세계론이 지구를 셋으로 갈라놓기보다 하나로 묶어서 보자는 것이라면, 오늘의 세계에서 그 '중심부'로 일컬어지는 나라들의 문학이야말로 당연히 민중의 입장에서 새로 읽어보아야 하지 않겠는가? 그리하여 예컨대 영국이나 프랑스, 독일 등의 문학에서 진정으로 값진 작품들은 당연히 인류 전체의 유산으로 활용되어야 할 것이다. 그 활용의 방법은 그야말로 다양하겠지만 그중 하나는 바로 그러한 값진 인류의 자산을 창조하면서 선진국의 자리에 올라온 영국인·프랑스인·독일인 또는 미국인들이 오늘날 그들 자신의 최선의 전통으로부터 얼마나 소외되고 있는가를 실감하는 일일 것이다. 제3세계에 대한 억압을 은폐하고 정당화하는 데 동원되는 저들의 문화적 우월감이라는 것이 단순히 제3세계 민중들에 대한 부당행위일 뿐 아니라 셰익스피어와 괴테, 똘스또이 들의 진정한 창조정신에 대한 배신이기도 함이 서구문학의 고전들을 정말 제대로 읽는다면 드러나기 마련이다. 그렇지 않고서야, 제3세계의 민중이 스스로를 돕자는 싸움에서 실상은 인류 전부를 돕고 있다는 주장은 한풀 꺾이고 들어갈 수밖에 없을 것이다.

—『제3세계문학론』, 한벗 1982

서양 명작소설의 주체적 이해를 위해

똘스또이의 『부활』을 중심으로

1

문학비평이란 결국 문학작품을 두고 사람들끼리 주고받는 대화의 일종이 아닐까 생각해본다. 그런데 사람들 사이에서는 자신이 읽지 않은 작품에 관한 대화가 가능하고 어떤 때는 필요할 수도 있지만, '비평'이라고 일컫자면 적어도 발언하는 당자는 작품을 읽고서 하는 이야기라야 옳을 것이다. 듣는 쪽은 어떨까? 그 역시 읽은 사람이라야 원활하고 흡족한 대화가 이룩된다고 보는 것이 상식이겠다.

이 말 자체는 당연한 상식이지만, 그렇다고 비평이 반드시 읽은 사람들끼리의 대화라야 한다고 못박기는 힘들다. 대화를 보람 있게 만드는 요건으로 작품에 대한 당사자들의 일정한 지식 말고도 다른 사정들이 작용하기 때문이다. 가령 애초에 대상이 된 작품 자체가 얼마나 읽음직하고 이야기함직한 것이냐는 문제라든가, 이 작품을 두고 그때 그곳에서 나누는 대화가 그들의 삶 전체와 어떤 연관이 있느냐는 문제를 빼놓을 수 없다.

사람에 따라서는 전자만이 문학의 문제요 후자는 '문학 외적' 문제라고 주장하기도 한다. 그러나 무엇이 '문학'의 안에 있고 무엇이 바깥에 있느냐는 논의에 끼어들 것 없이, 문학비평도 일종의 대화라는 입장에서 본다면 보람 있는 대화를 이룩하는 데 작용하는 이런저런 사정을 모두 감안하지 않을 수 없다.

그러자니 자연 어느 한가지 요인만을 고집할 수도 없게 마련이다. 평자는 물론이고 그의 독자들도 모두가 작품을 읽은 사람이면 제일 좋겠지만, 훌륭한 작품이라고 반드시 모든 사람들이 읽는 것은 아니다. 따라서 평자로서는 소수의 읽은 사람들만을 상대로 대화를 할 것인지 아니면 다른 여러 사람들도 고려에 넣을 것인지를 결정하는 것도 비평의 중요한 문제의 하나가 되는데, 주어진 시점에서 전자의 대화방식만이 가장 절실하게 요청되는 것이라고 단정할 수도 없는 것이다. 다만 비평하는 사람은 실재하는 대부분의 독자들이 문제의 작품을 안 읽었더라도 자기 못지않게 열심히 읽은 사람들의 눈길을 의식할 때에만 겸손하면서도 자신 있는 발언이 가능해지는 것이 사실이며, 실제로 이것은 상당수의 수준 높은 독자가 현실 속에 존재하지 않고서는 이루어지기 힘든 일이라 하겠다.

그런 면에서 오늘날 한국에서 서양문학을 연구하고 비평한다는 사람들의 처지는 결코 바람직스럽지 못하다. 작품을 정확히 읽고 판단하는 평자들 자신의 능력의 한계를 차치하고라도, 힘들여 연구한 어느 특정 작품을 함께 읽은 독자를 만나기가 여간 힘들지가 않은 것이다. 아니, 대부분의 서양 고전들의 경우 아직도 그에 대한 본격적인 비평을 키워낼 독자층이 제대로 형성되어 있는지 의심스러운 실정이다. 수많은 전집과 문고들이 쏟아져나왔음에도 불구하고 엄격한 비평적 논의의 텍스트로 삼을 만큼 원전의 뜻과 맛을 전달해주는 번역이 아직껏 극소수에 머물고 있기 때문이다.

그러나 번역의 현황에 못지않게 심각한 문제는 원전을 직접 읽고 연구하는 전문가들 자신이 그들이 읽은 작품에 관해 동시대의 동포들과 대화를 해보려는 열의가 거의 없다는 사실이다. 부실한 번역밖에 안 읽은, 또는 그것조차도 안 본 다수 독자들과 원전으로 연구한 결과를 갖고 대화하자면 어려움이 많을 것은 더 말할 것도 없다. 그러나 요는, 쉽고 어렵고 간에 그러한 대화에의 노력이 자신의 연구생활의 당연한 일부라는 인식이 있느냐는 것이다. 전문가로서 문외한에게 교시를 주고 지식인으로서 무식자를 계몽하는 행위 이전에, 자기가 열심히 하는 일에 대해 함께 이 땅에 태어나 같은 세월을 사는 사람들과 더불어 이야기를 나누고 싶은 인간다운 욕구와 애정이 문제인 것이다. 그러한 애정을 바탕으로 했다면 때로는 교시와 계몽도 본질적으로 평등한 대화관계를 해치지 않을 수 있는 반면, 그것이 없는 경우라면 계몽이든 연구든 한갓 자기만족에 그칠 수밖에 없다. 서양문학의 수용과정에서, 그리고 그 학문적 연구에서도 우리가 주체적인 자세를 견지해야 한다는 이야기가 요즘 와서는 많이 나오고 있지만, 주체적 연구 및 수용의 출발점은 역시 자신에게 주어진 이 시대의 삶에 대한 애정과 신뢰가 아닐까 한다. 알아주는 독자가 많고 적은 문제는——서양문학에 관해서든 한국문학에 관해서든 얼마나 마음대로 말할 수 있느냐라는 또다른 문제와 마찬가지로——그러한 출발점에서 시작하여 그때그때 구체적인 해결을 시도해볼 일인 것이다.

필자는 영문학을 전공하는 것으로 스스로도 설정한 처지이므로 이 문제에 대한 필자 나름의 노력이 주로 영문학 분야에서 이루어져야 할 것임은 물론이다. 그러나 이 글에서는 서양문학 '명작'들의 이해에 따르는 문제를 좀더 폭넓게 살펴보는 의미에서 영문학과는 여러모로 대조적인 러시아문학 쪽으로 눈을 돌려볼까 한다. 영문학과 대조적이라고 하는 말은 무엇보다도 우리 사회에서 받아들여지고 있는 양상이 매우 다르다는 뜻이다. 영문학의 경우 이제 우리는 연구자의 절대수가 부족하거나 심지어는 원전에 접근해본 일반독자들이 너무 없다는 불평도 하기 힘들게 되었다. 그런데 앞서 지적했던 연구자들의 기본자세에도 물론 큰 문제가 있지만, 동시에 영국이나 미국의 유명한 작품들이 대다수 한국 독자들에게 무언가 친숙한 느낌을 못 주는 면도 분명히 있는 것이 사실이다. 바로 이 점에서 러시아문학의 많은 고전들은 정반대다. 즉 전문적으로 연구하고 거론하는 사람들이 극히 적은 대신, 일반독자들에게는 서양의 어느 문학보다 친근감을 주고 또 실제로 많이 읽히고 있는 것이다. 몇해 전에 월간 『독서』에서 행한 조사였다고 기억되는데 그 대상자나 조사방식이 어땠는지는 잊어버렸지만, 장기간에 걸쳐 가장 많이 읽힌 외국의 고전으로 도스또옙스끼(Fyodor M. Dostoevsky)의 『죄와 벌』과 똘스또이의 『부활』이 나란히 1, 2위에 올랐었다. 그밖에 하디의 『테스』와 지드(André P. G. Gide)의 『좁은 문』도 상위권에 들었던 점을 상기하면 각기 다른 이들 작품이 어떤 각도에서 인기를 모으게 되었는지 수상쩍은 점도 없지 않다. 공교롭게도 그들 모두가 가련하고 청순한 — 또는 그렇게 보아줄 수 있는 — 젊은 여주인공의 눈물겨운 사연을 담고 있는 것이다. 그러나 어쨌든 똘스또이, 도스또옙스끼, 뚜르게네프(Ivan S. Turgenev), 체호프(Anton P. Chekhov) 등 러시아 작가들이 한국의 문학 독자에게 널리 알려진 이름들일뿐더러 실제로 가장 깊은 감명을 안겨주곤 하는 저자로서 손꼽힐 정도임은 분명한 사실이다.

2

그중에서도 명성과 권위로는 똘스또이가 으뜸갈 것이다. 그리고 이것은 당대의 러시아와 오늘날의 소련, 그리고 역대 서구의 독자·연구자들의 다수 의견과도 부합하는 상황이라 할 것이다. 문제는 구체적으로 어떤 근거로 똘스또이가 그러한 명성과 권위를 한국 독자들 사이에 누리고 있느냐는 것인데, 그의 작품 중에서『부활』이 주로 읽힌다는 사실이 약간 심상치 않다면 심상치 않다. 물론 거기에는 절대적인 분량의 문제도 있겠다.『부활』 자체가 결코 짧은 소설이 아닌데『안나 까레니나』는 그것의 약 2배,『전쟁과 평화』는 약 3배나 되는 길이인 것이다. 그러나 똘스또이의 작품세계에서『부활』이 차지하는 위치는 도스또옙스끼나 하디의 문학에서『죄와 벌』또는『테스』가 점하는 자리와는 좀 다르다. 즉 그것 하나만 읽어서는 전체 세계를 이해하기에 부족하다거나 그 작품 하나를 제대로 알기에도 어려움이 있다는 정도가 아니라, 똘스또이의 경우『부활』에 심취한다는 것은 곧 그의 영향을 가장 바람직하지 못한 방식으로 받아들이기 쉬운 면이 없지 않은 것이다.

『부활』(*Voskresenie*, 영어로는 *The Resurrection*)은 똘스또이(1828~1910)가 예순을 넘긴 1889년에 쓰기 시작했다가 오랜 중단 끝에 10년 뒤에야 완성해서 1899년에 출판한 장편소설이다. 이 작품에도 물론 똘스또이의 대가다운 풍모는 여기저기 드러나 있고 그 일면을 이 글에서도 좀 상세히 이야기해볼 생각이다. 그러나『부활』을 똘스또이의 최고 걸작으로 꼽는 권위 있는 비평가는 외국의 경우 — 왕년의 일본이 어땠는지는 몰라도 — 하나도 없다 해도 과언이 아니며, 장기 베스트셀러의 1, 2위를 오르내리는 나라 역시 찾아보기 힘들 것이다.

다른 문제에서도 곧잘 그렇듯이 이 경우에도 춘원(春園) 이광수(李光洙)는 아직껏 많은 한국인들 속에 퍼져 있는 통념을 대변해준다. 자신이 그러한 통념을 굳히는 데 크게 기여했던 탓도 있을 것이다. 어쨌든 그는 『삼천리(三千里)』 잡지 1931년 신년호에 '내가 감격한 외국작품'으로『부활』과 『창세기』를 들면서 주로 전자에 관해 이야기했는데, 그중 다음과 같은 말은 오늘날에도 한국의 많은 독자들이 공명하는 바가 아닐까 싶다.

작품의 경개(梗槪)는 모르는 이가 거지반 없을 듯하므로 여기에 다시 말하지 않거니와, 그러면 그 『부활』 중 어느 대목이 가장 가슴을 치더냐 하면, 마지막에 네플류도프가 공작과 그밖에 사회적 지위를 모두 버리고 또 재산과 사모하여 뒤에 따르는 명문의 여성까지 모두 버리고서 오직 옛날의 애인 카추우샤를 따라서 눈이 푸실푸실 내리는 서백리아(西伯利亞)로 떠나가던 그 마당이 무어라 말할 수 없이 숭고하고 심각하며 엄숙한 맛에 눌리움을 깨달았다. 네플류도프의 그 순정적(殉情的) 사상과 행위, 그것은 인세(人世)에서 찾기 드문 아름다운 일의 한가지다.
(『이광수전집』 16권)

이광수는 이어서 『부활』이 혁명 전 러시아사회의 부패상을 뚜렷이 드러내고 있는 점과 그 문장과 언어가 자연스러운 점을 들면서, "어쨌든지 인생과 사회를 심각하게, 엄숙하게 보고 독자에게 무슨 힘인가 던져주는 점에서 『부활』이 〔셰익스피어의 작품보다—인용자〕 단연 승(勝)하다고 믿는다"라고 결론짓고 있다. 그는 또한 「톨스토이의 인생관」(『조광』 1935년 창간호)에서 똘스또이를 '예수 이후의 첫 사람'이라 불렀고, 「두옹(杜翁)과 나」(『조선일보』 1935.11.20)에서도 『전쟁과 평화』 및 『안나 까레니나』에는 언급이 없이 똘스또이의 종교관을 주로 이야기했다.

나의 예술관(藝術觀)에 가장 큰 영향을 준 것은 톨스토이선생이었습니다. 지금 와서도 종교적 인생관에 있어서 나는 톨스토이와 길이 달라졌지마는 그의 예수교의 해석과 실천적 인생관에 있어서는 전과 같이 톨스토이를 선생으로 섬기고 있습니다.

톨스토이는 예술가도 되지마는 그의 예술을 정당하게 이해하려면 그의 종교관을 이해함이 필요합니다. 왜 그런고 하면, 톨스토이에 있어서는 인생 곧 종교요, 예술은 그것의 표현이기 때문입니다. 그러므로 톨스토이를 정당하게 이해하려면 먼저 그의 「내 종교」·「하늘나라는 네 안에 있다」(「神の國は爾等の中にあり」라는 일본역이 있음) 및 예술론 —— 이 책을 숙독(熟讀)할 필요가 있습니다. 그 중에서도 둘째 책으로 말하면 아마, 인생·종교·국가·경제·사회에 대한 원리와 및 비판으로 세상에 둘 있기 어려운 책으로 믿습니다. (『이광수전집』 16권)

만년의 사상가 및 '성자' 똘스또이에 대한 이런 흠모의 감정과 "오직 옛날의 애인 카추우샤를 따라서 눈이 푸슬푸슬 내리는 서백리아로 떠나가던 그 마당"에서 느낀 감격의 배합이야말로 한국에서 『부활』이 누려온 인기와 명성을 결정지은 요인일 것이다. 그런데 똘스또이의 사상이나 『부활』의 작품적 성과에 대한 자세한 논의는 뒤로 미루더라도, 이광수가 맛본 감동이 소설 자체의 내용과는 동떨어져 있음이 우선 눈에 뜨인다. 네흘류도프가 까쮸샤를 따라 시베리아로 떠나는 것은 작품의 마지막이 아니라 3부 중 제2부의 끝이며, 실제로 그는 작위를 버린 것도 아니고 재산도 일부만 농민들에게 나누어주었을 뿐이다. 무엇보다도 그는 까쮸샤에 대한 사랑에 몸을 던지는 '순정적(殉情的)' 사나이와는 거리가 멀며 결국 그녀와의 결혼을 포기하고 만다. 그리고 필자 자신도 이번에 『부활』을 다시 읽으며 확인한 사실인데, 시베리아로 가는 유형수들이 모스끄바를 떠나던 날은 눈이 아니라 비가 내리고 있었다.(때는 7월이었다.) 그후 제3부에서 뻬르미라는 곳에 닿았다가 다시 출발하던 9월의 어느날은 눈과 비가 번갈아가며 내리는 찌푸린 날씨였고 그뒤로는 눈 오는 날도 물론 많았을 것이다. 문제는 어느 특정한 대목에서 눈이 왔느냐 비가 왔느냐는 것이 아니라,『부활』의 제3부를 통틀어 우리는 러시아 산하의 광활함이라든가 비바람·눈보라의 실감을 두고두고 기억하게 되는 장면이 별로 없다는 사실이다. 똘스또이의 장편이 특히 시베리아를 배경으로 전개되는 부분에서 그러하다는 것은 적어도『전쟁과 평화』나『안나 까레니나』를 기억하는 독자들에게는 놀라운 일이 아닐 수 없다.『부활』의 뒷부분이 그러한 까닭은 나중에 살펴보아야겠지만, 어쨌든 푸실푸실 눈 내리는 날 시베리아로 떠나는 장면의 감흥은『부활』을 영화로 만드는 감독이라면 아무도 놓치고 싶지 않은 효과일지언정 책 자체에서는 큰 몫을 하지 못한다. 오히려 그것은 작품을 대강 읽었거나 멋대로 읽은 사람들이 까쮸샤와 네흘류도프의 '애틋한 사랑'을 머릿속에 그릴 때 덩달아 떠오르는 심상이라 보아야 할 것이다.

　『부활』에 대한 이광수의 이러한 발언은 작품의 진가를 잘못 인식한 것일뿐더러 똘스또이의 작품세계에 대한 극히 피상적인 이해를 반영하고 있다. 물론 러시아문학에 대해, 아니, 서양문학 전반에 대해 주체적이고 깊이 있는 이해가 부족한 것은 외국의 갖가지 문예사조가 모두 '선진문물'의 일환으로 뒤범벅이 되어 소개되던 신문학(新文學) 초창기의 일반적 상황이었을 터이다. 러시아문학이 처음 소개된 경위를 필자는 정확히 알지 못하지만, 1918년에 창간된『태서문예신보(泰西文藝新報)』제4호에 안서(岸曙) 김억(金億)이「로시아의 유명한 시인과 십구세기 대표적 작물」이라는 글을 싣고 뒤이어 제5호에 뚜르게네프의 산문시를 소개한 것이 우리말로 된 최초의 예가 아니었을까 한다. 그러나 당시의 일본으로 말하면 러일전쟁 이후 러시아문학의 열풍이 독서계를 휩쓸게 되었던 때이므로 이광수를 포함한 일본 유학생들이 그 영향을 받아 직간접으로 우리나라에도 많이 퍼뜨렸을 것이다.

그런데 보들레르(Charles P. Baudelaire)와 프랑스의 상징주의 시인들을 번역한 김억이 거의 같은 시기에 러시아문학을 소개한 사실에서도 짐작되듯이, 19세기 러시아의 위대한 리얼리즘 작가들은 서구 자연주의 문학이나 세기말 시인들의 퇴폐주의와 본질적으로 구별됨이 없이, 주로 식민지 지식인들의 절망감에 부합하는 문학으로 받아들여졌던 것 같다. 김동인(金東仁)이 염상섭(廉想涉)의 「표본실의 청개구리」를 두고 "노문학(露文學)의 윤곽을 쓴" 작품이라고 평한 것이(「한국근대소설고(考)」) 당시의 그러한 인식을 단적으로 보여준다. 이광수 자신은 문단의 퇴폐적 경향에 비판적이었지만 그 대안은 일제가 허용하는 범위 내에서만의 민족운동을 제창하는 「민족개조론(民族改造論)」, 소설 『흙』에서 『사랑』으로 가면서 점점 더 노골화된 감상주의와 공허한 인도주의 따위였다. 이 과정에서 똘스또이의 '그리스도교적' 인생관이 한몫을 단단히 했던 것이다.

러시아문학의 영향이 퇴폐주의와 감상적 인도주의의 표리관계로 낙착되는 사태는 크게 보아 식민지 문단의 한결같은 흐름이었다고 하겠다. 게다가 8·15해방과 더불어 그 흐름이 바로 뒤바뀐 것도 아니다. 8·15 직후의 상황에 대해서는 필자 자신이 너무 무지하여 판단하기 힘들지만 1950년대의 사정은 19세기 러시아의 고전을 읽거나 언급하는 것마저가 불편한 실정이었으니 주체적인 이해를 기대하기 힘들었다. 똘스또이에 관한 한, 그런 가운데서도 1954~56년에 『전쟁과 평화』가 중역으로나마 여섯권으로 처음 나왔고 『부활』의 경우는 1958년 계용묵(桂鎔默) 역(창원사)이 최초가 아니었을까 싶다. 그러나 이 시기 우리 문단의 전반적 풍조는 똘스또이보다 도스또옙스끼를 높이 평가하는 쪽이었고, 후자의 심오하고 절박한 현대성에 비할 때 전자는 시대착오적인 도덕주의자 아니면 일종의 고급 대중소설가로 간주되는 경향도 없지 않았다. 여기서 똘스또이와 도스또옙스끼 둘 중에 누가 더 위대하냐를 따지자는 것이 아니다. 문제는 50년대의, 아니 60년대까지도 지속된 도스또옙스끼 선호 경향이 두 작가의 상대적 비중에 대한 어떤 주체적 이해에 근거한 것이라기보다 실존주의를 비롯한 서구의 최신 사조들의 유행에 주로 기인했던 것으로서, 식민지 문단의 퇴폐·암울 취향에서 근본적으로 못 벗어나고 있었다는 사실이다.

똘스또이 및 러시아문학에 관해서도 주체적 연구와 비판의 여건이 마련되기 시작한 계기는 4·19를 통한 우리 사회 전체의 각성이었다고 보아야겠다. 그러한 변혁의 일환으로, 실제로는 극히 부분적인 선집이었지만 '러시아문학전집'이라고 이름붙인 최초의 간행물이 1965년에 나왔고(문우출판사 간, 전5권 중 제1권이 『부활』, 제5권이 『죄와 벌』), 70년대 초에 가서 똘스또이의 주요 저작을 망라한 『대똘스또이전집』 전9권(신구문화사 1971~72)이 간행되었다.(여기서도 『부활』이 첫권에 실렸다. 지금까지 국내에서 『부활』의 번역본을 낸 출판사는 앞에 언급된 이외에도 교양사·을유문화사·휘문출판사·명문당·계원출판사·문공사·지성출판사 등이 있는데, 이들 출판사들이 모두 각기 다른 역본을 냈는지는 분명치 않다.)

그러나 더욱 중요한 것은 60년대와 70년대의 리얼리즘 논의를 통해 종교가 내지 인도주의자 똘스또이보다 작가 똘스또이에 주목하게 되었고 그것도 오늘의 우리 문학이 나아갈 방향에 대한 주체적 모색의 일부로 그리되었다는 점이다. 70년대 이래의 리얼리즘 논의, 그리고 이와 밀접히 연결된 민족문학론, 제3세계문학론 등의 전개과정을 여기서 새삼 되뇔 필요는 없다. 단지 똘스또이를 포함한 모든 서양문학 고전의 주체적 이해란 어디까지나 진정한 민족문학의 창조를 위한 자기인식과 직결된 문제이며 이러한 자기인식이 좀더 구체성을 띨 때 한국문학과 세계문학 전체에 대한 '제3세계적' 시각을 요구하게 된다는 결론만을 되풀이하고자 한다. 이로써 러시아문학의 비판적 수용을 위해서도 새로운 가능성이 열리게 된 셈이다. 그런데 노문학계 내부의 동향에 대해서는 과문하여 무어라 말할 수 없으나, 평단의 논의에서는 우선 똘스또이에 관해서도 평론다운 평론이 거의 안 나오고 있다. 필자 자신이 한몫 거든 바 있는 리얼리즘론에서도 으레 들먹이는 이름이 발자끄 아니면 똘스또이인데도 사태가 이렇다는 것은, 민족문학 건설을 위한 우리의 이론적 작업이 아직도 내실이 부족함을 말해주는 증거라 하겠다.

3

『부활』이 우리나라에서 가장 널리 읽히는 외국 소설 가운데 하나이지만 그 줄거리부터 잘못 기억하고 있는 독자들이 의외로 많은 것은 춘원 이광수의 발언에서도 드러난 바 있다. 게다가 한술 더 떠서 네흘류도프와 까쮸샤가 시베리아에 가서 결혼하는 것으로 알고 있는 독자들도 필자는 더러 보았다. 그러므로 '누구나 다 아는' 이 소설의 줄거리를 한번 되새겨보고 논의를 진행하는 것도 좋을 것이다.

　까쮸샤 마슬로바는 원래 평민 출신의 고아인데 네흘류도프 공작의 고모 되는 두 여인이 거두어주어 그 집에서 하녀 반, 양녀 반의 어중간한 처지로 자란다. 까쮸샤가 16살 때 그 집에 놀러 온 네흘류도프와 만나 서로 자신도 모르는 가운데 사랑하게 되었는데, 3년 후에 다시 찾아온 그는 이미 귀족 젊은이의 방탕한 생활에 익숙해진 뒤로서 까쮸샤를 유혹한 뒤 버리고 떠나간다. 임신한 까쮸샤는 주인집에서 쫓겨나 몇군데 직장을 전전하다가 결국 사창가로 떨어진다. 그리고 8년 후 어떤 독살 사건의 혐의를 받아 구속되어 법정에 서게 된다. 이 재판에 마침 네흘류도프가 배심원으로 참석하여 지난날 자기 죄의 결과를 목격하는 데서 소설의 이야기가 시작되는 것이다.

까쮸샤는 무고함에도 불구하고 징역형을 받고 시베리아로의 유배가 결정된다. 양심에 가책을 느낀 네흘류도프는 백방으로 구명운동을 벌이는 동시에 이제까지 자신의 거짓된 생활을 청산하고 까쮸샤와 결혼도 불사할 것을 결심한다. 처음에 까쮸샤는 네흘류도프의 느닷없는 출현과 뒤이은 청혼에 놀라움과 더불어 격한 반발을 보인다. 그러나 차츰 태도가 달라져서 상고 결과를 기다리는 동안 네흘류도프가 주선해주는 대로 병원의 간호사 조수로 가는 데 동의하고 술도 끊겠다고 한다. 이처럼 까쮸샤에게 변화의 기미가 보이는 대목에서 제1부가 끝난다.

제2부와 제3부에서 네흘류도프와 까쮸샤의 관계에는 진전이 많지 않은 편이다. 제2부에서는 상고가 기각되자 네흘류도프가 애초의 결심을 굳히고 까쮸샤를 따라 시베리아로 떠난다. 제3부는 여행 도중의 이야기, 그리고 죄수들이 최종 목적지로 분산되기 전에 닿은 시베리아의 어느 도시에서의 이야기이다. 도시에 왔을 때 네흘류도프의 구명운동이 드디어 결실하여 까쮸샤에게 황제의 특사령이 전달된다. 그동안 까쮸샤는 정치범들과 한방에서 지내는 혜택을 입고 있었는데 그들 중 시몬손이라는 사나이가 그녀를 사랑하여 결혼하고 싶어한다. 까쮸샤 자신은 네흘류도프를 다시 사랑하게 되었지만 그를 위해서 네흘류도프의 청혼을 거절해왔다. 이제 석방이 결정되자 그녀는 시몬손을 따라가겠노라고 말한다. 이 말에 네흘류도프는 일종의 해방감을 느끼며 그녀와 작별하고 돌아온다. 숙소에 와서 복음서를 읽으며 그 가르침에 따라 살기로 결심하는 데서 소설이 끝난다.

너무나 엉성한 개요지만 이 정도로써도 네흘류도프와 까쮸샤의 뜨겁고 슬픈 사랑 이야기를 기대하는 독자에게 책의 3분의 2에 가까운 뒷부분이 별로 제공하는 게 없음을 짐작할 만하다. 그러한 독자는 네흘류도프 혼자서 지루하게 이 사람 저 사람 만나고 다니고 이런저런 일에 관해 명상을 하곤 하다가 극히 애매한 작별로 이야기가 끝나버리는 아쉬움을 맛보게 마련인 것이다. 그러나 독자들 가운데는 지루한 것은 바로 네흘류도프와 까쮸샤에 관한 대목들이요 네흘류도프가 만나는 수많은 다른 인물들이야말로 이 작품의 가장 훌륭한 성과라고 느끼는 이도 있다. 체호프도 바로 그런 예인데, 1900년 1월에 쓴 한 편지에서 그는 똘스또이에 대한 존경과 사랑을 피력하면서 이렇게 말한다.

똘스또이에 관한 이야기를 끝맺을 겸 『부활』에 대해 몇마디 할 말이 있습니다. 이 책을 나는 띄엄띄엄 읽은 게 아니라 단숨에 다 읽었지요. 아주 훌륭한 예술작품입니다. 제일 재미없는 부분은 네흘류도프와 까쮸샤의 관계에 관한 부분입니다. 가장 흥미 있는 인물들은 귀족들과 장군들, 늙은 귀족 부인들, 농민·죄수·간수들이고요. 나는 뾰뜨르와 빠벨 감옥의 지휘관이자 강신술(降神術)에 심취한 장군 집에서의 장면을 읽으면서 그 장면이 어찌나 잘됐는지 가슴이 맹렬히 두근거렸지요. 게다가 안락의자의 꼬르차긴이나 공작부인이라든가 페도시야의 남편인 농부는 또 얼마나 훌륭합니까! 이 농부는 자기 어머니가 '꾀 많은 인물'이라고 말하는데 똘스또이야말로 그렇습니다. 그의 펜은 정말 교묘하지요. 이 소설에는 끝이 없습니다. 결말이라고 지어놓은 것을 결말이라 보기는 힘들지요.

다시 말해서 체호프는 『부활』을 네흘류도프와 까쮸샤의 사랑 이야기로보다 당대 사회현실과 인물들을 박진적이고도 풍요롭게 그려낸 작품으로서 높이 평가하고 있는 것이다. 이것은 이광수도 "혁명 전 부패한 노서아사회의 자태가 너무나 뚜렷하게 나타나 있다"는 말로써 지적했던 측면인데, 『부활』에서 이러한 현실묘사 및 현실고발이 하나의 부수적 효과가 아니라 작가의 기본적 의도였음은 소설을 통독한 독자로서는 의심하기 어렵다. 이것은 물론 만년의 똘스또이의 종교관 및 예술관과 이어지기도 한다. 그러나 예술이 현실과 인생의 문제에 대해 교훈을 주어야 한다는 생각 자체는 똘스또이가 젊었을 적부터 지녔던 것이며 『전쟁과 평화』에서 역사를 결정하는 것이 이름 없는 민중이라는 자신의 사관을 실로 장광설이라는 이름에 값할 정도의 긴 논설로 거듭거듭 개진하고 있는 것만 보아도 분명하다. 만년에 와서 달라지는 것은 그러한 기본자세보다 그가 전달하고자 하는 교훈의 내용이며 이와 더불어 그러한 전달이 시도되는 작품의 창조적 활력에도 차이가 난다고 볼 수 있을 것이다.

교훈적이며 현실고발적인 의도는 『부활』의 유명한 첫 구절에 이미 뚜렷이 드러난다.

겨우 몇십만의 인간이 어느 조그만 장소에 모여 저희들이 빽빽이 들어서 있는 땅을 못쓰게 만들려고 제아무리 애를 써보더라도, 그 땅에 아무것도 자라지 못하도록 온통 돌을 깔아버리더라도, 움트는 풀을 닥치는 대로 말끔히 뽑아버린다 하더라도, 석탄과 석유로 그을게 하더라도, 수목을 베어 쓰러뜨리고 짐승과 새를 남김없이 죄다 몰아낸다고 하더라도, 봄은 도시에서마저 역시 봄이었다. 태양의 훈김으로 풀은 생명을 되찾아서 무럭무럭 자라고, 송두리째 뽑히지만 않은 곳이라면 가로수 길의 잔디밭은 말할 것도 없고 도로의 포석(鋪石) 틈에서까지 파릇파릇 움트고, 자작나무와 포플러와 벚나무도 향기롭고 끈끈한 잎을 펼치고 보리수는 이제 막 방긋이 싹을 부풀리고 있었다. 까치와 참새와 비둘기는 사뭇 봄에 겨워 즐거운 듯이 벌써 보금자리를 마련하기 시작하였고, 파리들도 양지바른 벽 언저리에서 윙윙거리고 있었다. 식물도 새도 곤충도 아이들도 모두 즐거웠다. 그렇지만 사람들은 — 나이 먹은 어른들만은 ─ 여전히 자기 자신과 서로서로를 속이고 괴롭히는 일을 그만두지 않았다. 신성하고 중요한 것은 이 봄날의 아침도 아니며 만물의 행복을 위해 주어진 신(神)의 세계의 아름다움, 평화와 일치와 사랑으로 마음을 이끄는 이 아름다움도 아니고, 서로가 상대방을 지배하기 위해 스스로 꾸며낸 일들만이 신성하고 중요하다고 사람들은 생각하고 있었다.*

이처럼 자연의 질서에 어긋나고 신의 섭리에 어긋나는 기성 인간사회에 대한 준엄한 비판이 처음부터 『부활』의 기본적인 주제로 제시된다. 재판정에 선 까쮸샤를 본 뒤 네흘류도프가 그녀와 결혼할 결심까지 하는 것도 그녀에 대한 사랑이 되살아났기 때문이 아니다. 피해자인 그녀가 재판을 받는데 가해자인 자신이 배심원으로 앉아 있다는 엄청난 모순을 깨달음과 동시에 그것이 바로 이 사회의 본질적 양상임을 깨닫기 때문이다. 즉 판사·검사·서기·변호사·배심원 등 모두가 자기와 같은 부류의 사람들이고 똑같이 오판의 책임을 지고 있는데 다만 이를 자기만큼 절실하게 느끼지 않을 뿐이며 자신의 가족과 친지들 모두가 자기가 살아온 무심한 가해자의 생활을 영위하고 있음이 눈에 보이게 되는 것이다. 까쮸샤에 대한 관심 때문에 알게 되는 그녀의 감방 동료들이나 다른 죄수들의 사연은 이러한 인식을 더욱 넓혀주고 굳혀준다.

이러한 작가의 현실고발 작업이 2, 3부에 와서 기술적으로 약간 다른 양상을 띠게 되는 것은 사실이다. 즉 네흘류도프와 까쮸샤의 관계가 차지하는 지면이 크게 줄어들면서 네흘류도프의 존재 자체가 이 사회의 다양

---

* 『부활』의 모든 인용문은 『대똘스또이전집』 제1권(김학수 역)을 토대로 하고 군데군데 인용자가 약간 첨삭하기도 했다.

한 측면을 보여주고 그에 대한 작가의 반응을 전달하는 하나의 소설적 장치로 변하는 인상마저 주는 것이다. 제2부의 서두에 그는 자신의 재산을 정리하려고 두군데의 영지를 다녀오면서 당시의 토지문제와 농민들의 현실을 목격하게 되고, 여기서 모스끄바로 돌아왔을 때에는 도시 귀족들의 생활이나 감옥 주변의 삶을 한층 더 새로운 눈으로 보게 된다. 뒤이어 구명운동을 위해 뻬쩨르부르그에 감으로써 수도의 국가기구 및 권문세가들의 실상을 묘사할 계기가 마련되기도 한다. 까쮸샤를 직접 볼 기회는 시베리아로 출발한 뒤로 더욱 적어진다. 그 대신 여행 도중에 네흘류도프가 만나는 수많은 죄수와 시골 사람들, 호송장교, 간수, 지방 감옥이나 수용소의 관리들, 게다가 까쮸샤가 함께 지내게 된 정치범들과 이들 주변의 묘사를 통해 제3부에서는 당대 러시아사회의 또다른 구석들이 폭로된다. 체호프의 말대로 이런 묘사와 서술은 얼마든지 더 계속될 수 있다는 느낌이다.

그러나 네흘류도프와 까쮸샤에 관한 부분이 『부활』의 가장 재미없는 대목이라는 체호프의 지적에는 완전히 동의하기 힘들다. 그보다는 두 사람의 이야기가 2, 3부에 와서 재미없어진다고 말하는 것이 정확할 것이다. 제1부에서 회상의 형식으로 제시되는 두 남녀의 지나간 사랑과 이 기억이 되살아나는 가운데 전개되는 이들의 새로운 관계는 무어니무어니 해도 이 소설에서 가장 독자를 사로잡는 대목이다. 그뿐 아니라 사회현실의 고발이라는 면에서도 예컨대 재판이라는 절차가 얼마나 가해자들 멋대로 무책임하게 진행되는 것인가를 보여주는 제1부의 장면들이 이 책의 다른 어느 사회비판 못지않게 인상적이라는 사실에 주목할 필요가 있다. 그 장면들이 특히 효과적인 이유는 이 재판에 바로 까쮸샤의 운명이 직접 걸려 있을뿐더러 작가가 재판의 진행에 대한 묘사 중간중간에 네흘류도프와 까쮸샤의 과거에 대한 서술을 적절히 끼워넣음으로써 긴장감을 높이고 있기 때문인 것이다.

까쮸샤에게 4년의 징역형이 내려지는 과정은 실로 어처구니가 없을 정도다. 재판장을 비롯하여 판사·검사 등 누구도 실제로 악독한 인간은 아니다. 다만 아무런 자각 없이 그릇된 생활의 틀에 매여 살면서 그릇된 제도의 운영에 각기 한몫을 하고 있을 뿐이다. 재판장은 정부와 밀회할 시간을 정해놓고 재판이 빨리 끝나기만을 기다리는 중인데, 그러면서도 정작 입을 열면 판에 박힌 이야기를 길게 늘어놓고야 말며 그러다가 배심원들에게 일러주어야 할 가장 중요한 대목 ─ 피고가 독살의 의도가 없었다면 그 점을 명시하라는 훈령 ─을 빼먹고 만다. 배석판사 중 한 사람은 아침에 아내와 싸우고 나왔는데 그녀가 저녁을 안 차려놓겠다고 선언했기 때문에 전전긍긍하고 있다. 워낙에 꼼꼼한 성격이기도 하지만 그날의 울적한 기분이 작용하여 나중에 판사가 배심원의 평결을 파기하려는 데에 강경히 반대한다. 또 한 사람의 판사는 위염을 앓고 있다. 재판 도중 재판장과 무언가 중요한 일처럼 소곤소곤하는 것도 속이 불편하니 마사지를 하고 물약을 마시고 오도록 휴정을 했으면 좋겠다는 이야기였다.(물론 재판장은 휴정을 해준다.) 그는 무슨 문제가 생겼을 때 눈에 띄는 숫자를 3으로 나누어떨어지면 청신호로 받아들이는 습관이 있는데, 까쮸샤에게 무죄를 줄까 하는 문제가 나왔을 때에는 관계 조문에 서류 번호를 더한 숫자가 셋으로 나눠지지 않았다. 그러나 워낙 사람이 좋아서 찬성을 해버렸는데도 재판장이 다른 판사와 다투기 싫어하는 바람에 피고에게 아무런 도움을 못 주고 만다. 배심원들은 배심원들대로 그녀의 무죄를 확신하면서도 엉뚱한 부주의로 유죄평결을 내놓는다. 그런가 하면 까쮸샤를 징역형에 처하기 위해 가장 적극적으로 애쓰는 검찰관도 악인은 아니고 단지 "천성이 우둔한데다 불행하게도 금메달을 받고 중학을 졸업했고" 검사라는 지위에 올라 자기만족에 차서 살다보니 "굉장한 바보가 되고 말았

던 것이다."(제1부 21장)

이 엉터리 재판이 잠시 휴정하는 사이에 네흘류도프와 까쮸샤의 옛일이 소개된다. 그리고 독자가 읽는 유혹 장면의 실감은 작가나 뒷날의 네흘류도프 자신이 도덕적으로 단정하는 것과 상당한 차이가 있다. 까쮸샤를 처음 알았을 때의 순진한 청년과는 달리 3년 후의 네흘류도프는 이미 타락한 이기주의자가 되어 있었다고 똘스또이는 말한다. 실제로 까쮸샤를 범한 뒤 버리고 가는 네흘류도프는 타락한 이기주의자임에 틀림없기도 하다. 그러나 제1부 14장에서 고모집에 돌아와 까쮸샤가 아직 있음을 확인한 순간 "마치 태양이 구름 사이로 얼굴을 내밀기라도 한 것 같은" 느낌을 맛보는 것이나 15장 부활절 아침예배 때 두 사람 사이에 고조된 사랑의 감정 같은 것은 3년 전의 순수성이 살아 있음을 보여준다. 이 순수성이 '육욕'에 패배당했다는 것이 작가의 주장이다. 그러나 실제로 사건이 벌어지는 17장 부활절날 밤의 묘사는 생동하는 봄기운과 두 남녀의 ─ 네흘류도프만이 아니라 순결한 처녀 까쮸샤 자신의 ─ 숨가쁜 열정을 너무나 여실하게 전해준다. 물론 네흘류도프의 욕망이 더욱 순수하고 강렬한 것이었다면 이때에 이미 자신의 생활양식 전체에 대한 반성과 부정이 일어났을 것이다. 그렇지 못한 상태에서 순진한 처녀를 유린하고 더구나 떠나기 전에 100루불을 쥐여주고 가는 행위는 비열한 쾌락주의자라는 욕을 먹어 마땅하다. 그러나 문제는 남녀의 욕망 자체를 동물적인 타락으로 단정짓는 작가의 해석이 작품의 가장 생동하는 대목의 실감과 무언가 괴리를 낳고 있다는 점이다.

네흘류도프와 까쮸샤의 이야기가 뒤로 가면서 재미없어지는 근본 원인도 거기 있는 것이 아닌가 한다. 두 사람의 관계가 일종의 교착상태에 빠지는 것은 네흘류도프가 속죄의식에서 그녀와 결혼하기로 작정한 뒤부터다. 물론 까쮸샤가 상고심을 기다리는 동안이나 시베리아의 유형지로 가는 동안에는 이 문제에 어떤 구체적인 진전이 있을 수도 없다. 그러나 네흘류도프의 마음속에서마저 이 문제가 점점 더 구석으로 밀려나는 것은 석연치 않은 현상이 아닐 수 없다. 그리하여 제3부 19장에서는 까쮸샤를 사랑하고 있다는 시몬손의 고백을 듣고 그녀 자신과도 그 이야기를 하고 돌아온 직후인데도 네흘류도프는 "시몬손이나 까쮸샤와의 오늘 밤의 대화는 전연 뜻밖의 일이고 중대하기도 했지만, 그럼에도 불구하고 그는 이 사건에 그다지 마음을 쓰지 않았다"는 한마디로 끝내고 지난 3개월 동안 목격한 현실에 대한 생각을 정리하는 데 몰두하고 만다. 아니, 마지막 장에서 까쮸샤와 작별하고 돌아온 밤에도 "지금 그의 마음을 괴롭히는 것은 그 일이 아니었다"는 식으로 이 문제는 도외시되고 "그가 요즈음 줄곧 듣고 보아온 그 무서운 악(惡)", 즉 기성 사회의 악에 대한 명상으로 끝나버린다. 그러나 다른 한편으로 작가는 실제로 까쮸샤에 대한 그의 감정이나 사고가 깨끗이 정돈된 것이 아님을 제시해왔기 때문에, 이러한 명상이 무의식적으로라도 문제의 핵심을 회피하는 행위라는 인상을 풍기게 마련이다.

네흘류도프가 까쮸샤와 결혼하겠다고 마음먹는 순간부터 사실 문제는 극히 복잡해질 수밖에 없었다. 이 대목에서 네흘류도프가 진정한 애정보다 속죄의식과 의무감에서 결혼까지 하겠다고 나서는 것은 심리적으로 충분히 수긍이 가는 일이다. 그러나 이 상태에서 정작 결혼이 이루어진다면 어떨까? 현실적으로 어떤 생활이 가능할 것이며, 의무감에 끌린 결혼의 윤리성이 새로 문제될 소지는 없을 것인가? 실제로 똘스또이는 초고에서 두 사람이 결혼을 하는 것으로 만들었다고 한다(R. F. Christian, *Tolstoy: A Critical Introduction*, 1969, 제7장 참조). 까쮸샤의 만류에도 불구하고 네흘류도프가 고집하여 두 사람은 시베리아로 떠나기 직전 감옥 내의 교회에서 식을 올린다. 유형지에 가서 네흘류도프는 저술을 하고 까쮸샤는 집안일도 하고 공부도 하며 결혼생활을 해나간다. 그러다가 마지막에 런던으로 탈출하여 그곳에서 네흘류도프는 토지사유제도에 반대하는 자신의 사상을 전파하는 데 전념하게 된다는 것이다. 이러한 구상은 사랑에 순(殉)하는 사나이 네흘류도프 공작이라는 통념에 비하면 덜 감상적이지만 역시 문제점이 많은 것이 사실이다. 그보다는 네흘류도프가 온갖 망설임과 회피 끝에 까쮸샤와의 결혼을 포기하는 확정본의 줄거리가 아무래도 훨씬 냉철한 리얼리스트의 시선을 담고 있다.

그런데도 이렇게 새로 쓴 줄거리 역시 독자들을 만족시키지 못하는 것은 네흘류도프의 자기회피에 작가 자신이 어느정도 동조하고 있다는 느낌이 들기 때문이다. 그리고 이러한 혼란의 바닥에는 인간의 삶을 '정신적인 자아'와 '동물적인 자아'의 대립으로 파악하는 관념이 개재하는 것 같다(제1부 14장 참조). 이것은 소설의 첫머리에 제시된 '봄날의 세계' 대 '타락한 인간사회'의 대조와 분명히 연결되기는 하지만 그것과 반드시 일치하는 것은 아니다. 봄에 풀이 움트고 새들이 지저귀게 만드는 섭리는 남의 행복을 존중하는 마음뿐 아니라 사랑의 결합을 갈구하는 젊음 속에도 작용하는 것일 터인데, 정신 대 육체의 양분법은 이를 단순화하고 끝내는 왜곡하는 것이다. 까쮸샤와 결혼해서 속죄하겠다는 결심은 참다운 자아의 성취를 향한 첫걸음일 수는 있지만 그것이 순전히 정신적인 결단이라는 점에서 그 자체로서는 부자연스럽고 따라서 거짓된 결단이기도 하다. 그런데 똘스또이는 네흘류도프의 결심에 처음에는 일종의 자기만족이 섞여 있었음을 지적하기는 하지만 '정신적인 자아'가 곧 '신성한 참된 자기'라는 발상 자체를 직접 비판하는 일은 한번도 없다.

까쮸샤 자신은 네흘류도프의 청혼이 갖는 도덕적 애매성을 직감적으로 알아차린다. 처음 그 말을 들었을 때 그녀는 분격하여 소리지른다.

"당신은 날 미끼로 해서 구원받으려는 거죠." 마음속에 끓어오르는 모든 것을 단번에 내뱉으려는 듯 그녀는 말을 이었다. "당신은 이 세상에서 날 농락해놓고 저승에서 또 날 미끼로 자신을 구원하려는 거죠? 보기도 싫어요, 그 안경도 기름진 더러운 상판도 다 보기 싫어요. 가요, 가!"(제1부 48장)

이것이 네흘류도프의 전부라고 말한다면 억울한 이야기일 게다. 그러나 적어도 무서운 진실의 한조각을 집어낸 것은 틀림없는데 네흘류도프는 끝까지 이를 직시하지 않는다. 자신의 과거를 더욱 뉘우치고 까쮸샤를 더욱 측은히 여길 따름이지, 현재의 청혼 자체가 지난날 죄악의 연장이 아니냐는 통렬한 비판을 정직하게 받아들이는 태세가 아닌 것이다. 그는 자신의 회개가 진심임을 확인하는 것으로 족하다고 생각하는 모양이지만, 까쮸샤의 직관이 꿰뚫은 핵심은 그것이 아니었다. 옛날의 사랑이 그대로 되살아나지 않는다 해도 까쮸샤와 부부로 살아가는 생활 자체가 무언가 네흘류도프에게 구체적으로 필요하고 즐거운 것이 못 되는 한, 네흘류도프의 '자기희생'은 또 하나의 이기적 행위에 지나지 않는 것이다. 반드시 내세의 구원을 추구해서가 아니라 어쨌든 자신의 '정신적' 만족을 위해 여전히 까쮸샤를 도구로 써먹으려는 꼴이다.

네흘류도프의 이러한 일면을 똘스또이가 아주 외면할 리는 없다. 주인공의 명상을 빌려 자신의 정신주의를 설교할 때에는 진실을 얼버무리기도 하지만, 실제 사건의 진행을 서술하게 되면 냉엄한 리얼리스트의 시선이 다시 번뜩이곤 한다. 제2부에서 네흘류도프가 뻬쩨르부르그에서 돌아왔을 때 그는 병원 조수와의 불미스런 일로 까쮸샤가 감방으로 다시 보내졌다는 말을 듣는다. 그는 실망하고 분노하지만 곧 그녀를 용서하고 더욱 깊이 동정한다. 나중에 그 소문이 근거 없는 모함이었음을 알게 되는데,

내용을 알아볼 생각도 않고 용서와 동정부터 지불했던 그의 자세야말로 얼마나 까쮸샤의 인격을 모독하는 것이었는지에 대한 네흘류도프의 반성은 끝내 보이지 않는다. 작가 자신이 따로 이를 비판하는 말도 없기는 하다. 그러나 이 삽화에서도 네흘류도프가 자신의 '죄악의 산물'로서의 까쮸샤가 아닌 현재 살아 있는 주체로서의 인간 마슬로바와 결혼하여 살 생각이 별로 없음이 드러난다. 제3부에 이르면 그 점이 더욱 명백해진다. 시몬손의 선언을 듣는 순간 그것은 "스스로 짊어진 의무로부터의 해방을 그에게 주는 것"(17장)임을 느낀다. 얼마 후 시베리아의 도시에 도착하자 네흘류도프의 체질이 역시 도회지의 편안한 생활에 맞는 것임이 드러난다. 지방장관 저택의 만찬에 초대받은 그는 오랜만에 즐거운 시간을 보내며 장관의 교양 있는 딸 내외와 그들의 잠자는 어린아이들을 보고 부러움을 느낀다(24장). 까쮸샤와의 마지막 면회를 하는 것은 바로 이런 문맥에서다. 황제의 특사령이 내린 이제 그녀와의 결혼은 드디어 구체적인 현실문제로 다가왔고 네흘류도프가 이를 원하지 않고 있음을 똘스또이는 분명히 해준다.

여느 때와 마찬가지로 간수가 먼저 들어오고 그 뒤를 따라 수의를 입고 머릿수건을 쓴 까쮸샤가 들어왔다. 그녀의 모습을 보자 그는 무거운 기분을 느꼈다.

"나도 살고 싶다. 가정을 갖고 싶고 아이를 갖고 싶다. 인간다운 생활이 하고 싶다." 그녀가 눈을 내리깐 채 잰걸음으로 방 안에 들어왔을 때 그의 머리에는 이런 생각이 번뜩였다. (25장)

이 솔직한 욕망이 까쮸샤와의 가정, 까쮸샤와의 아이에 대한 소망이 아님은 분명하다. 석방이 되면 살고 싶은 데서 살 수 있으니까 "우리는 잘 생각해서……"라고 네흘류도프가 말끝을 흐릴 때 까쮸샤는 재빨리 이야기를 가로막으며 시몬손을 따라가겠노라고 한다. 네흘류도프는 그녀가 정말 시몬손을 사랑하고 있든가 아니면 자기를 사랑하기 때문에 마음에도 없는 거절을 하든가 둘 중의 하나라고 생각한다. 사실 그는 이미 그녀의 동료 마리야 빠블로브나로부터 후자 쪽이 진실이라는 말을 듣고 있었지만, 정작 까쮸샤에게 하는 대답은 "당신이 그분을 사랑하고 있다면……"이라는 것이다. 작별의 순간에 사태의 진상은 좀더 분명해진다.

"그만 가겠어요." 그녀는 들릴락 말락 한 목소리로 이렇게 말했다. '안녕히 가세요'가 아니라 '그만 가겠어요'라고 말했을 때의 묘한 사팔눈과 서글픈 미소를 보고 네흘류도프는 그녀의 결심의 원인에 대한 두 개의 가정 중에서 둘쨋번 것이 옳았음을 깨달았다. 그녀는 네흘류도프를 사랑하고 있지만, 언제까지나 그를 붙들어둔다면 그의 일생을 망치게 되므로 시몬손과 함께 떠남으로써 그를 해방시키려 하고 있었다. 그리고 지금 자신의 결심대로 실행한 것을 기꺼워하면서도 동시에 그와 헤어지는 것을 슬퍼하고 있는 것이었다.

그녀는 네흘류도프의 손을 쥐고는 재빨리 몸을 돌려 나가버렸다.

그녀가 현명한 결단을 내린 것은 분명하다. 그러나 네흘류도프로 말하면 또 한번의 배신을 저질렀다고 볼 수도 있는데, 복음서의 계율에 따라 살기로 작정하는 마지막 장의 명상에서 이에 대한 뼈저린 반성이 없다는 사실은 그렇잖아도 급작스러운 결말에 개운찮은 뒷맛을 더해준다. 네흘류도프의 경우는 '부활'이라기보다는 '부활 미수'라는 표현이 적절할지 모른다.

4

『부활』의 중심인물이 '부활 미수'로 그치는 것이 사실이라면 이 작품이 시도하는 현실고발·현실비판의 성과에도 중대한 영향을 미치지 않을 수 없을 것이다. 『부활』이 19세기 말엽 러시아의 사회상을 그만큼 폭넓고 날카롭게 드러낸 점은 탄복할 만하다. 그러나 주인공의 '부활'이 일단 문제로서 제기되었는데도 부활다운 부활을 성취시키지 못하고, 그렇다고 부활에 실패하는 비극을 직시하며 그러한 비극적 사태의 극복가능성을 모색하지도 못하는 현실인식의 한계는 작중에서 다뤄지는 다른 현실문제의 인식에도 일정한 한계를 그어주게 마련이다.

네흘류도프의 생각을 통해 제기되는 사회비판을 먼저 살펴볼 때, 거기에는 분명히 까쮸샤와의 관계에서 드러나는 것과 공통되는 결정적 한계가 눈에 띈다. 네흘류도프가 까쮸샤를 아무리 동정하고 이해하며 갱생으로 이끌고자 애쓴다고 해도 하나의 주체적 인간으로서 그녀를 대접하기에는 못 이르는 것과 마찬가지로, 그가 농민이나 죄수들을 위해 기울이는 온갖 노력도 근본적으로 네흘류도프 공작 자신이 알아서 베풀어주는 혜택들이다. 그가 가진 토지를 농민들에게 나누어주겠다고 할 때 농민들은 별별 억측을 다 하면서 반발한다. 네흘류도프는 뜻밖이었지만 그들이 늘 속고 착취받아왔기 때문에 그럴 수밖에 없겠다고 곧 이해한다. 그러나 지주의 일방적 시혜에 의한 해결책이 참된 해결이 못 된다는 근본문제는 생각지 않는다. 그의 청혼이 까쮸샤의 반발을 샀을 때 그녀 발언의 핵심적 진실을 놓치는 것과 마찬가지다. 민중의 고난을 훨씬 많이 목격하고 난 뒤에도 그는 그들을 구원의 대상으로 볼 뿐 그들 자신의 손으로 새로운 미래를 창조할 역량이 고난 중에 성장하고 있는지도 모른다는 생각은 떠오르지 않는다.

이것은 '똘스또이주의' 자체의 한계와도 통하는 면이다. 그러나 작품으로 구체화된 작가의 의식은 주인공을 통해 피력된 사상과는 별개 문제다. 네흘류도프가 똘스또이 만년의 개인적 신조를 그대로 표현하는 방편으로 쓰일 때도 많지만 앞서 까쮸샤와의 관계에서도 보았듯이 주인공의 생각에 반대되는 현상도 곳곳에 나타나는 것이다. 빠노보 영지에서 토지분배를 둘러싼 농민들의 반응도 그렇고, 제3부 26장에서 복음서의 가르침을 전도하는 영국인에 대한 죄수들의 대꾸도 타락한 자들의 빈정거림으로 들리지만은 않는다. 한쪽 뺨을 맞거든 또 한쪽 뺨을 내줘야 한다고 말하자, "딴 뺨까지 얻어맞는다면 이번에는 어느 쪽을 내밀어야 하지?"라고누가 중얼거리는데, 이들은 모두 누가 가르치기 전에 다른 한쪽 뺨까지내주며 살아왔고 양쪽 뺨을 다 맞고도 더 심한 수모를 겪으며 살아온 경력의 소유자들인 것이다. 네흘류도프 자신의 복음주의가 대두하기 직전에 펼쳐지는 이러한 광경은 이 작품의 '똘스또이주의적' 결론에 단편적으로나마 제동을 거는 수많은 작중현실 가운데 하나이다.

게다가 똘스또이주의 자체가 이광수류의 타협주의와는 하늘과 땅 차이임을 잊어서는 안 된다. 개인생활에서나 그의 저술에서나 제정러시아의 체제에 대해 똘스또이는 전면적인 거부의 자세로 일관하여 그야말로요지부동이었다. 그렇기 때문에 『부활』에서 발견되는 현실인식의 한계도똘스또이의 출신성분 그대로 '지주적'인 한계라기보다 당시 러시아 농민층의 강렬하지만 정치적으로 미숙한 저항의식을 반영한 '농민적' 한계라는 명제가 좀더 설득력을 갖는 것이다.

네흘류도프라는 작중인물의 한계도 한마디로 지주계급의 의식을 못 벗어난 것과는 다르다. 앞에서도 말했듯이 그가 법정에서 까쮸샤를 보고 얻은 깨달음과 충격은 단순히 자기 개인이 그녀에게 잘못했다는 것이 아니라 자기 부류의 인간들이 매사에 그런 식으로 살고 있으며 바로 그렇게 살기 때문에 남보다 편히 살고 까쮸샤들을 재판하며 산다는 깨달음이요 충격이다. 이 깨달음 자체는 네흘류도프의 온갖 경험을 통해 흔들리지 않고 굳어져간다. 물론 행동의 차원에서는 모든 것이 그처럼 간단하지는 않다. 가령 까쮸샤의 구명운동과 아울러 다른 억울하고 불쌍한 사람들을 도우려고 나섰을 때 그에게 가장 요긴한 것은 상류사회의 연줄이다. 그러나 "학대받는 사람들을 돕기 위해서 학대하는 자 측에 서지 않으면 안 되는"(제2부 15장) 모순에 네흘류도프가 둔감하지는 않으며, 마리에뜨의 주선으로 높은 사람 말 한마디에 국사범이 석방되었을 때 그는 감사하기보다 더욱 큰 분노를 느낀다(18장). 더구나 마리에뜨가 자신의 청탁을 들어주었던 것은 심심풀이로 네흘류도프와 정사라도 벌여볼까 싶어 그랬었다는 것을 나중에 눈치채게 된다.

그러므로 『부활』에서 작가가 개입하여 사태를 분석하고 요약하는 대목에서도 그의 철저한 저항정신, 그의 '농민적 관점'이 역력히 드러난다. 예컨대 작품 첫 부분에서 마슬로바의 경력을 소개하면서 그녀가 창녀로 된 경위를 작가는 이렇게 표현한다.

까쮸샤는 두 길 가운데 하나를 택하지 않을 수 없었다. 한쪽은 추근추근한 주인 남자들의 강요에 못 이겨 남몰래 간통을 하는 천한 식모살이였고, 또 한쪽은 생활이 보장되며 안전하고 아무 거리낌 없는 환경에서 법률로써 허락되어 두둑이 돈을 벌 수 있는 연속적인 간음행위를 하는 것이었다. 그녀는 후자를 택했다. (제1부 2장)

게다가 똘스또이는 러시아인들 간의 문제뿐 아니라 외국 또는 이민족과의 관계에서도 일체의 '애국적' 통념을 거부한다. 체호프가 감탄했던 정치범 감옥의 지휘관인 늙은 장군이 훈장을 받은 사실을 전하면서 작가는 이렇게 말한다.

그것은 당시 그가 머리를 짧게 깎고 군복을 입고 총검으로 무장한 러시아 농민들을 지휘해서, 자기네들의 자유와 집과 가족을 수호하려는 사람들을 천명 이상이나 살육한 공에 의한 것이었다. 그후 폴란드에 근무하면서 여기서도 러시아의 농민들로 하여금 별의별 범죄를 저지르게 하고 그 공에 대하여 역시 훈장이며 군복에 붙이는 새로운 장식 따위를 받았다. (제2부 19장)

이런 보기를 들자면 한정이 없다. 그러나 그 어느 국가기구나 사회제도 못지않게 교회에 대해서도 똘스또이가 부정적이라는 점을 여기서 덧붙일 필요가 있겠다. 제정체제의 가장 중요한 기둥의 하나가 러시아정교회였던 역사적 문맥을 떠나서는 똘스또이의 그리스도교가 바로 순응주의로 오해될 소지가 많기 때문이다. 실제로 똘스또이 당대에는 당국과 가장 심각한 충돌을 일으키고 『부활』을 포함한 많은 저서의 삭제·판금 그리고 드디어는 똘스또이 자신의 파문을 몰고 온 것이 그의 기성 종교 비판이었다. 이러한 저자의 태도는 까쮸샤가 감옥 안에서 참석한 예배를 묘사한 다음과 같은 대목에서도 잘 드러난다.

예배식의 핵심은 사제가 잘게 찢어 포도주에 적신 빵이 일정한 복잡한 절차와 기도를 올리는 사이에 신의 살과 피가 된다는 점이었다. 그 절차란 즉 사제가 몸에 두른 금잔으로 만든 자루와도 같은 법의가 거추장스러움에도 불구하고 양손을 같은 높이로 올려 잠시 동안 그대로 있은 다음, 무릎을 꿇고 테이블과 그 위에 있는 물건에 입을 맞추는 일이었다. 그중에서도 제일 중요한 동작은 사제가 양손에 냅킨을 잡고 접시와 금잔 위에서 능숙한 솜씨로 일정하게 흔드는 것이었다. 바로 이 순간에 빵과 포도주가 신의 살과 피로 된다고 말해지고 있으므로 이 장면은 특히 엄숙하게 꾸며져 있었다. (제1부 39장)

종교에서 일체의 의식과 비합리적 신앙을 부정하는 똘스또이의 입장 자체는 논란의 여지도 있을 것이다. 그러나 국교의 사제가 억압체제의 희생자들에게 성찬식을 베푸는 이 대목의 문맥에서는 똘스또이 특유의 풍자 ─ 고정관념을 완전히 무시함으로써 흔히 보는 사물이나 행동을 도무지 뭐가 뭔지 모를 일이라는 듯이 묘사하는 것은 그가 애용하는 수법이다 ─ 가 적중하고 있다고 보아야겠다.

똘스또이의 철저한 반체제정신은 이 소설에서 정치범들이 차지하는 비중에도 드러난다. 이들 대부분의 이념이나 행동노선에 대해서 똘스또이 자신은 달갑게 생각하지 않았다. 그 점은 네흘류도프가 처음 만나는 국사범 베라 보고두홉스까야의 인상이나 제3부에서 '지도자' 노보드보로프의 성격묘사만 보아도 분명하다. 똘스또이가 특별한 애착을 느끼는 정치범은 아름답고 헌신적이며 성에 대해서는 혐오감마저 품고 있는 처녀 마리야 빠블로브나, '전형적인 농민'으로서 대다수 정치범들과 전혀 혁명관을 달리하는 나바또프, 별다른 의식 없이 정의감 때문에 운동에 뛰어들었다가 이제 폐결핵으로 죽어가는 끄르일리초프, 이런 인물들이다. 그러나 개개인에 대한 좋고 싫은 감정을 떠나서 하나의 집단으로 볼 때 이들이 감옥 바깥의 세계보다 훨씬 인간다운 사회를 이미 형성하고 있음을 독자는 실감하게 된다. 실제로 까쮸샤의 갱생에 가장 큰 몫을 하는 것은 ─ 적어도 그녀가 그들 틈에 있도록 네흘류도프가 만들어놓은 다음부터는 ─ 이들 정치범이며, 네흘류도프 자신도 애초에 정치범들에 대해 갖고 있던 인식에 큰 변화가 일어났음을 시인한다(특히 제3부 5장 참조).

『부활』의 도처에서 우리가 마주치게 되는 작가의 이러한 강렬한 비판의식과 날카로운 현실인식을 감안할 때 이 모든 것을 하나의 웅혼한 드라마로 통합해줄 좀더 생기 있는 주인공, 또는 주인공의 실패에 대한 좀더 가차없고 끈덕진 탐구의 노력이 더욱 아쉽게 느껴진다. 멀리 대안을 찾을 것 없이 2, 3부로 가면서 까쮸샤의 눈으로 좀더 많은 것을 볼 수만 있었더라도 훨씬 달라지지 않았을까?(하디의 『테스』가 갖는 강점이 바로 평민 여주인공의 관점을 주로 활용했다는 데서 온다.) 제1부에서는 옛날의 순진한 처녀나 그후의 타락한 창녀의 관점보다 네흘류도프의 관점에 더 의존하는 것이 적절했다고 할 수 있다. 그러나 1부에서도 판결을 받고 감방으로 돌아온 밤, 옛날에 네흘류도프의 아이를 밴 몸으로 그가 탄 기차가 밤중에 역을 통과할 적에 그 뒤를 따라 비바람 속을 달리던 기억을 까쮸샤가 되새길 때 우리는 이 작품에서 가장 생생하고 감동적인 대목의 하나를 읽게 된다(37장). 그리고 이 기억, 이 체험은 끝내 네흘류도프에게는 알려지지 않는 사항이다. 독자는 2부에서도 이러한 관점의 전환이 간간이 있었으면 하는 아쉬움을 금할 수 없으며, 특히 3부에 가서 까쮸샤가 정치범들과 함께 지내면서 뚜렷한 의식의 향상이 이루어진다고 할 때 사물을 그녀의 새로워진 눈으로 본다는 것이 무엇보다도 뜻있는 일이었을 것이다. 네흘류도프의 똘스또이주의도 그 자신의 명상 속에서와는 한결 달리 보였을 것이며 시베리아로의 멀고 먼 여행의 체험도 죄수들과 걸어서 간 그녀에게는 전혀 다른 것이었을 터이다. 훨씬 고달픈 나날이면서도 어딘가 『전쟁과 평화』의 서사시적 세계와 일맥상통하는 건강함과 생명력에 넘치는 경험이었을 것이다.

이런 상상은 물론 부질없는 공상으로 떨어지기 쉽다. 다만 작가가 까쮸샤의 인간적 성장을 그녀 자신의 입장에 서서 형상화하지 않은 것이 똘스또이가 민중의 고난에 분노하고 동정하면서도 민중의식의 각성, 민중세력의 역사적 성장에는 유의하지 못했다는 사실과 무관하지 않음을 확인하는 방편으로서 해볼 만한 상상인 것이다. 제3부의 까쮸샤는 분명히 각성된 민중의 한 사람이다. 아니, 그러한 인간의 '윤곽'에 해당한다고 말해야 좀더 정확할 것이다. 그 윤곽에 맞는 생동하는 '인물'이 제대로 태어나기 위해서는 작가 자신이 민중의 각성에 좀더 큰 신뢰를 갖고 그들의 앞날까지 내다보는 경륜이 필요했을 것이기 때문이다.

5

이제까지 『부활』을 논의하면서 필자는 어떤 선입견에 이끌림이 없이, 번역으로지만 작품 자체를 읽은 실감에 충실하고자 했다. 그리고 이렇게 시도해본 논의의 결론이 70년대 이래 우리 주변에서 제기되어온 민족문학론 및 제3세계문학론의 입장과도 어긋나지 않는다고 믿는다.

진정한 민족문학·제3세계문학을 위해 감상주의와 추상적 인도주의에 젖은 『부활』 해석이 거부되어야 한다는 것은 너무나 뻔한 이치다. 그렇다고 우리가 곧 현실의 어두운 면을 폭로하고 고발하는 문학만을 요구하는 것은 아니다. 『부활』의 현실고발적 성격은 일부 감상주의자들이 생각하기보다 훨씬 두드러진 것이고 값진 것이지만, 그것이 작품의 성공을 자동적으로 보장해주지 못함을 우리는 살펴보았다. 네흘류도프 공작이 일단 주인공으로 설정되고 그에게 큰 지면이 할애된 이상, 그 자신의 '부활' 문제를 떠나서는 현실고발의 성과조차 제대로 논의할 수 없고 결국 까쮸샤와의 '개인적' 관계가 미흡하게 다루어짐으로써 작품 전체의 사회비판에도 분명한 한계가 그어짐을 확인해본 것이다.

이것을 우리는 작가가 대변하는 민중의식의 한계, 그리고 민중의 잠재력에 대한 작가의 인식과 신뢰의 한계에 연관시켰는데, 이야말로 제3세계의 민족문학에서는 핵심적인 문제이다. 가진 것도 없고 배운 것도 모자라는 민중에 대한 깊은 신뢰가 없다면 제3세계의 민족문학을 굳이 들먹일 이유가 없는 것이며, 이러한 신뢰가 훌륭한 문학을 실제로 낳으려면 현존하는 민중의식의 약점은 약점대로 인식하면서 그 성장의 가능성에 대한 구체적이고 과학적인 전망을 갖추고 있어야 할 것이다. 우리가 『부활』의 많은 장면에서 — 심지어 귀족 네흘류도프의 현실인식에서조차 — 당대 러시아 농민층의 저항의식을 읽으면서도 까쮸샤보다 네흘류도프의 관점에 편중된 작품구조나 후자의 똘스또이주의적 결론을 비판했던 것도 그 때문이다. 더구나 똘스또이주의의 역사적 성격에 대한 정확한 판단이 오늘날 제3세계의 민중에게는 남의 일이 아니다. 똘스또이주의는 20세기 후진 지역의 민중들과 여러모로 비슷한 19세기 러시아의 농민들이 선진 서구의 국민들이나 러시아 자체의 상류계급보다 훨씬 건강하고 현명하다는 주장과 더불어, 그들 농민의 삶이 이제까지 '영구히' 지속되어왔고 앞으로도 그래야 한다는 전제를 포함하고 있는데, 후자야말로 '영원한 동양'이기를 거부하고 '제3세계'로 자처하는 입장과는 양립할 수 없는 전제이다.(동시에 이 경우 자연히 우리는 전통사회 농민층의 건강성과 현명성에 대해서도 무조건 긍정할 수만은 없게 된다.) 제3세계의 이러한 입장이 그러나 국내외의 똘스또이 연구에 순순히 받아들여지고 있지는 않다. 반공사관의 일환으로 똘스또이주의의 가치를 적극적으로 재평가하려는 움직임도 있는가 하면, 아이제이아 벌린을 위시한 서구의 많은 연구자들은 똘스또이주의의 결론에는 전혀 동조하지 않으면서 그의 '순교자적 자세'나 그 생애의 '거대한 역설'을 예찬함으로써 문제의 핵심을 흐리는 경향도 있다(예컨대 Isaiah Berlin, "Tolstoy and Enlightenment," 1961의 결론 참조). 그러나 제3세계 민족문학의 입장에서는 똘스또이주의의 저항적·진보적 내용을 받아들이는 것과 그 관념적·몽매주의적 측면을 배격하는 것은 어느 하나도 소홀히 하거나 얼버무릴 수 없는 과업인 것이다.

우리의 입장에서『부활』보다 만년의 똘스또이 자신이 반민중적이라고 배척했던『전쟁과 평화』『안나 까레니나』등이 더욱 훌륭하고 민중적인 문학이라 보는 것도 똘스또이주의에 대한 그러한 판단과 통한다. 이는 물론 '예술'로서 훌륭한 것이 곧 민중문학으로서도 훌륭한 게 아니겠느냐는 형식논리도 아니고,『부활』이 훌륭한 예술작품이 아니라는 말도 아니다.『전쟁과 평화』등을 자세히 거론할 틈은 없지만, 똘스또이 만년의 예술론 자체가 똘스또이주의의 다른 부분들이나 마찬가지로 제3세계의 민족문학·민중문학론에 합치되는 면과 비판받아야 할 면을 지녔음을 강조하려는 것이다. 루카치가 지적하듯이 똘스또이가 셰익스피어, 베토벤 등 르네상스 이래의 온갖 예술을 깡그리 퇴폐한 예술로 몰아치는 태도에는 그 자신이『전쟁과 평화』에서 공언한 민중사관에도 불구하고 역사를 지배계급 위주로 보는 반동적 자세가 깔려 있다. 즉 똘스또이는 자본주의의 발전에 따르는 모든 퇴폐현상이 르네상스 이래로 지배계급이 종교적 신앙을 상실했기 때문에 일어났다고 믿고 있는 것이다(Georg Lukács, "Tolstoy and the Development of Realism," *Studies in European Realism* 참조). 동시에 우리는『전쟁과 평화』나『안나 까레니나』가 당시의 대다수 민중들에게 아무런 감동도 못 준다는 똘스또이 주장의 정태적 역사의식을 지적할 필요가 있다. 제3세계의 이념은, 먹고살기에 바쁘고 교육도 못 받아 현재『안나 까레니나』와 무관한 삶을 살아가는 다수 민중들이 앞으로는 더 나은 삶을 살 수 있고 또 그래야 하며 이때에는 가령 똘스또이의 대작들을 밤새워 읽고 즐기는 독자들도 민중 가운데서 얼마든지 나오리라는 역사의식이다. 이것이 온갖 반민중적 예술을 합리화하는 구실이 되어서는 안 되겠지만,『부활』과 다른 두 장편의 상대적 가치에 대한 우리의 판단이 진정한 민중예술론에 결코 어긋나지 않음을 인식하는 것은 중요한 일이다.

어쨌든 우리는 한국의 독서계에서 『부활』이 장기간 인기를 누려온 사실 자체를 부끄러워할 필요는 없다. 다만 『부활』을 똘스또이의 최대 걸작으로 보는 일을 삼가야겠고, 무엇보다도 『부활』을 감상주의적으로 읽는 태도와 그에 대한 반동으로 '현실고발'에만 치우치는 자세를 경계해야겠다. 이러한 전제가 갖춰졌을 때 이 소설이 우리들에게 줄 수 있는 것은 너무나 많다. 적어도 그것은 카프카, 조이스, 프루스뜨 들은 물론이요 플로베르나 졸라의 어느 소설보다도 오늘날 한국의 다수 독자들에게 더 알차고 싱싱한 양식을 제공한다는 것이 필자의 생각이다. 물론 플로베르나 카프카의 작품을 외면하자는 이야기는 아니다. 이들 역시 주체적인 이해를 통해 우리의 삶에 보탤 것은 보태야 할 것이며, 『부활』을 주체적으로 읽고 그 실감에 관해 격의 없는 대화를 나누는 경험은 그러한 또 하나의 작업에도 도움이 될 것이다.

—『범하 이돈명 선생 화갑기념문집』, 두레 1982

한국에 있어서 미국의 의미

민족문학론의 시각에서

1

20세기의 마지막 4분기를 살고 있는 오늘날의 한국에서 미국의 존재는 정치·경제·문화의 구석구석까지 만연해 있다. 따라서 한국에 있어서 미국의 의미를 묻는다는 것은 이 시대의 삶 자체의 의미를 묻는 것만큼이나 막연하고 거창한 일이다. 한정된 지면에 얼마간이라도 뜻있는 논의를 벌이자면 처음부터 이야기의 범위를 제한할 수밖에 없는데, 필자는 우리 문단에서 이른바 '민족문학론'의 전개에 참여해온 한 사람으로서 몇가지 단편적 고찰을 적는 것으로써 책임을 덜어볼까 한다.

민족문학을 생각하는 입장에서 우선 눈에 띄는 점은 '한국에 있어서 미국의 의미'를 본격적으로 다룸으로써 드높은 민족문학의 성과를 이룬 작품이 거의 없다는 사실이다. 단편 정도의 규모에서는 전혀 없는 것도 아니나, 어쨌든 이 물음의 중요성에 견준다면 문학적 성과는 너무나 적다. 가령 작년의 경우는 '한미수교 1백주년'이라고 하여 나라 안팎에서 많은 기념행사가 있었다. 그러나 필자의 과문 탓인지는 몰라도 이런 행사의 와중에서 제대로 된 기념시 한편이라도 민족문학의 유산에 보태진 일은 없었던 듯하다. 물론 행사문학이 애당초 본격문학으로 성공하기 힘든 측면도 있지만 예컨대 최근에 간행된 『4월혁명 기념시 전집』(신경림 편, 학민사 1983)에서도 보다시피 4·19를 기념하는 좋은 시들이 해마다 몇편씩은 나오고 있는 현상과는 매우 대조적이다. 이는 한미수교 기념이라는 사업이 그만큼 민중적으로 확산되지 못했다는 증거일 것이며, 어떤 특정 외국이 우리에게 갖는 의미를 민족문학의 기준으로 살피는 일이 눈앞의 요란한 움직임들을 민중생활과의 관련에서 점검하는 하나의 방편이 될 수 있음을 암시해준다.

1882년의 수교 자체가 물론 정부 대 정부의 관계 수립이었고, 한국민과 미국민 어느 쪽에서건 무슨 대중적 요구가 있었던 것은 아니다. 그것이 대다수 미국인들에게 관심 밖의 일이었던 것은 당연하거니와, 당시 한국 민중의 경우에는 굳이 말한다면 1866년의 셔먼호사건과 1871년의 신미양요(辛未洋擾)를 겪은 뒤로 척양(斥洋)의 기세가 오히려 강했다고 보는 것이 옳겠다. 그러나 대원군이 쇄국정책을 쓰면서까지 옹호하려던 기성 체제가 민중의 광범위한 저항에 직면하고 있었다는 점에서, 1876년 일본과의 조약을 필두로 한 일련의 개국조치는 민족사의 전개에 새로운 계기를 이룬 것이 사실이다. 미국과의 수교는 두번째의 그러한 조치였는데 개국 정책으로 주어지는 기회를 다양화해주는 측면과 개국으로 인한 민족적 위기를 심화시키는 일면을 동시에 지닌 사건이었다고 볼 수 있다.

정부 간의 수교는 당연히 국민 간의 접촉에 획기적인 전기를 가져왔다. 그리하여 1884년 이후 미국측 개신교 선교사들에 의한 전도사업과 학교 및 병원 사업이 우리나라의 개화에 크게 기여했음은 널리 알려진 일이다. 특히 성경과 찬송가의 대중적 보급을 겨냥한 개신교회의 한글문화 창달 사업은 민족문학의 성장에 직접적인 공헌을 하였다. 그러나 선교사들이나 그 주변 인사들의 영향은 자연히 개화파 일변도였고 그중에서도 반외세 정신이 약하고 토착민중에 대한 근원적 불신감에 젖은 개화노선을 조장하는 것이었으며, 1901년 미국 북장로회측의 '비정치화' 결의, 1907년의 대부흥회 등을 거치면서 미국인 선교사들의 주된 역할은 경술국치 전에 이미 민족운동과 멀어져 있었다(한국기독교사회문제연구원 편 『민족주의와 기독교』, 민중사 1981에 실린 이만열 「한말 개신교인의 민족의식 동태화과정」 참조).

그런데 이것은 미국 교회와 그 선교사업자들에 국한된 문제라기보다 1882년에 정식으로 개막된 한미관계가 그 초기 단계에서 어떤 성격을 띠었는지를 집약적으로 보여주는 것이라고 하겠다. 다시 말해 1882년의 한미수교는 1876년의 강화도조약에서 비롯되는 일본의 조선침략에 일정한 제동을 거는 측면도 없지 않았으나, 그보다는 제국주의 세력의 한반도 진출이라는 대세에 부합하는 측면이 더 컸던 것이다. 그리고 1905년 미국 정부가 러일전쟁의 타결을 주선하면서 일본으로부터 미국의 필리핀 점유를 용인받는 대신 일본의 한국병탄을 묵인하기로 약속한 태프트(Taft)·카쯔라(桂) 밀약은 그 결정적인 증거였다.

이러한 상황은 그 무렵의 문학작품을 통해서도 어느정도 짐작할 수 있다. 이 시기의 총체적 양상을 집약한 민족문학의 걸작을 우리는 갖고 있지 못하나 이인직(李人稙)의 『혈(血)의 누(淚)』를 위시한 많은 신소설들의 추상적이고 과장된 친미감정이 작품다운 작품을 만드는 데 기여하지 못할뿐더러 친일적 개화노선과 분간하기 어렵게 되어 있다는 사실은 매우 암시적이다. 알려져 있다시피 『혈의 누』는 청일전쟁(소설에서는 '일청전쟁')이 한창이던 어느날 평양에서 이야기가 시작되는데, 청국 군사는 약탈과 부녀자 겁탈을 일삼는 반면 일본군에게 밤중에 홀로 사로잡힌 옥련 어머니는 헌병의 보호를 받아 집으로 돌아온다. 한편 부모와 헤어진 옥련도 일본군에 의해 구원되어 군의관의 치료를 받고 결국 그를 따라 일본으로 갔다가 드디어는 미국 유학까지 하게 된다. 그 줄거리의 무리한 전개를 여기서 새삼 논할 필요는 없지만, 미국 유학을 통해 형성된 옥련이나 구완서의 개화사상이 어떤 것인지는 한번 짚어봄직하다. 옥련의 부친 김관일이 미국서 딸을 만나 구씨와 옥련이 정혼했으면 하는 뜻을 밝히자,

구씨는 본래 활발하고 거칠 것 없이 수작하는 사람이라 옥련이를 물 끄러미 보더니,

(구) "이애 옥련아, 어 — 실체(失體)하였구. 남의 집 처녀더러 또 해라 하였구나. 우리가 입으로 조선말을 하더라도 마음에는 서양문명한 풍속이 젖었으니 우리는 혼인을 하여도 서양사람과 같이 부모의 명령을 좇을 것이 아니라, 우리가 서로 부부될 마음이 있으면 서로 직접하여 달하는 것이 옳은 일이다. 그러나 우선 말부터 영어로 수작하자. 조선말로 하면 입에 익은 말로 외짜해라 하기 불안하다." 하면서 구씨가 영어로 말을 하는데, (『한국신소설전집』 1권, 을유문화사 1968)

다행히 옥련은 자기 아버지 앞에서 영어로 지껄일 만큼 "서양문명한 풍속이 젖지"는 않아서 구씨의 영어에 조선말로 대답하는데, 작가는 그들의 대화 내용이 다소 이상에 치우쳤음을 지적하기는 하지만 이 장면 전체의 우스꽝스러움에 생각이 미치는 기색은 없다.

옥련이는 아무리 조선 계집아이나 학문도 있고 개명한 생각도 있고, 동서양으로 다니면서 문견(聞見)이 높은지라, 서슴지 아니하고 혼인언론 대답을 하는데, 구씨의 소청이 있으니, 그 소청인즉 옥련이가 구씨와 같이 몇 해든지 공부를 더 힘써 하여 학문이 유여한 후에 고국에 돌아

가서 결혼하고, 옥련이는 조선 부인 교육을 맡아하기를 청하는 유지(有志)한 말이라. 옥련이가 구씨의 권하는 말을 듣고 조선 부인 교육할 마음이 간절하여 구씨와 혼인 언약을 맺으니, 구씨의 목적은 공부를 힘써 하여 귀국한 뒤에 우리나라를 독일국(獨逸國)같이 연방도를 삼되, 일본과 만주를 한데 합하여 문명한 강국을 만들고자 하는 비사맥 같은 마음이요,

구씨가 꿈꾸는 조선·일본·만주의 연방이 곧 대일본제국의 구상에 다름 아니라고 말할 수는 없지만, 그의 비스마르크 흠모나 영어애호사상의 어느 구석에도 조선국의 주권이나 한민족의 주체성이 존중되는 '연방도'에 대한 집념은 들어 있지 않다.

신소설 중에서도 특히 흥미 있는 것은 『은세계』(銀世界, 1908)의 경우이다. 이 작품에 관한 최원식의 탁월한 연구에 따른다면, 개화기문학의 최고 성과에 값하는 『은세계』의 전반부는 창극 「최병두타령」을 개작한 것이고 후반부만이 이인직의 창작으로 인정된다(최원식 평론집 『민족문학의 논리』, 창작과비평사 1982 참조). 그런데 바로 이 창작 부분에서 이인직은 전반부 주인공의 유복자를 미국에까지 보내 민족의식을 잃은 개화인이 되어 귀국하게 함으로써 전반부에 생생하게 형상화된 민중의 반봉건적 저항정신을 중화시켜보려 하고 있는 것이다. 『은세계』의 이러한 구조는 『혈의 누』의 한층 단순한 친일·친미감정과 더불어 구한말 한국에 있어서 미국이 지녔던 의미에 대해 단편적이지만 뜻깊은 단서를 제공한다. 옥남이와 옥순이의 도미 유학 대목에서 미국을 이상화했던 저자 자신이 일본과의 이른바 합방을 성사시키는 중요 막후인물이었다는 사실도 전혀 우연이랄 수는 없는 것이다.

2

일본제국주의의 한반도 점령은 미국을 비롯한 연합국들이 제2차 세계대전에서 승리함으로써 결국 막을 내렸다. 그러나 일제 점령기간의 절반 넘어에 걸쳐 미국과 일본은 우호적인 관계였다. 특히 1919년의 3·1운동 당시에는 두 나라가 동맹국으로서 1차대전을 승리로 이끌었던 참이므로 윌슨 대통령의 이른바 민족자결주의에 걸었던 우리 민족의 기대가 어긋난 것은 너무나 당연한 일이었다.

1919년을 고비로 한국의 개신교도들 자신도 3·1운동 과정에서의 활발한 역할과는 달리 민족운동의 일선에서 거의 물러나고 심지어는 적극적인 친일행위를 하는 숫자도 많아지게 된다(앞의 『민족주의와 기독교』에 실린 송건호 「일제하 민족과 기독교」 참조). 따라서 구한말 이래로 미국인 및 친미적 국내 인사들이 한국사회에 기여한 바가 적지 않았음에도 불구하고 오늘날 우리는 차라리 '척양'을 외쳤던 동학농민과 3·1운동 이후의 반외세적 민중운동에서 민족사 발전의 주된 흐름을 찾아보게 되는 것이다.

신문학의 걸작들 가운데서 미국의 존재가 거의 사라지는 것은 이러한 판단을 밑받침해준다. 하기는 최초의 근대소설로 흔히 일컬어지는 이광수의 『무정』(無情, 1917) 끝머리에서 주인공 이형식 부부가 미국 유학을 떠나는 것으로 되어 있기는 하다. 그러나 바로 이러한 결말이야말로 『무정』이 민족문학의 걸작으로 꼽힐 수 없게 만드는 요인 가운데 하나이며, 작가의 의식이 이인직류의 신소설 수준에서 크게 벗어나 있지 못하다는 단적인 증거이다.

염상섭의 『삼대』(三代, 1932)에 나오는 조상훈은 미국 유학의 성과를 보는 작가의 매우 대조적인 입장을 드러낸다. 작중의 제2세대에 해당하는 그는 미국 유학을 다녀온 기독교인인데 제1세대의 완고한 현실주의자 조의관에 의해서도 멸시당하면서 자기 아들 세대의 존경도 못 받는 한심스러운 인물로 설정되어 있다. 이러한 조상훈의 실의와 방탕이 비록 단편적으로나마 실감나게 그려져 있어, 초기 미국 유학 바람의 대체적 성과에 대한 작가의 냉정한 반응이 『무정』과는 다른 차원의 작품을 이루는 데 일정한 기여를 했다고 평가할 만하다. 물론 이광수 자신도 같은 해에 내놓은 『흙』을 보면 『무정』을 쓸 때와는 미국관이 많이 달라졌음을 보여준다. 『흙』에 나오는 이건영은 미국서 박사까지 하고 돌아왔는데 그의 행태를 보면 조상훈보다도 더욱 파렴치한 난봉꾼이요 형편없는 인간이다. 그러나 바로 이렇게 희화에 가깝기 때문에 『흙』의 이박사는 『삼대』의 조상훈만큼 당대 현실에 대한 작가의 사려 깊은 판단을 담은 인물이라고 보기힘들다. 그것보다는 미·일관계 자체가 상당히 소원해진 시대적 분위기에 작가가 민감하게 반응한 결과라고 생각되는데, 물론 염상섭의 리얼리즘도 그러한 현실에의 영합을 전적으로 배제할 만큼 투철한 것은 아니었다.

어쨌든 한용운·김소월(金素月)·이상화(李相和)·이육사(李陸史) 등의 시세계와 『태평천하(太平天下)』『임꺽정(林巨正)』 등 소설에서 미국의 존재를 거의 느껴볼 수 없는 것은 흥미로운 문학사적 사실이다. 민족문학의 세계가 미국을 거의 의식하지 않았다는 사실 자체는 물론 자랑할 일만은 못 된다. 1차대전을 고비로 미국은 세계경제의 심장부에서도 영국을 제치고 패권국가로 떠오르기 시작했으며 머지않아 한민족의 운명을 결정적으로 좌우할 위치에 있었던 것이다. 작품의 소재로서 미국 또는 미국인을 취급하지 않았다고 해서 작가가 미국의 중요성을 무시했다고 단정할 수는 없겠지만 그에 대한 진지한 성찰을 암시적으로나마 담은 작품 역시 눈에 띄지 않는 것 같다. 그렇다고 우리 작가들의 좁은 시야만을 지나치게 탓할 일은 더욱 아니다. 그것은 무엇보다도 미국 정부 스스로가 한반도에 대한 영향력을 축소 내지 철수하는 데 일찌감치 동의했었고 나중에 일본과 적대관계에 돌입하는 과정에서도 일제의 조선지배가 문제된 일은 없었다는 역사적 배경을 지닌 현상이었던 것이다.

물론 좀더 넓은 시야와 성숙한 관점을 지닌 작가들을 배출할 수 있는 민족이었더라면 8·15 후에 국토분단을 방지하고 통일된 민족국가를 수립할 정치적·경제적·사회적 역량을 더 충실히 갖춘 민족이 되었으리라는 논리는 가능하다. 그러나 식민지통치 아래서도 이인직이나 이광수와는 차원이 다른 민족문학의 명맥을 꾸준히 이어온 겨레라면, 일본이 패망하는 마당에 미국이나 소련 또는 다른 어떤 강대국이라도 일방적인 지배를 가해 마땅한 민족은 아니다. 일제하 한반도의 역사적 현실을 다소나마 정직하게 그려낸 민족문학의 대표적 작품들 속에서 미국의 존재를 거의 찾아볼 수 없다는 사실은 민족의 축적된 역량에 엄연한 한계가 있었다는 뜻도 되기는 하지만, 우리 운명의 절대적인 담당자가 될 역사적 근거가 미국 쪽에는 더욱이 없었다는 움직일 수 없는 증거이기도 하다. 미국은 전승국으로서 일본의 점령지에 진주할 권한이 있었고 일제가 식민지로 만들었던 땅을 해방해줄 도의적 책임이 있었을지언정, 소련과의 합의만으로 한반도를 분할한다거나 점령지에 대한 일방적인 군정을 실시할 명분도 역량도 준비한 바 없었음이 민족문학 독자들에게는 분명한 것이다.

3

8·15 후 미군이 한국에 진주했을 때 한국 민중은 그들을 '해방자'로 환영했지만 미국측은 자기들이 '점령군'(Occupation Force)임을 처음부터 명백히 했다. 그리고 이것은 전쟁에 이긴 자로서의 국제법상 당연한 권리였다. 그런데 앞서도 말했듯이 이러한 전승국으로서의 권리를 한반도에

서 현명하게 행사할 현실적 기반이 전혀 없었기 때문에, 점령당국으로서는 그들에게 낯선 한국 민중의 상향적 의지를 무턱대고라도 존중해주든가 아니면 일본 식민지주의의 통치기구와 국내 친일세력의 힘을 빌려서라도 자신의 하향적 의지를 관철하든가 택일하는 수밖에 없었다.

여기서 미군정당국이 후자의 길로 나갔던 경위는 『해방전후사의 인식』(한길사 1979)이나 『한국현대사의 재조명』(돌베개 1982) 같은 책을 통해서 일반독자들도 쉽사리 확인할 수 있다.(이에 앞서 송건호의 『한국현대사론』(한국신학연구소 1979, 419~28면)에서 미군 진주 당시의 구체적 상황에 대한 최초의 통사적 서술이 있었던 것으로 안다.) 물론 그 책임을 미국 쪽에만 묻는 것은 옳지 못하다. 하지만 구한말 이후로 참으로 오랜만에, 더구나 일제를 패퇴시킨 해방자로서 미국이 한민족과 새로이 접촉하게 된 대목에, 군정당국이 우리의 민족적 여망에 대해 그같은 몰이해를 보여주었다는 것은 앞으로의 건강한 한미관계를 위해서도 반드시 짚고 넘어가야 할 것이다.

해방과 더불어 한국문학은 우선 양적으로도 크게 늘어났고 특히 6·25 이후로는 전쟁터에서 또는 일상생활에서 미국인과의 접촉이 극도로 빈번해진 만큼, 작품 속에 미국 또는 미국인 이야기가 나오는 것을 일일이 추적한다거나 체계적으로 거론한다는 것은 휴전선 이남의 저술로 범위를 한정한다 하더라도 필자로서는 엄두도 못 낼 일이다. 그러나 1950년 이래로 생활의 거의 모든 영역에 스며들다시피 된 미국의 존재를 생각한다면 우리 문학은 아직도 '한국에 있어서 미국의 의미'를 주제로 삼는 경우가 너무나 적은 것 같다. 민족문학에서만 미국 부재의 기현상이 보인다고 한다면 지나친 말이겠지만, 어쨌든 몇몇 예외를 빼면 그 비슷한 이야기도 나올 법하다.

물론 여기에는 60년대의 「분지」(糞地, 1965) 사건이 실증했던 바와 같은 현실적인 제약도 무시할 수 없다. 반대의 자유가 봉쇄된 곳에서는 떳떳한 찬성도 어려워지고 도대체 진정한 창작과 토론에의 의욕이 위축되기 마련이다. 그러나 민족문학 자체의 성숙을 위해서나 한미 양 국민의 진정한 우호를 위해서나 한국에 있어서 미국이 갖는 참된 의미를 진지하고 솔직하게 검토하는 작업이 본격적으로 진행될 필요가 있는 것이다.

그런 점에서도 맹목적인 대미의존으로 일관하던 이승만 시대에 종지부를 찍은 1960년 4·19혁명과 외세를 배제한 자주적인 민족통일을 정부의 공식 입장으로 채택한 1972년 7·4남북공동성명은 민족문학의 발전에 획기적인 사건으로 평가된다. 예컨대 김수영의 「가다오 나가다오」(『김수영 전집』 1권, 민음사 1981에 수록)만 한 작품도 4·19 직후의 비교적 개방된 분위기에서나 가능했던 것인데, 이 시는 물론 김수영의 걸작의 하나로 꼽힐 것은 못 되지만 "명수할버이/잿님이할아버지/경복이할아버지/두붓집할아버지"들의 소박한 바람에 근거하여 미·소의 한반도 개입을 논하려는 그 자세는 모든 본격적 논의의 출발점에 해당하며 60년대 중반에 이룩된 신동엽의 「껍데기는 가라」와 같은 빛나는 업적으로까지 그대로 이어지는 것이었다. 「껍데기는 가라」 자체는 물론 미국의 존재에 대해 직접 언급하고 있지 않다. 그러나 '4월'에서도 그 알맹이만을 찾아 "동학년(東學年) 곰나루의, 그 아우성"으로 연결시키면서 "모오든 쇠붙이"가 물러간 통일 조국에의 꿈으로 끝맺는 이 시는 우리가 말하는 민족문학의 시각을 더없이 간결하고도 힘차게 제시하고 있다. 그리고 이 시각은 「조국」(1969)이라는 작품에서 좀더 구체적으로 드러난다.

화창한
가을, 코스모스 아스팔트가에 몰려나와
눈먼 깃발 흔든 건

우리가 아니다
조국아, 우리는 여기 이렇게 금강 연변
무릎 다듬고 있지 않은가.

신록 피는 오월
서부사람들의 은행 소리에 홀려
조국의 이름 들고 진주코걸이 얻으러 다닌 건
우리가 아니다
조국아, 우리는 여기 이렇게
꿋꿋한 설악처럼 하늘을 보며 누워 있지 않은가.

무더운 여름
불쌍한 원주민에게 총 쏘러 간 건
우리가 아니다
조국아, 우리는 여기 이렇게
쓸쓸한 간이역 신문을 들추며
비통 삼키고 있지 않은가.

그 멀고 어두운 겨울날
이방인들이 대포 끌고 와
강산의 이마 금그어 놓았을 때도
그 벽 핑계삼아 딴 나라 차렸던 건
우리가 아니다
조국아, 우리는 꽃피는 남북평야에서
주림 참으며 말없이

밭을 갈고 있지 않은가.

조국아
한번도 우리는 우리의 심장
남의 발톱에 주어본 적
없었나니

슬기로운 심장이여,
돌 속 흐르는 맑은 강물이여.
한번도 우리는 저 높은 탑 위 왕래하는
아우성소리에 휩쓸려본 적
없었나니.

껍질은,
껍질끼리 싸우다 저희끼리
춤추며 흘러간다.

비 오는 오후
버스 속서 마주쳤던
서러운 눈동자여, 우리들의 가슴 깊은 자리 흐르고 있는
맑은 강물, 조국이여.
돌 속의 하늘이여.
우리는 역사의 그늘
소리없이 뜨개질하며 그날을 기다리고 있나니.

조국아,

강산의 돌 속 쪼개고 흐르는 깊은 강물, 조국아.

우리는 임진강변에서도 기다리고 있나니, 말없이

총기로 더럽혀진 땅을 빨래질하며

샘물 같은 동방의 눈빛을 키우고 있나니. (전문)

　「분지」 사건의 풍파를 좀더 직접적으로 겪은 소설계에서도 70년대에
들어와서는 강렬한 민족의식과 한결 성숙해진 예술적 기량을 갖춘 업적
을 내세울 수 있게 되었다. 예컨대 이문구의 중편 「해벽」(1972)에서는 비
록 본이야기의 배경으로서나마 미군기지의 설립에 따른 사포곶 마을의
변화가 제시되었고, 천승세의 단편 「황구의 비명」(1974)에 이르면 기지촌
양공주에게 빚 독촉을 하러 갔던 한 평범한 소시민의 경험을 통해 민족
의 아픔의 한구석이 전에 없이 생생하게 그려진다. 그밖에 김지하·황석영
등 70년대 문학의 주역들에게서도 미국의 존재에 대한 나름대로의 진지
한 성찰을 엿보게 되었으며 80년대에 와서는, 특히 1980년의 광주항쟁과
1982년의 부산 미국문화원 방화사건이라는 충격적인 상황 전개에 슬기롭
게 대처하기 위해서도, 그러한 성찰이 문단 전반에 더욱 확산되고 심화되
기를 마땅히 요구하게 되며 또한 그러리라고 예견해도 좋을 것이다.

　70년대 평단에서 벌어진 민족문학론도 민족문학 자체의 그러한 전반적
발전의 일환이었다. 일차적으로 그것은 우리 문학이 미국과 유럽 문학에
대해 종속적이고 따라서 애당초부터 낙후된 관계에 놓임을 전제했던 종
래의 문학관을 거부한 것이었다. 그러나 단순한 반발이나 덮어놓고 우리
것이 제일이라는 고집에 치우쳤던 지난날의 일부 민족문학론과는 달리,
우리의 문학을 제3세계의 새로운 문학의 한 부분으로 파악하는 데서 그
개방성의 근거를 찾고 나아가서는 세계문학 전체에 대한 가장 선진적이

고 민중적인 시각을 쟁취하고자 하는 노력이 70년대 이래의 새로운 민족문학론이라고 말할 수 있다. 그러므로 민족문학론이라 해서 한국에서 미국의 존재에 대한 맹목적인 거부를 결코 요구하는 것이 아니며, 어디까지나 그에 대한 진지하게 개방적인 성찰 — 세계사 속에서 미국의 존재가치를 더 정확히 포착하는 차원 높은 통찰 — 을 요구하고 있는 것이다.

4

이처럼 우리의 물음을 세계사적 차원으로 확대하는 일은 한국에 있어서 미국의 의미를 올바로 파악하기 위해 반드시 필요하다고 생각된다. 구한말이나 지금이나 변함없는 한가지 사실은 미국은 한국에서 드러난 존재만으로 옳게 파악하기에는 너무나 큰 나라요 한국민에게 절실한 일이 미국민에게는 대수롭지 않은 경우도 얼마든지 있다는 것이다. 오늘날 한국이 미국의 무역대상국으로 세계에서 몇번째가 되고 이 땅에 미국의 지상군이 계속 주둔한 지 30년이 넘는다고 해서 이 엄연한 사실이 달라지는 것은 아니다. '성숙한 동반자' 운운이 한갓 빈말이 아니라 해도 '대등한 동반자'라는 말과는 또다른 것이다.

따라서 '세계에 있어서 미국의 의미'에 대한 통찰이 없이 한국 속의 미국은 제대로 잡히지 않는다. 그러나 '한국에 있어서 미국의 의미'에 무관심한 한국인이 세계 속의 미국을 논해봤자 탁상공론에 그칠 것 또한 뻔한 일이다.

한국 속의 미국을 말하기도 벅찬 형편에 세계 속의 미국을 여기서 충분히 거론할 처지가 못 됨은 더 말할 것도 없다. 다만 한국인으로서의 현재적 관심을 견지하면서 논의의 폭을 조금씩 넓혀나가는 길을 잠시 생각해볼 수 있을 따름이다. 예컨대 우리는 미국의 영향을 받으면서 어째서 좋은 점보다 나쁜 점들을 마치 골라서 배우듯이 배우고 있는가, 어떻게 하면 그들의 장점만을 수용할 수 있을까 등의 질문을 흔히 듣는다. 이에 대한 답변은 먼저 우리 자신의 어디가 잘못되어 있는가에 대한 진지한 반성에서 출발해야 마땅하겠지만, 동시에 미국의 정말 좋은 점은 무엇이고 나쁜 점은 무엇이며 그 양면은 어떤 상관관계에 있는지를 미국 자체 내의 문맥에서 새로이 밝히는 작업에 필연적으로 이어진다. 그리고 '마치 골라서 배우듯이' 나쁜 점들을 배우도록 실제로 골라주는 어떤 장치가 세계사적 현실로서 작동하고 있는지 어떤지도 규명해볼 일인 것이다.

오늘날 미국을 그 세계적 본거지로 삼고 있는 저질의 상업문화가 우리 사회에 미국을 뺨칠 만큼 범람하고 있는 현상만 하더라도 그렇다. 그 원인을 우리는 무엇보다도 8·15 이후 일제잔재를 청산하고 민족적인 주체성을 확립하지 못한 우리 자신의 역사에서 찾아야 하고, 진정으로 미국문화의 창조적인 측면을 수용하기가 힘들게끔 되어 있는 우리 자신의 정치·경제구조를 숨김없이 밝혀보아야 한다. 그러나 동시에 미국문화의 진정으로 창조적인 측면이 과연 무엇인지를 미국 사람들의 말만 듣는 게 아니라 우리 자신의 눈으로 볼 줄 알아야 한다. 미국문화의 창조성을 미국식으로 이해하는 것과 미국문화의 저속하고 파괴적인 측면에 휩쓸리는 제3세계의 현실에 대해 방관자적 관심밖에 안 갖는 것 사이에 어떤 근원적 연관성이 있지 않은지 물어보아야 하는 것이다.

그런데 우리나라에서 미국의 문학이나 예술을 연구하는 사람들의 대다수는 아직도 이 문제를 단순히 자신들의 학습이 모자라고 보급능력이 모자란다거나 대중적 전파의 기회가 자신들에게 충분히 주어지지 않은 데에 기인하는 것으로만 생각하는 경향이 있다. 물론 연구자들의 활동량 자체에도 문제가 있겠고 필자 자신 영문학도의 한 사람으로서 그런 면에서 뉘우침이 없는 것은 아니다. 그러나 미국문학의 본질적 특성을 제3세계적인 시각으로 살피고자 했던 어느 글에서 필자가 주장했듯이(졸고「미국의 꿈과 미국문학의 짐」,〈『세계의 문학』 1982년 겨울호와 본서 2부에 수록되었던 것을 수정·보완하여『서양의 개벽사상가 D. H. 로런스』, 창비 2020, 제9장으로 수록〉) 미국문학의 경우 그 진정한 창조적 유산에 대한 미국인들 자신의 이해에는 보통 이상의 문제점이 있다고 생각된다. 등잔 밑이 어둡다는 말처럼 어느 국민이나 자기 나라 문화에 대해 남보다 오히려 밝지 못한 면이 다소간 있게 마련이지만, 미국문학에 대한 미국인들의 왜곡된 인식은 미국인 특유의 복잡한 운명과 뒤얽힌 남다른 현상인 것이다. 이것은 미국이라는 나라가 특정 집단의 의식적인 선택으로 타민족의 대륙을 정복·개척하고 성립되면서 '미국의 꿈'이라는 독특한 이데올로기를 창출한 사실과 관련된다. '미국의 꿈'은 기존의 어떤 계급의식이나 민족의식과도 다르며 오랜 세월 동안 다수의 주민들, 특히 백인 이주민들에게는 보편적으로 적용되는 듯이 보였기 때문에 이것만은 이데올로기가 아니라는 신념을 미국인들 가운데 굳혀놓았다. 그러나 이러한 신념이야말로 모든 현역 이데올로기의 속성인 것 또한 사실이다.

모든 창조적 예술이 기존의 허위의식에 대한 도전이듯이 미국의 위대한 작가들도 '미국의 꿈'이라는 미국적 이데올로기에 대한 근원적인 도전을 감행해왔다. 호손의『주홍 글씨』(*The Scarlet Letter*)나 멜빌의『모비 딕』(*Moby Dick*) 같은 미국문학의 고전들은 단순히 심층심리의 탐색이라든가 어떤 '보편적' 인간 운명의 상징으로서가 아니라 미국적 허위의식의 저변에 묻힌 미국역사의 참뜻을 밝혀내려는 고뇌에 찬 명상의 산물인 것이다.

그런데 이들 미국문학 고전들을 이런 관점에서 해석하는 일이 아직도 드문 것이 후세 비평가들의 책임만은 아니다. 미국적 이데올로기의 엄청난 위력으로 인해 ─ 그 위력은 곧 미국에서 이룩되어야 할 진정으로 새로운 역사의 새로움이 어렵고 소중한 만큼이나 막강했다고 보겠는데 —
호손이나 멜빌 스스로도 명쾌한 자기의식에 도달하지 못하고 애매모호
한 우화적 표현으로 그쳤던 것이다. 미국의 고전문학에 대한 이러한 해석
은 영국의 작가 D. H. 로런스가 처음 제시한 것이지만, 그것이 제3세계적
인 미국문학 이해와 일치한다는 점이 필자가 앞서 말한 변변찮은 글에서
논증코자 했던 주장이다. 이러한 해석은 대부분 미국인들 자신의 인식과
는 너무나도 동떨어지기 때문에 지나친 비약이 아닐까 의심해볼 수도 있
다. 그러나 제3세계적 인식에 상반되는 해석이 '보편적인' 인식이 아니라
철두철미 '제1세계적인' 해석이라는 점이 조금만 되씹어보면 금세 분명
해진다. 기존 이데올로기의 비판적 극복은 모든 참된 예술의 본분인데도
제1세계 특유의 이 해석에 따르면 유독 미국문학은 '미국의 꿈'을 표현하
는 것만으로 가장 미국적인 작품이자 세계적인 걸작으로 된다. 그런가 하
면 호손이나 멜빌처럼 실제로 위대한 세계문학을 창조해낸 작가들을 두
고는 그들의 위대성이 미국의 구체적 역사와 무관한 어떤 심리적 통찰이
나 보편적 상징성에 국한된다고 단정함으로써, 역사적 현실을 외면하는
오늘날 흔해빠진 소외예술의 산물들을 호손과 멜빌의 수준으로 격상시키
기도 하는 것이다.

이런 관점을 그대로 두고 미국을 아무리 열심히 연구하고 본받고자 한
들 미국문학의 진정한 창조적 활력이 배워질 리 없으며 저속한 상업주의
문화의 범람 앞에 스스로 무장해제를 하게 되기 십상이다. 이처럼 한국에
있어서 미국의 의미에 관한 민족문학적 시각은 미국 자체의 문학과 역사
에 대한 제3세계적 인식과 떼어 생각할 수 없는 것이다.

—『췌영 홍남순 선생 고희기념논총』, 형성사 1983

제3부

한국문학과 제3세계문학의 사명[*]

　먼저 제가 한가지 소개말씀 드릴 것은 지금 저 뒤에, 그동안 우리가 여러번 이야기해온 김지하 시인의 어머님이 와 계십니다. 저로서는 큰 영광입니다. 여러분 박수로 환영해주십시오. 그런데 어머님 한가지 딱하신 점은, 그동안 장안의 한다하는 시인·소설가·문인들이 이 자리에서 입만 열면 김지하 시인이 그립다, 보고 싶다, 내놓아라 하고 온갖 말이 많았는데 그때는 어디 가 계시다가 오늘 이 못난 사람이 이야기할 때가 돼서야 처음 나타나셨는지, 이건 좀 잘못하신 일 같습니다. 아마도 어머님 생각에는, 앞에는 제목들을 보니까 모두 아드님과 상관없는 제목 같았는데 오늘은 '한국문학과 제3세계문학의 사명'이라고 해놓았으니, 제놈이 양심이 있으면 이런 제목 갖고 김지하 이야기를 안 하고 배기랴 하는 생각이 드셨던 모양이지요. 사실 그 생각은 옳으신 생각입니다. 이야기해나가다가

---

* 1978년 11월 7일 서울 명동 가톨릭문화관에서 행한 강연 내용. 자유실천문인협의회 회원들이 행한 이 화요문학강좌의 기록들을 모아 원래 어느 출판사에서 책으로 낼 예정이었으나 이런저런 사정들이 너무 많아 끝내 출판 계획이 성사되지 못했다.

김지하 이야기를 꼭 해야 하게 되면 하도록 하지요.

그런데 그에 앞서, 제가 이번 화요문학강좌의 마지막 차례를 맡고서 이제까지의 안내 프로그램을 훑어보면서 느낀 바가 있습니다. 마지막 강좌를 맡아서 이것저것 하고 싶은 이야기도 많고 욕심도 내봤습니다만, 가만히 생각해본즉 제가 욕심낼 일이 아닌 것 같습니다. 화요문학강좌의 안내 카드를 보아도 큰제목이 '오늘을 말하는 문학'이라 해놓고 '나의 시, 나의 소설을 말한다'는 부제가 달려 있어요. 그리고 개별 강좌들이 모두 시인·소설가 들이 자기 작품을 이야기한 것이었는데 마지막으로 제 차례에 와서만 책제목도 없이 그냥 '한국문학과 제3세계문학의 사명'이라고 해놓았어요. 그러니까 이 강좌는 사실상 본론이 다 끝나고 개평이나 하나 남은 꼴입니다. 그런 분수를 모르고 제가 공연한 욕심을 내서는 안 될 것 같고, 또 평론가의 임무라는 것이 생각해보면 그런 것 같습니다. 작가, 시나 소설을 창작하는 사람하고 평론가하고 누가 더 잘났냐고 논쟁을 벌이는 일도 더러 있는데, 제 생각에는 이렇습니다. 서로 누가 잘났냐고 경쟁을 시작하면 둘 다 못난 사람, 유치한 사람이 되는 건데, 기왕에 유치해져 갖고 그렇게 싸우다보면 평론가가 꿀리게 마련이고 그게 당연한 일이라고 봅니다. 그러니까 아예 그러지 말자고, 서로 유치하게 굴지 말자고 하고 나가야지요. 작가든 평론가든 모두가 자기가 처한 위치에서 자기의 능력껏, 자기의 분수에 맞게 역사에 기여하고 동시대를 함께 사는 사람들에게 기여한다, 이런 생각을 할 때 모두가 평등한 것이고 누가 더 잘났냐는 유치한 입씨름이 필요 없어지는 거지요. 그러한 사실을 잊어버리고 유치하게 따지기 시작한다면, 글쎄요, 시인이나 소설가가 창작해놓은 작품을 소재로 작업하는 평론가의 입장에서 큰소리치기는 아무래도 힘들 것 같습니다. 그래서 저 자신도 마지막 강좌를 배당받았고 너무 우쭐하거나 흥분해서는 안 되리라고 생각합니다. 다만 그동안 이 강좌에 몇번 와보면서 한가지 느낀 점이, 여러 작가들이 좋은 말씀들을 많이 하셨지만 주로 자기 작품을 갖고, 자신의 실감대로 이야기하시다보니 어떤 개념들에 대한 정리랄까 친절한 설명이 부족한 경우도 있었던 듯합니다. 예컨대 '민족문학'이란 말을 우리가 많이 했습니다만, 여러분 가운데서 아시는 분은 아시겠지만 처음 들으시는 분은 그게 무슨 뜻이고 어떤 배경에서 그런 말이 나왔는지 정리가 잘 안 되신 분도 많으시리라 봅니다. 그래서 저는 말하자면 이런 뒤치다꺼리라고 할까요, 남겨진 문제들을 몇가지 정리하는 선에서 오늘의 제 책임을 면해볼까 합니다.

제게 주어진 제목이 '한국문학과 제3세계문학의 사명'이라는 것입니다. 대개 이런 연관에서, 즉 제3세계문학과의 연관에서 한국문학을 얘기할 때는 저 자신을 포함해서 우리 문단의 많은 분들이 '민족문학'이란 개념을 사용해왔습니다. 거기에 대해서 제가 몇가지 초보적인 해설을 해볼까 합니다. 그에 앞서 제3세계란 말에 대해서도 약간의 설명이 필요한 것 같습니다. 물론 아시는 분은 잘 아시겠지만 혹시 의문이 가시는 분이 계실지 모르겠습니다. 제3세계란 것이 무어냐? 여기에 대한 일정한 정의가 있는 것은 아닙니다. 원래 제가 알기로는 1950년대 동서냉전이 한창 심하고 세계가 양극화되어 있을 때 제3세계라는 것을 흔히는, 미국을 비롯한 이른바 자유세계·서방세계가 한쪽이고 소련을 중심으로 한 공산진영·사회주의진영이 다른 한쪽이고, 이쪽도 저쪽도 아닌 중립국 쪽을 말하는 사람들이 많았습니다. 그런데 60년대로 오면서 공산세계 자체가 중·소분쟁으로 인해서 분열되고 또 서방세계는 서방세계대로 전처럼 자유세계라는 개념으로 한덩어리로 뭉쳐 있는 것이 아니고, 소위 다극화 현상이란 게 생겼지요. 다극화 현상이 생기면서 종전처럼 양대 진영을 갈라놓고 거기에 끼지 않는 것이 제3세계라고 생각하기보다는 다른 방식으로 제3세계를 생각하게 된 것 같습니다. 그래서 그 이후로는 더 많은 사람들이 사용하는 개념으로서 미국이나 소련, 이런 초강대국들, 경제적으로도 가장 부강할 뿐만 아니라 엄청난 군사력을 지니고 있고, 중국에서 잘 쓰는 문자를 쓴다면 '패권'을 휘두르는 이런 초강대국을 하나의 그룹으로 치고, 그다음에는 경제적으로나 여러모로 선진적이지마는 초강대국에 들지 않는 나라들, 이웃의 일본이라든가 서유럽의 선진국가들, 이런 것을 또 하나의 그룹으로 치고, 여기저기에도 못 끼는 나머지 가난한 나라, 약소국가, 옛날에 식민지였던 나라, 아직도 식민지인 나라, 식민지에서 벗어났지만 실질적으로 반(半) 식민지적인 상황에 처한 나라, 이런 나라들을 통틀어서 제3세계라고 부르는 경향이 요즘은 많아진 것 같습니다. 그리고 우리 문단에서 민족문학이나 제3세계에 대해 말할 때도 대체로 그런 생각입니다. 우리 정부 자체에서도 그렇지요. 비동맹회의에 가입 신청을 내지 않았습니까? 그러다가 북한은 들어가고 우리는 문전축객을 당하고 말았습니다만, 하여간 비동맹외교를 계속하겠다고 말하고 있고 지금 우리 정부측에서도 제3세계라는 것을 비동맹국가를 중심으로 한 이른바 개발도상의 나라들 쪽으로 생각하고 있는 것은 사실인 것 같습니다.

한국문학이 제3세계문학의 일부이고 그 나름의 어떤 사명이 있다고 할 때에는 그냥 막연히 한국어로 한국 사람들이 시를 쓰고 소설을 쓰고 그래서 좋은 작품만 내면 된다 하는 데에 그칠 것이 아니고, 물론 좋은 작품을 쓰는 것이 중요하지마는 구체적으로 그렇게 하기 위해서는 우리나라가 소위 제3세계의 일부를 이루고 있다는 사실, 옛날엔 일본의 식민지였고 오늘날 일제하에서 벗어났다고는 하지만 민족이 통일국가를 이루질 못하고 분단 상태에 있고 또 경제적으로나 문화적으로나 정치적으로나 외세의 큰 영향을 입고 있는 이러한 상황을 우리가 인식해서, 이러한 민족의 역사적 현실을 우리 나름으로 투철하게 인식을 해서 문학을 해야겠다, 그리고 제3세계 다른 나라들과의 연대성·연대의식을 다져나가야겠다, 그렇게 하는 것이 비록 우리가 경제적으로나 정치적·군사적으로는 제1세계나 제2세계에 뒤떨어져 있을망정 도덕적으로나 문화적으로는 오히려 더 떳떳한 위치에 서서 세계역사에 올바르게 기여하게 되는 길이다, 이러한 생각을 가지고 문학을 해가자 하는 것입니다. 그런 뜻에서 '한국문학'이란 좋은 용어가 있음에도 불구하고 '민족문학'이란 개념을 추가해서 사용하고 있습니다.

민족문학의 개념을 이렇게 평면적으로 정리하는 것보다는 우리 문단에서 어떻게 해서 이러한 논의가 나왔는가 하는 경위를 설명드리면 여러분이 이해하시기가 편리할지 모르겠습니다. 멀리 거슬러 올라가자면 한이 없겠지만 지금 우리가 민족문학에 대해서 표시하고 있는 관심이 구체적으로 싹트기 시작한 것은 역시 4·19 이후라고 보겠습니다. 4·19 이전, 특히 1950년 6·25가 나고부터 4·19까지 약 10년간은 구체적으로 말하면 이승만 독재정권 시대가 되겠습니다만, 이 시대는 문학에서도 굉장히 삭막했다고 할까 빗나가 있었다고 할까, 그때 문학에서는 '순수문학'이란 개념이 지배적인 시대였는데 저는 그걸 순수문학이라고 부르기보다는 '순수주의'라고 부릅니다. 순수문학이란 말은 매우 좋은 말이에요. 문학 하는 사람이 순수한 마음으로, 돈이나 권력, 인기를 생각하지 않고 순수한 마음으로 문학에만 정진해서 좋은 문학을 만들어내겠다는 것보다 더 좋은 것은 없습니다. 그러나 1950년대 우리 문단을 지배하고 있던 문학사조는 그런 의미에서 순수한 마음으로 순수하게 문학을 하겠다 하는 것이라기보다는, 그 당시 자유당 치하에 온갖 사회적·역사적인 문제가 많고 부정부패, 권력의 남용, 또 남북분단에 따른 민족적인 분열의 문제들을 안고 있었는데, 이러한 역사적·사회적 현실에 대해서 문학이 비판적인 자세를 취한다거나 참여하는 자세를 취하면은 그것은 순수한 문학이 아니다, 예술이란 것은 그런 데에 관여하는 게 아니다 하고 나오는 입장을 순수문학이란 이름으로 내세웠던 것입니다. 얼마 전에 제가 한완상(韓完相) 박사 강연을 들었지만 그분 말씀도 그래요. 사회과학에서 순수이론이다, 문학에서 순수문학이다 하는 사람들이 순수라도 좀 해줬으면 좋겠다는 것입니다. 누가 현실을 비판한다고 할 때는 그것은 불순한 거다, 순수한 문학이 아니다, 과학으로서의 중립성을 해친다고 공격하는데, 그런 사회과학자일수록 새마을운동 프로젝트니 평가교수단이니 뭐니뭐니 할 때마다 순수하게 연구실이나 좀 지키고 있지 않고 뛰어나와서 참여하는데 이게 무슨 순수냐, 그런 말씀이었어요. 사실 제가 50년대의 순수문학론자들을 '순수주의'로 규정하는 이유 중에도 그런 게 있어요. 그때 순수문학을 한다는 분들이 어떤 이는 이기붕(李起鵬)씨 찬송을 부르고, 또 어떤 이는 이승만씨 찬송을 부르고, 또 현실문제를 다루지 않는다고 하면서도 정부에서 요구하는 반공물, 그런 것을 다투어 제작하는 경향이 많았습니다. 그러다가, 우리 사회의 다른 많은 분야에서도 그랬지만 문학에서도 4·19를 계기로 이런 것이 깨지기 시작했습니다. 소위 참여문학이냐 순수문학이냐 하는 논쟁도 거기서 발단이 된 겁니다. 물론 좀더 거슬러 올라가면 그전에도 비슷한 논의가 없는 건 아닙니다만, 아무튼 종래의 순수주의가 문학에 대한 정당한 파악도 아니고 더군다나 그것을 주장하던 사람들의 행태를 볼 때에는 순수도 아니더라 이겁니다. 오히려 문단 내에서는 권위주의이고 문단 바깥과의 관계에서는 문학의 권위를 내팽개치고 남에게 굴종하는 자세였다는 것입니다. 이런 뒤범벅을 가지고 순수문학이란 이름을 내세우는데, 문학은 그런 것이 아니다, 의당 현실에 참여하고 현실에서 고발할 건 고발하고 문제 삼을 건 문제 삼아야 한다는 주장이 '참여문학'의 이름으로 나왔던 것입니다.

그러다가 그것이 조금 더 진전이 되면서 참여문학을 주장하는 사람들 내부에서도 새로운 반성이 생겨났습니다. 즉 참여란 것이 어떻게 보면, 순수문학을 하든 참여문학을 하든 또는 어용문학을 하든 '참여' 아닌 문학이 어디 있느냐, 우리가 산다는 것 자체가 참여이고 문학 하는 사람이 작품을 쓰면 좋은 형식으로든 나쁜 형식으로든 참여가 아니겠느냐, 그러니 '참여문학'이란 말에 좀 문제가 있지 않느냐는 반성이 생겨난 것입니다. 중요한 것은 참여를 하되 어떤 형식으로, 또 누구의 편에 서서, 누구를 위해서, 어떤 참여를 하고 어떤 참여문학을 하느냐 하는 것이지 참여문학이라는 말만으로는 너무 막연하지 않느냐는 것입니다. 참여라는 말이 관념적이고 추상적인 말이어서는 안 되겠지요. 참여하는 사람이 자기 멋대로 "나는 참여한다"고 하면 되는 거냐? 그렇지는 않다는 겁니다. 뭔가 좋은 참여와 나쁜 참여, 문학적으로 타당한 참여와 그렇지 못한 참여, 이것을 구별할 수 있는 근거가 있어야 하지 않겠느냐는 논의가 나오면서 참여문학 논의가 여러갈래로 다양화되기 시작했습니다. 그때 나온 것이 리얼리즘론이라든가 민중문학론이라든가 농촌문학론, 민족문학론, 시민문학론, 이런 여러가지가 나왔어요. 예를 들어서 리얼리즘 문학론에 대해서는 최근에 들어서도 논란이 있었지만, 지금 말하는 그런 맥락에서 본다면 리얼리즘 문학론의 의의는 이런 것인 것 같아요. 참여를 하되 우리가 개인개인의 주관에 따라 멋대로 할 것이 아니라 실재하는 현실, 실제로 있는 현실, 여러 사람들이 태어나고 살아가는 현실의 객관적인 모습에 근거를 두고, 그래서 그것을 작가가 그려냈을 때 우리가 같이 사는 동시대의 다른 한국 사람들이나 우리 후세 사람들이 읽어보고 과연 그것은 그 시대의 현실을 제대로 알고 제대로 파악해서 제대로 그려냈구나라고 납득이 가는 문학을 해야겠다는 것입니다. 리얼리즘론이라고 하면 여러 복잡하고 어려운 이론이 얽혀 있다는 것을 압니다만, 저는 그걸 간단히 그렇게 보고 싶어요. 참여문학론을 한걸음 더 진전시켜서, 즉 구체적으로 봐서 어떤 객관적인 근거가 있고 여러 사람들이 납득을 하고 이해하고 즐기고 평가해줄 수 있는 그런 문학을 해야겠다는 취지에서 리얼리즘 문학론이 나왔던 것이 아니냐는 것입니다.

또 농민문학론도 그렇습니다. 이것을 어떤 사람들은 소재주의라고 비판합니다. 소재주의라는 것이 무어냐 하면 작품 전체를 보고 그것이 형식 면에서나 다른 모든 면에서 얼마나 완벽한가 하는 것을 따지지 않고, 비평하는 사람이 어떤 소재는 좋은 소재고 어떤 소재는 나쁘다 하는 식으로 미리 정해놓고서는 좋은 소재를 다루면 좋은 작품이고 나쁜 소재를 다루면 나쁜 작품이 된다 하는 식의 독단을 소재주의라고 합니다. 농민문학론에 대해서도 그런 비판이 나왔는데, 제가 보기에는 농민문학론 역시 참여문학의 논의가 좀더 구체화되고 성숙해지면서 이룩된 결과의 하나입니다. 참여란 것을 멋대로 하지 않고 우리의 역사적인 현실에 맞게, 우리 작가들이 진정코 다루어야 할 문제들을 다루려면 역시 농촌의 현실을 새로운 각도에서 보려는 노력이 없어서는 안 되겠다는 겁니다. 그것이 단순히 농촌이라서 그런 것이 아니라, 지금 여러모로 잘못되어가고 있는 이 근대화의 과정에서, 또 외국의 여러가지 좋지 못한 문물이 홍수처럼 들어와서 우리 도시를 온통 휩쓸고 있는 이런 상황에서, 그래도 농촌은 미개하면 미개하다고 할까 그 후진성 때문에, 바로 근대화 과정에서 낙후되어 있다는 그 사실 때문에 오히려 우리가 올바른 진보를 위해서 간직해야 할 미덕을 많이 간직하고 있지 않느냐, 그렇다면 작가는 그것을 밝혀내어 독자에게 알림으로써 도시에 있는 독자든 농촌에 있는 독자든 그것을 다 함께 읽고 각자 자기가 살고 있는 위치에서 이 시대를 살아가는 데 있어 거기서 배워야 할 것을 배워야 하지 않겠느냐는 것입니다. 이렇게 참여문학론이 구체화되고 진전된 것이 농민문학론이라고 봅니다.

그러다가 여러갈래로 갈라졌던 논의가 70년대에 들어와서 제가 보기에는 민족문학론이라는 하나의 특정한 논의로 대개 집중되어온 것 같습니다. 그렇다고 해서 종래에 있었던 논의가 없어졌다는 것은 아니지만 아무튼 새로운 단계에 들어오면서 민족문학론이라는 새로운 구심점을 갖게 된 것 같습니다. 왜 이것을 새로운 단계라고 보느냐 하면, 아까 참여문학론이 한걸음 더 구체화되면서 리얼리즘 문학론이 되었다고 했는데, 리얼리즘 문학론 자체에 대해서도 또 새로운 반성이 생겼습니다. 하나는 리얼리즘 문학이라는 것은 어떻게 보면 너무 기법에 치우친 논의가 될 수도 있는 것이고, 또 어떻게 보면, 서구의 19세기에 리얼리즘 시기가 있었잖습니까, 그런 특정 시기의 특정 작가들, 발자끄라든가 똘스또이, 디킨즈, 이런 작가들에게 너무 집착하는 폐단이 있지 않느냐는 반성이 나왔습니다. 또 하나는, 리얼리즘이란 것이 시에도 해당이 안 되는 것은 아니지만 역시 소설을 중심으로 논의된다는 한계가 있었지요. 이러저러한 가운데서 리얼리즘 문학에 대한 반성이 나왔고, 또 농민문학론이라든가 시민문학론에 대해서도 그 나름의 반성이 생겼습니다. 저 자신 60년대 말에 「시민문학론」이라는 글을 썼었는데 제 나름으로 70년대에 들어와서 반성을 해볼 때, 물론 우리 시대의 과제는 아직까지도 시민혁명이라 할 수가 있겠지요. 서구에서 시민혁명 과정을 통해서 이룩한 통일된 근대민족국가라든지 국내에서 국민들이 시민혁명을 통해서 쟁취한 시민적인 기본권들, 이런 것을 우리는 아직 성취하지 못하고 있습니다. 이런 점을 우리가 각성해야 한다는 의미에서는 시민문학론을 얘기하는 것도 근거가 없는 것은 아닌데, 이것을 좀더 구체적으로 우리의 처지에서 실천하려다보면 역시 이 '시민'이란 단어는 서구의 시민계급 즉 부르주아지에 결부되어 있기 때문에 오해가 생길 여지가 많아요. 서구의 부르주아지라는 것은 서구 내부에서는 시민혁명을 달성한 세력이지만 우리와의 관련에서 본다면 제국주의를 담당한 세력이고 우리들이나 다른 제3세계 민족을 식민지로 만든 세력입니다. 그래서 이 점을 분별해가면서 우리는 우리의 독특한 입장에서 시민혁명을 해야 되겠는데, 이것을 좀더 구체적으로 얘기하자면 역시 우리 민족의 독특한 위치, 제3세계 후진 민족들의 입장에 좀더 초점이 맞춰져야겠다는 생각을 갖게 되었습니다. 물론 저 자신도 그런 반성을 했거니와 리얼리즘론이나 농촌문학론을 전개하던 여러 사람들도 다 그 나름의 어떤 반성을 하면서 역시 우리가 참여문학을 올바로 하고 리얼리즘 문학을 올바로 하고 시민문학을 제대로 하려면 오늘 우리의 독특한 민족적인 현실에 초점을 맞추어야겠다는 생각을 하게 된 것입니다.

우리의 민족적 현실의 특징으로는 우선 우리가 분단이 되어 있다는 것, 통일을 추구하는 단계에 있다는 사실을 들 수 있습니다. 자주적이고 평화적인 통일, 외세의 힘에 의존하지 않는 통일을 하기 위해서는 우리 남한 내부에서도 인권에 대한 제약이 없어야 하고 그래서 민중이, 우리 국민 모두가 자유롭게 통일을 위해서 민주적인 역량을 기르고 통일의 방안을 활발하게 토의하고 통일을 방해하는 사람들을 비판할 수 있는 자유가 있어야겠다는 것입니다. 이런 문제도 현재 우리의 민족적 현실의 중요한 특징입니다. 또 역사적으로 보더라도 우리 문학을 단순히 이 시점에서만 볼 게 아니고 옛날부터 외세에 저항하면서 민족의 주체성을 지켜온 경위, 또 근대적인 민족국가를 이루려는 노력이 일제의 침략으로 좌절되고 분단으로 다시 좌절당하고 있는 이러한 역사적인 맥락 속에서 오늘의 현실을 의식하면서 문학을 해야겠다는 뜻에서 민족문학으로 논의의 초점이 맞추어졌다고 생각됩니다.

민족문학의 논의가 나오게 된 배경은 대개 이런 건데, 여기에 대한 반론도 물론 계속 나오고 있습니다. 그런데 지금 제가 말씀드린 것처럼 오늘날의 민족문학 논의가 과연 60년대 참여문학론이 처음 나온 데서부터 진보하고 발전해서 성숙해진 것이라면은 여기에 대한 반론도 진보하고 발전하고 성숙한 것이 나와야 한다고 믿습니다. 민족문학론이 옛날의 참여문학론을 그냥 되풀이하는 것이라면 그 당시 참여문학론을 공격하던 말이 그대로 나와도 할 말이 없지요. 그러나 그렇지 않고 우리의 논의가 달라진 것이 있고 그만큼 성숙해진 것이 있다면 반대하는 입장에서도 낡은 유성기나 자꾸 틀어놓지 말고, 유행가도 6·25 때 유행가 다르고 4·19 때 유행가 다르고 요즘 유행가가 다르듯이 뭔가 다른 것이 나와야 할 텐데, 색다른 반론이 나온 것도 더러 있기는 하지만 낡은 판을 그대로 돌려대는 느낌이 드는 경우도 상당히 많습니다. 낡은 가락의 대표적인 예로는 옛날에 참여문학에 의해 비판을 받았던 순수주의론이 그냥 그대로 내려와서는, 문학에 무슨 역사적 임무가 있느냐, 문학이란 게 무슨 현실적인 역할을 한다고 생각하는 것은 문학의 본질을 모르는 사람이다, 문학의 정도가 아니다, 순수하지 못하다, 이런 식으로 나오는 겁니다. 최근에도 그 비슷한 논의가 나왔지요. 여러분도 아시겠지만 리얼리즘이란 말이 자주 들먹거려졌어요. 하지만 사실 그건 리얼리즘 논쟁이 아니었습니다. 리얼리즘 논쟁이 아니고, 문학을 하면서 역사에 기여하겠다고 생각하는 사람들, 역사에 기여하는 길은 오늘의 현실을 직시하고 시시비비를 가려야 한다고 생각하는 사람들은 오히려 뭔지 잘못된 사람들이다, 문학도 잘 모르거니와 어딘가 좀 수상한 놈이다라는 식의 이야기였지, 그것이 문학논쟁은 아니었다고 봅니다.

그에 비한다면 민족문학의 문제에 좀더 밀착된 반론으로 이런 것들을 들 수 있습니다. 민족의 현실을 이야기하고 민족문학을 주장하는 것은 좋지만 그렇게 하다보면 문학의 보편성이랄까, 문학뿐 아니라 진리의 보편성을 등지는 것이 아니냐, 이런 보편주의적 입장에서 반론이 제기되는 일이 있습니다. 이것은 옛날식의 순수주의를 되풀이하는 데 비하면 얼마간 진전된 이야기이고 민족문학을 얘기하는 마당에서 반드시 짚고 넘어가야 할 문제라고 생각됩니다. 특히 오늘 강연의 장소가 가톨릭문화관이고 또

가톨릭 교인들도 많이 오신 걸로 압니다. 저기 수녀님들도 많이 보입니다. 가톨릭이란 말 자체가 원래는 보편적이란 뜻이 아닙니까? 그러니까 가톨릭교를 믿는다고 하면 자동적으로 보편주의자가 되는 셈입니다. 그렇다면 그런 분들일수록 민족문학이란 것이 보편주의와 반대되는 것이 아니냐, 가톨릭하고 민족문학은 상극되는 것이 아니냐는 걱정을 하실 수도 있을 것 같습니다. 민족주의에 대해서는 교황 바오로 1세가 발표한 「민족들의 발전 촉진」이라는 회칙에서 상당히 경계하는 발언을 한 바 있습니다. 그런데 그 발언을 자세히 살펴보면 거기서 경계하는 민족주의는 우리가 말하는 민족문학의 이념하고는 조금 달라요. 그 대목을 잘 읽어보면 그것이 우리 민족문학의 주장에 대한 반론이라기보다는 오히려 그것을 뒷받침하는 논의도 될 수 있지 않느냐는 생각이 듭니다. 인류의 발전을 위해서 나아가는 길에 장애가 되는 것이 민족주의와 인종주의라는 이야기가 회칙 62항에 나옵니다. "최근에 비로소 정치적으로 독립한 민족들이 방금 얻은 민족의 통일이 아직 견고하지 못하므로 통일을 보호하려고 온갖 노력을 다하는 것도, 옛 문화를 지닌 민족들이 조상들에게 물려받은 유산을 자랑하는 것도 극히 자연스럽기는 하나, 정당한 이 감정도 전인류를 감싸주는 보편적 사랑으로 더욱 완전해져야 할 것이다." 이렇게 회칙에 나와 있습니다.

우선 여기서 우리가 살펴볼 점은 최근에 독립한 민족들, 흔히 말하는 제3세계 신생국가들과 민족들이 방금 얻은 민족통일이 견고하지 못하므로 통일을 보호하려고 온갖 노력을 다하는 것도 이해가 된다, 그것은 정당한 감정이다, 이렇게 인정을 한 것입니다. 그렇다고 한다면 한국처럼 통일을 이룩하지도 못했고 더구나 강대국들의 방해로 말미암아 이룩하지 못한 나라에서 우선 통일을 이룩해야겠다, 그다음에 통일을 보호해야겠다 하는 감정의 정당성이야 더 말할 것도 없을 것입니다. 다만 이러한 감정이 여기서 말하는 보편적인 사랑의 원칙에 위배되는 것이냐 아니냐 하는 게 문제인데, 우리가 말하는 민족문학이란 것은 그러한 원칙에 위배될 것이 전혀 없다고 저는 생각합니다. 아까도 말씀드렸지만 약소국가의 민족주의라는 것이, 서구에서 민족주의가 나와서 그것이 시민혁명을 이룩한 뒤에는 제국주의가 돼서 식민지를 만들고 다른 나라를 탄압하던 이런 것에 반대해서 우리의 민족적인 생존을 지키고 존엄을 지키고 제국주의와는 다른 길을 마련해보겠다, 그야말로 보편적인 사랑의 원칙에 좀더 가까운 길을 택하겠다는 것이니만큼, 민족문학론의 밑바닥에 깔린 통일을 바라는 감정도 정당한 감정이려니와 거기서 나오는 우리의 진로 역시 정당한 보편주의와는 전혀 어긋날 것이 없는 것이라고 저는 생각합니다.

민족문학과 관련해서 나오는 또 하나의 비판은, 너무 역사적 현실 운운하니까 작품이 경직되고 도식화되고 틀에 박힌 작품이 나오지 않느냐는 것입니다. 벌써 여러날 전입니다만, 처음 이 강연 시리즈가 시작될 무렵에 가톨릭 쪽에서 이 행사를 주관해주신 장익(張翼) 신부님께서 제게 이런 말씀을 하셨어요. 리얼리즘이니 사회참여니 현실비판이니 모두가 옳은 이야기지만 너무 그런 걸 강조하다보면 이론이 앞서서 작품은 잘 안 될 염려가 있지 않느냐, 그런 문제는 어떻게 생각하느냐고요. 그래서 제가 대답하려고 했더니 신부님 말씀이 지금 대답하지 말고 나중에 제 차례가 와서 강연할 때 얘기하라는 거예요. 그런 걸 보면 신부님 자신은 대답을 다 알고 계신데 아마 여기 모인 양(羊)들을 위해서 좋은 말을 들려주었으면 하신 것 같아요.

그 점은 신부님 지적이 옳습니다. 만약에 여기 오신 분들이 이 자리에서 지금 펜대를 잡고 작품을 막 쓰려고 하는 중이라든가 또는 소설책이나 시집을 펴고서 막 읽으려고 하는 참이라면 저는 아예 입을 다물고 민족문학이건 리얼리즘이건 일절 얘기를 하지 않겠습니다. 작품을 정작 쓰는 입장이나 작품을 막 읽고 있는 상태에서는 그런 논의가 불필요하지요. 오히려 방해가 됩니다. 다만 우리가 일단 읽은 것을 가지고 이렇게 저렇게 생각을 하고 정리를 하고 반성도 해보고 비판도 해보고 또 그렇게 함으로써 다음에 글을 쓴다거나 글을 읽는다거나 또는 살아가는 일에 무슨 보탬이 되는 생각을 길러보려니까 민족문학이니 리얼리즘이니 하는 개념이 도움이 될 수도 있는 것이지요. 그러니까 우리가 문학의 역사적 임무를 강조하다보면 그것이 본의 아니게 작품을 쓰는 데 방해가 되는 경우도 물론 있을 수가 있겠지요. 그러나 어디까지나 본의가 아닌 것이고, 또 그것은 뭐 민족문학론에만 해당되는 이야기는 아닙니다. 다른 철학적인 이론도 그렇고, 심지어는 문학이라는 것은 어떤 이론하고도 관계없다, 정치나 역사하고도 아무 관계가 없다고 하는 그런 이론도 엄연히 하나의 이론이고 작품을 쓰는 데 악영향을 끼칠 수 있으며 실제로는 악영향을 더 많이 끼치고 있다고 저는 생각합니다. 개별적인 작품의 결함은 민족문학론의 본의가 아니고 본질과 무관하며, 제대로 성공한 민족문학의 작품은 경직성이나 도식성과는 거리가 멀다는 것입니다.

그 한 본보기로서 저는 김지하 시인의 작품을 들어볼까 합니다. 우리의 민족문학이라고 하면 뭐니뭐니 해도 국내에서도 그렇지만 국제적으로도 상징적인 인물이 김지하 아니겠어요? 김지하의 작품 중에서 하나를 방금 제가 말씀드린 그런 관점에서 논의해보겠습니다.

이 시는 「1974년 1월」이라는 작품입니다. 제목만 듣거나 시를 얼핏 읽으신 분들은 이거야말로 김지하다운 살벌하고 용감하고 저돌적인 시가 아니냐고 생각하실 분도 있겠습니다. 1974년 1월이라는 것은, 여러분 중에 아시는 분은 아시겠지만 최초의 긴급조치가 발동된 달입니다. 긴급조치 제1호가 발동된 것이 1974년 1월 8일이었지요. 지하로 말하면 감옥소를 들락날락한 역사가 긴 사람이지만 바로 74년 1월 직전의 정황을 말쏨드린다면, 73년 11월에 천관우(千寬宇) 선생, 함석헌(咸錫憲) 선생, 또 여기 나오신 이호철 선생과 김지하 시인을 포함한 열다섯분이 유신헌법이 제정되고서는 처음으로 헌법개정 등 민주화를 촉구하는 성명을 발표한 적이 있었습니다. 뒤이어 73년 말에 가서 돌아가신 장준하(張俊河) 선생 등 여러분들이, 김지하 시인을 포함한 30여명이 발기인이 되어서 개헌청원 100만인 서명운동이란 걸 벌였습니다. 그랬더니 당국에서는 장관이 "하지 말라", 국무총리가 "하지 말라", 그다음에는 대통령이 "하지 말라" 그랬는데 74년 1월 7일에 김지하 시인을 포함해서 문인들 61명이 개헌청원운동을 지지한다는 성명을 냈습니다. 그러고서 중부경찰서에 몇 사람 연행이 되었는데 김지하 시인도 거기 끼어 있었지요. 그날 밤으로 풀려나오기는 했는데 바로 그다음날인 74년 1월 8일 개헌 논의를 금지하는 긴급조치 제1호가 나왔습니다. 긴급조치 제1호는 이미 해제가 됐으니까 우리가 비방을 해도 좋을지는 잘 모르겠는데, 그러나 저는 그걸 뭐 비방할 생각은 없습니다. 여러분, 긴급조치에는 긴급조치 자체를 비방해서는 안 된다는 조항이 들어 있는 것을 아시죠? 긴급조치 제1호를 내놓고 그다음에 긴급조치 1호를 비방하면 안 된다고 하는 제2호 긴급조치를 내놓는 게 아니고, 긴급조치 1호에 긴급조치 1호를 비판하는 것도 긴급조치 1호에 위반된다는 조항이 들어 있어요, 지금 나와 있는 9호도 그렇습니다만.

「1974년 1월」이라는 시의 첫줄에는 대뜸 "1974년 1월을 죽음이라 부르자"라는 말이 나옵니다. 이것이야말로 긴급조치를 비방한 시가 아니겠느냐는 생각을 여러분이 하실지 모르겠습니다. 물론 긴급조치를 찬양한 시는 아닌 것 같아요, 아무리 읽어봐도. 찬양한 시는 아니지만, 그러나 상투적으로 도식적으로 긴급조치 나쁘다, 긴급조치 철폐하라, 누구 나쁘다, 못살겠다, 그러는 시가 아니라는 점을 강조하고 싶어요. 처음 시작은

"1974년 1월을 죽음이라 부르자"고 하면서 방송을 듣고 도망을 가고, 모처럼 사랑을 했는데 다시 좌절되었다는 식으로 나가지만, 한참 그렇게 말하는 도중에 어느덧 시인의 공격하고 비판하고 염려하는 목표가 긴급조치 자체라기보다는 긴급조치가 났다고 해서 무서워하는 자기 자신, 무서워하는 것도 그냥 무서워한다기보다도 이것이 영영 가면 어떻게 될까고 걱정하는 마음, 또는 한걸음 더 나아가서 그것이 영영 갈 수가 없고 언젠가는 다시 봄날의 하늬 꽃샘을 뚫고 꽃들과 잎새들이 돋아나온다는 것을 알면서도 오히려 더 무서워하는 자기 자신, 이런 식으로 공격의 표적이 옮겨가는 것입니다. 그래서 나중에는 "두려워하는/저 모든 눈빛들을 죽음이라 부르자"고 합니다. 이렇게 교묘하게 조금씩 초점이 옮겨져서 이 두려워하는 "눈빛들"이 죽음이 되고, 그다음에는 이러한 "1974년 1월의 죽음"을 두고 "우리 그것을 배신이라 부르자"고 하면서 끝으로 이 배신을 거부하자, 이 배신을 "온몸을 흔들어" 거부하자고 외치는 것입니다.

제가 보기에 이 시는 민족문학으로서 당연히 가져야 할 현실인식, 현실에 대한 비판의식을 가졌으면서도 그 현실을 평면적으로 보고 나는 좋은데 너희는 다 나쁘다, 너희가 이런 조치를 내리니까 내가 죽게 됐다, 못살겠다 하는 식의 원망만을 하는 것이 아닙니다. 무슨 조치가 내리든 안 내리든 정말 인류역사를 훌륭하게 이끌어갈 힘이 우리 안에 있다, 있다는 것을 자기 스스로 한편으로는 믿으면서 또 의심하고 두려워하기도 하는 그런 약점이 자기 안에 있고 인간 모두에게 있다는 것을 인정하면서, 이러한 복잡한 인식과 감정의 움직임을 교묘하게 끌고 가서 결국은 하나의 현실고발의 시이자 어떤 의미에서는 사랑의 시라고도 할 그런 여러가지 의미를 복합해서 성공시킨 훌륭한 예가 아닌가 합니다. 작품을 읽기 전에 이런 장황한 설명을 붙인 것은, 저의 경우 남의 시를 처음 들어서는 얼핏 이해가 안 되는 수가 많아요. 그래서, 여러분에게 이 시에 대한 어떤 선입견을 심어주려는 것이 아니고 어느정도 이해에 도움이 될까 해서 말씀드린 겁니다. 한번 읽어보겠습니다.

1974년 1월

1974년 1월을 죽음이라 부르자
오후의 거리, 방송을 듣고 사라지던
네 눈 속의 빛을 죽음이라 부르자
좁고 추운 네 가슴에 얼어붙은 피가 터져
따스하게 이제 막 흐르기 시작하던
그 시간
다시 쳐온 눈보라를 죽음이라 부르자
모두들 끌려가고 서투른 너 홀로 뒤에 남긴 채
먼 바다로 나만이 몸을 숨긴 날
낯선 술집 벽 흐린 거울 조각 속에서
어두운 시대의 예리한 비수를
등에 꽂은 초라한 한 사내의
겁먹은 얼굴
그 지친 주름살을 죽음이라 부르자
그토록 어렵게
사랑을 시작했던 날
찬바람 속에 너의 손을 처음으로 잡았던 날
두려움을 넘어

너의 얼굴을 처음으로 처음으로

바라보던 날 그날

그날 너와의 헤어짐을 죽음이라 부르자

바람 찬 저 거리에도

언젠가는 돌아올 봄날의 하늬 꽃샘을 뚫고

나올 꽃들의 잎새들의

언젠가는 터져나올 그 함성을

못 믿는 이 마음을 죽음이라 부르자

아니면 믿어 의심치 않기에

두려워하는 두려워하는

저 모든 눈빛들을 죽음이라 부르자

아아 1974년 1월의 죽음을 두고

우리 그것을 배신이라 부르자

온몸을 흔들어

온몸을 흔들어

거절하자

네 손과

내 손에 남은 마지막

따뜻한 땀방울의 기억이

식을 때까지

이런 관점에서 지하의 시를 한편만 더 살펴볼까 합니다. 이것 역시 1975년, 김지하가 잠깐 감옥에서, 말하자면 놀러 나왔을 때죠. 1974년 1월 이후에 피신했다가 긴급조치 제4호 때 이른바 민청학련 사건으로 체포되어서 사형을 언도받았지요. 군사재판에서 그랬다가 주무장관인 국방부

장관이 확인하는 과정에서 무기징역으로 감형이 되었습니다. 그러다가 75년 2월 15일의 일제 석방조치로 나왔다가 한달이 채 못 돼서, 정확히 말하면 27일 만에 반공법 위반혐의로 다시 들어갔어요. 그래가지고 오늘날까지 감옥에 있으니까 74년부터 치면 4년 반인가요, 중간에 한달 빼고?

이 시 역시 김지하 시인이 잠깐 나왔을 때, 75년 봄에 발표한 시인데 제목은 '불귀(不歸)'입니다. 돌아오지 않는다는 뜻이지요. 김지하의 작품으로는 우리가 모르는 작품들이 대단히 많다고 듣고 있습니다. 일본에서는 전집까지 나왔다고 하는데, 전집 말고도 '불귀'라는 제목으로 일본의 가톨릭 정의평화위원회에서 『황토(黃土)』 이후의 김지하 제2시집을 낸 것으로 압니다. 이 「불귀」라는 시는, 저기 김지하 시인 어머님께서 와 계신데, 읽어드리면 불길한 생각이 드실지 모르겠어요. "못 돌아가리" 하는 시예요. 그러나 사실은 그렇지 않다는 설명을 드리려고 합니다.

이 시에 나오는 곳은 감옥인지 수사기관인지 아니면 다른 어딘지 잘 모르겠습니다만 자칫하면 못 돌아온다는 내용이에요. 그런데 그것은 누가 죽여서 못 돌아온다는 것보다도 인간 스스로의 약점, 자기 자신의 인간으로서의 약점 때문에 한번 삐끗하면 육체적으로 멀쩡하더라도 영영 잠들어버린단 말이에요. 정신적으로 잠들어버려서 옛날 같은 그런 사람이 다시 못 된다는 겁니다. 그래서 못 돌아가리, 못 돌아가리 하고 지하는 말하는데, 그러나 바로 그런 인간의 약점도 알고 자기에게도 그런 약한 면이 있다는 것을 알고 못 돌아가리라고 말을 하는 가운데서 자신은 꼭 돌아가고야 말겠다는 강인한 의지를 풍기고 있어요. 그렇기 때문에 오늘날까지도 긴 감옥생활을 견디고 있고, 머지않은 장래에 그가 돌아오리라고 저는 확신합니다. 지하의 시의 특징의 하나는, 이 친구가 굉장히 음악적인 감각이 예민한 시인이에요. 만나보면 노래도 참 잘하지요. 술도 잘 먹고. 이 시에서도, 제가 워낙 솜씨가 없어서 여러분들이 잘 듣지 못하실지도 모르겠습니다만, 평범한 문장 같은데도 그 문장의 순서가 음악적인 효과를 위해서 조금 뒤죽박죽이 되어 있습니다. 예를 들어서 산문으로 한다면 '자칫하면은 소스라쳐 일어섰다가도 한번 잠들고 나면 끝끝내 거친 길에 나그네로 두번 다시는 못 돌아가리라'라는 뜻을 말하는 경우, 그것을 "못 돌아가리/일어섰다도/벽 위의 붉은 피 옛 비명들처럼/소스라쳐 소스라쳐 일어섰다도 한번/잠들고 나면 끝끝내/아아 거친 길/나그네로 두번 다시는" 이런 식으로 조립을 해봤어요. 그렇다고 우리 같은 사람이 나도 한번 해볼까 해서 아무 문장이고 뚝뚝 잘라가지고 바구니에 넣고 흔들어서 나오는 대로 늘어놓으면 되는가 하면, 그런 게 아니지요. 지하는 굉장히 리듬에 민감한 시인일뿐더러 그 리듬이 감정의 흐름을 정확히 타고 있다는 것이 중요한 점이고 남이 흉내내기 어려운 점입니다. 「불귀」라는 시를 한번 읽겠습니다.

　　못 돌아가리
　　한번 딛어 여기 잠들면
　　육신 깊이 내린 잠
　　저 잠의 저 하얀 방 저 밑 모를 어지러움

　　못 돌아가리
　　일어섰다도
　　벽 위의 붉은 피 옛 비명들처럼
　　소스라쳐 소스라쳐 일어섰다도 한번
　　잠들고 나면 끝끝내
　　아아 거친 길
　　나그네로 두번 다시는

굽 높은 발자욱소리 밤새워
천장 위를 거니는 곳
보이지 않는 얼굴들 손들 몸짓들
소리쳐 웃어대는 저 방
저 하얀 방 저 밑 모를 어지러움

뽑혀나가는 손톱의 아픔으로 눈을 홉뜨고
찢어지는 살덩이로나 외쳐 행여는
여윈 넋 홀로 살아
길 위에 설까

덧없이
덧없이 스러져간 벗들
잠들어 수치에 덮여 잠들어서 덧없이
한때는 미소짓던
한때는 울부짖던
좋았던 벗들

아아 못 돌아가리 못 돌아가리
저 방에 잠이 들면
시퍼렇게 시퍼렇게
미쳐 몸부림치지 않으면 다시는
바람 부는 거친 길
내 형제와

나그네로 두번 다시는

"좋았던 벗들"도 어떻게 해서 한번 잠들어버리니까 돌아오지 않더라는 것입니다. 감옥에 처박혀 있어서 그런가 하면 그런 것도 아니고, 나와 있는 사람도 있고 세속적으로 잘된 사람도 있지만 지하가 보기에는 돌아오지 못했어요. 그리고 자신도 그야말로 "뽑혀나가는 손톱의 아픔으로 눈을 홉뜨고" 외쳐대야 행여나 돌아올까, 참으로 어려운 길이라는 것을 알고 있습니다. 그러나 "시퍼렇게 시퍼렇게/미처 몸부림치지 않으면 다시는" 못 돌아오리라고 하는 그 구절 속에, '시퍼렇게 시퍼렇게 몸부림쳐서라도' 돌아오겠다는 의지가 시로 구체화되어 있는 것을 우리가 느낄 수 있습니다.

이제까지 지하의 작품을 중점적으로 거론했는데 그것은 어느 모로 보나 김지하가 민족문학의 상징적인 인물이고, 특히 오늘 이 자리에 나오신 많은 분들과 같은 종교를 믿는 가톨릭의 교우이기 때문입니다. 또 노벨상 운운하는 처지에서도 그래요. 한국 사람은 노벨상 한번 못 타느냐는 말들을 많이 하는데, 개인적으로는 노벨상 타는 일이 그렇게 중요하다고 생각진 않습니다. 노벨상 자체가 문제점이 있기도 하거니와 한국 사람이 노벨상을 타게 되려면 누가 영어나 다른 서구어로 번역을 해주어야 합니다. 최소한 누가 일본말로 번역한 것을 다시 영어로 중역을 해주어야겠지요. 중역을 해주면 중역으로 어떻게 작품의 가치가 파악이 되느냐는 문제가 나오고, 좋은 역자를 만나고 못 만나고가 일종의 운인데, 이러저러한 우연한 사정이 많이 개재되게 마련인데, 우리가 거기에 집착할 때가 아닌 것 같아요. 주어진 현실에서 우리가 우리의 삶을 살면서 이 삶에 대해서 우리말로 글을 써서 우리 동포들이 읽을 수 있는 훌륭한 문학을 내놓는다면 언젠가는 외국 사람들이 알아보고 "아 그때 참 이런 작품이 있었는데 우리가 알았더라면 노벨상을 주었을걸. 똘스또이도 못 주고 D. H. 로런스도 못 주고 제임스 조이스도 못 주었는데 한국의 아무개도 못 주었구나", 그러면 됐지 지금 꼭 노벨상을 타야 맛이냐는 것이 제 개인적인 생각인데요. 그러나 굳이 노벨상을 탈 생각이 있으면 거기서 줄까 말까 하는 사람을 좀 밀어주자 이거예요. 그것은 누구냐? 김지하입니다. 제가 펜클럽에 좀 관련이 있어 압니다만, 스웨덴에서 김지하에 대해서 이 사람이 물망에 오르고 있으니까 좀 알아봐야겠다면서 펜클럽에 문의가 오고 다녀가기도 하고, 일본 같은 데서는 굉장히 여러가지 연락이 많았습니다. 그렇다고 뭐 타게 될는지는 모르겠습니다만, 여하간 논의라도 있는 것이 김지하 한 사람입니다. 또 소위 제3세계의 노벨상이라고도 부르는 아시아·아프리카작가회의가 주는 로터스상 특별상이 75년 6월 김지하에게 주어졌습니다. 김지하에게 직접 전달은 안 됐지마는 그 수상이 결정됐습니다. 그런 의미에서도 우리가 김지하를 거론할 이유가 충분히 있는 것입니다.

민족문학작품이 제대로 민족문학이 되었을 때 그것은 결코 인간의 섬세한 감정이나 연약한 면을 무시한 채 목청만 높이는 작품이 아니라는 점은 김지하의 경우만이 아닙니다. 제대로 된 문학작품은 어느 것이나 그렇다고 생각됩니다. 강렬한 작가의식, 강렬한 역사의식으로 씌어진 작품일수록 불의에 항거하고 역사를 창조하겠다는 거창한 투쟁의지와 더불어, 그런 것을 실행하는 주체는 역시 모든 인간적인 약점을 두루 갖춘 인간들이다라는 인식이 깔려 있는 겁니다. 어떻게 보면 그것은 종교적인 인식이기도 합니다. 종교에서 인식되는 인간이란 연약한 게 아닙니까? 약하기 때문에 하느님의 도움을 구하고 또는 부처님의 도움을 구하고 하는 거지요. 그래서 그런 도움이 주어졌다고 할 때 그 이전의 인간으로서는 꿈도 못 꾸던 새로운 힘이, 거의 신령스러울 정도의 엄청난 힘이 생겨서 우리가 새로운 역사를 창조해낼 수 있는 것이 아니겠습니까? 그렇지 않고서 인간 하나하나가 아무 약점 없이 튼튼하다고 생각해봐요. 감옥에 집어넣으면 누구나 통뼈같이 잘 견디고 탄압을 하면 할수록 더 훌륭해지기만 한다면 우리가 민주회복 하자고 그럴 필요가 뭐 있겠어요? 오히려 탄압해 달라고 부탁을 하면 사람들이 점점 더 좋아지고 3천만 전부가 영웅이 되고 그럴 게 아니에요? 그러나 실제로는 우리가 주위에서 볼 때에도 감옥에 가서 훌륭하게 견디고 나온 분들조차도 건강을 상한 분도 많고, 아마 저 같은 사람은 들어가면 정신건강까지 버리기 쉬울 거예요. 하여간 이런 약점이 인간에게는 있는 거예요. 인간이 이런 것을 알기 때문에 우리가 좋은 사회를 만들어야겠다는 거지요.

예를 들어서 빈곤의 문제만 해도 그렇습니다. 사람이 굶고 고생을 하고 나면 누구나 다 황석영의 「객지」 같은 것을 쓰고 이문구처럼 소설을 쓰고 윤흥길이나 조세희처럼 소설을 잘 쓴다고 하면, 온통 굶기고 해마다 '노풍'〈박정희정권이 개발한 벼 품종〉이나 심어서 농사를 망치기만 하면 3천만이 전부 훌륭한 작가가 되고 시인이 되고 사상가가 될 게 아니겠어요? 그러나 인간은 그런 것이 아닙니다. 한끼만 굶으면 벌써 배가 고프고 몇끼 굶고 나면 대부분은 환장을 할 지경이 되고, 물 같은 것은 며칠은커녕 하루만 못 마셔도 야단이 나지 않아요? 이런 약점을 가진 것을 우리가 알기 때문에, 이런 약점으로 말미암아 인간에게 주어진 엄청난 가능성이 훼손되어서는 안 되겠다 하는 뜻에서 우리가 좋은 사회를 만들고 좋은 제도를 만들자는 겁니다. 나쁜 법이 있으면 철폐하라, 나쁜 사람이 있으면 좀 비키시오, 이렇게 나가는 것이 아니겠어요? 또 인간이란 게 묘해서 너무 호강을 해도 잘 안 되지요. 그것도 역시 우리 인간의 약점인 거예요. 정말 튼튼한 존재라면 잘 먹고 더 잘살수록 그것을 활용해서 더 좋게 써야 할 텐데, 대부분의 사람들을 보면 너무 가난해서 사람이 엇나가기도 하지만 너무 잘살아도 그걸 감당 못 하고 병신이 되는 수가 많습니다. 그렇기 때문에 우리는 사회 자체가 사람들이 가난하고 굶주리도록 해서도 안 되겠거니와 몇몇 사람들이 분수에 없이 너무 잘살아도 안 되겠다, 몇 사람이 너무 많은 돈을 가진다거나 권력을 갖고 휘둘러도 안 되겠다, 그렇기 때문에 그렇지 않은 삶이 가능한 세계, 누가 그러려고 해도 제도상으로 그럴 수 없는 사회를 만들기 위해서 인류가 역사를 살아가면서 하나씩 하나씩 새로운 생각을 찾아내고 좋은 제도로 개선해가면서 좋은 사회를 만들어가자는 것이 아니겠어요?

그러한 면에서 볼 때, 문학이 역사 속에서 역사에 기여한다는 것은 너무나 당연한 일인 것 같아요. 꼭 현실을 비판하고 부조리를 고발하고 독자들에게 어느 방향으로 따라오라고 선전한다는 뜻에서 그런 것이 아니고, 인간의 약한 점은 약한 점대로, 그러나 약함에도 불구하고 강해질 수 있는 가능성은 가능성대로 밝혀주면서, 이러한 가능성을 가진 인간이 지금 이 현실에서는 어떤 처지에 있는가를 구체적으로 밝혀주는 겁니다. 그냥 머릿속에만 알려주는 게 아니라 가슴속의 뭉클한 감동으로 전해주는 겁니다. 이렇게 할 때 그런 문학이 역사에 공헌하는 것을 가지고 무슨 선전도구가 됐다느니 기능주의에 빠졌다느니 하는 이야기는 있을 수가 없을 것 같아요. 우리가 산다는 것이 의식과 감정과 육체, 이 모든 것을 가지고 살듯이, 삶을 바꿔나가는 것도 모든 면에서 바꿔나가는 겁니다. 그렇다고 한다면 비록 언어라는 수단을 통해서지만 우리의 두뇌와 감정과 이 모든 것에 호소해오는 진정한 문학으로 말미암아서 새로운 역사의 가능성이 열리는 것은 얼마든지 가능한 일입니다. 이것은 문학인이 과대망상증에 빠져 있는 것도 아니고, 거듭 말씀드립니다만 문학을 문학 아닌 다른 기능으로 환원시키는 것도 아닐 겁니다.

끝으로 그동안 저희 문인들의 이야기를 열심히 들어오신 여러분께 한

가지 부탁말씀을 드리고 싶은 게 있습니다. 여러분이 저 같은 사람의 강연조차 이렇게 열심히 들으실 때는 틀림없이 열심히 책을 읽는 독자들이라고 저는 믿습니다. 우리가 역사의 주체는 민중이다, 역사 속의 진정한 영웅은 그 시대의 민중이 낳는다, 이런 얘기를 흔히 합니다만, 훌륭한 작가와 시인을 훌륭한 독자들이 낳는다는 말은 그렇게 많이 하지 않는 편입니다. 제가 짐작건대 그 이유는 역시 소설이나 시를 쓰는 것은 뭔가 개인의 재능과 관계가 깊은 것이기 때문이 아닌가 합니다. 그러니까 누구나 훌륭한 시나 소설을 쓸 필요는 없지만, 다시 말해서 소설이나 시 쓰는 재주가 없다고 해서 그 사람의 인간적인 가치가 조금도 떨어지는 것은 아니지만, 그러나 일단 시나 소설을 쓰려고 한다면 무언가 그 방면에 재주가 있어야 되는 것 같아요. 그렇기 때문에 문학이나 예술에서는 개인의 재능이 크게 부각되고, 그것을 좀더 발전시켜서 역사의식이라든가 시대정신이라는 거창한 이름으로 말하기는 합니다만, 구체적으로 그 당시에 살아 있는 독자들이 작품을 만드는 데 얼마나 기여하느냐는 데 대해서는 그다지 연구나 논의가 많은 것 같지 않아요. 책을 읽지 않는 많은 사람들을 포함한 이 시대의 민중 전부가 책을 읽지 않으면서도 이 시대 역사의 현실을 규정하고 그것을 통해서 이 시대의 문학을 규정합니다. 하지만 책을 읽고 사고 그것을 비판하고 논의하는 독자들은 그러한 행위를 통해서 이 시대 문학을 훨씬 더 직접적으로 — 말하자면 전체 민중의 역할이 더 근원적이기는 하겠습니다만, 직접적이냐 덜 직접적이냐 하는 면에서는 책을 읽는 독자들이 더 직접적으로 — 규정한다고 하겠습니다. 따라서 여러분들께서 저희 문인들의 말을 경청해주신 그런 진지한 태도로 여기에 나왔던 작가들뿐만 아니라 다른 여러 사람들의 작품을 읽어주시고 비판해주신다면 문학에도 큰 보탬이 될 뿐만 아니라, 제가 거듭 말씀드립니다만 훌륭한 문학을 낳는 것이 곧 훌륭한 역사를 창조하는 일에 한몫을 담당하는 것이니만큼, 그런 면에서도 오늘날의 역사에 적잖은 기여를 하실 수 있으리라고 생각합니다.

—1978년

토속세계와 근대적 작가의식
천승세의 작품세계

1

1958년 단편 「점례와 소」가 신춘문예에 당선됨으로써 작가 천승세는 문단에 첫선을 보였다. 그로부터 20년이 지난 오늘 『감루연습』(1971) 『황구의 비명』(1975) 『신궁』(1977) 등 세권의 작품집에 실린 중·단편과 희곡들만으로도 그는 우리 문단의 가장 독창적이고 무게 있는 작가 중의 한사람으로서 그 위치를 굳혀놓았다. 그밖에도 이 작가는 몇편의 장편과 아직 책으로 모이지 않은 수많은 단편들을 써냈고 또 계속 정력적인 활동을 하고 있다. 결코 글을 쉽게 써내는 유형의 작가도 아니요 잡념 없이 창작에만 몰두할 만큼 유복한 생활환경도 못 되었음에도 이만한 업적을 자랑할 수 있다는 것은 그가 무던히도 고집스럽게 외길만으로 정진해왔음을 말해주는 것이며, 또한 타고난 재질이 그만큼 남달랐던 바도 있을 것이다. 그러나 독자에게는 작가 개인의 노력이나 재능보다도 그 결과로 나온 작품이 중요한 것이니만큼, 여기서는 천승세의 작품세계에 대한 몇마디 풀이를 꾀함으로써 독자들의 이해에 도움이 되고자 한다.

흔히들 천승세 문학의 본령은 어촌의 토속적 생활현실이라고 말하는데, 이것은 그의 작품들 가운데서도 희곡 『만선』과 중편 「낙월도」 및 「신궁」이 유달리 큰 비중을 차지한다는 사실로 보아 충분히 수긍이 가는 말이다. 그러나 천승세의 작품세계를 제대로 이해하기 위해 먼저 유의할 점은 그가 어촌 이외의 다양한 소재들을 훌륭히 요리하고 있으며 흔히 토속문학의 일부로 여겨지는 투박함과도 거리가 멀다는 사실이다. 데뷔작 「점례와 소」 이래로 「화당리 솟례」 「불」 등을 거쳐 근년의 「종돈(種豚)」에 이르는 농촌소설들은 크게 보아 어촌문학과 같은 테두리에 드는 것이지만, 초기작인 「견족」(1959)에서 이미 그는 70년대 한국문학의 주요 테마의 하나인 '변두리 현실'을 다루기 시작하여 만해문학상 수상작인 「황구의 비명」과 최근의 「실향(失鄕)」 연작 같은 뜻깊은 수확을 거두었으며, 「포대령」 「삭풍(朔風)」 등에서는 군인이 주인공으로 등장하는가 하면 도시인의 자의식과 분석취향을 보여주는 작품들도 허다하다. 또한 「방울소리」나 「혜자의 눈꽃」 같은 작품에서는 사실주의의 기율을 어기지 않은 채 마치 꿈속의 정경인 듯한 신비스럽고 탐미적인 순간들을 창조해내기도 한다. 어촌을 배경으로 한 천승세의 걸작들이 그처럼 큰 감동을 주는 것도 결국은 토속적 어촌이라는 소재가 이 작가의 폭넓고 철저히 근대적인 작가정신과 특히 걸맞기 때문일 터인데, 이러한 걸맞음의 깊은 까닭을 따지기에 앞서 우리는 천승세의 작가적 성취를 밑받침해주는 몇가지 기초적 조건에 눈돌릴 필요가 있다.

그 하나는 감명 깊은 줄거리를 꾸며내는 기술이다. 현대 서구의 일부 소설론에서는 뚜렷한 줄거리가 없는 소설일수록 고급 작품으로 우대받는 경향도 없지 않으나 소설의 흥미와 팽팽한 긴장을 보장해주기로는 잘 짜인 줄거리(플롯)를 따를 것이 없다. 플롯은 독자 대중을 가장 직접적으로 사로잡는 요소일뿐더러 소재에 대한 작가의 지성적 통제를 단적으로 드러내는 수단이기도 한 것이다. 천승세의 성공적인 작품들은 모두 소설의 이러한 기본기(基本技)에 의지하고 있다. 이것은 그가 극작가로서의 수련을 쌓았다는 사실과도 무관하지 않은 것이겠지만, 여하튼 그는 독자의 궁금증을 유지하면서 새로운 인식의 충격을 안겨주고 끝맺는 플롯의 조절에 능하다. 「신궁」의 경우는 더 말할 것도 없고, 「백중날」 같은 작품에서 사건의 결말로부터 시작하되 지나치게 날씬한 기법상의 조작으로 농촌소설의 분위기를 훼손함이 없이 사연을 풀어나가는 솜씨는 놀라운 것이다. 소재의 성격은 다르나 「의봉 외숙(義峰外叔)」의 성공도 현시점의 진행과 과거 사연의 배합에 세심한 신경을 쓴 결과이다. 「폭염」 같은 단편은 마치 교과서의 세계명작을 읽는 듯한 인상이 오히려 흠으로 잡힐 정도지만, 「황구의 비명」 「삭풍」 등과 더불어 이 작가의 플롯 솜씨를 유감없이 보여주고 있다.

훌륭한 플롯과 밀접하게 관련된 또 하나의 작가적 미덕은 생략과 함축의 묘미를 살리는 능력이다. 이것은 특히 단편소설의 생명과도 같은 것이다. 단편이 짧은 중에 긴 여운을 남기는 것이 그 함축성 때문이거니와, 한 걸음 나아가 바로 그 짧은 맛으로 읽는 것이 단편소설인 것이다. 이런 점에서 천승세의 단편으로서도 그중 짧은 편에 드는 「의봉 외숙」이나 「뙷불」 같은 작품은 단편소설적 압축의 표본이라 일컬을 만하다. 물론 천승세 자신도 특히 장편과 중편에서는, 언제나 생략의 미덕을 보여주고 있는 것은 아니다. 그러나 예컨대 「백중날」에서 ─「뙷불」과 「종돈」에서도 그렇지만 ─ 수많은 설명을 꿈자리 한 대목으로 압축해버리는 수법은 소설에서 구성의 묘와 함축의 묘가 불가분의 것임을 확인해준다. 단단한 뼈대가 받치고 있기에 온갖 군더더기를 아낌없이 쳐낼 수 있는 것이요, 불필요한 디테일을 제거함으로써만 훌륭한 플롯의 제값이 드러나는 것이다.

소설가로서의 이러한 기초적 훈련과 더불어 우리는 이 작가의 풍부하고 예민한 감수성, 온갖 살아 있는 것과 함께 느끼고 함께 아파하는 능력의 남다름에 주목하지 않을 수 없다. 농어촌을 무대로 한 소설에서 김유정을 연상케 하는 짙은 토속적 정취는 물론이요, 변두리의 너절한 삶 속에서도 「견족」의 소년들과 같은 생명력의 약동이 느껴지며 그것은 곧 「화당리 숯례」의 꼽추 여종이나 「황구의 비명」 「원석(原石)」 등의 양공주처럼 가장 짓밟히고 따돌림받는 인생과의 뼈아픈 동류의식으로 이어진다. 사실 천승세의 많은 인물들은 심지어 「불」의 용배나 「사비선생(斜鼻先生)」의 노인처럼 겉보기에 고집불통의 인간들조차도 알고 보면 더없이 여린 마음의 소유자들이다. 이 작가의 뛰어난 묘사력의 바탕에도 바로 그러한 여리고 고운 마음이 자리 잡고 있음을 짐작할 수 있다.

그러나 이와 더불어 천승세의 작품세계가 더러는 과다한 자의식을 노출시키는 측면도 무시할 수 없다. 이것은 천승세를 투박한 토속문학가로 알던 사람에게는 뜻밖의 일이겠으나, 앞에 열거한 그의 작가적 미덕을 인정할 경우 그에 따른 일종의 부산물로 쉽사리 이해된다. 남다른 감수성과 첨예한 의식은 곧 자신의 감수성과 의식에 대한 의식을 낳게 되며, 더구나 그것이 타락한 세계와 맞서서 상처 입은 한 작가의 정당한 긍지의 일부를 이룰 때 그것을 건강한 자기인식과 구별하기가 어려워지기도 한다. 아니, 현대소설의 일각에서는 끝없는 자의식에의 탐닉을 바로 현대성의 징표인 양 내세우는 경향조차 있다. 하지만 자의식의 유희는 결국 감수성을 메마르게 하고 지성의 방향감각을 둔화시킨다. 현대 서구의 많은 전위소설들의 불모성도 거기서 연유하는 게 아닌가 싶은데, 천승세의 성공한 소설들은 그러한 자의식을 그때마다 이겨내는 데서 이룩되는 것이다. 그것이 얼마나 힘겨운 예술적 긴장의 결과인가를 우리는 작가가 작품 속에서 자신을 잊어버리지 못하고 창조적 긴장이 느슨해진 경우에 더욱 실감하게 된다. 자의식의 메마름을 정면으로 다룬 단편 「감루연습」은 그 자체가 자의식의 유희에 빠지는 듯하다가 재치 있는 결말로 주인공의 눈물도 건지고 작품도 건지는 특이한 예지만, 중편 「독탕행(獨湯行)」은 자의식과 요설의 악순환에 함몰된 경우라 할 수 있다. 장편 『사계(四季)의 후조(候鳥)』는 물론 「독탕행」과는 다른 차원의 업적으로서 70년대의 도시생활을 소재로 하여 한국적 삐까레스끄소설의 한 가능성을 열어 보인 작품이기는 하지만, 주인공과 작가 자신의 빈번한 사설에서 우리는 자의식의 흔적을 엿보게 된다. 연민이나 찬탄의 감정으로 스스로를 바라보는 작가의 시선은 「사비선생」처럼 대체로 성공적인 단편에서도 느껴지는 것인데, 「신궁」 같은 작품에서는 이러한 자의식이 철저히 배제되기 때문에 — 아니, 그러한 자의식 자체가 작품의 유기적 일부로 승화되어버리기 때문에 — 천승세 소설의 본령이 바로 거기에 있다는 일반적인 평가를 낳고 있는 것이다.

2

현대인의 고질인 자의식을 천승세가 유독 그의 농어촌소설에서 가장 성공적으로 극복하는 이유는 무엇인가? 그것은 개인적으로는 물론 작가 자신의 인생경험이라든가 성격·재능·취향, 이런 온갖 요인으로 설명되어야 할 것이다. 그러나 작품만 두고 보더라도 한가지 분명한 것은 농어촌소설에서 자의식의 극복은 문자 그대로 극복이지 현대 이전의 덜 깨인 의식이나 정서로의 복귀가 아니라는 점이다. 이 책에 수록된 「낙월도」 「불」 「신궁」 등 세편도 모두가 토속에 흠뻑 젖은 작품이면서 동시에 세련된 현대적 지성으로 다듬어진 예술품이다. 토속의 세계를 일단 떠났고 고향으로서는 이미 상실해버린 현대인의 삶을 올바로 드러내고 넘어서려는 노력의 일환으로 토속성 짙은 문학이 창작되는 것이며, 그 과정에서 작가의 현대예술가적 자의식은 실재하는 민중문화·민중언어의 풍성한 아름다움에 대한 객관적 인식과 그것을 되살리는 떳떳한 노동으로 전환되고, 개인적 울분과 소외의식은 민중생활을 침해하는 온갖 압제에 대한 뜨거운 분노와 굽힐 줄 모르는 저항정신으로 승화되는 것이다.

농어촌을 다룬 천승세의 작품이 탁월한 현대적 저항문학이 되는 까닭이 여기 있다. 동시에 그것이 단순한 르뽀르따주적 고발문학과는 다른 이유도 분명해진다. 사실 「낙월도」「불」「신궁」 세 작품 모두가 그 사실주의적 박진감에도 불구하고 지금 이 순간의 현장보고라는 느낌은 주지 않는다. 새마을운동이 벌어지고 도시의 독점자본이 벽촌까지 진출한 오늘의 농어촌을 묘사한 소설들은 아닌 것이다. 그런 소설의 예로서는 이문구의 「우리 동네」 연작이나 황석영의 「종노(種奴)」 같은 작품이 최근의 수확이 되겠거니와, 천승세의 경우는 현대세계와 토속세계에 아울러 내재하는 구조적 모순에 대한 투철한 인식과 토속적 언어가 갖는 시적 감동력의 적절한 활용을 통해 다른 차원의 현재성을 획득하고 있다. 예컨대 「낙월도」가 특정한 시대, 특정한 지역의 가난하고 억눌린 사람들에 대한 평면적 기록에 그친다면 오늘날 우리에게 갖는 의의는 한정될 수밖에 없을 것이다. 하지만 이 작품에서 흉어철을 만난 낙월섬 사람들의 기막힌 고난은 어디까지나 귀덕이·팔례·종천이 들과 몇몇 선주 겸 지주들의 관계, 그리고 이 섬과 '삼출목 물살' 저 너머 세계의 관계에서 파악되어 있고, 그러면서도 작가의 언어는 일체의 관념적 분석을 배제함으로써 이야기의 보편적 호소력을 더욱 높여주고 있다.(「낙월도」에 대한 좀더 자세한 분석으로는 본서 제1부의 졸고 「민족문학의 현단계」를 참조해주기 바란다.)

「불」의 경우도 마찬가지다. 가뭄철 용배네 식구의 처절한 고생은 차관

경제 시대에는 아무래도 예외적인 현상이며, 오히려 초기 박화성(朴花城) 문학의 가작 「한귀」(旱鬼, 1935)를 연상시키는 바가 많다. 그러나 여기서도 사태의 초점은 가뭄 자체로 인한 고생보다도 가뭄을 틈탄 부자 최가의 토지약탈 음모, 그리고 원창댁이 은심이를 멋대로 내쫓고 약속한 볏섬마저 떼어먹는 저들의 횡포에 맞춰져 있다. 굶주림 끝에 칡뿌리 하나 훔치던 작은딸 단님이가 어이없이 숨지고 용배는 최가를 낫으로 찔러 죽인 뒤 불섶을 지고 보리밭에 뛰어드는 이야기의 진행은 너무나 끔찍한 것이지만, 작품 속에 시종 엿들리는 김유정 소설이나 판소리 가락의 울림이 독자를 달래주면서 끔찍한 현실을 끝까지 지켜보게 만든다. 죽은 단님이를 안고 통곡하는 망경댁의 사설도 바로 그런 효과를 낸다. 또한 용배가 살인하는 장면에서도 작가는 최서해의 「기아(飢餓)와 살육(殺戮)」에서와 같은 무지막지한 직접성을 피할뿐더러, 그가 최가에게 뺨을 맞고 낫을 휘두르는 순간 독자의 시선을 용배의 내면으로 돌려, 용배의 폭력이 사실은 "나는 네놈들처럼 사람을 생골로 잡아 쥑이진 못혀! 안 쥑여! 못 쥑여! 저리 가, 가아――"라고 내심으로 부르짖는 그의 착한 마음의 행사에 다름 아님을 보여준다. 그리하여 이 단편에서 가뭄의 불볕과 억울하게 당한 용배 마음속의 불덩이가 합쳐서 끝내 보리밭을 태우며 마을을 다 밝히고도 남는 불길로 처리될 때, 독자는 설익은 저항적 작품들의 판에 박힌 결말에서는 맛볼 수 없는 예술적 감동을 만나게 되는 것이다.

「낙월도」 및 「불」과 근본적으로 같은 성격의 업적을 한층 밀도 높게 구현한 「신궁」에 대한 검토를 잠시 미루어두고, 도시인 내지는 도시 변두리의 상황을 다룬 「황구의 비명」과 「의봉 외숙」 같은 작품들을 잠깐 살펴보자. 국내외의 모순에 대한 저항의식과 수난하는 민중과의 연대의식이 천승세 문학의 뼈대를 이룬다는 사실이 여기서 다시 한번 명백해진다. 「낙월도」의 귀덕이가 결국 최부자에게 팔려가고 「불」의 용배가 죽이고 죽는 현실은 또한 용주골 은주들과 더불어 민족의 순수성이 짓밟히고 「의봉 외숙」과 같은 항일투사며 타고난 농군이 농촌과 도시 그 어느 곳에도 발붙일 수 없게 된 현실이기도 한 것이다.

「의봉 외숙」이 압축을 생명으로 삼는 단편소설의 한 모범적 성과임은 앞서도 말했지만, 이 짧은 이야기에 담긴 사연은 너무나 많고 또 의미심장하다. 의봉의 고집스런 일생은 지난날 식민지 통치자의 공공연한 침해와 오늘날 더욱 감당하기 어렵게 만연된 타락과 주체성 상실에 한결같이 저항해온 민족적 전통의 표현인가 하면, 바로 그 주변에서 자행되어온 소위 '유지'들의 타협과 배신과 횡포에 대한 인식도 어김없이 들어 있다. 그런데 작가는 단연코 의봉의 편에 서 있으면서도 그가 현실적으로는 아무런 대안도 없는 무력하고 약간은 우스꽝스러운 존재라는 사실도 숨기려 하지 않는다. 바로 그런 냉정한 인식을 깔고 있기에, 끝머리에서 조카의 등에 업혀 가며 "온 동네가 농군들이 부르는 메나리로 들썩들썩 춤을" 추던 시절을 말하는 노인의 기억은 오늘의 현실에 대해 더욱 날카로운 비판이 된다. 그리고 마지막으로 십수년간 의절했던 누님을 상면할 뜻을 비치는 대목에서 작품이 끝날 때, 독자는 의봉의 이 말이 그의 일관된 저항적 자세를 조금도 훼손하지 않는 인간적 면모임을 깨닫고 숙연해지기조차 한다.

「의봉 외숙」은 「산(山) 57통(統) 3반장(班長)」으로 시작하여 「뗏불」「토산댁」「오동추야(梧桐秋夜)」를 망라하는 연작의 두번째 작품이다. 이 연작에 작가는 '실향'이라는 제목을 붙여놓았는데, 실제로 고향을 뜨는 순간을 그린 것은 「뗏불」 하나뿐이고 대부분은 이미 고향을 떠난 사람이 서울서도 못 살게 되었음을 깨닫는 이야기들이다. 즉 그가 말하는 실향은 단순한 이농(離農)의 운명 이상의, 더 심층적이고 범민족적인 실향의 경험이다. 「황구의 비명」도 이러한 실향의식을 담고 있는바, 다만 은주의 귀향도 그런 점에서 제대로 귀향일 수 없다는 인식이 이 작품에서는 비교적 옅은 느낌을 주기는 한다(「민족문학의 현단계」 참조). 또한 그 민족적 저항감의 표현이나 플롯 처리의 민완함에서 「황구의 비명」을 연상시키는 「삭풍」이 작품으로서의 비중이 다소 떨어진다고 생각되는 것도, 주인공 모병탁 소위의 저항이 다수 민중의 실향 체험과 충분히 연결되지 못한 채 어느 괴벽스러운 개인의 영웅주의적 몸짓으로 끝나는 느낌이 있기 때문이다.

작년(1977)에 발표된 중편 「신궁」은 아마도 천승세 문학의 여러 장점들을 가장 훌륭히 집약한 작품일 것이다. 같은 어촌문학인 「낙월도」에 비하더라도 한층 짜임새 있는 골격과 긴장된 문체를 보여주며, 「낙월도」의 너무도 암담한 현실이 독자를 단순히 관조적인 태도로 후퇴시킬 위험이 「신궁」에서는 거의 문제되지 않는다. 「낙월도」보다 훨씬 짧지만 중편소설의 풍성함은 충분히 간직한 채, 단편 「뙷불」과 같은 압축의 묘와 행동적 의지를 살린 작품이 「신궁」인 것이다.

이 소설의 주인공 왕년이 역시 헤어나기 어려운 역경 속에 몰려 있다. 흉어철에다가 자신의 대를 이은 며느리의 무당 벌이가 끊긴 상태다. 그러나 이러한 곤경이 무엇보다도 사람들의 농간이요 사회의 됨됨이 탓임이 다른 작품에서보다 더욱 분명하다. 선주이자 객주인 판수가 오랫동안 음양으로 안겨준 피해의 결과이며, 남편의 억울한 죽음에 한이 맺혀 굿손을 놓은 당골네(무당) 왕년이를 다시 부려먹으려는 압력수단의 일환인 것이다. 한편 왕년이는 배도 뺏기고 남편도 뺏긴 설움과 더불어 무당인 자기와 고장의 어민들이 함께 번성하던 한창 시절에 대한 자랑스러운 기억 — 특히 그들 부부가 힘들여 마련한 어선 해룡환이 첫 항차(航次)를 할 때 온통 꽃덤불이던 찬란한 기억 — 이 판수의 핍박 앞에서 그를 지탱해준다. 그래서 우여곡절 끝에 다시 굿손을 잡기로 한 왕년이는 복숭아나무 화살 대신에 대못을 지른 살을 신궁에 먹여, 살풀이를 기대하며 바가지를 쓰고 앉은 판수를 향해 날리는 것이다.

진기한 민속자료의 전시장을 겸한 이 작품의 매력은 독자가 직접 읽고 음미하기 전에는 제대로 전달할 길이 없다. 다만 그 섬세하고 치밀한 예술적 조직의 일단을 보여주는 예로, 작품을 통해 빈번히 나오는 꽃밭과 꽃덤불의 이미지들이 끝장에 화살을 맞고 쓰러진 판수의 바가지 위로 "꽃뱀 기듯 핏줄이 흘렀다"라는 한마디를 더욱 빛내주는 점을 들 수 있겠다. 또한 「신궁」에서는 생생한 시각적 영상들과 더불어 '대못질 소리' '물갈퀴 소리' 등 청각적 효과의 반복이 작품의 통일성을 다져주고 있는데, "물갈퀴 소리가 죽었다"라는 그 마지막 문장은 왕년이의 맺힌 한이 드디어 풀렸음을 알리면서 어쨌건 꽃덤불 같았던 한 시대의 종언이 선포된 순간의 고요를 경험하게 해준다.

어촌소설 중에서도 특히 「신궁」의 경우가 천승세의 작가적 능력을 한껏 동원할 수 있었던 데에는 그만한 이유가 있었을 것이다. 짐작건대 주인공 왕년이가 민중세계의 일원이자 토속의 세계에서도 가장 철저히 토속적인 민간신앙을 대표하는 인물인 동시에, 스스로가 말하자면 하나의 탁월한 예술가요 민중의 원한을 가로맡아 풀어주는 영웅적 인간이라는 사실이 작가의 상상력을 송두리째 사로잡았을 것이다. 그렇다면 천승세 문학에 이제 새로운 도전이 주어진 셈이다. 즉 무당이라든가 사투리, 곁말 등 현대세계의 독자 대중들과는 아무래도 거리가 있고 자칫하면 엽기취향을 북돋아줄 위험이 있는 소재에 의존하지 않고서도 「신궁」에서와 같은 높은 예술성과 민중적·민족적 공감을 성취하는 일이 그것일 터이다.

—『한국현대문학전집 천승세 편』, 삼성출판사 1978

사회비평 이상의 것*

문학작품이 단순히 사회비평만은 아니라는 것은 당연한 상식에 속한
다. 그래서 작가는 사회비평에 뜻을 두어도 안 되고 작품이 사회비평을
담아도 안 된다는 비상식이 횡행할 소지조차 생긴다. 그러나 훌륭한 작품
은 모두가 직간접으로 당대의 역사와 사회현실에 대한 뜻깊은 성찰을 이
루고 있음은 물론이거니와 많은 경우 사회에 대한 작가의 강렬한 비판의
식이 곧 훌륭한 작품을 낳는 창작의욕과 떼어놓을 수 없음을 본다. 하지
만 문학작품에는 사회비평 이상의 — 또는 적어도 그 이외의 — 어떤 요
소가 개재한다는 문제가 여전히 남는다. 무엇이 한편의 사회비판적 소설
로 하여금 그와 비슷한 비판의식을 표현한 논설이나 사실보고와 다른 것
이 되게 하는가? 흔히 소설은 '허구'라는 교과서적 원리가 들먹여지지만
사실상 소설의 내용이 실화(實話)여서는 안 된다는 법칙은 없다. 다만 실

---

* 이문구 소설집 『으악새 우는 사연』(한진출판사 1978) 및 박완서 소설집 『배반의 여름』(창작
과비평사 1978)의 서평이다.

화로서의 정확성 여부에 구애됨이 없이 다른 차원의 진실성이 중요하다는 뜻일 터인데, 그 진실성의 본질은 무엇이며 어떻게 이룩되는 것인가? 이러한 물음을 여기서 던져보는 것은 그 어떤 이론적 규명을 꾀해서가 아니라, 이문구·박완서 두 작가의 최근 소설집을 거론하는 데 편리한 하나의 시각을 찾아보고자 해서이다. 두 사람은 모두 그 문학적 성과에 있어 70년대 한국문학에서 손꼽히는 작가일뿐더러 사회현실에 대한 남달리 뚜렷한 비판의식을 소설 속에 드러내고 있기 때문이다.

소설집 『으악새 우는 사연』에 실린 작품들은 크게 두 부류로 나누어진다. 하나는 표제의 단편을 비롯하여 「우리 동네 김씨」「우리 동네 이씨」「우리 동네 최씨」「우리 동네 정씨」〈이하 「○씨」로 줄임〉 등 다섯편의 연작을 이룬 것이고, 「죽으면서」「만추(晚秋)」「새로 생긴 곳」「낚시터 큰애기」「그전 애인」 등 나머지 다섯편은 모두 4, 5년 전 잡지에 발표되었으나 저자가 낸 기왕의 창작집에 수록되지 않은 단편들이다. 이들 후자의 경우도 각기 작가의 체취를 담은 작품들로서 한번 읽어볼 만한 것이기는 하나 앞부분의 연작에 비해 그 비중이 훨씬 떨어지는 업적임이 사실이다. 지면의 제약도 있는 만큼 여기서는 주로 「우리 동네」 연작에 대한 몇가지 소감을 말해보는 데서 그칠까 한다.

저자 자신이 책머리에도 썼듯이 이들 단편들은 그가 근년에 시골생활로 돌아간 뒤 "도시성(都市性) 상식 이상으로 변모한 70년대 하반기 농촌 풍물을 만나면서 터득한 측면의 지엽적인 사실(査實), 또는 부분적인 기술(記述)"들이다. 그야말로 도시인의 상식으로 써갈긴 흔한 농촌소설이 아니라 현장의 문학이라는 점에서, 더구나 『해벽』『관촌수필』 등의 역작을 낸 작가의 솜씨가 새로운 현장체험과 맺어졌다는 점에서 많은 평자들의 주목을 끌어온 작품들이다. 더러 지적된 바 있듯이 여기 그려진 농촌은 왕년의 농촌 작가들이 흔히 다루던 절대적 빈곤과 정체의 세계가 이미 아니며, 많은 도시인들이 향수에 젖어 몽상하는 목가적 풍경과도 물론 거리가 멀다. 집집마다 텔레비전이 거의 필수품처럼 되면서 달라진 세태(「으악새 우는 사연」〈이하 「으악새」〉, 12면, 「이씨」 112면)에서부터 농약 공해(「으악새」 44~46면), 희화적인 민방위교육(「김씨」), '도시것'들의 사냥꾼 공해(「최씨」), 농협의 온갖 부조리와 납품업자의 농간(「이씨」 123~28면, 「으악새」 37~38면), 크리스마스와 망년회와 관광여행 계획으로 들뜬 부인네들(「이씨」), 모내기에 동원되면 오히려 주인을 골탕 먹이는 학생들의 모습과 통대선거(박정희정권하 통일주체국민회의 대의원 선거)를 둘러싼 사기꾼들의 행태(「정씨」) 등등, 옛날의 농촌과는 엄청나게 달라진 광경들이 펼쳐진다. 동시에 농민들의 현실감각과 권리의식도 전과 같지 않음을 볼 수 있다. 농협이나 면 직원들과 어울린 자리에서건 민방위교육장·영농교육장 들에서건 그들은 불평불만을 말할 줄 알고 다음 농협 선거에서는 아무나 찍어주지 않을 것을 공언할 줄도 안다. 또한 「최씨」에서는 주인공의 맏딸과 그 친구 명순이의 이야기를 통해 공장노동자의 문제가 농민의 삶과도 직결된 문제임을 드러내기도 한다.

농촌현실의 이러한 변화상은 이미 이문구 문학의 상표처럼 된 그의 구수한 이야기 솜씨와 정확·면밀한 세태묘사에 의해 생생하게 독자에게 전달된다. 그런데 작품의 실감이 작가의 풍부한 체험과 남다른 관찰력에 힘입은 것임은 흔히 지적되는 바이지만, 그것이 작품으로 결실하도록 하는 데에는 그의 모든 체험과 관찰을 꿰뚫고 흐르는 작가의 비판정신이 있음을 잊어서는 안 된다. 사실 이번 연작은 앞서의 『관촌수필』 연작 중 마지막 세편과 이어지는 성질로서, 『관촌수필』에서 되살려낸 좋았던 옛날의 기억과 쓰라린 재난의 기억이 「우리 동네」의 풍물묘사에서도 하나의 숨은 동력으로 작용하고 있다고 보아도 좋을 것이다. 그렇기 때문에 흔히들 말하는 70년대 농촌의 '눈부신 발전상'을 현혹되지 않은 눈으로 포착할 수 있으며, 아무렇게나 주워모은 듯한 장면장면에서 어떤 일관된 흐름을 느낄 수 있는 것이다.

그러나 문학작품이 단순한 사회비평 이상의 것이라면 「우리 동네」 연작의 문학적 가치를 다만 작가의 비판정신이나 저항의식으로 설명할 수는 없을 것이다. 앞서 그의 '구수한 이야기 솜씨'라는 표현을 썼지만, 무엇이 그의 농촌정경 묘사를 구수한 이야기로 만들어주는 것일까?

궁극적인 원인까지 따지고 들지 않더라도 작가의 독특한 문체가 크게 한몫을 하고 있는 것만은 틀림없다. 입담 좋은 촌사람 작중인물들의 대화나 그들에 못지않게 토속적 표현에 능란한 작가의 능청스럽도록 자상하고 여유만만한 묘사가 범상한 사실도 홍겹게 읽히도록 만든다. 예컨대 「으악새」에서 갑자기 면 산업계장이 나온다고 호출당한 주인공이 술안주할 김치를 들고 나서는 장면을 보자.

국물 질금거리지 말라고 주전자에 김치를 담고 그 안에 고추장 보시기를 띄워, 걸음을 옮길 적마다 주전자를 장구치고, 시어 꼬부라진 냄새가 물씬대며 주전자 주둥이에 꽂힌 젓가락이 장단을 맞췄다. (11면)

아무렇게나 골라본, 그야말로 하찮은 내용인데도 마치 "이때에 춘향이 거동 보소" 하는 소리꾼의 가락을 듣는 기분이 든다. 그런가 하면 이보다 훨씬 심각한 이야기, 가령 신품종 볍씨를 권장한답시고 관리들이 농민의 못자리를 짓밟아버리는 기막히는 사태는 또 그것대로 한 인물의 대화를 통해 전체적인 가락 속에 용해된다.

"(…) 요새 볍씨 가지구 시끄런 것 봐. 재래종 심으면 면이나 군에서 오죽 지랄허겄나. 통일베 안 심으면 면장이 직접 모판만 갈아엎는 게

아니라, 뱁씨 담근 통에 마세트라나 무슨 약을 처넣어 싹두 안 나게 헌
다는 겨. 군수가 못자리 짓밟을라구 장화 열다섯켜리 사놓고 베른다는
말두 못 들어봤남."(「최씨」172면)

이런 예들은 얼마든지 많고, 사투리를 씀으로써 독특한 효과를 얻고 있
는 것도 쉽사리 알 만하다. 이문구의 고집스러운 방언 사용에 대해서는
비판도 많고 실제로 사투리의 지나친 사용이 작품의 호소력에 어떤 한계
를 가져오는 것은 분명한 일이지만, 여기서 강조하고 싶은 것은 이문구
문학의 효과가 사투리만으로 쉽게 얻어지는 것으로 착각해서는 안 되리
라는 점이다. 나 개인의 경우에는 그의 소설을 읽을 때마다 우리말에 대
한 자신의 무지를 통감하곤 하는데, 방언이려니 하고 사전을 들춰본 단어
가 엄연한 표준말이자 귀중한 우리 고유의 낱말로 판명된 일이 수없이 많
다. 이것은 곧 그가 입담이나 사투리에 안주하는 작가가 아니요, 대상 하
나하나를 가장 정확하고 순수한 우리말로 표현하려는 무서운 집념의 소
유자라는 한 증거가 되지 않을까 한다. 그리고 그것은 우리 사회의 현실
을 있는 그대로 밝혀서 그 옳고 그름을 가려내고자 하는 또 하나의 집념
과도 떼어 생각할 수 없을 것이다.

작가의 사회의식과 창작의욕이 이런 면에서도 밀접히 엉킨 것이라면,
「우리 동네」 연작을 두고 평자 나름으로 지적할 수 있는 몇가지 불만스러
운 점도 비슷한 시각의 적용을 받음직하다. 우선 문체와 관련해서 눈에
띄는 일반적인 특징은 이들 작품의 효과가 튼튼한 구성의 힘보다도 시종
그 문체의 힘에 너무 의존하고 있다는 느낌이다. 그리고 이것이 농촌현실
을 보는 작가의 태도와도 직결된 문제가 아닐까 하는 것이다. 70년대 후
반의 농촌은 과연 도시인의 상식으로는 짐작 못 할 만큼 변모했고 그것이
일부의 선전처럼 마냥 좋아지고 좋아진 변모가 아니라는 사실은 작가가

더없이 생생하게 보여주고 있지만, 그 변화 속에서 변함없이 지속되는 억압의 됨됨이에 대해서는 다분히 지엽적인 관찰에 머무는 감이 없지 않다. 주인공들 가운데 유일하게 땅 없는 농민인 최씨의 이야기에서도 토지소유의 문제는 정면으로 제기되었다고 볼 수 없으며, 농민들의 반항적 발언들도 대개가 술좌석을 빌린 일장성토로 끝날 뿐이고 이 정도의 권리의식 향상이 진정한 주권의 확보와는 아직도 얼마나 먼 것인가에 대한 작가의 인식이 작품 속에 제대로 담겨 있지 않다. 이러한 인식의 한계가 때로는 구성의 허술함을 낳고 때로는 문체에까지 이상을 초래하는 것이다.

예컨대 「김씨」에서 가뭄을 만난 주인공이 전깃줄에 전선을 이어놓고 남의 물을 양수기로 퍼올리다가 한전 직원과 물 감시원에게 동시에 들키게 되는데, 사태는 느닷없이 감시원들 저희끼리의 '물과 불의 싸움'으로 번졌다가 민방위교육이 열리는 바람에 흐지부지되고 만다. 요즘 농촌의 어느 단면이 정확하게 제시된 것은 사실이지만, 그리고 '도식적인 진행'을 피했다는 미덕은 있을는지 모르지만, 해학적인 처리로 인해 어딘가 문제의 핵심이 흐려진 느낌을 금하기 어렵다. 그런가 하면 작가가 좀더 비판의식을 앞세워, 「으악새」의 주인공이 "비 때 비 주구 눈 때 눈을 주는 하늘두 우리를 안 쇡이구, 쌀 때 쌀을 주구 보리 때 보리를 주는 땅도 우리를 안 쇡여유. 그런디 하물며 사람것이 우리를 쇡여?"라고 부르짖는다거나, 「최씨」에서 명순을 통해 노동문제가 제기되는 대목(180~86면)에 이르면, 어느덧 그 문장도 저자 특유의 자연스러운 가락에서 벗어나 있음을 느낀다. 다섯편 중에서 가장 가난한 주인공이 등장하고 가장 심각한 문제제기가 시도되는 「최씨」의 경우 그 결말도 가장 작위적인 냄새가 짙다. 구성과 문제의 일치로 말한다면, 학생봉사대의 데모에서 시작해서 뜻않은 짜장면 잔치로 끝나는 「정씨」의 해학적 줄거리가 문체의 해학성과 제일 걸맞은 셈이다. 그러나 이때에 경계할 점은 농민문학 본래의 사명에서 벗어나 한갓 세태소설에 접근하게 될 위험이다. 농민이 있는 한 농촌의 세태에 대한 정확한 기술은 언제나 중요한 것이겠지만, 농촌 인구가 도시 인구보다 이미 적어졌고 앞으로 더욱 줄어들더라도 농민문학이 계속 우리의 핵심적 관심사로 남을 수밖에 없는 이유는 그것만도 아니다. 민족의 오랜 역사를 통해 억압적인 삶을 넘어서려는 민중적 투쟁의 현장이 곧 농촌이었고, 오늘도 농민을 그리는 작가는 그 현장의 맥을 찾아 되살림으로써 도시화 시대의 민족사에도 핵심적인 기여를 할 수 있는 것이다.

박완서는 이문구와 여러모로 대조적인 작가다. 여성이라는 점은 너무나 뻔한 차이라서 새삼 들먹이지 않는다손 치더라도, 우선 그 다루는 소재가 도시인의 생활이요 그중에서도 중산층의 생활이 대부분이다. 감수성 역시 도시적이라는 표현이 적합할 터인데, 이문구의 문장이 토속적이고 느긋느긋하며 우회적이라면, 박완서의 문체는 거의 쌀쌀맞을 만큼 분명하고 예리하며 거리낌이 없다. 그러나 비뚤어진 사회현실을 폭로하려는 열정에 있어서만은 두 작가 사이에 우열을 가리기 힘들 정도다. 사실 박완서는 문단의 이른바 자유실천운동에 직접 뛰어들지 않고 있고 거기다 여성 작가요 인기 작가라는 통념에 싸여 있어서 그렇지, 장편 『휘청거리는 오후』라든가 단편집 『부끄러움을 가르칩니다』와 『배반의 여름』에 실린 다수의 작품들만큼 명백하고 신랄한 사회비판의 문학도 드문 셈이다.

『배반의 여름』은 표제작을 비롯한 열세편의 단편과 꽁뜨 연작 「화랑(畫廊)에서의 포식(飽食)」을 묶은 책인데, 거의 전부가 오늘의 한국현실에 대한 직접적인 비판을 담고 있다고 하겠다. 이 작가의 경우 비판대상이 되는 현실은 주로 70년대 도시 중산층의 삶으로서, 물질적 생활수준이 오르고 아파트족·자가용족이 늘며 이민붐이 부는 등 온갖 행복의 찬가가 불리는 가운데 진정한 행복과 삶의 기쁨은 날로 만나기 어려워지는 현상을 저자 특유의 정직하고 냉철한 시선으로 잡아낸다. 「어떤 야만」이나 「배반의 여름」에서의 속물들에 대한 풍자, 「포말(泡沫)의 집」「낙토(樂土)의 아이들」이 보여주는 아파트 생활의 허망함, '빨갱이'라는 딱지가 근처에만 와 붙어도 누구나 꼼짝 못 하게 돼 있는 풍토에 대해 「더위 먹은 버스」의 주인공이 느끼는 심한 멀미, 이런 등등이 모두 솔직한 사람의 솔직한 이야기로 친근하게 읽히고 건전한 양식으로 받아들여진다.

하지만 박완서 문학의 경우에도 솔직하고 건전한 사회비평이 곧 문학의 전부가 아닐진대, 이들 작품의 창조적 동력 역시 단순한 비판의식만은 아닐 것이다. 결코 뚜렷한 대답이 있을 수는 없는 문제지만 「조그만 체험기」(이하 「체험기」)라는 단편을 빌려 한두가지 분석을 시도할 수는 있겠다. 수록작품 중에서 제목 그대로 작가 자신의 체험기에 가장 가까운 글로 짐작되는 이 단편은 또한 이번 소설집에서 가장 성공적인 작품 가운데 하나라고 생각되기 때문이다. 선량한 남편과의 안정된 생활이 그의 뜻않은 구속으로 깨어지고 '나'는 남편 옥바라지를 하면서 전에 모르던 온갖 억울함을 맛보고 세상의 이면을 목격했다가 재판에서 남편이 풀려나면서 원래의 생활로 되돌아왔다는 것이 대충 그 줄거리이다. 이 경험을 두고 '나'는 끝부분에서 이렇게 말한다.

달라진 것은 아무것도 없다. 생활의 평온이 돌아오니 다시 그전처럼 자유의 문제를 생각하는 밤까지 돌아왔다. 어느날이고 자유를 유보하고 있는 상황이 좋아져서 우리 앞에 자유의 성찬(盛饌)이 차려진다면 어떻게 할 것인가. 그전 같으면 아마 가장 화려하고 볼품 있는 자유의 순서로 탐을 냈을 것이다. 그러나 그런 일이 있은 후로는 허구많은 자유가 아무리 번쩍거려도 우선 간장종지처럼 작고 소박한 자유, 억울하지 않을 자유부터 골라잡고 볼 것 같다. (82면)

그런데 이 대목도 그렇고 뒤이어 '원한의 공해'에 대한 성찰이 그렇듯이 그전과 달라진 것이 전혀 없는 것은 결코 아니다. 더구나 "간장종지처럼 작고 소박한 자유"에 대한 인식이 반드시 작은 일이거나 소박한 사항만도 아니다. 그것을 얻어낸 '나'의 체험과 그것을 받아들이는 '나'의 태도가 작가의 선 자리를 규정하면서 그 나름의 창조적 활력과 한계를 제시하고 있는 것이다.

작중의 '나'는 소시민적 안일에 어느정도 젖어 사는 사람이지만 결코 소시민적 자기기만에 함몰되어 있지는 않다. 스스로의 감정에 대해 솔직하고 타인에 대해 민감하며 온갖 가식을 일시에 떨쳐버릴 용기와 생명력을 지닌 인물임을 작품은 보여주는 것이다. "나에게도 빽이 있을 것 같은 환상"에서 깨어나면서 쉽사리 용감해지고, 아우성치는 다른 여편네들에게 "진한 친화감"마저 느끼며, 한때 자유를 운운하던 자신의 실감 없는 몸짓을 반성하는 한편, 진짜 억울한 사람들을 무수히 알게 되면서 오히려 어떤 편안감을 맛보게 된다. 작고 소박한 자유에의 애착은 이렇게 해서 얻어진 값진 사랑이기 때문에 그것은 결코 소시민적 안일 속으로 무심하게 되돌아가는 일일 수가 없다. 또한 그렇기 때문에 그런 자유의 우선됨을 말하는 작가의 음성에는 단순히 한 소시민의 솔직한 실감뿐 아니라 진정으로 작가다운 어떤 위엄마저 담겨 있다. "간장종지처럼"이라는 비유의 신선한 충격이 바로 그것을 담보해준다. 실제로 「체험기」뿐 아니라 박완서의 다른 성공적인 작품들에서도 우리는 시종 솔직한 세태비판을 듣는다는 속 시원함과 더불어 거듭거듭 그 이상의 어떤 충격을 맛본다. 예컨대 「포말의 집」 끝머리에 가서, 수면제가 노망한 시어머니의 명을 단축시켰으면 하는 숨은 바람이 있기에 도리어 무서워서 못 드리고 자기가 대신 먹고 잠들고 나면 노인은 버릇대로 알몸으로 서서 방문 좀 열어달라고 밤새도록 귀신처럼 울부짖는 정경에는 섬뜩한 데가 있다. 그리고 이 섬뜩함은 노인학교가 있는 아파트 단지의 일견 충만한 생활의 내용이 실은 환멸과 증오와 허탈감이라는 냉혹한 통찰에 직결되어 있는 것이다.

그러나 소박하고 작은 자유의 소중함에 대한 깨달음은 자유가 무엇인가에 대한 진정한 깨우침의 시발점에 지나지 않는다. "화려하고 볼품 있는 자유"에 대한 선호가 사실은 온몸의 실감을 결한 사치였었다는 반성은 「체험기」의 여주인공으로서는 정직한 것이다. 하지만 좀더 '화려한' 자유라는 것이 반드시 허황된 것은 아니다. 진정으로 빛나는 자유는 "간장종지처럼 작고 소박한 자유"와 본질적으로 다른 것이 아니라, 바로 그러한 자유가 「체험기」의 주인공만 한 재산이나 사회적 지위조차 없는 수많은 사람들에게도 골고루 주어지는 상태인 것이다. 그것이 자신에게 돌아올 때는 간장종지처럼 손에 잡히게 실감나다가도 자기 또는 자기 계층 사람들보다 훨씬 많은 사람들의 요구로 확산되는 순간 일종의 사치로 느껴지는 것이 소시민의 생리인데, 「체험기」의 작자 자신도 여기서 완전히 벗어나지는 못한 것 같다. 자기보다 더 억울한 사람들의 기억은 끝까지 남아 있지만 그들의 원한은 '공해 가스'라는 비유로 다분히 추상화되고 작가의 관심은 그들의 원한 자체보다도 이민간 어느 친구 동생의 이야기로 돌려지고 만다.

이렇게 박완서의 작품세계는 1970년대 한국의 현실을 사는 한 정직한 소시민의 자기성찰과, 그 소시민적 한계를 넘어서려는 아직은 다분히 산발적인 노력의 언저리에 위치하고 있는 것으로 보인다. 『배반의 여름』 여기저기에서 느끼게 되는 구성의 산만함이나 처리의 안일함도 그러한 근본적 애매성과 무관하지 않을 것이다. 앞서 언급한 「포말의 집」의 경우만 해도 건축 전공 학생과의 에피소드는 아무래도 부자연스러운 느낌인데, 주인공이 영위하는 그 '잘사는 나날'의 역사적 성격과 전형성에 작가가 좀더 유념했더라면 한층 순탄한 진행을 강구하지 않았을까 싶다. 역시 고부간의 갈등을 다룬 「집보기는 그렇게 끝났다」에서도 민교수의 느닷없는 연행이 띠는 의미가 작품 속에 충분히 소화되어 있지 않고 시어머니에 대한 며느리의 증오심의 문제는 그것대로 따로 놀아서인지 완전히 허심탄회하게 다뤄졌다기보다 무언가 할 말을 다 안 했다는 인상이다. 또한 「낙토의 아이들」 결말에 가서 남편이 느끼는 '각성의 아픔'도 주어진 삶의 틀을 깨기에는 부족한 것으로 보이는데, 작가 자신은 이 사실을 충분히 접수하고 있는 것인지 분명치가 않다. 이 정도의 각성이 맥을 못 추는 상황이란 따지고 들수록 너무나 끔찍한 것이기 때문인지도 모른다.

비슷한 예는 더 많지만 끝으로 좀 색다른 경우로서 「흑과부(黑寡婦)」를 살펴보자. 박완서 소설의 주요인물 대다수가 중산층인 데 비해 여기 등장하는 '흑과부'는 막일로 살아가는 밑바닥 서민이다. 이런 인간상을 그처럼 생동하는 모습으로 그릴 수 있다는 것은 곧, 작가가 「체험기」 속의 사건을 겪는 동안뿐 아니라 일상적으로도 가난한 이웃들과 공감할 수 있는 인간적 너비와 애정을 지녔음을 말해준다. 품팔이를 하거나 물건 팔러 오는 '흑과부'를 알게 될수록 작중의 '나'는 자기가 자선을 베푼다는 생각을 안 하게 된다. 그러다가 어느날 목욕을 하고 있는 흑과부의 알몸을 보고 크나큰 충격을 받는다. 흑과부도 아름다운 젖무덤과 섬세한 피부를 가진 여인이라는 생각, 그것도 어떤 개척 안 된 생경함이 깃든 아름다움을 지닌 여인이라는 생각을 미처 못 했었던 것이다. 작품은 이렇게 끝난다.

그 아름다움, 그 생경함은 그녀의 눈물보다 훨씬 충격적으로 내 아둔한 의식을 때렸다. 나는 쇠뭉치로 골통을 한대 얻어맞은 것처럼 정신이 번쩍 나면서도 얼떨떨했다.

가난이란 그녀가 혼자서 감당하고 싸워나가기엔 얼마나 거대하고 공포로운 악(惡)이었을까? 혼자서라니!

　광 속에 천 장의 연탄과 연탄보일러로 물이 더웁는 작은 욕실이 있는 집 속에 안주한 나의 안일한 소시민성에 이제서야 그것이 쇠망치 같은 충격이 되어 부딪쳐온 것이었다. (99면)

이 순간의 충격은 비단 주인공의 것만이 아니고 독자의 것이기도 하다. 앞서도 말했듯이 이런 충격은 박완서의 훌륭한 작품에서 거듭 만나게 되며 그것은 어떤 새로운 통찰의 번뜩임을 수반하는 것이다. 다만 앞의 대목에서 "나의 안일한 소시민성"이라고 꼬집어 말한 것은 충격의 신선함을 약간 덜해주는 느낌이다. 자신의 소시민적 안일성을 인지하는 것만으로 그것이 극복되지 않을 바에야, 차라리 그런 표현은 아껴두느니만 못하지 않았을까 싶다.

—『창작과비평』 1979년 봄호

작가와 소시민
이호철의 작품세계

1

이호철의 대표적인 단편들을 모아놓은 것을 읽으면서 그가 무척 오랫동안 활동해온 작가임을 새삼 실감하게 된다. 첫 단편 「탈향(脫鄕)」이 『문학예술』지에 선보인 것이 1955년이니까 올해*는 그의 문단생활 25년이 꽉 차는 해다. 그의 나이도 이제 마흔아홉, 내년이면 쉰이다. 그런데도 이호철 하면 문단의 원로·중진이라는 분들보다는 젊은이들 쪽에 더 가까운, 아니, 젊은 작가들 틈에서 약간 나이 먹은 정도라는 생각이 앞선다. 이건 물론 15년 넘어 그와 알고 지내면서, 내 또래는 매우 젊고 이호철은 우리보다 약간 덜 젊다고 항상 생각해온 나 자신의 타성일 수도 있다. 그러나 그동안 우리 문단에서 그의 실제 역할이 젊음의 편에 서는 것이었음이 사

---

*이 글은 원래 1980년 초에 이호철 소설선집 『문(門)』의 해설로 씌어졌다가 그 책의 출간이 훨씬 미뤄지는 바람에 이듬해에야 발표되었다.

실이고, 이번 4반세기의 창작활동을 일단 마무리하며 스스로 골라뽑은 작품들을 읽어도 그가 아직껏 젊음을 잃지 않은 작가임이 드러나지 않는가 싶다.

작가 이호철의 이런 업적은 오늘날 그가 우리 사회에서 누리는 명성으로 인해 얼마만큼은 가리어진 느낌도 없지 않다. 우선 그는 여러편의 성공적인 신문연재소설의 작가로서 문단과는 별 인연이 없는 수많은 독자들에게도 알려져 있는데, 그 바람에 그가 단단하고 절제된 단편들도 꾸준히 써왔다는 사실이 문단에서도 곧잘 잊히는 것이다. 비슷한 결과는 좀 다른 차원의 명성에서도 생기는 것 같다. 1960년대 말엽 이래로 이호철은 우리 사회의 민주수호운동 내지 민주회복운동에 적극적으로 참여해서 뜻 않은 횡액도 당했다. 1974년 소위 문인간첩단 사건으로 인한 옥고는 세상이 다 아는 일이지만, 그런 터무니없는 고난을 겪지 않을 수 없게 만든 종전의 활약들이나 최근까지도 심심찮게 계속된 온갖 수고와 곤욕들은 아직도 제대로 보도된 바 없다. 어쨌든 그 과정에서 이호철은 더욱 유명해졌고 그의 작품을 전혀 안 읽은 사람들도 기억하는 인물이 되었다. 이 사실 역시 어느 면에서는 그의 작품세계가 제대로 평가받는 데 오히려 장애가 되었던 것 같다.

물론 거기에는 이호철 자신의 책임도 있다. 작품과 투쟁이 완전히 하나가 되는 그런 유형의 작가가 그는 못 되는 것이다. 아니, 내가 보기에 그는 도대체 투사가 아니다. 무슨 투사가 될 만큼 사람이 모질지가 못한 것이 내가 아는 이호철인데, 세월이 워낙 수상한데다 좋은 사람들하고 좋은 일 하자는 것을 거절할 만큼 모질지는 더더구나 못하다보니 어느덧 투사 아닌 투사가 되어버린 것이다. 작가 자신이 이 점을 어떻게 생각하는지는 정확히 알지 못한다. 그러나 「실향의 언덕에 서서」라는 그의 자전문(自傳文)에서 자신의 어떤 '천성적인 둔감'과 벗들의 시선에 대한 민감성을 동시에 말하고 있는 것으로 보아(10인 자전소설집 『나』 참조), 70년대의 활약도 딱히 투사적인 기질이나 소신의 결과라기보다 심약하다가도 좋은 일이라면 세상 무서운 것을 깜박 잊어버리곤 하는 그의 호인다운 성품 탓이었다고 말해도 큰 차이는 없으리라 짐작된다.

이호철 같은 사람이 투사로 이름이 났다는 사실 자체가 일종의 기현상이라면 기현상이다. 그러나 70년대의 역사는 바로 그런 투사 아닌 투사를 낳을 수밖에 없는 역사였다는 점에서 이호철의 사회활동과 그에 따른 명성은 전혀 기현상이 아니었다. 다른 누구도 아닌 그가 어마어마한 이름표를 달고 세인의 입에 오르내려야만 했다는 사실 자체가 많은 사람들을 웃기기도 했고 쓴웃음 속에서 깨닫도록 만들었던 것이다.

이처럼 그의 수고는 자신의 체질에 맞든 안 맞든 시대가 요구하는 수고였기 때문에, 더러 작가생활에 손해를 가져오면서도 크게는 그의 작가적 생명을 유지하는 데 보탬이 되었다고 생각된다. 다른 작가들의 경우에도 흔히 그랬지만 이호철 역시 60년대와 70년대를 살아오면서 부닥친 가장 큰 위험은 소시민적인 삶 속으로 함몰되는 일이었을 것이다. 특히 한국사회의 대대적인 소시민화가 추진되는 60년대 중반의 시기는 이호철로서는 「탈향」 「나상(裸像)」 등 초기 작품의 소재를 거의 마무리지은 때와 일치했다. 이 무렵에 쓴 그의 첫 장편 『소시민』(1964~65년 『세대』에 연재. 이후에 거듭 개고하여 최근〈1979년〉 경미신서庚美新書로 '결정본'을 냄)은 새로운 문제의식을 모색하는 노력이었지만, 이야기 자체는 본격적인 소시민화 이전 시대의 대부분 소시민도 채 못 되는 사람들의 이야기였고 '소시민'에 대한 작가의 개념도 전혀 뚜렷하지 않았다. 오히려 『서울은 만원(滿員)이다』(1966)의 대중적 인기와 더불어 작가 자신이 옛날의 경험세계로부터 너무 떨어져버릴 위험을 정명환(鄭明煥)도 일찍이 지적했던 것이다. 이호철이 이러한 위험에 완전히 빠지지 않고 견뎌낸 것을 어느 한가지 원인으로 돌릴 일은 아니지만, 민주화운동에의 참여와 그로 인한 수난이 한몫을 했음은 틀림없다. 첫 단편 「탈향」의 직접적인 체험에서 우러난 생생한 감동은 이호철 문학에서 아직껏 드문 것인데, 「탈향」에 맞먹는 직접성과 생생함을 우리는 작가의 옥중체험에 근거한 단편 「문」(1976)에서 다시 맛보게 되는 것이다.

한일협정 이후 이 땅의 중산층에게 주어진 상당한 물질적 혜택과 그에 따른 생활의 안정은 이호철에게는 남다른 만족이자 유혹이었을 것이 짐작된다. 6·25를 전선에서 겪고 1·4후퇴 때 홀몸으로 월남하여 온갖 고생 끝에 겨우 생활의 터를 잡아 67년에 뒤늦게 결혼을 한 그는 소시민적 일상의 안정과 행복을 누구보다도 만끽함직한 사람이었다. 그러나 바로 그러한 욕망을 심어준 그의 경험과 배경은, 소시민적 일상이 아닌 그 어떤 과거나 미래에 대해 벽을 쌓으려는 세계에 영영 안주할 수 없는 체질로 그를 굳혀놓았던 것이다. 여기서 소시민세계를 대하는 이 작가의 태도에 끝없는 흔들림이 나오게 되며, 안일의 울타리 속에 주저앉을 듯 앉을 듯하면서도 끝내 주저앉지는 않음으로써 초기 작품의 체험세계를 일단 탕진한 뒤에 새로이 이호철 문학의 본령을 찾아내게 된다.

2

소시민적 일상의 세계와 자신의 관계를 어떻게 잡을 것인가? 이것은 60년대 중엽 이래 한국사회에서 점점 많은 사람들의 관심사가 되었고 바로 작가 이호철의 중심적 과제로 되었다. 이 과제를 그는 곧잘 세태에 대한 전면적인 희화화(戱畵化)로 처리하기도 했고 드물게는 소시민생활과는 전혀 다른 삶에 대한 직접적인 묘사를 해내기도 했다. 그러나 대체로 그의 성공적인 작품들에서는 소시민적 일상 속에 살고 있는 자신의 위치를 일단 인정하면서 소시민생활의 한계를 점검하고 그 한계를 넘어선 삶의 가능성을 조심스럽게 모색하고 있다.

작품의 형식 자체도 소시민적인 현재의 시점에서 이와 대조적인 과거를 회상하는 방식을 취하는 경우가 많은 것도 그 때문이다. 「나상」(1955)은 아직 작가가 소시민의 문제에 눈을 돌리기 이전의 작품이고 여기서는 어디까지나 회고된 이야기 자체의 신선한 감동이 주가 되어 있지만, 이미 얼마큼 안정된 세월의 "어느 시원한 여름 저녁"에 친구끼리 베란다 위에 앉아 그 이야기를 들려주는 형식을 취하고 있음이 주목된다. 회고담을 들려주는 친구이자 바로 회고담 속의 동생이기도 한 '철'은 이런 말로 이야기를 끝맺는다.

자, 나는 다시 이렇게 범연한 내 고장으로 돌아왔구, 다시 내 그 오연함이란 것을 되찾아 입었다. 그런데 그전보다 좀 편편치 않다. 뒷받쳐야 할 의지라는 것이 자꾸 다른 것을 생각하기 때문이다. 나루선 아마 손해인지도 모르지……

독자가 욕심내기에 따라서는 작가가 이 정도의 성찰로 마무리짓느니 차라리 '액자' 속의 회고담 자체를 정면으로 다루어 포로 시절의 형제 이야기나 당시의 시대상까지를 좀더 풍성하게 형상화해주었으면 할 수도 있다. 그러나 섣불리 그런 욕심을 부리다가는 오히려 이 짤막한 이야기가 갖는 신선함과 단아함을 해치게만 되기 쉽다. 그리고 이호철 자신은 과거의 자기 경험을 소재로 한 대하소설의 작자보다는 현재의 '철'과 같은 사람의 그 "범연한 내 고장"과 "오연함", 그러면서도 완전히 편편치 않고 편편해서도 안 될 그 삶에 대한 섬세한 비판자로 나가는 것이 본분이었던 것이다.

「생일 초대」(1965, 1976)에서는 소시민적 일상과 6·25 당시의 '절대절명의 순간'의 대비가 훨씬 의식적으로 행해지고, 모두들 "살진 암퇘지들 같은 짐승 냄새들을 풍기"면서 잘 차린 음식을 퍼먹고 있는 현재에 대한 비판이 노골적으로 표명되어 있다. 남북관계를 처음 다룬 작품의 하나로 유명한 「판문점」(1961)도 오히려 주인공의 형과 형수의 생활로 대표되는 소시민적 현실에 대한 비판이 큰 비중을 차지하고 있으며, 「큰 산」(1970)과 「이단자·4」(1973)에서도 소시민적 현재와 무언가 그보다 크고 훌륭했던 것의 기억, 아니면 도시생활의 틀에서 잠시 벗어난 자리에서 돌이켜본 무언가 불건강하고 왜소한 일상생활, 이러한 대조를 작품의 서술형식으로 삼고 있다.

서술형식 자체가 그렇게 안 되어 있는 경우에도 이호철의 성공적인 단편들은 대개 그러한 기본적인 대조를 어떤 식으로든 부각시키고 있다. 「여벌 집」(1972)은 그 차분하고 자상한 시선과 단아한 짜임새가 염상섭의 후기 단편을 연상시키는데, 후기의 염상섭이 그렇듯이 「여벌 집」의 작자도 소시민세계의 안쪽에 일단 자리 잡은 사람임이 분명하다. 겨우겨우 여벌로 장만한 재산 때문에 성가신 일이 생길 때마다 골치 아파 죽겠다고 푸념을 하면서도 은근히 색다른 재미를 느끼고 더러 오기도 부려보는 주인공 부부의 심리라든가, 도시계획에 들어갔느니 어쨌느니 하면서 한바탕 벌어지는 자그만 소동의 세밀한 기미 같은 것은, 소시민생활의 내부에 얼마큼 정착되지 않고는 잡아내기 힘든 조목들이다. 우리 문단에서 소시민의 삶을 덮어놓고 매도하는 작품은 많지만 그 삶의 은밀한 낌새를 이만큼 실감나게 포착해낸 작품이 몇이나 될까 생각해볼 때, 「여벌 집」은 소품이라면 소품이지만 결코 만만찮은 작가적 시선의 산물임을 알게 된다.

이러한 시선이 유지되는 것은 작가가 결코 자신의 소시민적 일상에 완전히 함몰되지 않고 그것과 다른 삶에 대한 기억을 간직하기 때문이다. 「여벌 집」에서도 '나'는 전세 준 집 일로 한참 골치를 썩이며 즐기며 하다가 혼자서 이런 생각을 한다.

우리 경우에는 그것이 봄, 가을 재산세 낼 때만 우리 것으로 의식되는 여벌 재산이지만 그 C동 집의 실체(實體)는 우리와는 상관없이 험한 생활의 한가운데 들어앉아 있는 느낌이었다.

삭주에서 왔다는 그 노인네는 이 집에 사는 동안 안간힘을 써서 급기야는 며느리가 통근하기 편리한 곳으로 시내 쪽으로 나앉았을 것이다.

그리고 그후에, 시골서 있는 돈 탈탈 긁어가지고 뜬소문만 믿고 올라왔던 그 사람은 이 집을 근거지로 하고 블록공장을 하다가 왕창 망했다지 않는가.

다시 그후에 안채에 들었던 과수댁과 건넌방에 들었던 날품팔이꾼. 그들도 불과 짧은 기간이었지만 명색이 집쥔이라는 나보다도 이 C동 집과는 더 피부로 밀착되어 있었을 것이었다. 집이란 그때그때 쓸모가 있어서만 집이요, 소용이 닿는 정도만큼 집인 것이다.

한때 '나'는 그 날품팔이꾼이 주인에게 말도 않고 조망대를 깨부수고 부엌을 내달았다고 분개했던 일이 있다. 그러나 바로 제 손으로 타일을 까내고 했던 "그만큼 집이요, 바로 그만큼 그 사람의 집"이라는 생각도 해본다.

그런 때 그 사람이 느꼈을 단순한 충족감, 먼 조망이나 감상하자고 품을 들여 조망대를 내달던 때의 나 자신을 그와 비교해본다. 이런 것이 나의 감상(感傷)일까. 그냥 센티한 감정일까.

물론 그것은 단순한 감상만은 아니듯이 양식 있는 한 소시민의 일시적 반성을 넘어서지도 못한다. 또 여기서는 넘어서지 않는 것이 작품의 균형을 위해서 다행스럽기도 하다. 그러나 그러한 성찰로 열린 정신의 소산이기 때문에 이 작품은 단순한 소시민의식의 토로만은 아닌 생기를 지니며, 끝에 가서 '나'가 아내의 십중팔구 부질없는 흥분을 두고 은근히 웃고 있는 모습에 호감이 가는 것이다.

　　「이단자」 1에서 5에 이르는 연작(단편집 『이단자』, 창작과비평사 1976에 수록)의 세계도 그런 것이다. 「이단자·3」(1973)의 박영재는 소시민임에 틀림없지만, 3년 전까지만 해도 빈민촌인 '180번지 동네'에 살았던 기억을 간직하고 있기 때문에 곽인석씨가 조기회(早起會) 어쩌고 하며 설치는 것이 "형편없이 싸가지 없게" 보인다. 결국 곽씨의 열성이 의외의 방향으로 번져 수사기관에 연행되는 사태까지 벌어지고서야 능동적으로 움직이기 시작한다. 그러면서 "누구나 자기가 사는 사정 속에서 바로 사는 분수만큼 단서(端緒)는 있고 길은 열린다는 평범한 사실이 새삼 확인되는 느낌이었다"라는 결론에 도달한다. 그러나 이 대목은 「여벌 집」의 결말보다 야심적인 대신에 설득력이 좀 모자라지 않나 싶다.

　　「이단자·5」(1973)가 훨씬 성공적인 것은, 소시민생활의 질서를 위협하는 요소가 좀더 구체적으로 제시되고 따라서 그 위협에 대한 '현우'의 반응도 작가의 막연한 주장이나 암시에 그치지 않고 독자가 직접 눈으로 보고 판단할 수 있는 것이기 때문이다. 이북에 남겨두고 왔던 동생이라면서 '송가(宋哥)'가 전화를 걸었을 때 정말 동생이면 어쩌나 하고 내외가 모두 반갑기보다 떨떠름해하는 표정들이나, 그러면서도 동생이 아니었음을 확인하고 너무 안도하는 아내에 대한 순간적인 반감, 그런 분위기에서 "마음껏 가정적임을 윤색한 듯한 아내의 간드러진 목소리", 이러한 자자분한 진실들을 포착해낸 솜씨는 이호철의 장기라고 말할 수 있다. 그런데 앞서도 강조했듯이 그가 이처럼 소시민생활의 낌새에 민감한 것은 자신이 그 생활에 완전히 동화되어 있지 않기 때문이다. 이 작품에서는 고향을 떠나며 동생과 무심코 헤어지던 날의 기억과 그때를 되새긴 지상편지의 절절한 그리움이 그러한 동화 안 된 의식을 담고 있으며, 송가의 접근을 못내 버거워하면서도 섭사리 관계를 끊지 못하는 그의 약하다면 약한 성격이 사실은 발전의 동인을 안고 있는 것이다. 송가 앞에서 공연히 주눅이 드는 자기의 태도가 결국은 '소시민 근성'의 한 속성임을 스스로 확인하기도 하지만, 뒤에 가서 송가 쪽에서 자존심을 보이며 떠나간 순간 자신의 삶에 대해 좀더 날카로워진 통찰을 얻게 되는 것이다.

이제 와서야 현우는 처음부터 송가에게 주눅이 들고 한풀 꺾이고 들었던 것이 바로 분명한 근거가 있었다고 뒤늦게 머리가 끄덕여졌다. 그렇게 냉소를 받으면서, 그리고 아내에게서도 쫑알쫑알 핀잔을 들으면서도, 현우가 송가와의 관계를 끊지 않고 이나마 유지시켜온 그 근거도.
가정이라는 것을 의식하는 양태에 문제가 있었던 것이다. 송가의 경우, 가정이란 일정한 울타리가 없이 그대로 무방비 상태로 바깥세상에 이어져 있었고, 그렇게 바깥세상과 튼튼하게 밀착되어 있었지만, 현우의 경우에는 온상으로 얄삽한 안주의 터로 요컨대 가계부 쪽으로만 좁은 파이프 하나가 바깥쪽으로 내밀어져 있었던 것이다.

물론 현우의 이러한 결론도 우리가 액면 그대로 받아들일 것만은 아니다. 송가의 가정이 바깥세상과 정말 그렇게 밀착되어 있는지, 아니면 가정을 "얄삽한 안주의 터"로 삼고 있는 현우이기 때문에 송가의 '무방비 상태'를 사실 이상으로 알아주는 것인지가 분명치 않은 것이다. 현우네보다 더 개방된 삶인 것만은 확실하지만 그것이 어딘가 「퇴역 선임하사」의 김상호처럼 튼튼치 못한 측면을 동시에 지녔으리라는 의심도 떨쳐버리기 힘들다. 그러나 어쨌건 「이단자·5」의 결말에서 현우 내외가 송가의 집을 일부러 찾아감으로써 자기 삶의 벽을 하나 헐게 되는 장면은 드물게 흐뭇한 순간이 아닐 수 없다.

3

작자가 이렇게 소시민세계 속의 자기를 일단 확인하고서 조심스럽게 그 극복을 탐색하는 형태가 아닐 경우에 이호철 문학의 성과는 매우 기복이 심해지는 것 같다. 이때는 소시민세계 전체와의 대결, 또는 소시민화되는 시대 자체와의 정면대결이라는 거창한 작업이 불가피해지는데, 적어도 이제까지의 이호철은 이 일을 감당해내기에도 사람이 충분히 모질지가 못했던 것 같다. 그래서 사태의 본질에 정면으로 대들기보다는 그가 즐겨 쓰는 표현대로 '분위기'와 '낌새'에 과도하게 집착하여 매너리즘에 빠지기도 하고, 「부시장 부임지로 안 가다」(1965)처럼 그의 희화적 재능을 제대로 살린 단편에서도 결말의 직설적인 일반론, 그리고 "육십 노인과 공견(恐犬)의 그로테스크한 심심풀이 장난" 따위에 과도한 의미를 부여하려는 무리를 저지르기도 한다.

「닳아지는 살들」(1962)은 그 점에서 매우 흥미 있는 본보기다. 이 작품은 「탈향」 「나상」 등 초기 단편들의 세계에서 벗어나 주제와 기법 면에서 모두 새로운 영역을 개척해본 야심적인 시도로서, 작가에게 동인문학상(東仁文學賞)의 영예를 안겨준 화제의 작품이며 나 자신 이 작품을 처음 읽고 큰 감명을 받았던 기억이 난다. 그러나 이번에 그의 다른 작품들과 함께 다시 읽으면서 받은 느낌은 이 소설에서와 같은 표현주의적 시도는 역시 이호철 문학의 본령은 아닌 듯하다는 것이다. 「닳아지는 살들」에 그려진 집안은 이 사회의 기성층이자 불건강하고 무기력하며 "우리와는 다른 무엇인가 싱싱한 것"에 의해 대치될 운명에 놓인 세계를 상징하고 있는 셈이다. 그러나 실제로 우리 사회의 그러한 세력 또는 집단을 실감 있게 표상했다기보다는 비슷한 주제를 가진 어떤 서구 희곡들의 분위기를 한국의 현실에 가깝게 옮겨놓았다는 인상이 짙다. 그리고 쉽사리 연상케되는 체호프나 마떼를링끄(Maurice Maeterlinck)의 작품과 비교해볼 때, '꽝 당 꽝 당' 소리의 비사실성(非寫實性)에 대한 작가의 자신 없는 태도를 위시하여 ─ 이 점은 속편으로 나온 「무너앉는 소리」를 읽으면 더 분명해지는데 「닳아지는 살들」을 독립된 단편으로 읽는 것이 더 효과가 좋은 것 같다 ─ 작품으로서의 허점이 너무나 많다. 근본적으로는, 작가가 시대적 현실을 포괄해서 진단하려 하면서도 그 부패의 진상에 대해서나 기다려지는 새로운 것의 모습에 대해서 끝까지 천착해보는 자세가 부족하기 때문인 것 같다.

「퇴역 선임하사」(1965~66)는 정통적인 사실주의 수법으로 우리 사회의 어느 한 모서리를 재미있게 그려내준 중편 내지는 연작단편이다. 그러나 「이단자」 연작에서처럼 작가 자신이 깊이 개입되어 있지 않기 때문에 어디까지나 사회의 어느 모서리에 대한 보고요, 분량에 비해서는 그러한 보고를 통해 제기됨직한 이 시대의 절박한 관심사들을 제대로 담지 못했다는 느낌이다. 오히려 「추운 저녁의 무더움」(1964)이 압축의 묘미와 더불어 분위기 포착에 능한 작가의 특기를 한껏 살려 민간사회의 소시민화가 마음놓고 진행되는 시대의 다른 일면을 의미심장하게 파헤치고 있다. 그에 비해 「반상회」(1978)는 「이단자」와 크게 다를 바 없는 세태의 일면인데, 작가가 애정을 쏟는 아무런 대상이 없기 때문에 분위기 묘사도 다분히 매너리즘에 흐르고 만다. 잘사는 아낙네들이 모인 자리인 반상회에서 박자에 어긋나게 주책을 떨었다가 묘하게 따돌림을 당하는 미장이 여편네에 대해 작가는 진정으로 동정하고 있지 않다. 그렇기 때문에, 아무리 주책바가지라도 못사는 사람의 본능은 잘사는 자들의 냉대하는 낌새에 누구보다 민감할 터인데도 미장이 여편네는 한참을 생각해서야 "차츰 아슴아슴하게 짐작이 갔다"는 식으로 못난이가 되어 있는 것이다.

하기는 「이단자」 연작 자체에도 근본적인 문제가 없지 않다. 우선 '이단자'의 개념부터가 분명치 않은데, 1·2편의 강씨나 3의 곽씨, 4의 준오, 5의 송가 그 누구도 이단자의 이름에 제대로 값한다고 보기 어렵다. 송가 하나가 소시민의 세계와는 상당히 이질적인 인물이지만, 앞서 지적했듯이 과연 얼마나 철저히 이질적인지는 충분히 검증이 되어 있지 않으며, 3과 5에서 영재와 현우가 조금씩 이단화되어간다고는 하지만 사실은 여기다 '이단'이란 말을 갖다붙인다는 것 자체가 일종의 소시민적 자기만족으로 될 위험이 있다. 다시 말해서 이호철 문학에서는 소시민의 세계와 본질적으로 다른 세계의 모습이 좀더 뚜렷하게 인식되고 당당하게 추구될 필요가 남아 있는 것이다.

이미 살펴보았듯이 초기 작품 이후로는 소시민화 이전의 체험이 「생일 초대」의 회고담이나 「이단자·3」에서 '180번지 동네'의 존재처럼 문득문득 기억으로 되살아나 현실을 비판하고 있기는 해도, 일상화된 질서를 대신할 어떤 새로운 질서의 개념과는 이어지지 않기 때문에 일시적인 각성제 이상은 되지 못한다. 오히려 그런 기억이 퇴색할수록 작가의 마음속에는 그 난세의 체험보다 더 오래된 경험, 어릴 때 고향에서 느꼈던 근원적 질서의 경험이 절실해진다. 「큰 산」에서 보여주는 것이 바로 그것이다.

그 '큰 산'은 청(靑)빛이었다. 서쪽 하늘에 늘 덩더룻이 웅장하게 펴져 있었다. 아침저녁으로 혹은 네 철을 따라 표정은 늘 달랐지만, 근원은 뿌리 깊게 일관해 있었다. 해뜨기 전 새벽에는 청청한 빛으로 싱싱하고 첫 햇볕이 쬐면 산머리에서부터 백금색으로 빛나고 햇볕 속의 한낮에는 머얼리 물러앉은 청빛이었다. 해질녘 저녁에는 골짜기 하나하나가 손에 잡힐 듯이 거멓게 윤곽을 드러내고 서서히 보랏빛으로 물들어간다. 봄엔 봉우리부터 여드러워지고 겨울이면 흰색으로 험준해진다. 가을에는 침착하게 물러앉고, 여름이면 더 높아 보인다. 그 '큰 산' 쪽으로 마파람이 불면 비가 왔고, '큰 산' 쪽에서 바다 쪽으로 샛바람이 불면 비가 그치고 하늘이 개었다. 그 '큰 산'은 늘 우리 모든 사람의 마음속에 형태 없는 넉넉함으로 자리해 있었던 것이다. 그 '큰 산'이 그곳에 그렇게 그 모습으로 뿌리 깊게 웅거(雄據)해 있다는 것이, 늘 우리들 존재의 어떤 근원을 이루고 있었던 것이다. 깊숙하게 늘 안심이 되었던 것이다.

　아, 그 '큰 산', '큰 산'.

　김광섭의 명시 「산」을 연상시키는 시적 정취와 의젓함을 갖춘 문장이다. 물론 어린 시절 고향 산천의 모습이 어른의 삶에 어떤 기준을 제시하며 타락한 일상에 대한 비판이 되는 것은 낯익은 낭만주의적 주제이며, 현실생활에 '큰 산'에 해당되는 큰 원칙이나 뿌리가 없다는 인식이 「큰 산」에서나 이호철의 다른 작품들에서 좀더 구체적인 분석을 회피하는 일종의 '알리바이' 역할을 하는 면도 없지 않다. 그러나 이호철에게 '큰 산'의 기억은 그것이 남북의 분단이라는 민족사의 비극으로 상실된 것의 기억이기 때문에, 한층 현실적인 문제의식으로 발전할 수가 있다. 단편 「큰 산」도 은연중에 통일에의 갈망을 표현함으로써 그 매력이 더해지고 있는 것이다.

그런 면에서도 「이단자·5」는 이호철 문학에서 중요한 위치를 차지하고 있다. '180번지 동네'의 기억은 작가 자신의 잃어버린 고향에의 그리움과 항상 겹쳐져서 새로워질 필요가 있고 '큰 산'의 기억은 지금 이곳의 민중 현실과 연결됨으로써만 낭만적 도피의 함정을 피할 수 있는 것인데, '송가'의 존재는 그런대로 양자의 이런 접합에 가까운 셈이다. 남북교류에 대한 현우의 감상적이면서 석연치 못한 태도를 그는 이렇게 윽박지른다.

"만나고 안 만나고의 차원으로만 접근할 문제는 이미 아니지 않겠습까. 대체 남북 이산가족끼리 한번쯤 만나서는 어쩌겠다는 겁니까. 더 애가 타고, 더 답답한 노릇 아니겠습까……감상적으로 이러구저러구 할 성질은 처음부터 아니라는 말임다. 남이나 북이나 막론하고 잘 먹고 잘 지내고 잘살던 사람들로부터 달라져야 될 껌다. 형님부터 말임다, 문제는 그 점임다."

현우는 쓸쓰무레하게 웃었다.

"왜 나 같은 것보구 그러지? 정말 잘사는 사람이 얼마나 많은데."

"잘살구 못살구의 비교 문제가 아니라는 말임다. (…) 정말로 딱 부러지게 얘길 해봅시다. 형님은 남북의 교류를 진짜로 바랍니까. 진짜로 말임다. 이북의 가족 문제로 이러구저러구 엄살부릴 문젠 이미 아니라는 말임다. 전체와 전체를 놓고, 그런 단위로 접근해야 함다."

송가의 이런 다그침은 현우의 아픈 데를 찌르고 있을뿐더러 작가의 자기반성을 담고 있다고 보아도 좋을 것이다. 특히 분단과 민족분열의 아픔을 다룬 이호철의 많은 작품들에서 독자가 느끼는 아쉬움은, 좀더 과감하게 버릴 것을 버리고 선량한 소시민이나 마음 약한 실향민의 '엄살'도 그만 부리고 그야말로 "전체와 전체를 놓고" 한번 정면으로 문제를 다루어주었으면 하는 것이다. 「판문점」만 하더라도 그 선구자적 공로는 높이 사주어야겠지만, 소시민적 일상에 대한 비판에 중점이 가 있고 정작 「판문점」의 주제는 다분히 '진수' 쪽의 일방적인 상상과 환상으로써 핵심을 피해버린 느낌이다. 그보다 앞선 「만조」(滿潮, 1959)의 경우는 1·4후퇴 전 고향이 잠시 국군 치하에 들어갔을 때의 정경을 회고담의 수법을 빌리지 않고 정면으로 그려냈는데, 거기에는 철부지나 기회주의자는 있어도 정말 악한 사람은 하나도 없는 — 말하자면 '큰 산'의 영향력이 그대로 유지되고 있는 — 차라리 목가적인 풍경이다. 이 단편의 매력도 거기서 찾아야지, 6·25의 동족상잔에 대한 증언으로서는 전혀 핵심을 벗어난 것이 된다. 최근에 작가가 7·4공동성명 후 남북대화의 움직임에 대한 실향민들의 반응을 그리면서 8·15 앞뒤의 이북 실정까지 더듬어본 전작장편 『그 겨울의 긴 계곡』(1978)도 분단문제를 제대로 다루는 데 성공한 것 같지는 않다. 송가가 현우에게 던진 충언이 실천되지 않은 것이 그 한가지 원인이 아닐까 싶다.

4

　냉정하게 말해 이호철은 4반세기의 문단경력을 쌓는 동안 실망스러운 작품도 적지 않게 썼고, 또 후배들이 기대하는 만큼 안 싸워주었다고 핀잔도 어지간히 들어왔다. 그가 사람이 좋은 것만은 누구나 믿는 터이라 선배라고 별로 어려워하지도 않고, 송가가 형님형님 하면서 현우를 마구 대하듯이 이호철을 닦아세우는 젊은 축도 많다. 그러다가도 지나놓고 생각하면 놀라운 것이, 그는 끝내 이것저것 잘 받아주며 선배 노릇 하기를 완전히 포기하는 법도 없다. 그러나 한층 놀랍고 고마운 것은, 그가 특별히 힘들여 써내는 작품들은 착한 마음씨와 더불어 그 착함에 의당 따라야 할 단단함을 지니고 있으며 이런 작품이 벌써 20년이 넘도록 끊길 줄을 모르고 있다는 것이다.

다만 1980년대가 열리면서 누구나 말하는 앞으로의 새로운 시대에는 이호철로서도 무언가 획기적인 전환이 있어야 할 것이다. 이제부터는 아마 투쟁을 한대도 투사답게 모질게 해야 하는 시대가 오고, 창작에 전념하더라도 소시민적 일상의 한계를 점검하는 작업만을 되풀이해서는 독자의 요구를 충족하지 못할 단계에 이르지 않았는가 한다. 앞으로 새로운 이호철 문학의 영역이 어디로 펼쳐져야 할지는 4반세기에 걸친 그 자신의 노력의 결과로 비교적 뚜렷해졌다고 믿는다.

—『문』, 민음사 1981

한 시인의 변모와 성숙

『고은 시전집』을 읽고

작년 말에 나온 『고은 시전집』〈이하 『시전집』〉은 저자의 나이 만 50이 되던 해, 그리고 1958년의 '등단' 이래 25년을 맞던 해의 산물이다. 근년에 시전집을 낸 서정주(徐廷柱)나 박두진(朴斗鎭) 같은 원로들에 비하면 현역 시인으로서 전집을 내기에는 이른 편이라고 생각될 수도 있으나, 시집 치고는 몹시도 빽빽하게 총 900면 가까이 인쇄된 그 두권의 분량은 이미 웬만한 시인의 평생 작업을 넘기고도 남는다. 하지만 시집을 내는 데 그 분량이 많고 적은 것 자체가 무슨 대단한 기준이 될 수야 없다. 저자의 나이나 경력도 중요한 문제가 아니다. 무엇보다도 수록된 시들이 좋은 작품이냐 아니냐가 책에 대한 평가를 좌우할 터인데, 다만 잘 쓴 시가 양적으로도 풍성하다면 이는 단순히 수량의 차원에 머물지 않는 또 하나의 시적 미덕으로 꼽음직하다. 그리고 시인이 '원로'의 위치에 도달해 있지 않다는 사실도 오히려 상찬과 기대를 더할 이유가 될 것이다.

어쨌든 한 시인의 전집 발간은 그가 펼쳐온 시적 작업을 처음부터 다시 살피며 어떤 전체적 평가를 내리는 일을 훨씬 손쉽게 만들고 또 요구하기도 한다. 이번『시전집』을 보면 저자가 서문에서 말하듯이 스스로 '폐기의 권리를 행사'한 것, 보존이 안 된 것, '사정상 게재할 처지'가 못 된 것 등 일부 예외가 있다고 하지만, 1960년의 첫 시집『피안감성(彼岸感性)』에서부터『해변의 운문집』(1966)『제주가집』(濟州歌集, 1967,『신·언어 최후의 마을』로 개제),『문의(文義) 마을에 가서』(1974) 등과 장시「사형(死刑)」및「니르바나」그리고 연작단시집『여수(旅愁)』가 제1권에 수록되었고,『입산』(1977)과『새벽길』(1978) 외에 보유시집으로『입산 이후』와『모닥불 기타(其他)』그리고 장편서사시『대륙』을 제2권에 담았다. 그렇지만 이 전집으로 고은의 시세계를 평가하는 데는 약간의 단서도 붙어야 한다. 첫째는 그가 왕성한 시작활동을 계속하고 있으므로 전집 이후의 (벌써 적지 않은) 작품들을 함께 보아야 할 것이요, 둘째로는 저자 서문에서도 특별히 주의를 환기하고 있듯이 수록된 많은 작품들이 (더러는 완전한 개작에 가깝도록) 고쳐짐으로써 시작생활의 궤적을 실제 그대로 확인하는 자료로서는 한계가 있다는 것이다. 게다가 온전한 이해를 위해서는『시전집』의 몇곱절 분량에 달하는 저자의 산문 저술도 감안해야 옳다. 하지만 이 글은 본격적인 고은론과는 거리가 멀고『시전집』을 읽은 단편적 소감을 간추려볼 뿐이다. 다만 전집본에서의 수정작업에 대해서는 나중에 좀 자세히 언급할 생각이다.

저자가 최근의 안목으로 일제히 손을 보아놓기는 했지만『시전집』1권 첫 부분과 훗날의 시들 사이에는 상당한 변화가 눈에 뜨인다. 시인의 이러한 변모는 그동안 그의 시를 지켜보아온 사람들에게는 이미 낯익은 사실로 되어 있다. 시에 관심이 덜한 사람들에게는 70년대 중반 이래 저자 개인의 사회적 활동에 나타난 급격한 변화로 인해 오히려 더욱 인상 깊게 부각되어 있는지도 모른다. 어쨌든 이 전집에 실린 첫 작품인「폐결핵」에서

기침은 누님의 간음,
한 겨를의 실크빛 연애에도
나의 시달리는 홑이불의 일요일을
누님이 그렇게 보고 있다.

라는 대목이나 역시 첫 시집의 작품인 「요양소에서」 중 '작별'이라는 소제목의

서서 우는 누이여
너의 치마 앞에서 내가 떠난다

너를 만나고 헤어지는 것에서
새로 떠나지 않으면 안된다

새로 흐린 봄이 오고 있다

같은 시를, 70년대 말엽에 씌어진 「새벽길」이나 「화살」 「푸른 하늘」 같은 작품, 또는 「어느 처녀의 말」 「돌아오라 영령이여」 같은 80년대의 전투적 기념시들과 비교해보면 그 변모의 폭을 실감하게 된다.
　물론 이것은 일부러 대조가 심한 사례를 고른 것이다. 그러나 시인 자신도 『입산』의 한 작품에서 자기변혁에의 강렬한 의지를 이렇게 노래한 바 있다.

내 사생활 십여년 전까지는 허깨비 근친상간으로

흰옷 입은 누이

흰 인조치마 누이

죽은 누이 어쩌구 어쩌구 했으나

그건 새빨간 거짓말

오늘 아침 나는 펄펄 살아 있는

총천연색 누이를 찾아나선다

누이야

누이야

누이야

앗 뜨거운 꼭두새벽 이 벌판을

세석평전 철쭉바다로 꽃 피어 소리질러라.

내 우렁찬 누이야 (「누이에게」 전문)

　시인의 이러한 자기혁신의 의지가 때로는 더없이 고통스러운 현실적
실천에 의해 밑받침되었음은 두루 알려진 사실이다. 그런데 그 자신이 어
느 좌담 석상에서 말했듯이 이러한 변모가 한편으로는 "30대에 한 것은
유미주의·예술지상주의·허무주의 요런 걸 했는데 이렇게 무책임하고 자
랑스럽지 못하게 줄곧 살아온 흔적들 자체가 나 개인으로서는 크나큰 반
성의 소재가 돼가지고 이제 뒤늦게서야 민족의 역사 속에 나를 내던져 되
찾"겠다는 결단으로 나온 것이지만, "그러나 이것이 이제서야 정말 문학
을 한번 해보겠다는 작정으로서 그런 것이고, 그래서 민족문학도 찾고 민
족사도 찾고 또 민주화·반외세도 찾는 것이지 문학을 떠나서 있는 것은
아니"라는 것이었다 (좌담 「내가 생각하는 민족문학」, 『창작과비평』 1978년 가을호).

따라서 「누이에게」의 자기반성도 어디까지나 시로서 제시됐던 것이며, 「벽의 시」(660~63면)[1]에서는

적이여 가장 무서운 적인 동지여 그리고 시인이여
눈떠라 온갖 거짓 소용돌이치는 치맛자락 찢어버려라
한밤중 굴레방다리 괴괴한 벽지 위에
첫줄 쓰자마자 죽음도 없이 죽어버리는 시
썩은 멧새알이여 너 태어나 아지랭이 하늘 영영 날지 못하리
이 세상 참다운 한 찰나도 붙들지 못하는 시
또한 저 혼자 싸구려로 잠들지 못해
어디선가 다친 승냥이 견디는 쓰라린 밤을
내 손 네 손 손쉽게 술로 때우는 도취의 시
아서라 차라리 더러운 계집 더럽고 비겁한 사내이거라
도둑놈의 시 거지발싸개의 시
아리랑 쓰리랑 고개 사기꾼의 시
진정코 요런 놈의 아흐 꼭두각시의 시 찢어버려라

라고 일부러 거친 가락과 말씨로 거의 모든 시를 매도하면서도

보라 이윽고 고려사람 모두가 일제히 노래하는 시
봄의 복사꽃이여 가을의 붉은 옻나무 잎새들이여
개마고원 태백산맥 밀가루 눈보라 속의 멧돼지들이여

---

1 『시전집』은 1, 2권이 연페이지로 매겨져 있으므로 면수만 표시한다. 그러나 번거로움을 피해 언급된 시마다 기록하지는 않는다.

너희들도 시인이다 시를 바스락대거라 시를 울부짖거라

어이할 수 없는 분이네 순이네 담벼락마다

우리들의 일과 뜻 우리들의 꿈이 무지개 토하는 시

그 시를 밤처럼 캄캄하도록 쓰자 피의 손가락이여 누이의 가슴속 여울이여

모든 잔재의 말부스러기 관념 부스러기 가라

모든 겉멋들어진 말장난 말병신 가라 백일장 재주 가라

가거라 가고 난 공터에서 겨누는 넋의 찬바람에 정들며

우리들의 산줄기 같은 기나긴 밤의 시 파도의 시를 쓰자

라는 다짐으로 나간다.

물론 이러한 변모가 과연 시인의 의도대로 훌륭한 문학, 훌륭한 시로서 결실했는지는 수록된 작품 하나하나를 읽어가며 검증할 일이다. 다만 앞에 인용한 몇 구절의 자신만만하고 활기찬 표현만을 보더라도, 우리가 '시적인 것'에 대한 기존의 통념에 얽매인다거나 저자의 행적을 두고 그는 문학을 버리고 정치를 택했다는 식의 흑백논리에 우리 자신을 내맡기지 않는 것이 검토를 시작하는 올바른 자세라 하겠다.

이 대목에서 저자의 수정작업을 잠시 살펴보는 것이 『시전집』에 대한 체계적 검토를 대신하는 한 방편이 될 듯하다. 전집을 통해 이제까지 저자의 활동을 원상 그대로 추적할 수 있기를 바라는 독자에게는 수록작품의 대대적인 첨삭이 불만스러운 게 사실이다. 그러나 저자가 미발표 원고를 폐기할 권리가 있듯이 이미 발표된 작품을 고쳐서 실을 권리도 가졌음은 물론이다. 반면에 일단 발표된 글의 경우 저자가 이를 '정본'으로 공인하지 않는다는 말은 어디까지나 하나의 선언적 의미를 띨 뿐, 독자가 비

공인 원본을 계속 즐기는 일을 막을 도리는 없다. 요는 고친 결과가 얼마나 먼저 것이 발 못 붙일 만큼 설득력을 갖느냐인데, 아예 새로 쓴 작품과 달리 수정 또는 개작의 결과가 완연히 돋보이지 않을 때 원작에의 아쉬움을 남길 뿐 아니라 멀쩡한 다른 작품들까지 혹시 이리저리 손댈 여지가 없는가 미심쩍게 보일 위험마저 따른다. 그러나 『새벽길』의 후기에서도 "혹 이 시집을 읽다가 되지 못한 데가 있거든 고쳐가면서 읽기 바란다"고 말했던 저자로서는 그 정도의 위험부담은 감내할 용의가 있었음이 분명하다.

　『시전집』의 작품 중 일부만을 혹은 시집 초판본과, 혹은 『한국 전후(戰後) 문제시집』(신구문화사 1961)이나 선시집 『부활』(민음사 1975)의 수록본과 대조해보았을 뿐인 상태에서 개인적인 소감을 말한다면, 단 한자도 손을 안 댄 작품이 거의 없다는 사실이 우선 놀라웠고, 그보다도 이처럼 대폭적인 수정작업이 대부분의 경우 매우 성공적이라 느껴지는 것이 더욱 인상 깊었다. 아니, 옛날 작품을 고쳐낸 저자의 솜씨야말로 시인의 변모가 '변모'이자 곧 '성숙'이라는 가장 확실한 증거의 하나라 생각된다. 대체로 수정된 작품은 그 길이가 늘었든 줄었든 간에 논리적인 구조가 한결 튼튼해지고 쓰인 언어는 더욱 과감·다양해지면서도 일상구어의 감각에 오히려 충실해진 느낌이다. 이는 물론 저자가 신작을 쓸 때에도 추구했던 성과겠지만, 특히 현재의 사상이나 감정과는 다분히 멀어져버린 초기작에 손대면서 그러한 의도를 어떻게 살릴 것인지는 여간 미묘한 문제가 아니다. 아예 원작과 무관한 시를 만들어놓으면 이는 별도의 작품으로서 값있을런가는 몰라도, 사실상 원작의 허구성을 자인하면서도 전집의 구색을 위해 그 폐기를 회피했다는 비판을 받을 수가 있는 것이다. 「병실(病室)의 노래」(41면) 같은 시를 보면 제목(원제 '병실영가病室靈歌')부터가 바뀐데다 본문 33행이 9행으로 줄 만큼, 과연 신작이나 다름없게 되었다. 그러나

날 저무르면

너의 생각들이 돌아온다.

저 어둑어둑한 들판을 보며 불면하라.

병이여 너야말로 생각이다.

생각이 밤새도록

죄로써 무리를 만드는 병이여

날이 새일 때

바야흐로 병은 하나의 깨달음이다

저 들판에 스민 오랜 힘인 병이여

라는 이 짧은 시는, 원래 "저무르면/너의 생각들이 돌아온다./저 들판을 바라보며 번민하라"로 시작하여 "병이여 너야말로/생각과 같이 자라는/꿈의 현실이니 밤이 오니,/새로이 동화하라"라는 등의 명상 끝에 "(…) 병이여/바야흐로 밤은 깨닫는도다./고요하게 새이라. 저/들판으로 흐르는 물의 인력(引力)에"라는 결말에 이르면서 꽤나 장황하고 어설프게 추적해가던 통찰의 알맹이를 제대로 잡아낸 것이다. 여기서 초기작의 미숙성이 드러나는 동시에 그 미숙한 가운데도 뒷날 「호명」(341면)으로까지 연결되는 어떤 영감의 내실이 있었음이 확인되기도 한다.

「병실의 노래」와는 달리, 앞서 인용했던 '작별'은 제2행의 "너의 비치는 치마 앞에서, 떠난다"가 "너의 치마 앞에서 내가 떠난다"로 바뀌는 정도의 소폭 수정에 그쳤다. 누이의 '비치는 치마'는 확실히 특이한 호소력을 지닌 표현이지만 결국 그것은 "허깨비 근친상간으로/흰옷 입은 누이 (…) 어쩌구 어쩌구" 하던 부질없는 짓거리의 일환이다. '비치는 치마'의 말초적 자극이 제거됨으로써 이 시는 소품인 대로 고은 시의 일관된 주제의 하나인 부단한 새 출발과 자기혁신의 다짐을 무리 없이 표현하게 되었다. 비슷한 예는 많다. 그렇다고 수정의 결과로 초기작의 문제점들이 깨끗이 가신 것은 아니고 수정 그 자체에 대해서도 모든 독자가 다 찬성할 것도 아니겠지만, 어쨌든 초기작의 특성은 특성대로 살리면서 원래의 영감에서 계속 유효한 진실의 알맹이를 새로 부각시키려는 태도는 주목할 만하다. 심지어 『제주가집』의 하나인 「소원」(159면) 말미에는

> 아주머님, 아름다운 꽃과 아주머님
> 아무래도 나는 아름다움 때문에 죽어야겠습니다

라는 두줄을 새로 덧붙임으로써 초기의 유미주의적 성향을 오히려 두드러지게 만들기도 한다. 기왕에 아름다움에 취할 바에는 "미망(未亡)의 가슴을/겨우 몇 굽이만 달래주세요"로 미적지근하게 끝맺느니보다 결연히 죽음까지 가는 것이 차라리 발전성이 있다고 생각되었는지 모른다.

개작의 문제와 관련해서 특히 흥미롭기는 하지만 이제까지의 고은 문학에서 중심부를 이루는 것은 역시 『문의 마을에 가서』 『입산』 『새벽길』들이다. 그중 『문의 마을에 가서』는 시인의 변모가 시작될 무렵의 과도기적 산물로서 초기의 다소 몽롱하고 막연한 언어가 많이 남아 있었는데 이번의 수정작업을 통해 『시전집』의 핵심부에 당당히 자리 잡게 되었다. 가령 「청진동(淸進洞)에서」(373면)를 보면, 그 초판본은

> 우리가 이름을 부르며 떠도는 것은
> 떠도는 곳에만 우리가 있을지라도
> 또는 금빛 저녁 바다 위에도 있다.

라고 고은의 시에 흔히 나오는, 산문에서라면 오문(誤文)으로 판정되기 십상인 알쏭달쏭한 표현으로 시작하여, 작품에서 말하고자 하는 '우연'이 무엇이고 우리의 '떠도는' 이유가 무엇인지 도무지 분명치 않은 채로 끝나고 말았는데, 전집본은

> 우리가 범죄 구더기 득실거리는 역사 증오하며 떠도는 것은
> 떠도는 곳에서 우리가 쓰레그물에 갇힐지라도
> 금빛 저녁바다 물결 위에도 솟아오르며 날으는 날치떼 아니냐

라는 서두부터 훨씬 논리적이면서 그 이미지의 생생한 구체성은 한결 더해졌다. 이어서

> 그렇다. 우연은 어느 날보다 잉잉거린다. 끝내 필연이 된다.
> 우리가 우연으로 모여서 이리저리 떠도는 동안
> 가장 눈부신 역사의 필연으로 복되어라 고난이어라.
> 그리운 벗아, 금빛으로 모여 저녁은 영원하다.
> 아무리 우레소리 1호 4호 그리고 9호를 먹어도 쓰러지지 않고
> 더 필요한 만조(滿潮) 수평선의 번개칼을 외쳐 부른다. 오라! 오라! 오라!

이렇게 원작의 4~13행을 좀더 숨이 긴 여섯행으로 압축하면서 비로소 작품이 정연한 시적 논리와 현실성을 갖추게 되었다. '우레소리 9호'는 원작 발표 당시에는 아직 울리지도 않았던 터이지만, 9호와 그 이상의 것까지를 먹고도 쓰러지지 않은 시인의 대담한 가필을 통해 "우연이란 몇만개의 우연인 하나와/또 하나의 그리운 벗들아/우리가 우레소리를 먹어도/

앞서서 쓰러지지 않고/저녁바다의 번개를 불러서 운다"라던 원작의 더듬거림이 마침내 제 뜻을 찾아낸 느낌이다.

이러한 예는 얼마든지 더 있다. 그중 「추풍령에서」(411면)는 「청진동에서」와 같은 공공연한 전투성의 시가 아니면서도 저자의 좀더 명백한 현실참여의 자세가 그 성공적인 개작에 기여함을 보여준다. 사실 눈 오는 날의 벅찬 감회는 추천작의 하나인 「눈길」(45면) 이래로 고은의 시에서 거듭만나는 것인데, 원작 「추풍령에서」의 그런대로 감동적인 풍경이 자칫 미당류의 달관주의로 빠질 염려가 남아 있었음에 반해, 전집본에서 시인의 감회는 아예 "눈 내리는 날의 벅찬 기쁨"으로 명세화되고 "아무도 다스릴 줄 모르는 땅"에 대한 상념은 "아니다. 눈이 내리는 것이 아니라 개천(開天) 이래 선정(善政)이다"라는 결말의 번뜩이는 역설적 표현으로써 못 다스려지는 세상과의 화해를 오히려 배제해버린다.

반면에 모든 첨삭의 결과에 완전히 승복하는 독자도 드물리라는 당연한 생각은 『시전집』의 이 부분에서도 떠오른다. 나 자신만 해도 예컨대 「광화문에서」(375면)가 구체적인 정치현실을 실감 있게 부각시키는 쪽으로 고쳐졌음을 반기면서도, 초판본(민음사 간 『문의 마을에 가서』 54면)의

> 지나가는 것들아.
> 그대들이 지나간 뒤
> 무엇이 지나가겠느냐.
> 지나가는 것들아.
> 죽어서 넋으로 울지 말고
> 저녁 무렵 산 채로 울부짖어라.

라는 다소 막연하지만 경구적 함축성에 찬 구절을 잃는 아쉬움이 없지 않

다. 이처럼 원작과 개작 사이에 일장일단이 있다는 느낌은 『입산』과 『새벽길』의 경우에, 그들 시집을 처음 읽던 감동이 남달랐기 때문인지 몰라도 좀더 자주 갖게 되는 편이다. 그러나 어쨌든 저자는 이들 최근의 시집에 대해서도 상당한 손질을 서슴지 않았고 그 대체적인 성과는 역시 좀더 논리정연하면서도 생동하는 구체성을 얻고 있다고 판단된다. 『입산』에서 단 하나의 예만 든다면, 「뜻」(511면)이라는 시는 초판본과 다름없이 "한반도 씨잉! 하는 건(乾)겨울 좋아라"로 시작하여 "흐지부지 살지 말라"는 다그침을 전하고 있지만, 원작의 "울다가 울다가/그 울음 얼어붙어/이 악물고 오대산 동태로 얼어죽어라"라는 결말이 자칫 영문 모를 악담이나 자포자기로 들릴 수 있는 데 반해,

> 울다가
> 울다가
> 그 울음 얼어붙어
> 이 악문 대관령 동태로 맛 들어라.
> 이 나라 쓴맛 단맛 들 대로 들어라.

라는 약간의 손질로 그야말로 맛도 있고 뜻도 있는 마무리가 되었다.

　『시전집』의 수정작업에서 한층 분명해지는 것은, 우선 저자의 '변모'가 어디까지나 시인으로서의 '성숙'이요, 동시에 이러한 시적 성숙은 초기의 자기에 대한 단순한 거부가 아니라 자신의 타고난 시인적 체질을 더욱 실답게 지키고 가꿈을 통해 가능했다는 사실이다. 어림짐작으로나 할 수 있는 이야기지만 고은이야말로 감수성의 예민함이나 뛰어난 직관력, 한국어의 능란한 구사력에 있어 미당 서정주와 더불어 한국 현대시사에서 손

꼽을 천분을 갖고 출발하지 않았나 싶다. 하지만 남달리 예민한 감수성은 말초적인 감각에 집착하는 길로 흐를 위험이 있으며, 시인에게 능변이 반드시 최고의 미덕인 것도 아니다. 게다가 직관에의 지나친 의존은 불교적 사고의 어느 일면과 결합하여 산문의 논리를 넘어선다기보다 평범한 조리에도 오히려 미달하는 무책임성을 낳을 수도 있다. 이 모든 함정에 초기의 고은은 무수히 빠졌었고 아직도 그 위험에서 홀가분히 벗어나 있다고는 장담 못 할 것이다.

그러나 저자가 개인사의 온갖 기구함과 복잡다단함을 통해서도 자신의 천분을 아끼고 가꾸는 데에만은 남다른 정성을 쏟아왔다는 점이 이번 전집을 읽으면 뚜렷해진다. 언어와 사물에 대한 시인의 탁월한 감각은 일찍부터 그가 지나온 산과 들, 강과 바다와 섬을 노래한 빛나는 구절들을 낳았었는데, 이는 점차 국토와 민족에 대한 지극한 사랑으로 발전한다. 조국 산천의 진정한 아름다움은 사람이 손 안 댄 자연의 매력도 매력이지만 여러대에 걸쳐 핏줄을 나누며 살아온 사람들의 기쁨과 설움을 담았고 끊임없이 그들에게 사랑받아온 산하의 아름다움이라는 진실이 차츰 뚜렷해지고, 아울러 겨레의 역사에 대한, 사랑의 매질도 마다 않는 새로운 민족적 긍지에 도달하는 것이다. 여기에 그의 불교적 소양도 소시민적 안일과 표피적·평면적 사고를 배격하는 참된 출가정신으로 작용하기에 이른다.

나는 서방정토에 가지 않으렵니다.
(…)
임이여 어찌타 이 나라를 그냥 떠나겠습니까.
이 나라의 흙과 풀
황토 말랭이 잔 소나무들도
몇천년 역대로 죽어서 이룬 할아버지들입니다.

이 나라에서는 굳은비 한 방울로

이 나라 날궂이 술취한 풀포기 키우렵니다.

임이여 나는 가지 않으렵니다. 거기에 가다니 거기 가다니

왜 그런 천하 건달 서방정토에 가겠습니까.

죽어도 나에게는 죽음이 없습니다. 이 나라가 죽음입니다.

임이여 나는 서방정토에 가지 않으렵니다. (「임종」 뒷부분)

이런 사랑 노래는 「황사(黃砂) 며칠」(482면)에서도 모양만 약간 달리하여 되풀이되며, "한반도야 한 이삼백년만 푸욱 가라앉아라"라는 기막힌 주문으로 시작하는 「대장경」(472면) 역시 마찬가지다. 이는 또 「소리」(603면) 「웃음에 대하여」(612면) 「하룻밤」(686면) 등에서 타협주의·정적주의에 대한 준엄한 힐책으로 이어지는가 하면, 『입산 이후』의 「발안 가서」나 『새벽길』의 「삼사상(三舍上) 봄밤」과 「만세타령(萬歲打令)」 「범」, 그리고 『모닥불 기타』의 「고향」 등에서 민중에 대한 새로운 인식과 애정을 구체화하는 데 성공하게 된다.

저자의 이런 발전을 두고 목청 높은 정치시 어쩌고 하는 것은 시의 표면적 주제에만 집착하거나 시인의 열기에 겁먹은 극히 피상적이고 불성실한 관찰이다. 그것은 우선, 예컨대 「하룻밤」이

우리들의 원수인 고요여

아 한평생의 아우성으로 껴안은 새벽

마침내 그렇게도 내일이었던

수많은 눈동자의 오늘이여

기어코 오늘이어야 할 내일의 아침 바다여

라고 끝맺을 때 동원된 어제·오늘·내일 등 관념의 민첩한 상호작용이라
든가

> 그냥 요런 뽄새로 골마리 까 이나 잡을라고
> 제법 여간껏 아니게 되바라진 싸리꽃 못등에
> 그냥 요런 뽄새로 파묻혀번질라고
> 누르무레 뼈 편히 익을라고
> 내 고향에 돌아온 것 아니랑께그려

하는 「고향」의 거칠고 도전적인 사투리조 틈으로 눈에 선하게 떠오르는
평화로운 시골풍경, 또는 "누르무레 뼈 편히 익을라고" 같은 구절의 재치
를 간과하고 있다. 동시에 「어린 잠」「지도놀이」「어린이 학교」등 어린이
에 대한 자상한 사랑을 담은 시가 『새벽길』의 더 전투적인 시들과 한 시집
에 들어 있을뿐더러 분명히 동일한 감수성의 다른 표현임을 깨닫지 못한
다. 또한 "퉤!" 하고 침을 뱉으며 끝나는 다음과 같은 시가 초기작의 기분
을 오히려 신선하고 경쾌하게 되살리고 있음도 무시되는 것이다.

> 오늘 나 열아홉 쯤으로 돌아가
> 열여섯 되는 누이와
> 춥지? 아냐 신나
> 어쩌구 저쩌구 하는 사랑 하고 싶어라
> 눈 내린 경인선 가고 싶어라
> 동문선(東文選) 뒤적이다가
> 네놈의 주자학 양반들아
> 백팔운(百八韻) 굴레 쓰고

사랑 한번 제대로 못 노래한 것 같으니라구
똥구멍으로 호박씨만 깐 것 같으니라구
네놈들의 사천이백 시부(詩賦) 탁 덮어라
퉤! (「작은 연애」전문)

　물론 후기시에서 민중지향성이 강조되고 민족통일의 열망이 고조되
면서 더러 생경한 부르짖음이나 단조로운 되풀이가 없는 것은 아니다. 이
에 대해 시에서의 '부드러움' 운운하며 꾸짖어대는 비판이 흔히 설득력을
못 갖는 것은, 실제로 성취된 부드러움조차 무시하는 상투적 비평이 너무
나 많은데다가 사람도 강해지고 시도 강해져야 할 또다른 필요에 근원적
으로 둔감한 비판인 경우가 대부분이기 때문이다. 가장 설득력 있는 비판
은 오히려 『시전집』의 수정작업에서, 또는 최근에 『시인』 2집에 나온 「자
작나무 숲으로 가서」의 다음과 같은 자기반성에서 발견된다.

　나는 나무와 나뭇가지와 깊은 하늘 속의 우듬지의 떨림을 보며
　나 자신에게도 세상에도 우쭐해서 나뭇짐 지게 무겁게 지고 싶었다
　아니 이런 추운 곳의 적막으로 태어나 무겁게 눈엽이나
　삼거리 술집의 고기처럼 순하고 싶었다
　너무나 교조적인 삶이었으므로 미풍에 대해서도 사나웠으므로

　얼마 만이냐 이런 곳이야말로 우리에게 십여년 만에 강렬한 곳이다
　강렬한 이 경건성! 이것은 나 한 사람에게가 아니라
　온 세상을 향해 말하는 것을 내 벅찬 가슴은 알고 있다
　사람들도 자기가 모든 남남 중의 하나임을 깨달을 때가 온다
　나는 어린 시절에 이미 늙어버렸다 여기 와서 나는 또 태어나야 한다

그래서 이제 자작나무의 천부적인 겨울과 함께
깨물어먹고 싶은 어여쁨에 들떠 남의 어린 외동으로 자라난다

『민주·민중·운동·문학』, 시인사 1984, 36면)

사실 이런 자기반성은 그의 문학보다 생애의 어느 일면을 겨냥한 것인지 모른다. 또 개인생활의 차원에서는 그러한 반성이 지나쳐서 새로운 흔들림을 낳지 말라는 법도 없다. 그러나 이 시에서 자작나무 우듬지의 떨림이 주는 교훈이 '강렬함'으로 받아들여지고 표현되었듯이 그의 강하고 드센 시들도 사실은 그 나름의 부드러움을 지님으로써 거듭거듭 훌륭한 시로 되었던 터이다. 이것은 곧 그의 시적 성숙을 달리 표현한 말이며,『시전집』이후에 펼쳐지고 있는 그의 왕성한 창작활동은 참된 성숙에 제자리걸음이 있을 수 없음을 확인해준다.[2]

끝으로「사형」「니르바나」「바다의 무덤」「갯비나리」「자장가」 그리고 그냥 장시라기보다는 9편의 장시(원래 계획은 11편)를 모은 미완성 대하서사시『대륙』등 긴 시들을 따로 논하지 못했음을 지적해야겠다. 한가지 이유는 물론 지면 사정 때문이다. 그러나 원래 '민족문학의 밤' 입체낭송용으로 씌어졌고 그래서인지 저자의 서정적 재능과 연극적 재능이 훌륭히 조화된「갯비나리」(621~49면)를 빼고는 이들 장시가 뚜렷한 성공을 거두었다고 생각되지 않는 것 또한 사실이다. 한데 단시집『여수』는 또다른 이야기다. 159편의 시들이 한결같은 수준일 수야 없지만, 2~3행 또는 많아야 5~6행의 이 토막시들은 그 자체로서 잘 읽힐뿐더러 불교 게송(偈頌)의 전

---

2 전집 이후의 시들을 모은 고은의 최신 시집『조국의 별』(창작과비평사 1984)은 이 시인이 이제까지 내놓은 가장 훌륭한 시집이라고 해도 무리가 없을 것이다.

통을 살린다거나 일본 하이꾸(俳句)의 미덕을 수용한다는 면에서도 뜻있는 시도이다. 또한 시와 노래운동의 결합을 위해서도 이런 암시적인 단시가 유용할 수 있지 않을까고 음악의 문외한으로 추측해보는데, 종래의 난해시들은 더 말할 것 없고 평이한 시들은 또 그것대로 의미의 연결이 너무 빡빡하여 노래 고유의 문법이 활발하게 작동할 여백이 별로 없지 않았나 하는 생각이 들기 때문이다.

—『세계의 문학』 1984년 여름호

실천적 비평에 관한 단상

김병걸 선생의 회갑을 맞으며

'실천'에 대한 요구가 80년대에 들어 한층 강해지면서 문학에서도 '실천문학' '실천비평' 등의 표현을 자주 만나게 된다. 김병걸 선생의 회갑을 맞아 그분의 평론가로서의 행적을 돌이켜볼 때 더욱이나 그런 표현들이 자연스럽게 떠오른다. 실천비평 또는 실천적 비평이란 분명 그에게 어울리는 용어이다. 하지만 선생의 관심사이자 우리 시대의 관심사인 이 개념을 우리는 어떻게 이해해야 할 것인가? 이에 대한 몇가지 토막생각을 정리하는 것으로써 어려운 세월을 꿋꿋이 살아온 평단의 선배에 대한 존경과 감사의 말을 대신코자 한다.

'실천적 비평'을 문자 그대로 영어로 옮긴다면 *practical criticism*일 터인데 이는 물론 너무 고지식한 직역이 오역을 낳는 본보기가 된다. 영어의 '프랙티컬 크리티시즘'은 문학작품의 정밀한 독해와 분석에 치중하는 비평 방법으로서 우리말로는 '실제비평'이라 번역되는 것이 보통이다. 실천적 비평이라고 해서 이러한 실제비평을 배제하라는 법은 없고 또 그래서도 안 되겠지만, 영미 비평에서 '실제비평'을 대표하는 리처즈(I. A. Richards)

나 미국의 이른바 신비평가들이 역사적·정치적 현실의 문제를 일단 '문학 외적'인 것으로 격리시키려 했다는 점에서 우리가 생각하는 실천적 비평과 상당히 다른 것이 사실이다.

김병걸 선생은 1962년에 평단에 처음 나온 뒤 이듬해 「순수와의 결별」을 발표하면서 이미 그 문제에 대한 자신의 입장을 분명히 밝혔고 그후 시종일관 흔들림이 없었다. 그 자신 1972년 어느 잡지의 설문에 답하는 글에서 이렇게 말하기도 했다.

문학에 대한 사명감이 어떠냐고 묻는데, 아주 거창한 질문이다. 앞에서 언급한 바와 비슷한 얘기이지만 어떻든 나는 정치의 횡포, 사회적 비리, 인간을 굴욕시키는 오만, 이런 독소적인 요인에 참지 못해서 붓을 들었다. 이것이 사명감이 되는 것인지, 단지 심리적 충동에 불과한 것인지 알 수 없으나, 이 집념이 10년 전이나 지금이나 아무런 변함이 없다.

(『문학과 사회의식』, 창문각 1974, 193~94면)

이 발언을 오늘의 시점에서 햇수만 바꾸어 "이 집념이 20여년 전이나 지금이나 아무런 변함이 없다"고 말하더라도 그대로 진실이 되리라는 점은 선생을 아는 사람 모두가 인정할 것이다. 그리고 그러한 집념을 고수한다는 게 결코 수월한 일이 아니었음 또한 우리는 알고 있다. 예의 설문이 있은 1972년은 뒤이어 '10월유신'이라는 변란을 가져왔고 이때부터 재야의 민주회복운동과 문단의 자유실천운동에 점차 깊숙이 뛰어든 선생의 가시밭 걸음은 오늘까지도 끝나지 않고 있는 것이다.

사람에 따라서는 이를 두고 '정치적 실천'의 차원에서 찬반 간에 논의할 수는 있어도 '문학적 실천'과는 일단 무관한 것이 아니냐고 말하기도 한다. 또 아무리 '실천적'인 비평일지라도 그것이 '비평'이라는 성격을 간직하는 한, 정의를 위한 행동이면 모두가 실천적 비평이 된다고 등식화할 수는 없다. 그러나 문학작품이 인간의 현실생활과는 동떨어진 곳에 하나의 온전한 물건으로 존재한다거나 작품과 독자의 관계가 생활하며 행동하는 인간들의 다른 모든 관계들과 동떨어져 성립할 수 있다는 편리한 생각을 한번 내버리고 나면, 어디까지가 실천적 비평이고 어디부터가 문학 외적 행동이냐는 문제도 애매하기 짝이 없어지고 만다. 남의 경우를 두고 이론적으로 구별하는 것도 지난한 작업이 되려니와, 그것이 자신의 일로 닥쳤을 때에는 더욱 그렇다. 이론적인 규명을 꾀하는 태도 자체가 닥친 일의 괴로움을 회피하려는 자기방어의 술수일 가능성마저 감안해야 하기 때문이다. 성급한 행동주의의 위험을 인정하면서도 급할 때 우선 저질러 놓고 보는 실천력이 없이는 실천적 비평이 제대로 성숙해나갈 길이 애초부터 막히게 마련인 것이다. 70년대 이래 김병걸 선생이 감당해온 고난이 문학평론의 영역에서도 값진 이유가 여기 있다.

그러나 어쨌든 평론은 글 쓰는 행위이고 남의 글을 읽고서 행하는 글쓰기이다. 따라서 실천적 비평도 그 본령은 붓을 놓고 뛰는 현장보다는 붓을 들고 작업하는 마당일 것이다. 다만 실천적 비평은 평론활동 자체가 하나의 역사적·정치적 실천임을 알기 때문에 여타 실천활동과의 명백한 구별이 불가능함을 솔직히 인정할뿐더러, 자신의 비평적 실천이 획득하는 '문학적' 타당성이 그 역사적·정치적 타당성과 불가분의 것임을 안다. 또한 이러한 앎이 자기 혼자만의 조용한 지식으로 끝날 일이 아님을 믿기 때문에 그 앎에 근거한 크고 작은 싸움을 비평의 본업으로 떠맡는 것이다.

60년대 이래 김병걸 선생의 비평활동을 일별하면 참여문학·리얼리즘 문학·민족문학 등 우리 문단의 핵심적인 논의에 그가 항상 적극적으로 동참해왔고 많은 논쟁에 가담했음을 알 수 있다. 그중에서도 60년대 중반부터 70년대 초반까지의 '참여문학론'을 둘러싼 논쟁에서의 활약은 선생 특유의 미덕이 크게 돋보이는 대목이 아닌가 한다. 사실 「참여론 백서」(1968) 「문학의 참여성 시비」(1971) 「작가의 민족연대의식」(1972) 같은 글들을 지금 읽으면 한 세월 지난 이야기라는 느낌이 안 드는 것은 아니다. 그런데도 이들 평문의 생기를 아직껏 유지해주는 것은 무엇보다도 자신이 옳다고 믿는 입장을 위해서는 아무리 궂은일이라도 마다 않는 저자의 실천적 자세이다.

"이론화된 앙가주망은 필연적으로 프롤레타리아혁명의 이데올로기로 귀착된다"거니, 리얼리즘론에서 말하는 '전형'의 개념은 "다른 현실관에 물들거나 빠지지 않고 마르크시즘에서 규정한 역사적 현실에만 충실하도록 작가의 상상력을 얽어매는 교전(敎典)"이라거니, "민족문학은 다시 한마디로 자르자면 한국우위주의라는 가면을 쓴 패배주의에 지나지 않는다. 그것은 사관(史觀)이 결여되어 있는 문학이며, 그런 의미에서 정신의 나치즘화에 쉽게 가담한다"는 등의, 요즘 같으면 웃어넘길 수도 있는 발언이 나올 때마다 그는 절대로 웃어넘기지 않고 즉각 시비를 걸었다. 그것도 지금 나처럼 적당히 익명으로 인용하고 마는 게 아니고, 언제 어디서 누가 무엇이라고 말했는데 어째서 말이 안 되는 소리라고 꼬박꼬박 들이댔던 것이다.

『문학과 사회의식』에 실린 논쟁적인 글들을 읽는 독자는 여기 잠깐 인용한 것보다 훨씬 많고 훨씬 어처구니없는 발언들이 저자에 의해 지성스럽게 기록되며 반박되고 있음을 본다. 그렇다고 오늘날 비슷한 발언들이 근절된 것은 결코 아니지만, 우리가 이제 웬만한 말은 웃어넘길 수 있게 된 것 자체가 선생의 지성스러운 싸움질 덕이 크다고 할 것이다.

물론 이러한 업적의 밑바닥에는 참여문학론의 구체적 결함들이 아무리 많다 해도 당시로서는 그것이 우리 문학에 최소한의 양식과 양심을 회복시키려는 노력이라는 당당한 자신감이 있고, 또한 논쟁의 중요성과 의의에 대한 다음과 같은 극히 건전한 상식이 있다.

의견이 백출하여 서로 용호상박의 혈투를 벌일 때면 제3자적인 입장에 서 있는 어떤 논자들은 이맛살을 찌푸리기도 하지만, 나로선 그러한 논쟁의 현상을 조금도 나무랄 수는 없다. 무릇 의견이란 원래 상반의 생리를 가지게 마련이어서 그것 자체는 조금도 나쁠 것은 없다. 단지 우리가 논자의 입장에 관여할 때 경계해야 할 점은 논의의 전개가 과열한 나머지 대화거리의 차원이 수준 이하로 저락하지 않도록 침착과 주의가 필요하다는 것이다. (…) 자기 나름의 신념의 표시는 그것대로 의의가 있는 것이며, 또 나의 생각과는 거리가 멀다는 점에 있어서 그것은 바로 나의 생각을 자극하는 촉진제가 되는 것이다. (「참여론 백서」,『문학과 사회의식』101면)

그뿐 아니라 문학작품이라는 어떤 고립된 실체에 대한 중립적 인식을 부정하는 실천적 비평의 입장에서는 표면화된 논쟁이 아닌 '순수한' 실제비평이나 독자적인 이론 전개라 할지라도 모두가 문학과 삶의 장래를 건 그날그날의 싸움이다. 즉 실천적 비평이란 본질적으로 논쟁적인 것이다. 그리고 김병걸 선생의 평론을 하나의 읽을거리로 접근하더라도 외국의 유명한 학설이나 작품을 소개하는 대목들보다 국내 동료들의 한심스러운 발언에 일일이 응수하는 대목이 훨씬 돋보인다는 사실은 실천비평의 논쟁성이 바로 그 문학성과 별개의 것이 아님을 말해준다.

이제까지 한두가지 단편적 고찰만으로도 실천적 비평을 제대로 수행하기가 결코 수월치 않으리라는 짐작이 간다. 한편으로 그것은 비평활동

자체를 하나의 역사적·사회적 실천으로 설정함으로써 여타의 현실참여 활동을 외면하기가 처음부터 어렵게 되어 있다. 그러나 자신의 비평을 역사적·사회적 실천으로 이해하는 일은 ─ 적어도 기본적인 성실성을 갖춘 인간에게는 ─ 문학비평가로서 그가 작품 자체에 대해 갖는 집념과 책임감을 더해줄지언정 조금도 덜어주지 않는다. 게다가 비평의 실천적 성격을 의식하는 일은 또한 비평 및 문학을 일단 상대화하여 인간의 생활과 역사 전체의 맥락에서 재정립하는 이론적 인식을 요구하기도 한다.

이렇게 엇갈리는 요구들을 한꺼번에 충족해야 할 경우에 우리는 곧잘 '변증법'이라는 낱말을 끌어들이는데, 그런 의미에서 실천적 비평은 결국 변증법적 비평이 되어야 한다고 말할 수 있다. 물론 '변증법적'이라는 매김말은 그냥 겉멋으로 쓰이는 일도 많고 불온사상의 대명사로 오해되기도 일쑤며 심지어 바로 그러한 분위기가 좋아서 들먹여지는 경우도 없지 않을 듯하다. 이러한 온갖 폐단에도 불구하고 우리가 문학비평에까지 이 낱말을 끌어들이려면 적어도 두가지 여건이 충족되어야 할 것이다. 즉 한편으로 변증법이라는 것이 어떤 일정한 전문가들이나 알고 있는 특수 이론 또는 기술이라기보다 문학 자체가 원래 요구하는 지성과 감성의 행복한 융합이라든가 작품과 현실 사이에서의 유연한 정신에 본질적으로 일치하는 것이라야 한다. 동시에, 단순히 '유연한 정신'이라거나 '통합된 감수성' 등 대다수 문학독자들에게 좀더 친숙한 표현만으로는 미흡할 만큼 실제 역사에서 적어도 헤겔 이래로 '변증법'이라 이름붙여진 사고와 실천의 전통이 우리의 문학활동에도 중요하다는 판정이 나야 할 것이다.

이러한 의미의 변증법적 비평이 과연 어떻게 구체화될 것인지는 이제부터의 탐구과제가 아닐까 한다. 그리고 이 문제에 있어서는 김병걸 선생 자신도 우리에게 직접적인 도움을 주는 글을 아직 못 쓰지 않았나 싶다. 다만 그는 앞서 언급한 설문 답변에서 한편으로 자신의 분명한 참여론적 신념 때문에 "원래의 의미에서 나는 문학인이 아닐는지도 모른다"고 말하면서, 곧이어 자신이 예술성을 무시해서가 아니라 "나는 창조적 자아와 사회적 자아를 구별하고 싶지 않아서 이런 말을 하는 것이다"라고 했는데(같은 책 192, 193면), 이는 곧 변증법적인 해결밖에는 해결이 있을 수 없는 문제제기라 생각된다. 또한 그의 결연한 실천적 자세는, 더러 그것이 지나치게 소박하고 비변증법적인 이론이나 작품해석을 낳기도 하지만, 변증법적 비평 자체의 건강성을 위한 기본조건임에 틀림없다. 온갖 모순을 지양한다느니 자신의 인식행위까지도 총체성의 일부로 인식한다는 '변증법적 사고'에서 당면한 실천에의 열의가 빠지는 순간, '변증법'이야말로 가장 세련되고 복잡한 신종 관념유희로 끝나고 마는 것이다.

이는 한갓 기우가 아니다. 선진성을 자랑하는 국내 지식인들의 변증법 이론이나 이른바 변증법적 비평에서 곧잘 마주치는 사실이 바로 그것이다. 이때에 비평은 변증법 같은 어려운 말을 차라리 잊어버리고 소박한 양심으로 되돌아가는 것이 낫다. 그리하여 양심에 따른 행동의 문제와 애초에 문학평론의 길을 선택하게끔 만든 문학에 대한 자신의 기본적 애정을 실천하는 문제를 끌어안고 씨름하면서 한걸음 한걸음 새로운 전진을 시작해야 한다. 그러나 이렇게 새로 시작된 발걸음이 실천적 비평의 길을 올곧게 찾아가다보면 결국 진정한 의미의 변증법적 비평에 다다를 것이며, 그것이 변증법적으로 되는 만큼 더욱더 실천적으로 되리라는 것이 나의 생각이다. 그리고 이런 의미의 실천적·변증법적 비평이라면 갑년이 지나고 말고에 구애됨이 없이 김병걸 선생은 늘 우리 후진들과 한뜻으로 계시리라 믿고 있다.

—『김병걸 선생 화갑기념평론집』, 실천문학사 1984

민족문학과 민중문학[*]

　민족문학과 민중문학에 관하여 요즘 제 나름대로 생각한 것을 말씀드리기에 앞서, 문학에 대한 다소 원론적인 이야기로 시작해볼까 합니다. 문학 하는 행위란 언제나 원론적인 반성, 근원적인 것에의 성찰을 떠나서는 있을 수 없다고 믿기 때문이기도 하고, 또한 실제로 원론적인 이야기가 바로 문학운동과 조직의 문제로 직결된다고 생각하기 때문입니다. 오늘은 우선 문학의 성격 혹은 '문학성'에 대한 변증법적 인식이란 문제에 대해서 말씀드리고, 이어서 70년대의 민족문학론과 오늘의 민중문학론에 대해서, 마지막으로 문학운동에서의 이론과 조직의 문제에 대해서 말씀드리겠습니다.

---

[*] 이 글은 1985년 1월 30일 자유실천문인협의회 주최 '민족문학의 밤'에 행한 강연의 녹음을 풀어 약간 압축한 형태로 『문학의 자유와 실천을 위하여』 제2집〈지양사 1985〉에 수록했던 것이다. 여기 옮겨 실으면서 그때 생략됐던 내용의 일부를 되살려놓았고 새로 보완할 이야기는 각주로 달았다. 강연은 일반에 공개된 것이었으나 협의회 개편 후 기획된 첫번째 월례 행사임을 감안하여 다분히 회원 간의 '집안 이야기'에 초점이 맞춰졌음을 아울러 밝혀둔다.

문학성의 변증법적 인식

그럼 먼저 문학성의 변증법적 인식이란 문제에 관해서 말씀드릴까 합니다. 여러분 중에 '변증법'이라는 말만 들어도 골치가 아프고 복잡하고 어렵다는 느낌을 가지는 분이 계실지 모르겠는데, 사실은 저도 그런 사람의 하나입니다. 그리고 실제로 변증법이란 좀 골치 아픈 데가 있는 게 사실인 듯합니다. 변증법이라 하면 '정·반·합'이 곧 변증법이다라고 흔히 말하기도 하지만, 바로 그런 식의 단답형 정답이 없는 게 변증법의 특징이 아닌가 싶습니다. 그렇기 때문에, 처음부터 변증법 자체를 정의 내린다거나 문학에 대한 변증법적 인식이 무엇인가를 직설적으로 정의한다기보다는, 비변증법 인식이 어떤 것인지를 비교 검토하는 것이 좀더 편리하고 또 좀더 변증법적인 접근방법이 아닐까 생각합니다.

문학성을 비변증법적으로 인식하는 표본으로서 우선 문학성 내지 문학의 본질을 형이상학적으로 설정하는 태도를 생각해볼 수 있습니다. 가령 예술지상주의라든가, 또는 그보다 조금 범위가 넓은 개념인 문학주의와 같은 태도가 한 예가 되겠습니다. 심미적 가치가 이러이러한 것이라고 미리 정해놓고서, 예술작품은 그러한 것을 표현 내지 구현하는 것이다 하는 식으로 논리를 전개한다든지, 꼭 '심미적 가치'가 아니더라도 '보편적인 원형'이라거나 '시공을 초월한 진리'라거나 하는 등등으로 어떤 관념적인 실체를 미리 정해놓고 문학을 규정하고 판단하는 태도를 형이상학적 접근법이라 말할 수 있겠습니다.

물론 이런 접근법에서도 여러가지 값진 통찰이 안 나오는 것은 아니고, 또 많은 예술가들이 이런 것을 신조로 삼아 훌륭한 작품을 써낸 것도 사실입니다. 하지만 형이상학적 인식이라는 것은 항상 독단과 반민중적 독선의 요소를 내포하고 있는 것입니다. 더군다나 우리 사회의 경우 이런 태도는 1950년대에 특히 창궐했고 지금도 그 세력이 만만찮은 이른바 순수문학론으로 — 우리 문단의 이런 순수문학론은 진정한 의미에서 순수한 마음으로 문학을 순수하게 하는 것과는 다른 태도라고 보기 때문에 저는 이것을 '순수주의'라고 부릅니다만 — 이런 순수주의야말로 형이상학적 태도의 폐단을 극대화한 것이고, 어찌 보면 순수문학뿐 아니라 예술지상주의까지도 오히려 희화화한 것이라고 볼 수 있습니다. 어쨌든 문학의 본질을 형이상학적으로 설정하는 태도는 우리가 부정하고 극복해야 할 비변증법적인 인식의 대표적인 본보기입니다.

그런데 과학의 이름으로 형이상학에 반기를 들었다고 하는 이른바 과학적인 접근법들도 크게 보면 형이상학적 접근법을 계승하고 있는 경우가 대부분입니다. 예컨대 20세기 초의 '러시아 형식주의'는 최근 구미 비평계에 상당한 영향력을 발휘하고 있는데, 거기서는 문학성을 정의할 때 심미적인 가치라든가 하는 식으로 형이상학적으로 설정하는 데에 반대합니다. 그들은 구체적인 작품을 작품끼리, 또는 문학이 아닌 글들과 비교하여 거기에서 경험적인 사실로 확인되는 문학작품 특유의 성격을 찾아내고자 했고, 그것을 '낯설게하기'라고 규정했습니다. 문학성이란 낯익은 것을 낯설게 하는 것이 그 특징이라는 것입니다. 말하자면 낯설게 한다는 경험적인 사실을 위주로 문학성을 규정하려고 시도한 것인데, 종전의 형이상학적 독단을 거부했다는 점에서는 변증법적 인식을 돕는 일면이 분명히 있지요. 하지만 이것 역시 따지고 보면 문학에 있어서의 어떤 지엽적인 특징을 잡아내서 그것을 마치 문학성의 본질인 듯이 만들고 있고, 그런 점에서 문학의 참뜻에 대한 물음을 오히려 흐려놓고 있다고 봅니다. 실제로 우리에게 낯익었던 것이 문학작품 속에서는 낯설게 나타남으로써 우리의 주의를 끌고 감동을 주는 일이 많은 것은 사실입니다. 그러나 좀더 엄밀히 따진다면, 낯익은 것을 정확히 어느 정도까지 낯설게 할 때 그런 감동이 일어나느냐가 중요하고, 또 너무 낯설어서 감동이 안 일어날 때는 적당히 낯익게 만들기도 하는 것이 예술이 아닌가 합니다.[1] 따라서 어느 만큼의 '낯설게하기' 또는 낯익게 하기가 가장 예술적인 것이며 또 어째서 그것이 예술이 되느냐는 것이 본질적인 문제일 터인데, 그런 핵심적인 물음을 회피하고 망각해버리기 때문에, 덮어놓고 낯설게만 되면 좋은 것이라는 독단이 생깁니다. 그러다보니까 형식적인 실험, 즉 지엽적인 것을 전과는 다르게 새롭게 낯설게 만들어만 놓으면 그것이 훌륭한 작품이라고 인정이 되어, 결국에는 모더니즘에, 그런 형식지상주의적 조류에 영합하는 학설이 되고 말았습니다.

그런데 문학에 관한 본질적인 물음을 회피하는 일은 어떻게 보면 참여문학론이나 민중문학론 내부에도 상당히 있지 않은가 싶습니다. 그렇다고 한다면 그러한 참여문학론이나 민중문학론 역시 문학의 본질을 형이상학적으로 설정하는 태도를 본의 아니게 답습하고 있다고 보겠습니다. 불교식으로 말하면, 어떤 사물이 있다고 고집하는 것도 망상이지만 그것이 없다고 지나치게 주장하는 것도 사실은 있다는 집착이나 똑같은 것이라고 하지요. 그와 마찬가지로 문학의 본질이 무엇무엇이다라고 형이상학적으로 주장하는 태도나, 문학에 무슨 문학성이라는 게 따로 있느냐, 그때그때 우리가 정치적인 결단으로 정하기 나름이다, 정치운동의 수단으로서나 문학이 존재한다는 주장, 또는 문학성에 관한 일체의 진지한 관심을 문학주의라고 몰아붙이는 자세도 사실은 문학성을 형이상학적으로 설

---

1 그런 의미에서 콜리지(S. T. Coleridge)가 그와 워즈워스(W. Wordsworth)가 『서정담시집』을 함께 준비할 당시, 워즈워스는 일상생활의 소재에 새로운 맛을 주는 일을, 그리고 자신은 초현실적인 소재를 어느정도 진실에 비슷하게 다루는 일을 맡았다고 말할 때(*Biographia Literaria* 제14장), 문학의 본업을 러시아 형식주의자의 '낯설게하기'(ostranenie, defamiliarization)보다 한층 균형 있고 타당하게 파악했다고 보겠다.

정하는 것에 못지않게 '형이상학적'인 자세가 될 수 있을 것 같아요. 가령 이런 이야기가 있지요. 우리가 이렇게 못사는 것이 무슨 좋은 시나 소설이 없어서 못사는 것이냐, 좋은 시나 소설을 쓴다고 해서 통일이 되고 민주화가 될 것이냐 하는 식의 주장도 있는데, 물론 이것은 문학을 자기들 멋대로 설정해놓고 다른 중요한 일, 민족과 민중의 권익 같은 것은 그걸 위해 희생되어도 좋다는 사람들에 대한 반발로서 따끔한 수사적인 효과가 있는 말이라고 봅니다. 그렇지만 그것이 일정한 수사적인 효과로 끝나지 않고 하나의 진지한 문학이론 내지 문학관으로 내세워진다고 할 때는, 사실 문학이란 써먹는 것이 아니라 그냥 하나의 오락일 뿐이다라고 주장하던 순수주의자들의 문학무용론과 역설적이게도 비슷한 결과가 되어버리는 것입니다. 우리가 지금만큼이라도 사람꼴을 하고 사는 데에는 이 땅의 많은 작가·예술가들의 공로도 많았음을 누가 부인할 것이며, 반면에 이제까지 통일이 안 되고 통일운동조차 한정되었다는 사실이 우리에게 분단 주제를 정면으로 다룬 높은 수준의 장편소설이나 서사시, 희곡 들이 없다는 사실과 무관하다고 누가 장담할 수 있겠습니까.

이렇게 본다면 문학성에 대한 변증법적 인식이라는 것은 이제까지 제가 말한 몇가지 유형, 액면은 다르지만 크게 보아 '형이상학적'이라고 부름직한 그런 인식들을 부정하고 넘어서는 것이 되겠습니다. 그러나 이것도 아니고 저것도 아니라며 남의 타박만 하는 게 변증법은 아닙니다. 인생은 복잡하고 예술과 문학도 복잡하다고 하면서 저물도록 복잡 타령만 늘어놓는 게 변증법적 인식일 수도 없는 것이지요.

변증법적 사고의 복잡성은 복잡성 자체를 즐기는 그런 관념유희 취향에서 오는 게 아니라 궁극적으로는 실천에의 요구에서 오는 것입니다. 그런데 이때에 실천이라는 것은 어느 한두 사람의 일방적인 욕구를 충족하기 위한 실천이 아니고, 다수 민중의 생활상의 욕구를 충족하기 위한 것이기 때문에 복잡할 수밖에 없는 것입니다. 민중의 개념에 대해서는 여러 가지 얘기가 있습니다만, 민중의 첫째 특징은 수가 많다는 것이지요. 그러니까 이 많은 사람들의 생활상의 욕구를 실제로 충족하고자 할 때, 아무리 머리가 좋은 사람이라도 그에 대한 인식을 하나의 명제 속에 전부 담을 수는 없는 것입니다. 두개, 세개, 아니 스무개나 서른개의 명제를 늘어놓는다 하더라도, 그것이 평면적인 나열인 한에 있어서는 결코 민중의 복잡다단한 생활상의 욕구를 모두 담을 수가 없는 것입니다. 그렇기 때문에 오히려 서로 어긋나는 듯한 여러 명제를 놓고서 그것들이 서로 간에 주고받는 가운데서나 이러한 욕구의 진실에 어느정도나마 가까이 갈 수 있게 마련이고, 바로 여기서 변증법적 인식의 필요성이 나온다고 하겠습니다. 변증법을 설명하는 책에서 흔히 말하는 '인간의 인식능력의 유한성'이라거나 '사물의 존재양식의 동적 성격'이라는 것도 결국은 다수 민중의 생활상의 욕구라는 기준에 비춘 '유한성'이고 실천의 와중에 포착된 사물의 '동적 성격'이기 때문에 한갓 철학적 학설과는 다른 차원의 진실을 주장할 수 있는 것입니다. 그리고 이렇게 어디까지나 실천적 요구에 부응하는 복잡성이기 때문에, 변증법적 자세는 덮어놓고 복잡하다고 되는 것이 아닙니다. 복잡다단한 가운데에서도 그때그때 필요한 결단과 행동을 할 수 있을 만큼의 단순하고 명쾌한 면도 있어야 하는 것입니다.

이렇게 얘기를 해놓고 보면, 변증법에 통달한다는 것은 도통을 하거나 해탈을 하는 것과 비슷하다는 느낌이 들지도 모르겠습니다. 그러나 적어도 제가 생각하기에는 '변증법'이 정말 중요한 거라면 실제로 그 비슷한 것이라야 하지 않을까 해요. 민중이 자신의 생활상의 욕구를 실현하려는 마음, 이 민중의 마음이 곧 하늘 마음이요 부처의 마음이며 이를 실천하려는 것이 보살행이라는 깨달음, 그리고 이것도 일시적인 깨우침이 아니라 실제로 그 일을 성사시킬 운동력까지도 포함하는 깨달음이야말로 한갓 지식과는 구별되는 변증법적 인식의 참뜻이 아닐까 합니다. 물론 변증법이라는 것은 동양전통에서 나온 말은 아닙니다. 그러나 서양사상사의 맥락에서 보더라도 제가 말한 그런 해석과 어느정도 부합하는 면이 있지 않나 싶어요. 대표적인 변증법 철학자인 헤겔의 경우, 그의 변증법은 서양 형이상학 2천여년의 전통, 또 이를 뒷받침해준 수천년의 서양역사, 이런 것의 소산이면서 그 절정에 해당하는 것입니다. 그런데도 그것이 형이상학의 테두리 안에 머물러 있는 한에는, 공허한 관념의 유희를 벗어나지 못하는 측면이 많다고 이야기됩니다. 따라서 헤겔의 이런 변증법을 현실 속에 뿌리박도록 만들려는 노력이 여러모로 진행되어왔는데, 지금 시점에서 우리가 말할 수 있는 것은 그러한 노력들은 결국 전체 민중의 집단적인 구원, 좀더 정확하게 말하자면 집단적인 자기구원을 떠나서는 성립할 수 없음이 분명해졌다는 점입니다.

70년대의 민족문학론과 오늘의 민중문학론

문학성에 관한 이제까지의 논의에 비추어서 70년대의 민족문학론을 돌이켜볼 때, 저 자신이 그 논의 전개에 직접 관여했던 사람으로서 객관적인 판단을 내리기에는 적합한 인물이 아닐지 모르겠습니다만, 여하튼 제가 보건대는 70년대의 민족문학론이 문학성에 대해서 어느정도의 변증법적 인식을 획득했다고 자부할 수 있을 것 같습니다. 가령 그 이전에 있었던 순수/참여 논쟁이라든가, 또 종전의 소박한 민중문학론, 즉 민중문학론/민족문학론의 대립관계라든가, 또는 리얼리즘/모더니즘의 대립문제라든가 하는 것들이 민족문학론을 통해서 상당한 정도로 그야말로 변증법적인 지양을 성취했다고 봅니다. 그러니까 일단 부정하고 비판하되 그것의 값지고 유용한 점은 그대로 간직하면서 그것을 딛고 넘어서는 변증법적 과정이 어느정도는 이룩되지 않았는가 합니다. 예를 들어 순수/참여 논쟁의 경우, 순수문학 쪽의 — 여러가지 문제가 많긴 하지만 — 그야말로 문학 자체에 대한 집념이라든가 작품의 형식에 대한 관심이라든가 하는 것은 그대로 간직하면서 참여문학의 정당한 주장을 수용할 수 있었다고 봅니다. 또한 민족문학론과 민중문학론이 서로 대립되는 것이 아니라 상호보완 관계에 있다는 것이 해명된 셈입니다. 또한 리얼리즘/모더니즘의 대립문제도 이를 마치 사실주의와 반사실주의 사이에서 양자택일해야 하는 것처럼 생각하는 대신, 모더니즘의 성과를 훨씬 유연하게 포용하는 리얼리즘을 민족문학의 한 지표로 설정하기에 이르렀지요. 그리하여 결과적으로는 민중문학론의 성격을 기본적으로 띤 채로 민족의 현실에 좀더 밀착되고 문학행위의 실정에 좀더 부합된 논의가 전개되지 않았는가 하는 생각입니다.

그런데 지금 시점에서 민족문학론의 주된 한계를 지적한다면, 민족의 분단문제, 또 이 분단을 극복하기 위한 민족운동과 민족문화운동을 이야기하면서도 민족운동의 주도세력으로서의 민중에 대한 과학적이고도 구체적인 인식이 부족했고, 따라서 운동의 이론이나 조직 또는 작품생산에 있어서 민중의 주도성이 제대로 반영되지 못했다는 점을 들 수 있겠습니다. 이것은 물론 저를 포함한 당사자들의 개인적인 역량의 한계도 있었고, 크게 보면 70년대 우리 민중역량의 어떤 절대적인 한계와도 관련된 문제라고 봅니다. 어쨌든 평단의 민족문학론 자체만 놓고 보더라도, 가령 민중의 생활현장에서의 일상적인 투쟁과 통일운동이 어떻게 연관을 맺어나가야 할 것인가 하는 데 대한 구체적인 비전이 없었다고 해야겠습니다. 또 70년대에 이미 노동현장에서 여러가지 참으로 중요한 발언들이 글로 씌어져 나오고 있었는데, 거기에 대한 충실하고 정확한 평가를 비평적인 논의로서 다루지 못했음을 지적할 수 있습니다. 그밖에도 민중문화전통의 발전적 계승 문제라든가, 또는 동양의 고전문학이나 서양 혹은 제3세계 문학을 민중의 시각에서 주체적으로 이해하고 평가하는 문제 등에서도 매우 한정된 성과밖에 거둘 수 없었다는 점을 인정해야 할 것입니다.

그러나 한정된 성과라는 말 그대로, 대부분 70년대에 전혀 건드리지 않은 문제는 또 아니라고 봅니다. 다시 말해서 70년대 민족문학론을 넘어설 새로운 민중문학론에 대한 요구가 지금 느껴지고 있는데, 그것은 민족문학론 자체의 논리가 관철되는 과정의 일환으로서 대두된 것이지, 지금 시점에서 민족문학론을 포기하고 민중문학론을 해야 한다는 것은 아닙니다. 동시에 오늘의 민중문학론이 성숙해가는 과정에서는 한 단계 높은 민족문학론에 대한 욕구가 반드시 대두하게 마련이고, 이러한 현상은 가령 민중문학운동을 지향하는 자유실천문인협의회에서 주관한 오늘의 이 행사가 '민족문학의 밤'이라고 불리고 있다는 사실이나, 또는 분단극복문학에 대한 최근의 활발한 논의 등에서도 이미 드러나고 있습니다.[2] 그렇기 때문에 최근의 활발한 민중문학 논의는 70년대 민족문학론의 심화과정이라고 저는 보고 있습니다.[3]

그런데 오늘의 민중문학론이 이러한 맡겨진 역사적 사명을 다하기 위해서는 끊임없는 자기점검과 가차없는 자기비판이 필요하다고 생각합니다. 예컨대 순수주의나 문학주의에 대한 비판이 일방적인 독단으로 흐르

---

2 이러한 논의에 저자가 최근에 참여한 예로 「80년대 소설의 분단극복의식」(이효재 선생 화갑기념논문집 『분단시대와 한국사회』, 까치 1985; 《『민족문학의 새 단계』 제3부》)을 참조 바람.

3 최근 민중문학 논의의 예로는 성민엽 편 『민중문학론』(문학과지성사 1984)과 『한국문학』 1985년 2월호의 '우리 시대의 민중, 민중문학' 특집(박현채·채광석·전영태·김정환) 등이 주목에 값한다.

면 70년대에 공들여 쟁취했던 변증법적 인식을 포기하는 결과가 되고 따라서 순수주의자들의 문학무용론에 오히려 가까워질 위험이 있음을 지적했는데, 이외에도 한두가지 문제점을 저 자신의 자기비판과 또 민중문학을 추구하는 여러분에 대한 동지적 비판을 겸해서 얘기해보고자 합니다.

우선, 일반적으로 요즘 민중이나 민중문학을 둘러싼 논의가 많은 데 비해서는 정작 그러한 논의를 벌이고 있는 지식인들과 민중의 관계에 대해서 다소 혼란이 있지 않은가 생각합니다. 한편으로는 민중지향적인 지식인이 곧 민중의 일부라는 논리가 있는가 하면, 또 한편에서는 지식인이 민중지향성을 관철하기 위해서는 지식인으로서의 전문적 기능을 완전히 포기함으로써만 가능하다는 논리도 나오고 있습니다.

먼저 민중적 지식인을 민중의 일부로 보는 논리에 대해서, 이것은 가령 우리 사회 안에서의 지식계층을, 또는 그중에서도 사회적 신분이나 경제적 수입이 비교적 낮은 층에 속하는 지식인들을 민중구성의 일부로 넣을 것이냐는 논의와는 별개의 것입니다. 그런 경우에는 그 사람이 얼마나 각성된 지식인이냐는 게 문제가 아니라, 그의 객관적인 처지가 무산자나 직접생산자 쪽에 가까우냐 아니냐는 것을 따지게 되지요. 이에 반해서 어떤 지식인이 민중의 편에 서면 민중이고 그러지 않으면 민중이 아니다라는 식으로, 다시 말해 민중의 편에 서느냐 안 서느냐 하는 도덕적인 기준을 사회과학적인 계층분류에 개입시켜놓으면 많은 혼란을 일으킬 수밖에 없습니다. 어떻게 보면 이것은 각성된 지식인이라는 사람들의 엘리트의식을 반영하는 이론이 아닌가 하는 생각도 듭니다.

다음으로 민중지향적인 지식인이 과연 지식인으로서의 전문적인 기능을 포기함으로써만 민중지향성을 구현할 수 있는가 하는 문젠데, 이 경우에도 민중지향성이 민중성 자체가 아닌 만큼 끊임없이 자기극복의 노력을 요구하는 것은 틀림없습니다. 그러나 이것이 지식인의 지나친 자기

비하를 가져와서는 개인적으로도 불행한 일이고, 운동의 차원에서는 지식인이 의당 맡아야 할 기능을 소홀히 하는 결과가 되기 쉽습니다. 비근한 예를 들어, 가령 노동자나 농민의 정직한 육성이 글로서 나오는 사례를 요즘 많이 보고 있습니다. 그런데 이에 대해 기성 문인들은 어떤 태도를 취할 것인가? 노동자들이 무얼 써봤자 별거겠냐고 깔보는 태도는 물론 불식되어야지만, 기성 문인들이 모든 비판이나 자기 나름의 독자적인 창작의 기능을 포기한 채 민중 자신의 발언을 그냥 전파하고 칭찬하는 일 밖에는 이제 따로 할 일이 없어진 듯이 나오는 태도도 문제가 있겠지요. 물론 민중 자신의 발언을 전파하고 지원하며 또 거기에 전문 문인들로서는 도저히 따라갈 수 없는 미덕이 있는 것은 솔직하게 인정하는 한편, 지식인으로서 비판을 하고 독자적인 창작을 할 의무는 그대로 남아 있다는 점을 저는 강조하고 싶습니다.

실제로 70년대 이후로 기층민중의 육성을 들려주는 책들이 많이 나왔고 요즘에는 특히 그 수가 많아졌습니다. 몇가지만 예를 들더라도, 70년대에 나온 유동우의『어느 돌멩이의 외침』이라든가, 또는 80년대에 나온 석정남(石正南)의『공장의 불빛』이나 장남수의『빼앗긴 일터』같은 노동자의 수기, 또 박노해의『노동의 새벽』처럼 노동자가 쓴 시집, 그리고 지식인 저자가 정리한 것이긴 합니다만 전태일(全泰壹)의 수기와 체험을 바탕으로 쓴 평전『어느 청년 노동자의 삶과 죽음』등의 책들은 우리 시대를 사는 한국인이라면 누구나 읽어야 할 필독의 책이라고 하겠습니다. 그렇긴 하지만, 가령『어느 돌멩이의 외침』이 훌륭한 책이라 해서 문학을 공부했고 훌륭한 소설을 많이 읽은 경험이 있는 지식인 독자로서 그것을 비판적으로 읽는다는 것이 반드시 그것을 깎아내리는 일이라든가 감동을 덜하는 일은 아닙니다. 물론 비교하는 태도에 달렸겠는데, 순전히 심미적인 차원에서『어느 돌멩이의 외침』과 다른 어떤 소설을 비교한다는 것은 처음부터 그릇된 발상입니다. 그러나 그런 식의 심미주의적인 비교가 아니고서도 그것을 경험 있는 소설독자의 안목으로 읽어본다는 것은 가능한 일일뿐더러 바로 노동운동의 관점에서도 필요한 일이라고 봅니다. 설명을 위해서 한가지 사소하다면 사소한 예를 들어보겠습니다. 저자가 노동운동을 하면서 투쟁하던 얘기와 노조결성 당시의 여러가지 애로사항이 나오는데, 처음 노조분회를 만들 때 가담한 사람들 중에서 세 사람인가가 일찍부터 탈퇴하여 나중에는 계속 이 노조를 괴롭히는 방해공작을 하는 이야기가 있습니다. 그런데 가령 소설에서라면 그 사람들이 과연 어떤 사람들이고 어떤 배경하에 어떤 심리로 그러한 방해공작을 하는가 하는 구체적인 모습을 보고 싶어하는 욕망이 독자들 가슴속에 자연히 우러나오게 돼 있어요. 또한 독자의 그런 욕망을 충족해주지 못하면 그 소설에서는 뭔가 '형상화'가 덜 되었다고 작품의 결함의 하나로서 비판을 받게 마련입니다. 그런데 물론 소설은 아니지만, 노동자 또는 노동운동가의 기록이라는 입장에서 보더라도 그와 똑같은 궁금증과 아쉬움을 안겨주는 면이 이 책에 있습니다. 다시 말해 우리가 그 당시의 노동조합이 진행되어온 상태를 잘 알기 위해서도 그렇고, 또 이 책을 읽고 나서 스스로 노동운동을 하겠다는 사람의 입장에서 보더라도 그 방해하던 사람들이 어떤 사람들인지를 좀더 구체적으로 아는 것은 중요한 일이겠지요. 말하자면 우리가 소설을 비판적으로 읽은 경험이나 그런 지식인 독자의 경험이 노동운동가의 수기를 노동운동의 차원에서 비판하는 데에도 도움이 되며 또 필요하기도 하리라는 것입니다.

그러나 물론 『영웅시대』와 같은 황당한 이데올로기 소설이 문제작이고 분단문학의 걸작이라고 평가받는 요즘의 풍토에서는 『어느 돌멩이의 외침』이나 『빼앗긴 일터』 같은 책을 읽었을 때 이제 소설 따위는 다 없어져라고 말하고픈 마음이 들 수도 있는 게 사실입니다.[4] 그럼에도 역시 지식인의 미덕은 냉정한 것이니까, 냉정을 잃지 말고 비판할 것은 비판해야 합니다.

박노해의 시집 『노동의 새벽』을 두고도 비슷한 이야기를 할 수 있겠습니다. 물론 이것은 노동자만이 쓸 수 있는 훌륭한 시들이기는 하지만 어디까지나 시라는 장르적 특성을 잘 살렸기 때문에 훌륭한 것이고, 그리고 한국시를 어느정도 읽어본 사람들이라면 박노해의 이런 시가 나오기까지 가령 김수영이라든가 신경림, 김지하 등 기성 문인들의 작업이 밑거름이 됐다는 것을 금방 알아차릴 수 있다고 봅니다. 그러므로 여기서도 역시 기성 문인들이 너무 쉽사리 손을 들어버릴 필요는 없다고 봐요. 참된 감동은 언제나 정당한 비판을 포함하는 것입니다. 가령 박노해의 시집을 굳이 다른 사람의 시하고 비교하지 않더라도, 그의 시집을 읽고 좋다고 느끼는 순간에 이미, 그 시집 안에서 어느 시가 특히 더 좋고, 어느 것은 어느 것보다 어째서 좋고 하는 우리의 비판의식이 작용하게 마련입니다. 지식인의 비판적인 기능도 진정한 감동이나 그 나름의 결연한 실천과 양립할 수 있으며, 지식인의 경우에는 이를 양립시킬 의무가 특별히 있다고 생각합니다.

---

4 『영웅시대』를 예로 든 것은 이 작품이 절대적으로 가장 황당해서가 아니라 그것에 쏟아진 온갖 찬사와 흥분된 논의에 비해 상대적으로 그렇다는 뜻에서다. '이데올로기 소설'이라고 한 것은 저자 자신의 것으로밖에 볼 수 없는 관념들의 토로가 주인공 및 주변인물들의 입을 빌려 거듭거듭 나오기 때문인데, 이 경우 그러한 관념에 독자가 동의하느냐 않느냐는 문제 이전에 도대체 '형상화'가 안 되었음을 문제 삼아야 할 것이다. 그런데 『영웅시대』와는 좀 차원이 다른 업적이지만, 임철우(林哲佑)의 「아버지의 땅」이나 「직선과 독가스」 같은 작품들을 분단극복문학의 큰 성과로 추켜올리는 일도 장기적으로 독자들이 소설을 르뽀나 수기보다 애초부터 못한 장르로 생각토록 만들 위험이 있다. 임철우는 부분적인 형상화의 재능도 있고 6·25 또는 광주항쟁의 동족상잔을 다루려는 의욕도 있는 작가지만, 이제까지의 성과는 분단 주제의 심미주의적 활용이라는 측면이 많아서 형상화 자체의 일관성에도 무리가 생김을 볼 수 있다.

둘째로, 직접생산자인 민중에 의해 씌어진 글만이 민중문학이라는 이론을 생각해보기로 하지요. 이것은 우선 민중과 민중지향적 지식인을 분명히 구별하고 있다는 점에서 일단은 바람직한 방향으로 나아갔다고 여겨집니다. 그러나 다른 한편 문학의 성격을 상당히 단순화하고 민족문학론에서 획득했던 변증법적인 인식을 후퇴시킬 우려도 있다고 생각합니다. 물론 노동자들과 근로농민들이 대거 창작활동에 참여하고 또 지식인 문필가들은 부단한 자기혁신을 통해서 민중에 동화되는 세상이야말로 바람직한 세상이며 우리 모두가 쟁취해야 할 세상이라고 봅니다. 그러나 집필자의 신원에 너무 집착하는 것은 오히려 작품을 저자 개인의 제품으로 보는 자본주의 사회의 논리를 그대로 받아들이는 꼴이 될 수도 있습니다. 어떻게 보면 집필행위는 문학의 생산에서 그 최종 단계에 해당하는 것입니다. 즉 문학의 생산은 집필행위라는 과정에 국한되지 않는 하나의 거대한 협동작업이라고 보아야 할 것 같아요. 그리고 집필자의 전문성은 한편으로는 그 집필자를 민중으로부터 유리시키는 속성일 수도 있지만 다른 한편으로는 문학생산에 반드시 있게 마련인 민중과의 의식적·무의식적 협동을 극대화하는 집필자의 기술이라고도 볼 수 있습니다. 이러한 두 가지 속성이 실제로는 서로 뒤엉키고 복합되어 있기 때문에 문제가 간단치는 않습니다만, 어쨌든 우리가 민중이 역사의 주체라고 말할 때 사실은 민중이 역사의 올바른 주인 노릇을 못 하는 시대에도 엄연히 역사의 주체로서 활약을 한다고 주장하는 것과 마찬가지로, 민중이 직접 쓰지 않은 글에도 민중의 주체적인 개입이 있다고 인정을 해야 할 것입니다. 그러므로 주어진 역사의 대목에서 직간접으로 민중의 참여를 극대화하는 작품이, 실제로 그것이 누구의 손에서 씌어졌든 간에, 당대의 민중문학이요 가장 우수한 문학이라는 것이 좀더 타당한 논리가 아닐까 생각합니다.

문학운동에 있어서 이론과 조직의 문제

　마지막으로 문학운동에 있어서 이론과 조직의 문제에 대해서 말씀드리겠습니다. 문학은 문학운동이나 다른 일체의 '문학 외적' 운동과는 무관하다고 주장하는 순수주의자들이나 문학주의자들과는 달라서, 민중문학론자들에게 있어서는 민중문학론을 펼친다는 것이 동시에 민중문학운동론을 펼치는 것과 동일한 일이 됩니다. 다시 말해서 민중문학은 민중문학운동의 문제와 따로 떼어서 생각할 수 없습니다. 따라서 '운동으로서의 문학'에 대한 작금의 관심이나 많은 논의는 환영할 만한 일이라고 생각합니다. 그런데 운동에 관한 논의가 조직에 관한 논의로 귀결되지 않으면 역시 공허한, 제가 쓰던 문자로는 '형이상학적'인 운동론으로 떨어지고 말기 쉽습니다. 또한 문학운동을 말하면서 문학이론을 외면하는 것 역시 운동의 실천력을 증진하기는커녕 내용 없는 주장의 되풀이로 끝나버릴 우려가 많다고 봅니다. 이론이 없는 조직은 한갓 도당(徒黨)으로 떨어지기 쉽고, 결과적으로는 이론을 가진 다른 조직의 하부조직 또는 그것의 예속적인 위치로 알게 모르게 떨어지기 십상입니다. 그것은 우리 문단에서 운동으로서의 문학을 부정하는 순수주의자들의 모임을 보면 분명히 드러나는데, 그런 모임일수록 한편으로는 도당주의적인 성격이 짙으면서 동시에 어용성도 강한 것입니다.

　그러나 멀리 남의 얘기만 할 게 아니지요. 우리들 자신으로서도, 사실 우리가 운동으로서의 문학을 강조한 80년대가 거의 절반이 다 지나간 지난 연말에야 겨우 자유실천문인협의회를 개편해서 초보적인 조직화나마 이룩했다고 하는 우리 문학운동의 조직 면에서의 한계는 바로 우리 운동의 이론 면에서의 어떤 한계와 무관하지 않으리라고 생각합니다. 이 점 저 자신도 반성하는 터입니다만, 이제부터 우리는 막연히 운동을 이야기하기보다는 운동의 이론을 말하고 운동의 조직을 말할 때가 됐다고 보고, 또 이론을 조직과 관련시켜 점검하고 조직을 이론에 근거해서 키워나가야 할 때라고 믿습니다. 이론적 논의가 조직과의 관련에서만 뜻이 있다고 하는 한가지 예로서, 아까 얘기했던 지식인의 민중지향성 문제를 다시 한번 논의해보겠습니다.

이 문제가 만일 지식인계층을 '민중구성'에 넣느냐 마느냐 하는 '순전히 학술적'인 차원에 속하는 문제라면, 사실 아무래도 상관이 없겠지요. 그걸 갖고 흥분하는 사람만 촌스러워지는 겁니다. 그러나 가령 자유실천문인협의회라든가 민중문화운동협의회라든가 하는 민중지향적 지식인집단이 조직화되었을 경우에는 이러한 지식인에 대한 사회과학적 성격규정이 당장에 그 단체의 기본노선 문제와도 직결이 되고 구체적인 내부조직의 문제까지도 좌우하는 화급한 쟁점이 됩니다. 가령 자유실천문인협의회와 같은 지식인집단이 곧 민중집단이라고 한다면, 이때에는 문인단체로서의 그 특수성은 전체 민중운동권의 문화부서 내지 홍보부서로서의 성격이 주가 될 것입니다. 그런데 실제로 민중운동이 잘 조직화된 상태에서 그 일각을 위임받은 것이라면 또 좀 다른 이야기지만, 사실상 운동권의 여러 지식인집단들이 제각기 따로 움직이면서 모두가 우리는 곧 민중집단이라고 나온다면 갖가지 혼선이 생길 수밖에 없습니다. 우선 정작 기층민중으로부터는 당신들이 무슨 민중이냐, 누가 우리의 홍보 책임자로 위임했느냐고 반발을 사기가 쉽지요. 또한 기층민중이 아닌 소시민층과의 관계에서도 차질이 예상됩니다. 이른바 각성된 지식인이라는 사람들이 '민중구성'이라는 측면에서는 일반 소시민들보다 오히려 주변적인 존재임을 망각할 때, 이들 소시민적 군중을 대하는 지식인·문학인의 태도는 필요 이상의 배타성과 인간적 경멸을 드러내게 될 것입니다. 문인세계 내부에서도 민중의 편에 선다는 문인과 그러지 않는 문인들 사이가 부당하게 적대적으로 일그러질 염려가 있지요. 물론 그 차이가 중요하지 않다는 것은 아니지만, 그것은 어디까지나 다 같이 민중은 아닌 사람들 사이에서 민중지향적인 사람과 그렇지 않은 사람 간의 차이이지, 적어도 현시점에 서는 조직화된 민중과 그러한 민중조직에 의도적으로 대립하는 반동세력 간의 관계라고 한마디로 규정할 일은 아닌 것입니다. 이것을 그러한 적대 관계로 설정하고 보면, 민중지향적 지식인들이 마땅히 지녀야 할 전투성 이 어느덧 아무짝에도 못 쓸 독선으로 변하는 경우도 생기는 것입니다.

다음으로 아까 말했던 또 하나의 문제를 조직과 관련시켜 다시 얘기해 본다면, 지식인의 민중지향성을 민중성 자체와 구별하는 경우에도 이런 구별을 지식인 또는 전문 문인이 쓴 모든 작품에 적용할 것인지 하는 문 제가 있었습니다. 이것 역시 조직과 무관할 때는 어떤 작품을 놓고서 '민 중적'이라 하든 '민중지향적'이라 하든 크게 상관할 바가 없는 것입니다. 그러나 일단 조직을 만들고 보면 얘기가 달라집니다. 민중지향적 지식인 은 아무리 노력을 해도 민중적인 작품을 못 쓴다고 하면, 그러한 사람들 의 조직은, 물론 그 성원 개개인이 민중지향적 작품을 쓰는 것은 계속 장 려한다 하더라도, 조직 자체로서는 민권운동이나 통일운동 또는 민중을 지원하는 여러가지 사업을 통해서 민중 스스로가 자기표현을 하도록 유 발하는 것을 주업무로 삼아야 하고, 이를 위한 정치운동의 홍보나 교육 사업을 맡는 부서가 되어야 마땅할 것입니다. 반면에 작품의 민중성이 작 가의 비민중적 신원에도 불구하고 어느정도 성취될 수 있는 것이 문학이 라고 한다면, 민중지향적 문인단체는 민권운동·노동운동 등 여타의 운동 단체와 연대를 맺고 성원 개개인이 자기혁신을 계속 추구함과 동시에, 문 인들의 단체라는 특성으로 해서 다른 어떤 정치단체도 흉내낼 수 없는 문 학 특유의 민중성을 향해 이미 열려 있다는 자기인식을 갖고, 이런 특수 성을 최대한으로 살리는 운동노선과 내부조직을 갖춰야 하게 되는 것입니다. 이것은 요즘 일부에서 얘기하듯이 작품의 문학성과 선전성을 '통합' 또는 '조화'시키는 일이라기보다는 오히려 문학성 속에 내재하는 선전성을 인식하는 일이고, 이러한 선전성이 즉각적인 효과에 있어서는 비문학적인 발언보다 못할지 모르지만 장기적으로는 민중이 문학이 지닌 탁월한 선전성에 오히려 더 온전하게 움직인다는 신념, 다시 말해서 민중의 주체적 판단력에 대한 신뢰를 표현하는 일이라고 생각합니다.

어쨌든 자유실천문인협의회가 재출범하게 된 것은 문학운동과 조직화에 있어서 획기적인 사건입니다. 회원의 한 사람으로서 저는 여기에 긍지를 느낍니다. 물론 자유실천문인협의회가 민중지향적인 유일한 문학인 단체일 필요도 없으며 앞으로 더 훌륭한 단체가 나올 수도 있겠습니다만, 적어도 민족문학과 민중문학을 지향하는 문인들이 원로·중진·중견들로부터 신진세력까지 망라하여 형성한 조직이라는 점, 또 80년대로 넘어와 시간의 흐름에 맞춰서 일정한 세대교체를 이루면서도 말하자면 70년대 자유실천문인협의회의 법통을 이어받았다는 점 등을 저는 높이 평가하고 싶습니다. 왜냐하면 70년대의 협의회가 그 여러가지 한계에도 불구하고 한편으로는 운동권의 일익을 담당하면서 다른 한편으로는 제가 강조하고 싶은 문인집단으로서의 특수성을 지켜냈다고 보기 때문에, 그리하여 민족문학론에서 일정한 변증법적 인식을 획득하는 데 하나의 뒷배가 돼주었다고 생각하기 때문에, 그 법통을 유지한 것은 상당히 의의 있는 일이라는 것입니다.

앞으로 이 자유실천문인협의회의 구체적인 조직이라든지 진로는 실무를 담당한 주역들과 또 많은 회원들이 참여하는 가운데 그때그때 결정해 나갈 일이라고 봅니다. 운동의 조직이 이론에 근거해야 한다고 해서 현장의 구체적인 조직활동을 이론으로 할 수 있다는 것은 아닐 테니까요. 다만 이제까지의 논의에 비추어서 한두가지 일반론을 말씀드린다면, 우선 우리는 아무래도 민중지향적인 지식인집단이라는 겸허한 자각 아래 민중운동과 여타의 민중지향적 운동에 연대하려는 노력을 계속해야 하고, 성원 각자가 민중에게 조금이라도 더 가까워지려는 자기비판과 자기극복의 노력을 계속해야 한다고 믿습니다. 또 제가 주장하기를 작품의 민중성이라는 것이 곧 작가의 신원에 달린 것은 아니라고 했지만 그것은 어디까지나 원론적인 이야기이고, 개개인의 민중성이나 민중지향성이 어느 정도인가 하는 것이 그의 손을 거쳐 만들어진 작품의 민중성과 밀접한 관련이 있는 것만은 어쩔 수 없는 사실입니다. 이런 의미에서도 성원들 각자의 노력과, 우리가 하나의 조직으로서 민중운동에 연대하려는 노력이 절실하게 요청된다고 생각합니다.

동시에, 거듭 말씀드립니다만, 문학의 문학성이 순수주의자나 문학주의자들이 내세우는 무슨 형이상학적인 실체는 아니지만 그러면서도 어떤 고유의 선전성과 민중성을 지닌 것이라는 변증법적 인식에 근거한 문학인으로서의 긍지를 갖고, 이러한 긍지와 자기인식을 살리는 단체가 되어야 한다고 믿습니다. 즉 자유실천문인협의회는 무엇보다도 훌륭한 작품의 생산에 헌신적이고 좋은 작품과 덜 좋은 작품, 또 아주 좋지 않은 작품을 가리는 데 있어서 공명정대한 문인들의 모임이 되어야 하겠습니다. 이를 위해 우리가 함께 연구하고 거리낌 없이 상호비판하는 풍토가 이뤄져야 한다고 생각합니다.

이렇게 원론적인 얘기를 하다보니까 회원으로서 여기 나오신 여러 선배님들이나 또는 이 조직을 맡아서 수고하시는 여러분한테 마치 제가 감 놓아라 배 놓아라 하는 것처럼 됐습니다만, 저의 이러한 견해 표시도 우리에게 바람직한 상호비판과 연구의 풍토를 조성하는 데 하나의 도움이 되었으면 하는 생각에서 말씀드린 것뿐입니다. 앞으로 이 협의회를 직접 맡아 이끌어나갈 일꾼들의 더욱 큰 수고와 여러 회원 및 청중 여러분들의

성원을 부탁드리면서 변변치 못한 강연을 이것으로 마치겠습니다. 감사
합니다.

—『자유의 문학, 실천의 문학』, 이삭 1985

제4부

리얼리즘에 관하여

1. 머리말

'리얼리즘'의 문제에 관한 우리 문단의 인식은 1970년대를 거치면서 상당한 진전을 이루었다고 생각된다. 70년대 초의 활발한 논쟁은 염무웅의 「리얼리즘론」(1974)과 같은 한결 정리된 토의를 가능케 했으며 70년대 중반 이후의 '민족문학론'에서는 리얼리즘 문제에 대한 주체적인 이해가 중요 목표의 하나로 설정되기에 이르렀다. 그러나 물론 더욱 중요한 것은 70년대 한국문학 자체의 리얼리즘적 성과들이다. 이들 작품의 성과야말로 평단의 논의가 공리공론에 흐르지 않게끔 해준 현실적 근거이자 가장 큰 보람이었던 셈이다.

다소 새삼스런 느낌이 있지만 70년대의 성과를 잠깐 되새겨보자. 리얼리즘론과 가장 직접적으로 연관되는 분야는 아무래도 소설일 터이고, 이 분야에서 60년대 중반에 재개된 김정한의 활동과 70년대 초의 「객지」로 비롯되는 황석영의 작업이 리얼리즘론의 전개를 위해서도 커다란 자극제가 되었던 것은 누구나 아는 일이다. 이와 더불어 천승세·이문구·송기숙·백우암·김춘복 등의 농어촌소설, 69년에 처음 연재가 시작되어 지금도 계속되고 있는 박경리의 『토지』, 이호철·윤흥길·송기원·현기영 들의 빼어난 중·단편과 박완서의 『휘청거리는 오후』 같은 것은 모두 한국 리얼리즘문학의 일정한 성과로 내세울 수 있다. 조세희의 『난장이가 쏘아올린 작은 공』(1978)의 경우는 전통적인 사실주의적 기법에서 벗어나 있는 면도 많다. 그러나 그만큼 더 리얼리즘론의 자기점검을 다그치는 계기도 되었으려니와, 어쨌든 이 연작단편집의 성과를 리얼리즘의 시각을 떠나서 제대로 논할 수는 없는 일이었다.[1]

시에서의 리얼리즘이란 훨씬 미묘한 문제인 것이 사실이다. 신경림의 『농무』(1973, 증보판 1975) 같은 시집은 당대 현실의 사실적인 묘사라는 단순한 기준에 따르더라도 상당한 리얼리즘의 업적이었고 실제로 70년대 리얼리즘론의 전개에 어느 소설 못지않게 큰 자극이 되었다. 그러나 70년대 벽두를 장식한 유명한 '담시'들을 비롯하여 이 시기의 많은 걸작들이 결코 좁은 의미의 사실주의 시는 아니었다. 도대체 시에서 어느정도 이상의 사실성(寫實性)을 요구한다는 것 자체가 무리일 터이다. 그러므로 리얼리즘이 산문문학에만 국한된 용어가 되지 않으려면 — 그것도 극히 특수한 종류의 산문문학에만 국한된 용어가 되지 않으려면 — 시 분야의 두드러진 성과를 포용할 수 있는 리얼리즘론이 필요해진다. 그렇다고 좋은 시는 곧 리얼리즘 시다라고 일률적으로 못박아버리는 것도 무의미한 일이다. 결국 당대 현실의 사실적 묘사 그 자체보다도 현실에 대한 정당한

---

1 『난장이가 쏘아올린 작은 공』을 리얼리즘의 성과로서 높이 평가한 예로는 염무웅 「도시-산업화시대의 문학」, 『민중시대의 문학』, 창작과비평사 1979, 343~45면 참조. 필자 자신의 견해는 좌담 「내가 생각하는 민족문학」, 『창작과비평』 1978년 가을호 37~38면에서 간략히 밝힌 바 있다.

인식과 정당한 실천적 관심이라는 다소 애매한 기준이 적용되게 마련인데, 신경림이나 김지하, 또는 고은·이성부·조태일 들의 업적을 주로 이런 각도에서 평가하는 일이 70년대의 리얼리즘 소설에 대한 평가와도 자연스럽게 이어질 수 있었다. 더구나 70년대 말 80년대 초에 오면서는 상업주의의 폐해 때문인지 아니면 더 직접적인 제약 때문인지 소설 분야의 침체현상이 눈에 띄게 되었는 데 반해, 시에서는 신진들의 줄기찬 활동이 잇달았다. 정희성의 『답청』(踏靑, 1974)과 『저문 강에 삽을 씻고』(1978), 이시영의 『만월』(1976), 양성우의 『겨울공화국』(1977) 등은 그중에서도 많이 알려진 축이지만, 『개밥풀』(1980)의 이동순이나 『벼는 벼끼리 피는 피끼리』(1981)의 하종오, 그밖에 필자가 비교적 여러편 읽어본 가운데서만도 신예 시인들의 활동을 열거하자면 훨씬 더 긴 지면이 있어야 할 형편이다. 게다가 민영·문병란·이운룡 등 선배 시인들의 최근작들을 더한다면 한국의 시단은 온갖 역경 속에서도 70년대의 열기를 잃지 않고 있음이 분명하며, 이는 리얼리즘론 자체의 심화와 발전을 위해 새로운 과제를 안겨주고 있다 하겠다.

70년대의 문학에서 특기할 또 하나의 사실은 희곡 분야에서도 종전과는 전혀 다른 차원의 문제제기가 이루어졌다는 것이다. 한국의 희곡계에는 천승세의 『만선』(1964)과 같은 뛰어난 작품도 있었지만 대체로 창작극의 빈곤을 수많은 사람들이 입버릇처럼 개탄해왔다. 70년대 후반에 대학가를 중심으로 일어난 '마당극' 운동은 이러한 습성화된 개탄의 근거 자체를 반성하지 않을 수 없게 만들었다. 마당극의 개별 작품들이나 그에 앞서 김지하가 시도했던 새로운 연극들이 예술작품으로서 과연 어떤 수준에 달했는지는 필자의 옅은 지식과 관람경험으로 판별하기 어렵다. 그러나 종래 우리 연극계의 통념이 서구식 자연주의 희곡 아니면 이에 반발한 서구식 실험극이라는 두 모델 사이를 분주히 오가고 있었던 데 반해, 마당극의 이념은 당대 현실에 대한 실천적 관심 속에 탈춤·판소리 등의 전통적 양식을 수용한다는 전혀 다른 출발점을 택함으로써 '사실성'과 '실험'의 문제를 훨씬 주체적인 입장에서 접근할 수 있게 하였다. 주로 시와 소설의 문제로 국한되었던 리얼리즘 논의에 비로소 희곡의 문제, 그리고 희곡계 자체의 연극론이 생산적인 토론의 일부로 가세하게 된 것이다.

이러한 여러 성과에 견줄 때 리얼리즘에 대한 이론적 파악 그 자체가 70년대를 통해 충분한 전진을 이루었다고는 보기 힘들다. 물론 앞서 언급한 염무웅의 글 이후로 리얼리즘적 작품의 성과에 대한 구체적인 비평이 많이 나왔고, 필자 자신이 시도했던 바 민족문학론에 리얼리즘론이 수렴됨으로써 일정한 발전이 있기도 했다고 믿는다.[2] 그러나 70년대 문학의 성과를 제대로 수용하고 80년대의 실천적 과제에 부응하려면 민족문학론은 민족문학론대로, 또 거기에 수렴되었던 리얼리즘론 등 여러 논의들은 각기 그 나름대로 독자적인 이론의 심화와 상호간의 생산적 대화가 필요한 것은 더 말할 나위도 없다.

1980년에 들어와서 리얼리즘에 대한 이론적 파악에 다시 얼마간의 새로운 진전이 있었다고 생각된다. 『창작과비평』지 마지막호(통권 56호, 1980년 여름호)에 실린 세명의 외국문학자들의 글은 각기 중요한 문제제기를 해주고 있다. 예컨대 발자끄에게 있어서 '리얼리즘의 승리'라는 개념은 리얼리즘론에서 항상 핵심적인 중요성을 차지해왔고 바로 그렇기 때문에 다소 무비판적으로 거론되어온 느낌도 없지 않았는데, 이동렬(李東烈)의 「문학의 사회적 지향성」이라는 글에서는 "발자끄의 보수적 태도는 그의 문학적 성과 여부에 관계 없이 분명히 유감스러운 것으로 지적되어

---

2 민족문학론의 전개에 따라 종전의 리얼리즘론에서 진일보하게 된 측면에 대해서는 졸고 「제3세계와 민중문학」, 『인간해방의 논리를 찾아서』 576~77면에서 언급한 바 있다.

마땅할 것이다"라고 못박으면서, 그 '사상의 반동성'과 '작품의 진보성' 문제에 대해 새로운 견해를 소개하고 있다.[3] 물론 발자끄의 작품 내용이 그의 세계관에 어긋났기 때문에 위대한 문학을 낳았다는 투의 논법이 궤변임은 염무웅이 일찍이 갈파했던 터이지만, 발자끄에게 있어서 작가의 세계관과 작품 사이의 '모순'에 대한 그의 설명은 결코 만족스러운 것이 못 되었었다.[4] 이동렬의 지적대로 우리는 발자끄가 골수 보수주의자는 못 되었다는 점을 감안하는 동시에 그의 반동적 입장으로 인해 예컨대 스땅달(Stendhal)에게서 보는 바와 같은 정열적 톤의 결핍을 가져왔을지도 모른다는 점까지 함께 생각해볼 필요가 있는 것이다. 이동렬은 스땅달의 예만을 들고 있지만 똘스또이나 디킨즈의 문학이 발자끄에게서는 찾아보기 힘든 훈훈한 인정미를 풍기고 있는 것도 사실인데, 이 또한 두 작가 개인의 열렬한 급진주의와 무관하지 않을는지 모른다.

같은 호에 실린 반성완(潘星完)의 「독일 시민문학의 가능성과 한계」는 루카치와 브레히트(B. Brecht)의 리얼리즘 논쟁을 처음으로 제대로 소개함으로써 우리의 리얼리즘 논의에 새로운 수준을 요구하게 되었다. 리얼리즘 이론가로서 루카치의 비중을 생각할 때 당연한 일이지만, 우리 평단이나 학계의 이제까지의 대다수 논의가 루카치에 대한 주체적 비판과 극복이라는 숙제를 그대로 안은 상태였다.[5] (편견과 몰이해에 입각한 반론들

---

3 이동렬 「문학의 사회적 지향성」, 『창작과비평』 1980년 여름호 64면 참조.

4 염무웅 「리얼리즘론」, 『민중시대의 문학』 111~12면 참조. 이 논문은 70년대 초 리얼리즘 논쟁의 다른 중요 자료들과 더불어 임헌영 편 『문학논쟁집』(태극출판사 1976)에도 실려 있다. 그밖에 강영주(姜玲珠) 「1930년대 평단의 소설론」(『창작과비평』 1977년 가을호)도 참조할 만하다.

5 똘스또이의 예술론에 대한 검토에서 출발하여 주로 아우어바흐(Erich Auerbach)의 리얼리즘론을 상세히 소개하면서 모더니즘 예술의 반민중성과 반예술성을 극복할 새로운 "선택의 원칙 perspective"를 강조하는 결론에 도달하는 서정택(徐廷垞)의 「리어리즘고(考)」(『남학

을 극복이랄 수는 없는 것이니까.) 그런데 브레히트의 루카치 비판은 리얼리즘에 대한 그 나름의 열정에 근거한 것이고 위대한 창작자의 권위를 업은 것이기 때문에 시사하는 바가 특히 많다. 그렇다고 브레히트 쪽을 따르는 것이 반드시 더 주체적인 길이 될 리야 없지만, 서구의 비사실주의적 예술에 대해서도 좀더 신축성 있는 자세를 요구해온 민족문학론의 주장을 보다 심화된 리얼리즘론에 수렴하는 작업이 한결 수월해진 것이 사실이다.

또 하나의 논문은 임철규(林喆規)의 「우리 시대의 리얼리즘」이었다. 이 글은 한편으로 고전주의·낭만주의·리얼리즘·모더니즘의 독특한 세계인식을 비교 검토하기 위해 "고전주의의 반동으로 낭만주의, 낭만주의의 반동으로 리얼리즘, 리얼리즘의 반동으로 모더니즘이라는 연대기적인 맥락에서" 논의를 진행하고 있지만, 동시에 모더니즘과 리얼리즘의 대결은 문학사에서 옛일이 아닌 절실한 현재적 과제라고 설정하고 오히려 모더니즘의 극복을 리얼리즘의 역사적 사명으로 파악하고 있다.[6] 17세기 이래 서구문학의 흐름에 대한 이해나 고전주의·낭만주의 등의 개념규정에 있어서는 필자 자신 임철규와 견해를 달리하는 면도 있다. 그러나 '리얼리즘의 기본정신'을 현대사의 실천적 과제로 받아들이는 자세와 리얼리즘의 세계인식을 서양문학사의 연대기적 맥락 속에서 점검하려는 자세를 병행시키는 일은 리얼리즘 논의의 전진을 위해 반드시 필요하다고 믿는다. 필자가 이 글에서 선택한 접근법도 바로 그런 것인데, 우선은 주로 서구문학 자체의 흐름 속에서 리얼리즘의 개념을 새로이 이해해보고자 한다. 하지만 어디까지나 70년대 한국문학의 성과를 소화하고 80년대의 새로

고석구 선생 화갑기념논문집』, 1979)도 그 점에서는 예외가 아니다.

6 임철규 「우리 시대의 리얼리즘」, 『창작과비평』 1980년 여름호 18~21, 27, 28~33면 등 참조.

운 업적에 기여한다는 과제를 염두에 둘 것이며, 리얼리즘의 문제에서도 우리의 가장 정당하고 주체적인 이해는 곧 우리의 제3세계적 자기인식에 걸맞은 이론이 되리라는 믿음에 의지하고자 한다.

2. 리얼리즘과 고전주의

1

모더니즘과의 대결이라는 현재적 과제를 리얼리즘이 떠맡으려면 자연주의와 진정한 리얼리즘을 구별하는 일이 하나의 기초적인 작업이 된다. 리얼리즘이란 것이 모더니즘이 일찍이 상당한 이유를 갖고 반발했던 과거의 문학운동과 동일한 개념이라면, 모더니즘과의 대결 운운은 시대착오에 지나지 않을 것이기 때문이다. 그렇다면 자연주의운동보다도 한층 더 과거지사로 되어버린 샹플뢰리(Champfleury), 뒤랑띠(Louis E. Duranty) 등 1850년대 프랑스의 '사실주의' 비평가들의 입장과 구별되어야 함은 더 말할 필요도 없다.[7]

이러한 구별을 제일 먼저 본격적으로 시도한 평론가는 아마 루카치일 것이다. 그러나 발자끄와 졸라의 대비를 중심으로 전개되는 그의 이론을 우리가 그대로 따를 필요는 없다. 졸라의 자연주의가 진정한 리얼리즘의 차원에 미달했다는 사실은 거듭 강조할 만한 것이지만, 그의 자연주의 문학을 리얼리즘에 완전히 배치되는 것인 양 결론짓는 데는 문제가 있다. 우선 자연주의자들의 입장 자체가 결코 수동적인 모사론(模寫論)만

---

[7] 뒤랑띠의 '레알리슴'이 사실주의(寫實主義)로서도 얼마나 미숙했던가 하는 점은 플로베르의 『보바리 부인』에 대한 그의 부정적 평가를 보아도 안다. George J. Becker, ed., *Documents of Modern Literary Realism*, Princeton University Press 1963, 98~99면 참조.

은 아니었고 현실의 아무 측면이나 무분별하게 골라서 이른바 '삶의 단면'(tranche de vie)을 제시하면 된다고 믿은 것도 아니었다. 어디까지나 과학과 실증의 정신에 입각하여 이제껏 가려졌던 삶의 어두운 면들을 그려냄으로써 역사의 진보에 기여하자는 것이었다. 19세기 말엽 영국의 한 일간지가 자연주의 문학을 "불쾌한 사건들에 대한 불필요하게 충실한 묘사"라고 불렀던 것도 그 때문이었다.[8]

다른 한편 루카치의 리얼리즘론은 자연주의와 모더니즘을 똑같이 진정한 리얼리즘에 위배되는 것으로 배격하지만 온갖 현대적 실험에 대해 지나치리만큼 냉담한 그의 태도에는 자연주의적 사실성에 대한 선호가 은연중에 깔려 있다는 느낌도 준다. 물론 겉보기에 환상적인 작품을 썼던 19세기 독일의 호프만(E. T. A. Hoffmann)을 리얼리스트로 평가했다거나 20세기에 와서 브레히트의 후기작에 대해 긍정적인 반응을 보인 것을 보더라도 루카치의 입장이 결코 교조적인 사실주의가 아님은 분명하다. 그러나 어쨌든 그가 자연주의 자체에 너무 가혹한 만큼이나 자기 이론의 자연주의적 성향 —모사론적이며 반영론적 성향—에 대한 충분한 성찰이 아쉽지 않은가라는 의문을 던져볼 수 있을 것이다.

이처럼 너무나 당연한 것처럼 보이는 자연주의와 리얼리즘의 구별도 리얼리즘의 좀더 깊은 이해를 위해서는 새로운 각도에서 검토될 필요가 있다. 아니, 발자끄나 디킨즈, 똘스또이 등의 문학을 졸라 이후의 자연주의 문학과 대비하기에 앞서, 그 이전의 여러 문학적 고전들 및 고전주의·낭만주의 등 문학적 사조들과 대비해서 이해할 필요가 있지 않을까 한다. 진정한 리얼리즘이 오늘날 문학의 정도(正道)로 되었다는 주장은 곧 리얼

---

8 R. 윌리엄즈 「리얼리즘과 현대소설」, 유종호 편 『문학예술과 사회상황』, 민음사 1979, 149면에서 재인용. 윌리엄즈의 이 글은 『창작과비평』 1967년 가을호에 처음 번역되었고 졸편 『문학과 행동』(태극출판사 1974)에도 실려 있다.

리즘이야말로 현대세계의 문학적 고전을 창출하는 문학이념이라는 뜻일 게다. 그렇다면 예컨대 지난날의 고전주의와는 도대체 어떤 관계에 있는 이념인가 하는 문제도 마땅히 검토되어야 할 것이다.

2

"고전주의의 반동으로 낭만주의, 낭만주의의 반동으로 리얼리즘"이라는 임철규의 표현에 따른다면 '반동의 반동'으로서 리얼리즘과 고전주의의 친화성을 일단 생각해봄직하다. 동시에 "독일 고전주의의 예술이념과 형식원칙에서 비롯하는 루카치 리얼리즘의 기본적 성격"[9]에 관한 반성완의 언급에서도 많은 시사를 얻는다. 그러나 이런 것은 어디까지나 우리 자신의 탐구에 어떤 시발점을 제시해주는 암시일 따름이며 필자들 스스로도 고전주의와 리얼리즘의 관계에 대한 본격적인 결론을 내리고자 한 것이 아님은 물론이다. 더구나 루카치의 리얼리즘론이 옳으냐 그르냐를 가리는 일 자체는 이 글의 목표도 아니다.

'반동의 반동'이라는 공식만 하더라도 어떤 고전주의, 어떤 리얼리즘을 염두에 두느냐에 따라 그 내용이 크게 달라진다. 흔히 문학사에서 말하고 있듯이 17~18세기의 신고전주의(Neo-classicism)에 대한 반동으로 19세기 초에 낭만주의(Romanticism)가 나왔고 다시 이에 대한 반동으로 19세기 중엽 이후의 사실주의가 나왔다고 본다면, 그 개념규정이나 연대기적 선후관계가 비교적 단순해지기는 한다. 그러나 이 경우에는 사실주의에 대한 최신의 반동으로 모더니즘을 긍정해주든가, 모더니즘에 대한 더욱 새

---

9 반성완 「독일 시민문학의 가능성과 한계」, 『창작과비평』 1980년 여름호 44면. 웰렉도 비평가로서 루카치의 성공의 일부는 "사실주의와 고전주의를 종합하는 그의 기술에 힘입고 있다"고 말한다. René Wellek, "The Concept of Realism in Literary Scholarship," *Concepts of Criticism*, Yale University Press 1963, 223면.

로운 반동으로서의 리얼리즘이라는 제5의 사조를 등장시킬 필요가 생긴다. 그리고 제3의 항목에 해당하는 '사실주의'이든 제5의 '리얼리즘'이든, 그것이 신고전주의와 갖는 관계가 딱히 절실한 문제로 되어야 할 이유도 없을 것이다.

좀더 생산적인 토론은 17~18세기의 신고전주의가 진정한 고전주의와 반드시 일치하지 않는다는 인식을 출발점으로 삼을 수 있지 않을까 한다. 이것은 많은 낭만주의자들의 주장이기도 했다. 그리스·로마 고전문학의 선례에서 도출된 '규칙'들을 따르라는 식의 '고전주의'는 고대 그리스인들의 창작정신에 위배되는 것이며 우리 시대의 살아 있는 고전을 창출할 문학이념이 결코 못 된다는 것이 낭만주의자들이 제기한 비판이었다. 물론 신고전주의 시대에도 그 나름의 훌륭한 고전들이 산출되었다는 점만 보더라도 신고전주의와 진정한 고전주의가 이율배반의 관계에 있는 것처럼 말했던 일부 낭만주의자들의 견해를 그대로 받아들일 수 없음은 분명하다. 그러나 예컨대 17세기 프랑스의 '고전 비극'조차도 사실상 고대 그리스의 비극에 비해 너무나 다르고 또 한정된 업적이었거니와,[10] 영국의 경우를 보면 왕정복고(1660) 이후 18세기 중반까지의 신고전주의 시대의 고전주의란 참으로 애매한 성격을 띤 것이었다. 20세기의 고전주의자로 자처하는 루이스(C. S. Lewis) 같은 비평가는 드라이든(John Dryden)보다 셸리(P. B. Shelley)가 더욱 고전적인 시인이라고 주장하는데, '고전주의'에 대한 루이스 자신의 개념규정에는 또 그것대로의 문제점이 있지만, 영국의 신고전주의 문학이 정작 비극이나 서사시에서는 별로 이룩한 것이 없고 고대인들이 몰랐거나 전혀 다른 식으로 이해

---

[10] 이 점은 낭만주의 시대 이전부터도 거듭 논의되어왔지만, 결코 낭만주의자라고 볼 수 없는 20세기 미국의 한 학자가 라씬의 비극을 소포클레스와 비교한 글에 훌륭히 제시되어 있다. Francis Fergusson, *The Idea of a Theater*, Princeton University Press 1949, 제2장 참조.

했던 분야에서 주된 성과를 올렸다는 그의 주장에는 충분히 귀담아들을 만한 점이 있다.[11]

이렇게 본다면 18세기의 고전주의에 대한 낭만주의의 반동이란 실제로 신고전주의의 비고전성에 대한 고전주의적 비판과 낭만주의자들 나름의 비고전적 성향이 뒤섞인 움직임이었다고 말할 수 있을 것이다. 적어도 영국문학의 경우, 문학사에서 흔히 낭만주의운동의 선언문으로 들먹여지는 워즈워스의 유명한 서문(『서정담시집』 1800년판 서문)이 고전주의적 성격을 다분히 띠고 있는 것이 사실이다. 우선 특정 부류의 인간들이 아닌 만인의 항구적 감정에 호소할 수 있어야 한다는 대원칙이 그렇고, '강렬한 감정의 자연발생적인 넘쳐흐름'이라는 워즈워스의 규정에도 평소의 사색과 훈련을 통해 단련된 시인의 감정이어야 한다는 단서가 붙어 있으며, 평민들의 언어를 그대로 사용하자는 주장을 펼치면서도 시는 일반적인 진실을 말하기 때문에 역사보다 더 '철학적'이라는 아리스토텔레스

---

11 "견식 있는 비평가가 우리의 이른바 '아우구스투스' 유파의 2행대구(二行對句) 시인들을 그들 자신이 스스로 평가하던 대로 '고전적' 작가로 받아들일 수 있는 시기는 오래전에 지났거나 적어도 지났어야 한다. 이런 해석은 그들이 천재들이었음을 부정했던 낭만주의 비평 못지않게 심각한 과오일 것이다. 그들은 못난 시인들도 아니고 고전적 시인들도 아니다. 그들의 장점은 대단한 것들이다. 하지만 그들의 장점이나 한계 그 어느 쪽도 고대 그리스와 로마의 문학 또는 진정으로 고전적인 근대문학의 그것은 아니다. 문학작품의 미덕으로서 위트(wit, 18세기에는 이 낱말이 '재치'나 '기지' 이상의 다양한 뜻을 지녔다 — 인용자)보다 덜 고전적인 미덕을 찾아보기 힘들 터인데, 저들 시인들이 특출한 것으로 자타가 공인하는 영역은 바로 위트였다. 가장 위대하고 특징적인 고전시를 담는 형식들인 대서사시(epic)와 비극이야말로 그들의 시도가 가장 성공을 못 거두는 형식들이다. 그들이 가장 애호하는 형식은 풍자시인데 이는 그리스인들이 발명하지 않았던 형식이며 로마인들의 손에서도 『맥 플렉노』(Mac Flecknoe, 드라이든의 풍자시 — 인용자)라든가 『던시애드』(The Dunciad, 포프 A. Pope의 대표작 — 인용자)와는 상당히 다른 것이었다." C. S. Lewis, "Shelley, Dryden, and Mr. Eliot," in M. H. Abrams, ed., *English Romantic Poets*, Oxford University Press 1960, 248면. 번역은 역본에 대한 언급이 따로 없으면 필자 자신의 것임.

의 입장에 열렬한 동의를 보내고 있는 것도 특기할 만한 점이다. 물론 현실적으로 그의 시론이 본격적인 서사시나 비극보다 새로운 서정시의 발전에 이바지했다는 점에서, 또는 그가 말한 '강렬한 감정의 자연발생적인 넘쳐흐름'이 워즈워스 자신처럼 '아우구스투스 시대적'(Augustan) 미덕도 상당히 갖춘 문인이 아닌 후대의 시인들에게 적용될 때 그 내용이 크게 달라질 수밖에 없었다는 점에서, 1800년 서문의 '고전주의'를 지나치게 강조하는 일은 삼가야 옳다. 어쨌든 우리의 주된 관심사는 워즈워스가 정확히 얼마만큼 고전주의적이었느냐는 물음 자체가 아니다. 리얼리즘과 고전주의의 내적 연관을 알아보려는 것이 우리의 목표인데, 그런 관점에서는 워즈워스가 18세기 영국의 신고전주의 문학에 반발하면서도 다분히 고전주의적인 성격을 드러내주는 대목들이 차라리 우리가 이해하는 '리얼리즘'에 접근하고 있다는 사실이 무엇보다도 흥미진진한 것이다. 예컨대 워즈워스는 평범한 생활 속의 상황과 사건에서 시의 소재를 구하고 인간들이 실제로 사용하는 언어를 시의 언어로 쓴다는 다분히 '사실주의적'인 주장을 내세운다. 그러나 그것은 본격적인 자연주의와는 엄격히 구별되는 입장이다. 곧 그러한 상황과 사건들에 흥미를 부여하는 것은 어디까지나 인간 본성의 기본법칙들이 이를 통해 제시됨으로써요, 시골 하층민의 생활을 주로 택하는 이유도 인간 본연의 모습이 거기서 특히 잘 드러나기 때문이라는 것이다. 이것은 말하자면 자연주의에 반대되며 고전주의에 부합하는 주장인 셈이다. 아니, 자연주의나 고전주의 또는 낭만주의보다도 실제로 리얼리즘의 이념에 가까운 것인데, 이것이 바로 『서정담시집』(Lyrical Ballads)의 '주된 목표'를 설파한 핵심적인 대목이기도 하다.

이 시기 워즈워스의 문학적 탐구가 결코 시의 언어나 소재에 국한된 것이 아니고 새로운 역사의 창조를 전제했던 것이며 어쨌든 낭만주의 시의 일반적 한계 안에서 달성될 수 없는 것이었다고 한다면,[12] 워즈워스 자신의 시보다도 디킨즈나 조지 엘리엇의 리얼리즘 소설에서 그의 문학이념이 좀더 충실하게 실현되었다는 생각도 전혀 엉뚱한 것은 아닐 터이다. 물론 워즈워스 자신이 그런 인식을 가졌던 것은 아니다. 워즈워스나 콜리지(S. T. Coleridge), 또는 다음 시대의 대표적 비평가 매슈 아널드(Matthew Arnold)조차도 산문소설에 대한 정당한 이해가 없었다. 그러나 산문과 운문 사이에 아무런 '본질적 차이'가 있을 수 없다고 주장했던 것이 워즈워스 자신이며, 이에 반론을 펼쳤던 콜리지의 '시'(poem, 구체적인 시작품)에 대한 정의도 실질적으로는 산문예술을 배제하지 않는 형태로 내려졌고 더구나 그는 구체적인 시작품에 국한되지 않는 본질적인 '시'(poetry)의 개념을 따로 규정함으로써 운문예술의 우위에 대한 신고전주의적 고정관념을 깨뜨리는 데 이바지했던 것이다.[13]

한편 아널드는 고대의 비극이나 서사시(에픽)에 견줄 만한 새로운 고전문학의 필요성을 강조했고, 일찍이 자신의 1853년판 시집 서문에서 모든 '현대시'(즉 낭만주의 시 및 그 연속으로서의 빅토리아 시대 시)가 그리스의 고전들에 비할 때 주관적이고 단편적이라는 치명적인 약점을 갖는다는 자기반성을 제기했다. 물론 여기서 그가 내놓은 대안은 그리스 고전의 성실한 학습, 특히 고전작품 플롯의 모방과 원용이라는 일종의 새로운 신고전주의였다. 그리고 이 처방은 18세기의 신고전주의가 가졌던 만큼의 현실적 근거조차 못 가졌기 때문에 아무런 작품상의 성과도 안 남긴 채 아널드 자신에 의해서도 곧 버림받고 말았다. 그러나 한때나마 그런 처방을 낳았고 끝내는 아널드로 하여금 불만스러운 창작생활보다는 좀더 시다운 시의 탄생을 준비하는 비평활동을 선택하게끔 만들었던 문제의식

---

12 졸고 「시와 민중언어 — 워즈워스의 '서정담시집' 서문을 중심으로」, 『민족문학과 세계문학 1』 참조.

13 S. T. Coleridge, *Biographia Literaria* 제14장 참조.

자체는, 현대문학도 고대의 고전들처럼 전체성과 객관성을 지니고 비극과 서사시의 경지에 이르러야 하겠다는 인식이었다. 다시 말해서 아널드 서문의 문제제기 역시 신고전주의도 아니고 낭만주의도 아니며 자연주의적 사실주의도 아닌 리얼리즘의 차원에서나 제대로 논의되고 열매맺을 수 있는 성격이었던 셈이다.

물론 수많은 낭만주의자들의 이론이나 실천이 초기 워즈워스 또는 아널드의 문제의식과 일치했던 것은 아니다. 신고전주의에 대한 그들의 반동은 바로 아널드가 비판했듯이 고전문학의 고전적 성격 자체로부터의 이탈을 뜻하기가 일쑤였다. 그러나 신고전주의 시대의 실제 성과가 진정한 고전과 거리가 멀면 멀수록, 다시 말해 신고전주의에 대한 반동의 문학적 타당성이 높으면 높을수록 흔히 '낭만주의'로 분류되는 그 반동의 고전주의적 성격이 짙어진다는 사실은 흥미 있는 현상이다. 예컨대 몰리에르(Molière)와 라씬(J. Racine)을 낳았던 프랑스보다 영국의 낭만주의운동이 고전주의적 성격이 강했는가 하면, 신고전주의가 그리스의 모방이기보다 프랑스의 모방에 더 가까웠던 독일에서는 낭만주의 자체의 위세도 그만큼 더했었지만, 사실상 서구문학 전체로 볼 때 낭만주의 시대의 대표적 인물에 해당하는 괴테 같은 시인이 독일문학 내부에서는 바로 '고전주의자'(Klassiker)로 자처했고 또 그렇게 문학사에 기록되고 있는 것이다.

3

이상의 짤막한 고찰은 서구문학에서의 낭만주의 자체에 대한 규명이라기보다 리얼리즘과 고전주의의 관계를 재검토해보자는 당초의 의도에 따른 것이었다. 곧 낭만주의가 신고전주의의 비고전적 측면에 대한 반동을 포함하고 있었다고 할 때 이러한 반동은 차라리 본격적인 리얼리즘 문학으로의 결실을 지향하는 것이 아니었느냐는 것이다. 그렇다면 진정한 고전주의와 리얼리즘 사이에는 '반동의 반동'이라는 공식과는 차원을 달리하는 내재적 상관성이 있다는 이야기가 된다.

같은 시각에서 낭만주의 자체에 대해서도 얼마큼의 새로운 규명이 가능해진다. 그 리얼리즘적 성향이 낭만주의운동 내부에서 제대로 결실했건 못 했건—사실 엄밀히 말하면 현실 속에서의 '결실'이란 언제나 상대적인 것인데—장기간에 걸친 리얼리즘 문학의 성숙과정에서 낭만주의는 하나의 커다란 계기를 이루었다고 평가하지 않을 수 없게 되는 것이다. 낭만주의는 흔히 18세기의 계몽사상과 산업혁명·시민혁명의 흐름에 반발하는 보수적 인사들이 옹호해온 대신, 18세기의 그러한 흐름에서 인간해방을 위한 역사의 주류를 찾는 이들로부터는 혹독한 비판을 곧잘 받아왔다. 예컨대 하우저(A. Hauser)의 『문학과 예술의 사회사』(국역 전4권 중 제3권)에서는 18세기 후반의 '전(前) 낭만파'(Vorromantiker)를 아직도 계몽사상의 일부였던 것으로 긍정적인 평가를 하면서 그들을 '낭만파' 자신과 엄밀히 구별하고 있다. 하기는 루소(J. J. Rousseau)라든가 초기의 괴테와 실러(F. Schiller) 등의 진보적 성격을 식별하는 것은 중요한 일이다. 그러나 영문학의 경우 블레이크(W. Blake)나 번즈(R. Burns) 또는 초기 워즈워스를 '전 낭만파'로 처리한다면 '낭만파'로 남는 부분이 너무 지엽적인 흐름으로 되는 느낌이며, 그럴 바에는 차라리 이들에게 맞는 어떤 명칭을 따로 만들고 나머지를 그 '후기' 현상으로 일컫는 것이 낫지 않겠느냐는 반론도 가능하다.

하지만 문제의 핵심은 명칭에 있는 것이 아니다. 요는 18세기 말엽의 영국에서 산업화가 본격적으로 진행되기 시작하고 프랑스에서는 대혁명이 일어나던 세계사의 일대 전환점에 처하여, 문학·예술·사상의 각 분야에서 전개되던 인간해방의 노력을 우리가 얼마나 정당하게 이해하느냐는 것이다. 그런 관점에서 볼 때 영국이나 독일의 신고전주의 문학은 물론이고 문예사조로서의 신고전주의와 긴밀히 연결되었던 프랑스 계몽철학자들의 전투적 합리주의도 인간해방의 확대를 가로막는 일면을 분명히 가지고 있었다. 이에 대한 반발에서 낭만주의의 출범을 찾는다면,[14] '전 낭만파'나 '낭만파'나 모두 동일한 역사적 과업 속에서 세대를 달리했던 것뿐이며 각기 그 나름의 성공과 실패를 남기고 있다 할 것이다. 그중 뒷세대의 낭만주의자들이 블레이크나 휠덜린(F. Hölderlin)의 업적에 못 미친다는 사실은 '전 낭만파'는 진보적이었는데 '낭만파'는 반동적이라는 공식과는 좀 달리 설명되어야 할 것이다.(개인적으로 바이런G. Byron은 열렬한 자유주의자였고 셸리는 급진주의자이기조차 했다.) 즉 낭만주의 자체의 한계 때문이기도 하지만 동시에 낭만주의의 공로에도 힘입어, 이제 서구문학이 낭만주의와 다른 차원의 결실을 추구하는 단계로 들어섰던 시대적 상황을 생각할 필요가 있는 것이다.

19세기 전반에 꽃핀 리얼리즘 소설이야말로 이러한 새로운 차원의 결실이다. 스땅달, 발자끄, 디킨즈 등의 문학이 그 가장 유명한 보기인데, 바로 그렇기 때문에 이들의 리얼리즘은 결코 낭만주의에 대한 단순한 반동이 아니며 어디까지나 낭만주의를 수용하면서 이를 넘어서려는 노력이다. 우선 연대적으로도 이들은 '낭만주의의 반동으로서의 리얼리즘'에 해당하는 협의의 사실주의보다 한 세대 앞선, 낭만주의자들 자신과 실질적으로 동시대의 작가들이다. 발자끄(1799~1850)는 빅또르 위고(Victor Hugo, 1802~85)보다 오히려 연상이었고 스땅달(1783~1842)은 바이런(1788~1824)보다도 다섯살이나 많았다. 게다가 스땅달은 프랑스문학에서 '낭만주의자'(romantique)를 자칭한 최초의 인물로 알려져 있기도 하다.[15] 그러나 이

---

14 이런 각도에서 낭만주의를 파악한 국내의 예로 김종철(金鍾哲) 「낭만주의의 비판적 전통」, 『세계의 문학』 1981년 봄호 참조.

15 "나는 맹렬한 낭만주의자다. 즉 라씬에 반대하고 셰익스피어를 지지하며 부알로를 반대

것은 물론 단순한 연대나 전기상의 문제가 아니다. 신고전주의에 대한 낭만주의적 반발의 정당성과 시대적 의의를 충분히 인정하면서 새로운 시대가 요구하는 문학적 고전을 창조한다는 리얼리즘의 본질적 특성과 관련된 문제인 것이다.

발자끄 자신도 이 점을 충분히 인식하고 있었던 것 같다. 『인간극』(*La Comédie humaine*) 서문에서 그는 자신의 과업을 영국의 역사소설가 스콧(W. Scott)의 유산을 계승하면서 극복·지양하는 것으로 설정했고, 스땅달의 『빠름 수도원』(*La Chartreuse de Parme*)에 관한 평론에서는 '고전주의'와 '낭만주의' 중의 택일이 아닌 제3의 방법이 현대작가의 나아갈 길임을 명시했다. 그런데 이처럼 낭만주의에 대해 한층 개방적이었던 발자끄가 스땅달보다 위대한 리얼리스트일뿐더러 결국은 덜 낭만주의적인 작가이기도 하다고 루카치는 지적하고 있는데,[16] 낭만주의에 대해 의식적인 거부의 자세를 취한다고 해서 반드시 낭만주의가 극복되지 않는다는 사실은 플로베르의 『성 앙뚜안의 유혹』(*La Tentation de saint Antoine*)을 비롯해 많은 사실주의·자연주의 작가들의 작품에서 거듭 입증되는 터이다. 낭만주의는 단순한 문예사조라기보다 세계사의 새로운 국면이 창출한 거대한 일련의 문화현상이었으며, 현대의 작가가 이를 회피하거나 간단히 거부해버린 채 위대한 문학을 창조한다는 것은 불가능한 일이었다. 낭만주의에의 단순한 반동이 아닌 낭만주의와의 변증법적 대결과 극복만이 진정한 리얼리즘을 낳을 수 있고 이것은 오늘날도 그대로 통용되는 진실일 것이다.[17]

하고 바이런을 지지한다." 1818년 4월 14일자 편지. Wellek, "The Concept of Romanticism in Literary History," 앞의 책 141면에서 재인용.

16 G. Lukács, *Studies in European Realism*, New York, 1964, Ch. 3 "Balzac and Stendhal" 83면 참조.

17 영국의 평론가 리비스가 블레이크·디킨즈·로런스 등 '낭만주의자' 또는 '낭만적'이라고

그러나 사실인즉 문학사에 낭만주의자로 기록된 작가들 자신의 가장 위대한 업적도 협의의 '낭만주의'와 그 병폐에 대한 반성·비판의 노력에서 나왔다. 독문학에서 괴테와 실러는 '고전주의자'로 자처하고 또 공인될 만큼 독일 낭만주의운동에 대해 비판적이었고, 문학사가들이 영국 낭만주의운동의 기수처럼 생각하는 워즈워스가 당초에 추구했던 바가 통념상의 낭만주의보다 리얼리즘의 시도에 방불했음은 이미 지적한 바 있다. 이것은 초기의 서문에 잠깐 비치고 말았던 포부만도 아니다. 「결의와 독립성」(Resolution and Independence) 같은 명시는 바로 자신의 주관적이고 감정적·이기적이며 현실을 외면한 낭만적 '시인 기질'에 대한 도덕적 반성을 주제로 삼고 있으며, 실제로 이것이 『서정담시집』 이후 그의 전작품에서 중요한 주제를 이루고 있다. 사실은 당시 전유럽을 통해 낭만주의의 화신처럼 여겨졌던 시인 바이런의 진가도 『해럴드 공자의 순례』(*Child Harold's Pilgrimage*)라든가 『맨프레드』(*Manfred*) 같은 '바이러니즘'의 대표적 작품에서보다, 18세기 풍자문학의 전통을 계승하면서 19세기 리얼리즘 소설의 전개에 한걸음 다가서기도 하는 미완의 장편풍자시 『돈 후안』(*Don Juan*)에서 발견된다. 그런 면에서는 스콧도 마찬가지이다. 시에서 바이런, 소설에서 스콧이 당대에는 유럽인들에게 가장 유명하고 영향력이 큰 영국 작가들이었는데, 스콧의 역사소설은 단순히 낭만적 복고의식이나 이색취향을 소설화한 것이 아니라 문학에 있어서 정당한 역사의식의 진전을 이룩한 새로운 유형의 서사문학인 동시에, 스코틀랜드의 '낭만적' 과거가 소멸할 수밖에 없었던 역사를 보여주는 과정에서 낭만주의의 자기비판을 수행하고 있다고 평가해야 옳을 것이다.[18] 개별 작가에 대한 이

흔히 지목되는 작가들에게서 18세기 말엽 이래 영문학의 가장 뜻깊은 흐름을 발견하는 취지도 이와 비슷한 것이다. F. R. and Q. D. Leavis, *Dickens the Novelist*, London, 1970, Ch. 5 "Blake and Dickens: *Little Dorrit*" 275~76면 참조.

러한 평가의 문제는 물론 여기서 몇마디로 척결할 수 없는 일이다. 단지 낭만주의와의 변증법적 대결·극복이라는 작업이 19세기로써 끝난 과제가 아니듯이 스땅달이나 발자끄에 와서 비로소 시작된 것이 아니었음을 강조하려는 것이다. 그것은 18세기의 사회가 누리던 상대적 안정이 깨지면서 주어진 시대의 과제였고 진정한 리얼리즘을 통해서만 감당할 수 있는 과제였다. 바로 그렇기 때문에 이미 리얼리즘 소설의 본격적인 성과가 이루어지기 시작한 뒤까지도 낭만주의의 테두리를 못 벗어났던 시인·작가들은 '전 낭만파'와 굳이 구별되는 '낭만파'로 낙인찍히기도 하고 20세기 모더니즘의 온갖 병폐를 앞질러 보여주게 되었던 것이다.

4

그러면 여기서 리얼리즘과 고전주의의 관계를 일단 정리해보자. 즉 낭만주의의 소용돌이를 거쳐나오면서 형성된 리얼리즘 문학의 이념이 어떤 의미로 현대의 진정한 문학적 고전을 창조하는 문학이념으로서의 '고전주의'에 해당하는 것이며, 그러면서도 '고전주의'라기보다 '리얼리즘'으로 일컬어 마땅한 이유는 또 어떤 것인가?

당대 사회의 '전체적' 내지 '총체적'인 모습과 '전형적'인 인물 또는 상황·갈등을 작품 속에 구체화해야 한다는 리얼리즘의 요구가 본질적으로 '고전주의적'인 것임은 앞서도 지적한 바 있다. 이는 역사가 실제 일어났

---

18 스콧의 역사소설에 대한 긍정적인 평가로 가장 유명한 것은 물론 루카치의 『역사소설론』(*Der historische Roman*)이다(특히 제1장 참조). 그러나 루카치와 이념적 입장이 다를뿐더러 스콧에 대한 전체적 평가에 있어서도 더 소극적인 영국의 비평가도 스콧의 소설에서 낭만주의 비판의 측면을 강조한 것은 흥미 있는 사실이다. Q. D. Leavis, "*Wuthering Heights* and *The Bride of Lammermoor*": Appendix D to "A Fresh Approach to *Wuthering Heights*," in F. R. and Q. D. Leavis, *Lectures in America*, London, 1969 참조. 스콧 자신의 독서취향이 주로 '아우구스투스파적'이었음은 알려져 있다.

던 사실을 말해주는 데 반해 시는 일어날 수 있음직한 일을 보여주므로 후자가 더욱 철학적이며 진지하고 진실되다는 아리스토텔레스의 시론과 일치하는 측면이다. 동시에 그것은 당대 현실의 한 단면을 정직하고 과학적으로 보여주기만 하면 훌륭한 문학이 된다는 자연주의적 입장과는 원칙적으로 양립할 수 없는 것임이 분명하다. 현실의 단면들이 아무리 정확하고 아무리 풍부하게 작품 속에 제시되었다 하더라도 그것들이 현실의 '전체'가 된다는 것은 이론상 불가능한 일이기 때문이다. 그런 면에서 낭만주의도 그것이 개인의 감정·체험·꿈 등을 주로 서정시 또는 서정화된 희곡·설화 등의 형식을 통해 피력하고 있는 한에서는 반리얼리즘적이자 반고전주의적인 것이다. 진정한 리얼리즘 문학에서 자연주의적 박진성과 서정적·상징적 표현성을 결합하려는 끊임없는 실험이 중시되는 것도 전체성을 추구하는 그 '고전주의적' 작업과 밀접히 관련된 현상이다.

리얼리즘론에서 시의 문제가 상대적으로 등한시되는 현상의 적극적 의의 또한 여기에 있다. 즉 시의 문제를 절대적으로 소홀히 한다면 그것은 이론의 결함밖에 아무것도 아니겠지만, 사실은 운문예술이 낭만주의 이래로 — 아니, 영국의 경우에 보았듯이 신고전주의 시대부터 이미 상당한 정도로 — 비극과 서사시처럼 전체성의 추구를 생명으로 삼는 분야를 멀리함에 따라 문학에서 '시' 곧 운문예술의 비중이 작아졌음을 인정하고 있는 결과인 것이다. 고전주의 이론에서 비극과 서사시를 최고의 형식으로 보고 서정시나 풍자시·교술시 등 '서정적' 장르라든가 희극이나 설화·우화 등의 형식을 낮게 보았던 원래의 의의는 다름 아닌 전체성(또는 총체성)의 추구 여부와 직결되었던 것이다. 현대의 리얼리즘론에서 소설론이 핵심적 위치에 서게 된 것은 바로 그러한 고전주의 이론의 원뜻을 되살린 셈이다.

그러나 이렇게 되살릴 것을 되살리는 가운데 신고전주의의 많은 규칙들이 깨뜨려짐은 물론, 과거의 고전문학 자체에서 보기 힘들던 새로운 특성이 드러남을 놓쳐서는 안 된다. 우선 리얼리즘 소설은 일차적으로 서사문학의 부류에 속하는 것이면서 내용 면으로 고대 또는 르네상스 희곡문학의 가장 방불한 후계자라는 점에서 매우 '비고전주의적'인 장르혼합의 현상을 보여준다. 고전적 장르구분이 흐려지는 경향이 근대문학의 기본적 특징의 하나임은 바이마르 시절의 괴테와 실러가 일찍이 지적하고 비판했던 일이지만,[19] 리얼리즘 소설의 구체적 성격과 관련하여 아직껏 우리 주변에서는 이 문제가 별로 논의된 바 없고 이 글에서 제대로 다루기에도 너무나 벅찬 문제이다.

장르의 혼합 현상과 더불어, 리얼리즘 문학에 이르러 소멸되다시피 하는 또 하나의 고전적 구별은 이른바 스타일(문체·양식)의 분리 원칙이다. 숭고한 소재 및 언어와 비천한 소재·언어를 뒤섞는 리얼리즘의 경향이 일찍이 구약성서에서 시작하여 중세·르네상스 등의 많은 선구적 작업을 거쳐 19세기에 드디어 '비극적 리얼리즘'의 완성을 보게 된 경위를 아우어바흐는 『미메시스』에서 자세히 추적한 바 있다.[20] 이것 역시 단순한 양식상의 문제가 아니다. 변화하는 역사, 곧 예전과 달라진 세계와 예전과 달라진 인간의 세계인식의 산물인 것이다. 그 결과는 앞서 거론했던 아리스토텔레스 시학의 명제 자체에 일정한 수정을 가할 만큼 엄청나다면 엄청나다. 즉 문학은 실제로 일어났기보다 일어남직한 일을 말해준다는 대원칙만은 그대로 남는다 해도, '일어남직한 일'의 정립에 있어서 실제로

---

19 이에 대해서는 G. Lukács, *Goethe and His Age*, London, 1968, Ch. 4 "The Correspondence between Schiller and Goethe" 참조.

20 Erich Auerbach, *Mimesis: The Representation of Reality in Western Literature*, tr. W. Trask, Princeton University Press 1973 참조. 국내에서는 그중 셰익스피어 이래의 후반부가 김우창·유종호 역 『미메시스』(민음사 1979)로 나왔다.

일어났던 일, 일어나고 있는 일, 일어날 수밖에 없거나 일어나야 마땅한 일들에 대한 사실적(事實的) 인식 — 아리스토텔레스의 표현을 빌린다면 '역사가'의 인식 — 이 전혀 새로운 비중을 차지하게 되는 것이다. 사실주의의 사실성(寫實性)이 갖는 본질적 의의는 바로 이러한 역사인식·세계인식의 전환에서 찾아야 할 것이다.

이것을 고전주의의 이원론적 세계인식이 리얼리즘에 이르러 일원론적 세계인식으로 바뀐다고 말하는 것만으로써는 문제의 핵심에 다다랐다고 보기 힘들다.[21] 현실의 세계 대 이상의 세계라는 이원론 자체가 정작 호메로스나 소포클레스의 작품에 얼마나 적용되는지도 의문이려니와, 과학적·실증적으로 인식된 세계만을 인정하는 일원론이란 것도 자칫하면 리얼리즘의 고전적·반자연주의적 차원을 배제해버릴 위험이 크다. 바로 이런 위험을 생각해서 리얼리즘은 사실주의적이면서 동시에 이상주의적이라는 단서가 붙기도 하는데,[22] 리얼리즘의 기본특징의 하나가 관념주의의 극복이라 보는 입장에서 말한다면 이런 단서는 사실상 치명적인 후퇴가 되고 만다. 사실주의와 이상주의를 겸비하기로는 '루공 마까르' 연작의 저자이자 드레퓌스 사건의 영웅이었던 졸라를 따를 사람이 드물 것이다. 리얼리즘이 고전주의·신고전주의·낭만주의·자연주의 그 어느 것과도 구별되는 독자적 명칭을 요구하는 근거가 바로, 인간의 세계는 '현실'로서 인간이 체험하는 그것 외에는 따로 없지만 이 현실의 정확한 인식은 '시적' 창조의 과정에서만 가능하며, 따라서 진정한 '사실성'에는 이상주의가 가세할 필요도 없이 자동적으로 비이상주의적이며 철저히 현실적인 전투성이 주어진다는 세계인식인 것이다.

---

21 임철규, 앞의 글 참조.

22 같은 글에서 언급된 Wilhelm Girnus, *Wozu Literatur?* Frankfurt, 1976, 36면 이하의 소론.

이러한 세계인식에 합당한 창작의 이론, 행동의 이론을 정립하는 일은 아직껏 우리에게 안겨진 숙제가 아닌가 한다. 충분한 연구가 없이 내놓는 소견이지만, 필자로서는 객관적 현실의 '미학적 반영'을 강조하는 루카치의 미학이론이 만족스런 답변이 될 수 없다고 본다. 오히려 이제까지 주로 반리얼리즘적 성향의 이론가들이 강조해온 창작행위 자체의 창조성에 대한 탐구를 과학과 기술의 세계사적 의의에 대한 물음과 결합시키는 방향에서 새로운 해답을 찾아야 할 것 같다. 이러한 막연한 생각을 필자 자신은 똘스또이의 『안나 까레니나』에서 사실성의 문제를 단순한 '모방'의 차원에서보다 "역사의 싸움에 임한 동지와 동지 사이에 수행되는 일종의 전황점검"으로 파악한다든가, '역사적 인간'과 '시적 인간'의 본질적 동일성을 살펴본다든가, 과학주의도 아니요 과학적 지식 그 자체도 아닌 '과학의 정신'과 리얼리즘 정신의 친화성을 지적한다든가 하는 식으로 틈틈이 표현해왔다.[23] 그러나 이런 것들이 본격적인 논의에 멀리 못 미침은 두말할 것도 없다.

3. 자연주의 희곡과 리얼리즘

1

자연주의와 리얼리즘의 이념이 엄연히 다른 것임은 리얼리즘과 고전주의의 상관관계를 검토해본 결과로도 분명해졌다고 믿는다. 리얼리즘이 낭만주의 속에 내재하는 고전주의적 가능성을 계승 발전시킨 것이라면,

---

23 졸저 『민족문학과 세계문학 1』에서 「문학적인 것과 인간적인 것」 123~26면, 「역사적 인간과 시적 인간」 216면 이하, 『인간해방의 논리를 찾아서』에서 「제3세계와 민중문학」 605~06면 참조.

자연주의는 자기극복에 실패한 낭만주의에 대한 단순한 반동으로서 후자의 반고전주의적 약점을 그대로 답습하고 있는 것이다. 이러한 자연주의야말로 18세기의 신고전주의에 대한 '반동의 반동'으로서 새로운 '신고전주의적' 성격을 띠기도 한다. 곧 발자끄들의 고전적 성과를 기법적인 차원 또는 소재적인 차원에서 피상적으로 이해한 채 그 규범화를 꾀하고 있다고도 볼 수 있는 것이다.[24]

그러나 자연주의 문학의 구체적 성과 자체는 한두마디로 간단히 처리되지 않는다. 자연주의운동의 자타가 공인하는 기수였던 졸라의 작품도 리얼리즘의 차원에서 재평가할 필요가 있거니와, 협의의 자연주의자는 아니었지만 1848년 이후의 새로운 사실주의 정신 — 원래의 리얼리즘으로부터 결정적인 후퇴가 이룩된 이후의 작가정신 — 을 대표하는 것으로 지목되는 플로베르의 경우는 더욱 애매한 것이다. 적어도 『보바리부인』(*Madame Bovary*, 1857)과 『감정교육』(*L'Éducation sentimentale*, 1869)은 원래의 리얼리즘 정신이 퇴조해가는 역사 속에서도 상당한 리얼리즘의 업적이 가능했음을 입증해준다.

플로베르(1821~80)는 하나의 과도기적 인물이요 그보다 늦은 토머스 하디(1840~1928)의 소설들은 영국이라는 특수한 풍토에서나 가능했던 — 또 그만큼 결함도 많은 — 예외라고 칠 때, 우리의 비상한 관심을 모으는 문제는 입센(H. J. Ibsen), 스트린드베리(J. A. Strindberg) 등의 자연주의 희곡을 어떻게 평가하느냐는 것이다. 『유령』(*Gengangere*, 1881) 『공공의 적』(*En Folkefiende*, 1882) 등 이른바 입센의 중기작들이나 『아버지』(*Fadren*, 1887)

---

24 루카치의 표현주의 비판에 대한 블로흐의 공박은 재반론의 여지가 많지만 '신고전주의' 타도를 강조한 블로흐의 취지는 상당히 수긍이 간다. 루카치의 리얼리즘론이 발자끄, 똘스또이 등의 고전적 모델에 지나치게 집착하는 느낌을 주는 것이 사실인 것이다. Ernst Bloch, "Discussing Expressionism," in *Aesthetics and Politics*, London, 1977 참조.

『영양 줄리』(*Fröken Julie*, 1888) 등 스트린드베리의 초기작들은 모두 시기적으로도 졸라의 자연주의운동과 병행되는 작업일뿐더러 그 작품세계에 있어서도 자연주의 소설과 비슷한 점이 많다.[25] 그런데 소설 분야에서 졸라나 모빠상의 자연주의가 발자끄나 똘스또이 문학의 높이에서 훨씬 떨어진다는 점에는 대체로 합의가 이루어져 있지만, 입센의 자연주의적 희곡은 현대연극의 새로운 출발점을 이루었다는 찬사를 흔히 받는다. 이런 현상을 리얼리즘의 입장에서 어떻게 받아들여야 할 것인가?

성공한 작품은 '리얼리즘'이요 실패작은 '자연주의'라 부르는 것은 일종의 동어반복일 뿐이다. 반면에 현대연극의 쇄신에 입센이 보탠 결정적인 기여는 인정하지만 그것은 워낙 19세기 희곡의 침체가 심했던 때문이지 소설 분야의 성공작들과 견줄 수 없다고 말한다면 최소한 일관성 있는 태도는 된다. 그러나 이런 태도가 설득력을 가지려면 먼저 입센(또는 스트린드베리)의 작품적 성과에 대해 인정해줄 것은 충분히 인정해준 뒤에 나온 판단이라야 할 것이요, 동시에 희곡 분야의 그 업적이 어떠한 의미에서 소설 분야의 성과와 우열을 가리는 대상이 되며 그 결과로 열등한 업적임이 드러나는지를 구체적으로 제시할 수 있어야 할 것이다.

서구의 자연주의 희곡에 대한 필자의 지식은 사실주의 소설에 관해서보다도 더욱 한정된 것이지만, 리얼리즘 문제를 제대로 이해하기 위해서는 이것이 한번 짚고 넘어가야 할 문제라 믿는다. 입센의 문학은 그의 '중기'에 국한하더라도 졸라의 소설세계보다 탁월한 것이며 더욱이 『페르 귄트』(*Peer Gynt*) 같은 초기의 시극이나 만년의 이른바 '몽상적'인 연극들을

---

25 그중 스트린드베리는 '자연주의자'를 자처했고, 진정한 '자연주의'를 피상적인 '사실주의'와 구별해야 한다는 그의 발언은 무분별한 모사론으로서의 자연주의를 배격하는 리얼리즘론에 오히려 가깝다. R. Williams, *Drama from Ibsen to Brecht*, Pelican Books, 83~86면의 스트린드베리 인용 및 저자의 논평 참조.

망라하는 그의 전체 작품세계는 당시의 유럽문학에서 하나의 높은 봉우리를 이루는 것으로 보인다. 또한 그의 희곡이 던진 충격이 그 무렵의 유럽 연극계가 워낙 침체했던 데에 힘입은 바 크다 하더라도, 한 시대의 연극예술의 쇄신이라는 작업 자체가 갖는 의의는 소설이나 시가 아무리 왕성한 상황에서일지라도 그것대로 따로 알아주어야 할 일일 것이다. 어쨌든 우리는 입센·스트린드베리 등의 자연주의 희곡은 플로베르·졸라·모빠상 들의 소설과 더불어 엄연히 1848년 이후 서구문학의 '자연주의 시대'의 문학임을 먼저 인정하고, 리얼리즘의 차원에서도 결코 무시 못 할 업적임을 아울러 인정한 뒤에, 발자끄나 똘스또이 또는 여타의 리얼리즘 문학과 어떻게 비교될 수 있는지를 밝혀나가는 것이 순서라고 본다. 이것이 입센 또는 스트린드베리 개개인에 대한 온당한 평가의 자세임은 물론, 리얼리즘 자체의 더 정확하고 자상한 이해를 돕는 길일 것이다.

2

앞서 거론했던 자연주의의 '반고전주의적' 측면은 사실상 자연주의의 '반희곡적' 측면으로도 이해될 수 있다. 발자끄의 소설은 극적인 사건으로 가득 차 있고 발자끄 자신이 『외제니 그랑데』(*Eugénie Grandet*) 『고리오 영감』(*Père Goriot*) 등의 본문 중에서 자신이 하고 있는 이야기야말로 진정한 현대의 드라마라고 거듭 주장하기도 한다. 그러나 자연주의에서는 현대의 주어진 현실이 아무리 과거의 드라마와 다르더라도 그것을 있는 그대로 그려내는 것 자체가 소설에서든 희곡에서든 작가의 할 일이라는 주장으로 바뀐다. 그런데 객관적인 현실의 단면들을 사진으로 찍듯이 정확히 그려낸다는 문학이념은 소설의 경우 그나마 어느정도의 적합성을 내세울 만하다. 즉 단편소설에서는 원래 전체성이 요구되지 않기 때문에 '삶의 한 단면'만을 제시한다고 해서 그 자체로서 치명적인 약점이 될 수 없는가 하면, 장편소설에서는 그러한 단면들을 엄청난 분량으로 누적시켜나가는 가운데 작가의 문학이념과 상관없이 어느정도의 총체성과 전형성을 획득하는 일이 더러 가능하기도 한 것이다. 그러나 희곡의 경우는 다르다. 단막극이라는 것을 단편소설에 대응되는 별도의 장르로 보는 견해도 있지만, 원래 본격적인 드라마의 전통은 공연시간의 길이나 막의 수효에 상관없이 작가가 본 삶의 가장 핵심적인 갈등 ── 그런 점에서 대서사시나 장편소설과는 성격이 다르지만 역시 그 나름의 '전체성' ──을 무대 위에 제시할 임무를 띠어왔다. 따라서 희곡에서는 길이만으로도 장편소설보다 훨씬 한정된 형식 속에다 단편소설에는 담을 필요가 없는 '전체적' 내용을 담아야만 하게 되어 있는 것이다.

바로 이러한 드라마의 '반자연주의적' 속성이 자연주의 계열의 몇몇 탁월한 극작가들로 하여금 자연주의 문학이 일반적으로 갖는 한계를 불가불 뛰어넘게 만들었다고도 볼 수 있다. 즉 '하나의 단면'만으로는 부족하고 그렇다고 수많은 단면들을 쌓아놓을 자리도 없는 무대에서 우선 연극으로 효과를 올리기 위해서라도, 당대 현실 중에서 가장 전형적이고 극적인 갈등을 안은 특별한 단면을 포착하여 그 전형성을 최대한으로 부각시키는 형상화의 수단을 찾아내지 않을 수 없었던 셈이다. 얼핏 보아 아무런 극적 갈등이나 사건이 없다는 인상을 주는 체호프의 『벚나무 동산』(Vishnyovyi sad) 같은 작품도 당대의 역사에서 극히 의미심장한 변혁의 한 순간을 포착한 것만은 분명하다. 자연주의 문학 가운데 희곡을 리얼리즘의 차원에서 문제 삼게 되는 까닭도 거기 있을 것이다.

그렇다고 현실의 어떠한 단면이든 모두 그만한 성취의 재료가 되는 것은 아니다. 우선 무대 위의 현실이 일상생활의 현실을 되도록 닮아 보여야 한다는 사실 자체가 극작가의 소재 선택에 있어 일정한 기술적 제약을 전제한다. 대다수의 자연주의 연극에서 무대가 거실이나 침실 등의 방으로 되어 있고, 관객석에서 이 방 안을 꿰뚫어볼 수 있는 '제4의 벽'이라는 허구를 설정하게끔 되어 있는 것도 그런 기술적인 문제와 무관하지 않다. 그러나 이것이 단순히 무대장치 기술의 제약에 맞춘 것뿐이라면 희곡 자체로서는 지나친 구속밖에 안 될 것이다. 작가가 보여주고자 하는 삶의 진실이 이런 식으로 장면과 행동을 제한함으로써 가장 극명하게 드러나는 측면이 따로 없다면 훌륭한 연극이 나올 수가 없는 것이다.

바로 그러한 측면이 1848년 이후의 역사적 경험 자체에 내포되어 있었던 것 같다. 소설에서 발자끄나 디킨즈의 풍성하고 활력에 찬 세계와 대조되는 새로운 삶의 분위기를 가장 잘 보여준 것이 플로베르의『보바리 부인』과『감정교육』이라고 흔히 말하는데, 바로 이들 작품의 주인공들이 겪는 좌절과 패배의 경험 — 고전적인 의미로 '비극'이라고 불러줄 수도 없는 따분한 경험 — 이야말로 자연주의 무대의 한계 속에 집약하기에 가장 알맞은 면이 있었다고 하겠다. 예컨대『유령』에서 알빙 부인의 인생경험은 크게 보아 '보바리적' 패배의 경험이다. 여기에 입센 자신의 — 플로베르보다는 졸라에 가까운 — 전투적 정열과 타고난 극작가로서의 역량이 겹쳐,『유령』은 강렬한 극적 효과를 거두는 데 일단 성공한다. 그런데 이러한 성공과 떼어 생각할 수 없는 사실은 작중의 사건이 진행되는 알빙 부인의 응접실이 단순한 무대장치가 아니라 그 자체로서 하나의 시대적 상징을 이룬다는 점이다. '현실 그대로' 차려놓은 이런 방이 우리 주변의 대다수 텔레비전 드라마를 비롯한 흔해빠진 통속극들의 사실적인 무대장치나 대화·연기 따위와는 본질적으로 다른 차원의 것임을 레이먼드 윌리엄즈는 다음과 같이 강조하고 있다.

우리는 입센이 방 안에 함정에 빠진 듯 붙잡혀 있는 사람들을 보여주기 위해서 무대 위의 방들을 만들지 않을 수 없었으리라는 느낌마저 가질 수 있다. 그가 가구상들과 무슨 경쟁을 벌이려고 그것을 만들지 않은 것은 분명한 일이기 때문이다. 어쩌면 이것은 부르주아 사회의 어떤 특정한 단계인지도 모른다. 즉 결정적인 행위는 딴 데서 벌어지고 그 인간적 결과 — 특히 비교적 여가가 많은 사회가 직면하는 결과 — 만이 이들 함정과 같은 방에서 체험되는 그러한 단계 말이다. 창문을 통해서 자기의 삶이 결정되고 있는 것을 빤히 바라본다는 것, 이런 의식은 〔자연주의 희곡의〕 위대한 초기 국면에서 특수한 내용을 지닌다. 방들은 사람들이 어떤 사람들인지 정의해주고 있는 것이 아니라 그들이 어떤 사람처럼 보이는지, 그들 자신은 그대로 받아들일 수 없는 자신의 모습이 어떤 것인지를 정의해주고 있는 것이다. 이것은 물론 방이 제대로 되어 있으면 사람들도 진짜라거나 말투가 그럴듯하면 대화에 내용이 있다거나 동작이 맞으면 거기에 무슨 의미가 있다고 우리를 설득해보려고(대개는 설득이 잘 되지도 않지만) 방을 재생해놓는 일과는 근본적으로 다른 것이다.[26]

그렇기 때문에 윌리엄즈는 자연주의 희곡은 루카치가 말하는 원래의 '리얼리즘의 사업'(realist project)에서 벗어나지 않았다고 주장한다.[27] 사실은 그 자신도 『입센에서 엘리엇까지의 희곡』(Drama from Ibsen to Eliot, 1952)이라는 먼저 책에서는 자연주의 희곡전통에 대해 다분히 부정적인 태도였는데 『입센에서 브레히트까지의 희곡』(1968)으로 고쳐 써내면서 한결 긍정적인 평가로 바뀌었다. 이에 대해 그는 최근의 한 대담에서 그것이 자연주의 자체의 기본성격에 대한 견해의 수정에 따른 것이라고 다

---

26 *Drama from Ibsen to Brecht* 387면.

27 R. Williams, *Politics and Letters*, London, 1979, 221면 참조.

음과 같이 밝힌 바 있다.

> 자연주의는 필요하고도 진보적인 세속적 사회운동의 일부였던 것입니다. 자연주의의 요점은 바로 초자연주의에 대한 반대였지요. 그 지향하는 바는 세가지가 겹친 것이었습니다. 즉 세속적인 것에의 강조, 당대적인 것의 강조, 그리고 자연사(自然史)의 과학적 절차에 대한 강조였습니다. 다시 말해서 자연주의자들이 도입한 사업은 해방적인 사업에 결정적으로 속해 있었고, 그런 의미에서 비록 성공의 범위는 좁다 할지라도 소설 분야에서 리얼리즘의 업적과 유사한 것이라고 생각됩니다.[28]

이것은 발자끄 등의 리얼리즘 소설에 대한 높은 평가와 더불어 자연주의 희곡의 일정한 한계에 대한 인식을 전제로 한 발언이니만큼 상당한 설득력을 지니는 것이 사실이다.

리얼리즘과 과학의 정신이 불가분의 관계에 있다고 파악했던 우리의 입장에서도 자연주의가 당대의 온갖 압력에 맞서 그처럼 전투적으로 과학을 옹호하고 당대 현실에 대한 과학적 관찰과 분석을 강조했다는 사실을 가벼이 볼 수가 없다. 졸라의 소설과 입센의 희곡에서 우리는 원래 근대 리얼리즘을 낳았고 근대사회 자체의 원동력을 이룬 과학의 정신이 아직껏 생동하고 있음을 느끼는 것이다. 하지만 우리가 이해하는 과학의 '정신' 내지 '참뜻'이 단순한 실증과 실험의 자세가 아니라 과학이라는 인간의 실천활동을 통해 인간해방의 역사를 전진시키는, 과학적 지식 이전의 어떤 힘이요 뜻이라고 할 때,[29] 자연주의 문학의 전투적 과학주의가

---

28 *Politics and Letters* 204면.

29 필자는 아직 이 문제를 제대로 논의하지 못했다. 다만 졸고 「인간해방과 민족문화운동」(『인간해방의 논리를 찾아서』)에서 '민족문화운동과 과학정신'을 잠깐 이야기했고, 「로런

반드시 과학정신의 전진이 못 됨을 말하지 않을 수 없다. 아니, 과학적 인식과 과학적 탐구의 자세가 위대한 리얼리즘 소설에서 삶의 총체적이고 핵심적인 진실의 시적 재현에 복무하고 있던 데에 비한다면 자연주의는 실증주의와 과학주의가 일반적으로 그렇듯이 본질적인 과학정신의 중대한 후퇴를 뜻한다고 보아야 할 것이다. 다시 말해서 우리가 이미 지적했던 자연주의의 반고전주의적이며 반리얼리즘적인 측면이 인간해방의 역사에서 과학이 지니는 의미도 상당히 왜곡하고 있다는 것이다.

이런 관점에서도, 자연주의 희곡이 서구 리얼리즘 문학의 '자연주의 시대'가 거둔 괄목할 성과에 속하면서도 리얼리즘으로서는 극히 특수하고 한정된 형태였음을 좀더 구체적으로 살펴볼 필요가 있다. 자연주의의 철저한 비판자로 유명한 루카치는 입센의 희곡에서도 근본적인 약점을 발견한다. 그는 『로스메르스홀름』(Rosmersholm) 제3막에서 여주인공 레베카가 자신이 겪어온 갈등과 내면적 변화를 고백하는 대사를 인용한 뒤 다음과 같이 말한다.

여기서 입센은 위대한 작가의 단호한 정직성을 갖고, 어째서 『로스메르스홀름』이 진정한 드라마가 될 수 없었는가를 선언한다.〔강조는 원저자〕 분별 있는 예술적 지성이 소재로부터 뽑아낼 수 있는 것이 무엇이었든 입센은 그것을 달성했다. 그러나 이 결정적인 순간에 우리는 실질적인 드라마, 곧 레베카 베스트의 갈등과 비극적 충돌과 개심(改心)이 그 제재·구조·행동·심리의 면에서 사실은 한편의 소설에 해당하며, 입센은 장

스 문학과 기술시대의 문제」(한국영어영문학회 편 『20세기 영국소설연구』, 민음사 1981)에서는 소설 『연애하는 여인들』과 관련하여 몇가지 성찰을 보탰다. 앞으로 별도의 정리를 해볼 생각이다. 〔송건호·강만길 편 『한국민족주의론 2』(창작과비평사 1983)〈및 『민족문학의 새 단계』)에 실린 「학문의 과학성과 민족적 실천」에서 약간의 새로운 고찰을 보탰다.〕

면과 대사를 탁월하게 통제하면서 이 소설의 마지막 장(章)을 희곡이라는 외부적 형식에 담아놓았음을 알게 된다. 하지만 그럼에도 불구하고 연극의 기반은 여전히 소설의 그것이며 근대 부르주아 생활의 비드라마적인 드라마로 가득 차 있다. 따라서 희곡으로서『로스메르스홀름』은 단편적이고 문제가 있는 반면, 당대의 묘사로서는 진실되고 박진적이다.[30]

한편의 소설에나 담음직한 길고 복잡한 사연의 '마지막 장'에 해당하는 사건을 무대에 올려놓는 것은 입센 희곡의 전형적인 수법이다. 또한 드라마가 노리는 총체성이 루카치 자신이 바로 이 책에서 말하듯이 '동향의 총체성'이지 '대상들의 총체성'이 아닌 만큼, 전체 이야기의 어떤 결정적인 순간만을 추출해낸 것 자체가 나쁘달 수는 없다. 문제는 그 이야기가 소설로 썼어야만 제대로 쓸 수 있었을 성질이냐는 것이다.『로스메르스홀름』의 레베카가 특히 그렇지만 사실은『유령』의 알빙 부인의 경우에도 정말 극적인 갈등은 작품 속에서는 이미 지나가버린 싸움들이었다고 볼 수 있다. 하지만, 이것을 소설로 다루었어야 한다는 말은 과연 무슨 뜻인가? 필자의 생각에 이 말은 그러한 싸움과 갈등들이 얼마든지 다른 결과를 낳을 수 있었다는 의식 ─ 좀더 정확히 말하자면, 설혹 레베카나 알빙 부인 자신들의 삶에서는 작품에서와 같은 결과밖에 낳을 수 없는 상황이었을 지라도 그러한 상황 자체가 인간 활동의 산물이며 역사 속에서 달라질 수 있다는 의식 ─에 입각한 소설을 요구하는 표현으로서만 타당할 것 같다. 그렇지 않고 어차피 다른 가능성이 주어지지 않는 것이 인생의 진실

---

30 G. Lukács, *The Historical Novel*, tr. H. and S. Mitchell, Penguin Books, 146면.『로스메르스홀름』의 소재가 특히 소설적 기법을 요구한다는 점에 대해서는 윌리엄즈도 동의하고 있다. *Drama from Ibsen to Brecht* 59~60면 참조.

이라면, 그 '불가피한' 사건의 추이를 일일이 서술하느니 차라리 '마지막 장'에서 이미 기정사실화된 결과를 극화하는 것이 훨씬 경제적일뿐더러 적어도 주관적인 거부의 감정을 더욱 효과적으로 전달해준다. 이것이 바로 자연주의 소설보다 자연주의 희곡이 성공적일 수 있는 이유이기도 하다. 입센 희곡의 '전체 이야기'를 소설화한다는 것은 자연주의와 다른 차원의 소설로 만드는 경우에만 뜻있는 작업이 된다. 그러나 '전체 이야기'를 자연주의와 다른 차원의 소설로서 만들 안목이 있었다면 자연주의 희곡과 다른 차원의 희곡을 창조했을 수도 있을 터이므로, 반드시 소설로 썼어야 한다는 요구만을 고집할 일은 아니다.

어쨌든 입센의 희곡이 소설의 마지막 장과 같다는 지적은 자연주의 희곡 일반에 대한 날카로운 통찰을 담고 있다. 스트린드베리의 『아버지』에서도 사실은 작품 속에 이미 기정사실로 되어 있는 특수한 부부관계의 생성·변천·파탄의 전과정이 오히려 더 극적인 소재였다고 말할 수 있다. 그런데 스트린드베리는 이러한 특수성을 기정사실로 받아들일 뿐 아니라 인간의 보편적 운명으로 일반화하는 경향이 있기 때문에 리얼리즘에서 모더니즘 쪽으로 입센보다 한발짝 더 나간다. 다시 말해서 자연주의 희곡이 리얼리즘 소설의 마지막 장이라는 느낌을 안 주게 되는 순간 그것은 자연주의도 리얼리즘도 아닌 것으로 이행하고 있기가 십상인 것이다. 소설의 마지막 장 같기도 하고 중간 장 같기도 하고 어쩌면 첫 대목일 수도 있다는 느낌을 주는 체호프의 희곡은 그런 점에서 바로 자연주의와 모더니즘의 분수령에 위치해 있다고 보겠다.

그러나 좀더 엄격히 말한다면 입센의 희곡 자체도 맨 마지막 장이라기보다 마지막에서 두번째 장에 해당할는지 모른다. '마지막 장'으로 치자면 소포클레스의 『오이디포스왕』이야말로 아버지를 죽이고 어머니와 결혼했던 그 길고 기구한 사연의 대단원에 해당되는 대목이다. 그러나 루카치의 지적처럼 이 연극의 전과정이 오이디포스 자신의 끊임없는 능동적 활약으로 구성되어 있을 뿐 아니라,[31] 이 연극에서 '비극의 리듬'은 퍼거슨이 적절히 분석했듯이 단순한 고통과 파멸로 끝나지 않고 삶의 진실에 대한 새로운 통찰과 이에 힘입은 어떤 궁극적 화해에 다다른다.[32] 즉 『콜로노스에서의 오이디포스』라는 속편을 빼고도 『유령』이나 『로스메르스홀름』보다 '한 챕터'가 더 있는 셈이다. 이것은 셰익스피어의 『햄릿』이나 『맥베스』도 마찬가지인데, 이들 위대한 비극의 결말에 비한다면 『유령』의 알빙 부인이 선천성매독의 발작으로 백치가 된 외아들에게 극약을 줄지 안 줄지 몰라서 쩔쩔매는 순간에 막이 내리는 것은 참된 비극적 감동보다 '문제극'의 충격효과에 가까운 느낌을 준다. "우리 모두가 유령들이라는 생각이 든다"고 제2막에서 말했던 알빙 부인이 아들의 파멸을 보고 나서 한층 차원 높은 통찰에 다다르든가 아니면 그녀 자신의 더욱 장렬한 파멸을 통해 삶의 유령 같은 측면과 진정으로 인간다운 측면을 동시에 보여주는 또 하나의 장면이 더해지는 일이 입센의 세계에서는 불가능했던 것이다. '문제극'의 충격효과도 물론 값진 것이지만, 그것은 통속극 또는 일부 실험극들의 '효과를 위한 효과'로부터 지척의 거리에 와 있는 것이기도 하다.

3

자연주의 희곡이 진정한 리얼리즘의 일부로서 얼마나 특수하고 또 한정된 형태였는가 하는 것은 그것이 얼마나 단명했는가 하는 사실로도 알 수 있다. 물론 일반화된 연극적 양식으로서의 자연주의는 입센 이래 서

---

31 *The Historical Novel* 173면 참조.
32 *The Idea of a Theater* 제1장 참조. 저자는 비극으로서 『유령』의 '불완전성'에 대해서도 예리한 통찰을 보여준다. 같은 책 제5장 165면 참조.

양연극을 온통 휩쓸었고 이후의 반자연주의적 희곡에도 결정적인 영향을 미쳤다. 그러나 자연주의의 정신과 기법에 아울러 충실하면서 상당한 수준에 이른 작품들을 꼽자면 과연 몇이나 될 것인가? 필자가 과문한 탓도 있겠지만, 입센의 작품들 말고는 스트린드베리와 하웁트만(G. Hauptmann)의 초기작들, 체호프의 몇편과 고리끼(Maksim Gor'kii)의 『밑바닥』(*Na dne*, '밤주막'으로도 더러 번역됨), 숀 오케이시(Sean O'Casey)의 초기작 몇편과 유진 오닐(Eugene O'Neill)의 작품 중 『밤으로의 긴 여로』(*Long Day's Journey into Night*) 등 한두편, 그리고 좀 성격이 다르지만 J. M. 씽의 『서쪽 나라의 멋쟁이』(*The Playboy of Western World*)와 로르까(Federico García Lorca)의 『베르나르다 알바의 집』(*La casa de Bernarda Alba*) 등을 꼽고 나면 남는 것이 그다지 많지는 않을 듯하다. 스트린드베리는 『다마스쿠스로』(*Till Damaskus*, 1898)에서 이미 반사실주의적이며 '표현주의적'인 일련의 실험을 시작했고, 입센의 영향을 받아 영국의 희곡계를 쇄신하는 데 가장 큰 공헌을 했던 버나드 쇼(George Bernard Shaw)는 처음부터 엄격한 자연주의와는 거리가 있었다. 입센 자신도 『들오리』(*Vildanden*, 1884)나 만년의 『욘 가브리엘 보르크만』(*John Gabriel Borkman*, 1896)에서 이미 표현주의의 문턱에 와 있으며 마지막 작품 『우리 죽은 자들이 깨어날 때』(*Når vi døde vaagner*, 1899)에서는 자연주의 무대를 떠났던 것이다.

하기는 자연주의 희곡이 그처럼 쉽사리 표현주의적 실험극으로 넘어갔던 것은 적어도 초기의 표현주의가 자연주의의 체험과 탐구정신을 계승했기 때문이라고 말할 수도 있다.[33] 그러나 이것은 말을 바꾸면 자연주의가 리얼리즘과 상반되고 오히려 모더니즘과 연속된다는 주장의 확인도 된다. 그만큼 자연주의 희곡의 업적은 애매한 성격을 띠는 것이었다.

---

[33] *Drama from Ibsen to Brecht* 391~92면 참조.

좋은 의미로든 나쁜 의미로든 자연주의와 표현주의 희곡 사이에 일정한 연속성이 인정된다고 할 때, 일체의 산문극을 비판의 대상으로 삼고 운문극의 부활을 기도했던 예이츠나 엘리엇(T. S. Eliot)의 노력이 리얼리즘의 입장에서도 주목에 값하지 않을 수 없다. 산문으로써는 '시적 연극'(poetic drama)이 불가능하다는 그들의 주장은 시는 곧 운문이라는 등식이 성립하던 시절이라면 동어반복에 지나지 않는다. 그러나 작품의 각 부분이 주는 기쁨과 그 전체에서 얻는 기쁨이 혼연일체를 이루는 것이 곧 시라는 콜리지의 정의를 따른다면 산문예술도 그 최고의 경지에서는 당연히 이러한 '시'가 되어야 할 것이며, 만약에 유독 희곡에서만은 산문을 써서 그런 경지에 달할 수가 없는 것이라면 자연주의 희곡의 한계는 우리가 이제까지 짐작했던 것 이상으로 치명적이라고 보아야겠다.

예이츠나 엘리엇의 시극론 또는 그들의 운문극을 여기서 자세히 검토할 계제는 못 된다. 그러나 비(非)드라마적일뿐더러 비시적이기도 한 요소가 압도적인 현실생활을 '있는 그대로' 무대 위에 올려놓겠다는 자연주의 희곡이 '시적 연극'의 차원에서 일단 불리한 요인을 안고 출발하는 것은 사실이다. 그리고 일상생활에서 운문을 쓰고 사는 사람들이 없는 이상 자연주의적 표면을 유지하는 일체의 희곡들은 적어도 운문극과는 영원히 담을 쌓아야 하는 것이다.

입센의 산문극의 경우 무대에 재현된 현실의 '비시적' 성격을 극복하는 요소가 없는 것은 아니다. 극적 갈등이 고양된 순간에 '자연스럽게' 터져나오는 간헐적인 '시적' 표현이라든가 '들오리'나 '로스메르스홀름의 백마들' 같은 상징적 이미지에의 호소, 그리고 더욱 중요하게는 극작가가 써준 대사보다 연출가와 연기자의 능력에 많이 좌우되는 연극 특유의 효과들을 통해 일정한 시적 성과를 이룩하고 있음이 분명하다. 그러나 소포클레스나 셰익스피어의 시극은 꼭또(J. Cocteau)가 말하는 '연극의 시'(poesie de théatre)와는 또다른 차원에서, 작가가 쓴 언어 곧 대사의 시적 가능성과 공연행위의 시적 가능성이 하나로 융합되면서 그것이 극대화된 결과였다. 그런 의미에서 자연주의 희곡의 시극적 성과는──씽이나 로르까의 경우처럼 아직껏 자본주의 사회에 완전히 편입되지 않은 민중생활이 존재하던 상황의 산물이 어디까지나 '예외'에 해당함을 인정할 때──상당히 한정된 것이었다고 말할 수밖에 없다.

그렇다고 운문극이 반드시 옳은 대안이라는 결론은 성립하지 않는다. 자연주의 산문극에 본질적인 한계가 있다더라도 그것이 현대적 상황에서 그나마 연극이 존립하기 위해 감내해야 마땅한 한계일 수도 있는 것이며, 더구나 비자연주의적 산문극, 그리고 로르까의 『피의 결혼식』(Bodas de Sangre)이나 브레히트의 여러 작품들처럼 산문과 운문을 그때그때 혼용하는 형식도 얼마든지 가능한 것이다. 사실 예이츠나 엘리엇 운문극의 실제 성과는 살아 있는 연극으로서 입센, 체호프 또는 씽의 산문극만 한 시적 높이에도 미달하지 않았는가 여겨진다. 그러나 리얼리즘의 입장에서 더욱 심각한 것은 그들의 운문극 이론이 각기 다른 의미에서지만 자연주의의 부정에 그치지 않고 '리얼리즘의 사업' 그 자체에 대한 반동을 내포하고 있다는 사실이다. 다만 그들은 '리얼리즘의 사업'이 입센 등을 통해 연극에서 이룩한 성과를 발판으로 삼으면서 그 한계를 날카롭게 인식하고 출발하기 때문에, '연극 속의 시'(poésie dans le théatre)를 진정한 시적 연극과 혼동하는 수많은 운문극 작가들과는 다른 차원의 업적에 이를 수 있었던 것이다.

이 점에서 브레히트의 자연주의 비판은 성격이 전혀 다르다. 그의 '서사극'이란 바로 리얼리즘의 사업을 연극이 제대로 수행할 수 있기 위해 내놓은 대안인 것이다. 서사극의 '기본모델'로서 그가 제시하는 '가두 장면'의 예는 널리 알려져 있다. 교통사고의 목격자가 사고의 경위를 설명해주면서 사고를 낸 운전사나 피해자의 거동을 '사실 그대로' 흉내낸다는 것은 우스꽝스러운 짓일 터이며 그는 사건의 진상을 정확히 전달하는 데 필요한 만큼만의 모방적 동작을 그 자신의 적절한 설명과 더불어 해 보여야 한다. 또한 그 자신이 사건의 당사자가 아니며 설명을 듣는 경찰관이나 시민들도 역시 제3자라는 의식 ― 예의 '소격효과'(Verfremdungseffekt) ― 을 유지하는 것이 무엇보다 중요한 것이다.[34] 이러한 모델만 보더라도 브레히트의 의도가 자연주의자들이 추구했던 현실의 참모습을 자연주의자들보다 훨씬 정확하고 객관적으로 전달하려는 데 있음이 명백하다. 브레히트는 또 자신의 목표를 '교훈과 오락을 겸한다'는 고전적인 공식을 빌려 곧잘 표현하는데, 「실험극에 관하여」라는 강연의 결론에서도 현대예술의 큰 과제를 다음과 같이 규정하고 있다.

어떻게 하면 연극이 동시에 교훈적이며 오락적일 수 있을까? 그것이 어떻게 정신적인 마약매매로부터 분리되어 환상의 보금자리에서 경험의 보금자리로 바뀔 수 있을까? 자유에 대한 갈등과 지식에 대한 배고픔에 시달리는 우리 시대의 부자유스럽고 무지한 인간이, 이 위대하고도 끔찍한 세기의 고뇌에 차 있으나 영웅적이요 학대받으면서도 창의적이며 스스로 변화하면서 세계를 변화시키는 인간이, 자신과 세상을 통어하는 데 도움을 줄 그 자신의 연극을 어떻게 하면 가질 수 있는 것인가?[35]

이에 대한 답변으로 브레히트가 시도한 새로운 연극을 '서사극' 또는

---

34 B. Brecht, "A Street Scene," J. Willett, ed. and tr., *Brecht on Theatre*, New York and London, 1964, 121~28면 참조. 김윤수 편 『예술과 창조』(태극출판사 1974)에 「가두장면 ― 서사극의 기본 모델」로 번역된 바 있음.

35 Brecht, "On Experimental Theatre," 같은 책 135면.

'비아리스토텔레스적 연극'이라 일컫는 데 대해서는 논란의 여지가 많다.[36] 그가 '아리스토텔레스적 연극'이라고 할 때 주로 염두에 두고 있는 것은 자연주의 희곡임이 분명하며, 사실상『억척어멈과 그 자식들』(Mutter Courage und ihre Kinder) 같은 그 자신의 작품이 자연주의 희곡들보다 오히려 아리스토텔레스가 알던 고전극에 가까운 측면도 많다. 심지어 서사극에서는 교통사고 현장의 설명에서와 마찬가지로 사건의 경위가 중요하지 인물의 성격을 완전히 규정할 필요가 없다는 브레히트의 주장도[37] 비극의 핵심은 플롯이지 등장인물의 성격이 아니라는 아리스토텔레스의『시학』의 원칙에 부합하는 것이다.

다만 아리스토텔레스는 서사문학과 희곡을 구별하는 고전주의적 장르론의 원조임에 비해 브레히트는 새로운 연극이 교통사고의 진상을 밝혀주는 설명자처럼 '서사적'이어야 한다고 주장한다. 물론 아무리 서사적인 희곡이라도 공연을 위한 연극인 이상 ──『코카시아의 백묵 원』(Der kaukasische Kreidekreis)에서처럼 노래하는 서술자를 이용하는 경우에조차도 ── 브레히트의 서사극이 드라마가 아닌 서사문학으로 바뀌지는 않는다. 그러나 중요한 것은 형식적인 장르구분이 아니다. 입센의『로스메르스홀름』이 실은 장편소설의 마지막 장을 극화해놓은 꼴이라는 루카치의 비판과 관련하여 우리는 그것을 어떤 성격의 장편소설로 파악하느냐에 따라 희곡 자체로서의 근본적 변화도 배제할 수 없음을 지적했었다. 브레히트의 서사극이야말로 자연주의 희곡에 담긴 ── 또는 숨겨진 ── 소재를 자연주의 소설가의 눈이 아니라 리얼리즘 소설가의 눈으로 보면서 그것을 새로운 희곡으로 구체화하려는 노력이라 하겠다. 예컨대『억척어멈과

---

36 윌리엄즈는 '서사적'(epic)이라기보다 '열린'(open) 연극이라는 표현이 더 적절하겠다고 말한다. Drama from Ibsen to Brecht 318면 참조.

37 "A Street Scene," 앞의 책 124면 참조.

그 자식들』의 세계는 어느 자연주의 희곡의 세계에 못지않게 작중의 개인들에게 억압적이고 고통스러운 세계지만, 그것은 결코 일방적으로 작용하는 '환경'이 아니라 발자끄와 디킨즈의 소설에서 그러했듯이 인간들의 주체적 행동을 통해 만들어지는 '세계'임이 다시금 분명해진다. 그리고 이를 위해 브레히트는 '소설 마지막 장의 극화'가 아닌 '소설 전편의 극화'에 해당하는 새로운 연극형식을 찾아야 했던 것이다.

필자는 이러한 노력에서 브레히트가 거둔 성과를 제대로 평가할 만큼 그의 작품세계에 친숙하지 못하다. 짐작건대는 발자끄나 똘스또이의 소설들을 리얼리즘 문학의 한 정점이라 할 때 브레히트가 새로운 시대적 상황에서 그에 견줄 만한 높이에 이르렀다고 볼 수는 없을 것 같다.『억척어멈과 그 자식들』『갈릴레이의 생애』(Das Leben des Galilei)『사천(四川)의 선인』(Der gute Mensch von Sezuan)『코카시아의 백묵 원』등 그의 원숙기의 걸작들이 모두 당대 현실의 소재를 회피하고 있다는 사실도 일정한 한계로 지적되어야 할 것이다.[38]

그러나 자연주의 희곡이 그 정점에 있어서도 리얼리즘 문학의 한 지류에 그쳤음을 감안한다면, 그 형식을 근본적으로 뒤바꿈으로써 현실을 더욱 진실되게 형상화하고 그리하여 인간해방에 더욱 착실하게 기여하고자 했던 브레히트의 노력은 바로 연극예술을 리얼리즘의 본줄기로 되돌려놓는 데 없어서는 안 될 큰 업적이라 하겠다.

---

[38] 윌리엄즈는 브레히트가 "새로운 시대에 진입했다기보다 낡은 세계를 색다르게 평가"했다는 데에 그의 커다란 독창성이 있다고 결론짓고 있다. Drama from Ibsen to Brecht 331~32면 참조.

4. 마무리

한국의 고유한 연극·연희의 전통을 오늘의 현실 속에 되살리려는 70년대 이래의 노력은 서구의 이른바 '정통' 연극을 근본적으로 비판하는 '서사극'의 이론에서 상당한 자극과 시사를 얻어온 것으로 생각된다. 물론 그것은 어디까지나 하나의 자극이요 시사에 불과한 것이지만, 적어도 이론의 정립이라는 면에서는 서양연극의 내부에서 대두한 자기비판의 결과가 우리의 전통적 탈춤이나 인형극의 실제에 부합하는 면이 많다는 사실이 큰 힘이 되었음은 당연한 일이다.[39] 특히 브레히트의 경우는 그 자신이 중국 고전극의 양식에서 많은 것을 배웠을뿐더러, 일본의 '노'(能) 극에서 영향을 받았던 예이츠와도 또 달리 이러한 자극을 기본적으로 '리얼리즘의 사업'을 실현시키는 방향으로 수용하고자 했다. 따라서 우리 자신의 리얼리즘적 작업을 추진하려는 전통예술 재창조의 움직임이 브레히트의 서사극에서 새로운 것을 배운다 할 때 이는 최선의 의미에서 국경을 넘어 서로 주고받는 관계를 이루는 셈이며, 여기서 우리가 얻어낼 것은 앞으로도 얼마든지 더 있으리라고 믿는다.

그러나 브레히트의 입장과 예컨대 우리 마당극의 기본원리가 많은 점에서 일치한다는 사실을 우리로서 너무 달콤하게만 생각할 일은 아니다.

---

[39] 형식적인 측면에 너무 치우친 느낌이 있으나 전통극의 성격규명에 서사극의 이론이 원용된 선구적인 예로 허술 「전통극의 무대공간」(『창작과비평』 1974년 여름호) 및 「인형극의 무대」(『창작과비평』 1975년 겨울호) 참조. 또한 조동일 『한국 가면극의 미학』(한국일보사 1975)에도 브레히트에 관한 짤막한 언급이 있으며(147면 주44), 임진택의 최근 논문 「새로운 연극을 위하여」(『창작과비평』 1980년 봄호)에서도 서사극과의 상관성을 지적하고 있다. 독문학계의 기여로는 송동준의 「서사극과 한국 민속극」(『문학과지성』 1974년 가을호)이 있었다. 〔최근의 업적으로 이원양의 『브레히트 연구』(두레 1984)와 졸편 『리얼리즘과 모더니즘』(창작과비평사 1983)에 실린 정지창의 「서사극과 리얼리즘」이 나왔다.〕

중국 고전극의 자극과 암시가 있었다 하지만 브레히트의 서사극론은 어디까지나 서양의 재래극, 특히 입센 이래의 자연주의 희곡전통에 대한 반성의 산물이며 어떤 의미에서 이 전통의 내재적 논리의 관철이기도 하다. 서사극의 강점과 약점이 모두 이 사실과 떼어 생각하기 힘든 것이다.

그러므로 자연주의 희곡의 정확한 성격을 인식하는 일은 서구 리얼리즘의 더 깊은 이해를 위해 필요할뿐더러 당장 우리 연극계 그리고 문학계의 실천적 과제와도 직결되어 있다. 자연주의 희곡(또는 대다수 표현주의 희곡)의 여러 관습들은 이미 서양 연극계 내부에서도 비판을 받고 있고 또 비판받아 마땅한 터이므로 우리가 그러한 관습에 맞춘 좋은 창작극을 못 낳는다고 일방적으로 탄식만 하고 있을 이유는 없다. 그러나 자연주의 희곡에서의 이른바 '프로시니엄'(proscenium) 무대나 이 무대에 올려진 양식의 공연행위는 그것대로 인간해방의 역사에서 한몫을 해낸 것이었다. 관객석과 단절된 정면의 무대 위에 '객관적 현실'을 재현하고 아무런 논평 없이 관객들 자신이 보고 느끼고 판단하도록 만드는 형식은 원래 자연과학의 실증적 정신을 극장에 도입함으로써 인간의 삶을 더 합리적으로 변혁해나간다는 자연주의의 대원칙에서 나왔다. 이러한 실증의 정신은 이미 지적했듯이 리얼리즘 본연의 과학정신에서 어느 일면만 떼어낸 것이고 따라서 장기적으로는 리얼리즘의 왜곡과 부정에 이바지하게 마련이었다. 그러나 리얼리즘의 큰 물결이 퇴조기에 들어섰던 19세기 후반의 유럽에서 자연주의 희곡은 이러한 실증의 정신을 그나마 가장 리얼리즘답게 활용한 본보기의 하나였다. 퍼거슨이 입센과 체호프의 '근대적 리얼리즘'이 소포클레스, 단떼, 셰익스피어 등의 리얼리즘에 비해 극히 한정된 것임을 지적하면서도 현대연극에서 '그리스적 내지 중세적 의미의 리얼리즘'을 부분적으로라도 재현하는 유일한 예로 입센 등의 희곡을 꼽고 있는 것은 그런 점에서도 수긍이 간다.[40]

그렇다면 한국에서 훌륭한 '정통극'이 창작되지 않는 것이 서구의 무대극이 완전히 낡아버려서만은 아닐 것이다. 서구의 자연주의 극작가들이 가졌던 만큼의 과학정신과 인간해방에의 정열이 서구 연극양식의 수용 노력 속에 담기지 않고 있기 때문일 것이다. 실제로『만선』같은 작품은 바로 그러한 자연주의의 열정이 씽이나 로르까의 세계와 흡사한 민중세계의 언어 및 소재와 결합됨으로써 높은 예술적 성과를 이룩한 예이다. 이러한 성과는 개인적 재능이라든가 현실적 제약의 문제를 떠나서라도, (씽에게서도 문제가 되는) 사투리의 사용이나 작품의 소재를 이룬 토속생활 자체의 급격한 변화를 생각할 때 쉽게 반복되기를 기대할 수는 없을 것이다. 그러나 장차 우리 창작극의 주된 노력이 마당극 쪽으로 기울든 어떻든, 자연주의 희곡을 위시한 서구의 연극전통에 대한 주체적 학습이 우리의 중요한 숙제로 남을 것만은 확실한 일이다.

　서양의 역사에서 보면 고대 그리스나 셰익스피어 시대의 극장은 우리가 요즘 흔히 말하는 '마당'과 '무대'를 겸하고 있었던 셈이다. 이때에 중요한 것은 공연장이 둥그냐 모나냐, 관객들이 어디에 어떻게 자리 잡고 있느냐는 등의 형식적인 문제가 아니다. 요는 극장이 당대로서 가장 뜻깊은 진실의 계시가 이룩되는 현장이며 동시에 전국민적 내지 전민중적 축제의 현장으로 되어 있느냐는 것이다. 그러자면 공연장은 가공의 무대가 아니고 참석자 전원이 공유하는 역사적 행사의 '마당'이어야 할 것이며, 동시에 그것이 당대 최고의 사상과 정서를 담을 만큼 언어 및 공연 예술의 세련을 이루기 위해서는 어느정도 '무대'로서의 독립성이 보장되어야 할 것이다.

　셰익스피어 희곡의 공연장이 과연 얼마만큼이나 이런 마당이자 무대였는지를 정확히 측정할 능력이 필자에게는 없다. 어쨌든 그것은 현실적

---

40 *The Idea of a Theater* 95~96, 146~48면 등 참조.

으로 17세기 초엽 이후로 없어져버렸을 뿐 아니라, 산업혁명 이후의 서구 사회에서는 재생의 가능성마저 사라졌다는 생각이 들 때가 많다. 물론 이 것이 어떤 숙명론적 입장에서 단정지을 일은 아니다. 셰익스피어를 낳았 던 민중문화의 풍토가 영국의 산업화와 더불어 상실되었다고 말할 때에 도 우리는 그것이 모든 산업화에 자동적으로 따르는 결과인지 아니면 서 구, 특히 그중에서도 영국의 산업화가 민중의 창조적 역량에 결정적인 타 격을 입히면서 출발했기 때문인지를 우선 따져볼 필요가 있다. 그리고 이 것은 서구의 뒤를 이어 산업화로 치닫고 있는 세계의 다른 어디선가는 '셰익스피어적' 마당과 무대의 창조가 가능할 것인지, 또한 서구 자체로 서의 재창조가 혹시 가능하려면 어떤 역사가 펼쳐져야 할 것인지 등의 물 음과도 겹치는 것이다.

영국에서는 19세기에 이르러 셰익스피어 시대의 '최종적 상실'[41]에 대 한 보상이라면 보상으로서 디킨즈를 비롯한 19세기 영국소설의 리얼리 즘적 성과가 있었다. 그리고 이는 로런스가 "갈릴레오의 망원경보다 훨씬 위대한 발견"[42]이라고 규정한 장편소설의 성숙에서 큰 몫을 차지했다. 제 인 오스틴(Jane Austen)에서 D. H. 로런스에 이르는 영국소설은 프랑스· 러시아·독일 등의 리얼리즘 소설과 더불어 산업화의 충격 속에서 인간 정신이 이룩한 거대한 업적임이 분명하다. 비록 그것이 연극이 갖는 대중 적 공연의 창조성에서 소외되고 운문예술 특유의 미덕을 희생한 가운데 서 이룩된 업적이지만, 새로운 시대의 진정한 고전으로서 지난날의 최고

---

41 "셰익스피어를 가능케 했던 영어를 만들어낸 창조적 여건들은 산업주의의 그 최종적 승 리〔미국 남북전쟁의 결과 — 인용자〕와 더불어 — 미국에서는 영국에서보다 더욱 완벽하 게 — 사라졌다. 디킨즈의 업적의 배후에는 그러한 여건 비슷한 것들이 있었다. 이제 그런 여 건은 완전히, 그리고 영원히 사라져버렸다." F. R. Leavis, *The Living Principle*, London, 1977, 52면.

42 D. H. Lawrence, "The Novel," *Phoenix II*, New York, 1968, 416면.

의 예술에서도 미처 실현되지 못했던 가능성을 열어놓았음은 이 글의 앞부분에서 살펴보고자 했던 점이다.

그런데 바로 이러한 업적 자체가 이제는 다시 모더니즘의 도전을 맞았고 서구에서는 이미 낡은 것으로 밀리게 된 것이 오늘의 현실이다. 아니, 19세기 리얼리즘의 고전적 성과에만 집착하는 태도라면 당연히 밀려야 옳게끔 되어버린 현실이기도 하다. 그러나 리얼리즘이라는 것을 서구와는 다른 우리들 자신의 역사 속에서 우리가 떠맡은 인간해방의 과제의 일부로 인식한다면, 서구에서의 리얼리즘의 퇴조를 세계문학의 대세로 받아들일 필요도 없고 그렇다고 모더니즘 나름의 성과를 수용하지 못하는 '신고전주의'에 빠질 필요도 없다. 서구에서 퇴조하고 있는 리얼리즘 소설의 새로운 결실, 서구에서 일단 사라져버린 고전적 연극문화의 새로운 창조, 산업화 과정에서 퇴조 또는 소멸해가고 있는 우리들 자신의 문화유산의 새로운 계승, 이런 작업들이 우리에게 주어진 삶의 터에서는 얼마든지 커다란 하나의 사업으로 이어질 수 있는 것이다. 80년대에, 또는 그 너머의 미래에 이 사업이 우리 민족에 의해 실제로 얼마만큼이나 성취될는지는 아무도 장담하지 못한다. 다만 70년대 한국문학의 구체적 성과를 반영하고 수렴할 이론적 심화가 그 과정에서 요청될 것만은 분명하며, 이를 위해 리얼리즘의 문제를 서구문학의 흐름과 관련시켜 살펴보는 작업도 다소의 도움이 될 수 있으리라 믿는다.

—『한국문학의 현단계 1』, 창작과비평사 1982

모더니즘에 관하여

1. 머리말

「리얼리즘에 관하여」라는 먼저의 글에서도 그랬듯이 모더니즘에 '관하여'라는 어정쩡한 표현을 쓴 것은 필자의 의도가 처음부터 어떤 본격적이고 체계적인 모더니즘론을 벌이려는 것이 아니기 때문이다. 단지 모더니즘과 관련된 몇가지 문제를 살펴보려는 것이며, 그것도 주로 영문학의 경우를 중심으로 논의하고자 한다. 그러나 관심의 방향은 어디까지나 리얼리즘 문제를 둘러싼 한국 평단의 기왕의 논의에서 크게 벗어나는 바 없기를 바란다. 리얼리즘과 모더니즘의 대립이 우리 시대의 문학에서 아직도 극복되지 않은 핵심적 쟁점이라고 보는 입장에서는, 모든 리얼리즘론과 모더니즘론이 결국 같은 이야기의 안팎을 이루게 마련이다. 그리고 리얼리즘의 개념을 서양문학 자체의 흐름 속에서 이해하는 것이 중요하다면,[1] 모더니즘의 문제는 더욱이나 20세기 구미예술의 구체적 양상을 떠나서 생각하기 힘들 것이다.

'모더니즘'이란 낱말도 그 뜻매김이 다양하기로는 '리얼리즘'에 못지 않다. 그 많은 정의들을 다 알아보는 일은 불가능할뿐더러 여기서 꼭 필요한 일도 아니지만, 큰 갈래는 우리 나름대로 짚어보고 논의를 시작해야 할 것이다. 아마 가장 손쉽기로는 문학사의 특정한 시기를 잡아서 그 무렵의 새롭고 특징적인 작품들 전부를 '모더니즘'의 산물로 이해하는 방법일 게다. 이때에도 그 시기를 언제부터 언제까지로 잡을 것이며 이 기간 내의 '새롭고 특징적인' 문학이 어떤 것이냐에 대한 논란은 계속되게 마련이다. 하지만 적어도 일정한 시기의 문학사라는 구체적 대상은 확보해놓고 다음 문제를 논할 수 있는 이점이 있다. 따라서 가령 다수 독자들을 위한 '펠리컨 유럽문학 안내서'의 하나로 나온 『모더니즘』이란 책은 1890년부터 1930년까지를 대상 시기로 잡고 이 시대의 다양한 면모를 다룬 글들을 싣고 있다. 개별 학자의 견해로서도 예컨대 해리 레빈의 「모더니즘은 무엇이었는가」라는 논문은 모더니즘운동이 20세기 초반(대략 1940년 전후)에 이미 끝난 것으로 해놓고 그 성과를 평가하며 옹호하고 있다.[2] 국내의 최근 연구 가운데 김명렬(金明烈)의 「모더니즘의 양면성」이라는 글도 기본적으로 같은 접근법을 택한 것으로 보인다. 그는 1920년대의 영국소설을 논하면서 "잠정적으로나마, '현대적인 상황에서의 인간의 삶을 주제로 하면서 그것을 새로운 기법으로 표현하려고 한 소설'이라는 지극히 막연한 기준을 세웠다"고 덧붙이고 있지만, "대부분의 문학사조가 그렇듯이 모더니즘도 어떤 통일된 이념에 의한 조직적인 활동이 아

---

1 졸고 「리얼리즘에 관하여」는 바로 그러한 이해를 목표로 한 것이었다. 김윤수·백낙청·염무웅 편 『한국문학의 현단계 1』(창작과비평사 1982); 〈본서 4부〉 참조.

2 Malcolm Bradbury and James McFarlane, eds., *Modernism: 1890-1930*, Penguin Books 1976 및 Harry Levin, "What was Modernism?," *Refractions: Essays in Comparative Literature*, Oxford University Press 1966 참조.

니라 여러가지 원인이 복합적으로 작용하여 생긴 다양한 현상"³이라는 전제 아래 특정 시대의 다양한 작품들을 모더니즘의 개념 속에 포용하는 자세를 취하고 있다.

이에 비해 모더니즘을 하나의 예술적 이념 내지 특질로 이해할 때는 문제가 한결 복잡해진다. 그러나 시대구분 위주의 개념규정을 하더라도 그 시대의 문학·예술을 좀더 깊이 있게 이해하자면 어차피 일정한 이론적 정리를 거쳐야 할 것이다. 더구나 비교적 동질성이 높은 한두 나라 또는 몇 나라의 예에 국한되지 않고 여러곳에서 상당한 시차를 지니며 펼쳐지는 비슷한 현상을 문제 삼아야 할 경우에는 그 '비슷함'을 부각시키는 이론이 당연히 요구된다. 예컨대 모더니즘 문학이 20세기 초의 서구뿐 아니라 세기 중엽의 라틴아메리카나 오늘날 한국의 일각에서도 번창하고 있다고 보는 경우, 아니, 입장에 따라서는 서구에서도 오늘까지 위세를 떨치고 있다고 보는 경우, 그 본질적 특성이 무엇인지를 살피지 않을 수가 없는 것이다. 그러므로 모더니즘을 좋게 보든 나쁘게 보든, 일단 그 말뜻을 시기보다 특질을 중심으로 매겨볼 필요가 있다. 이상섭(李商燮)의 『문학비평용어사전』도 그러한 접근법을 택한 예라 하겠다.

모더니즘(modernism) 현대예술의 어떤 특질을 일컫는 다소 막연한 명칭. 현대문학 ── 유럽에서는 20세기 문학 전부를 가리키기도 한다 ── 전체가 다 모더니즘에 속한다고는 할 수 없다. 현대문학의 여러 경향 중에 특별히 전위적이고 실험적인 것만이 모더니즘과 관계가 있다. (⋯)

모더니즘은 더 직접적으로는 19세기 후반과 20세기 초에 융성하였던

---

3 김명렬 「모더니즘의 양면성 ── 20년대 영국소설을 중심으로」, 『세계의 문학』 1982년 가을호 30면.

사실주의 및 자연주의에서 벗어나려는 노력이다. 사실주의와 자연주의는 19세기적 유물론과 관련이 깊은데 모더니즘은 그러한 우주관은 물론, 일체의 물질주의와 산업주의를 개인정신의 부자유로 보고 반발한다. (…)

현실세계의 미래에 대해서는 비관적이다. 모더니즘 문학은 과거지향적이라기보다는 현실비판적이고, 나아가서는 미래에 대하여 예언적인데, 그 예언은 묵시록적인 세상의 파멸, 반유토피아에 대한 비전의 형태를 취하는 것이 보통이다. 현실에 속한 독자에 대하여 모더니스트는 이해를 돕든가 친절하지 않고 오히려 조소적이다. 현실생활에 대한 비판의 한 방법으로서 '예술의 비인간화'를 서슴지 않기도 한다.

'비개성적 예술관'도 이와 관계가 있다.[4]

전문을 인용한 것도 아니지만 모더니즘의 특질을 이만큼 명시해놓으면 벌써 온갖 논란을 예상하게 된다. 그러나 이론적 규명이 꼭 필요하다는 입장에서는 어쨌든 이런 식의 정의와 그에 따르는 논란은 환영할 만한 일이다.

필자 자신은 모더니즘에 대한 사전적 정의를 꾀한 적은 없으나 서구의 예술과 관련하여 이상섭이 꼽는 바와 동일한 현상에 더러 주목하기도 했고 그의 정의가 적어도 영문학계에서는 대체로 통설에 부합한다고 믿고 있다. 그러나 모더니즘 예술을 단순히 이해하고 감상하는 데 그치지 않고 비판·극복하는 일이 세계문학의 앞날을 좌우하리만큼 중요하다면, 동일한 현상에 주목하더라도 그것이 과연 얼마나 '현실비판적'이라 말할 수 있으며 참된 의미에서 역사의 '전위'라고 부름직한지에 관해서 견해를 달

---

4 이상섭 『문학비평용어사전』, 민음사 1976, 63~64면.

리하게 마련이다. 따라서 '민족문학' 또는 '제3세계문학'을 지향하는 입장에서는, 이상섭이 지목하는 서구 현대예술의 "특별히 전위적이고 실험적인 것"이야말로 실제로는 퇴폐와 퇴영의 증상이며 오히려 그들이 극복했다고 하는 자연주의의 연장선상에 있다는 루카치의 리얼리즘론에 상당한 공감을 느껴온 것이 사실이다. 그러나 민족문학론이나 제3세계문학론이 우리 나름의 주체적인 문학을 하려는 노력인 이상, 우리의 모더니즘관역시 루카치(또는 다른 어떤 서양인)의 그것을 답습할 수 없음은 물론이다. 다만 1930년대의 한국 문단에 모더니즘이 처음 소개될 때나 그보다도더한 무방비 상태에서 구미문화가 밀어닥치던 1950년대와 달리 결연한비판적 자세가 있어야겠다는 것이다.

그런데 루카치의 유명한 모더니즘론이 정작 '모더니즘'이라는 낱말을 쓰고 있지 않다는 사실은 상황의 복잡성을 암시해준다. 모더니즘의 이데올로기를 논한 『오해된 리얼리즘에 반대하여』 제1장에서나 다른 곳에서나 루카치가 쓰는 용어는 '전위주의'(Avantgardismus)인데 이를 영어로'모더니즘'이라 번역하고 있는 것이다.[5] 이는 독일과 영국의 문학사적 상황이 다름에서 오는 용어의 차이라 짐작된다. 독문학에서는 19세기 말엽에 주로 프랑스와 스칸디나비아의 자연주의적 문학사조의 영향으로 '현대적인 것'(Die Moderne)을 표방한 운동이 있었다. 그러므로 자연주의에반발한 표현주의 등 20세기의 전위예술을 '모더니즘'이라 부르지 않은 것은 당연한 일이다. 하기는 프랑스에서도 모더니즘이라는 낱말이 영어권에서만큼 흔히 쓰이는 것 같지는 않다. 그 이유는 독일의 경우와도 또다르다고 생각되는데, 어떤 의미에서 20세기 초 모더니즘운동의 기원에 해

---

5 G. Lukács, *Wider den mißverstanden Realismus* (Hamburg, 1958)의 영역본은 영국에서 *The Meaning of Contemporary Realism*, 미국에서는 *Realism in Our Time*으로 나왔는데 제1장의 제목은 "The Ideology of Modernism"으로 옮겨져 있다.

당하는 상징주의(symbolisme) 예술이 프랑스에서 일찍이 19세기부터 자리 잡았기 때문에 모더니즘이라는 좀더 애매한 명칭을 필요로 하지 않았을 것이다.[6] 게다가 '초현실주의'(surréalisme)라든가 미술에서의 '입체파'(cubisme) 등 그때그때 운동의 성격을 이론적으로 밝히는 일에 뛰어난 프랑스 지성의 풍토도 작용했을 것이다.

그렇다면 모더니즘이라는 용어 자체가 서양 어디서나 두루 쓰이는 명칭이라기보다 영미의 비평계에 치우친, 어떤 면에서는 영미 문단의 이론적 후진성과도 무관하지 않은 이름이라고 말할 수 있다. 하지만 그럴수록 우리처럼 — 적어도 서구적 전위예술의 발달에 있어서는 — 엄청나게 후진적인 상황에서는 그것이 쓸모 있는 낱말이 될 가능성이 많다. 비판적으로 본다고 해서 자세한 내용도 모른 채 깡그리 배격해서는 안 되겠지만, 어쨌든 우리에게는 구미 전위예술의 온갖 유파들을 한번 뭉뚱그려 비판할 수 있는 개념이 필요한 것이다.[7]

그런데 서양에서는 모더니즘운동의 일부로 공인되는 여러 유파들뿐만 아니라 모더니즘을 계승하면서 극복했다고 스스로 주장하는 '포스트모더니즘'(Post-Modernism), 모더니즘 자체의 새로운 단계에 해당한다는

---

6 20세기의 새로운 문학에 대한 초창기의 유명한 소개서인 윌슨(Edmund Wilson)의 『악셀의 성』(*Axel's Castle*, 1931)에서 저자는 "우리 시대의 문학사는 거의가 상징주의의 발전과 그것이 자연주의와 일으키는 융합 또는 갈등의 역사이다"(25면)라고 말하면서 19세기 프랑스의 전위적 문학의 영향을 중심으로 현대 구미문학의 전개를 검토하고 있다.

7 졸고 「현대문학을 보는 시각」 참조. "'주체적인' 자세로 임한다는 것이 현대 서양문학의 이러한 다양한 전개를 무시하는 결과가 되어서는 안될 것이다. 그러나 '주체적인' 자세란 역시 어떤 비판적인 안목을 전제하는 것이고, 그것은 또한 비판의 대상이 아무리 복잡다기할지라도 이를 하나의 전체로서 볼 수 있는 능력을 뜻하는 것이다. 그런 의미에서 20세기 초반 서구 전위예술의 온갖 조류들을 애매하게 통칭하는 데 흔히 쓰이는 '모더니즘(현대주의)'이라는 단어도 애매하다고 그냥 내버리기보다 우리에게 필요한 일반화 작업의 한 수단으로 살리는 것이 좋을 듯하다."(『민족문학과 세계문학 1』 175면)

'네오모더니즘'(Neo-Modernism) 등의 개념들까지 나와 사태를 더욱 복잡하게 만들고 있다.[8] 그러나 이제부터 좀더 자세히 살펴볼 일이지만, 모더니즘을 기본적으로 리얼리즘에 대립되는 개념으로 파악하는 눈으로 보면 그러한 구별들이 내부적인 분파작용 이상의 의미를 갖지 못한다. 다만 여기서 혼란을 피하기 위해 유의할 점은, 모더니즘운동이 반발했고 또 극복했다고 스스로 자랑하는 사실주의 및 자연주의가 우리가 말하는 리얼리즘과는 다르다는 — 이미 많은 사람들이 강조해온 — 사실이다. 프루스뜨나 버지니아 울프 같은 20세기 초의 전위적 작가들은 이전 시대의 사실주의가 인생의 겉만 그려낼 뿐이라고 통박했고[9] 그것은 옳은 말이기도 했다. 하지만 그러한 부분적 진실의 회복으로 작가의 임무를 다했다고 믿는 것 자체가 모더니즘의 병폐라고 리얼리즘론자는 주장하는 것이며, 이 주장을 벌써 옛이야기가 된 사실주의와 혼동하면서 귀담아들으려 하지 않는 자세야말로 바로 그 병폐의 또다른 증상이라고 보는 것이다.

이 글은 이러한 관점에서 진정한 리얼리즘과 지속적인 대립관계에 있는 예술이념으로서의 모더니즘의 성격과 그 다양한 전개의 일부를 밝혀보고자 한다. 따라서 이른바 포스트모더니즘이 스스로와 구별하는 '모더

---

8 레빈에 따르면 'Post-Modern Period'라는 표현을 토인비가 먼저 썼다고 하는데(*Refractions* 277면 참조), 문학에서는 손태그(Suzan Sontag, *Against Interpretation and Other Essays*, 1966) 그리고 뒤에 거론할 하싼 등이 '포스트모더니즘'의 제창자이며, 이에 반해 커모드는 '네오모더니즘'이라는 개념을 내세운다(Frank Kermode, "Modernisms," *Continuities*, 1968). 그런가 하면 로지 같은 사람은 현대문학에 있어서 모더니즘·안티모더니즘·포스트모더니즘의 병존 상태를 말하기도 한다(David Lodge, "Modernism, Antimodernism and Postmodernism," *Working with Structuralism*, 1981)

9 프루스뜨(Marcel Proust)의 사실주의론은 졸편 『문학과 행동』(태극출판사 1974)에 홍승오 역으로 실린 「사실주의와 내면의 진실」(『잃어버린 시간을 찾아서』의 한 대목)에서 쉽게 찾아볼 수 있으며, 버지니아 울프(Virginia Woolf)의 경우는 "Modern Fiction" "Mr. Bennett and Mrs. Brown" 등의 에세이가 가장 널리 알려져 있다.

니즘'이라든가 20세기 초 일정한 시기의 문학 내지 문학운동으로서의 '모더니즘운동'을 똑같은 용어로 지칭하여 혼란이 우려될 경우, 지금처럼 따옴표를 붙여 명시하기로 한다.

2. 포스트모더니즘의 시각

1

포스트모더니즘이라는 것도 모더니즘의 한 변형에 지나지 않는다는 것이 이 글의 입장이다. 그러나 모더니즘의 제반 특질이나 그 역사적 전개양상을 체계적으로 고찰할 채비가 되어 있지 않은 필자로서는 논의의 편의상 포스트모더니즘의 시각을 빌려 모더니즘의 성격을 생각해보고자 한다. 포스트모더니즘의 시각에 관해서는 작년(1982년 10월) 한국에 왔던 이집트 출신의 미국 평론가 이합 하싼의 강연 내용을 주로 원용하려고 하는바, 공개강연을 들은 필자의 기억과 약간의 필기를 근거로 한 것이므로 하싼의 입장이 다소 부실하게 전달될 우려도 없지 않다. 그러나 하싼의 포스트모더니즘 문학론을 담은 저서 『오르페우스의 절단』[10]을 참조하여 필자 나름으로 공정을 기했고, 어차피 논의의 목표가 모더니즘 자체의 이해에 있는 만큼 포스트모더니즘론의 정밀한 소개가 못 되어도 무방하리라 믿는다.

하싼은 서울 체류 중 서울대 미국학연구소와 한국영어영문학회가 각각 주최하여 '포스트모더니즘의 문화이론을 향하여'(Toward a Cultural

---

10 Ihab Hassan, *The Dismemberment of Orpheus: Toward a Postmodern Literature*, Oxford University Press 1971.

Theory of Post-Modernism)와 '비평적 논의: 문학이론에서의 최근 경향과 갈등'(The Critical Debate: Recent Trend and Conflicts in Literary Theory)이라는 제목으로 두차례의 강연을 했다. 여기서 그는 '모더니즘'이 문학의 본질과 문학사의 성격에 대해 일정한 고정관념을 전제한 권위주의적·신고전주의적인 움직임이었던 데 반해, 포스트모더니즘은 어떠한 '중심'도 인정하지 않는 전혀 새로운 차원의 문학이요 예술임을 강조했다. 그가 열거한 최근 비평적 논의의 네가지 중요한 쟁점은 다음과 같다. 첫째, '문학성'(literariness)의 문제로서 포스트모더니즘은 창작품과 비평문, 문학적인 텍스트와 여타의 글에 대한 종전의 구별을 부정하는 쪽이고, 둘째로 '문학사'의 가능성 여부에 대해서도 부정적이며, 셋째, 뉴크리티시즘(New Criticism, 신비평)식의 작품해석 내지 '해명'(explication)에 관해 그 무용론을 주장하고, 끝으로 문학에 있어서 '의미의 확정성 또는 불확정성'을 둘러싼 논의에서도 비평적 일원론보다 다원론 내지 비평적 상대주의에 기울고 있다는 것이다. 이러한 동향이 '모더니즘' 이래의 하나의 질적인 변화에 해당한다는 주장은 그의 저서에도 나온다. 즉 에드먼드 윌슨의 『악셀의 성』에서는 19세기 프랑스의 상징주의로부터 20세기 초의 발레리(Paul Valéry), 엘리엇, 프루스뜨, 조이스 등으로 이어지는 위대한 예술적 성취가 강조되었지만 현대는 이러한 성취조차 부정되는 "예술과 언어와 문화의 근본적 위기"이며, 따라서 '모더니즘'이 이룩한 형식의 와해가 그다지 혁명적인 것이 못 된다는 커모드의 '네오모더니즘'론에도 찬동할 수 없다는 것이다.[11]

그런데 20세기 초 전위문학의 신조나 업적의 세세한 것에 특별한 집착을 갖지 않은 국외자의 견지에서는 포스트모더니즘의 새로움에 대한 이

11 같은 책 3~4면 및 11면 참조.

러한 주장이 얼핏 실감되지 않는 것이 사실이다. 형식의 파괴라든가 예술·언어·문화 자체의 가능성에 대한 뿌리 깊은 불신 따위는 우리가 원래 모더니즘의 특징으로 배워온 것들이고 앞서 인용한 『문학비평용어사전』에도 나오는 이야기이다. 게다가 20세기 초 시인·작가들의 구체적인 작품에 대해 근본적으로 새로운 평가가 있는 것 같지도 않다. 대체로 상징주의 계열보다 초현실주의와 다다(Dada) 쪽이 중시되고 조이스와 카프카의 값어치가 올라가는 대신 T. S. 엘리엇이 폄하되는 경향이다. 그러나 이것이 하쌘의 개인적 취향만이 아니고 포스트모더니즘론자들의 일반적 견해라 하더라도 아뽈리네르(G. Apollinaire)와 브르똥(A. Breton), 조이스와 카프카, 그리고 하쌘이 특별히 주목하는 또 하나의 작가인 헤밍웨이(E. M. Hemingway), 이런 작가들이 전부 '모더니즘' 시대의 산물일뿐더러 그 시대에 이미 인정을 받은 작가임이 분명하다.[12] 실제비평의 분야에서 좀더 뚜렷한 차이를 든다면, 레빈 같은 '모더니즘' 옹호자가 이전 시대 거장들의 아류로밖에 안 보는 20세기 중반 또는 후반의 많은 저자들을 높이 평가한다는 점일 것이다.

그러나 가장 두드러지는 차이는 포스트모더니즘이 베께뜨(Samuel Beckett)나 헨리 밀러(Henry Miller), 올비(Edward Albee) 등의 문학적 가치를 정립하는 그 나름의 실제비평을 시도하기보다 뉴크리티시즘식의 '실제비평'이나 '문학적 가치'를 부인함으로써 '모더니즘'의 관점에서는 아류 또는 단순한 파괴자밖에 안 되는 저자들에게 일거에 문호를 개방한다는 점이다. 다시 말해, 포스트모더니즘이 20세기 전반부 영미 평단의 주류를 이루

---

[12] 하쌘 자신의 다음과 같은 말에서도 이 점이 드러난다. "포스트모던의 정신은 모더니즘의 몸통 ─ 프루스뜨, 만, 그리고 조이스와 예이츠와 릴케, 또한 엘리엇, 스트린드베리, 오닐, 그리고 삐란델로의 작품 ─ 속에 또아리를 틀고 누워서 어떤 작가들에게는 신경을 갉아대기도 하고 또 어떤 작가들은 광적인 실험을 하게 만들기도 한다."(같은 책 139면)

었다고 할 '신비평'에 대한 극단적 도전인 것만은 분명한 것이다.

뉴크리티시즘이 '모더니즘'의 전부가 아닌 이상 전자에 대한 도전이 곧 후자의 극복으로 되기까지에는 적어도 두 단계가 더 남아 있다. 먼저 그것이 '극복'에 값하는 정확한 도전이어야 하며 또한 뉴크리티시즘 이외의 여러 이전 시대적 흐름에도 적중하는 도전이어야 한다. 하지만 어쨌든 뉴크리티시즘이 모더니즘운동의 중요한 일부인 것은 틀림없는 사실이고 그에 대한 재검토는 우리 자신의 모더니즘 극복 노력을 위해서도 필요하다고 생각된다.

실제로 뉴크리티시즘의 시대는 1950년대로 끝났다고 이야기된다.[13] 신비평에 대한 이후의 비판과 공격은 각양각색이지만 문학작품의 독특한 가치와 일정한 의미를 부인하는 포스트모더니즘의 입장은 신비평의 핵심적인 부분을 건드리고 있음이 분명하다. 알다시피 신비평은 넓게 보면 파운드(E. Pound), 엘리엇, 리처즈 등의 선구적 업적을 포함하고 좀더 엄밀히 한정지으면 랜섬, 테이트, 브룩스, 워런, 윔저트, 블랙머 등 일군의 미국 평론가들의 활동을 지칭한다. 그 어느 쪽을 생각하든, 이들은 모두 작품 하나하나를 정독하여 저자의 개인적 의도도 아니고 사회적·역사적 배경의 의미도 아니며 독자의 주관적 연상이나 주장도 아닌, '작품 자체'가 요구하는 반응을 보이는 일을 비평의 본분으로 삼고 있다. 그러므로 이것이 곧 '문학적인 것'에 대한 '모더니즘'의 독단이요 일정한 텍스트의 일정한 의미를

---

13 『신비평 이후』라는 책의 저자 렌트리키아는 프라이(Northrop Frye)의 『비평의 해부』 (*Anatomy of Criticism*)가 출판된 1957년을 전환점으로 잡고 있다. 그는 또한 이해에 커모드 의 『낭만적 이미지』(*Romantic Image*)가 함께 출판된 사실에 주목하며, 신비평가 자신들의 업적으로서 윔저트와 브룩스 공저의 비평사(W. K. Wimsatt Jr. and Cleanth Brooks, *Literary Criticism: A Short History*)가 완성된 것도 한 시대의 종언을 긋는 데 어울린다고 한다. Frank Lentricchia, *After the New Criticism*, University of Chicago Press 1980, 3~4면.

제멋대로 '중심'으로서 고정시키는 신고전주의라는 포스트모더니즘의 비난은 엘리엇 이래 수많은 비평가들 공통의 대전제에 도전하는 셈이다.

이러한 도전은 '포스트모더니즘'의 이름으로만 나오고 있는 것도 아니다. 60년대 이래로 미국 평단에서 신비평에 반대하는 하나의 뚜렷한 유파를 형성해온 예일대학 중심의 이른바 '수정주의 비평가'들도 신비평의 문학주의·작품주의를 부인하는 '해석학적 비평' '철학적 비평' 내지 '창조적 비평'을 내세우고 있다.[14] 이들은 신비평이 대체로 경시했던 낭만주의 시인들을 재평가하고 유럽 대륙의 철학사상을 본격적으로 원용하는 등 하싼보다 한층 폭넓고 비중 있는 활동을 보여주는데, 그중 하트먼은 뉴크리티시즘식의 '실제비평'이 지녔던 현실적 기능에 대해서도 흥미 있는 통찰을 제시한다. 즉 크게는 1930년대의 정치적·경제적 불안이 이데올로기의 문제라든가 실증적 철학 및 과학으로부터 절연된 문학연구를 요구하게 만들었고, 나아가서는 2차대전 이후 고등교육의 급격한 팽창으로 충분한 교양과 배경지식을 갖추지 못한 대학 인구를 양산했다는 사실도 작용했다. 신비평은 말하자면 이들의 능력에 맞는 만큼의 교양을 속성(速成)으로 제공하는 기술이었다는 것이다.

학생들은 실제로 그들 텍스트(문학텍스트)의 신비를 존중하라는 훈계를 들었다. 물론 '신비'라는 말은 쓰이지 않고 대신에 텍스트의 '자율성'이니 '존재양식'이니 '한계'니 하는 말을 들었는데, 실상 그것은 학생들 자신의 한계를 뜻하는 것이었다. 문학은 정치도 아니요 종교도 아니요 철학도 아니요 과학도 아니요 수사학도 아니요 기타 등등이 아니라는

---

14 대표적인 인물은 드망(Paul de Man), 블룸(Harold Bloom), 하트먼(Geoffrey Hartman), 밀러(J. Hillis Miller) 등이다. H. Bloom et al., *Deconstruction and Criticism*, Seabury Press 1979 및 G. Hartman, *Criticism in the Wilderness: The Study of Literature Today*, Yale University Press 1980 참조.

식이었다. 이런 것들은 모두 실재하지만 외적인 요소들이고, 대신에 문학예술 작품의 존재양식에의 내재적 접근을 찾아야 했다. 르네 웰렉 및 오스틴 워런 공저 『문학의 이론』(1949)을 보라. 그러나 이처럼 다른 '아무것도 아닌 것'이 무엇인지는 아무도 정의하지 못했다.[15]

이러한 지적은 한국의 영문학도에게는 특히 실감나는 이야기이다. 뉴크리티시즘이 한동안 우리의 강단비평을 휩쓸었고 오늘까지도 만만찮은 위세를 떨치고 있는 데에는 신비평 자체의 비평적 미덕이나 후속 사조의 도래에 소요되는 시차 문제 이상의 까닭이 있다. 필자는 여러해 전에 한국영어영문학회의 어느 발표회에서 우리는 서양의 역사적·사회적 배경을 잘 모르니까 그러한 배경을 제외하는 신비평의 방법을 채택하는 것이 좋다는 발언을 듣고서 그럴수록 신비평보다는 다른 접근법을 통해 모르는 것도 알고자 해야 하지 않겠느냐고 말한 적이 있는데, 갑자기 늘어난 미국 대학생들의 능력의 한계에 맞춘 비평기술이 그들보다 더욱 엄연한 문화적 한계를 지닌 한국의 영문학도들에게 환영받는 것도 무리가 아니다. 몇몇 텍스트를 공들여 읽고 이를 분석하는 일정한 방식만 터득하면 우리도 서양 문학 및 문화의 알맹이를 전수받았다는 자부심을 지닐 수 있었던 것이다.

그러나 이러한 사회학적 고찰로써 신비평 이론 자체의 옳고 그름을 판가름할 수는 없을 것이다. 그것은 결국 신비평가들의 문학관과 비평활동을 정면으로 검토함으로써만 가능할 터인데, 여기서는 어디까지나 모더니즘 전체에 대한 이해를 추구하는 본래의 의도에 따라 극히 단편적인 고찰을 해볼까 한다.

---

15 *Criticism in the Wilderness* 285면.

2

좀더 엄밀한 의미의 미국 신비평가들만 해도 각 개인의 입장에 상당한 차이가 있지만, 20세기 상반의 크게 보아 형식주의적인 성향을 지닌 영미 비평 전체를 고려의 대상으로 삼을 때는 더욱이나 일반론을 펴기가 힘들다. 우선, '형식주의적인 성향'이라고 말했지만 작품을 창작하거나 비평하는 사람으로서 '형식'에 관심을 갖는 일 자체는 필수적인 요건이며 미덕이라 보아야 옳다. 다만 형식에의 관심이 삶의 가능성이나 역사의 흐름에 대한 일정한 편견으로 말미암아 지엽말단의 차원에서 과장되었을 때 — 다시 말해 '내용'과 하나인 진정한 형식에의 관심에서 오히려 빗나 갔을 때 — '형식주의적'이라는 이름이 비판의 뜻을 담게 되는 것이다. 엘리엇과 리처즈로부터 미국의 신비평가들에 이르는 영미 비평가들이 '크게 보아 형식주의적인 성향'을 지녔다는 말에도 리얼리즘의 관점에 입각한 이런 비판이 들어 있다. 그러나 형식에 대한 필요한 관심을 환기시킨 뉴크리티시즘의 공로가 인정되어야 함은 물론, 그 일반적인 형식주의적 성향에도 여러 갈래와 등급이 있음을 알아보아야 할 것이다.

먼저 강조할 점은 일부 리얼리즘론자들의 통념과 달리 신비평의 형식주의가 곧 탐미주의(aestheticism) 내지 예술지상주의(art for art's sake)는 아니라는 사실이다. 물론 일정한 거리에서 볼 때 그들이 결국 대동소이하다는 결론이 가능하고 경우에 따라 이런 단순화가 필요할 수도 있다. 그러나 실제로 저들 비평가들의 형식지향성이 엄밀한 의미의 탐미주의(유미주의·심미주의)와 구체적으로 얼마나 다른지를 모르는 상태에서 그들을 예술지상주의자로 몰아붙인다거나 노스럽 프라이처럼 신비평 일체를 '심미주의의 관점'으로 규정하는 것은[16] 진정한 리얼리즘론의 정립을 위해서도

---

[16] *Anatomy of Criticism*, Atheneum 1969, 349~50면 참조.

도움이 안 되리라고 본다.

20세기 초 영미 비평의 방향을 결정짓는 데 가장 큰 영향을 끼친 — 그리하여 포스트모더니즘에서는 '모더니즘'의 대표자처럼 지목되는 — 인물은 T. S. 엘리엇이다. 그는 「전통과 개인의 재능」(1919)을 비롯한 일련의 평론을 통해 시인의 개성이나 감정보다 시 자체에 주목할 것을 강조했는바, 첫 평론집 『거룩한 숲』(1920)의 1928년판에 붙인 서문 중에서 "우리가 시를 고려할 때는 그것을 일차적으로 시로서 고려해야지 다른 어떤 것으로 고려해서는 안 된다"[17]고 한 대목은 아마도 그의 기본입장을 가장 잘 요약한 말일 것이다. 이러한 기본입장은 「전통과 개인의 재능」에서 현실생활의 '감정'(emotion)과 작품이 이룩한 '느낌'(feeling)을 질적으로 구분하는 태도라든가, 「비평의 기능」에서 창작은 비평과 달라서 '그 자체가 목적인'(autotelic) 것이라는 주장, 또는 시에 표현된 시인의 사상 내지 신념의 진실 여부는 시적 효과와 무관하다는 발언들과 연결되어 일종의 탐미주의로 귀착될 가능성도 없지 않다.[18] 그러나 "그릇된 학설이며 실천되기보다 광고되는 데 그치기 일쑤인 '예술을 위한 예술'의 학설"[19]이라는 엘리엇 자신의 명백한 단정이 아니더라도 그의 종교적 관심이나 사회적 관심, 아니 문학적 관심 자체가 심미주의 또는 예술지상주의로 규정될 수 없음은 분명하다. 사실 엘리엇은 영문학에서 모더니즘을 논할 때 핵심적인 존재이며 한두마디로 요약이 불가능한 경우이다. 그러므로 이 글에서도 따로 좀 자세히 살펴볼 예정인데, 다만 시는 "일차적으로 시로서 고려

---

17 "(…) when we are considering poetry we must consider it primarily as poetry and not another thing." (*The Sacred Wood: Essays on Poetry and Criticism*, Methuen 1960, viii면)

18 T. S. Eliot, *Selected Essays*, New Edition (1950), Harcourt, Brace & World 1960, "Tradition and the Individual Talent" 8면 이하, "The Function of Criticism" 19면 및 "Dante" 218면 이하 참조.

19 T. S. Eliot, *The Use of Poetry and the Use of Criticism* (1933), Faber & Faber 1964, 152면.

해야" 한다는 명제 자체가 얼마나 많은 단서가 달린 조심스러운 발언인지 그 단락 전체를 읽어볼 필요가 있다.

이들 에세이에 대두하여 그것들에 그 나름의 일관성을 부여하는 문제는 시의 온전성(the integrity of poetry)의 문제라고 내가 말할 때, 그리고 우리가 시를 고려할 때는 그것을 시로서 고려해야지 다른 어떤 것으로 고려해서는 안 된다고 거듭 주장할 때, 이는 하나의 인위적인 단순화이며 조심스럽게 받아들여지지 않으면 안 되는 것이다. 당시에〔수록된 글들을 쓸 당시〕 나는 르미 드 구르몽의 비평문들로부터 많은 자극과 도움을 받았다. 나는 그 영향을 인정하며 고마움을 느끼고 있다. 그리고 이 책에서 다루어지지 않은 문제 ── 시가 당대 및 다른 시대들의 정신적·사회적 삶과 갖는 관계의 문제 ── 로 내가 옮겨갔다고 해서 결코 그 영향을 배척하는 것은 아니다. 이 책은 연대순으로만 아니라 논리적으로도 하나의 출발인 것이며 전체적으로 나는 그 내용을 배격하지 않는다. 그러므로 이 책을 단순한 에세이와 서평 모음 이상의 것으로 읽을 후의(厚意)를 가진 독자에게 나는 좀더 크고 어려운 주제로의 입문으로 이 책을 대할 인내심을 가져주기를 부탁드린다.[20]

엘리엇에 비하면 리처즈의 시론이 훨씬 명확하게 시의 언어가 현실세계의 아무것도 지시하지 않는다고 못박음으로써 심미주의적 입장에 가까운 인상을 준다.[21] 그리고 『새로운 비평』(The New Criticism)이라는 책을 써서 '뉴크리티시즘'이 고유명사로 되는 데 기여한 랜섬이 지적했듯

---

[20] "Preface to the 1928 Edition," *The Sacred Wood*, viii면.

[21] I. A. Richards, *Principles of Literary Criticism* (1924), Routledge & Kegan Paul 1967, 제34장 "The Two Uses of Language" 211면 참조.

이 리처즈야말로 20세기 새로운 비평의 이론적 시발점을 제공한 인물이다.[22] 그러나 삶의 다른 모든 부분과 절연된 '심미적 상태'라든가 '시를 위한 시'의 개념에 대해서는 그 누구보다 신랄한 비판자가 리처즈이기도 하다.[23] 실제로 그의 기본입장은 차라리 공리주의적인 것이며 레이먼드 윌리엄즈의 말대로 리처즈는 시인이나 예술가 또는 심미주의자보다 현대사회의 실무적인 인간들을 상대로 시의 효용 ── 바람직한 '충동'을 풍부하고 조화롭게 제공하는 기능 ── 을 역설하는 데 주안점을 두고 있는 셈이다.[24]

그러므로 엘리엇이나 리처즈 또는 그후의 대다수 신비평가들이 처음부터 1890년대식의 예술지상주의를 내세웠다거나 20세기 미술비평에서 클라이브 벨(Clive Bell)식의 탐미주의에 동조했다고 보는 것은 잘못이다. 다만 자신의 의도에도 불구하고 그들의 입장이 탐미주의와 크게 다를 바 없이 되어버렸을 가능성은 남는다. 하지만 그랬다고 할 경우 그들의 정치적·역사적 입장이라든가 실제 문학비평에서의 방법이나 능력의 문제로 인해 어떻게 그런 결과가 나왔는지를 규명할 필요가 있는 것이다. 리얼리즘론에서 특히 중요시하는 예술작품을 통한 현실인식의 문제만 하더라도 랜섬 같은 사람은 단연코 리처즈에 반대하는 입장을 취한다. 그는 "객관적 인식은 정서적 상태의 사활에 해당한다"고 전제하고,

---

22 John Crowe Ransom, *The New Criticism* (1941), Greenwood Press 1979, 3면 참조.

23 *Principles of Literary Criticism* 제2장 "The Phantom Aesthetic State" 및 10장 "Poetry for Poetry's Sake" 참조. 그의 가치론과 벤섬의 공리주의의 유사성에 대해서는 제7장 "A Psychological Theory Value" 36면의 각주에서 스스로 인정하고 있다.

24 Raymond Williams, *Culture and Society: 1780-1850*, Chatto and Windus 1958, 제3부 4장의 리처즈론 참조.

어떤 감정의 명확한 성격은 순전히 감정적인 용어로는 규정하는 일이 거의 불가능한데, 그것은 어떤 감정에 속하는 것으로 우리가 생각하는 뚜렷한 성격이 사실은 우리가 그러한 감정을 느끼는 대상에 속하는 뚜렷함이기 때문일 것이다. 예컨대 일반적인 공포라든가 원칙적인 공포의 사례란 있기 힘들고 특정 대상이나 상황에 대한 ── 가령 아버지라든가 기관총으로 무장한 사람들이라든가 멸망의 날 등에 대한 ── 공포가 있을 뿐이다.[25]

라고 말하면서 시의 효과에서 대상인식의 문제를 배제하려는 리처즈를 정면으로 비판하고 있다.(같은 이유로 그는 엘리엇이 종교에서는 객관적인 진실에의 믿음을 요구하면서 시에서는 믿음이 필요 없다고 한 데에 이의를 제기한다.) 시와 과학의 관계에 대해서도 리처즈처럼 그 둘을 전혀 별개의 것으로 보는 게 아니라, 시가 과학적 인식을 포용하면서 과학 자체는 '리얼리스틱한(현실적인) 존재론'(a realistic ontology)이 못 된다는 철학적 인식을 겸한다는 주장이다.[26] 그리고 이처럼 과학에서 무시되는 현실의 복잡성·다양성을 포착하는 시의 성격에 랜섬은 그 나름의 정치적 의미를 부여하기도 한다.

시에 들어가는 대상들은 이질적이다. 즉 다면적이고 다양한 가치를 지닌다. 모든 대상들이 실제로는 그러한 것이며 그들을 함께 모아놓았을 때도 여전히 그러하다고 할 수 있다. 구조적인 집합에서는 물론 그 대상들의 균일한 어느 하나 또는 여러 국면이 그 집합의 원리가 된다. 우리

[25] *The New Criticism* 18면 및 20면. 엘리엇 시론의 'Belief' 문제에 관해서는 제2장 마지막 절 참조.
[26] 같은 책 79~80면 참조.

는 이질성을 배제하고 균일성을 보존하는 것이다. 그러나 한편의 시는 이질성을 배제함이 없이 균일성에 유의한다. (⋯) '이질성의 원리'란 용어상의 한 변칙이다. 하지만 자유로운 사회라는 것도 마찬가지다.[27]

랜섬의 이러한 시론은 문학에서의 객관적 인식의 불가능성, 모든 정치행위의 불모성, 본질적 인간조건으로서의 소외 등을 내세우는 것으로 알려진 모더니즘을 대변하기는커녕, 그러한 '모더니즘의 이데올로기'를 비판한 루카치의 리얼리즘에 오히려 가깝다는 인상을 준다. 그렇다면 미국의 신비평이 모더니즘의 큰 흐름에 속한다고 보는 일 자체가 잘못이란 말인가? 아니면 랜섬이 예외적인 경우인가?

필자의 짧은 지식으로 판단할 때 랜섬이 테이트나 브룩스, 워런 등 그의 후배 신비평가들에 비해 예지와 유연성이 뛰어나다고 할는지는 몰라도, 유독 그만이 전혀 다른 입장을 취하고 있는 것은 아닌 듯하다. 그런데도 이들이 입을 모아 주장하는 고전주의와 인본주의가 리얼리즘보다 모더니즘 쪽으로 기울고 마는 것은 그들에게 공통된 어떤 문제점이 작용하기 때문이라 생각된다. 먼저 랜섬(및 미국 남부 출신의 대다수 신비평가들)이 생각하는 '자유로운 사회' 또는 '민주국가'의 구체적 내용을 보면, 그것은 첫째로 미국 남부의 '유기체적' 농촌사회요, 둘째로는 이러한 남부적 전통이 비주류로서나마 온존하는 일이 허용되는 미국의 자유민주주의 체제다.[28] 그런데 이들의 '농촌주의'(Agrarianism)에는 가령 똑같이 유

---

27 같은 책 92면. 이런 생각을 그는 시에 대한 하나의 비유적 정의라고 전제하면서 다음과 같이 표현하기도 했다. "아름다운 시는 말하자면 그 시민들의 개성적 성격을 희생함이 없이 국가의 목적을 실현하는 민주국가이다."(54면)

28 이에 관해서는 1930년에 나온 남부 지식인들의 합동문집 *I'll Take My Stand: The South and the Agrarian Tradition* by 12 Southerners (Harper Torchbooks 1962)에 실린 랜섬의 논문

기체적 공동체의 전통을 수호코자 하는 영국의 리비스와 견주더라도 한결 심각한 문제점이 있다. 영국의 전통사회도 17세기 후반부터는 자본주의 경제의 일부로 보아야 옳겠지만, 미국 남부의 농촌사회는 바로 이 무렵부터 신대륙에 이식된 신생사회이자 상업화된 농업경제라는 점에서 원래 의미의 '전통사회'도 아니었으며, 게다가 자본주의 시대의 노예경제라는 치명적 약점을 안고 있었던 것이다. 그러므로 이들의 정치적 자세는 미국적 산업사회의 전체화에 약간의 제동을 걸다가 결국 씁쓸한 투항을 하는 것이 최선이었고, 이런 최선에도 미달하는 인물들의 경우 좀더 거침없는 체제변호에 나서기가 일쑤였다.

이러한 현실관의 한계 때문에 랜섬 등은 문학의 인식기능을 강조하면서도 자신들의 정치적·경제적 입장을 위협하는 문학작품이나 현실인식을 배제하게 된다. 그리하여 랜섬은 '문학'을 말하기보다 '시'를 말하고 그것도 '한편의 시'(a poem)를 '산문적 담화'(prose discourse) 일체와 구별하는 일에 주력한다.[29] 신비평의 일반적 경향도 서정시·단편소설·시극 등에 치중하고 근대적 리얼리즘 문학의 주류인 장편소설은 일부 모더니즘 소설을 빼고는 큰 관심을 두지 않는다. 이는 소설·설화 등 서사문학의 형식분석에 괄목할 이론적·실제적 공헌을 남긴 러시아 형식주의자들과도 대조적이다. 여기에는 영미의 경험주의와는 다른 대륙철학의 전통이 작용했다고도 이야기되지만 정치의식·사회의식의 차이가 더욱 컸으리라

"Reconstructed But Unregenerate" 참조. 남부도 이제 산업화를 하기는 해야 하지만 "일정한 정도까지만, 절도 있게"(22면) 해야 한다는 그의 결론은 공허한 당위론의 표본이라 하겠는데, 책 뒤에 실린 버지니아 록(Virginia Rock)의 "Biographical Essays"(1962)에 따르면 랜섬은 문명의 가치를 보존하는 데 농촌문화가 가장 알맞다는 전제 자체를 뒷날 포기했다고 한다 (377면).

29 *The New Criticism* 279면 이하 참조.

생각된다. 신비평의 보수주의 내지 순응주의는 비판적인 사회과학의 현실분석을 '과학주의'와 구별하지 않았을뿐더러, 구체적이고 진취적인 사회인식을 특별히 요구하는 문학장르들을 '시'의 이름으로 제외 내지 경시할 수밖에 없었던 것이다. 철학적인 소양으로 말한다면 랜섬 자신은 칸트 연구에 상당한 조예가 있었던 사람이다. 그러나 유럽 대륙의 학계에서와 마찬가지로 그의 신칸트주의는 칸트 자신이 '판단력'과 '이성'을 분명히 구분했던 점을 간과하고 심미적 비전과 이성적 인식을 너무 쉽게 조화시키고 있었으며, 따라서 칸트의 어느 일면에 더욱 충실하다고 할 심미주의의 도전 앞에 무기력하게 마련이었다.[30] 이 점에서도 미국의 신비평은 리비스와 다시 한번 좋은 대조를 이루는바, 후자는 차라리 철학적 비평을 처음부터 외면하고 '심미적' 또는 '미학적'이라는 낱말을 굳이 기피하면서[31] 실제비평에서는 제인 오스틴에서 로런스에 이르는 영미의 소설문학을 셰익스피어 시대와 맞먹는 위대한 업적으로 평가했던 터이다.

어쨌든 뉴크리티시즘은 문학 중에서도 주로 시를, 시 중에서도 주로 짧은 시를 한편씩 따로 문제 삼으면서, 작품의 현실인식에 관해서는 기껏해야 현실의 '복잡성'과 '애매성' 그리고 과학적 인식의 못 미더움을 말할 정도요, 대개는 일체의 '외부적' 사실과 무관한 의미체가 곧 작품이라는 식의 독단으로 흐르게 된 것이 사실이다. 그런 점에서 '모더니즘'의 독단적 문학주의와 신고전주의를 공격한 포스트모더니즘의 비판은 신비평

---

30 칸트와 신칸트주의자들의 이러한 차이에 관해서는 Lentricchia, 앞의 책 41~42면 참조. 랜섬의 신칸트주의적 시론으로는 특히 그의 *Poems and Essays* (Vintage Books 1955)에 실린 논문 "Concrete Universal: Observations on the Understanding of Poetry" 참조.

31 "나는 스스로 반(反)철학자라고 생각하는데, 문학비평가는 당연히 반철학자라야 한다. 그리고 창조적 문학의 모든 지혜로운 독자는 문학비평가이다. '미학적'(aesthetic)이란 내게는 별로 쓸모없는 말이다."(F. R. Leavis, *Thought, Words and Creativity: Art and Thought in Lawrence*, Chatto & Windus 1976, 34면)

에 관한 한 적중했다고 하겠다. 그러나 가령 랜섬의 다분히 리얼리즘적인 입장이 어떻게 결과적으로 모더니즘의 일환으로 귀착되었는가를 살펴본 우리로서는 포스트모더니즘의 그 적중한 비판조차도 큰 의미를 지닌다고 말하기 힘들다. 신비평가들이 문학을 너무 편협하게 생각하고 심지어 물신화하기까지 한 것은 사실이지만, 근본문제는 역사현실에 대한 그들의 폐쇄성이고 소설 또는 기타 '비문학적' 텍스트에 대한 폐쇄성은 그 부산물일 따름인데, 포스트모더니즘은 후자를 본질문제로 설정함으로써 신비평의 맹점을 오히려 극대화하고 있는 것이다. 이 글에서 일별한 몇몇 비평가들의 다양한 면모 중에서도 포스트모더니즘은 특히 수상쩍은 대목들만 골라서 수렴한 느낌이다. 예컨대 엘리엇에게서는 "시를 고려할 때는 일차적으로 시로서 고려해야" 한다는 명제를 그의 주문대로 조심스럽게 받아들여 좀더 복잡하고 힘든 다음 문제, 곧 시와 역사적 현실의 관계에 대한 고찰로 발전시키는 대신, '감정'과 무관한 '느낌'이라거나 개개인의 정신보다 훨씬 중요한 '유럽의 정신' 또는 '자기 나라의 정신' 운운하는 「전통과 개인의 재능」의 대목들을 오히려 전면적인 반역사주의로 확대한 셈이다. 또한 리처즈에게서도 그의 건강한 상식과 솔직한 공리주의를 제쳐놓고 작품의 '비지시적' 성격만이 강조되며, 그의 심리적 비평은 말하자면 '독자의 반응'을 '소비자 주권'의 위치에 올려놓는 '창조적 비평'들을 고무하게 된다. 시의 인식기능에 대한 랜섬의 신념은 독단적 문학주의의 특징으로 간단히 처리되고, 그 대신 뉴크리티시즘이 주로 시작품에 집중하던 '내재적' 분석의 기술을 온갖 종류의 저술과 심지어 온갖 종류의 현상에 무차별적으로 적용하는 것이다.

이러한 포스트모더니즘이 20세기 후반에 들어와 서양문학의 새로운 대세로 된 것이 사실이라면, 이는 모더니즘 자체의 파산선고가 '포스트모더니즘'의 이름으로 내려진 것이라 볼 수밖에 없다. 20세기 초의 모더니즘운동이 새로운 역사창조의 의지를 결여한 채로나마 훌륭한 예술작품을 창조하고 식별할 여력을 지녔던 데 반해, 이제는 무언가 남과 다른 재주를 놀기만 하면 되고 심지어는 남다른 재주를 부려서 남과 전혀 다르지 않게 구는 것이 진짜 재주라는 이론까지 나온다.[32] 또한 뉴크리티시즘이 학생들의 한정된 능력에 맞는 문학교육을 하는 기술이었다면, 오늘날의 '창조적 비평'은 가능한 한도 안에서나마 꼼꼼하게 읽고 작품의 좋고 나쁨을 가려보겠다던 신비평의 '촌티'마저 벗어버리고 더욱 '개방적'인 교육을 하는 기술인 셈이다. 사실 '포스트모더니즘'이라는 명칭 자체가 그 내용의 빈곤을 말해주는 감이 없지 않다. 대부분의 문학사가들이 서구의 모더니즘운동이 벌써 반세기 전에 끝났다고 하면서 아직도 '모더니즘' 곧 '현대주의'라는 명칭밖에 못 붙여주고 있는 것도 문제지만, 자기가 사는 현대의 예술을 '현대 이후' 또는 '탈현대'주의로 부른다는 것이야말로 무언가 단단히 잘못된 느낌이다.(이 '잘못됨'이야말로 우리 시대의 특징이

---

32 포스트모더니즘에서 자주 거론되는 남미의 전위작가 보르헤스(Jorge Luis Borges)와 단편 「'돈 끼호떼'의 저자 삐에르 메나르」(Pierre Menard, "Author of the *Quixote*," 1956)는 이러한 이론에 꼭 맞는 작품이라 할 수 있다. 이 단편은 메나르라는 저자가 죽은 뒤 그 친구가 써낸 고인의 작품목록과 그 설명인데, '눈에 보이는' 작품 19개의 간단한 명세에 이어 그들보다 훨씬 중요한 '안 보이는' 작품 이야기가 나온다. 즉 메나르의 최대의 야심은 『돈 끼호떼』를 쓰는 것이었다. 세르반떼스의 걸작에 맞먹을 새로운 『끼호떼』가 아니라 『끼호떼』 그 자체를 쓰는 것이다. 그렇다고 원본을 그대로 베끼는 것은 물론 아니고, 현대인 삐에르 메나르로 살고 생각하면서 세르반떼스의 소설과 글자 하나 안 틀리는 책을 써야 한다. 이는 너무나 힘든 일이어서 그는 1부 9장과 38장 그리고 22장의 일부밖에 못 쓰고 죽었다. 그러나 이렇게 써낸 텍스트는 원본 『돈 끼호떼』와 표면상 똑같은데도 그 의미는 (현대적 문맥에서 메나르의 발언으로 읽어야 하므로) 전혀 딴판이다. "메나르는 새로운 기법을 통해 (어쩌면 그럴 생각이 없으면서도) 독서라는 서툴고 초보적인 예술을 풍요롭게 만들었다. 그 새로운 기법이란 고의적인 시대착오와 그릇된 속성부여의 수법인 것이다." 작품의 이런 결론이 '오독(誤讀)의 시학'이니 '해석의 해석'이니 하는 최신 조류와 부합함은 쉽사리 수긍이 갈 것이다.

라는 식으로 '창조적' 논설을 한참 푸는 일은 물론 가능하다.) 그러나 정말 중요한 것은 이와 같은 포스트모더니즘을 모더니즘 자체의 파산으로 볼 줄 아는 시각이다. 이러한 시각을 튼튼히 확보하기 위해서는 아무래도 영문학에서 모더니즘운동의 가장 핵심적인 인물인 엘리엇에 관해 좀더 자세한 고찰이 필요하리라 생각된다.

3. 엘리엇과 모더니즘

1

우리가 20세기 서양문학의 주된 흐름으로서의 모더니즘을 이야기하건 포스트모더니즘이 공격하는 '모더니즘'을 이야기하건 영문학에서는 빼놓을 수 없는 인물이 T. S. 엘리엇(1888~1965)이다. 동시대의 가장 위대한 문인을 꼽으란다면 사람에 따라 엘리엇보다 로런스, 또는 예이츠나 제임스 조이스를 내세우는 이도 있을 것이다. 그러나 로런스는 작품의 성격이 매우 다를뿐더러 스스로가 모더니즘의 이념에 단호한 반대를 표명했었고 엘리엇, 조이스, 버지니아 울프 등 당대의 모더니스트들도 그에 못지않게 로런스를 적대시했던 만큼, 이제 와서 로런스 역시 위대한 모더니스트의 하나였다고 둥글둥글하게 처리하는 일은 모더니즘과 로런스 문학 그어느 쪽의 본질을 바로 이해하는 데도 도움이 안 된다.[33] 예이츠의 경우는 20세기 초의 모더니즘운동이 공격했던 19세기 낭만주의 시의 전통과 연

---

33 필자의 '반모더니즘적' 로런스관을 정리한 글로는 졸고 「소설 『무지개』와 근대화의 문제」 (한국영어영문학회 편 『D. H. 로런스』, 민음사 1979) 및 「로런스 문학과 기술시대의 문제」 (한국영어영문학회 편 『20세기 영국소설연구』, 민음사 1981) 그리고 「D. H. 로런스의 소설관」(『민족문학과 세계문학 1』 및 『D. H. 로런스』에 실림) 참조.

속성이 큰 시인이었기 때문에 근년의 낭만주의 재평가 및 엘리엇 비판과 더불어 한층 성가가 높아진 느낌이지만, 1920년대의 엘리엇과 같은 충격을 당대 문단에 준 인물은 아니었다. 한편 조이스는 20년대에 이미 엘리엇에 못지않은 상징적 인물이었는데, 포스트모더니즘에서는 '모더니스트'이기보다 포스트모더니즘의 선구자로 떠받들어질 정도로 줄곧 전위예술가적 성격을 인정받고 있다. 이것이 조이스가 엘리엇보다 그만큼 더 위대한 작가였다는 뜻인지 아니면 둘 사이에 어떤 다른 차이가 있기 때문인지는 흥미진진한 문제가 아닐 수 없다.

어쨌든 1920년대 영국의 시단 그리고 문단 일반에서 엘리엇은 그야말로 태풍의 눈이었고 장시 『황지』(The Waste Land, 1922)는 전위문학의 상징이나 다름없었다. 아니, 지금 읽어도 이 시는 그 과감한 실험주의와 난해성에 있어서나 현대인의 삶의 메마름과 절박한 소외를 강조한 점에서나 모더니즘에 관한 우리의 통념에 그대로 들어맞는 느낌이다. 그러나 영시의 역사에서 볼 때 그 성과는 모더니즘의 통념에 맞고 안 맞는 문제 이전에 무엇보다도 현대인의 실감을 표현할 수 있는 시적 언어와 기법을 비로소 개척했다는, 어쨌든 혁명적인 것이었다. 이러한 업적을 일찍부터 가장 정확하게 인식하여 정리한 평론가는 리비스였다고 생각된다. 그는 초기의 저서 『영시의 새로운 방향』에서 『황지』의 특징이 그전의 「프루프록의 연가」(The Love Song of J. Alfred Prufrock)와 「어느 숙녀의 초상」(Portrait of a Lady) 같은 작품에 이미 구현되었다고 말하면서, "시인은 어느 소설가에 못지않게 동시대의 세계와 가까이 있으며, 형식을 갖춘 그의 운문 매체는 소설가에게는 허용되지 않는 집중과 직접성을, 그리고 작품 내의 이동 및 심리적 표기의 과감성을 가능케 한다"[34]라고 했다. 개별 작품에 대한 평가

---

[34] F. R. Leavis, *New Bearings in English Poetry* (1932), University of Michigan Press 1960, 78면. 물

나 시인 엘리엇이 예이츠나 파운드 또는 월러스 스티븐즈(Wallace Stevens)
와 견주어 어떤 비중을 갖는지에 관해서는 의논이 분분할지라도, 1920년
대 이후 영어권의 시인이 19세기의 시와 다른 시를 쓸 수 있고 또 써야만
하도록 만드는 데 가장 크게 작용한 인물이 엘리엇이라는 점에는 대체로
합의가 이루어진 것 같다.

　이 글은 엘리엇의 시를 새로 평가하거나 심지어 제대로 소개하려는 시
도도 아니다. 모더니즘 문제와 관련하여 그의 비평적 발언들을 중점적으
로 검토해보려는 것뿐이다. 물론 리비스도 지적하듯이 엘리엇은 무엇보
다 먼저 시인이며 그의 최선의 비평은 자신의 창작에서 당면한 기술적 문
제와 직결된 것들이지만,[35] 여기서는 『성회(聖灰) 수요일』(*Ash Wednesday*,
1930)이나 『네개의 사중주』(*Four Quartets*, 1936~42) 등 후기시들도 작품으
로서는 기독교 교리를 긍정하는 발언이라기보다 초기의 시적·사상적 모
색과 본질적으로 단절된 것이 아니라는 견해를 피력하는 선에서 멈추려
한다. 다시 말해서 시인 엘리엇은 그의 개종을 통해 모더니즘을 극복한

론 엘리엇의 중요성은 에즈라 파운드 등 몇 사람이 일찍부터 인식했고, 리처즈의 『문학비
평의 원리』 제2판(1926)의 부록과 엠슨의 『일곱가지 유형의 애매성』(William Empson, *Seven
Types of Ambiguity*, 1930) 제2장에서 엘리엇의 시에 관한 예리한 성찰이 있었다. 그러나 본격
적인 논의로는 리비스에 앞서 윌슨의 『악셀의 성』 제4장을 꼽을 정도인데, 『영시의 새로운
방향』 1장과 3장의 논의에 비하면 무난한 소개의 수준을 넘어서지 못했다고 보겠다.

35　"엘리엇의 최선의 비평, 그의 중요한 비평은 역사의 그 시점에서 '표현을 바꾸는' 일과 씨
름하고 있던 시인으로서 그의 기술적 문제들과 직접 관련되어 있다./비평이 이보다 더 결정
적인 영향을 끼친 일은 없었다. 그 도움이 없이도 시는 어떻게든 인정을 얻어냈을 것이고,
그의 시가 비평에 주의를 모았지 그 역이 아니었다. 그의 비평이 이룩한 일은, 그의 시에 대
한 인정이 일반적인 결정적 변화 — 취미뿐 아니라 비평적 개념과 관용어, '시학'의 문제들
에 대한 비평적 접근, 그리고 영시의 과거에 대한 인식과 과거가 현재에 갖는 관계에 대한
인식에 있어서의 변화 — 를 확보하는 일이었다."(F. R. Leavis, "T. S. Eliot as a Critic," *'Anna
Karenina' and Other Essays*, Chatto & Windus 1967, 178면)

것도 아니요 그렇다고 모더니즘의 긴장을 아예 상실한 것도 아님을 인정하는 것이 중요하다고 보는데, 이 점에서도 필자는 리비스의 비평이 가장 선구적이면서 온당한 평가이고[36] 포스트모더니즘의 엘리엇 비판은 기독교도적 관점의 엘리엇 예찬과도 맞먹는 오해에 근거하고 있다고 믿는다.

이러한 지속적인 시작활동에 동반되며 이에 앞서기도 했던 엘리엇의 비평작업이 결코 어떤 추상적인 이론의 전개일 수 없음은 당연하다. 물론 뉴크리티시즘이 강단비평으로 정착되면서 '몰개성론'이니 '객관적 상관물'(objective correlative)이니 하는 표현들이 독립된 이론처럼 행세하게 되었지만, 엘리엇 비평의 진면모는 그 이론적 통찰이 항상 구체적인 작품분석과 시사(詩史)적인 평가를 통해 이룩된다는 점이다. 『새로운 비평』에서 랜섬이 엘리엇을 '역사적 비평가'(The Historical Critic)라는 제목 아래 다루고 있는 것도 그런 까닭에서다. "엘리엇은 그의 역사적 연구를 문학적 이해를 위해 사용하는 사람이고 따라서 역사적 비평가라 부름직하다"[37]는 랜섬의 말은 필자가 보건대 곧 엘리엇이 훌륭한 비평가라는 말이나 마찬가지다. 그러므로 이 글에서 엘리엇의 비평적 입장을 논할 때에도 한편으로 그의 시적 성과와의 관계를, 다른 한편으로 영국 시문학사에 대한 그의 구체적 이해를 염두에 두어야 할 것이다. 그 어느 쪽으로도 만전을 기할 수는 없는 일이지만, 어쨌든 가능한 한 그런 상호연관 속에서 엘리엇

---

36 *New Bearings in English Poetry* 131~33면의 지적을 비롯하여 "T. S. Eliot's Later Poetry" (*Education and University*, 1943, 부록), "T. S. Eliot's Classical Standing" (F. R. and Q. D. Leavis, *Lectures in America*, 1969), 그리고 *English Literature in Our Time and the University* (Chatto & Windus 1969)〈이하 *English Literature in Our Time*〉제4장, *The Living Principle: 'English' as a Discipline of Thought* (Chatto & Windus 1975) 제3장의 *Four Quartets*론 등 참조. 이 과정에서 엘리엇 초기시의 한계에 대한 인식이 점점 뚜렷해지며 후기시에 관해서도 본질적인 비판이 가해지고 있다.

37 *The New Criticism* 139면.

비평의 두어가지 측면을 살펴보기로 한다.

2

먼저 그의 유명한 평문 「형이상학파 시인들」(1921)을 보자. 이 짧은 글 (원래 그리어슨이 편찬한 17세기 시인선의 서평)이야말로 엘리엇 시론의 알맹이를 담고 있는 동시에 영시사(英詩史)의 평가에 일대 전환을 가져온 고전적 문헌이다. 그리고 여기서 엘리엇이 말한 '감수성의 분열'(dissociation of sensibility)은 오늘날까지 많은 논란을 낳고 있다.

알려져 있다시피 영문학에서는 던(J. Donne), 허버트(G. Herbert), 본(H. Vaughan), 크래쇼(R. Crashaw), 마벨(A. Marvell) 등 17세기 초 일군의 시인들을 '형이상학파'라고 부른다. 이 명칭은 18세기의 비평가 쌔뮤얼 존슨 (Samuel Johnson)이 그의 쿨리론에서 던, 쿨리(A. Cowley) 등 몇몇 시인을 주로 염두에 두고 다분히 비판적으로 붙여준 이름이었다. 즉 이들의 시에서는 극히 이질적인 상념들이 '폭력적으로 함께 비끌어매여' 있는데, 그 착상의 기발함이나 추진력이 놀라울 때가 많지만 가장 바람직한 시적 방법은 못 된다는 것이었다. 이에 대해 엘리엇은 존슨이 주목했던 이들 시인의 특징이 그 최상의 작품에서는 오히려 영국시가 17세기 중엽 이래로 거의 상실한 어떤 본질적인 시적 특질에 해당하는 것이라는 주장을 편다. 엘리자베스 시대의 시인이며 극작가인 채프먼(G. Chapman)이나 '형이상학파'의 던에게서 우리는 "사상의 직접적이고 감각적인 이해, 내지는 사상의 감정으로의 재창조"를 찾아볼 수 있는데, 가령 19세기의 테니슨(A. Tennyson), 브라우닝(R. Browning) 등의 명상적인 시에서는 시인이 "그들의 사상을 장미의 향기처럼 직접적으로 느끼지 않는다"는 것이다.[38] 이것

---

[38] "The Metaphysical Poets," *Selected Essays* 246~47면. 이하 이 글에서의 인용은 따로 주를 달지

을 엘리엇은 17세기 중엽 이전과 그 후대 사이의 질적인 차이라 보며 다음과 같은 '이론'을 제시한다.

우리는 그 차이를 다음과 같은 이론으로 표현할 수 있겠다. 16세기 극작가들의 후계자인 17세기 시인들은 어떠한 종류의 경험도 먹새 좋게 소화할 수 있는 감수성의 장치를 갖고 있었다. 그들은 선배들과 마찬가지로 소박하기도 하고 인공적이기도 하며 어렵기도, 환상적이기도 했다. 이는 단떼나 귀도 까발깐띠, 귀니쩰리, 치노(모두 13~14세기의 이딸리아 시인들―인용자)보다 더하지도 덜하지도 않은 것이었다. 17세기에 감수성의 분열이 일어났는데 우리는 이로부터 영영 회복하지 못했다. 그리고 당연한 일이지만 이 분열은 그 세기의 가장 강력한 두 시인, 즉 밀턴과 드라이든의 영향으로 한층 심화되었다. 두 사람은 각기 일정한 시적 기능을 너무나 훌륭하게 잘해냈기 때문에 그 효과의 크기가 다른 효과들의 부재를 눈에 안 뜨이게 만들었다. 언어는 계속되고 어떤 면에서는 개선되었다. 콜린즈, 그레이, 존슨 그리고 심지어 골드스미스(모두 18세기의 시인들―인용자)의 최선의 운문은 던이나 마벨이나 킹의 그것보다 우리의 까다로운 요구의 어떤 부분을 더 잘 충족해준다. 그러나 언어가 더 세련된 반면에 감정은 더 조야해졌다. 「시골 묘지」(그레이의 유명한 "Elegy"―인용자)에 표현된 감정 내지 감수성은 (테니슨과 브라우닝의 경우는 더 말할 것도 없고) 「수줍음 빼는 애인에게」(마벨의 시 "To His Coy Mistress"―인용자)에 표현된 것보다 조야하다.

이러한 발전의 또 하나의 측면은 18세기에 시작된 감수성의 지나친 강조

않는다.

곧 감상주의인데, '감수성의 통합'(unification of sensibility)을 향한 단편적인 노력이 키츠(John Keats)와 셸리의 말년에 가서 약간 엿보일 뿐 영시에서는 사고와 감정이 분리되어왔다는 것이다.

영시의 역사에 대한 이러한 인식이 오늘의 시인에게 일러주는 당면과제는 분명하다. 17세기의 시인들이 다양하고 복잡한 관심을 가지고 "단순히 그에 관해 시적으로 명상하는 것이 아니라 그것을 시로 만들"었듯이 20세기의 시인도 20세기의 현실에서 이에 상응할 통합된 감수성의 시를 써야 한다는 결론이 된다.

시인들이 철학이나 또는 다른 어느 분야에 관심을 가져야 한다는 것이 항구적인 필요는 아니다. 다만 우리는 현존하는 상태의 우리 문명에서 시인은 난해할 수밖에 없을 것으로 보인다고 말할 수 있다. 우리의 문명은 거대한 다양성과 복잡성을 안고 있으며, 이러한 다양성과 복잡성이 세련된 감수성에 작용할 때 다양하고 복잡한 결과를 낳게 마련이다. 시인은 언어를 자신의 의미에 맞게 강제하기 ─ 필요하다면 비틀어놓기 ─ 위하여 점점 더 포괄적이고 인유적(引喩的)이며 암시적이 되지 않을 수 없다.

이러한 결론이 엘리엇 자신의 창작상의 문제와 어떤 연관이 있는지는 쉽사리 짐작이 갈 것이다. 한마디로 이는 엘리엇을 포함한 많은 현대 시인들의 '난해시'를 옹호하는 이론에 다름 아니다. 그러나 「전통과 개인의 재능」에서와 같은 추상적 이론 전개가 없는 것도 눈에 뜨이려니와, 난해시 옹호론의 내용 자체가 예컨대 오르떼가의 '비인간화된 예술'론과 무척 다르고 발레리의 '순수시'론과도 다르다.[39] 다시 말해 참된 예술은 원래가 일반독자들에게 이해될 수 없다거나 이해될 필요가 없다는 이론이 아니라 현대의 특수한 상황에서 이해가 어렵게 되어 있다는 입장이다. 그러나 더욱 중요한 것은, 엘리엇은 이러한 특수한 상황이 어떻게 생성되었는지 그 역사적 경위를 캐묻고 있으며 비록 시어의 문제에 이야기가 한정된 느낌이지만 주어진 상황의 극복을 지향하고 있다. 이 점에서 모더니즘의 일반적 경향과 극히 대조적이라 하겠다.

물론 여기서 엿보이는 모더니즘 극복의 가능성이 제대로 실현되려면 한걸음 더 나간 비평작업이 필요하다. 먼저 17세기에 일어난 변화의 역사적 의미가 좀더 자세하고 정확하게 밝혀져야 한다. 엘리엇이 이 글에서 언어에 일어난 변화만을 이야기하는 것이 정치적·경제적·사회적 변동을 무시했기 때문은 결코 아니며 17세기 영국의 경제나 사회에 대한 지식을 많이 쌓는다고 반드시 엘리엇보다 깊은 통찰에 다다른다는 보장은 더구나 없다. 문학사적 고찰에 주로 의존하건 사회경제사적 고찰을 더 많이 동원하건 엘리엇이 문제 삼는 역사적 변동을 가장 올바르게 포착하는 일이 중요할 터인데, 엘리엇 자신의 발언에서 우리가 특히 되씹음직한 대목은 리비스가 지적하듯이[40] "16세기 극작가들의 후계자"로서의 17세기 시인들이라는 표현이다. 즉 시에서나 전체 사회에서나 17세기의 급격한 변혁은 적어도 16세기부터 성숙되어온 거대한 변화의 결말에 해당한다는 인식이 요구되며, 이 역사적 위기에서 아직도 분열되지 않은 감수성의 언어로 삶의 진실을 가장 원숙·심오하고 풍성하게 포착한 시인은 던이나 마벨이 아니라 셰익스피어였다는 사실이 아울러 강조되어야 하는 것이

---

39 오르떼가(José Ortega y Gasset)의 「예술의 비인간화」에 관한 단편적 소개 및 논평으로 졸고 「문학적인 것과 인간적인 것」, 『민족문학과 세계문학 1』109~13면 참조. 발레리 시론의 일단은 『문학과 행동』에 곽광수 역으로 실린 그의 강연노트 「순수시」에 나타나 있다.

40 *English Literature in Our Time* 88면 및 같은 저자의 *Nor Shall My Sword: Discourses on Pluralism, Compassion and Social Hope*, Chatto & Windus 1972, 128~29면 참조.

다. 그렇다면 던 등 '형이상학파' 시인들이 특히 엘리엇의 관심을 끄는 데는 다분히 개인적인 사유도 작용하지 않았는가 싶다. 첫째, 그들이 16세기 극작가들의 성과를 희곡 이외의 운문에서 계승·발전시키는 데 성공했고, 둘째, 이들은 실제로 '감수성의 분열'이 벌써 상당히 진행된 상태에서 그에 맞서 몸부림치는 '현대적' 양상을 보여주고 있기 때문에 엘리엇 자신의 창작적 과제에 훨씬 직접적으로 관련되었다는 사실이다.[41] 어쨌든 엘리엇은 "16세기 극작가들의 후계자"라는 표현을 충분히 발전시키지 않으며 그의 햄릿론은 평론집 『거룩한 숲』에서 가장 유명해진 글 중의 하나이기는 하지만 실제로는 가장 불만스러운 항목 가운데 하나이다. 물론 엘리엇은 「햄릿과 그의 문제들」 이외에도 여러군데서 셰익스피어를 논하고 있으며 도처에서 값진 통찰을 보여준다. 그러나 대체로 이러한 통찰은 셰익스피어의 언어, 특히 운문기술에 관한 것이며 희곡으로서의 작품을 논할 때는 의심스러운 발언이 대부분이다.[42]

17세기 시인들의 해석에 따르는 이러한 문제점은 엘리엇의 현대시 옹호에도 드러난다. 형이상학파의 시가 '통일된 감수성'의 매우 특수하고 제한된 표현임을 충분히 인식하지 못하는 시각은 곧 현대시가 17세기의

---

41 던 연구가들 중에는 던의 이런 '현대적' 한계를 강조하는 이도 많다. 예컨대 Mario Praz, "T. S. Eliot as a Critic"(A. Tate, ed., *T. S. Eliot: The Man and His Work*, 1966)에 인용된 헌트(Clay Hunt)의 의견(국역은 황동규 편 『엘리엇』, 문학과지성사 1978, 67면) 참조.

42 엘리엇의 햄릿론에 대해 누구보다 통렬한 반론을 제기한 사람은 역시 리비스였다. "T. S. Eliot as a Critic" 181~83면 및 *English Literature in Our Time* 제5장 참조. 특히 후자에서 그는 로렌스의 이딸리아 여행기 *Twilight in Italy*에 나오는 『햄릿』에 관한 몇마디가 엘리엇의 평론보다 훨씬 작품의 핵심에 근접하고 있으며 16~17세기 유럽 및 영국의 문명이 당면한 위기에 대해서도 한결 폭넓고 균형 있는 시각을 제시한다고 주장한다. 엘리엇의 햄릿론을 날카롭게 비판한 또 하나의 보기는 Francis Fergusson, *The Idea of a Theater*, Princeton University Press 1949, 제4장이다.

시처럼, 또는 그 이상으로 어려울 수밖에 없다는 명제에 쉽사리 안주하는 자세와도 통한다. 던이 아닌 셰익스피어를 전범으로 삼는 경우 후자의 대중성과 여기에 반드시 따르는 단순성, 그리고 이 단순성을 통속에서 건져주는 대국적 현실이해와 민중문화에 바탕한 낙천성 — 이런 것들이 현대시인의 목표로서도 훨씬 강조될 것이다. 물론 오늘의 세계에서 이런 목표가 달성되기 힘든 것은 사실이다. 그러나 현대가 난세라고 해서 무턱대고 매사가 복잡해지는 것은 아니다. 히틀러의 재난을 겪고 토마스 만이 깨달았듯이 어지러운 세월일수록 새로 단순해지는 것도 있는 법이다.

우리는 이제 다음의 사실을 확인하고자 한다. 즉 제(諸)민족 간의 외적 생활에서는 문명후퇴의 시대가, 성실과 신용이 사라져버린 시대가 시작된 것처럼 보이는 반면, 정신은 '도덕적'인 시대로, 다시 말해 선과 악을 좀더 단순·선명하게 보고 겸손하게 구별할 줄 아는 시대로 돌입했다는 것이다. 그리고 이것이야말로 스스로를 다시 야만화해서 갱신시키는 정신 자체의 수법이라 하겠다. 그렇다, 우리는 이제 선이 무엇이며 악이 무엇인지 다시 알게 되었다. 악은 적나라하게, 그리고 야비스럽게 그 모습을 우리에게 드러내주었고 그로써 우리는 선의 참 가치와 그 꾸밈없는 아름다움에 눈을 떴고 그 선을 행할 결심을 하게 되었으며, 이를 고백하는 일이 우리의 섬세성에 있어서의 어떤 상실이라고 생각지는 않게 된 것이다.[43]

그러므로 정말 어렵고 복잡한 일은 우리가 당면한 삶에서 무엇이 단순하고 무엇이 복잡한지를 그때그때 가려내어 지혜롭게 대처하는 일이며, 현

---

43 토마스 만 「문화와 정치」, 송동준 역, 『문학과 행동』 388면.

대세계는 무조건 복잡하니까 나의 대응도 복잡할 수밖에 없다는 노선을 고집하는 것은 어찌 보면 지극히 단순하고 편한 일이다. 엘리엇 자신이 그의 시에서나 최선의 산문에서 이런 편한 길만을 택한 사람은 결코 아니지만, 그의 형이상학파론이나 현대시론이 모더니즘의 본질적 안이성을 제대로 극복했다고는 보기 어렵다.

3

'감수성의 분열'이라는 개념은 「형이상학파 시인들」에서 정식으로 등장하기에 앞서 『거룩한 숲』의 스윈번론과 매신저론에서 "감각적인 사고 내지는 감각을 통한 사고, 내지는 사고하는 감관의 어떤 특성"(a quality of sensuous thought, or of thinking through the senses, or of the senses thinking)이라든가 "지성이 바로 감관의 첨단에 있던 시대"(a period when the intellect was immediately at the tips of the senses)에 대한 언급으로 나타났고[44] 1936년의 밀턴론에서 다시 부연되었다. 그리고 엘리엇이 밀턴(John Milton)에 관한 평가를 (적어도 얼핏 보기에는) 크게 수정한 두번째 밀턴론(1947)에서도 '감수성의 분열'론 자체는 포기하지 않고 있다.[45] 어쨌든 이로 말미암아 영문학사에 대한 이해는 신고전주의나 낭만주의의 출범 때에 못지않은 ─ 엘리엇 자신의 관점에서 본다면 그보다 더욱 근본적인 ─ 전환이 이룩된 셈이다. 즉 왕정복고(1660) 이후 18세기의 대부분의 기간은 셰익스피어와 그 동시대인들 그리고 밀턴의 천재성을 인정하면서도 드라이든, 포프(A. Pope)에 와서야 참으로 고전적인 시문학이 영국에 정착되었다고 보았고, 낭만주의자들은 반대로 드라이든, 포프 등의 신고전주의를 배격

---

44 *The Sacred Wood*, "Imperfect Critics" 23면 및 "Philip Massinger" 129면(후자는 *Selected Essays*에도 수록).

45 "Milton I" "Milton II"는 엘리엇 평론집 *On Poetry and Poets* (1957)에 실려 있음.

하면서 셰익스피어와 밀턴 그리고 스펜서(Edmund Spenser) 같은 시인들의 전통을 부활하고자 했다. 빅토리아 시대의 평론가 아널드의 평가도 기본적으로는 그 연장선 위에 있었다. 엘리엇은 셰익스피어의 탁월성을 강조함에 있어서는 낭만주의적 평가에 가깝고 드라이든 등의 명예회복을 꾀함에서는 18세기적 입장에 되돌아가는 인상을 주지만, 던을 비롯한 형이상학파 시인들을 셰익스피어의 정통 후계자로 부각시킴으로써 밀턴과 드라이든 그리고 18~19세기의 모든 시인들이 크게 보아 같은 결함을 지닌 '분열된 감수성'의 소유자로 일괄되는 것이다.

기성 학계의 반발에도 불구하고 이러한 문학사의 재평가는 신비평과 더불어 한때 영미 평단의 통설에 가까운 위치에 올랐다. 그러나 — 여기서도 리비스 및 그 주변의 몇 사람을 예외로 하면 — '감수성의 분열'론에 담긴 새로운 역사적 통찰과 모더니즘 극복의 가능성은 엘리엇 자신이나 다른 비평가들이나 더이상 추구하지 않은 것으로 보인다. 랜섬도 '감수성의 분열' 개념 자체에 관해서는 처음부터 냉담한 반응이었고, 윔저트와 브룩스의 비평사에서 '감수성의 분열'이라는 용어를 쓰지 않은 채 엘리엇의 형이상학파 시인 평가를 주로 그의 '몰개성적 예술'론의 일환으로 다루고 있는 것은 미국 신비평가들의 전체적 태도를 대표한다고 하겠다.[46] 게다가 후반에 들어와 신비평의 문학사관 자체가 새로 비판을 받게 되자 '감수성의 분열'론도 정면으로 부정되기에 이르렀다. 프라이의 『비평의 해부』는 아예 이 개념을 외면한 채 전혀 이질적인 문학사관을 내놓았지만, 커모드의 『낭만적 이미지』에서는 '감수성의 분열'론을 비판하는 장이 따로 하나 마련되었다.

그러나 '모더니즘'에 대한 포스트모더니즘의 비판이 대체로 빗나간 것

---

46 *The New Criticism* 183~84면 및 *Literary Criticism: A Short History*, Knopf 1957, 664~67면 참조.

이라는 우리의 고찰이 틀리지 않았다면, 커모드식으로 '분열론'을 부정하는 논리도 정말 바람직한 엘리엇 비판과는 멀 수밖에 없다. 아니, 그의 논리를 살펴보면 커모드가 포스트모더니즘이라는 개념 자체는 배격했지만 포스트모더니스트에 오히려 가깝다는 결론을 얻게 된다. 먼저 그는 엘리엇이 17세기 영국의 내전을 역사적 전환점으로 지목한 데 대해, 영국만이 아닌 유럽 전체를 보면 영국 국교가 '보편적'(Catholic)인 교회로 인정받을 가능성이 애초부터 없었고 엘리엇이 말하는 어떤 중대한 변화가 훨씬 전에 일어났음이 분명하다고 반박한다. "그리고 이것은 특징적인 상황이다. 단순히 틀린 연대의 문제가 아니다. 아무리 먼 과거로 올라가도 분열의 증상이 보이게 마련인 것 같다."[47] 엘리엇의 역사인식에 문제점이 있다는 말은 우리도 했었지만, 커모드의 반론은 해박한 역사지식을 내세워 엘리엇의 개념에서 역사성을 제거하는 논법이다. 사실 이것은 전형적인 '김빼기' 수법이기도 하다.

사실인즉 예술에서 찾아볼 수 있는 전반적인 분열을 주장하는 엘리엇 씨의 주장은 흄이나 예이츠의 주장과 어슷비슷한 필요를 충족하기 위한 것이다. 우리가 보았듯이 흄에게는 르네상스가 결정적인 순간이었다. 즉 사람들은 원죄의 가르침이 암시하는 인간적 한계를 무시하기 시작했고 그후로는 하나도 옳게 된 게 없었다. 낭만주의는 그 새로운 질병이 광기의 단계에 이른 것뿐이다. 예이츠에게는 현재의 역사적 국면에서 가장 큰 순간은 1550년이다. (⋯) 한마디로 그들은 '이미지'(Image, 낭만주의자와 상징주의자가 모든 가치의 집약이자 그 구현으로서 추구하는 심상이라는 뜻에서 이 책에서 대문자로 쓰임―인용자)가 지녔다고 그들이 설정

---

47 *Romantic Image* 141면.

하는 특성들 —— 통일성·분열불가능성 등, 열렬히 갈망하는데도 현대세계에서는 유달리 얻기 힘든 특성들 —— 을 갖춘 역사적 시기를 찾는다. 엘리엇 씨의 시도는 신학에 대한 그의 개인적 관심이라는 우연한 사실에 의해 다른 사람들의 시도와 구별되기는 하지만 본질적으로 다른 것은 아니다.[48]

다시 말해서, 17세기 영국이라는 특정 상황에서 구체적인 역사적 변혁(주로 시어의 변화를 중심으로 포착되었지만)의 의미를 생각해보려는 노력은 일거에 자취를 감추고, 내란 이전의 영국 국교에 대한 엘리엇의 향수가 20세기 모더니스트 시인의 필요와 겹쳐서 생긴 또 하나의 개인적 신화만이 남는 것이다.

그런데 커모드의 이러한 논리 전개에서 특히 주목할 점은 그것이 많은 면에서 신비평 자체의 엘리엇관을 계승하고 있다는 사실이다. 엘리엇이 말하는 16~17세기 시인들의 '통합된 감수성'이 아무런 갈등도 없는 이상적인 조화의 세계를 전제하는 것으로 오해하기는 랜섬이 먼저였고, '감수성의 분열'론을 주로 '몰개성론' 내지 현대적 난해시론의 부산물로 보는 시각은 그것을 '상징주의적 역사서술'의 한 변형으로 보는 시각과 크게 다를 바 없다.[49] 심지어 커모드가 예이츠의 순환사관 및 초개인적 '세계의 영혼'에 의지하여 심미주의와 현실생활의 화해를 추구한 것도[50] 신비평계 강단비평가들의 정치적 순응주의와 이에 따르는 실질적 탐미주의에서 예견되었던 일이다.

그러나 구체적인 문학사의 평가에 있어서 커모드는 뉴크리티시즘과의

---

48 같은 책 145면.

49 주46과 같음.

50 *Romantic Image* 161면 참조.

좀더 눈에 띄는 차이를 보여준다. 특히 19세기와 모더니즘의 단절 대신 예이츠, 파운드, 엘리엇 등의 상징주의가 갖는 낭만주의와의 연속성을 강조한 점이 그렇고 밀턴의 중요성을 새삼 역설한 점이 그렇다. 사실 낭만주의 시의 재평가와 밀턴의 복권은 프라이와 커모드에서 블룸, 하트먼 등 '예일학파'에 이르는 20세기 후반 비평가들의 중대한 관심사를 이룬다. 그러나 필자가 보건대 이것 역시 빗나간 관심인 것 같다. 먼저 밀턴 시의 문제로 말하자면 필자는 그 정확한 문학사적 위치를 논할 처지는 못 되지만, 엘리엇이 먼저 제기하고 리비스가 더욱 철저히 추구한 밀턴 비판은 그것이 옳건 그르건 결코 밀턴의 '위대성'을 부인한 것이 아니라 본질적으로 시와 일상언어의 관계, 그리고 시인과 민중문화의 관계를 문제 삼은 것이었다.[51] 그리고 이 핵심적인 문제에서 셰익스피어와 밀턴이 전혀 반대되는 위치에 있음을 통찰하는 문학관을 요구하는 논의는 밀턴의 위대성을 조금 더 인정하느냐 덜 인정하느냐의 논의와 맞바꿀 수 없는 별개의 것이다.

낭만주의의 재평가도 엘리엇의 역사적 통찰을 무시한 복원작업이어서는 곤란하다. 엘리엇이 파운드, 흄(T. E. Hulme) 들과 더불어 낭만주의 시인들에 대해 지나치게 인색했던 점은 19세기 전통과는 다른 시를 써야 했던 젊은 작가의 개인적 특수성으로 설명될 수도 있다. 그러나 정말 재평가가 시급한 문학은 따로 있었다. 즉 엘리엇이 18세기와 19세기의 시인들을 통틀어 '분열'의 희생자로 규정하는 가운데 제대로 검사 한번 못 받고 덩달아 격하된 영문학의 분야는 19세기에 원숙의 경지에 이른 리얼리즘

---

51 F. R. Leavis, *The Common Pursuit* (Chatto & Windus 1952)에서 "Mr. Eliot and Milton"과 "In Defence of Milton" 참조. 전자는 엘리엇의 밀턴론의 타협주의를 준열하게 공격한 글이다. 리비스는 그러나 엘리엇이 결코 자신의 밀턴 비판의 요점을 취소하거나 번복한 것이 아님을 이 글과 훗날의 "T. S. Eliot's Classical Standing"에서 거듭 강조한다.

소설이다. 이에 대한 몰이해야말로 엘리엇의 비평이 무엇보다 시 제작자의 비평이라는 그 한계를 확인해주는 동시에, '감수성의 분열' 논의에서도 희곡작가로서의 셰익스피어에 대한 인식이 부족했다는 비판을 상기시켜주는 것이다. 소설에 관한 엘리엇의 비평은 양적으로도 많지 않거니와 그 수준 또한 만족스럽지 못하다. 개인적으로 비슷한 문제와 씨름했던 헨리 제임스(Henry James)에 대해서는 남다른 통찰과 이해를 보여주었으나 제임스 이전의 디킨즈와 조지 엘리엇의 걸작들은 거의 간과하다시피 했고 자신과 동시대의 로런스에 대해서는 극도로 적대적이었다. 이에 반해 조이스에 대한 그의 열렬한 지지는 — 제임스 조이스와 다른 작가들의 우열 문제를 떠나서 — 모더니즘의 중론을 대변했을지는 몰라도 독창적인 밀턴 비판자 엘리엇의 진면목에는 어긋나는 것이었다고 하겠다.

4

그러나 19세기 소설의 참 성과를 제대로 이해하기 위해서도 엘리엇의 '감수성의 분열'론, 아니, 이것 자체보다 그가 이를 통해 주목하고자 했던 역사적·언어적 변화에 대한 인식이 중요하다. 다시 말해 엘리엇이 17세기 중엽 이후로 영국의 시에서 상실되었다고 지적한 시적 특질이 산문소설을 통해 어느정도라도 구현되었을 경우에만 우리는 19세기의 소설문학이 셰익스피어 시대의 희곡과 시에 견줄 만한 위대한 문학적 성과임을 주장할 수 있게 된다. 동시에 디킨즈도 '위대한 영국소설가'요 새커리(W. M. Thackeray)와 트롤럽(A. Trollope)도 모두가 '위대한 영국소설가'라는 식의 안이한 평가가 불가능해지고, 새커리와 제임스는 리얼리스트이고 디킨즈와 하디는 낭민주의자 또는 반리얼리스트라는 식의 피상적 분류 또한 무의미해진다. 바로 그렇기 때문에 엘리엇과는 달리 제인 오스틴에서 D. H. 로런스에 이르는 소설의 전통에 지대한 관심을 쏟고 있는 리비스가 "거의 한 세기에 가까운 동안 시문학이 소설과의 관련에서 볼 때 (엘리엇 자신은 이렇게 표현하지 않았고 그럴 생각조차 하지 않았지만……) 아무런 중요성을 띠지 않게 되었음을 우리에게 인식시켜준 사람은 엘리엇이었다. 낭만주의 이후의 시대에 영어의 창조적 활력은 ── 그 시적인 활력은 ── 산문소설로 갔던 것이다"[52]라고 말하고 있다.

그런데 엘리엇 자신이 19세기 소설문학을 제대로 평가하지 못한 것은 그의 낭만주의 이해가 충실하지 못했던 점과 직결된다. 한마디로 그는 '고전주의' 대 '낭만주의'라는 도식에서 크게 벗어나지 못했던 것 같다. 그래서 가령 한 시인으로서의 블레이크가 '낭만주의'의 상투형과 무관한 위대한 시인임은 일찍부터 알아보았으나, 블레이크의 위대성이 낭만주의 운동 자체의 본질적 일면을 집약하는 것이었으며 바로 그렇기 때문에 낭만주의는 고전주의와의 관념적 대립으로가 아니라 진정한 리얼리즘에의 과정으로 보아야 할 것임을 놓쳐버렸다. 다시 리비스를 인용하면,

낭만주의운동은 매우 복잡한 것이었고, 그 유산에 있어서도 복잡했다. 그리고 (…) 그 운동과 유산을 '낭만주의'라는 어떤 것을 중심으로 정의하고자 하는 일은 유익하지 못하다. 블레이크가 무슨 확정적이고 지침을 주는 '지혜'를 나누어줄 것이 있다는 생각도 내가 보건대 유익하지 못하고 말이 안 된다. 하지만 나는 그가 인간적 책임의 새로운 인식을 대표하며 이것이 낭만주의 시대의 위대하고 항구적인 공헌이라는 확신을 점점 더 굳히게 되었다. 셸리와는 달리 그는 순진한 이상주의자가 아니며, 인류를 위한 그의 관심에는 자기연민의 사치가 없다. 낭만주의의 영감에 그런 것이 있다고는 일반적으로 생각되지 않는 식으로 그는

52 *English Literature in Our Time* 86면

현실주의자(리얼리스트)이다.

그리고 이런 의미로 낭만주의적이면서 리얼리스틱한 전통을 영국문학에서 찾자면 블레이크에서 디킨즈, 로런스로 이어지는 흐름을 잡아야 한다는 것이다.[53]

낭만주의에 대한 재평가가 "미국에서의 탈신비평적 내지는 수정주의적 비평의 한 두드러진 특징"[54]을 이루는 것은 사실이다. 그러나 프라이, 커모드 및 기타 반엘리엇적 평론가들의 낭만주의 예찬은 19세기 소설문학의 성과에 대한 무관심을 견지하고 있거나 이를 모더니즘의 텍스트처럼 '해체' 내지 '재해석'해버리는 경향이다. 다시 말해 이들은 '감수성의 분열' 문제를 엘리엇의 개인 사정으로 돌림으로써 낭만주의 시인들의 업적을 큰 역사적 안목에서 평가할 길을 막아버리고 낭만주의가 옳으냐 그르냐는 식의 관념적 논쟁으로 떨어진다. 엘리엇, 흄 들이 분명히 낭만주의 문학을 과소평가한 면이 있는 만큼 이런 차원에서의 낭만주의 옹호가 전혀 무의미하지는 않다. 그러나 예컨대 블룸 같은 사람에 의한 낭만주의적 '비전'의 옹호가 낭만주의자들의 낭만적 자기평가를 현실 속의 실천과 냉엄하게 구별하지 않는 한에서는 엘리엇의 다음과 같은 낭만주의 비판이 여전히 유효할 수밖에 없다.

윈덤(George Wyndham)은 낭만주의자였다. 낭만주의는 그것을 분석

---

53 같은 책 106, 107면. 또한 F. R. and Q. D. Leavis, *Dickens the Novelist* (London, 1970)의 제5장 "Dickens and Blake: *Little Dorrit*" 참조. 졸고 「리얼리즘에 관하여」에서도 낭만주의운동을 리얼리즘으로 이어지는 인간해방운동의 일환으로 파악하고자 했다.(『한국문학의 현단계 1』 326~28면; 본서 394~97면 참조)

54 Hartman, *Criticism in the Wilderness* 44면.

하는 게 유일한 치유법이다. 낭만주의에서 영구적이고 좋은 점은 호기심이다. (⋯) 어떠한 삶이건 정확하고 심오하게 파고들면 흥미롭고 언제나 기이하다는 사실을 인정하는 호기심 말이다. 그런데 낭만주의는 해당 현실이 없이 그 기이함에 도달하는 지름길이며, 그 추종자들을 단지 그들 자신으로 되돌아가게 한다. 조지 윈덤은 호기심을 가졌지만 그는 이를 낭만적으로 동원했다. 즉 실재하는 세계를 파고드는 것이 아니라 그가 자신을 위해 만든 세계의 다양한 특징들을 완성하는 일에 동원했다.[55]

이것은 낭만주의 시인들의 재평가뿐 아니라 예이츠 같은 현대 시인의 평가에도 해당되는 이야기가 아닐까 한다. 예이츠의 경우 아일랜드 민족운동에 참여함으로써 그의 낭만주의적 배경이 엘리엇이 못 가진 이점을 제공해준 것은 사실이지만, 19세기 낭만주의 전통과의 연속성 자체가 곧 예이츠의 위대성과 현재성의 바탕이 되는 듯이 이야기하는 것은 예이츠의 참값을 오히려 깎는 일이다.[56] 또한 영국 문단에서 낭만주의운동이 본격화하기 이전에 벌써 대시인의 경지에 이른 블레이크의 평가에 있어서도 프라이, 블룸 등의 정열적인 연구들이 『거룩한 숲』에 실린 짤막한 블레이크론에 비해 뒷걸음친 면이 많다. 엘리엇의 평에서는 블레이크가 18~19세기의 영시에서 거의 유일하게 통합된 감수성에 가까운 활력의 소

---

55 "Imperfect Critics," *The Sacred Wood* 31~32면. 해럴드 블룸의 낭만주의 연구로는 *The Visionary Company* (1961), 특히 그 수정증보판(1971)의 서론 "Prometheus Rising: The Backgrounds of Romantic Poetry" 참조.

56 커모드의 *Romantic Image*는 비근한 예이다. 이 점에서도, 시종 예이츠가 엘리엇보다 덜 위대한 시인이라고 주장해온 리비스가 예이츠의 진가를 좀더 알아준 셈이다.(*New Bearings in English Poetry* 제2장 및 *Lectures in America* 중 "Yeats: The Problem and the Challenge" 참조.)

유자임이 적어도 암시는 되어 있으며, 그를 여타 낭만주의 시인들이나 예이츠를 포함한 모더니즘의 시인들과 동렬에 놓아서는 안 되고 오히려 디킨즈, 로런스에로의 발전을 생각해야 한다는 반모더니즘적(이자 비엘리엇적) 발상을 북돋우는 일면이 있기 때문이다.

5

엘리엇을 공격하는 다음 시대의 평론가들이 엘리엇 비평에 담긴 값진 가능성을 외면하면서 오히려 그 수상쩍은 측면들을 알게 모르게 이어받고 있음은 이제까지의 고찰에 비추어 놀랄 일이 아니다. 간단한 예부터 든다면 신화비평·원형비평 및 포스트모더니즘에서의 조이스 예찬은 엘리엇의『율리시즈』서평이 그 효시였으며 신낭만주의적 밀턴 연구열 또한 엘리엇의 두번째 밀턴론에서의 '전향'에 힘입은 바 컸다고 하겠다. 그러나 이보다 더 중요한 것은, 프라이의『비평의 해부』가 엘리엇의「전통과 개인의 재능」에서 처음 제시되고「비평의 기능」에서 재천명된 명제, 곧 모든 현존하는 문학작품들이 그들 간에 하나의 이상적 질서를 이루는 실체라는 명제에 대한 일종의 주석서임을 자처하고 나왔다는 사실이다.[57]

신비평에 관한 검토에서도 보았듯이 엘리엇의「전통과 개인의 재능」은 그의 비평에서 가장 모더니즘의 상투형에 가까운 글 가운데 하나다. 이는 현대 시인의 '역사의식' 내지 '역사적 감각'(the historical sense)을 강조하는 언사에 가리어 얼핏 눈에 안 뜨일 수도 있으나, 하나의 '이상적 질서'로서의 과거의 모든 작품과 새로 나오는 작품들 사이의 상관관계에 대한 인식이 곧 '역사의식'이라는 발상이야말로 진정한 역사의식의 결핍에 해

---

57 *Anatomy of Criticism* 18면 참조. 엘리엇의『율리시즈』서평 "*Ulysses*, Order, and Myth"는 *The Dial*지 1923년 11월호에 실렸고 F. Kermode, ed., *Selected Prose of T. S. Eliot* (New York, 1975)에 재수록돼 있다.

당한다. 이로써 고금의 모든 문학은 일거에 실제 역사로부터 분리된 '그들 간의 이상적 질서'로 둔갑해버린다. 따라서 엘리엇이 말하는 '전통' 역시 생활 속에 살아 있는 전통이 아니라 주로 독서의 대상이자 집필상의 영향 문제로 되는, 소외된 현대 지식인의 관념이다.[58] 그리고 '몰개성적'(impersonal) 시의 이론은 ── 일부 낭만주의자들의 빗나간 개성론의 비판으로서 사줄 면이 물론 있지만 ── 바로 그러한 비역사적 발상의 표현인 것이다.

사실 「전통과 개인의 재능」은 '감정'과 '느낌'을 구분하는 식의 부질없는 엄밀성과 백금 촉매제 운운하는 비유의 사이비 과학성에 현혹되지 않는 독자에게는 허점투성이의 글이며, 엘리엇 자신도 이 미숙한 초기작이 그의 대표적인 평론처럼 되어버린 것을 달갑지 않게 여기는 말을 만년에 가서 남긴 바 있다.[59] 그러나 문제는 단순한 미숙성보다 훨씬 깊은 곳에 있다. 리비스가 「비평가로서의 T. S. 엘리엇」에서 지적하듯이 '몰개성'론은 결국 진정으로 창조적인 개인 및 그러한 개인으로서의 예술가의 중요성을 배제하는 논리이며 엘리엇의 햄릿론과 더불어 삶에 대한 뿌리 깊은 두려움과 불신의 표현이기도 하다.[60] 그런데 이러한 맹점은 엘리엇의 가장 창조적인 업적마저도 결정적인 한계에 부닥치게 만든다는 것이 리비스의 주장이다.

그의 걸작 『네개의 사중주』가 지속된 탐구적 사색에 바쳐지는데도 이 사색 자체는 그 핵심에 있는 모순으로 인해 스스로 좌절당한다는 점이

---

58 엘리엇이 말하는 전통이 "인위적이며 너무나 두뇌적"이라는 지적은 한국영어영문학회 편 『T. S. 엘리엇』(민음사 1978)에 실린 김우창 「전통과 방법 ── 엘리엇의 예」 56면에도 나온다.

59 "Preface to Edition of 1964," *The Use of Poetry and the Use of Criticism* 9~10면 참조.

60 *'Anna Karenina' and the Other Essays* 176~82면 참조.

다. 즉 '정신적' 가치의 근원인 더없이 참된 것의 인식을 자신의 시인으로서의 재능을 사용하여 — 다시 말해 영어를 쓰는 자신의 창조적 예술을 통해 — 확립하고자 하면서 동시에 그는 인간의 창조성을 부인하고 있는 것이다.[61]

어떻게 보면 이러한 한계가 곧 엘리엇 시에 그 독특한 힘 — 리비스의 표현으로는 심하게 허기졌을 때 오히려 맛볼 수 있는 강렬함 — 을 준다고도 하겠다.[62] 그러나 그의 시와 비평에서 번번이 맞부닥치는 이 엄연한 한계 때문에 우리는 엘리엇이 20세기 상반기 영문학에서 가장 위대한 모더니스트였다고 말할 수는 있을지언정 로런스처럼 모더니즘을 확연히 넘어선 작가라 일컬을 수는 없는 것이다.

4. 기술시대와 문학비평

1

1957년을 상징적인 전환점으로 만든 『비평의 해부』와 『낭만적 이미지』의 엘리엇 비판이 문제의 핵심을 찌르지 못하고 오히려 엘리엇과 신비평

---

61 *Thought, Words and Creativity* 17~18면. 이러한 관점에서 『네개의 사중주』를 면밀히 검토한 글이 주36에서 언급한 *The Living Principle* 제3장이다.

62 *English Literature in Our Time* 146면 참조. 엘리엇 문학의 본질적 한계와 그것이 뜻하는 일종의 '내적 질환'에 관한 언급은 이 책과 앞에 든 『네개의 사중주』론 외에도 리비스 저서의 여기저기에 나오는데, *Lectures in America*에 실린 "T. S. Eliot's Classical Standing"은 그 '질환'에 따른 장단점 모두에 대한 간결한 요약이다. 국내의 글로 엘리엇 문학의 약점을 비교적 상세히 논한 예로는 『T. S. 엘리엇』에 실린 김영무 「엘리엇적 지성의 한계 ─ 『다시 만난 가족들』을 중심으로」 참조.

가들의 수상쩍은 측면을 계승 발전시켰다면, 그보다 훨씬 근본적인 전환이 없는 한 모더니즘의 극복은 이루어지지 않을 것이 분명하다. 최근의 흐름에 속하는 포스트모더니즘이나 '수정주의 비평'에 대한 단편적인 고찰은 이를 확인해준 셈이다.

그러나 20세기 후반의 서구 평단은 영미문학에만 한정해서 보더라도 그야말로 군웅할거의 시대를 펼치고 있다. 1957~77년의 약 20년에 걸친 미국 평단의 동향을 주로 다룬 렌트리키아의 『신비평 이후』에서는 큰 흐름의 갈래로서 프라이에 이어 실존주의 계열의 비평과 스위스인 뿔레(Georges Poulet)의 영향을 받은 현상학적 비평, 그리고 구조주의와 탈구조주의(Post-structuralism) 등을 들고 있으며, 미국 평론가들 가운데는 다분히 전통적인 미학이론을 전개한 크리거(Murray Krieger), 독특한 해석론을 내세운 허시(E. D. Hirsch), 함께 예일학파에 속하면서 각기 성향이 다른 해럴드 블룸과 드망(Paul de Man) 등 네 사람을 특히 주목하고 있다. 그런데 이것은 저자의 입장에서도 극히 선별적인 논의에 불과하려니와, 그 분류와 선택은 하는 사람에 따라 얼마든지 달라질 수 있을 것이다. 이처럼 복잡다단한 양상은 여기서 개관할 계제가 아님은 물론, 필자로서는 제대로 알고 있지도 못하다. 모르는 것을 더 조사하고 연구하여 좀더 책임 있는 정리를 해내는 것이 모더니즘 논의를 옳게 마무리 짓는 길이라는 점은 부인하지 않는다. 그러나 이 글에서는 필자가 현재 짐작하는 한도 안에서 그 흐름의 성격을 이야기함으로써 결론에 대신할 생각이다.

이런 가정 아래 먼저 제시할 수 있는 잠정적인 결론은, '포스트모더니즘'이란 게 따로 없고 그것이 모더니즘의 연장이자 그 실질적인 파산선고와 같다는 앞서의 고찰이 구조주의·탈구조주의·수용미학 등의 온갖 유파에도 대체로 적용되리라는 것이다. 반면에, 이들 유파들의 생성·발전은 그 나름으로 일정한 현실적 요구에 부응한 것이고 말하자면 기술시대의 진전에 따른 진보된 기술(내지 기술공학)에 해당하는 것인 만큼 그런 차원에서의 성과는 성과대로 인정해야 하리라고 말할 수 있다.

현대 비평이론들이 그처럼 번잡하게 갈라지는 이유 중의 하나는 오늘날 문학관의 기본적 대립이 리얼리즘과 이를 부정하는 온갖 이념 — 이 글에서 모더니즘이라 뭉뚱그려 보고자 하는 일단의 문학이념 — 사이에 있음을 시인하지 않기 때문이다. 그리고 이는 서두에서도 지적했던 모더니즘의 속성이다. 즉 진정한 리얼리즘의 존재 내지 가능성을 무시한 채, 졸라 또는 아널드 베넷(Arnold Bennett)식의 낡은 사실주의를 배격하는 것으로써 '리얼리즘'의 문제는 해결되었고 이제는 탈사실주의의 큰 테두리 안에서 누가 나은지를 가려내는 일만 남았다는 사고방식이다. 그 결과 생동하는 역사로서의 오늘의 현실을 바로 보면서 엘리엇의 '통합된 감수성'을 구현하는 리얼리즘 문학은 그 필요성마저 잊히고 이를 거론하는 사람들은 '좋았던 옛 시절'에의 향수에 사로잡힌 복고주의자 아니면 인간 본성을 무시한 정치노선을 강요하려는 위험분자로 인식되는 것이다.

이렇게 보면 20세기 후반의 '새로운 새 비평'[63]들은 작품을 구체적인 현실인식 및 인간의 주체적 역사창조 행위로부터 더욱 멀리 떨어지게 만든다는 점에서 한결같이 모더니즘의 연장이자 심화임이 분명하다. 따라서 이들의 다양성이란 결국 허구적인 것이며, 예컨대 구조주의의 '객관성' '과학성'과 이를 비판하는 해석주의·탈구조주의들의 싸움은 애당초 과학주의와 주관주의가 동전의 앞뒤와 같다는 시각에서는 무의미해져버린다. 프랑스의 대표적인 '신비평가'(영미 비평의 문맥에서는 '신신비평가') 롤

---

63 미국의 '뉴크리티시즘'이 쇠퇴하면서 프랑스의 '누벨 크리띠끄'(프랑스어로 '신비평'의 뜻)를 중심으로 번성하게 된 비평사조들을 영미 학자들은 더러 New New Criticism(또는 따옴표 하나를 넣어서 'New' New Criticism)이라 부른다. 예컨대 Terence Hawkes, *Structuralism and Semiotics*, University of California Press 1977, 156면 이하 참조.

랑 바르뜨가 구조주의에서 탈구조주의로 별 무리 없이 이동했다고 말해지는 것도 결코 놀라운 현상이 아니다. 영미 비평에서는 프라이가 일종의 자생적 구조주의자라면 커모드는 자생적 탈구조주의자라 부를 수 있지 않을까 싶은데, 둘 다 엘리엇의 반모더니즘적 측면을 배격하고 모더니즘적 요소를 이어받고 있음을 앞에서 살펴보았다. 아니, 프라이 자신이 모든 문학을 단일한 대상으로 연구하고 체계화하는 '과학'으로서의 비평을 주장하면서도 작품에 대한 '가치판단'은 그의 비평과학 내지 '체계적 비평'에서 제외함으로써 걷잡을 수 없는 주관주의의 불씨를 남기고 있다.[64] 이는 물론 프라이가 본격적인 구조주의자가 아니기 때문에 아직도 신비평의 인문주의에서 완전히 탈피하지 못했다는 증거로 읽을 수도 있다. 그러나 독서행위에 따르는 일정한 주관성의 문제는 어떠한 과학주의적 문학연구에서도 해결되지 않은 숙제일 것이다.

어쨌든 넓은 의미에서는 구조주의의 시대라고 부름직한 '신비평 이후'가 모더니즘의 평면적 연장만은 아니고 그 새로운 단계이기도 함에 주목할 필요가 있겠다. 필자는 「역사적 인간과 시적 인간」이라는 졸고에서 바르뜨에 관한 단편적인 고찰과 더불어, 최근의 비평이 "후기자본주의 사회가 더욱 발전된 생산력과 더욱 심화된 자기망각의 단계에 들어선 데에 대응하는 현상"[65]일 가능성을 생각해보았다. 이러한 새 단계의 역사적 배경으로는 생산력의 일반적인 발전뿐 아니라 2차대전 이후 제3세계의 본격적 등장으로 인한 선진국측의 위기의식과 냉전체제 및 핵무기경쟁 앞에서의 무력감 등 좀더 구체적으로 검토해야 할 사항이 많으리라 믿는다. 아무튼 프라이가 일종의 구조주의자며 그의 비평이 기술문명의 고도화와

---

64 *Anatomy of Criticism*, 특히 서론 "Polemical Introduction" 참조.
65 『민족문학과 세계문학 1』209면.

유관하다는 점에는 많은 사람들이 일치하고 있다. 예컨대 하트먼은 『비평의 해부』가 보는 문학작품의 구조가 적어도 비평가에게는 '공간적'인 것으로 된다고 프라이의 구조주의적 입장을 확인하면서 다음과 같이 덧붙인다.

공간적인 것은 이제 예술의 이해를 가능케 하고 비평을 하나의 진보하는 과학으로 성립시키는 형식이다. 문학적 구조의 철학에 있어서 이러한 칸트적 전환은 주목할 만한데, 그러나 그 설명은 칸트보다 기술공학에 있다. 총체적 형식의 개념은 인공물이 성스러운 장소나 시간에 부착되어 있는 동안은 생각할 수 없기 때문이다. 예술작품이 그 발생장소에 일종의 '그 지방 수호신'으로 참여하는 한, 그것은 엘리엇과 말로가 예견했던 저 이상적인 미술관 — '벽 없는 미술관' — 에 들어갈 수 없다. 기술공학이 먼저 예술의 보편적 복제와 분배를 허용함으로써 그것을 독창성으로부터 해방해야 하는 것이다.[66]

다른 글에서 또 그는 프라이가 문학에서는 거의 최초로 "전지구적인"(global) 관점을 시도한 비평가이며 비평을 체계화하려는 그의 노력은 뉴크리티시즘보다 더욱 보편적인 문학교육을 지향하기는 했지만 크게 보면 신비평과 더불어 "비평을 민주화하고 뮤즈로부터 신비성을 제거하려는 단일한 현대적 운동의 일부"라고 말한다.[67]

최근에 활약이 두드러진 영국의 평론가 이글턴은 좀더 분명한 사회사적 규정을 꾀한다. 1950년대에 들어와 미국사회가 점점 더 엄격한 관리사

---

66 Geoffrey H. Hartman, "Structuralism: The Anglo-American Adventure," *Beyond Formalism: Literary Essays 1958-1970*, Yale University Press 1970, 13면.

67 "Ghostlier Demarcations: The Sweet Science of Northrop Frye," 같은 책 24, 25면.

회·기술사회로 됨에 따라 뉴크리티시즘보다 훨씬 야심적인 형태의 비평적 기술관료체제가 요구되었는데,

> 필요한 것은 신비평의 **형식주의적** 성향 즉 사회적 실천으로서보다 심미적 대상으로서의 문학에 대한 신비평의 고집스러운 주목을 그대로 간직하면서 이 모든 것을 훨씬 더 체계적이고 '과학적'인 것으로 만들 문학이론이었다. 해답은 캐나다 사람 노스럽 프라이에 의한 모든 문학장르들의 '총체화'인 『비평의 해부』의 모습으로 1957년에 도착했다.[68]

그러나 이글턴 역시 구조주의가 문학의 가차없는 '탈신비화'(demysti-fication)라는 공적을 세웠다는 점은 높이 사준다. 구조주의에 이르러 전통적 인문주의자·심미주의자들이 '위대한' 문학작품에 내재하는 것으로 설정했던 특별한 의미가 사라지고 온갖 문헌 및 기호체계들이 똑같이 구조적 분석의 대상이 될 뿐 아니라, 모든 인간적 의미가 '자연스러운 것'이 아니라 '만들어진 구조물'임이 강조되었다는 것이다.[69] 미국의 신비평이 단위 작품의 텍스트를 다른 모든 것과 절연된 채 그것만이 절대적 의미를 가진 일종의 '주물(呪物)'로 설정하는 경향이 분명히 있었다는 점에서 이러한 '탈신비화'가 일단 필요했다고도 할 만하다. 그러나 한편의 짧은 시를 주물화하는 대신 한 작가의 전작품이나 역대의 모든 문학작품을 주물화하는 일이 반드시 진보랄 것이 못 되고 또한 문학 이외의 모든 구조물들까지 주물화한다 해도 마찬가지이듯이, 일체의 '구조물'과 '기호체계'를 탈신비화한답시고 그것의 '구조'가 인간의 주체적 실천이나 이를 통해 만

---

68 Terry Eagleton, *Literary Theory: An Introduction*, Blackwell 1983, 91면.

69 같은 책 106~07면 참조. 물론 구조주의의 비역사성에 대한 이 저자의 신랄한 비판(특히 108~13면, 121~26면)을 아울러 참조해야 할 것이다.

들어지는 구체적 구조물들보다 더욱 실답게 존재하는 것처럼 말하는 일은 또 하나의 주물화요 신비화와 다를 바가 없다. 알려져 있다시피 구조주의는 어느 낱말이 갖는 '의미'가 언어 바깥에 있는 대상을 지시 또는 반영하는 것이 아니라 다른 낱말들과의 관계에 의해 규정된다는 언어학자 쏘쒸르(Ferdinand de Saussure)의 통찰에서 출발했고, 구체적인 발언으로서의 언어(parole)보다 이러한 모든 발언을 가능케 하는 체계로서의 언어(langue)를 우선적으로 보는 그의 입장을 문학을 포함한 모든 인간현상의 분석에 적용하고 있다. 그런데 하나의 낱말이 어떤 실체의 반영이 아니라 일정한 형식적 체계 속의 한 개념이라면 쏘쒸르의 '언어' 자체도 하나의 개념이지 실체가 아니라는 점을 망각할 때,[70] 구조주의는 뉴크리티시즘에서 특정 텍스트에 부여했던 신비성을 해소한 대신 '언어' 또는 '기호체계'라는 관념을 물신화하고 마는 것이다.

프라이나 구조주의자들이 시도하는 '전지구적' 관점이라는 것이 민중의 입장에서 세계를 하나로 보려는 제3세계적 관점이 아님이 분명한 만큼, 그들이 수행하는 '탈신비화' 또는 '민주화'가 진정으로 인간해방에 기여하는 진실의 전진이 아닌 것이 놀랄 일이 아니다. 따라서 우리는 신비평의 문학주의 또는 권위주의라고 공격받는 텍스트의 '신비성'(mystique) 문제를 새로 따져볼 필요가 있다. 뉴크리티시즘의 문학주의가 쉽사리 공격받게 되는 것은 첫째, 문학주의 중에서도 말하자면 소(小)텍스트주의라

---

70 이에 대해서는 Tony Bennett, *Formalism and Marxism*, Methuen 1979, 제4장 중 "Saussure's magic carpet" 대목(임철규 역 『형식주의와 맑스주의』, 현상과인식 1983, 93~99면) 참조. 구조주의에 관한 자상한 해설을 겸하면서 이를 예리하게 비판한, 필자가 아는 가장 훌륭한 소개서는 Fredric Jameson, *The Prison-House of Language: A Critical Account of Structuralism and Russian Formalism* (Princeton University Press 1972)이다. 제임슨은 쏘쒸르적 모델이 지닌 변증법적 가능성을 높이 평가하는 입장이지만, 역시 문학작품에 언어학적 모델을 적용하는 일이 어디까지나 하나의 '메타포'의 적용임을 강조한다(viii면).

고나 할 그 전망의 왜소성 때문이요, 둘째는 문학을 역사적 실천으로부터 절연시키는 그 탐미주의적 성향 탓이다. 그러나 랜섬을 비롯한 일부 신비 평가들 스스로가 인정하듯이 유효한 현실인식이 예술작품의 본질적 일부이고 그리하여 인간의 실천적 삶에 직접 영향을 미치기까지 하는 것이 사실이라면, 이러한 예술작품에 현혹적인 신비성만은 아닌, 신비(mystery)라는 표현도 아주 엉뚱하지만은 않은 어떤 힘이 있다고 믿는 태도가 반드시 문학주의로 규탄되어야 할 것인가? 더구나 한편의 시나 소설이 어느 정도까지 그것 자체만으로서 충실히 이해될 수 있고 어느 정도까지 저자의 전체 작품세계 또는 다른 저자들의 온갖 작품들과의 연관에서만 이해될 수 있는지는 그야말로 구체적인 작품을 두고 논의할 문제이며, 이른바 '전체론'(holism)의 타당성 여부를 관념적으로 결정할 일이 아니다. 그렇다면 서정시에 대한 대다수 신비평가들의 지나친 집착과 그 탐미주의적 성향을 비판하고 난 뒤에도, "우리가 시를 고려할 때는 그것을 일차적으로 시로서 고려해야지 다른 어떤 것으로 고려해서는 안 된다"는 엘리엇의 명제는 그대로 남는다. 적어도 이는 문학작품이 문학작품으로서 현실에 미치는 능동적 작용을 중시하는 리얼리즘론에서는 포기할 수 없는 명제로 남는다. 그리고 이를 부인하는 구조주의는 신비평 중에서도, "책이란 생각하는 데에 쓰는 기계이다"(A book is a machine to think with)[71]라는 명제를 들고나온 리처즈의 입장을 계승한 것이며, 주관주의·신비주의가 과학주의와 얼마나 불가분의 관계인지 다시 한번 입증해주고 있다.

2

그러므로 우리는 구조주의를 비판하고 현실인식과 역사의식을 강조하

---

[71] *Principles of Literary Criticism* 서문(1928) 첫마디.

는 비평가들이라도 엘리엇이나 리비스의 '문학주의'에 대한 너무 안이한 비판에서 출발할 때에는 경계해야 마땅하다. 엘리엇 자신이 시는 '일차적으로 시로서' 접근해야 한다고 말하면서 이 말이 '인위적 단순화'이고 하나의 출발점 이상이 못 됨을 명시했었지만, 리비스야말로 바로 이를 출발점으로 삼아 '좀더 크고 어려운 주제로' 나갔고 드디어는 엘리엇 자신에 대해서도 통렬한 비판을 가하게 된 인물이다. 리비스가 텍스트의 정밀한 읽기를 누구 못지않게 강조했고 특히 초기에는 시작품의 분석에 치중하여 소설문학의 성과에 대한 인식이 부족했으며『위대한 전통』(*The Great Tradition*, 1948)을 쓸 때까지도 가령 디킨즈의 업적에 상당히 인색했기 때문에, 그는 곧잘 미국의 신비평가들과 동일시되곤 한다. 그러나 그의 엘리엇 비판에서도 짐작되듯이 리비스의 기본관점은 우리가 말하는 리얼리즘의 그것에 오히려 가까우며, 어쨌든 그를 20세기 영미 비평에서 로런스에 버금가는 모더니즘 비판자로 보는 것이 좀더 내용 있는 평가일 듯싶다.

물론 리비스 자신이나 특히 그가 주재한 계간지『검토』(*Scrutiny*, 1932~53) 주변의 인사들이 끼친 사회적 영향이 미국 신비평가들의 그것과 마찬가지로 체제온존적이요 반민주적이었다는 비판은 상당한 근거가 있다.[72] 가령 리비스 일파와 미국 신비평이 모두 막바지에 이른 자유주의적 휴머니즘의 이데올로기로서 영문학 연구를 강조하고 신비화하기까지 했다는 이글턴의 분석은 하나의 중대한 역사적 측면을 집어낸 것이 사실이다.[73] 그러나 우리가 앞서 확인한 바 리비스의 독특한 모더니즘 비판은 — 영국의

---

[72] 리비스의 탁월성과 *Scrutiny*지의 공적을 일단 인정하고서 이런 비판을 펼친 것은 레이먼드 윌리엄즈의 경우(특히 *Culture and Society* 제3부 4장의 리비스론과 *The Country and the City*, Chatto & Windus 1973 참조)가 선구적이며 이글턴, 베넷 등이 그 후속 타자들이다.

[73] Terry Eagleton, *Criticism and Ideology*, New Left Books 1976, 12~16면 및 *Literary Theory* 30면 이하 참조.

학계·평단·언론계의 대세와 끝까지 맞섰던 그 자신의 체제대항적 생애를 떠나서라도 ── 한 집단의 '문학주의'나 '유기체론'(organicism)에 대한 일반화된 비판으로써 처리될 수 없다. 그뿐 아니라 19세기 이래로 영국에서 문학이 종교의 실패에 뒤이어 지배계급에 의한 민중교화의 이데올로기로 동원되어왔다는 이글턴의 지적도[74] 그것이 모든 시대의 모든 문학 또는 문학연구에 해당하는 이야기로 제시된다면 무책임한 일반론밖에 안 된다. 빅토리아 시대 이래로 문학의 혁명적 가능성보다 그 체제옹호적 기능이 두드러졌다면 이는 예컨대 같은 시기의 러시아와는 대조적인 특수한 현상이며 영국 지배층의 특수한 역사적 승리인 것이다. 이 사실을 무시하고 마치 문학열과 사회변혁의 정열이 처음부터 반비례하도록 되어 있는 듯이 생각하는 것은 비역사적인 사고인 동시에 문학인으로서 다분히 패배주의적인 자세라 하지 않을 수 없다.

이글턴과 마찬가지로 정치적 실천으로서의 비평을 지향하면서 이글턴에게서 발견되는 구조주의의 잔재를 극복하고자 하는 토니 베넷의 『형식주의와 맑스주의』에서도 리비스는 때 지난 문학주의자·텍스트주의자 이상의 평가를 받지 못한다. 이것이 한 선배 문인에 대한 평가의 정확성 문제에 그치는 것이라면 우리가 여기서 굳이 거론할 필요가 없다. 그러나 베넷의 기본의도가 러시아 형식주의에 담긴 가능성을 새로운 실천적 비평의 정립에 활용하려는 것인 만큼, 바로 그러한 가능성이 리비스에게서도 발견됨을 간과한 것은 그가 도모하는 '정치적 비평'의 중요한 약점이 될 수 있다. 예컨대 그는 문학작품을 하나의 객관적 실체로 설정하고 문학비평은 이를 단순히 반영하는 객관적 행위로 생각하는 전통적 문학주의의 한 예로 리비스를 들면서, 일찍이 리비스가 웰렉과의 논쟁에서 문학비평과

---

[74] *Literary Theory* 22면 이하 참조.

철학의 본질적 차이를 강조한 발언 중 한 대목을 인용하여 비판한다. 반면에 러시아 형식주의는 바로 그러한 문학주의에의 도전으로 평가한다.

> 문학 텍스트의 변화하는 가치와 기능에 대한 이러한 인식은 주어진 어떤 문학전통을 구성하는 텍스트들을 그 안에 담는 구성체가 어떤 의미에서건 리비스의 표현대로 '비슷하게 자리매겨진 것들'의 구성체라는 생각에 대한 도전을 포함했다. 그런 생각과는 정반대로, 자리매김하는 것은 비평행위이며, 뜨이냐노프(Yurii Tynyanov, 러시아 형식주의 그룹의 한 사람—인용자)가 지적했듯이 이는 서로 다른 문학적 체계들 속에서 서로 다른 위치를 차지하고 서로 다른 기능을 수행하는 텍스트들을 하나의 전통에 속하는 것으로 설정함으로써 이루어지는 경우도 흔하다.[75]

그러나 베넷이 인용했던 리비스의 발언 자체는 베넷이 동조하는 뜨이냐노프의 입장과 결코 모순되지 않는다. 즉 리비스는 어떤 주어진 텍스트를 두고 비평가가 마땅히 제기해야 할 질문은 "이것은 어디에서 오는가? 이러저러한 것과는 어떤 관계에 놓이는가? 그것은 상대적으로 얼마나 중요한가?" 등의 평가행위임을 지적하면서 이렇게 덧붙인다.

> 그리고 '자리매김'을 받게 됨으로써 그것이 하나의 구성요인으로 정착되어 들어가는 구성체는 이와 비슷하게 '자리매겨진' 것들 ——즉 서로 간의 관련에서 그 방향을 찾은 것들 —— 의 구성체이지 이론적인 체계나 추상적인 고려에 의해 규정된 체계가 아니다.[76]

---

75 *Formalism and Marxism* 67면.

76 같은 책 10면에 인용됨. 원전은 "Literary Criticism and Philosophy," *The Common Pursuit* 213면. 임철규의 역본(19면)에서는 '자리매겨진' 대신 '배치된'으로 옮겼는데 이는 베넷의

이를 두고 베넷은 "이러한 비평은 자신과 그 대상을 모두 '자연화'한다. 그 대상, 즉 '문학'으로 설정된 일정한 선정된 텍스트들은 비슷하게 '배치된' 사물들의 미리부터 주어진 세계로 표현되는 한편, 비평은 능동적인 구성작용을 하는 담화가 아니라 실재하는 것을 언어 속에 단순히 반영하는 행위로 스스로를 제시한다"[77]고 공격한다. 그러나 리비스의 '자리매김'이란 비평가 및 독자의 주체적 실천과 별도로 존재하는 '사물'들의 '배치'가 아니며, 이렇게 배치된 사물들의 '이상적 질서'를 운운한 엘리엇의 전통론이나 프라이의 '총체화'된 문학론과 그의 입장이 전혀 다르다는 사실은 구체적인 비평작업뿐 아니라 여기저기서 단편적으로나마 제시된 그의 이론적 발언에서도 분명하다. 살아 있는 작품은 '외부세계'에 실존하는 사물도 아니요 그렇다고 독자의 '내면'에 들어 있는 것도 아닌 어떤 '제3의 영역'(Third Realm)에 속하는 것이며 현재의 시점에서 끊임없이 새로 평가받음으로써만 그 생명이 지속된다는 것이 리비스의 거듭된 주장이다.[78]

이 대목을 좀 길게 이야기한 것은 '실천적 비평'의 논의에서 특히 짚고 넘어갈 문제들이 있기 때문이다. 하나는, 독자의 주체적 실천이 강조될 때마다 항상 문제가 되는 주관주의의 위험성에 대해 이른바 진보적 역사관

오독에는 충실하지만 리비스가 특히 따옴표를 붙여 'placed'라고 쓴 원뜻에는 어긋난다. 이 글의 인용에서 필자는 임철규의 번역을 참고했으나 그대로 따르지는 않았다.

77 같은 책 10~11면. 여기서 "비슷하게 '배치된' 사물들"은 리비스의 "비슷하게 '자리매겨진' 것들"(similarly 'placed' things)이라는 표현에서 베넷이 *things*를 이탤릭체로 강조하여 되풀이한 말을 그렇게 옮긴 것인데, 이 책 67면(앞의 주76 참조)에서는 'placed'의 따옴표가 떨어져버리고 'similarly placed things'로 언급되는 것은 애당초 오독의 당연한 결과라 하겠다.

78 *English Literature in Our Time*을 비롯하여 *Nor Shall My Sword*의 여러군데와 *The Living Principle*의 제1장 등 참조.

을 지녔다는 비평가들은 스스로가 그로부터 면제된 듯이 생각하는 경향이 있다는 것인데, 이런 식의 면책특권은 없는 법이다. 어떤 의미에서건 문학비평을 하는 동안에는 독자나 비평가가 아무렇게나 '실천'하고 '담론'해버릴 수는 없는 일정한 권위 내지 (그런 뜻에서의) 객관성을 정립하는 문제가 남는다. 편협한 문학주의에 대한 비판은 이 작업의 필요조건일지언정 그 작업의 완수는 결코 아니다.

이와 더불어 또 하나 주목할 점은, 리비스의 '반철학적' 자세가 비록 충분한 해답은 아닐지라도 문학비평 ─ 정치적 또는 실천적 비평을 포함하여 ─ 이 그 소임을 다하기 위해 실제로 필요한 자세임을 인식할 필요가 있다는 것이다. 베넷도 비평이 그가 말하는 뜻에서 '정치'가 되려면 '미학'의 개념을 포기해야 한다고 주장하는데, "시를 일차적으로 시로서 고려해야지 다른 무엇으로 고려해서는 안 된다"는 명제를 정당하게 발전시키는 유일한 길은 '미학'과 더불어 그 모체인 '철학'마저 포기하는, 아니, 포기한다기보다는 극복·지양하는 길이다. 리비스 자신은 이것이 어째서 그런가를 사상적으로나 사회경제사적으로 제대로 해명하지 못하고 있고 더구나 철학과 함께 극복해야 할 또다른 많은 것들로부터 충분히 벗어나지 못했다는 비판을 받을 수 있겠지만, 그의 '반철학주의' 자체를 문학주의라거나 전형적인 영국적 경험주의로 일소에 붙이는 태도야말로 서양철학 및 서양문명 전체가 안고 있는 문제점을 망각하는 자세이다. 실제로 윌리엄즈나 이글턴 같은 비평가들은 기성 체제에 대한 급진적 비판을 시도하면서도 리비스의 '기술공학적·벤섬적 문명'(technologico-Benthamite civilization) 및 그 대표자로서의 미국문명의 전지구적 범람에 대해서는 오히려 둔감한 편이며, 제3세계의 역사창조 능력에 대해 리비스보다 본질적으로 다른 차원의 신뢰를 품고 있는 것 같지도 않다.[79]

이 모든 문제들은 우리가 선 제3세계의 현장에서 바라보면 훨씬 선명해지는 면이 있다.(벌써 80개에 육박하는 각주가 달린 이 작업의 번거로움도 바로 그 현장으로 우리를 돌아오게 해주는 한에서 용납될 수 있을 것이다.) 제3세계의 입장에서 보면 모더니즘이 기껏해야 역사창조에의 신념을 잃은 기득권자들의 정신적 고뇌를 표현한 것 이상이 못 되듯이, 최근의 '새로운 새 비평'의 대부분도 제1세계 또는 제2세계의 이데올로기라는 테두리를 벗어나지 않는다. 다만 그것이 더욱 발전된 기술시대의 산물인 동시에 창조적인 역사와는 더욱 멀어짐으로써 왕년의 정신적 고뇌마저 이제는 다분히 남의 일처럼 되고 창조의 개념 자체가 변질되어버린 '새로운' 단계인 것이다.

문학의 현장에 국한하여 생각하면 오늘의 많은 비평이론들은 모더니즘운동이 한창이던 1920년대와도 대조적인 창작의 빈곤 시대에 나온 대응책의 성격을 지님이 우선 분명하다. 레빈은 모더니즘운동의 옹호자의 견지에서 20세기 후반의 "우리는 예술의 생산자이기보다 주로 소비자들이다"[80]라고 말했지만, 제3세계의 눈에 비치는 수용미학·구조주의·탈구조주의 등등은 대부분 이러한 소비자들이 '소비자가 왕'이라는 기만적인 구호 그대로 스스로 주권자요 창조자라는 자기기만에 빠진 모습이다.[81] 어떻게 보면 요즘 성행하는 '창조적' 비평이란 엘리엇이 그의 평론활동의

---

79 윌리엄즈는 *The Country and the City* 24장에서 제3세계로 눈을 돌리기는 하나, 본론의 전개가 제3세계적 인식과 거의 무관하게 진행되어왔기 때문에 다분히 여담 같은 인상을 준다.

80 Harry Levin, 앞의 글 279면.

81 이글턴은 바르뜨가 자신의 저작 중 *S/Z* (1970)를 계기로 구조주의에서 탈구조주의로 옮아가는 지점에서 "독자 또는 비평가는 소비자의 역할에서 생산자의 역할로 바뀐다"고 말하지만(*Literary Theory* 137면), 구조주의 자체가 이미 실질적으로 소비자의 자기기만과 자아도취에 빠져 있다고 보겠다. 이글턴 자신도 "애초에 구조주의와 탈구조주의 비평을 낳은 것은 모더니즘 문학운동이었다"(139면)고 지적하면서 탈구조주의, 특히 영미 쪽의 해체주의에 대해서는 그 관념성을 신랄하게 비판한다(142~47면).

서두에 지적하고 나왔던 두가지 유형의 그릇된 비평 — '인상주의적 비평'과 '추상적인' 또는 나쁜 의미에서 '철학적인' 비평[82] — 을 한데 묶어 개발한 일종의 컴퓨터화된 인상비평이다. 이런 비평에서는 제3세계의 발언을 자신들이 이미 만들어놓은 컴퓨터에 입력할 자료 이상으로 귀담아들을 용의가 없음은 물론, 그들 자신의 위대한 문학 및 사상의 유산에 대해서도 마찬가지다. 여기서 우리는 자국 문화의 위대성을 들어 식민지통치를 합리화하는 서구 지식인들을 당연히 비판하면서도, 서양의 고전들 자체는 우리의 주체적 역량이 커질수록 그 해방적 기능이 증대되는 인류 공동의 유산이라는 생각을 한층 굳히게 된다. 바로 그렇기 때문에 억압에 동조 또는 체념하는 부자 나라 지식인들이 이제는 아예 '문학'이 따로 없고 '위대한 작품'이 따로 없다고 나오는 것일 터이며, 이런 문자 그대로의 룸펜인뗄리겐찌아가 선진국의 문화중심지에 오히려 창궐하는 현실을 가차없이 폭로한다는 점에서도 리비스 같은 정직하고 헌신적인 전통주의자의 비평을 우리가 가볍게 볼 수 없는 것이다.

그러나 이런 결론에 안주하고 만다면 우리 나름의 인상비평을 낳을 위험이 크다. 기술지배의 시대를 넘어서는 길이 기술과 인간의 근원적으로 새로운 관계를 찾는 일이요 기술의 발전을 억제하는 것이 아니라면, 일종의 선진기술로서의 최근 비평이론들 역시 그냥 외면해서는 안 될 것이다. 따라서 구조주의·탈구조주의 등에 대해서도 좀더 자상한 검토가 있어야겠으며, 특히 이 글에서는 그 일면을 살핀 데 그친 실천적 비평의 모색이라든가 한두번 언급밖에 못 한 러시아 형식주의 및 그 주변의 작업들은 별도의 연구에 값한다고 생각된다. 우리의 리얼리즘론이라는 것도 이러한 작업을 제대로 거친 뒤에야 이 시대의 진실을 비평 분야에서 대변하는

---

82 *The Sacred Wood*의 첫 논문 "The Perfect Critic" 참조.

이론으로서 진리의 감화력을 빌릴 수 있을 것이다. 그러한 리얼리즘론은 리얼리즘 자체에 관해서도 종전의 통념을 크게 바꾸지 않을 수 없을 것이 분명하지만, 모더니즘과의 현실적 대립이 오늘날 세계문학의 주된 모순으로 남아 있는 한 '리얼리즘'의 이름 자체를 섣불리 포기해서도 안 되리라고 믿는다. 이에 대한 검토는 다음 기회로 미룰까 한다.

—『리얼리즘과 모더니즘』, 창작과비평사 1983

모더니즘 논의에 덧붙여

「리얼리즘에 관하여」와 「모더니즘에 관하여」라는 글들이 본격적인 리얼리즘론이나 모더니즘론이 아님은 해당 논문 안에서 이미 밝힌 바 있다. 동시에 이 두편의 글을 준비 삼아 리얼리즘 문제와 좀더 정면으로 부닥쳐볼 과제가 남아 있다는 점도 「모더니즘에 관하여」를 매듭지으면서 밝혀두었다. 그런데 이번 글의 서두에 미리 분명히 할 것은 본고 역시 그때에 막연히 약속했던 리얼리즘론이 아니라는 사실이다. 실제로 그러한 '본격적인 리얼리즘론'이란 게 조만간에 이루어질 일이 아님은 지난번 글을 마칠 무렵에 벌써 상당히 분명해졌었다. 예비작업에 불과한 기왕의 글들을 본서에 담기로 한 것도 당분간은 예비적인 탐구 정도로 만족할 수밖에 없다고 생각되었기 때문이다. 다만 이 시점에서 필자가 구상하는 리얼리즘론의 개략적인 윤곽을 일단 제시해보는 것이 독자의 이해나 필자 스스로의 정리에 도움이 되리라 보며, 아울러 먼젓글이 나간 이후에 필자가 접하게 된 국내외의 관계자료들을 참고하여 기왕의 논의를 약간 보완할 여지도 있을 듯하다.

리얼리즘론에서의 '현실반영' 문제

'리얼리즘' 하면 그것이 전통적인 사실주의를 뜻하건 필자처럼 이와 구분되는 별개의 개념을 내세우건,[1] 작품 속의 '현실'이 어떻게 '반영'되느냐의 문제가 전혀 무시될 수 없다. 그것이 거울로 비추듯, 사진을 찍듯 하는 소박한 모사나 기계적 반사작용이 아님은 지금쯤 누구나 인정한다더라도, 어쨌든 현실(리얼리티)의 모습이 작품 속에 담기는 일이 이래도 저래도 좋은 정도의 부차적인 요인이라면 도대체 '리얼리즘'이라는 이름이 붙을 필요가 없어지는 것이다. 따라서 소박한 모사론을 배격하는 루카치 등 다수 리얼리즘론자들은 '반영'(Wiederspiegelung, reflection)과 더불어 '매개'(Vermittlung, mediation)의 개념을 강조하기도 한다. 작품 바깥에 있는 '현실'이라는 물건이 거울에 비치듯 그대로 작품 안에 재현되는 것이 아니라 작가의 주체적 활동과 개별 작품이 지닌 형식적 특성에 힘입은 특수한 종류의 반영이 이루어진다는 것이다. 그러나 리얼리즘론에 상당한 공감을 지닌 레이먼드 윌리엄즈도 지적하듯이, '반영'에서 '매개'로 진전한다고 해서 미리 독립적으로 존재하는 어떤 현실 내지 실체가 작품이라는 별개의 실체 내지 현실 속에 담긴다는 반영론의 기본전제에는 변함이 없다. 그 과정이 좀더 복잡해졌을 뿐 반영론이 관념적 실체론이라는 철학적 약점은 그대로 남는 것이다.[2] 따라서 요즘 구미의 학계에서는 반영론을 내세우는 사람들이 별로 없는 실정이고 필자 자신도 그것이 궁극적으로 만족스러운 입장이 못 되리라는 점을 비친 바 있다.[3]

---

1 졸편『서구 리얼리즘소설 연구』(창작과비평사 1982)의 「책머리에」 4면 참조.

2 Raymond Williams, *Marxism and Literature*, Oxford University Press 1977, Ⅱ, 4. "From Reflection to Mediation," 특히 99면 참조.

3 졸고「리얼리즘에 관하여」, 본서 403면 참조.

그러나 거듭 말하지만 '현실반영' 자체는 문학을 읽고 예술을 즐길 때 도처에서 마주치는 엄연한 사실이며, 리얼리즘이란 낱말이 생기기 훨씬 전에 벌써 셰익스피어의 햄릿이 연극배우들은 "시대의 요약이요 간결한 연대기들"(the abstract and brief chronicles of the time)이며 연극의 목표는 "말하자면 자연에다 거울을 갖다대는 일"(to hold, as 'twere, the mirror up to nature)이라고 말했던 터이다. 현실반영이라는 그 엄연한 사실을 어떤 식으로든 해명하지 않고서는 흡족한 예술론이 될 수 없으며, 더구나 리얼리즘을 표방하는 예술론·문학론은 그러한 엄연한 사실의 핵심적 중요성을 해명해야 할 것이다.

이러한 작업의 중요성은 현실반영의 문제를 쉽사리 외면하는 논자들의 실제 성향에 의해서도 반증된다. 반영론의 문제점, 기존 리얼리즘론의 문제점을 명쾌하게 지적하고 곧바로 '작품의 내재적 원리'라거나 '글쓰기'(écriture) 자체의 속성에 관한 논의에 몰두해버리는 이들을 보면, '리얼리즘'에의 집념을 버림과 동시에 많은 사람들이 함께 살고 있는 리얼리티에의 집념도 청산한 — 또는 애당초 집념이랄 것이 없었던 — 듯한 사람들이 너무나 많다. 논자들의 작태와 이론 자체의 타당성은 별개가 아니겠느냐는 반론도 물론 가능하다. 그러나 절박한 운동의 소용돌이 속에서는 열매를 보고 나무를 알아차리는 본능도 값진 것이다. 리얼리즘에 대한 종전의 이론들이 모두 만족스럽지 못하더라도 이 낱말을 쉽사리 포기하지 않으려는 것은 그러한 본능에 충실하려는 자세이며 싸움의 현장에 머물려는 마음가짐의 표시인 것이다.

그뿐 아니라 작품이 현실 또는 어떤 현실적 '토대'를 반영하는 '상부구조'라는 개념에는 일반적인 의미에서의 '미메시스'(mimesis)와는 질적으로 다른 측면이 있다. 곧, 아무리 기계적인 결정론에서라도 '상부구조'를 말하는 데에는 이미 작품을 그 자체만이 아닌 다른 것과의 관계에서 파악해야 한다는 변증법적 인식의 싹이 들어 있는 것이다.[4] 물론 속류 맑스주의 비평은 '작품 아닌 것'에 눈을 돌리면서 그 대신 '작품 자체'를 보는 일을 중단하기 때문에 변증법의 싹도 곧바로 시들어버린다. 그러나 반영이론의 변증법적 가능성 자체는 우리가 쉽사리 포기해서 안 될 것이다.

그렇기는 하지만 지금 필자가 이해하는 한, 반영론은 결국 하이데거(M. Heidegger)가 말하는 '형이상학'에 근거한 것이고 따라서 형이상학의 극복에 해당하는 진정한 예술적 노력을 올바르게 밝혀주지 못한다. 예술의 '진실' 내지 그 '예술됨'이 가령 루카치의 「예술과 객관적 진리」라는 글에서처럼 '반영'의 원리에서 출발하는 한에는,[5] 작품의 '심미적 가치'를 '인식적 기능'에서 도출해내는 어려움 아니면 '인식적 기능'과는 별개의 '심미적 가치'를 설정하고 양자를 조화시키는 어려움 때문에 끝끝내 골머리를 앓게 되지 않을까 싶다. 그러므로 필자가 지금 생각기로는 예술의 예술성 내지 창조성 자체는 달리 규명하되, 그러한 예술성이 실제로 성취될 때 '현실반영'이라는 사건이 어째서, 얼마나 그 핵심적인 요인으로 반드시 끼어들게 마련인가를 밝히는 것이 옳은 접근법일 것 같다. 이는 '글쓰기' 자체에 대한 최근 비평이론들의 관심과 통하는 데가 있지만 글쓰기의 창조성을 현실인식·현실반영과 무관한 것으로 설정하는 태도와는 확연히 갈라지며, 문학의 창조성이 따로 없고 관련자들이 일정한 현실인식에 의해 창조적이라고 결정해주기 나름일 뿐이라고 하는 일부 '실천적 비평' 내지 '정치적 비평'[6]과도 구별된다.

---

4 이와 관련해서는 Fredric Jameson, *The Prison-House of Language*, Princeton University Press 1972, 103면 및 R. Williams, *Writing in Society*, Verso 1984, 196~98면 참조.

5 G. Lukács, "Art and Objective Truth," *Writer and Critic*, tr. A. Kahn, Merlin Press 1970 참조.

6 다소 단순화했지만 이글턴의 최근 입장이 이러한 예에 해당된다고 본다. Terry Eagleton, "Conclusion: Political Criticism," *Literary Theory: An Introduction*, Blackwell 1983 참조. 본서

현실반영의 문제에 대한 이러한 새로운 각도의 탐구는 「예술작품의 기원」론을 비롯한 하이데거의 일련의 논의에서 무언가 소중한 단서를 찾을 수 있다고 생각된다. 물론 하이데거 자신은 발자끄나 똘스또이 같은 리얼리즘 문학의 성과에 별다른 관심을 표명한 바 없으며 '리얼리즘'이란 낱말 자체가 형이상학의 용어라고 비판하기도 했다.[7] 따라서 하나의 지속되는 역사적 싸움으로서의 리얼리즘운동에 충실하면서 리얼리즘 개념의 형이상학적 성격을 극복하는 데 하이데거의 통찰을 살리려는 이론적 탐구는 결코 간단할 수가 없다. 하이데거 자신의 사상에 대해서도 깊은 연구가 필요하려니와, 형이상학에 뿌리를 둔 리얼리즘 이론의 최고봉에 해당한다고 생각되는 루카치의 『미학』(*Die Eigenart des Ästhetischen*, 1963)과도 정면으로 맞부딪쳐보아야 한다. 그나마 이는 본격적인 리얼리즘론의 전개를 위한 과제의 일부일 따름이다.

작품의 기원과 생산과정 문제

그런데 예술작품의 '기원'을 말하는 것 자체가 이미 어떤 '절대적 근원'을 상정하는 형이상학적 발상이라는 주장이 현대 비평이론의 중요한 흐름을 이루고 있다. 그렇게 주장하는 대표적인 예는 데리다(J. Derrida), 푸꼬(M. Foucault) 등 이른바 탈구조주의 사상가들이겠지만, 스스로 탈구조주의자임을 부인하는 싸이드(Edward W. Said) 같은 비평가도 '근원'(origin)과 '시작'(beginning)의 구별을 자신의 비평적 작업의 출발점으로 삼고 있

481~82면도 참조 바람.

7 Martin Heidegger, "Aus einem Gespräch von der Sprache," *Unterwegs zur Sprache*, Neske 1959, 105면 참조.

음이 최근 국내에도 소개된 바 있다.[8] 예술작품의 기원에 관한 하이데거적 물음이 예술성의 절대적 근원을 설정하는 행위와 어떻게 다른지는 별도의 문제이나, 어쨌든 '나타나 있음의 신화'(myth of presence)에 대한 데리다 등의 예리한 공격은 전통적 사실주의뿐 아니라 뉴크리티시즘, 원형비평, 현상학적 비평 등 대부분의 종전 이론들의 철학적 근거를 송두리째 흔들어놓은 셈이다.

그 결과 작품의 '기원'을 명상하기보다 작품이 현실 속에서 만들어지는 '생산과정'에 대한 분석을 좀더 치밀하게 진행시킬 필요가 강조된다. 이데올로기 전반에 걸친 알뛰세르의 작업에 근거하여 '문학적 생산의 이론'을 탐구한 마셔레의 저서가 그 유명한 예이며, 영미 비평에서는 이글턴이 알뛰세르, 마셔레 들의 이론을 다시 발전시켜 제법 정교한 '텍스트의 과학'을 시도하기도 했다.[9] 이러한 작업을 통해 우리는 문학작품이 현실을 소박하게 반영하거나 외부적 여건에 의해 직접적으로 규정되지 않으면서도 어떻게 해서 당대의 진실에 관해 말할 수 있고 이데올로기의 빈틈을 보여줄 수 있는지를 추적하기에 이른다. 이는 속류 맑스주의는 물론 골드만식의 '상동성'(相同性, homology) 이론에 비해서도 중요한 진전이라 생각된다.

그러나 이러한 '생산' 이론이 작품의 기원에 대한 물음을 제대로 감당했다고는 생각되지 않는다. 작품이 눈앞에 드러난 내용이나 형식을 통해

---

8 김성곤 「에드워드 사이드의 『시작』과 『오리엔탈리즘』──왜곡과 허구의 텍스트로서의 역사」, 『외국문학』 1984년 겨울호, 특히 222~23면 참조.

9 T. Eagleton, *Criticism and Ideology*, New Left Books 1976 참조. 이글턴 자신은 *Literary Theory* 등 최근의 저서에서 이런 시도를 계속하고 있는 것 같지 않다. Pierre Macherey, *Pour une théorie de la production littéraire* (1966)는 영역본(*A Theory of Literary Production*, Routledge & Kegan Paul 1978)도 나와 있으나 필자는 이글턴, 베넷 등의 소개를 통해 알고 있는 정도다.

현실을 '반영'하는 게 아니고 오히려 작품 내부의 '틈새'와 '부재'를 통해 진실을 말해준다는 이론이 아무리 정교하게 펼쳐지더라도, 결국 그것은 직접적 반영이 아닌 '매개된 반영'이라는 매개론의 훨씬 세련되고 다분히 위장된 한 형태거나, 아니면 현실반영의 문제 자체를 실질적으로 회피한 채 탈구조주의·해체주의에서 구가하는 '텍스트 자체의 생산성' '창조적 비평' 따위에 안주하기 쉬운 것이다. 많은 경우에 텍스트 생산의 연구는 이러한 탈구조주의적 자기탐닉과 꽤 소박한 반영론 내지 상동론적 현실 파악이 다소간에 배합된 형태를 넘어서지 못했다는 것이 필자가 받는 대체적 인상이다.

그러나 '심미적 가치' '초역사적 원형' '보편적 진리' 등과 더불어 '객관적 현실'이라는 것도 미리부터 덩그렇게 자리 잡고 있는 무슨 물건처럼 생각하는 일을 불가능하게 만든 탈구조주의의 형이상학 비판은 리얼리즘론의 튼튼한 자기정립을 위해 한번 거쳐야 할 과정이다. 물론 형이상학의 극복은 헤겔 이후로 맑스, 니체 등 여러 사람이 제창해온 과제였고 하이데거에 이르면 데리다의 문제제기 중 유효한 것이 거의 다 나온다고 생각되지만, 데리다의 특별한 공로는 제임슨도 지적하듯이 시간성과 역사성을 외면하는 구조주의 내부에서 이루어진 일종의 '역사의 구조주의적 재발명'이며 '기호 자체 속에 내재한 시간성'의 드러냄이라는 데에 있다.[10] 말하자면 통시성을 피하고 피하던 끝에 애초에 '공시적'이라고 설정했던 '기호'(sign)의 기본적 구성요인으로서의 시간성에 맞부닥치고 만 것이므로, 처음부터 역사를 말하고 시간성을 이야기해온 경우와는 또다른 설득력을 갖는 것이다. 필자는 「모더니즘에 관하여」의 결론에서도 "일종의 선

---

10 *The Prison-house of language* 187~88면. 데리다의 입장이 가장 간명하게 진술된 글은 Jacques Derrida, *Speech and Phenomena* (tr. D. Allison, Northwestern University Press 1973)에 실린 "Differance" (1968)가 아닐까 한다.

진기술로서의 (…) 구조주의·탈구조주의 등에 대해서도 좀더 자상한 검토가 있어야"(본서 484면) 한다는 정도의 여운은 남겼지만, 실제로 기술의 발달이 기술지배 시대의 자기극복에 이바지하게 되려면 발달하는 기술 속에 담긴, 기술자들 자신이 생각 못 하는 숨은 뜻을 찾아내는 일에 항상 깨어 있어야 할 것이다.

어쨌든 데리다의 그러한 공로에도 불구하고 그의 시간성 재발견은 구체적인 역사성을 끝내 외면하고 현실반영의 문제를 원천적으로 봉쇄함으로써 또 하나의 '존재론적 이론' 내지는 형이상학적 관념의 차원을 벗어나지 못한다는 비판에 마주치며,[11] 더욱이 그의 아류들에 오면 이른바 '창조적 비평'이라는 관념의 유희를 양산하고 있는 실정이다. 여기서 우리는 어떤 '절대적 근원'으로서의 예술성을 설정함이 없이 '예술작품의 기원'을 묻는 자세를 다시 한번 모색하면서, 이렇게 기원하는 작품의 역사인식과 현실반영도가 그 기원의 참됨을 보증하는 중요한 징표라는 입장을 끝까지 고수할 필요를 느낀다.

언어적 모델과 시의 언어

작품의 작품됨에 대한 물음은 언어에 대한 물음과 떼어 생각할 수 없는데, 언어에 관한 논의 역시 현대 비평 및 사상 전반에 걸쳐 특히 두드러진

---

11 *The Prison-house of language* 183면에서의 제임슨의 지적 외에도 예컨대 Edward W. Said, "Criticism Between Culture and System," *The World, the Text, and the Critic*, Harvard University Press 1983 참조. 그런데 싸이드만 하더라도 데리다의 비역사성에 반발하면서 푸꼬의 작업에 큰 기대를 걸고 있는데, 후자 또한 진정한 역사인식과는 거리가 멂을 분명하게 밝히는 일도 앞으로의 과제에 속할 것이다.

현상이다. 그러나 언어에 관한 언사가 많고 언어학적 분석이 성행하는 만큼이나 말의 참뜻에 관한 물음이 집요한지는 의심스럽다. 대부분의 경우 언어적 관심이란 '언어적 모델'이 언어학 이외의 다른 분야에 어떻게 적용되는가를 점검하는 작업에 쏠려 있다. 그런데 언어적 모델이 상정한 언어는 언어과학의 대상으로서의 언어현상이므로 그러한 언어현상으로서의 언어가 언어 그 自體와는 어떤 관계에 있느냐는 문제가 별도로 남는데, 언어모델 곧 언어학적 모델의 적용 여부에 몰두하는 작업에서는 그러한 더 근원적인 물음이 잊히거나 적어도 유보되어 있는 것이다. 그 결과 작품의 작품됨은 과학적 또는 구조적 분석의 대상으로 환원되어 달리 그 창조성을 논할 필요가 없어지거나, '언어'라는 것이 새로운 초월적 실체로 둔갑하여 작품은 곧 언어적 작용의 일환으로서 다시금 신비화한다.(후자의 경우 "언어가 말한다"Die Sprache spricht라는 하이데거의 유명한 명제와 일견 비슷하지만, 하이데거에게 '언어'는 결코 하나의 실체가 아니라는 결정적인 차이가 있다.)[12]

20세기의 인문사회과학 연구에 막대한 영향을 끼친 언어적 모델에 관해서는 그 창시자라 할 쏘쒸르 자신이 의미심장한 단서를 붙인 바 있다. 쏘쒸르가 그의 『일반언어학 강의』에서도 역사의 차원을 일단 유보했을 뿐 영구히 배제한 것은 아니라는 점은 렌트리키아 같은 평론가도 강조했지만,[13] 그가 남긴 메모에서는 언어와 다른 인간제도 사이에 여하한 아날로지도 성립할 수 없다고 단언하기조차 했다. "누구든지 언어의 영역에 일단 발을 들여놓으면 천지간의 모든 유추를 박탈당한다고 말할 수 있으리라고 나는 믿어 의심치 않는다"[14]고 그는 말했던 것이다.

---

12 "Die Sprache," *Unterwegs zur Sprache* 참조.
13 Frank Lentricchia, *After the New Criticism*, University of Chicago Press 1980, 123~24면 참조.
14 "Note Inédites de Ferdinand de Saussure," in *Cahiers Ferdinand de Saussure* No. 12 (1954) 64면.

현대 언어학의 창시자가 언어모델의 적용가능성을 부인했다고 해서 그것을 적용하려는 시도가 반드시 무의미하다는 이야기는 아니다. 오히려 그처럼 특이한 언어현상에서 추출된 모델을 예컨대 원시사회의 혈연관계 같은 전혀 다른 현상에 적용할 생각을 품었던 것이 레비스트로스(C. Lévi-Strauss)의 독창성이며, 그가 구조주의운동의 태두로 떠받들어질 만한 까닭이 된다. 그러나 이처럼 남들이 쉽게 생각 못 할 유추의 가능성에 착안하는 것이 학문적 독창성이라면, 유추의 한계성에 끝까지 유의함으로써만 그 탐구의 과학성이 보장된다. 레비스트로스의 경우에도 자신의 인류학적 연구의 성과를 바탕으로 문학비평이나 일반 문화이론의 영역으로 나아갈 때 그 입장의 학문적 엄밀성이 의심스러워진다고 생각되는데, 대체로 언어의 모델을 '비언어적' 현상들에 적용하여 일정한 성과를 거두었으니까 본래 언어로 된 문학작품에는 그것이 더욱 완벽하게 적용될 수밖에 없으리라고 자신하는 순간, 도대체 말이 무엇이고 작품이 무엇인가라는 본질적인 물음은 가맣게 잊히기 십상인 것이다.

물론 이러한 본질적인 물음은 언어현상에 대한 과학적 탐구 및 언어예술 작품에 대한 경험적 연구를 포용하면서 진행되어야만 해묵은 형이상학적 논의로 되돌아감을 피할 수 있다. 그러나 무엇보다도 중요한 것은, 한편으로 일상적인 삶에서 쓰이는 언어와 다른 한편 말의 가장 알차고 뜻있는 사용으로서 '시'의 관계를 바로 생각하는 일이다. 대체로 현대의 비평이론들은 양자가 아무런 근본적인 차이도 없는 '구조물'이요 '담론'이요 '언어행위'라는 입장이 아니면, 평면적인 전달기능·지시기능밖에 없는 '일상언어'라는 허깨비를 멋대로 세워놓고 시의 언어, 예술의 언어가 그것과 어떻게 절대적으로 다른지를 강조하는 두 극단 사이를 오락가락

(Perry Anderson, *In the Tracks of Historical Materialism*, Verso 1983, 43면에서 재인용.)

하고 있다. 과연 그 어느 쪽의 시론인들 실제로 위대한 언어예술 작품들에 대한 진솔한 체험, 또는 언어현상의 과학적 탐구를 실제로 과학성의 테두리를 엄수하며 수행하는 학자적 자세에 합치한다 할 것인가. 그보다는 민중생활·민중언어의 활력을 수용함으로써 소설이 '시'보다 한 차원 높은 예술성에 도달한다는 바흐쩐의 소설론이 예술언어의 성격을 바로 보았다 할 것이며, 시인의 창조력이 일상언어·민중언어의 창조성에 의존하고 있음을 거듭 강조하면서 동시에 이것이 때와 장소를 초월하여 일정하게 주어진 '언어의 창조성'이 아니고 역사의 추이에 따라 얼마든지 드높아지며 쇠퇴하기도 하는 창조성임을 역설하는 리비스의 언어관은 더욱이나 주목에 값하는 것이다.[15]

실제로 언어에 대한 물음은 언어과학적 탐구나 언어예술에의 실제비평을 물론 포괄하지만 궁극적으로는 우리가 사는 시대에 대한 물음으로 되어야 한다. 이 시대를 하이데거와 더불어 '기술의 시대'로 보든 리비스처럼 '기술공학적·공리주의적 시대'(technologico-Banthamite age)라 부르건, 아니면 맑스 이래의 용어로 자본의 논리가 지배하는 세계로 보건, 말의 참뜻이 잊히고 참다운 예술이 근원적으로 위협받는 시대라는 문제의식이 필요한 것이며, 이러한 문제의식에 따른 현재 역사의 이해를 바탕 삼은 시론과 언어관이 나와야 할 것이다. 이 또한 현재의 필자로서는 한갓 구상으로 남겨둘 수밖에 없는 일이다.

---

15 M. M. Bakhtin, *The Dialogic Imagination*, tr. C. Emerson and M. Holquist, University of Texas Press 1981, 특히 "Discourse in the Novel" 참조. 리비스에 관해서는 저번 글에서도 여러차례 언급했고 그의 언어관은 도처에 피력되어 있기에 일일이 참조할 계제가 아니지만, *The Living Principle: 'English' as a Discipline of Thought* (Chatto & Windus 1975)의 제1장 "Thought, Language and Objectivity"가 아마도 그로서는 가장 집중적인 논술일 것이다.

새로운 소설론에의 요구

이러한 시론·언어론이 리얼리즘론으로서의 구체성을 띠자면 결국 장편소설이라는 장르의 본격적인 검토가 요구된다. 전통적으로 리얼리즘론은 소설론을 중심으로 전개되어왔기 때문에 설혹 그것이 빗나간 논리였다 하더라도 어떻게 빗나간 것이었는지 알아야 할 터이며, 그것이 빗나간 논리였다는 현대의 일부 평자들의 주장이야말로 오히려 성급한 단정일 가능성도 많은 것이다.

먼저 강조할 점은, 이 문제를 어떤 추상적인 장르론의 차원이나 어떤 기존의 리얼리즘 이론으로부터 소설장르의 중요성을 연역해내는 방식이 아니라 리얼리즘과 관련하여 실제로 주목받아온 탁월한 장편소설 작품들의 구체적 성격을 토대로 풀어나가야 하리라는 것이다. 예컨대 19세기 리얼리스트 소설가들에 대한 루카치의 연구도 그의 '반영이론'의 예증으로 이해하기보다는 20세기에 이르러 대다수의 작가들이 활용하는 이데올로기적 책략이 어떤 이유로건 아직 필요하지 않았던 "혜택받은 서사적 사례들"[16]로 보는 게 바람직하다는 제임슨의 주장은 경청할 만한 것이다. 이는 장편소설이야말로 "갈릴레오의 망원경보다 훨씬 위대한 발견이다"라는 로런스의 명제를 리비스가 부연하면서 이런 평가에 값하는 소설이 발명된 것은 바로 19세기라는 멀지 않은 과거였다고 말한 것과도 통한다.[17] 즉 리얼리즘론에서 소설론의 위치는, 가령 라블레(F. Rablais)의 『빵따그뤼엘』이 구체적으로 어떻게 민중생활의 활력을 예술적으로 수렴했는가에 관한 바흐찐식의 탐구에서부터,[18] 19세기 유럽 또는 미국 소설의 대가

---

16 F. Jameson, *The Political Unconscious: Narrative as a Socially Symbolic Act*, Cornell University Press 1981, 54면.

17 F. R. Leavis, *English Literature in Our Time and the University*, Chatto & Windus 1969, 167면.

들이 전대보다도 더욱 높은 경지에 다다랐다면 과연 무슨 경로로 그리되었고 어떤 점에서 그러한지에 대한 해명과 더불어, 그러한 드높은 성과가 오늘날 지속되지 않고 있다면 또 어떤 점에서 무엇 때문에 그런지를 밝힘으로써만 제대로 정립될 수 있다는 것이다.

이는 웬만한 이론적 작업도 뺨치는 엄청난 일감이다. 그렇잖아도 정신없이 쫓기는 제3세계의 살림살이에 이런 문제까지 돌보려는 게 하나의 사치가 아니냐는 생각도 해볼 수 있겠다. 그러나 소설이 흔히 말하듯이 부르주아지의 예술이라기보다 바흐찐의 주장처럼 탁월하게 민중적인 예술이라면, 더구나 좀더 대중적일 뿐 아니라 "소설은 인간이 이제까지 달성한 최고의 표현형식"[19]이라는 로런스의 말에 일말의 진실이라도 있다면, 그야말로 제3세계 민중에게도 그것이 절실한 관심사가 아닐 수 없다.

근대적 장편소설의 출발을 라블레나 세르반떼스(Miguel de Cervantes)의 작품에서 찾건 아니면 하나의 지속적인 전통이 확립된 18세기 영국에서 찾건,[20] 중산계급의 대두라는 역사적 흐름에 직접적인 영향을 받은 것만은 틀림없다. 요는, 중산계급의 역할을 부인하자는 게 아니라, 이를 그 계급 고유의 작용으로 보느냐 아니면 당시로서는 민중의 성장을 가장 잘 대변했던 한 계급의 것으로 보느냐는 시각의 차이다. 그런데 전자의 관점을 취하는 경우 소설의 발생과 성숙이 부르주아지의 대두 및 흥륭과 대체로 일치하는 현상은 설명이 잘 되지만 19세기 말엽 이래 서구소설의 쇠

---

18 Bakhtin, "Forms of Time and Chronotope in the Novel," 앞의 책, 특히 167~224면 및 *Rabelais and His World*, tr. H. Iswolsky, M. I. T. Press 1968 참조.

19 D. H. Lawrence, "The Novel," *Phoenix II*, New York, 1968, 416면.

20 바흐찐과는 다른 관점이지만 소설의 발생 문제에 대한 기왕의 논의를 간명하게 정리해준 글로『서구 리얼리즘소설 연구』에 실린 이상옥「소설의 발생과 리차드슨의『패밀라』」, 특히 11~34면 참조. 그에 앞서 유종호「근대소설과 리얼리즘」(『창작과비평』 1976년 봄호)도 참고에 값하는 논의인데, 기본시각은 역시 소설을 중산계급의 문학으로 보는 것이었다.

퇴 내지 변질을 설명하는 일은 그다지 수월치가 못하다. 유럽이나 미국에서, 아니, 전세계를 통해서도, 중산계급의 지배는 이 무렵에 와서 오히려 강화된 것이라고 보아야 하지 않을까. 그렇다면 구미의 장편소설은 쇠퇴하지 않고 더욱 융성하게 되었다고 주장하든가(물론 일부 모더니스트들이 20세기에 와서야 소설이 제대로 예술적이 되었다는 주장을 펴기는 하지만 이때에도 소설장르 자체가 융성한다는 주장은 찾아보기 힘들며 예술 일반의 반부르주아적 성격이 오히려 강조되곤 한다), 아니면 부르주아지는 융성하는데 소설이 쇠퇴하는 현상을 달리 설명할 필요가 생긴다. 그리고 이에 대해서는 부르주아지의 지배력은 더욱 강화되었지만 성장하는 민중의 전위세력으로부터 민중의 성장을 억제하는 집단으로 바뀜으로써 소설의 민중적 성격과도 멀어졌다는 해석이 가장 설득력이 있을 것 같다. 동시에 범세계적 민중해방운동의 주요 현장으로 된 제3세계에서 오히려 서양 부르주아지의 최고의 소설문학 전통을 계승할 소지가 많다는 명제가 가능해지는 것이다.

리비스나 로런스의 소설관은 바흐찐의 그것과 다른 점도 많다. 그러나 특히 로런스의 경우는 바흐찐 소설론에서 강조하는 '언어적 다양성' '대화적 성격' 등을 앞질러 강조했다고 할 수 있으며, 어쨌든 '최고의 표현형식'으로서의 소설이 자기 시대 서양에서는 19세기의 수준으로부터 크게 후퇴했다는 그의 인식은 제3세계의 관점과 일치하는 것이다. 동시에 제3세계적 맥락에서는, '극시로서의 소설'(the novel as a dramatic poem)이라는 리비스의 생각[21]이 제기하는 소설과 시의 관계 및 소설과 연극의 관계 문

---

21 이는 *The Great Tradition* (1948)을 위시하여 리비스의 소설비평에 일관된 중심개념이다. 그런데 리비스는 디킨즈나 로런스가 문자 그대로 '극시인' 또는 '시극작가'가 아닌 '소설가'임을 거듭 강조하고 있고(*D. H. Lawrence: Novelist, Dickens the Novelist* 등의 제목에서부터), 더구나 그가 모범적인 시극작가로 설정한 인물은 꼬르네유나 라씬이 아니라 이들보다 훨씬

제가 남다른 현재성을 띤다. 바흐찐은 소설이 '좁은 의미의 시'와 구별되는 특성을 주로 논하였고 그러한 소설장르 자체의 시적 내지 예술적 성격이 어디서 기원하며 어떤 의미에서 탁월하게 시적일 수 있는지를 제대로 논하지는 않았다고 생각되는데, 장편소설보다는 시·민요·민중연희 등의 유산이 오히려 풍부하고 그 계승 여부가 문화적 주체성 확립의 열쇠로 되어 있는 대부분의 제3세계 나라들에서는 소설과 이들 다른 장르의 관계를 처음부터 새로 생각해볼 필요가 있다. 이는 소설장르가 본래 지녔다는 민중성의 구현을 위해서도 그렇다. 가령 장편소설은 두꺼운 책을 구입하고 읽어낼 중산계급의 존재와 직결된 장르이고 그런 점에서 짧은 시가 좀더 민중적이고 운동적이라는 주장이라든가, 개인적인 집필과 주로 개인 단위의 독서에 의존하는 소설보다는 현장공연 또는 전파매체에 의존하는 장르들이 제3세계의 대중운동에 더 알맞다는 주장도 목전의 관심사로 닥쳐와 있다.

이런 주장은 모두 이제까지의 소설이 지닌 한계나 문제점을 다시 생각게 해주는 값진 지적들이다. 소설이 설혹 바흐찐이 말하듯이 기본적으로 민중적인 장르라 하더라도 실제 역사 속에서의 그 발달이 중산계급을 통해 이루어진 한, 민중 일반에 걸맞은 성격과 함께 중산계급 고유의 특징과 한계도 거기에 각인되었을 것이다. 소설의 창작 및 수용에 따르는 개인주의적 성향이라든가 활자매체에의 지나친 의존으로 인한 구비문학 및 공연예술의 쇠퇴 등은 모두 그러한 한계로 이해될 수 있다. 하지만 이를 뒤집어 생각하면, 가령 19세기 영국에서 소설이 융성했다는 사실 자체가 그 부르주아적인 한계성이라기보다 소설의 융성이 연극의 침체를 수반했

소설가에 가까운 셰익스피어이므로, '극시로서의 소설'을 말하는 것이 이글턴의 주장처럼 소설을 "소설 아닌 딴 것"(*Literary Theory* 51면)으로 다루는 태도랄 수는 없다고 본다.

다는 점이 부르주아지 특유의 한계를 드러낸 반민중적 현상이었다는 이야기로 될 수 있다. 물론 혼자서 책을 읽는 행위 자체는 여럿이 함께 구경하고 놀이하는 행위보다는 어느 시대에나 한층 개인주의적인 일면을 지닌다. 그러나 민중운동이라고 해서 밤낮 함께 놀고 함께 지내야 하는 것은 아니다. 더구나 역사의 주인 노릇을 온전히 떠맡을 이제부터의 민중은 혼자서 책 읽고 사색하며 고뇌한 경험도 많은 사람들의 무리여야 할 것이다. 요는 혼자서 책을 볼수록 남들하고 함께 살고 함께 놀 생각이 없어지는 그런 내용의 책이며 그런 형편의 사회이냐 아니냐가 핵심적인 문제지, '소설' 그 자체가 민중적·제3세계적 장르냐 아니냐는 일반론은 빗나간 문제제기인 것이다.

장편소설을 읽을 금전적·시간적 여유가 민중에게 없다는 지적도 현실에 대한 하나의 반성을 촉구하는 것 이상의 의미는 없다. 『안나 까레니나』의 경우를 두고 필자가 이야기했던 바지만,[22] 오늘의 민중이 그럴 여유가 없다더라도 작품 자체가 민중의 삶에 보탬이 되고 민중에게 사랑받음직한 것이라면 앞으로 민중들이 얼마든지 읽을 날이 오고 또 그럴 수 있게끔 민중생활이 개선되어야 한다는 것이 올바른 역사의식이다. 그러므로 소설장르의 '파기'나 다른 장르로의 '확산'보다는[23] 제3세계 특유의 여타

---

22 졸고 「서양 명작소설의 주체적 이해를 위해」, 본서 248면 참조.

23 김도연 「장르 확산을 위하여」(『한국문학의 현단계 3』, 창작과비평사 1984)는 결코 소설장르의 포기를 제창하고 있지 않고 '장르파기'론과도 엄연히 다르지만, 소설 자체가 대대적인 장르 확산 및 혼용의 산물이라는 인식이나 제3세계의 리얼리즘 예술에서 소설이 떠맡을 역할의 인식이 아무래도 부족하다는 인상이다. 더욱이 모든 장르구분의 파기 운운하는 주장들은 기왕의 고정관념에 얽매이지 않겠다는 패기의 표현으로 사줄 구석이 없는 건 아니나, 하나의 이론으로서는 리얼리즘보다 포스트모더니즘에 가까운 것이다. 모든 진지한 창작 또는 비평은 자신이 쓰거나 읽는 글의 장르적 속성에 대한 세심한 배려를 반드시 포함하는 법이며, 이러한 진지한 관심을 낡은 것·값없는 것으로 만드는 게 곧 (뒤에 다시 언급할) 자본

예술과 상호보완하는 제3세계의 소설문학을 꽃피워야 할 것이다. 필자 자신 이를 위해 우선 제3세계적인 소설론을 모색하면서 '전공 분야'인 영국소설의 구체적 면모를 탐구해볼 생각을 갖고 있지만 이것 또한 여기서는 숙제로 남겨둔다.

리얼리즘 논쟁을 보는 제임슨의 시각

「모더니즘에 관하여」는 그에 앞선 「리얼리즘에 관하여」와 마찬가지로 잠정적이고 단편적인 논의임을 처음부터 전제했었지만, 충분히 구해볼 수 있는 자료조차 참조하지 않음으로써 더욱 허술해진 작업이었다. 그중 모더니즘과 리얼리즘에 관한 프레드릭 제임슨의 논의가 생략된 것도 중요한 허점이 되겠는데, 기왕에 읽었던 『맑스주의와 형식』이나 『언어의 감옥』도 좀더 거론했더라면 좋았으려니와 블로흐(E. Bloch) 등 독일 평론가들의 논쟁자료를 모은 『미학과 정치』에 붙인 제임슨의 권말논문은 필자가 시도했던 종류의 모더니즘 논의에서 반드시 짚고 넘어갔어야 할 글임을 뒤늦게 알게 되었다.[24] 따라서 여기서는 그사이 읽은 제임슨의 논저 몇편을 중심으로 지난번 논의를 보완하고, 뒤이어 졸고에 대한 국내 평자들의 토론도 잠깐 언급하기로 한다.

1930년대 독일 문단에서 벌어진 리얼리즘 논쟁을 정리한 제임슨의 논

의 논리이다.

24 F. Jameson, "Reflections in Conclusion," *Aesthetics and Politics* (1977). 그동안 *Marxism and Form* (1971)이 『변증법적 문학이론의 전개』(여홍상·김영희 역, 창작과비평사 1984)로 번역되고〈개역판 『맑스주의와 형식』, 2013) 이성원 「프레드릭 제임슨의 문학비평」(『외국문학』 1984년 겨울호) 같은 평론도 나와 국내의 제임슨 논의가 점차 활발해지는 경향이다.

문이 특히 돋보이는 것은, 한편으로 표현주의 및 기타 모더니즘 예술 전체에 관해 루카치보다 훨씬 포용적인 자세를 취하면서도 당시의 논쟁에서 루카치가 브레히트에게 일방적으로 패했다는 식의 유행적인 판단에 동조하고 있지는 않다는 점이다. 블로흐, 루카치, 브레히트, 베냐민, 아도르노 들에 대한 제임슨의 자상한 논평을 여기서 일일이 소개할 수는 없고 그중 한두 대목에 관해서만 뒤에 다시 논의할 예정이다. 모더니즘을 보는 그의 기본시각은, 그것이 한마디로 현실을 외면한 '퇴폐적' 예술이라는 루카치의 공격에 맞서 "사회적인 내용을 회피하는 방식이라기보다는 (…) 틀에 끼우거나 위치를 바꾸는 특정 기법을 동원하여 사회적 내용을 눈에 안 보이게끔 형식 자체 속에 격리시킴으로써 그러한 사회적 내용을 관리하여 통제하는 방식"[25]이라는 것이다. 이러한 그의 모더니즘관은 『정치적 무의식』에서 모든 모더니즘 예술 그리고 모든 계급의식에 담긴 '유토피아적' 충동의 강조로 발전하며, 동시에 효과적인 모더니즘은 어째서 항상 리얼리즘과의 접경지대에 위치하지 않을 수 없는가에 대한 다음과 같은 날카로운 지적을 낳기도 한다. "모더니즘의 사업은 역사적이고 정치적·사회적인 충동들을 (노먼 홀랜드의 편리한 표현을 빌려) '관리'(manage)하려는 의도로서, 다시 말해 그것들을 중화하고 그에 대한 대리만족을 제공하려는 등등의 의도로 이해하는 것이 좀더 적절하다. 그런데 덧붙여야 할 것은 그러한 충동들을 먼저 불러일으키지 않고서는 관리할 수가 없다는 점이다. 이것이 모더니즘 사업의 미묘한 대목인바, 모더니즘이 자신이 일깨운 리얼리즘을 다음 순간 다시 억제하기 위해 스스로가 리얼리스틱해져야 하는 지점이 그것이다."[26]

---

25 "Reflections in Conclusion" 202면.

26 *The Political Unconscious* 266면. 모더니즘의 유토피아적 측면에 대해서는 236~37면, 289~91면 등 참조.

그런데 모더니즘에 대한 이런 자상한 이해에도 불구하고 예의 권말논문에서 제임슨이 도달하는 결론은 모더니즘 예술의 새로움이 오늘날 바닥이 나고 그 '반사회성'이라는 것도 이제는 무한소비의 사회에 의해 완전히 중화·수렴되고 말았다는 것이다. 그러면 여기서 타개책은 무엇인가?

이러한 상황에서는 실제로 다음과 같은 질문의 소지가 생긴다. 즉 모더니즘의 궁극적인 갱신, 이제는 자동화된 그 지각(知覺)적 혁명의 미학의 관습들이 겪을 최종적인 변증법적 전복은 다름 아닌 리얼리즘 그 자체가 아닐까 하는 질문이다. 모더니즘과 그에 수반되는 '생소화'의 기법들이 바로 소비자를 자본주의와 화해시키는 지배적 양식이 되었을 때, 파편화의 습관 자체가 현상을 보는 좀더 총체화하는 방식에 의해 '생소화'되고 바로잡아질 필요가 있는 것이다.[27]

이러한 "뜻밖의 대단원"에서 새로이 부각되는 것이 루카치의 중요성이다. 다만 이때의 루카치는 '반영론'의 기수로서의 루카치가 아니라 '총체성' 및 '물상화'(reification, 사물화)의 개념을 제시한 루카치다.[28] 그런데 루카치의 반영이론을 더 근원적인 물음 속에 수용하여 새로운 리얼리즘론을 전개할 필요는 이 글에서도 잠깐 지적했었지만, 모더니즘의 "최종적인 변증법적 전복"으로서 제임슨이 예감하는 '새로운 리얼리즘'이라는 것의 내용은 너무나 막연하다는 느낌이다. 그것은 물론 누보로망의 로브그리예 같은 사람이 주장하던 '새로운 리얼리즘'과는 다르다.[29] 그러나 제임

---

27 "Reflections in Conclusion" 211면.

28 같은 글 212면 및 *The Political Unconscious* 50~56면 등 여러곳 참조.

29 Alan Robbe-Grillet, *For a New Novel*, tr. R. Howard, Grove Press 1966 참조. 로브그리예의 경우가 사물의 진실을 포착하는 리얼리즘의 사업이기는커녕 오히려 물신숭배의 새로운 경지

슨은 루카치의 반영론을 배격하면서 그의 리얼리즘론 자체에서도 너무나 많은 것을 배격해버렸고 무엇보다도 살아 있는 리얼리즘 문학의 존재 — 사실주의에 일부 뿌리를 두었지만 이미 모더니즘의 기법들도 유연하게 수용하면서 모더니즘적 파편화에 지금도 맞서 싸우고 있는 운동으로서의 리얼리즘 — 에 대한 인식이 부족하기 때문에, 그가 꿈꾸는 '새로운 리얼리즘'은 일부 포스트모더니즘의 신판 사실주의와 혼동될 위험에 끊임없이 시달리고 있다. 다음에 논할 제임슨의 포스트모더니즘론에서 이야기되는 '사진식 사실주의'(photorealism) 따위는 실상 모더니스트들이 기발한 것·반사실주의적인 것 들을 너무 우려먹고 식상한 나머지 이제는 평범한 것에서 새로운 맛을 찾는 극도의 이색취미로서, 포스트모더니즘의 이론가 중 하나인 수전 손태그는 이를 '캠프'란 표어로 집약하여 일거에 유명해지기도 했었다.[30]

제임슨의 포스트모더니즘론

제임슨의 리얼리즘관에서 엿보이는 문제점은 그의 최근의 역작 논문인 「포스트모더니즘」에도 그대로 드러난다. 제임슨은 모더니즘 내지 '본격(또는 융성기) 모더니즘'(high modernism)과 포스트모더니즘의 분기점

에 해당하는 모더니즘의 한 극치임을 졸고 「역사적 인간과 시적 인간」(『민족문학과 세계문학 1』 208~09면)에서 논한 바 있다.

30 Susan Sontag, "Notes on Camp" (1964), *Against Interpretation and Other Essays*, Farrar Straus & Giroux 1966 참조. '캠프'는 원래 동성연애자들의 곁말로서 평범·저속 또는 부자연스러운 것이 도가 지나쳐 오히려 재미있거나 뜻하지 않게 멋스러운 것을 뜻하는데, 이를 포스트모더니즘의 '새로울 것 없는 새로움' 내지 '멋스러울 것 없는 멋스러움'의 미학을 표현하는 의미로 전용한 것이다.

을 대략 1940년대로 잡는데, 이는 그 자신이 밝히고 있듯이 자본주의 전개 과정에 대한 만델(Ernest Mandel)의 『후기자본주의』(*Der Spätkapitalismus*, 1972)에서의 시대구분을 따른 것이다. 즉 애초의 산업혁명(18세기 말) 이후로 자본주의 경제는 1848년경, 1890년대, 그리고 1940년대에 세번의 큰 전환을 겪었는데, 문화 면에서의 '사실주의·모더니즘·포스트모더니즘'은 각기 1848년 이래의 그 세 단계에 해당한다는 것이다.[31] '포스트모더니즘'을 이처럼 하나의 독자적 단계로 인정하는 제임슨의 태도가 포스트모더니즘 옹호론자들의 입장과 다른 점은, 제임슨은 현단계의 예술이 '본격 모더니즘'의 업적을 능가했다고 보지도 않을뿐더러 '탈산업사회' 운운하는 대니얼 벨(Daniel Bell) 등의 현단계 인식에도 동의하지 않고 있는 것이다. 오히려 '후기자본주의'야말로 더욱 순수한 자본주의라는 만델의 명제가 그의 글에서 대전제로 채택된다. 따라서 "문화에 있어서 포스트모더니즘에 대해 취하는 모든 입장은 — 변호든 공격이든 — 동시에, 그리고 불가피하게, 오늘날의 다국적 자본주의의 성격에 대한 묵시적 또는 명시적인 정치적 태도 결정"이고, 포스트모더니즘을 선택 가능한 여러 스타일 중의 하나로 보는 것은 그에 대한 찬반 간의 윤리적 판단에 머물 뿐 "역사 속에서 우리의 현재 시간을 생각하려는 진정으로 변증법적인 시도"에 이르지 못한다고 역설한다.[32]

제임슨의 이러한 지적은 값진 통찰이며 '후기자본주의의 문화적 논리로서의 포스트모더니즘'이라는 발상도 큰 설득력을 지닌다. 그러나 앞서의 3단계 시대구분에서 첫번째인 *realism*을 필자가 '리얼리즘' 아닌 '사실주의'로 옮길 수밖에 없었듯이 제임슨의 이 글도 리얼리즘에 대한 인식에

---

31 F. Jameson, "Postmodernism, or The Cultural Logic of Late Capitalism"〈이하 "Postmodernism"〉, *New Left Review* 146 (1984년 7·8월호) 77~78면 참조.

32 같은 글 55, 85면.

는 아쉬움이 많다. 우선 1848년 이전에 스땅달, 발자끄 등에게서 여러 걸 작을 낳았고 이후로도 비록 서구의 핵심부에서는 자연주의와 모더니즘 이 득세하는 가운데서나마 곳곳에서 그 생명력을 이어온, 우리가 사실주 의와 굳이 구별하는 리얼리즘 문학을 명시하는 용어부터가 없는 것이다. 또한 20세기 중엽 이래 서구 및 미국의 문화현상이 모더니즘운동이 번창 하던 시기와도 매우 다른 면모를 보여준다는 사실을 인정한다더라도, 기 왕에 '후기자본주의야말로 더욱 순수한 자본주의'라는 만델의 명제를 따 를 것이면 '후기자본주의의 문화적 논리로서의 포스트모더니즘'이야말 로 '더욱 순수한 모더니즘'이요 모더니즘 자체의 최신 단계라는 입장이 더 일관된 논지일 터이다. 그랬을 경우 제임슨의 포스트모더니즘관은 "포 스트모더니즘이라는 것도 모더니즘의 한 변형"(본서 433면)에 지나지 않으 며 "모더니즘 자체의 파산선고가 '포스트모더니즘'의 이름으로 내려진 것"(본서 447면)이라는 지난번 졸고의 논지와 좀더 가까워졌을 것이다.

하지만 '포스트모더니즘'을 별도의 단계로 설정하는 제임슨의 이유부 터 살펴보기로 하자. 먼저 그는 설혹 '모더니즘'과 '포스트모더니즘'을 식 별할 내재적 특징의 차이가 없다고 가정하더라도 양자는 그 사회적 기능 이나 의의에 있어 전혀 다르다고 주장한다. 일반 시민들에 의해 비난과 박 해의 대상이 되었던 '모더니즘'과는 달리 최근의 예술은 아무 저항 없이 수용되고 있는바 이는 "오늘날 미적 생산이 일반적인 상품생산 속에 통합 되기에 이르렀다"[33]는 새로운 현상이라는 것이다. 그러나 수용자의 태도뿐 아니라 포스트모더니즘을 구성하는 특징 자체가 엄연히 다름을 제임슨은 또 강조한다. 새로운 예술의 특징으로 그는 '깊이의 제거', 이에 따른 '역 사성의 약화', 그 대신에 주어지는 새로운 '강렬성'(intensities)이라 부름직

---

[33] 같은 글 56면.

한 '일련의 새로운 유형의 감정적 기조' 등을 열거하고 뒤이어 구체적인 설명을 덧붙인다. 그 내용을 여기서 일일이 소개할 계제는 아니나, 선진공업국의 최근 문화현상에 대한 묘사와 진단으로서는 탁월한 것이라 생각된다. 가령 흔히 모더니즘 예술의 특징으로 간주되는 '내면세계' 또는 '내면의 진실'에 대한 집념이 포스트모더니스트에게서는 안 보이며 최신 비평이론에서 일체의 '진실된 해석'을 '이데올로기적'이며 '형이상학적'이라고 배격하는 경향도 그 일환이라는 지적만 하더라도,[34] 제임슨의 포스트모더니즘론을 비판하기 전에 일단 수용함직한 정확한 관찰이다.

반면에 포스트모더니즘의 독자성의 근거로 제시한 이유들을 되새겨보면, 먼저 기성 사회의 태도변화라는 사실은 리얼리즘론에 따를 때는 모더니즘 초기부터 이미 예기되었던 현상이라 하겠다. 모더니스트들의 '반사회적' 또는 '반부르주아적' 몸짓이 결국은 피상적 내지는 예술가 개인의 심정적 차원의 것이고 기성 사회에의 근본적 도전은 진정한 리얼리즘만이 수행할 수 있다는 관점을 일단 취하고 보면, 사실주의와 자연주의가 결국 부르주아지에 의해 수용되었듯이 모더니즘도 수용되는 것은 시간문제였던 것이다. 더구나 제임슨이 포스트모더니즘 고유의 특징이라고 열거하는 특징들의 대부분은 루카치가 바로 모더니즘의 특징으로 거듭거듭 열거하며 공격하던 것들이다. 가령 '깊이(또는 내면성)의 배제'만 하더라도, 고갱 그림의 평면성에 대한 세잔의 불만을 원용하면서 "그렇다면 마띠스나 몬드리안에 관해서는 그(세잔)가 무어라고 했을 것인가?"라는 물음으로써 루카치가 제기했던 문제가 바로 그것이다.[35] 그런데 루카치가 마치 평면성의 극치인 양 비판했던 20세기 초의 모더니스트들이 요즘 사

---

34 같은 글 60~61면 참조.

35 *Writer and Critic* 10~12면 참조.

람들에 비할 때 차라리 '깊이'의 대변자처럼 보이는 게 사실이라면, 이는 루카치가 저들 '본격 모더니스트'들에 대해 너무 심했다는 판정은 될지언정 포스트모더니즘의 특징이 이미 모더니즘 속에 내재해 있다는 주장을 뒤집지는 못하는 것이다. 여기서 한가지 주목할 점은, 루카치가 말하는 평면성 내지 '일차원성'(single-dimensionality)은 자연주의자의 평면적 현실묘사나 초기 모더니스트들의 '내면세계'에의 집착을 두루 지칭한다는 것이다. 실제로 '내면' 또는 '고립된 자아'에의 탐닉과 일체의 내성적 의식을 포기한 표피적 감각생활은 동전의 양면일 따름이다. 아니, 한 개인이나 사회 속에 병존하는 양면이기도 하면서 전체적인 비중이 전자에서 후자로 옮아가는 계기적 진행이 불가피하다고도 하겠다. 그런 뜻에서도 '모더니즘'에서 '포스트모더니즘'으로의 진행은 모더니즘 자체의 논리적인 전개라고 보아야 할 것이다.

'본격 모더니즘'과 리얼리즘

제임슨의 3단계 구분에서 사실주의와 구별되는 리얼리즘의 개념이 제외되어 있음을 지적했는데, 이는 그가 말하는 '본격 모더니즘'의 시기(대체로 1890년대부터 약 반세기) 중에 진행된 '리얼리즘적' 경향과 '모더니즘적' 경향의 갈등을 제대로 인식하기 어렵게 만든다. 영국·미국·프랑스 등 그야말로 자본주의 세계경제의 심장부를 이루는 몇 나라를 벗어나서 생각하면 고리끼, 숄로호프(M. A. Sholokhov) 등 러시아 소설가들이 바로 이 시기에 속하고, 독일만 하더라도 토마스 만이나 브레히트의 후기작은 루카치 자신이 리얼리즘의 업적으로 꼽고 있는 터이다. 더구나 가령 J. M. 씽이나 에메 쎄제르(Aimé Césaire)의 경우가 자연주의와 초현실주의가 각기 식민지 아일랜드의 벽촌 및 서인도제도의 제3세계적 현실과 만남으로써 이루어진 리얼리즘적 성과라 한다면, 팽창하는 자본주의 세계의 핵심 국가에 시야를 한정짓는 자세가 리얼리즘적 흐름의 현재성을 실감하는 데에 불리함을 알 수 있다.

문제는 거기서 끝나지 않는다. 사실은 중심부의 흐름 자체를 정확히 파악하는 데도 '본격 모더니즘'이라는 포괄적 개념이 방해가 될 수 있는 것이다. 영문학의 경우 해당 시기의 실상을 얼마나 정당하게 보느냐를 알려주는 일종의 리트머스 시험이 D. H. 로런스에 대한 평가라고 필자는 주장해왔는데, 로런스 스스로가 그토록 줄기차게 비판했던 당대의 모더니스트들과 그를 함께 뭉뚱그리는 것은 결국 모더니즘의 이념에 (본의든 아니든) 굴복하는 일이거나 교조적인 리얼리즘론에 입각하여 모든 현대예술을 배척하는 일이 된다. 그런데 제임슨도 로런스가 낡은 사실주의·자연주의를 거부하면서 대다수 모더니스트들의 단자(monad)적인 자아의식을 아울러 거부했음을 간과하지는 않는다. 다만 이를 리얼리즘의 사업과 연관시키는 대신, 영국 모더니즘운동의 특이한 존재인 윈덤 루이스(Wyndham Lewis)와 뒷날 프랑스 누보로망의 나딸리 싸로뜨(Nathalie Sarraute) 같은 작가로 이어지는 특징으로 파악하는 것이다.[36] 그러나 제임슨이 주목하는 '낡은 안정된 자아'에 대한 로런스의 부정은 포스트모더니즘에서의 '자아해체'와는 질적으로 다른 일면을 갖는다. 로런스가 예의 편지[37]에서나 그의 중요 작품들에서나 당대의 대다수 사람들을 '낡은 자아' 속에 폐쇄된 인간으로 설정하고 있는 것은 사실이지만, 이러한 단자

---

36 F. Jameson, *Fables of Aggression: Wyndham Lewis, the Modernist as Fascist*, University of California Press 1979, 40면 및 51~52면 참조.

37 소설 『무지개』의 초고에 관한 1914년 6월 15일자의 유명한 편지. 이에 대해서는 졸고 「소설 『무지개』와 근대화의 문제」(한국영어영문학회 편 『D. H. 로렌스』, 민음사 1979)를 참조 바람.

화된 인간과 '내면의 깊이'를 포기한 외향적 인간이 대동소이하며 심지어 동일인(예컨대『무지개』의 스크리벤스키)이기도 함을 보여준 작가가 곧 로런스다. 제임슨은 '주체의 소외'(the alienation of the subject)에서 '주체의 파편화'(the fragmentation of the subject)로의 변화가 '모더니즘'에서 '포스트모더니즘'으로의 이행을 말해주는 하나의 징표라고 보지만,[38] 사실은 양자 모두가 집단적이면서도 진정으로 개별화된 새로운 주체를 못 찾음으로써 나타나는 모더니즘 일반의 증상들이라 할 것이다.

조지프 콘래드(Joseph Conrad)는 로런스보다 모더니즘의 본류에 가까운 작가이고 콘래드 소설에 대한 제임슨의 이해도 훨씬 자상하며 정확한 편이다. 그러나 이 경우에도 우리 같으면 콘래드 문학이 모더니즘적 요소를 많이 지녔음에도 상당한 리얼리즘의 성과에 도달했고 그 결과 당시의 최신 모더니스트들에게서도 찾아보기 힘든 새로움을 띠게 되었다고 말할 터인데, 제임슨은 콘래드를 "초기 모더니스트라기보다, 우리가 텍스트성(textuality), 글쓰기(écriture), 포스트모더니즘 또는 정신분열적 저술 등의 온갖 이름으로 부르게 된 뒷날의 매우 다른 것을 앞질러 구현한 인물"로 볼 수 있으며 "콘래드에게 있어 고풍스러운 요소가 이제는 고전적이 된 제임스[Henry James]적 시점을 뛰어넘어 포스트모더니즘적이 될 수 있었다"고 표현한다.[39] 그런데 '모더니즘'적인 것과 '포스트모더니즘'적인 것의 차이가 제임슨이 생각하는 것만큼 뿌리 깊은 게 아니라면 콘래드의 문학에서 양자 중 어느 쪽이 더 많은가보다도 그처럼 배합된 결과가 모더니즘 일반의 한계를 얼마나 뛰어넘었느냐가 더 본질적인 물음일 것이다. '리얼리즘'이라든가 '모더니즘'이란 표현은 안 쓰지만『위대한 전통』에

---

38 "Postmodernism" 63면.

39 *The Political Unconscious* 219, 224면.

서 리비스의 발상이 바로 그런 것이며 T. S. 엘리엇에 대한 리비스의 높은 평가도 처음부터 엘리엇의 '리얼리즘'적 측면에 대한 인식이었다.[40] 그러나 바로 이러한 리비스도 제임슨의 분류로는 '본격 모더니즘'의 대표 가운데 하나로 귀속되고 만다.

물론 좋은 건 모두 '리얼리즘'으로 빼돌리고 나쁜 것만 모조리 '모더니즘'에 갖다안기는 게 필자의 태도가 아니냐는 반박도 나올지 모른다. 그러나 로런스 같은 예외적 존재를 빼놓고도 20세기 초 모더니즘운동의 실제 업적은 모더니즘의 이념과 구별되어야 한다는 것이 애당초 필자의 입장이었다.[41] 그렇다면 참다운 문학적 고전의 창출에 어긋나는 문학이념이라는 모더니즘의 이론이 한창 각광을 받던 '본격 모더니즘'의 시기에 어쨌든 무시 못 할 걸작들이 많이 나온 것은 어떻게 설명할까? 부분적인 대답은 모더니즘이 역사적·정치적 충동들을 '관리'하기 위해서라도 먼저 그런 충동을 어느정도 발동시키지 않으면 안 된다는 제임슨의 지적에 이미 나와 있다. 리얼리즘과의 접경에 자리 잡을수록 효과적인 모더니스트가 된다는 현실적 요구는 재능 있고 양심적인 모더니스트 예술가로 하여금 거듭거듭 '리얼리즘의 승리'를 구현하게 만드는 것이다. 그러나 이런 사례가 '포스트모더니즘'의 시기로 오면서 점점 드물어지는 것은 우연이 아니다. '본격 모더니즘'의 시기에 모더니즘의 이념이 화려하게 대두했지만 그 현실적 관철에는 아직도 많은 장애가 있었던 것이다. 이는 제임슨 자신이 원용하는 만델의 '후기자본주의' 시기에 와서야 비로소 자본의 논리가 더욱 철저히 관철되었다는 주장과도 쉽게 합치되는 해석이다.

따라서 제임슨이 *high modernism*이라 일컫는 시기는 예술적 성과의 다

---

40 *The Great Tradition* 제4장 및 *New Bearings in English Poetry* (1932) 제3장, 그리고 졸고 「모더니즘에 관하여」에서의 엘리엇 논의 참조.

41 본서 432, 447~48면 등 참조.

채로움으로는 '본격적' 내지 '융성기의'라는 매김말에 값하지만 사실은 인간소외·자연상실·전통파괴 등 모더니즘의 논리가 아직 본격적으로 구현되지 못한 과도기적 단계였다. 그리고 이러한 과도 단계의 역사적 성격을 제대로 이해하기 위해서는, 루카치처럼 1848년 이후 중산계급의 반동화라는 큰 윤곽만 보는 데 그칠 게 아니라, 20세기 초 특유의 흐름들이 합류하는 하나의 '종합국면'(conjuncture)을 보아야 한다는 주장도 나온 바 있다. 즉 이 시기에는 아직 귀족주의적 지배체제의 잔재가 남아 있고 그 문화적 가치들이 경직화된 전통주의로 보존되어 있어 모더니즘의 반발에 일종의 구심점을 제공했으며, 둘째로 사회의 많은 지역들이 아직 완전히 산업화가 안 된 상태였고, 셋째로 러시아·독일·오스트리아 등 여러 나라들이 아직 전제군주제 아래 있던 당시의 유럽에는 사회혁명에 대한 기대나 상상이 팽배하던 시점이었다는 것이다. 모더니즘운동의 성취는 이러한 흐름들의 교차점에서 가능했으며, 이들 여건 모두에 큰 변화를 강요한 것이 제1차 세계대전이었으나 그 완전한 파괴는 2차대전을 통해서야 비로소 이루어졌다는 것이다.[42] 이는 시대구분에 있어서도 제임슨과 대체로 일치하고 20세기 초 모더니즘운동의 예술적 성과에 대한 평가도 비슷하지만, '포스트모더니즘'이야말로 모더니즘의 연장이자 그 실질적 파산이라는 우리의 논지에는 더욱 방불한 것이다.

---

42 Perry Anderson, "Modernity and Revolution," *New Left Review* 144 (1984년 3·4월호) 103~06면 참조.

제3세계적 시야의 결핍

앤더슨의 '종합국면'설은 자연주의 또는 초현실주의 등 중심부의 (그 자체로는 비리얼리즘적 내지 반리얼리즘적) 사조가 제3세계의 '낙후한' 현실과 만날 때 새로운 리얼리즘의 생명을 얻을 수 있다는 우리의 주장과도 일맥상통한다. 실제로 그는 모더니즘의 탈진 상태라는 진단이 오늘날의 제3세계에는 적용 안 된다고 말한다. 20세기 초 유럽 모더니즘의 개화에 기여했던 것과 비슷한 요인들의 어우러짐이 이른바 후진 지역에서 발견되며 라틴아메리카문학의 성과는 그 중요한 본보기라는 것이다. 그러나 이런 업적 역시 무한정 지속되는 게 아닌, "아직 특정한 역사적 갈림길에 처한 사회들"의 일시적 산물임을 그는 못박는다. "제3세계가 모더니즘에 무슨 영원한 청춘의 샘을 제공하는 건 아니다."[43]

그런데 앤더슨도 (적어도 이 글에서는) 모더니즘 예술의 단명성이라는 각도에서 이 문제를 다룰 뿐, 제3세계 특유의 종합국면에서 모더니즘의 일시적 회춘이 아닌 리얼리즘의 끈질긴 전진이 이룩되고 있을 가능성은 검토하지 않는다. 하지만 지금 이곳의 싸움터에서 절실한 문제는 바로 후자의 가능성이다. 물론 그것이 잠깐 반짝하는 '가능성'으로 그치고 결국은 모더니즘 예술의 전체 유산에 새로운 항목 두엇을 보태고 끝날 확률도 무시하지 못한다. 그러나 처음부터 남 좋은 일로 끝나리라는 패배의식은 용납될 수 없으며, 어쨌든 우리는 현장의 실감으로써 제3세계적 리얼리즘의 가능성을 찾아나가야 할 것이다.

이런 각도에서 보면 제임슨의 입장은 앤더슨보다도 한결 더 제1세계 지식인의 한정된 시야에 머물렀다는 인상을 준다. 「포스트모더니즘」에서

---

43 같은 글 109면.

그는 '다국적 자본주의'를 말하고 '새로운 전지구적 공간'을 거듭 강조하지만, 이는 어디까지나 중심부 중에도 중심부에서만 내다본 이야기이고 그렇기 때문에 제3세계의 구체적 존재는 빠져버린, 그가 즐겨 쓰는 표현대로 '환각' 내지 '시각적 환영'(optical illusion)에 가까운 판단이 나올 때가 많다. 포스트모더니즘을 후기자본주의의 문화적 논리라고 비판하면서도 이를 모더니즘 자체의 파산선고로 간단히 떨쳐버리지 못하는 이면에도 그러한 착오가 작용했다고 생각되는데, 그 문제에 앞서 『미학과 정치』 권말논문에서 제기된 몇가지 사항을 제3세계와 관련시켜 잠깐 살펴보기로 한다.

「결론적 성찰」에서 제3세계의 존재가 무시되어 있는 것은 아니다. 다만 추상적인 인식에 머물고 있는 것이다. 예컨대 루카치 미학이론의 '인민전선주의'가 스딸린 노선의 추종이라는 비난에 대해 제임슨은 시기적으로도 루카치의 이른바 '블룸 명제'(Blum Theses, 루카치가 Blum이라는 필명으로 1928~29년에 제기한 주장)가 앞섰을뿐더러 노선 자체가 당시의 반파시즘·반나치즘 투쟁의 필요에 비춰 정당했다고 변호한 뒤, 그러나 오늘날 의회민주주의 체제가 곳곳에서 온갖 파쇼적 형태와 공존하는 '세계체제' 안에서 반자본주의투쟁이 아닌 반파쇼투쟁을 겨냥한 루카치적 인민전선 구상이 무슨 의미가 있을지 의심스럽다고 말한다. "다국적 법인체들과 그들의 '세계체제'의 패권 아래서 진보적인 부르주아 문화의 가능성 자체가 의심스러워지는데, 이러한 의문은 바로 루카치 미학의 기초에 타격을 주는 것임이 분명하다."[44] 이는 물론 오늘의 달라진 상황의 일면을 정확히 찌른 말이다. 그러나 제3세계 민중운동의 실제 요구로 보면, 그런 상황일수록 진보적 부르주아 문화의 전통을 활용할 만큼 활용하면서 새로운 형태의

---

[44] "Reflections in Conclusion," *Aesthetics and Politics* 203면.

연합전선을 이룩하려는 구체적인 노력이 없이는, 결국 모든 것은 중심부에서의 어떤 획기적 전환에 달려 있고 당장의 우리 싸움은 조만간에 지게끔 되어 있다는 패배주의를 낳게 마련이다.

'자연' 또는 '자연스러움'의 개념이 새로운 비판적 내지 혁명적 기능을 갖게 될 가능성에 대한 제임슨의 예리한 지적도 일반론에 머무는 한계가 있다. 이제까지 이들 개념은 주로 이데올로기적 역기능을 해왔고 따라서 루카치 미학의 그런 측면이 비판받기도 했지만, "그러나 다른 역사적 상황에서는 한때 자연의 개념이 진정으로 혁명적인 기능을 지닌 불온한 개념이었으며, 오직 구체적인 역사적·문화적 종합국면에 대한 분석을 통해서만 우리는 후기자본주의의 탈자연적 세계에서 자연의 여러 범주들이 그러한 비판적 동력을 다시 얻게 되었는지 알 수 있다."[45] 후기자본주의의 세계를 한마디로 '탈자연'(post-natural, 자연 이후)의 세계로 못박은 것이 제1세계 특유의 환각을 다분히 반영한 게 아니냐는 문제는 나중에 다시 논하기로 하고, 실제로 제3세계가 처한 국면에서 '자연' '자연스러움' '생명체' '공동체' 등의 범주들이 지니는 비판적 잠재력은 너무나 분명하다. 필요한 것은 이러한 잠재력을 어떻게 살릴지를 알기 위한 분석이지 그런 잠재력이 있느냐 없느냐는 논의의 되풀이가 아닌 것이다. 이러한 현장감의 차이를 다시 실감케 되는 대목은 블로흐의 '유산'(Erbe)론에 대한 제임슨의 논평이다. 민담이나 민속 그리고 그 지혜를 수용한 지난날의 위대한 예술작품에 숨겨진 혁명적·유토피아적 힘에 대한 블로흐의 명상이 제대로 결실하는 것은 "사실주의와 모더니즘의 갈등이 우리 뒤로 물러가는 시점에서나" 가능하리라고 제임슨은 말하면서, "그러나 서양에서는 확실히, 그리고 아마 다른 곳에서도 역시, 그러한 시점은 아직 우리가 못 미칠

---

45 같은 글 207면.

곳에 있다"고 단정한다.[46] 그렇다면 사실주의와 모더니즘의 갈등을 이미 과거지사로 돌리고 제3세계 민중 속에 전승된 문화적 유산을 활성화하여 새로운 리얼리즘을 창조하겠다는 우리의 싸움은 아직 제때를 못 만난 부질없는 몸짓이란 말인가. 설혹 우리 각자의 개인적인 경우에는 그것이 판단착오요 기껏해야 시들어가는 모더니즘에 일시적인 자극을 더해주는 결과밖에 못 이룰지 모른다 해도, 많은 사람들의 이런 노력이 언젠가는 성공한다는 신념에 찬 싸움이 지속되지 않고서 제임슨이 희구하는 그런 '시점'이 홀연히 공중에서 떨어질 수는 없는 것이다.

「포스트모더니즘」에서 "대자연 자체의 근본적 엄폐"라든가 "하이데거의 '들길'은 아무래도 되찾을 수 없고 돌이킬 수 없이 파괴되고 말았다"[47]는 등의 표현도 그런 점에서 제3세계의 시야가 배제된 위험한 수사법이다. 후기자본주의 세계의 중심부에서 파괴·멸절된 것이라도 동일한 세계의 어느 구석에 끝까지 남아 있지 않고 완전히 명맥이 끊어졌다면 이를 되살릴 어떠한 '변증법적 전환'도 없다고 보아야 한다. 아니, 중심부 자체에서도 자연처럼 정말 중요한 것의 '완전 파괴'는 함부로 말할 일이 아니며 실제로 완전 파괴가 잘 안 되기 때문에 그처럼 값진 것일 터이다.

그런데 제임슨은 프랑크푸르트학파에서 곧잘 말하는 탈산업적 자본주의 사회의 '전체적 우주'의 전체성에 너무 쉽게 체념하기 때문에 이러한 우주의 대표적 예술로 등장한 '포스트모더니즘'의 실제 작품들에 대해 필요 이상의 미련을 지니지 않는가 한다. 물론 「포스트모더니즘」에서 그가 거론하는 구체적 사례의 대부분을 직접 알지 못하는 필자로서 자신 있게

---

46 같은 글 210~11면. 블로흐에 관한 제임슨의 더 자세한 논의는 『변증법적 문학이론의 전개』 2장 3절 참조.

47 "Postmodernism" 77면. 비슷한 발상은 『변증법적 문학이론의 전개』 등 제임슨의 저작 여러 곳에서 발견되는데, 예컨대 그 책 2장 2절 '마르쿠제와 실러' 결론 부분 114~16면 참조.

단정하기는 어려운 문제다. 그러나 백남준(Nam June Paik)의 비디오아트에 대한 과도한 의미부여도 그렇고 이른바 '정신분열적'(schizophrenic) 예술, '가상'(假象, simulacrum)의 예술 등 새로운 흐름을 특징짓는 개념으로 '히스테리성 숭고미'(hysterical sublime)라는 별개의 용어를 제안하는 데서도, 그야말로 부질없는 수고가 너무 많다는 느낌을 우리는 갖는다. 일부러 모조품 냄새를 피우는 새로운 예술은 관람자나 주위 인간들 자신이 모조품·가공품들이라는 느낌을 일순간 갖도록 만드는데, "그러나 이제 이것은 무서운 경험인가 아니면 신나는 경험인가?"[48]라고 제임슨은 묻는다. 이런 예술의 무서운 면, 신나는 면에 완전히 둔감하다면 이는 자랑거리가 못 될 것이다. 또한 '본격 모더니즘'의 성과가 그랬듯이, 포스트모더니즘이 계발한 새로운 감수성과 특히 후자의 상대적 대중성은 앞날의 새로운 리얼리즘에 의해 유용하게 수렴되어야 할 것이다. 그러나 실제로 중요하고 바쁜 일이 있는 사람들의 경우, 그런 작품에 잠깐 무섭기도 했다가 신나기도 하는 경험으로 끝나지 않고 이를 한 시대의 예술 그 자체로 지켜보며 '무서워할지 신나야 할지' 내내 고민해야 한다고 할 때, 결국은 시시하고 권태롭다고 말하면서 털고 일어설 줄 알아야 한다.[49] 새로운 리얼리즘은 무한정한 포용만이 아닌 이런 명쾌한 떨침도 있어야만 가능한 것이다. 그렇기 때문에 제임슨이 제창하는 '새로운 정치적 예술'은 "인식적 지

---

48 같은 곳.

49 토마스 만의 『파우스투스 박사』에서 작곡가 아드리안 레버퀸의 생애에 대해 차이트블롬이 끝없는 집착을 느끼는 태도보다 차라리 로런스의 『연애하는 여인들』에서 버킨이 제럴드의 '숙명적' 성격에 결국 '권태감'을 느끼는 쪽이 바람직함을 필자는 지적한 일이 있다. "실제로 아드리안의 운명을 두고 우리가 찬탄과 공포 사이를 오락가락할 것만이 아니고 우리 나름의 살길을 달리 찾고자 한다면, 연민과 공감을 일단 지불할 만큼 지불한 뒤에는 그것이 궁극적으로는 시시하고 권태롭다고 말할 수 있어야 할 것이다."(졸고 「로런스 문학과 기술시대의 문제」, 한국영어영문학회 편 『20세기 영국소설연구』, 민음사 1981, 149면)

도 그리기의 미학"(an aesthetic of cognitive mapping)이라는 다분히 이론 위주의 성격을 띠고, "이 새로운 정치적 예술은 — 그것이 정녕 가능한 것이기나 하다면 — 포스트모더니즘의 진실, 다시 말해서 그 근본적인 대상인 다국적 자본의 세계공간을 고수하면서 동시에 이를 재현하는, 지금으로서는 상상할 수 없는 새로운 양식으로의 비약을 이룩함으로써, 개인적이고 집단적인 주체로서의 우리 위치를 파악하고 현재 우리의 사회적 혼란뿐 아니라 공간적 혼란에 의해 무기력화된 우리의 행동능력·투쟁능력을 되찾는 일을 다시 시작할 수 있을 것이다"[50]라는 다소 막연한 결론에 머물고 마는 것이다.

모더니즘과 모더니티

끝으로 국내로 눈을 돌려 '리얼리즘과 모더니즘' 논의의 진전을 위한 몇마디 논평을 보태기로 한다. 같은 제목의 책을 필자가 엮어낸 뒤로 이 문제의 논의에서 어떤 획기적인 비약이 있었다고는 생각되지 않는다. 그러나 국내 인사들 간의 활자화된 논쟁이나 의견교환이 거의 없다시피 한 우리의 서양문학계에서, 서평 형식으로나마 그 책 및 거기 실린 졸고에 대한 토론이 있었던 것을 필자는 우선 고맙게 생각한다.

---

50 "Postmodernism" 92면. 제임슨의 입장에 실천성이 모자란다는 점은 많은 사람이 지적했는데 『정치적 무의식』에 관한 어느 잡지의 특집호에서 이글턴의 비판(T. Eagleton, "Fredric Jameson: The Politics of Style," *Diacritics* 1982년 가을호)은 특히 날카롭다. 그러나 제임슨 비판이 리얼리즘론의 이름으로 전개된 예는 거의 없으며, 제임슨의 '헤겔적' 관념성에 대한 이글턴의 공격도 그 자신의 구조주의적 성향이 작용하여, 제임슨의 관념적 측면에 대한 타당한 비판뿐 아니라 그의 변증법적 시도 자체를 배격할 위험이 있는 것 같다.

필자가 읽은 논평 중에서 개인적으로 가장 흡족스러웠던 것은, 졸고가 "모더니즘적인 영미 현대 문학비평사에 대한, 세밀하고도 신축성 있는 비판이다. (…) 신축성 있다는 것은, 그 모더니즘적인 문학비평 이론들 가운데서도 부분적으로, 긍정적인 것으로 구해내어야 할 것은 모두 구해내려고 하고, 다른 한편 정치 실천적인 입장에서 그 이론들을 비판하려는 태도가 극단으로 치달아 일체의 문학연구를 보수주의적인 것으로 매도하는 것 또한 받아들이지 않으려 하기 때문이다"[51]라는 곽광수(郭光秀)의 평가였다. 또한 이상옥(李相沃)의 서평[52]도 졸고에 대한 과분한 찬사를 담고 있는데, 필자의 몇몇 논지가 "논문 속에서 아주 잘 지탱되고 있지만, 한편 논란의 여지를 전혀 남기지 않는 것도 아니다"라든가 "아주 설득력이 있음에도 불구하고 여전히 논란을 초치할지도 모른다"는 지적에는 필자 자신 항변할 뜻이 없다. 책에 수록된 논문들 모두가 편자 자신의 논지에 부합하지는 않는다는 점 역시 처음부터 인정했던 터이나, 다만 열세편 중 편자의 논문 이외에 서평자가 언급한 "네 편의 논문이라든가 나머지 여덟 편의 논문들은 각각 제 나름으로 문제를 던지고 있기는 하되 반드시 편자의 기대에 부응하고 있다고 할 수는 없다"고 하면, 편자는 엄밀한 의미로 독불장군이었다는 결론이 된다. 여기서 말하고 싶은 것은 필자가 과연 얼마나 많은 동조자를 가졌느냐는 문제가 아니라, 가령 김명렬의 포스터(E. M. Foster)론에서 모더니즘과의 융해가능성을 검증하는 '사실주의'가 필자가 주장하는 '리얼리즘'과 상당한 거리가 있는 게 분명하지만, 바로 그렇기 때문에 김명렬(또는 염무웅·오생근·정지창 제씨)의 글에서 서평자가 주목한 사실주의와 모더니즘의 화해가능성은 양자를 포용한 리얼리즘

---

51 곽광수 「모더니즘의 극복을 위하여」, 『고대신문』 1984.5.14.

52 이상옥 「리얼리즘과 모더니즘에 관한 유용한 조명」, 『외국문학』 1984년 여름호.

에 의한 모더니즘의 극복이라는 필자의 논지와 이어질 수 있는 것이라 하겠다.

같은 책과 『현대독문학의 이해』(김광규 편)를 함께 다룬 이성원(李誠元)의 서평을 읽으면 과연 졸고가 '논란의 여지'가 많았음을 실감하게 된다.[53] 그런데 루카치의 리얼리즘론이 필자 자신의 견해와 일치하는 것이 아님은 이제 거듭 말하기도 새삼스러운 일이므로 서평 첫머리에서 루카치를 길게 논한 대목이 딱히 책의 편자를 향한 이야기라고 생각할 필요야 없지만, 어쨌든 리얼리즘 논의와 관련하여 굳이 루카치의 초기 이론을 집중적으로 거론한 것은 아무래도 초점이 빗나간 듯하다. 추측건대 서평자는, 흔히 리얼리즘이니 역사의식이니를 부르짖는 사람들이 루카치의 『소설의 이론』이 '희랍'이라는 이상화된 조화의 상태를 설정하듯이 말하자면 일종의 역사의 시발점(archē)을 설정한다든가 역사의 궁극적 목적(telos)을 설정하는 경향을 비판할 필요를 느꼈던 것 같다. 이러한 경향은 필자 자신 '형이상학적'이라는 이유로 틈틈이 비판해온 터이나, 그렇게 따지자면 "역사는 역사의 구극에로 줄달음치는 것이 아니라 오히려 그 반대이다"라는 이성원의 명제 역시 형이상학적이다. 사실 필자는 역사에 *telos*가 있느냐 없느냐는 식의 질문 앞에서는 그야말로 손 털고 일어서고 싶은 심정이 앞선다. 구극적 목적이 '역사한테' 있든 없든 나름대로 목적의식을 가진 사람들이 살면서 만들어나가는 게 역사인가 하면, 어떤 순간에는 '역사발전' 따위야 차라리 없는 게 낫겠다는 마음이 있고서야 삶다운 삶이 이룩되는 게 인생이기도 하다.[54]

엘리엇이 말하는 '감수성의 통합'이 19세기 소설에서 일정한 정도 이

---

53 이성원 「문학의 예시적 진단」, 『세계의 문학』 1984년 여름호.

54 '역사발전'의 문제와 관련하여 졸고 「문학적인 것과 인간적인 것」, 『민족문학과 세계문학 1』 135~38면을 참조 바람.

루어진다는 필자의 주장이 "점검되지 않은 채 처리되는 한편" 비슷한 여러 사례들을 "독자로 하여금 의식하지 못하게 하는 놀라운 수사학의 힘을 지닌 글"이 졸고라는 이성원의 주장에도 필자는 승복하지 못한다. 물론 예의 주장이 충분히 입증되지도 않았고 한정된 지면에서 그럴 수도 없었지만, 엘리엇 '감수성의 분열'론의 해석 문제, 이 개념을 '황금시대'(즉 일종의 *archē*)의 설정이라고 간단히 처리하는 상투적 엘리엇 비판의 사례, 리비스에 의한 엘리엇 개념의 재해석과 그 19세기 소설에의 적용, 이렇게 적용된 감수성론과 리얼리즘론의 연관성 등에 대해 비교적 세밀한 언급을 한 셈이므로(본서 453~68면), 독자 쪽에서도 새로이 점검을 해주었으면 하는 마음이다. 그러나 이성원의 서평이 제기하는 정작 중요한 문제는 '모더니티'(현대성 또는 근대성)의 문제다. 이에 대해 이성원은 별개의 두 가지 주장을 내놓는데 첫째, 모더니즘을 필자와는 다르게 보는 한 방법으로 "우선 이즘〔主義〕이라는 표현이 야기하는 혼동을 피하기 위해 현대성(modernity)이라는 개념을 상정해볼 수 있다"고 한다.

문학사적으로 볼 때 대략 19세기 초 낭만주의 시인들에게서 발견될 수 있는 특징이 있는데 그것은 '현대성'이란 표현을 붙일 만한 것이다. 시인이 자기가 처한 상황을 현대로 의식한다는 것은 자신이 역사적으로 뒤늦게 태어났다는 엄연한 사실의 자각이며, 따라서 역설적으로 과거의 엄청난 두께를 의식했다는 말과 동일한 말이 된다. 이러한 자의식은 과거의 문학이 걸어온 길을 애써 망각하려 듦과 동시에 자신의 문학이 진정한 출발이라고 주장하는 욕망을 낳는데, 이러한 충동은 18세기까지는 볼 수 없었던 현상이었다. (…) 이러한 측면에서의 현대성은 산업자본주의에 따른 소외현상 혹은 총체성의 파괴로는 설명되지 않는, 작가나 시인이 과거의 전통에 대해 취하는 태도로밖에는 이해되기 힘

들다.[55]

다음으로 포스트모더니즘과 관련된 별개의 논의가 있는데, "이때에도 '이즘'보다는 탈현대성(post-modernity)이 더욱 의미 있는 논의가 되겠는데, 여기서 지칭하는 현대는 이른바 *cogito*로 대변되는 자아와 이 주체의 명징한 인식행위 및 분석능력에 대해 조금도 회의하지 않았던 (대략 르네상스부터 19세기 중반까지의) 세계를 말한다. 이러한 믿음은 니체, 맑스, 프로이트 등의 사상가들을 거쳐 전도되기 시작한다. (⋯) 탈현대라 함은 이러한 큰 변화에 대하여 메타적으로 사유하는 자의식을 지칭하는 말이다"[56]라는 주장을 펼친다.

여기서 '현대'의 기간이 한편으로 19세기 초부터 지금까지, 다른 한편 르네상스부터 19세기 중반까지로 규정되어 다소의 혼란이 있으나, 이는 서평자 자신이 별개의 논거에 의한 분류임을 전제했던 만큼 그 정도의 혼란은 각오했을 것이다. 그런데 두개의 논의에 공통된 특징은 '현대성' ─ 현재에 이미 끝난 '현대'란 아무래도 어폐가 있으므로 나 자신은 '근대성'이라는 표현이 낫다고 보는데 ─ 의 개념을 순전히 문학사 내부의 문제 아니면 기껏해야 사상과 이론의 차원에 한정지으려는 노력이다. 그런데 바로 이것이 무리가 아닐까? 예컨대 19세기 초의 시인들이 일정한 자의식을 갖게 된 것은 (그것을 곧 '근대성'의 요체로 보든 않든) 엄연한 문학사적 사실이지만, 바로 이런 현상이야말로 '문학사 내부'에서는 이해가 안 되고 '소외'라든가 '총체성의 파괴'라든가 '물상화'라든가 어쨌든 그런 차원의 고찰을 통해서만 설명되지 않을까. 18세기와 19세기 초 사이에

---

55 이성원, 앞의 글 290~91면.
56 같은 곳.

갑자기 '과거의 두께'가 더해졌을 리도 없는데 그 시점에서 시인들이 그런 느낌을 갖게 되었다면 그사이 사람들의 세상살이 자체에 무슨 중대한 변화가 있었던 까닭일 터이다.

'탈현대성' 내지 '탈근대성'의 개념을 두고도 비슷한 반론이 가능하겠지만, 더 중요한 점은 이때에 이성원이 '모더니티'의 개념을 너무나 일방적으로 설정하고 있다는 사실이다. 개념설정이야 각자가 하기 나름이랄지 몰라도, '근대성' 정도의 큰 문제가 되면 그렇지 않을뿐더러 실상 이성원의 개념은 오늘날 영향력 있는 상당수 비평가·이론가들과 골격이 일치한다.[57] 이러한 근대론 내지 현대론은 '근대화'(modernization)의 신화를 거부한다는 미덕을 갖고 있으나 실제로 르네상스 이래의 근대역사가 이룩해온 인간해방의 성과에 지나치게 냉담하기 때문에 결과적으로 근대화의 신화가 판치는 세계에 아무런 대안도 제시하지 못한다. 아니, 그런 대안의 구상 자체를 제대로 '탈현대'를 못 한 촌스러움으로 돌리는 데 알게모르게 복무하기도 한다. 사실 "주체의 명징한 인식행위 및 분석능력에 대해 조금도 회의하지 않았던 (대략 르네상스부터 19세기 중반까지의) 세계"라는 것 자체가 탈근대론자·탈구조주의자들의 또다른 신화다. 그 기간 동안 실제로 그러한 회의를 품었던 사람들도 누구누구가 있었다고 나열하려는 게 아니다. 데까르뜨적 사유주체(cogito)라는 것 자체가 원래부터 주어졌던 것도 아니고 일거에 발생한 것도 아니며 오랜 세월에 걸친 수많은 사람들의 신념에 찬 노력과 투쟁의 결과로 구성된 것이며, 그것이 19세기 중엽에 이르러 특히 집중적으로 회의와 비판의 대상이 된 것은 이때쯤 그러한 주체의 해방적 기능이 탕진되고 진실된 사고와 행동의 방해

---

[57] 영미 비평에서의 대표적인 문헌은 Paul de Man, "Literary History and Literary Modernity," *Blindness and Insight* (초판 1971, 증보판 1983)가 아닐까 한다. 더욱 유명한 이론가로는 미셸 푸꼬를 첫손에 꼽음직하다.

물로 굳어졌기 때문이다. 오늘날 이것이 '해체'(deconstruct)될 필요성은 앞서 로런스의 예를 통해 이미 수긍했지만, 그 정당한 해체작업은 그것이 인간해방에 봉사하면서 구성되었던 측면에 대한 인식을 당연히 포함해야 하며, 단순히 '메타적 사유'만이 아니고 종전보다 더욱 집단적이면서 동시에 개인 각자가 더욱 자기다워지는 실천적 주체의 창출을 지향해야 하는 것이다.

'주체'의 문제는 현대 사상의 주요 과제이며 제임슨 스스로도 각별한 관심을 지닌 문제로서[58] 훨씬 자상한 논의를 요구한다. 그러나 이것 역시 장차의 숙제로 남겨둔다. 여기서는 단지 '근대성'은 대체로 중세적 질서가 무너지면서 인류가 겪어온 경험 전반과 관련된 것으로 '근대주의' 또는 '현대주의'라는 이념과는 구별되어야 하고 그 창조적 일면과 억압적 일면을 동시에 보아야 한다는 점, 그 발전적 측면을 절대시하려는 근대주의(근대화론)나 말로는 곧잘 그 억압적 측면에 반발한다지만 실제로는 전자와 표리관계에 있는 예술이념으로서의 현대주의(모더니즘)가 모두 배격되어야 한다는 점, 그렇지만 이런 이념과 직간접으로 관련되어 만들어진 문학적·예술적 성과는 어디까지나 그것대로 평가하여 리얼리즘의 사업에 활용할 것은 활용해야 한다는 점 들을 다시 한번 되풀이하는 것으로 끝맺는다.

— 1985년

---

[58] 딱히 어느 문헌을 들기도 힘들 정도지만 특히 "Imaginary and Symbolic in Lacan: Marxism, Psychoanalytic Criticism, and the Problem of the Subject," *Yale French Studies* 55/56 (1977) 참조.

서명·작품명